Hieronymus Müller

Die Lustspiele des Aristophanes uebersetzt und erläutert von

Hieronymus Müller

Hieronymus Müller

Die Lustspiele des Aristophanes uebersetzt und erläutert von Hieronymus Müller

ISBN/EAN: 9783742808813

Hergestellt in Europa, USA, Kanada, Australien, Japan

Cover: Foto ©Andreas Hilbeck / pixelio.de

Manufactured and distributed by brebook publishing software
(www.brebook.com)

Hieronymus Müller

Die Lustspiele des Aristophanes uebersetzt und erläutert von

Hieronymus Müller

Seiner Majestät

Friedrich Wilhelm IV.,

Könige von Preußen,

dem erhabenen Kenner, Freunde und Wiederbeleber
der altattischen Bühne

in tiefster Ehrfurcht gewidmet.

Inhalt.

Vorrede.

Jeder Versuch, ein unter fremdem Himmel, vor mehreren Jahrhunderten, ja Jahrtausenden erwachsenes Erzeugniß redender Kunst auf vaterländischen Boden zu verpflanzen, kann seiner Natur nach nur ein annähernder sein und erinnert, wie Cervantes sagt, an die Kehrseite der brüsseler gewirkten Tapeten; vor allen Andern aber, darüber findet unter allen hier Stimmfähigen nur Eine Meinung statt, hat ein solcher Versuch bei demjenigen Dichter große Schwierigkeiten, von dem hier der deutschen Leserwelt eine neue Übersetzung geboten wird. Schon mancher durch die dazu erforderlichen Vorkenntnisse und Übersetzertalent mehr oder weniger dazu Befähigte stieg in den letzten 50 Jahren in diese Palästra hinab und versuchte seine Künste an diesem ersten Meister einer zu allen Zeiten und unter allen Völkern nur selten mit einigem Glück bearbeiteten Gattung der Poesie. So erschienen Verdeutschungen einzelner Lustspiele des Aristophanes von Schütz, Borheck, Schlosser, Wieland, Conz, Welcker, Wolf, und der gesammten von Voß und Droysen.

Ein Urtheil des gegenwärtigen Übersetzers über die Leistungen seiner fast insgesammt ehrenwerthen Vorgänger würde immer als parteiisch erscheinen *), sobald es die Mängel derselben hervorhübe, und doch mußte er dergleichen an ihnen entdeckt haben, mußte glauben, es sei ihm gelungen, die meisten derselben in seiner Verdeutschung zu vermeiden, sonst legte er durch die Herausgabe derselben eine unverzeihliche Geringschätzung seiner selbst und seiner Leser an den Tag. Billigen Beurtheilern bleibe es daher überlassen, durch Vergleichung seiner Leistungen mit denen seiner Vorgänger zu entscheiden, ob und in wiefern er sich hierin täuschte. Jeder wohlbegründete, aber dabei auch wohlgemeinte Tadel wird ihm willkommen, und um so willkommener sein, wenn er zeitig genug ausgesprochen wird, damit er ihn bei der nicht fernen Herausgabe der nächsten beiden Bände benutzen und diese dadurch dem Ideale näher bringen könne, welches wohl Niemandem mehr, als ihm selbst, als unerreicht geblieben vorschwebt.

Diesen freundlichen Beurtheilern, sowie seinen lieben Lesern insgesammt glaubt er einige Andeutungen

---

*) Über Wieland, Voß, Droysen und Wolf erlaubte ich mir meine Meinung in einem Schulprogramm wenigstens anzudeuten, eine Probe der jetzt erscheinenden Übersetzung enthaltend. Naumburg 1838.

Da diese gelehrten Visitenkarten der Lehrer an Gymnasien und Universitäten nur in Weniger Hände kommen und von diesen, wenn nicht ad plos usus verwendet, doch häufig ungelesen bei Seite gelegt werden, so werde ich kein Bedenken tragen, diese Schul- als Handschrift anzusehn und hier und da an mir selbst zum Plagiarius zu werden.

über das, was er durch seine Übersetzung zu erreichen
wünschte, schuldig zu sein.   Man pflegt wohl an eine
gute Übersetzung die Anforderung zu machen, sie solle
nicht als solche uns erscheinen, sondern wie ein Original
sich lesen lassen.   Müßte aber jede Übertragung eines
nicht rein wissenschaftlichen Werkes aus dem classischen
Alterthum, um dieser Anforderung einigermaßen zu
entsprechen, zu einer schönen Ungetreuen *), zur Tra=
vestie werden; so ist das bei einer Verdeutschung des
Aristophanes im zehnfachen Maaße der Fall.   Der
durchaus öffentliche Charakter des griechischen Drama,
vorzüglich aber der ältern griechischen Komödie, ist,
wie unter Anderem aus der diesem Bande voraus=
geschickten Abhandlung erhellen wird, so durch und
durch von dem des neuern verschieden; die Eigenthüm=
lichkeit der letztern wurzelt so ganz, nicht wie das
neuere Lustspiel in dem Familien=, sondern in dem
Staatsleben der Athener, dessen Mängel und Gebrechen
in jeder Beziehung ihr heiterer nicht selten bitterer
Scherz mit schonungs= und rücksichtsloser Strenge
trifft; daß wir in jeder Zeile daran erinnert werden,
daß das auf der Bühne Dargestellte unter fremdem
Himmel und in einer durch Jahrtausende von uns
getrennten Zeit sich begeben haben soll.   Gern ver=
zichtete daher der gegenwärtige Übersetzer auf den er=
wähnten Ruhm, nach welchem z. B. Schütz in seiner

---

*) Une belle infidèle nennte Voltaire eine Übersetzung d'Ablan=
court's, eines fleißigen Dolmetschers des Xenophon, Lucian, Tacitus
u. A. aus dem 17. Jahrhunderte.

Übersetzung der Wolken, Droysen in der der Vögel, zum Theil auch Wieland in den von ihm übertragenen Lustspielen (den Acharnern, Demagogen [Rittern], Wolken und Vögeln) rangen. Er suchte vielmehr, stets auf griechischem Grund und Boden verharrend, zwischen einer an dem Buchstaben haftenden und nur zu oft unsrer deutschen Sprache trotz ihrer Bildsamkeit und Gefügigkeit Gewalt anthuenden Strenge und einer an Travestie grenzenden Umschreibung die Mitte zu halten, wie es unter seinen Vorgängern am meisten seinem verehrten Lehrer F. A. Wolf gelungen ist, und hatte dabei eine doppelte Classe von Lesern vor Augen; Theils solche, die mit einer Kenntniß des griechischen Alterthums ausgestattet, wie sie jeder wissenschaftlich Gebildete von Schulen mitzubringen pflegt, und wie wir sie in unsern Tagen selbst bei der Mehrzahl der Frauen aus den höhern Ständen voraussetzen dürfen*). Diesen wünschte er durch diesen Versuch das attische Salz, mit dem die aristophanischen Lustspiele in so reichem Maaße durchwürzt sind, über die durch die

---

*) Auf das Vergnügen jungfräulicher Leserinnen müssen wir bei unserm ungezogenen Lieblinge der Grazien wohl verzichten. Daß aber verheirathete Frauen, ohne zu erröthen, das Vergnügen so anziehender Bekanntschaft sich gewähren dürfen, darüber möge sie das S. 324 angeführte Beispiel einer der edelsten und gebildetsten ihres Geschlechtes belehren. Ein verständiger Vorleser wird schon, er kann es in den meisten Fällen unbeschadet des Zusammenhanges, einzelne etwas anstößige Stellen geschickt zu unterschlagen wissen. Nur vor 3 Lustspielen müssen wir in dieser Beziehung ein zurückweisendes Warnungszeichen setzen; wir meinen Lysistrate, die Frauen am Feste der Thesmophorien und der Frauen Volksversammlung.

deutsche Zunge gezogene Mauthlinie einzuschmuggeln,
ohne daß es ganz verdumpfe und zuviel von seiner
ursprünglichen Kraft verliere, einen Genuß zu gewäh=
ren, wie ihn eben nur eine gute Übersetzung dieses
witzigsten, erfindungsreichsten und eigenthümlichsten
aller Dichter zu gewähren vermag.

Aber auch Solchen wünschte er durch seine Ver=
deutschung freundlich und hülfreich die Hand zu bieten,
die sich mit der Kehrseite der aristophanischen Gobe=
lins nicht begnügen, sondern an dem frischeren Farben=
schmelz der Urschrift ergötzen, an der Melodie grie=
chischer Rhythmen, an dem Wohllaut des feinsten,
auf Wohllaut wie keine andere Sprache basirten Atti=
cismus in den Lustspielen eines Dichters, der diese
Vorzüge seiner Sprache wie kein Andrer zu benutzen
wußte, ihr Ohr erfreuen wollen, ohne zu oft zu dem
Wörterbuche, oder den zwar zweckmäßigen und ge=
lehrten, aber nicht selten etwas weitschweifigen und
verworrenen Erklärungen der alten Grammatiker und
den ziemlich dickleibigen, mit einer für den Dilettan=
ten ermüdenden, grammatischen und kritischen Gelehr=
samkeit ausgestatteten Commentaren neuerer Heraus=
geber ihre Zuflucht nehmen zu müssen.

Für beide Klassen von Lesern bedurfte es kurzer
Einleitungen und Erläuterungen, ohne welche selbst
dem Gelehrten vom Fach in den an Beziehungen auf
Localitäten, Personalien und Tagesereignisse so reichen
Lustspielen Vieles unverständlich sein würde. Das er=
kannten zu unserm Glück schon die alexandrinischen
Gelehrten, von denen mittel= und unmittelbar die

schätzbaren unter dem Namen der Scholien bekannten
Bemerkungen herrühren, sowie meine Vorgänger insgesammt. Diese schöpften hauptsächlich aus Jenen
und Beide blieben natürlich auch bei den dieser Übersetzung beigefügten Erläuterungen nicht unbenutzt. Daß
aber auch manche dem Übersetzer eigenthümliche Ansicht in ihnen niedergelegt wurde, wird schon eine
flüchtige Vergleichung erkennen lassen.

Je näher und häufiger das aristophanische Lustspiel an manche Gemeinheiten des alltäglichen Lebens
hinstreift, um so unentbehrlicher ist die metrische Form,
damit es dadurch nicht aus seiner idealen Sphäre
wirklich zur Gemeinheit herabsinke. Aristophanes selbst
wandte auf diesen mechanischen Theil seiner Schöpfungen
denjenigen Fleiß, welchen das gegen den kleinsten Miß-
laut so empfindliche Ohr seiner Athener ihm zur Pflicht
machte. Möge auch in dieser Hinsicht die Nachbildung
des Urbildes nicht ganz unwürdig erscheinen. Zu den
vorherrschenden Versgattungen gehören bei unserm
Dichter die Anapästen. Im Griechischen wechselt dieser
Versfuß (vv—) nicht blos mit Spondeen, sondern
auch mit Daktylen; diese Freiheit hat sich nach Vossens
Vorgange der Übersetzer ganz versagt; die beiden
Cäsuren in den so häufigen, vom Aristophanes zuerst
eingeführten Tetrametern, nach dem zweiten und vornehmlich nach dem vierten Anapästen sind wenigstens
ebenso oft, wie im Original beobachtet worden; der
iambische Trimeter der Komiker bewegt sich natürlich
viel freier, als der an strengere Gesetze gebundene der
Tragiker. In den antistrophischen Gesängen konnte

nicht immer der griechische Numerus getreu nachgebildet werden; doch sind die Abweichungen nur selten
und wenigstens entsprechen sich stets Strophe und
Gegenstrophe. Der Übersetzer wollte anfangs hier
das Versmaaß unter dem Texte beifügen. Aber dergleichen metrische Schemen üben auf manche Leser
dieselbe abstoßende Gewalt, wie mathematische For-
meln auf der Mathematik Unkundige; darum unter-
blieb es.

Daß der Übersetzer die Bemühungen seiner Vorgänger benutzte und ihnen zu vielfachem Danke sich
verpflichtet fühlt, bedarf wohl kaum der Erwähnung.
Auf welches menschliche Beginnen würde das vor-
nehme Unbeachtetlassen früherer Leistungen nicht nachtheilig wirken? Beim Plutos wurden Voß und
Droysen, bei den Wolken Schütz, Wieland, Welcker,
Voß und Wolf, bei den Fröschen Conz und Voß
zu Rathe gezogen. Droysen's Übersetzung der beiden
letzten Stücke war mir nicht zur Hand und die Aus-
beute für den Plutos zu gering gewesen, um zur
Herbeischaffung derselben mich zu bewegen.

Wenn Bücher mit der Gabe des Gottes, dem in
Hellas die Bühne geweiht war, das gemein haben,
daß beide durch das Liegen, diese im Keller, jene im
Pulte gewinnen — und bei den meisten dürfte dies
allerdings der Fall sein — so darf gegenwärtige
Übersetzung die dadurch erlangte Veredelung mit vollem
Rechte in Anspruch nehmen. Die Übersetzung des
Plutos kann in gewisser Beziehung in 12 Jahren
bereits ihr 50jähriges Jubelfest begehn. Der Versuch

einer metrischen Übertragung dieses Stückes wurde
bereits von dem Studiosus der Georgia Augusta im
Jahre 1805 gemacht und ihr Urheber hatte die
Freude, ihn von F. A. Wolf gut geheißen zu sehen,
der ihn auf diese Probearbeit hin der sofortigen
Aufnahme in sein philologisches Seminar (Ostern 1806)
würdig erachtete.

Die Frösche wurden im Jahre 1832 einem in
Naumburg bestehenden, litterarischen Vereine mitgetheilt,
und das zuletzt übertragene Stück, die Wolken, waren
im ersten Entwurfe in den ersten Monaten des Jahres
1841 vollendet. Eine drei= ja noch mehrmalige Über=
arbeitung hat jedes der hier mitgetheilten Lustspiele
erfahren.

Zufällige Umstände bestimmten den Übersetzer,
zuerst an diesen Komödien sich zu versuchen, daß er
sie aber auch zuerst durch den Druck in der wahr=
scheinlich von den Alexandrinern herrührenden Aufein=
anderfolge veröffentlicht, und nicht wie Voß in chrono=
logischer Ordnung, dafür hatte er dieselben Gründe,
die, wie er glaubt, auch die alexandrinischen Gelehrten
vermochten, das in seiner zweiten Ausgabe wenigstens
von allen vorhandenen zuletzt entstandene Stück, den
Plutos, den übrigen vorausgehen und darauf die Wol=
ken und Frösche folgen zu lassen. Wenigstens wüßte
er Einem, der mit Aristophanes die erste Bekannt=
schaft zu machen wünscht, kein besseres Stück dazu
vorzuschlagen, als eben den Plutos. Er ist (Einl.
dazu S. 105) ein Übergangsstück und bildet daher
mit dem neuern Lustspiel einen minder grellen Gegen=

faß. .Des Dichters Witz ist zahmer geworden, seine Eigenthümlichkeit tritt hier minder stark hervor. Daß die Wolken, abgesehen von ihrer Celebrität, einen Stoff behandeln, geeignet, die Theilnahme in jedem Volke und zu jeder Zeit zu wecken und rege zu er= halten, bemerkten wir schon in der Einleitung dazu (S. 192). Dasselbe ist für jeden mit der tragischen Bühne der Athener nicht ganz Unbekannten bei den Fröschen der Fall.

Der zweite Band, für welchen, indem wir auch fernerhin die in den meisten Ausgaben des Textes beobachtete alexandrinische Aufeinanderfolge beibehalten, die Vögel, Ritter, Frieden und Lysistrate, bestimmt sind, wird uns mehr mit dem Charakter der lieben Landleute und Zeitgenossen unsers Dichters und ihrem Leben im Staate bekannt machen. Er soll sich, hoffen wir, längstens binnen Jahresfrist in den Händen Derer befinden, welche der erste dem Dichter und seinem Dollmetscher befreundet hat.

Über die Zoten und andre Derbheiten unsres Dichters hat sich der Übersetzer in der einleitenden Abhandlung, das griech. Drama ꝛc. S. 93 ff. aus= gesprochen. Bei Übertragung derselben aber glaubte er, ohne sich an den Manen seines Dichters zu ver= sündigen, etwas schonender verfahren zu müssen, als es von seinen Vorgängern Voß und Droysen geschah; ja er erlaubte sich sogar — doch nur selten und nie ohne in einer Anmerkung eine solche Verstümmelung einzugestehn — das Weglassen einiger allzu unsaubern. Stellen. Unsere Schrift= und Umgangssprache ist, und sie braucht sich dessen wohl nicht zu schämen, eine züchtige und anständige. Sie ermangelt der Ausdrücke für manche natürliche Bedürfnisse und Verrichtungen, für manches mit der Befriedigung des Geschlechtstriebes in Verbindung Stehende. Die von Voß und Droysen dafür gebrauchten scheinen ihm weder der einen noch der andern anzugehören.

Naumburg, d. 6. Aug. 1843.

Hier. Müller.

Das griechische Drama

in seiner

Entstehung, Entwickelung und Eigen=
thümlichkeit.

Wenn der Hellenen kunstsinniges Volk in demjenigen Zweige der Kunst, in welchem andere Völker bis jetzt nach beinahe drittehalb Jahrtausenden am wenigsten sie zu erreichen, geschweige denn zu übertreffen vermochten, in der Bildhauerei, ziemlich einstimmig dem Phidias, dem Freunde des größten Beförderers der schönen Künste, der je lebte, des Perikles, und fast noch einstimmiger vor jenes übrigen Kunstwerken — dem kolossalen in Elfenbein und Gold gearbeiteten Bilde des Königes der Götter und Menschen zu Olympia, zu welchem einige homerische Verse ihn begeistert haben sollen [1]), den Preis zuerkannt: so darf uns die von griechischen Kunstfreunden ausgesprochene Behauptung nicht überraschen: das Leben desjenigen sei als ein unvollkommneres zu betrachten, der ohne dieses Meisterwerk gesehen zu haben, aus demselben scheide [2]). Auf eine ähnliche Weise sagt Hegel [3]): „Ich

[1]) Val. Max. III, 7 extern.

[2]) Eine Beschreibung dieses berühmtesten Bildwerkes des griechischen Alterthums findet sich bekanntlich bei Pausanias (V, 11). In einem Prachtwerke beschrieb es Quatremère de Quincy (Le Jupiter Olympien, ou l'art de la sculpture antique considéré sous un nouveau point de vue avec planches. Paris 1815. N) Thlr). Auch Siebenkees, Völkel und Jöllen widmeten ihm besondere Monographien. Wir verweisen unsere Leser zunächst auf das in Wieland's Aristipp (Buch I, Br. 5), sowie in Barthélemy Voyage du jeune Anacharsis chap. 37 darüber Gesagte. Es verbrannte im Lousischen Pallaste zu Constantinopel unter Leo II. (475 n. Chr.).

[3]) G. W. F. Hegel in einer zu Nürnberg gehaltenen Gymnasialrede. Sämmtliche Werke Bd. XVI, S 131.

1 *

glaube nicht zu viel zu behaupten, wenn ich sage, wer die
Werke (Schriften) der Alten — daß er hier vorzüglich die
Griechen im Sinne hatte, giebt der Zusammenhang —
nicht gekannt hat, lebte ohne die Schönheit zu kennen.
Sie bieten den edelsten Nahrungsstoff in der edelsten Form,
goldene Äpfel in silbernen Schalen." Auf was aber ist
wohl das zuletzt angeführte, oft schon gebrauchte Bild an-
wendbarer, als auf die Poesie der Griechen? Und von
welcher Gattung derselben kann es namentlich mehr gelten,
als von derjenigen, die sich zwar zuletzt, aber am schnell-
sten und herrlichsten, vornemlich, ja fast ausschließlich in dem
Mittel- und Brennpuncte griechischer Cultur, in Athen, entwickelte und ausbildete; die nicht blos die Objectivität des
Epos und die Subjectivität der lyrischen Poesie, sondern,
wie wir im Folgenden sehen werden, eine harmonische Zu-
sammenwirkung aller schönen Künste in sich vereinigend, als
der Schlüssel und die Krone aller Poesie und Kunst überhaupt angesehen werden kann, von der dramatischen? Von
der Gattung, in der sich der Geist jedes Volkes, dem es in
ihr etwas Ausgezeichnetes zu leisten gelang, stets am schärfsten und entschiedensten ausprägte, also der volksthümlichsten
und zugleich, wie Sokrates beim Plato sagt*), zur Ergötzung
des Volkes geeignetsten und am gewaltigsten auf die Gemüther wirkenden? Fügen wir noch hinzu, daß zugleich keine
Gattung der griechischen Poesie sich aus leicht nachzuweisen-
den Gründen eigenthümlicher gestaltete, als diese schönste
Blüthe derselben in ihren beiden Hauptzweigen, der Tragödie
und Komödie, und daß es für den mit dem griechischen Alterthume minder Bekannten weit leichter sei aus glücklichen
Nachahmungen römischer und neuerer Dichter sich einen zwar
unvollkommenen, aber doch annäherungsweise entsprechenden
Begriff von der epischen und lyrischen, als von der dramatischen Poesie der Griechen zu bilden: so geht daraus hervor,

*) Τὸ δημοτερπέστατον καὶ ψυχαγωγικώτατον τῆς ποιήσεως τὸ
δρᾶμα. Plat. im Minos.

daß das vom Zeus Olympios des Phidias Gesagte mit gleichem, ja vielleicht noch größerem Rechte auf das Drama der
Griechen angewendet werden könne. Zwar würde es von einer
blinden Vorliebe für die Vollkommenheit der attischen Bühne
zeugen, wollte man entschieden die Tragödien des Äschylos
und Sophokles, die Komödien des Aristophanes dem Allen
vorziehen, was die Kunst neuerer Dichter in beiden Gattungen leistete. Wußte doch derjenige Dichter, dem vor
allen seit Christus Gebornen der Preis gebühren dürfte,
W. Shakespeare, die höchste tragische Wunde mit der heiter-
sten Laune komischer Kraft in sich vereinigend, die tiefsten,
auf die genaueste und erschöpfendste Kenntniß des menschlichen Herzens gegründeten Lebensansichten und Erfahrungen
in seinen Dramen zum Bewußtsein zu bringen und auszusprechen und die höchste Aufgabe der schönsten Kunst auf
die glücklichste Weise zu lösen. Und rühmten sich **nicht auch
die** Spanier eines Calderon, die Franzosen, der in vieler Beziehung verunglückten und für wenige Deutsche recht genieß-
baren Versuche ihres tragischen Triumvirats nicht zu **gedenken,** wenigstens eines Molière? Ja, dürfen nicht auch wir
Deutsche, obschon uns bis jetzt noch der bei nicht zu niedrig
gestellten Forderungen überhaupt höchst seltene Ruhm eines
guten Lustspieldichters gebricht, einzelne Erzeugnisse unseres
Göthe, Schiller, ja selbst des bisher in seinen früheren Dramen, als den Söhnen des Thals, der Weihe der Kraft und
des Attila, **noch** nicht nach Verdienst anerkannten Zach.
Werner, vielleicht **auch Grillparzer's,** manchem Meisterwerke
der griechischen Bühne zur Seite stellen? Aber **auf eine wie**
so ganz verschiedene Weise löste **die plastische Kunst der Grie-**
chen und die romantische der Neuern dieselbe Aufgabe?[*)]

*) „Das Pantheon ist nicht verschiedener von der Westminsterabtei
oder der St. Stephanskirche in Wien, als der Bau einer Tragödie des
Sophokles von dem eines Schauspiels des Shakespeare", sagt A. W.
Schlegel, Vorl. über dramat. Kunst und Lit. Th. I, 16 (nach der
ersten Ausgabe 1809).

Und wie hohes, auf keine andere Weise zugängliches Kunst=
genusses entbehrt sonach Jeder, der das Eintrittsgeld zum
griechischen Theater nicht zu entrichten vermag, welches aller=
dings auf dem gewöhnlichen Wege kein ganz geringes ist.
Denn abgesehen von dem gerade in diesem Fache der griechischen
Literatur nicht unbedeutenden Schwierigkeiten der Sprache,
wurzelt das griechische Drama, insbesondere das ältere Lustspiel,
so ganz in der Eigenthümlichkeit der griechischen Lebens= und
Denkweise, ist mit ihrer Religion, aus der es hervorging, ihrer
Staatsverfassung, ihrer Philosophie und früheren Poesie, ja
selbst ihrer gerichtlichen und außergerichtlichen Beredsamkeit
so innig verwachsen, daß ohne eine genaue und anschauliche
Kenntniß dieser verschiedenartigen Gegenstände kein gründli=
ches Verständniß ihrer Dramen möglich ist[*]. Ja wenn
schon im Begriffe des Dramas, bestimmt eine wichtige Hand=
lung, ein bedeutendes Lebensereigniß uns nicht durch Erzäh=
lung, wie das Epos, sondern durch wirkliche Personen zu
vergegenwärtigen, die zugleich durch Tracht und Umgebung
in die darzustellende Zeit uns versetzen, die Auforderung
einer zu diesem Zwecke eingerichteten Localität, also eines
Theaters liegt: wenn selbst das Lesen dramatischer Werke
neuerer Zeit dadurch für uns weit genußreicher wird, daß
wir die Aufführung uns hinzu zu denken vermögen[†]); so
ist zum lebendigen Verständniß eines griechischen Schauspiels
gewiß auch eine flüchtige Bekanntschaft mit der Structur und
ganzen Einrichtung des griechischen Theaters unerläßlich.

Wir beginnen zunächst mit einer, wenn auch nur auf Um=
risse und Andeutungen sich beschränkenden, Geschichte des grie=
chischen Dramas von seiner ersten Entstehung bis zu seiner höch=

---

*) Daher auch die in den vorigen Jahren auf Veranlassung eines hochge=
bildeten Fürsten in Potsdam und Berlin versuchte und in Leipzig und
anderwärts wiederholte Aufführung der sophokleischen Antigone zwar
durch das Neue und Ungewöhnliche Viele in das Theater locken, aber
doch nur für ein sehr kleines Publikum etwas wirklich Ansprechendes
haben konnte.

†) Schlegel's Vorlesungen über dramat. Kunst und Lit. Th. I, S. 33.

ften Blüthe und seinem Herabsinken von dieser Höhe. Da
aber nur in der Tragödie von den drei in dieser Gattung
ausgezeichnetsten Dichtern eine in Vergleich des Reichthums
der dramatischen Literatur und der namentlich diesen Dichtern im Alterthum zugeschriebenen Tragödien freilich sehr
geringe Anzahl[a]) sich erhalten hat, während uns nur von
Einem komischen Dichter, unserem Aristophanes, 11 Lustspiele
blieben, von denen höchstens Eins (Plutos), und selbst das
nicht unbestritten, der sogenannten mittlern, die 10 übrigen
entschieden der ältern Komödie[b]) angehören: da also nur in
der Tragödie von einer allmäligen Entwickelung, von Vor-
und Rückschritten die Rede sein kann; so machen wir natürlich mit ihr den Anfang und suchen vermittelst ihrer unsere
Leser in das griechische Theaterwesen einzuführen, um ihnen
eine Beisteuer zu dem oben erwähnten Eintrittsgeld zum
griechischen Theater zu liefern. Denn selbst aus diesem kurzen Abrisse werden sich nicht blos die meisten von neuerer
Sitte so sehr abweichenden Eigenthümlichkeiten der griechischen
Bühne herausstellen und erklären, sondern auch die Frage beantworten lassen: wie es geschah, daß dieselbe in so kurzer Zeit einen so hohen Grad von Vollkommenheit erreichte.

II. Wie die lyrische Poesie, zunächst in dem Hymnus
und der Elegie, aus der epischen, so ging die dramatische

---

a) Man schrieb dem Äschylos 110, dem Sophokles 130, dem Euripides 69 Dramen (Tragödien und Satyrspiele) zu und giebt die Ge-
sammtzahl der von Thespis 540 v. Ch. bis 250 n. Ch. bekannt gebliebenen Dramen auf 1463 Tragödien und Satyrspiele von 45 Dichtern und auf 1882 Komödien von 165 Dichtern herrührend an. Freilich sind diese Zahlenangaben bei Verschiedenen verschieden angeführt,
dienen aber doch dazu, unsern Lesern einen Begriff von dem Reichthume
der griechischen Bühne zu verschaffen.

b) Wir bemerken vorläufig, daß die alten Grammatiker bereits eine
dreifache Gattung der gr. Komödie, die alte, mittlere und neue unterschieden und werden weiter unten auf diesen Unterschied zurückkommen.

aus der lyrischen hervor [10]), und ihre Entstehung hängt genau
mit der Geschichte der Civilisation Griechenlands zusammen.
Obschon der Ursprung aller europäischen Cultur in Griechenland
zu suchen ist, und obschon die meisten griechischen Völkerstämme
mit Stolz sich Autochthonen (Ureinwohner) nannten, dürften
sich doch schwerlich eben so wenig die ursprünglich griechische Völ=
kerstämme nachweisen und von den eingewanderten scheiden,
als die Behauptung in Zweifel ziehen lassen, daß durch die
Einwanderung fremder Ansiedler aus Kleinasien und Aegyp=
ten, die den nomadischen Hellenen, wenn wir uns dieses
freilich erst später in dieser Allgemeinheit gebrauchten Na=
mens zur Bezeichnung der ersten Bewohner von Hellas be=
dienen dürfen, an Bildung weit voraus waren, jene die An=
fänge ihrer Religion, Kunst und Wissenschaft erhielten. An=
statt aber, daß die in Amerika einwandernden Europäer die
Ureinwohner des Landes aus ihren Wohnsitzen verdrängten,
fand hier eine innige Vermischung statt [11]), und mit jedem
auf griechischen Boden verpflanzten Gewächs ausländischer
Cultur ging unter dem glücklichen Himmel dieses gottbegün=
stigten Landes eine veredelnde Veränderung und Umgestal=
tung vor.

Wie aber die Hellenen überhaupt das Andenken an
dergleichen Fortschritte zur Cultur in ihrer religiösen Sagen=
geschichte aufbewahrten, so begingen sie insbesondere den
Übergang aus dem rohen Naturzustande zu dem durch die
Einführung des Getraide= und Weinbaues herbeigeführten
gesetzlicher Ordnung und Civilisation, vielleicht auf Anord=
nung der fremden Herrscherfamilien, von denen dieselbe aus=
ging, durch fröhliche Feste, so wie sie auch die Erinnerung
an diesen Uebergang in der Geheimlehre der Mysterien be=
wahrten [12]).

---

10) Bei den Römern, die des Schauspiels erste Anfänge aus Etrurien
erhielten, fand der umgekehrte Fall statt. Livius VII, 2.

11) S. Hegel's Vorlesungen über die Philosophie d. Gesch. (sämmt=
liche Werke IX. Bd.) Th. I, Abschn. 2.

12) Nihil melius illis mysteriis, quibus ex agresti immanique vita

Thesmóphoros, die Bringerin der Ordnung und des Gesetzes, hieß Demeter (Ceres), weil die Einführung des Getraidebaues nähere Bestimmung eines Privateigenthumes und sonach die Einführung gesetzlicher Ordnung herbeiführte. Dieses wichtige Ereigniß feierte man in den Thesmóphorien. Als eben so wichtig und erfreulich sah man die Einführung des Weinbaues in Griechenland durch Dionysos [13]) an, und da den zu Ehren dieses Gottes gefeierten Dionysien das Drama bei den Griechen seinen Ursprung verdankt, so wurden auch in der Folge nur an den verschiedenen Bakchosfesten Dramen aufgeführet, und Dionysos galt fortwährend für den Apollo der dramatischen Poesie [14]). Aber nicht bloß als Thesmóphoros, als Begründer des Ueberganges vom rohen Naturzustande zum gebildeten Leben ward Dionysos verehrt, auch als symbolisirte Zeugekraft der Natur, versinnlicht durch den bei den Festzügen herumgetragenen Phallos. Der in dieser Beziehung ihm geweiheten Verehrung verdankt die Komödie, der in jener die Tragödie ihren Ursprung.

Schon unter Pándion, dem vierten Nachfolger des Ägyptiers Kekrops, der zuerst in Attika sich niederließ, kommt nach einer in einem alten Volksliede [15]) aufbewahrten Sage

---

exculti ad humanitatem mitigatique sumus; Initiaque ut appellantur, ita revera principia vitae cognovimus. Cic. de Legg. II, 14.

13) Er führte ebenfalls den Beinamen Thesmóphoros. Ihm glaubte man nicht bloß die Einführung des Weins, sondern des Obstbaues überhaupt zu verdanken, daher sein Beiname κάρπιμος.

14) Offenbar fanden die alten Opfer und Festvereine (σύνοδοι) nach dem Einernten der Früchte statt, als Erstlingsgaben. Denn zu solchen Zeiten war man am meisten frei von Arbeit, sagt Aristoteles. Von den dabei mit Gesang aufgeführten Reigentänzen leitet Max. Tyrius (Dissert. XXI. p. 216 ed. Jo. Davisius Cantabr. 1703) die Entstehung der Theaterbelustigungen her. Hor. Ep. II, 1, 139 ff.

15) Fertinschriften von G. Zell. Borl. I. die Volkslieder der Griechen.

der Freudengeber zum Ikários [16]), unterweis't ihn in der
Kunst des Weinbaues und schenkt ihm einen Schlauch Wei=
nes oder eine Weinrebe. Als Ikários darauf den Hirten
in Attika von seinem Weine mittheilt, glauben diese, noch
nicht bekannt mit der berauschenden Kraft des neuen Ge=
tränkes, Gift erhalten zu haben, erschlagen den Ikários und
stürzen seinen Leichnam in einen Brunnen. Möra, der treue
Hund des Erschlagenen, entdeckt der Erigone, der Tochter
des Ikários, die Leiche ihres Vaters, diese erhängt sich; der
erzürnte Gott macht die Töchter der Bewohner von Attika
wahnsinnig, auch von diesen erhängen sich viele, bis endlich,
einem Orakelspruche zu Folge, die Mörder des Ikários be=
straft und das Schaukelfest, αἰώρα, gestiftet wird — weil
auch der Leichnam der Erigone am Baume schaukelnd sich
hin und her bewegte [17]) bei welchem der ernsten Veranlassung
ungeachtet neckende Scherzreden und wohl auch Verkleidun=
gen statt fanden [18]).

_____

16) Von ihm erhielt der Flecken, den er bewohnte, den Namen
Ikárion.

17) Athen. XV, 618. Hyg. Fab. 130. Jul. Bulenger de thea-
tro I, c. 37.

18) Vater, Tochter und Hund erblicken unsere Leser noch als Boötes,
Jungfrau und großen Hund — canis Icarion bei Ovid — am Him=
mel. Von welcher Wichtigkeit überhaupt den Hellenen die Einführung
des Weinbaues erschien, beweist der Umstand, daß die Geschichte dersel=
ben in zahlreichen Sagen sich erhielt. So kommt (Paus. VII, 4, 0)
Önopion (der Weintrinker) mit seinen Söhnen, deren Namen Euanthes,
Melas ebenfalls in Beziehung zum Weinbau stehn, nach Chios und
lehrt die Chier den Weinstock bebauen und behandeln. In Lemnos
wurde bis in die spätesten Zeiten der Weinbau mit Erfolg betrieben.
Beim allgemeinen Tode, den die Lemnierinnen den Männern bereiten,
rettet Hypsipyle ihren Vater Thoas (von Θοάζειν s. v. a. bakchantisch
rasen) nach der Insel Önoe (von οἶνος der Wein), wo er mit einer
Nymphe desselben Namens den Sikinos erzeugt, von dem später die
Insel, in der Nähe von Cubba gelegen, benannt wird. (Apollon.
Rhod. 1, 620.) Höchst wahrscheinlich aber erhielt ein bakchantischer
Tanz σίκιννις, der später bei den Satyrspielen der übliche blieb, da=

Ähnliche Feste wurden zu Ehren des Dionysos, in der angeführten doppelten Beziehung, auch in der übrigen Hellas, insbesondere im Peloponnes begangen. Ausgelassene, zum wilden, vernunftlosen Taumel ausartende Lustigkeit war der Charakter derselben. Mummereien, Verkleidungen nicht nur in bestimmte Personen und Stände, sogar in Thiere, fanden hier verbunden mit mancherlei Spottreden und Neckereien statt. „Ähnliches erfahren wir von den Festspielen der alten Litthauer und Schweden, ja der Bewohner des Himalayagebirges"[19]. So sagt auch Agricola[20]: „Wir Deutschen halten Fastnacht, St. Burchard, St. Martin, Pfingsten und Ostern für die Zeit, da man soll für andere Gezelten im Jahr fröhlich sein und schlemmen: Burchard's Abend (11. Oct.) um des neuen Mostes willen, St. Martin vielleicht um des neuen Weines willen, da brät man feiste Gäns' und freut sich alle Welt." Auch hier fanden und finden hie und da noch Vermummungen und Neckereien statt[21]. Solchen Festen und den damit verbundenen Verkleidungen verdankt das griechische Drama seine Entstehung[22].

Musik, Gesang und Tanz waren bei den Griechen auf das Unzertrennlichste verbunden. Der Bock, der Verwüster des Weinstocks, ward dem Bakchos bei der Weinlese, dem Kelterfeste, oder wenn man zuerst den jungen Wein kostete[23],

---

her den Namen, wie überhaupt dergleichen Überlieferungen zu Festen und Tänzen die Veranlassung wurden. Über die erwähnten Sagen s. Dsann Rh. Museum. Jahrg. 3. S. 240 ff.

[19] O. F. Gruppe Ariadne. Die tragische Kunst der Griechen in ihrer Entwickelung und in ihrem Zusammenhange mit der Volkspoesie. Berlin 1834. S. 110. Beim Huhlifest der Hindus wurden die Vornehmsten auf das Ausgelassenste verunglimpft.

[20] Sprüchwörter N. 312.

[21] C. F. Flögel Geschichte des Grotesk-Komischen. S. 194.

[22] Dem Rausche verdankt die Komödie und Tragödie ihre Erfindung, zu Ikarien in Attika ward sie erfunden, heißt es beim Athenäos.

[23] Bei jeder dieser 3 Gelegenheiten beging man in Athen ein Fest, Διονύσια, Λήναια und Ἀνθεστήρια.

als Sühnopfer dargebracht. Ein Chor in Satyrn und Silenen verkleideter Landleute, gewöhnlich 50 — eine Zahl, -
die sich anfänglich auch beim tragischen Chor erhielt, führten
die nach Herodotos [20]) von Arion dem Methymnäer — bei
Methymne auf Lesbos wuchs der beste lesbische Wein —
erfundenen, zuerst so benannten und eingeübten Dithyramben [21]) unter der Begleitung von Flöten- oder Saitenspiel
singend und tanzend auf [22]). Daß diese Gesänge, Erzählungen
aus dem Leben des gefeierten Gottes, von seinen abenteuerlichen
Zügen und der Besiegung der mancherlei Schwierigkeiten,
die sich der Einführung seines Cultus und des Weinbaues
entgegenstellten, enthielten, darauf deutet schon der Name hin.
Dionysos ist [23]) der zweimal Geborene, der zweimal in das
Leben Getretene, ὁ δὶς τὰς θύρας (τοῦ βίου) ἀμείβων.
Indem so das lyrische Element in das epische überging, was
war natürlicher, als daß, eine Erfindung, die man dem Athenienser Thespis — um 540 v. Chr., ein halbes Jahrhundert vor dem Beginnen der persischen Kriege — zuschrieb [24]),

---

[20]) I, 23.

[21]) Ἀρίονα — διθύραμβον πρῶτον ἀνθρώπων τῶν ἡμεῖς ἴδμεν,
ποιήσαντά τε καὶ ὀνομάσαντα καὶ διδάξαντα. Herod. I, 23.

[22]) Suidas nennt den Arion auch Erfinder der tragischen Weise
(τοῦ τραγικοῦ τρόπου).

[23]) Nach der bekannten Sage, daß seine Mutter Semele durch die
eifersüchtige, verkappte Here sich verleiten ließ, nachdem ihr Zeus die
Gewährung einer Bitte mit hohem Schwure zugesichert, von ihm zu
begehren, daß er in seiner Herrlichkeit als König der Götter und Menschen sich ihr zeige, und daß sie ein Opfer dieser thörichten Bitte wurde,
Zeus aber das noch unreife Kind in der eigenen Hüfte austrug, so daß
es zweimal geboren ward.

[24]) Ὥσπερ δὴ τὸ παλαιὸν ἐν τῇ τραγῳδία πρότερον μὲν ὁ χορὸς
διεδραμάτιζεν, ὕστερον δὲ ὁ Θέσπις ἓν ὑποκριτὴν ἐξεῦρεν ὑπὲρ
τοῦ διαναπαύεσθαι τὸν χορόν, καὶ δεύτερον Αἰσχύλος, τὸν δὲ
τρίτον Σοφοκλῆς, καὶ συνεπλήρωσεν τὴν τραγῳδίαν. Diog. Laert.
im Leben Plato's. (Wie vor Alters in der Tragödie anfangs der Chor
die ganze Handlung darstellte, später Thespis Einen Zwischenredner

ein Zwischenredner auftrat, vielleicht in der Rolle des Gottes seines Gefolges Anreden erwiedernd und in alter Rhap-
soden Weise eine Erzählung aus dem Leben des Gottes
(ἐπεισόδιον) einflechtend? Was natürlicher, als daß der mit
Beifall aufgenommene Gedanke sowohl von Thespis als
Prätinas, einem gleichzeitigen Dichter, auch auf die, wenn
wir jetzt schon uns dieses Ausdruckes bedienen dürfen, dramatische Darstellung anderer religiösen Sagen übergetragen wurde, was die dadurch anfangs überraschten Zuschauer
zu dem Ausruf: das hat ja keinen Bezug auf Dionysos
(οὐδὲν πρὸς Διόνυσον), den man später sprüchwörtlich von
jedem Ungehörigen gebrauchte, bewog[29])? Diese ersten dramatischen Versuche, bei denen der Chor also, wie in dem
nachherigen Satyrspiel (δράμα σατυρικόν), mit denen sie
wohl auch die meiste Ähnlichkeit haben mochten, aus Satyrn,
Silenen und anderen Begleitern des Bakchos bestand (weshalb auch Aristoteles[30]) das Satyrspiel als das ursprüngliche
Drama annimmt und die Tragödie als eine Veredlung desselben ansieht), führten von dem schon erwähnten Opfer eines
Bockes den Namen Bock s-, oder, weil der Chor entweder
in fröhlicher Lust, oder um sich selbst unkenntlich und den
dargestellten Bocksfüßlern ähnlicher zu machen, die Gesichter
mit Weinhefen sich bestrich[31]), Hefengesänge, Tragödien

---

erfand, damit der Chor ausruhen könne, einen zweiten Äschylos, Sophokles den dritten, und diese die Tragödie vollendeten.)

[29]) So erklärt es Zenobios oder Zenobotos, ein Sophist unter
Hadrian, der einen Auszug aus der Sprüchwörtersammlung des Alexan-
driners Didymos und des Lucillus Tarrhäus machte.

[30]) Arist. Poët. 4. Is. Casaub. de poësi satyrica c. 1. Dem
stimmt auch Gottfried Herman bei: Verisimile, Satyros etiam anti-
quiores tragoediis fuisse. Opusc. II, 307. Nach R. Bentley behauptet, das Thespis Dramen kein Satyrspiele gewesen. Die 4 vom Suidas angeführten Dramen desselben: Phorbas oder die Kämpfe des Pelias,
die Priester, die Jünglinge und Pentheus scheinen theils zu dieser Behauptung zu stimmen, theils wenigstens Ihr nicht zu widersprechen.

[31]) Virg. Ecl. X, 27 nennt den Pan sanguineis baccis minioque

ober Tragödien, und erst später wurde der erstere Name für
des Schauspiels ernster Gattung, für die Heerder den
angemessenen Ausdruck Heroenspiel vorschlägt, ausschließend
gebraucht[22]); ja man mochte sich des Namens Tragödie und
Komödie wohl früher, als an etwas Dramatisches zu denken
war, von lyrischen Chorgesängen bedienen[23]). In einer wilden Landschaft, dem gewöhnlichen Schauplatze der größten
Theils heitern Helbenabenteuer des Gottes, wurden diese ersten[24]) Dramen unter freiem Himmel, wie auch in der Folge
die griechischen Schauspiele stets, aufgeführt, und der Schauplatz war dabei wahrscheinlich, als die bald dafür erwachsende
Theilnahme eine größere Anzahl von Zuschauern herbeizulocken
begann, so gewählt, daß im Halbkreis terassenförmig anstei-
gende Hügel ihnen bequeme Sitze boten. Die einzige Vor-
richtung dabei war eine Laube ($\sigma\kappa\eta\nu\dot\eta$, scena), in welcher
die Zwischenredner ($\dot\upsilon\pi o\kappa\rho\iota\tau\alpha\iota$) sich an- und umkleideten,

___

rubentem. Dem Jupiter weihte der ältere Tarquin ein Bild auf dem
Capitol, welches die Censoren bei ihrem Amtsantritt übermennigen
ließen. (Plin. H. N. XXXIII, 36. XXXV, 45). In Korinthos befanden sich vergoldete Holzbilder des Dionysos, τὰ δὲ πρόσωπα ἀλωιφῇ
σφισιν ἐρυθρᾷ κεκόσμηται (Paus. II, 2, 5).

22) Tragödie war anfangs der gemeinsame, auch für das Lust- und
— können wir hinzusetzen — Satyrspiel gebrauchte Name; späterhin
blieb dem Trauerspiele der gemeinsame Name, und die Komödie wurde
mit einem eignen bezeichnet, sagt Tristotles. Auch Böttiger sagt:
K rudi poëel Satyrica, quam omnium omnino, quae in scenam At-
ticam prodierunt, dramatum foecundissimam matrem et nutricem
fuisse existimo, constitui sunt chori tragici et comici. Opp. p. 335.

23) So werden dem Simonides von Keos v. (557—467) und dem
Pindaros Tragödien zugeschrieben. Böckh's Staatshaushalt der
Ath. II, S. 302.

24) Vitruvius, indem er (V, 8) die Bühnenausschmückung beim
Trauer-, Lust- und Satyrspiel beschreibt, sagt: satyricae (scenae)
vero ornantur arboribus, spelunck, montibus, rellquisque agrestibus
rebus, in topiarii speciem deformatis — die Bühne beim Satyrspiel
wird mit Bäumen ausgeschmückt, Höhlen, Bergen und andern ländlichen
Gegenständen, in der Weise eines Lustgartens angeordnet.

und aus welcher sie hervortraten¹⁸). Der Karren, auf
welchem Thespis sein Schauspiel führte²⁹), und der den Al=
terthumsforschern viel Noth gemacht hat, hatte, wie uns be=
dünkt, eine doppelte Bestimmung. Theils deutet die sprüch=
wörtliche Redensart: Neckereien vom Karren (τὰ ἀμάξης
σκώμματα, davon ein Zeitwort ἐξαμάξειν) darauf hin, daß,
wie später der Schauspieler auf dem Logeion höher stand,
als der Chor in der Orchestra, schon damals der Zwischen=
redner auf diesem eine Art Bühne bildenden Karren eine
über den ihn umgebenden Chor erhöhte Stellung einnahm,
was schon deshalb nöthig war, damit er dem Kranze von
Zuschauern mehr in die Augen fiel und besser von ihnen
verstanden werden konnte; theils mochte wohl der Erfinder
dieser neuen, großen Beifall findenden Volksbelustigung in
Attika, um bald da, bald dort, wahrscheinlich aber stets
an dem Dionysos geweihten Festen, sein improvisirtes Thea=
ter aufschlagen zu können, nicht etwa, wie Einige vermuthet
haben, seine Choreuten — das den Chor bildende Personal
— wohl aber den zur eignen Costümirung und den seiner
Truppe, wozu vielleicht schon damals anfangs aus Baum=
rinde verfertigte Masken gehören mochten, erforderlichen Ap=
parat mit sich herumführen. Auch diese Zwischenreden wa=
ren gleich dem Chorgesange metrisch; noch war aber nicht,
wie Aristoteles ausdrücklich bemerkt, der später für den Dia=
log, mit wenigen Ausnahmen im Trauer= und häufigeren
im Lustspiel, bestimmte Jambus, sondern der dem Tanze
angemessenere trochaische Tetrameter vorherrschend. Zu=
gleich erhellt aus den unterstrichenen Worten, daß auch der
Zwischenredner seinen aus Declamation und recitativ ähn=

28) Der griechische Name für Schauspieler ὑποκριτής bezeichnet ur
sprünglich weiter Nichts, als Einen, der Antwort giebt (ὑποκρινόμε-
νος). Indem dieser aber ein Zudecker zu sein vorgiebt, als er wirklich
ist, wurde in abgeleiteter Bedeutung später dieses Wort auch für Heuch=
ler gebraucht, wie wir es u. a. im neuen Testamente gebraucht finden.
29) Horat. Ep. II, 3, 276.

lichem Gesange gemischten Vortrag mit einer dem jedesmaligen Inhalte angemessenen, durch Rhythmus und Tact bestimmten Bewegung begleitete.

III. Daß einer der nächsten Nachfolger des Thespis, Prátinas, bereits eines aus Bretern kunstlos für Schauspieler und Zuschauer zusammengeschlagenen Theaters [37]) zu Athen bei Aufführung seiner Dramen sich bediente [38]), geht aus einer Stelle des Suidas [39]) hervor, in welcher dieser berichtet, bei einer Tragödie [40]) desselben sei dieses Theater beinahe zusammen gebrochen, und das habe zum Aufbau eines steinernen auf der Akropolis in der Nähe des Dionysostrumpels die Veranlassung gegeben, gewissermaßen eines Tropáon des bei Salamis über Xerxes erfochtenen Sieges. Denn nach Pausanias [41]) diente ihm nicht bloß Xerxes königliches Prachtzelt zum Vorbilde, sondern es mußte auch die Kriegsbeute die Kosten dazu hergeben [42]). Als Sulla 400 Jahre später

---

37) Dieses Theater war ebenso wenig bedeckt, wie es des Thespis erste Vorrichtungen gewesen waren, und unbedeckt blieb Bühne, Orchestra (der dem Chor bestimmte Raum) und die Sitze der Zuschauer bis in die spätesten Zeiten.

38) Hesych. s. v. ἴκρια; so anfangs zu Rom: Aediliis olim scenam tabulatam dabat subito excitatam. Ausos.

39) Suid. s. v. Πρατίνας. Es geschah um die 70. Olympiade.

40) Wir führten schon an, daß Tragödie ursprünglich der Name für jedes Drama war, und so kann hier unter demselben auch ein Satyrspiel verstanden werden.

41) Att. I. 20, 3.

42) Überhaupt mochten die Athener gern Alles auf ihre glorreichen Siege bei Marathon und Salamis beziehen. So sollte z. B. zu des Phidias kolossalem, aus Erz gegossenem Bilde der Athene auf der Akropolis der Zehnte der dort gewonnenen Kriegsbeute verwendet worden sein. — Ähnliches erzählte man von der Ἀφροδίτη ἐν κήποις des Alkamenes.

im mithridatischen Kriege Athen mit Sturm nahm (87 v. Ch.), steckte er es in Brand [43]).

Suidas giebt die Anzahl der von Prátinas herrührenden Stücke auf 50 an, unter denen sich 32 Satyrspiele befanden. Mit Unrecht zieht Jf. Casaubonus die Zahl 32 in Zweifel und will dafür 12 lesen ($\iota\beta'$ statt $\lambda\beta'$,); jene Nachricht unterstützt vielmehr die Vermuthung, daß aus dem ursprünglich selbstständig und nicht als Nachspiel, wie später, aufgeführten Satyrspiel, welches der Tragödie ernste Würde mit dem heiteren Scherze des Lustspiels in sich vereinte, durch Scheidung beider das Trauer und Lustspiel hervorgegangen sei.

Ein Zeitgenosse und Schüler des Thespis war Phrynichos, nicht zu verwechseln mit einem späteren komischen Dichter dieses Namens. Er wagte es, neben den mythischen auch historische, der nächsten Vergangenheit entlehnte Stoffe auf die Bühne zu bringen. Aber seine Einnahme von Milétos [44]) (498 v. Ch.), die er wahrscheinlich in den nächsten Jahren aufführte, rührte zwar, nach Herodot [45]), seine Zuschauer zu Thränen, zog aber dem Dichter eine Geldstrafe von 1000 Drachmen (etwas über 200 Thlr.) zu [46]), weil er seine Mitbürger „an heimische (zum Theil durch Entziehung ihres Beistandes selbst verschuldete) Unfälle erinnerte [47]).“

[43] $\lambda\tau\eta\sigma\rho\mu\alpha\iota$, ein Ausdruck, aus dem sich schließen läßt, daß auch in diesem Theater noch sehr Vieles, vielleicht selbst die Sitzreihen von Holz war.

[44] Einen ähnlichen gleichzeitigen Stoff, die Niederlage des Xerxes, besitzen wir in Äschylos' Persern (aufgef. Ol. 76, 4), die er den Phönissen des Phrynichos nachgebildet ($\pi\alpha\rho\alpha\pi\epsilon\pi\sigma\iota\eta\sigma\vartheta\alpha\iota$) haben soll, wie wir in der alten Inhaltsangabe der Perser berichtet finden, wo uns auch Ein Vers aus den Phönissen erhalten ist.

[45] VI, 21.

[46] $\Phi\rho\nu\iota\chi\sigma\varsigma$ — $\acute{\epsilon}\nu$ $A\vartheta\eta\nu\alpha\iota\sigma$ $\chi\iota\lambda\iota\alpha\iota\varsigma$ (sc. $\delta\rho\alpha\chi\mu\alpha\iota\varsigma$) $\acute{\epsilon}\zeta\eta\mu\iota\omega\vartheta\eta$ $\acute{\epsilon}\delta\alpha\omega\sigma\epsilon$ $M\iota\lambda\eta\tau\sigma\upsilon$ $\tau\rho\alpha\gamma\omega\delta\iota\alpha\upsilon\tau\alpha$. Suid.

[47] „Das Urtheil der Athener mag von der rechtlichen Seite hart und willkürlich scheinen — doch offenbart sich darin ein richtiges Ge

2

Ihn nennt Suidas den Erfinder des oben erwähnten (tro=
chaischen) Tetrameters. Ihm schrieb man auch die Erfin=
dung der Masken zu, was mit einer anderen Nachricht des
Suidas zusammen stimmt, daß er zuerst Frauen in seinen
Tragödien, deren der erwähnte Gewährsmann neun nament=
lich anführt, habe auftreten lassen. Hier bedurfte es noth=
wendig einer Maske, da Frauenrollen auf der griechischen
Bühne stets von Männern dargestellt wurden[40]). Auch
Chörilos, dem man zahlreiche Tragödien zuschreibt, und der
noch mit Aschylos, ja Sophokles um den Preis gestritten
haben soll, wird unter den ersten Tragikern genannt.

IV. Aber dieser Vorgänger ungeachtet wird doch mit
Recht der erhabene Aschylos[*]) als Vater der Tragödie, die

---

fühlt für die Befugnisse und Grenzen der Kunst. Durch den Gedanken
einer außerhalb liegenden nahen Wirklichkeit des geschilderten Leidens
geängstigt, muß das Gemüth die zur Empfängniß ernn tragischer Ein=
drücke nöthige Ruhe und Besonnenheit einbüßen. Die Heldenfabel da=
gegen tritt aus einer gewissen Ferne und im Lichte des Wunderbaren
hervor." A. W. Schlegel Vorl. I, S. 118.

40) Böttigeri opusc. p. 229 und die in der Note XX. angeführten
Stellen. Das geschah (später) in den pantomimischen Tänzen sowohl:

Daphne und Niobe stellt die stumpfnasige Memphis im Tanz dar,
    Doch scheint Daphne von Holz, Niobe aber von Stein.

(Epigr. XI, 255), als auf der Bühne. „Der Vorwurf, den du der
Tanzkunst machst, sagt Lucian in der Schrift vom Tanze, daß Män=
ner Frauen darstellen, trifft auch die Tragödie und Komödie." Nach
A. Gellus VII, 5 führte der Schauspieler Polus die Elektra auf.
Selbst der Zutritt zum Theater war den Frauen versagt, s. Böttiger
opusc. 309. n. XXI. und Derselbe im Januarstück 1796 des deutschen
Mercur. — Horaz nennt Aschylos den Erfinder der Masken, Andern
den Chörilos, einen Zeitgenossen Beider. Aristoteles (Poët 5) sagt,
man kenne ihn nicht (τίς δὲ πρόσωπα ἀπέδωκεν ἠγνόηται).

*) geb. Ol. 63, 4.

sehr bald statt des ursprünglichen Satyrspieles[20]) in den Vordergrund trat, und als Begründer einer kunstgemäßeren Behandlung derselben angesehen. Zuerst widmete er dem Chor,
aus dem das ganze Drama hervorging, und der nicht blos
in allen sieben Tragödien, die wir noch von ihm besitzen,
stärker als bei seinen Nachfolgern, Sophokles und Euripides,
hervortritt, sondern in einigen — den Schutzflehenden und
Eumeniden — noch die Hauptrolle spielt, eine besondere
Aufmerksamkeit. Chamäleon[51]) sagt, er habe zuerst die Chor-
reigen geordnet, indem er dabei nicht blos keiner Tanzlehrer
sich bediente, sondern auch selbst die Anordnung der Tänze[52])
für die Chöre entwarf[53]). Welchen Werth er diesem Theile
der tragischen Darstellung beimaß, geht nicht blos aus dem
auf seine Chorgesänge gewendeten Fleiß, sondern auch aus
der kunstreich symmetrischen Anordnung derselben hervor[54]).
Horaz nennt ihn sogar den Erfinder der Maske, wenigstens
sorgte er für das würdigere Auftreten seiner Götter und Helden. Wie diese eine das Gewöhnliche weit überschreitende
Kraft des Wollens und des Charakters offenbaren — wir
erinnern hier unsere mit Äschylos bekannten Leser vor Allem
an seinen Prometheus — so galt von ihnen auch nach dem
allgemeinen Volksglauben in physischer Hinsicht, was Schil-

---

50) Dieses wurde jedoch als den zur Aufführung von Dramen ausschließend bestimmten Dionysosfesten angemessenes Nachspiel bis in die
spätesten Zeiten beibehalten.

51) Chamäleon aus Heraklea schrieb nach Athenäos (IX, 13, 25)
ein weitläuftiges Werk über die Komödie.

52) Plutarch unterscheidet beim Tanz dreierlei: φορά Bewegung,
das, σχῆμα Anordnung, Tanzfigur und δεῖξις Geberde.

53) Athen. I, p. 21. E. Doch nennt der Vf. seiner Biographie den
Telestes als χορουδιδάσκαλος.

54) Auch den Dialog unterwarf Äsch. einer ähnlichen Regelmäßigkeit.
Er wechselte entweder Vers um Vers (Stichomythie), oder die Unterredung schritt in Verspaaren fort, oder die Redenden sprachen in be-
stimmter Aufeinanderfolge. So z. B. Sieben gegen Theben 348—689.

ler in seinen Kranichen des Ibykus sehr richtig von den auf
der Bühne erscheinenden Erinnyen sagt:

Es stieg das Riesenmaß der Leiber
Hoch über menschliches hinaus.

Diese übermenschliche Größe wußte er theils durch den nachher zum Sinnbild der Tragödie gewordenen Kothurn[55]),
theils durch einen nach oben hin die Gestalt des Auftretenden erhöhenden Haaraufsatz (ὄγκος) darzustellen. Ein weiter, faltenreicher, bis zu den Füßen herabwallender Mantel
(χλαμύς) entzog jenen mit seiner künstlichen Erhöhung dem
Auge des Zuschauers, und eine lange Schleppe (σύρμα) voll-
endete den imponirenden Eindruck der ganzen Erscheinung.
Unter diesem Mantel trugen sie — so erblicken wir sie auf
den Mosaiken im Vatican — lange, faltige, bis zu den
Füßen herabgehende Unterkleider (χιτών) von verschiedenen
Farben und sehr breite, an der Brust sitzende Gürtel (ὑπο-
χάλκιον) mit gestickter Arbeit[56]). „Die Künste, bemerkt
Gruppe[57]) sehr richtig, sind in ihren Anfängen noch nicht so
weit gediehen, um nur die Möglichkeit einer irgend wie mit
dem Scheine des Wirklichen täuschenden Darstellung zu fassen, sie entsagen daher diesem Streben[58]) und gehen einen
andern Weg. Sie gehn in das Ideale über und suchen
durch andere Vorzüge den abgehenden Schein freier Leben-

---

55) Bis 4 über einander gereihte Korksohlen. Auch der Chor erschien
im Kothurn, aber mit einfachen Sohlen; Sclaven und Seeräuber dagegen im Soccus und in nicht vertheilter Gestalt.

56) O. Müller's Eumeniden S. 109. Auch zwei Epigramme des
Dioskorides (Anth. VII, 410, 411) nennen den Thespis den Erfinder
der Tragödie und letztere den Äschylos den Erweiter der tragischen
Kunst, sowohl in poetischer als scenischer Hinsicht.

57) Ariadne S. 728.

58) Τοὺς γὰρ ὄγκους καὶ τὰς μεγάλας πρὸς ἐκπληξιν ἀφορμὰς
μᾶλλον ἀγαπῶν, ᾗ μᾶλλον ἁπάτην — er benutzt Bühnendarstellung
und dabei mehr zu einer wunderbaren Erschütterung, als zur Täuschung — heißt es in seiner Biographie.

bigkeit zu erseßen." „So gehen," sagt Schlegel[14]), freilich
nicht in Bezug auf die scenische Darstellung und Erscheinung,
sondern auf den Inhalt der Aschyleischen Schauspiele, doch
ist es auch auf jene anwendbar, „in der Kunst, wie in der
Natur riesenhafte Erzeugnisse denen von geregeltem Eben=
maß voran, welche sich dann bis zur Nieblichkeit und Un=
bedeutendheit verkleinern." Für die Aufführung seiner Tra=
gödien gab Agatharchos auch der Bühne, wahrscheinlich un=
ter des Dichters Leitung, eine zweckmäßigere Einrichtung[40])
und schrieb selbst über diesen Gegenstand. Daß er, nach
Horaz, die früher mit Weinhefen bestrichenen Gesichter der
Schauspieler — die deshalb unser Aristophanes Hefengötter
(τρυγοδαίμονες) nennt — mit der ehrsamen Maske[41])
bekleidete, erwähnten wir bereits. Der Gebrauch der Mas=
ken blieb im griechischen Drama für alle Folgezeit.

Doch weit wichtiger, als diese auf die Aufführung sei=
ner Tragödien bezüglichen äußeren Veränderungen, sind die
inneren, welche Aschylos hinsichtlich der Anlage und des
Baues seiner Stücke vornahm. Die Zahl der Schau=
spieler brachte zuerst Aschylos von Einem auf
zwei und beschränkte den Chor und wies der
Rede die erste Stelle an[42]).

Nicht als ob, was den ersten vom Aristoteles angeführ=
ten Punct betrifft, beim Thespis und den Vorgängern des

<hr>

[14]) Dram. Vorlesg. I, 106.

[40]) Namque primum Agatharchus Athenis, Aeschylo docente,
tragoediam, scenam, et de ea commentarium reliquit. Vitruv. in
praef. libri VII. Das primum ist hier nicht zu urgiren, sondern so
zu erklären, daß erst die von Ag. eingerichtete Bühne diesen Namen
verdiente.

[41]) Post hunc personae pallaeque repertor honestae (Epist. ad
Pis. 278) übersetzt Voß: Nach ihm fügte die Larv' hinzu und die ehr=
same Schleppe. Unstreitig ist aber das Beiwort honestae eben sowohl
auf personae als pallae zu beziehen; darum erlaubten wir uns in der
nach Voß weiter unten angeführten Stelle eine kleine Veränderung.

[42]) Arist. Poët c. 4.

Äschylos überhaupt nur Ein Schauspieler stets in derselben
Rolle, beim Äschylos selbst aber eben so nur zwei
aufgetreten seien, sondern bei Jenen wechselte jedes Mal
nur Ein Schauspieler Reden mit dem Chorführer, bei
Diesem nur zwei, aber in verschiedenen Auftritten Verschie-
bene [63]). Zwar befinden sich beim Äschylos zuweilen mehr
als zwei Personen auf der Bühne, was aber diese Zahl
überschreitet, spielt nur eine stumme Rolle. So tritt z. B.
in den Choëphoren Orestes stets in Begleitung seines Freundes Pylades auf, dieser spricht aber während der ganzen
Handlung kein einziges Wort. Erst Sophokles fügte den
dritten Zwischenredner hinzu, welche Zahl in der Tragödie
wohl nie überschritten wurde; im Lustspiel dagegen fand
diese Beschränkung nie statt.

Er beschränkte, sagt Aristoteles weiter, den Chor.
Damit steht das oben Bemerkte: beim Äschylos trete der
Chor stärker hervor, als bei seinen Nachfolgern keineswegs
in Widerspruch; denn der Philosoph sagt das in Bezug auf
die früheren tragischen Versuche. In den Schutzflehenden bildet
der aus den funfzig Töchtern des Danaos bestehende Chor
sogar die Hauptperson, und wir stimmen eben deshalb gern
der Vermuthung Schlegel's bei, der sie für eines der frühern,
also dem ersten Entstehen der Tragödie näher stehenden,
Werke des Dichters hält [64]). In zwei andern, in denen wir

---

63) In den sieben uns erhaltenen Stücken des Äschylos findet nur
Eine Ausnahme von dieser Regel, in den Eumeniden statt. Als diese
zur Aufführung kamen, war Sophokles seit 10 Jahren bereits aufgetreten, und Äschylos stand im 67. Lebensjahre. Warum hätte er nicht
von Änderungen Gebrauch machen sollen, die ihm einen freiern Spiel-
raum gestatteten? Mit Unrecht führt Dacier in seinen Anmerkungen
zu Aristoteles' Poëtik eine zweite Stelle aus den Choëphoren an. Man
vergleiche darüber Lessing Leben des Sophokles, herausgeg. v. Eschen-
burg. S. 120 ff. Die von Dacier und Lessing erhobenen Bedenklich-
keiten sind so wohl am Natürlichsten zu beseitigen.

64) Dramat. Vorles. 1, 158.

nicht alter Heroen Willenskraft im Kampfe mit einem feind=
lichen Geschick und eben dadurch herrlicher sich entfaltend er=
blicken, sondern in welchen ein Kampf dargestellt wird, „wo
Götter Sieger wurden über Götter", und wir der die gewal=
tigen Revolutionen unseres Erdballs symbolisirenden Titanen
Geschlecht nicht ohne Widerstreben von einer neuen Götter=
dynastie unterdrückt sehen, besteht selbst der Chor nicht aus
Sterblichen, sondern in dem einen, dem Prometheus, wel=
ches uns in die Zeiten der ersten Entstehung des Menschen=
geschlechts zurückversetzt, bilden ihn des Oleanos Töchter, in
dem andern die Eumeniden (Furien), von denen das Stück
den Namen trägt. In ihnen personificirte der religiöse
Glaube der Hellenen und der demselben folgende, gern sym=
bolisirende Dichter das strafend rächende Selbstbewußtsein
begangener Schuld auf eine erhabene, tief ergreifende, grau=
senerregende Weise [66]). Fast könnte man behaupten, auch
hier spiele, wie in den Schutzflehenden, der Chor die Haupt=
rolle. In den vier übrigen Dramen unseres Dichters nimmt
der Chor schon mehr die Stellung ein, die ihm der Vollen=
der der tragischen Kunst, Sophokles, anwies, obschon auch
in den des Prologs [67]) entbehrenden Persern, der das Stück
eröffnende Chorgesang fast den siebenten Theil, die Chorge=
sänge überhaupt aber, die strophischen Zwischenreden einbe=
griffen, ziemlich die Hälfte des Ganzen ausmachen.

---

[66]) Wir dürfen unsere mit Aschylos unbekannten Leser auf Schiller's
Kraniche des Ibykus verweisen, der in dieser auf griechische Sagen ge=
gründeten Ballade nebst manchem Andern die dem Chor in den Mund
gelegten Worte, indem er durch die Aufführung der äschyleischen Eu=
meniden bekanntlich die Entdeckung der Mörder des Ibykus herbeiführt,
dem äschyleischen Trauerspiel entlehnte.

[67]) Unter Prolog, als dessen Erfinder vom Themistios bereits
Thespis angegeben wird, verstanden die Griechen die dem Auftreten des
Chors vorausgehenden, in die eigentliche Handlung einführenden Reden
Eines, wie beim Euripides, oder, wie beim Sophokles, auf eine weit
kunstreichere und der Natur des Drama's angemessenere Weise, mehrerer
Schauspieler.

Wenn es endlich in der aus Aristoteles angeführten
Stelle heißt, er habe der Rede die erste Stelle ange=
wiesen, so stimmt das mit der schon erwähnten Beschrän=
kung des Chors überein, und der Philosoph hatte hier wohl
vornehmlich unseres Dichters spätere Dramen vor Augen*).

V. Sophokles, fährt Aristoteles in der erwähnten
Stelle fort, und mit ihm stimmt Suidas überein, führte,
wie wir schon erwähnten, den dritten Zwischenredner ein
und die Bühnenmalerei, die er wahrscheinlich nur ver=
vollkommnete; denn nach Vitruvius*) gab bereits die für
Aeschylos eingerichtete Bühne des Agatharchos den Philoso=
phen Demokritos**) und Anaxagoras Veranlassung, über die
Perspective zu schreiben.

Er ließ zuerst den Chor aus funfzehn Personen
bestehn, während vorher zwölf auftraten**) — setzt
Suidas von den vom Sophokles eingeführten Neuerungen spre=
chend hinzu — und machte den Anfang mit Drama

---

61) Eine kurze Zusammenstellung der Hauptsache des bisher Erzähl=
ten finden wir bei Horaz ad Pis. 275 ff.

Neu erfand, wie man sagt, das Gedicht der tragischen Muse
Thespis, und führt' auf Karren sein Schauspiel, das mit Gesange
Männer dem Volk vorstellten, geschminkt mit Hefen das Antlitz;
Ihm fügte nach ihm die Larv' hinzu und das Schleppkleid
Aeschylus, welcher die Bühn' auflegte mäßigen Balken,
Und die erhabene Red' angab und den hohen Kothurngang.
    Voß.

64) Praef. libr. VII.

63) Auch im Verzeichniß der Schriften des Abderiten Demokritos von
Diogenes von Laert. finden wir mehrere auf einen solchen Inhalt deu=
tende Titel. Wahrscheinlich wies einer derselben die vom Agatharchos
begangenen Fehler nach, und der Andere trat als dessen Gegner auf;
denn fast immer standen beide Philosophen mit einander im Widerspruch.

70) Damit stimmt sein alter Biograph überein.

gegen Drama ben Wettkampf zu beſtehn, nicht
mit einer Tetralogie.

Wir beginnen mit bem zuletzt Angeführten unb knüpfen
unſere Darſtellung an allen unſern Leſern Bekanntes.

> Verzeiht bem Dichter, wenn er euch
> Nicht raſchen Schritts mit Einem Mal an's Ziel
> Der Handlung reißt, ben großen Gegenſtanb
> In einer Reihe von Gemälden nur
> Vor euren Augen abzurollen wagt —

ſagt Schiller im Prolog zum Wallenſtein, ber bekanntlich
aus brei zu einanber gehörigen Dramen beſteht. So bildet
Grillparzer's golbenes Vließ einen ähnlichen Dreiklang; ſo
beſtehen Zach. Werner's Söhne bes Thales aus zwölf Acten,
bie ſich leicht in brei Dramen vertheilen ließen, bes größten
Beiſpiels, welches bie neuere Literatur barbietet, ber zehn
Schauſpiele Shakespeare's, bie er ber engliſchen Geſchichte ent=
lehnte, nicht zu gebenken, wo nicht blos Heinrich IV. aus zwei,
Heinrich VI. aus brei Theilen beſteht, ſonbern bie ſogar Schlegel
als „Ein Ganzes, ein hiſtoriſches Helbengebicht in bramatiſcher
Form, wovon bie einzelnen Schauſpiele bie Rhapſobien ausma=
chen," betrachtet. Auf ber attiſchen Bühne wurbe bieſe von
neuern Dichtern nur ausnahmsweiſe befolgte Sitte balb vorherr=
ſchenb. Die älteſten tragiſchen Dichter traten balb nicht mit
Einem, ſonbern mit brei zuſammengehörigen Tragöbien auf,
unb bieſe heilige Dreizahl, Satz, Gegenſatz unb Vermitt=
lung ¹¹), wurbe mit bem Namen einer Trilogie, ober,
wenn man bas zur Erinnerung an bes Dramas Entſtehung
unb ben eigentlichen Zweck ber bem Dionyſos geweiheten
Feſte, ſowie zur Erheiterung ber vom Ernſte bes in ber
Tragöbie bargeſtellten Lebens allzuſehr ergriffenen Zuſchauer
hinzugefügte Satyrbrama mitrechnete, einer Tetralogie
bezeichnet ¹²). Schon bie Kürze ber älteſten Tragöbien ¹³)

---

11) Schlegel's bram. Vorl. I, 139.

12) So zerfällt bei ben Spaniern jebes Stück nicht in 3 Acte, ſon=
bern in brei Jornabas (Stationen, Tagreiſen).

13) Unter ben 7 Tragöbien bes Äſchylos umfaſſen ſechs 1000—1100

die zwar durch Gesang und Tanz des antistrophischen, lyrischen Theiles verlängert, dagegen aber ohne Aufziehen [70]) des
Vorhangs in ununterbrochener Aufeinanderfolge dargestellt
wurden, und der Umstand, daß die dramatischen Belustigungen mehrere Tage hinter einander vom frühen Morgen
bis zum sinkenden Tage dauerten, mußte die Dichter sehr
bald auf die Ausführung eines umfassenden mythischen Stof-
fes in einer Reihe von Gemälden führen. Erst als die
Zahl der tragischen Dichter sich gemehrt hatte, die, um den
Kampfpreis zu erringen, sich in die Schranken wagten,
konnte es dem Sophokles, der etwa 70 Jahre nach den ersten Versuchen des Thespis zuerst als tragischer Dichter auftrat, und dem die Trefflichkeit seiner Erzeugnisse gewiß bald
ein bedeutendes Ansehn unter seinen Mitbewerbern verlieh,
einfallen, diese zu vermögen, den Wettkampf mit Drama
gegen Drama zu bestehn.

Wir sehen uns hier zuerst veranlaßt, einer bisher noch
unerwähnt gebliebenen Sitte zu gedenken. Es ist bekannt,
welchen unendlichen Reiz Kampfspiele für die Griechen hat-

Verse, nur Agamemnon ist um ein reichliches Drittheil länger. Diese
Kürze war ihnen sogar gewissermaßen durch das Gesetz vorgeschrieben;
denn die dramatischen Wettkämpfe fanden nach der Uhr statt (κατα
κλεψύδρας ήγωνίζοντο Arist. Poet. VII, §.), d. h. sie durften ein
gewisses Zeitmaß nicht überschreiten.

[71]) Der die Mitte, d. h. den Haupttheil der Bühne den Augen der
Zuschauer entziehende Vorhang (ή αύλαία) wurde auch hier im Wider-
spruche mit der Sitte unserer Zeit beim Beginn des Stückes herabge-
lassen, so daß er also während des Spiels zusammengerollt am Rande
der Bühne lag, und beim Schlusse wieder hinaufgezogen. — Der
Verf. suchte in einem 1844 erschienenen Schulprogramm de theatri
scenaeque ludicro. Germanorum Romanorumque structura p. 18 ff.
nachzuweisen, daß auch die Griechen eines Vorhangs sich bedienten, und
glaubt, da gelehrte Erörterungen hier nicht an ihrer Stelle sein würden, auf das dort zur Unterstützung seiner Meinung Gesagte sich berufen zu dürfen. Freilich kam die angeführte Gelegenheitsschrift nie in
den Buchhandel, aber jede Bibliothek preußischer Gymnasien enthält
eine Sammlung der jährlich erscheinenden Programme, und so dürfte
es doch manchem unserer Leser zugänglich sein.

ten, so daß die zu Olympia, wahrscheinlich bereits beinahe
900 Jahre vor dem Beginn unserer Zeitrechnung, gefeierten,
nach benen man sogar die Jahre zählte, sowie die zu Ne-
mea, auf dem Isthmos, in Athen, ja wohl selbst in dem
kleinsten griechischen Staate zu bestimmten Zeiten begangenen stets einen großen Zusammenfluß von Menschen herbei-
lockten und zu einem der wirksamsten Mittel wurden, Gemeinsinn unter den zahlreichen griechischen Staaten zu wek-
ken und zu beleben. Ist es demnach zu verwundern, daß
der athenische Staat, von dem jede öffentliche Festfeier
ausging, und der die Kosten dazu entweder von seinen Ein-
künsten bestritt, oder einzelnen reichen Bürgern als Staats-
leistungen — Leiturgie war der vieles umfassende Name
dafür — auferlegte, als er sich der mit den wahrscheinlich
dreimal im Jahre begangenen Dionysosfesten in so naher
Verbindung stehenden und bald so großen Beifall findenden
Erfindung des Thespis annahm und anfing, die nicht unbedeutenden Kosten für Theater, scenischen Apparat, Costüme,
Einübung der Chöre und musikalische Begleitung aus seinen
Mitteln, oder durch die eben angedeutete Uebertragung [13]) zu

---

[13]) Da man fortwährend den Chor, aus welchem wir das Drama
hervorgehen sahen, als dessen Hauptbestandtheil betrachtete — wir erwähnten schon, welche Sorgfalt Äschylos nicht bloß auf die Ausarbeitung, sondern auch auf die scenische Darstellung seiner Chöre wendete
— so sah man nächst dem das Ganze leitenden Dichter den Chorführer (χορηγός) als denjenigen an, von dem nicht bloß die Ausstattung
und Einübung der Chöre, sondern die Aufführung des Stücks überhaupt
ausging. Nicht selten war er auch derjenige, der zugleich die zu jener
Ausstattung erforderlichen Kosten aus eigenen Mitteln bestritt. Eine
solche Staatsleistung bezeichnete man mit dem Namen einer Choregie
und bediente sich, da man bald dieselbe als die vorzüglichste zu betrachten anfing, dieses Ausdrucks dann in weiterem Sinne, um die Ueber-
nahme der Kosten für irgend einen öffentlichen Zweck damit zu bezeichnen. Der Dichter, der mit einer Trilogie oder einem einzelnen Drama
den Wettkampf bestehen wollte, wandte sich an den Archon und empfing von diesem einen der von den einzelnen Stämmen gestellten
Choregen (χορὸν llάβε). Ueber die Choregie und den damit verbun-

bestreiten; ist es zu verwundern, daß der Staat von Athen
bald auch diesen, in jedem Wettkampf liegenden Reiz benutzte,
den in kurzer Zeit so volksthümlich gewordenen dramatischen
Belustigungen einen höheren Reiz zu verleihen? Daß nicht
von Anfang an dies der Fall sein konnte, sondern daß vorher erst Thespis mehrere Nachahmer und Nebenbuhler gefunden haben mußte, liegt in der Natur der Sache, und
Plutarch erwähnt es auch ausdrücklich: der von seinen Rei-
sen zurückkehrende Solon wohnt den Vorstellungen des Thespis bei, in welchen dieser selbst auftritt, als die Sache noch
nicht zu einem Wettkampfe gediehen war[16]). Seine Nachfolger insgesammt beobachteten diese Sitte. Nur Sophokles
machte wegen seiner schwachen Stimme nothgedrungen eine
Ausnahme; er betrat, soviel wir wissen, nur zweimal, als
blinder Citherspieler Thamyris in dem verloren gegangenen
Stücke dieses Namens und als Tänzer in der Nausikaa, die
wahrscheinlich zu den Satyrspielen gehörte, die Bühne.
Aber nicht blos der Dichter Eifer wurde durch, wenigstens
späterhin nicht werthlose, Siegerpreise angefeuert, auch dem
Chorführer, dem besten Schauspieler und Flötenbläser wurden ähnliche Aufmunterungen und Auszeichnungen zu Theil,
welche in der Tragödie zehn aus den zehn Stämmen durch
das Loos bestimmte Kampfrichter zuerkannten.

Unter merkwürdigen Umständen erschien der junge Sophokles zuerst auf diesem Kampfplatze[17]). Das Orakel hatte
den Atheniensern befohlen, die Gebeine des Theseus, des
Gründers von Athen, in ihre Stadt zu bringen; dieser lag
auf Skyros begraben. Nachdem nun Kimon diese Insel
erobert, ließ er es sein Erstes sein, dem erwähnten Orakel zu
genügen. Er erschien mit seinen neun Mitfeldherren auf dem

----

deren Aufwand Wolf Prolegg. ad Leptineam und Böckh's Staatshaushalt. I, 484 ff.

16) Τοῦ πρώγματος οὔπω εἰς ἅμιλλαν ἀναγώνων ἐξηγμένον.
Plut. Sol. c. 29.

17) Olymp. 77, 4. 469 v. Chr. — dem Geburtsjahr des Sokrates.

auch zu Volksversammlungen benutzten Theater die herkömm-
lichen Opfer darzubringen. Eben sollte ein tragischer Wettkampf beginnen, und sowohl der 58jährige Äschylos, der seit
ziemlich dreißig Jahren so manches Trauerspiel mit dem entschiedensten Beifall auf die Bühne gebracht und so manchen
Sieg errungen hatte, befand sich unter den Bewerbern um
den tragischen Preis, als der viel jüngere Sophokles, den
sein ungenannter Biograph sogar — wir lassen es dahingestellt sein, mit welchem Rechte — Jenes Schüler nennt [76]).
Parteiungen hatten sich, bevor der Kampf noch begann, unter den Zuschauern gebildet, indem Manche des jungen Mit-
bewerbers Keckheit tadeln, Andere ihn begünstigen mochten.
Da ließ der Archon Aphepsion, um durch der Richter Ansehn jede etwa zu besorgende Unzufriedenheit mit ihrem Ausspruche zu beseitigen, nicht das Loos über ihre Wahl entscheiden, sondern vermochte den Kimon und seine Collegen,
von denen ebenfalls jeder einem andern der zehn Stämme
angehörte, so daß von dieser Seite dem Gesetze Genüge geschah, den Richtereid zu leisten und die für die Richter bestimmten Plätze einzunehmen [79]). Und nach so angesehener
Richter Entscheidung trug der Jüngere über den Älteren den
Sieg davon. War es nun wohl zu verwundern, daß ein
durch die Umstände, unter denen er davon getragen ward,
so glänzender Sieg des jungen Anfängers den besiegten Veteranen so tief kränkte, daß er sich dadurch Athen zu verlassen veranlaßt fand? [80]) Auch das, wahrscheinlich einer Tri-

---

[76]) Lessing bestreitet es mit dem Scharfsinne, den wir an ihm gewohnt sind, und mag, wenn man das Wort von Einem, der wirklichen
Unterricht in Etwas ertheilt, versteht, Recht haben; im weiteren wirkte
der ausgezeichnetste Vorgänger unstreitig belehrend auf die ausgezeichnetsten seiner Nachfolger und Kunstgenossen.

[79]) Das that der Archon unstreitig vor der Aufführung, nicht aber,
wie Barthelemy (Voyage du J. An. VII, 212) annimmt, nachdem sie
schon statt gefunden hatte.

[80]) Wir geben diese Erzählung, ohne uns auf chronologische und andere Erörterungen einzulassen, die hier nicht an ihrer Stelle sein wür-

logie angehörige Stück⁵⁰) hat Lessing's Scharfsinn ausge=
mittelt, mit welchem Sophokles diesen Sieg errang. Er
weist aus einer Stelle des ältern Plinius nach, daß des
Sophokles Triptolemos in demselben vierten Jahre der
77. Olympiade aufgeführt wurde, und daß also dieser ihm
wahrscheinlich jenen Sieg erwarb. Wie richtig hatte, wenn
dies wirklich der Fall war, der junge Dichter den Sinn des
Festes, zu dessen Verherrlichung er einen so glänzenden Bei=
trag lieferte, aufgefaßt, indem er zu dem Helden seines De=
buts Demeters Liebling, den Verbreiter des Getraidebaues
und gesetzlicher Ordnung in Attika und Griechenland erkor⁵¹).

    Endlich erhöhte Sophokles, nach der oben (S. 24) an=
geführten Stelle des Suidas, die Zahl der Choreuten von
12 auf 15, und diese Zahl blieb dann unverändert. Der
dithyrambische Chor bestand aus 50 Tänzern, und seine Be=
wegung war eine kreisförmige (κυκλικός). Eben so zahlreich
war nach Pollux⁵²) der tragische bis zur Aufführung der
Eumeniden⁵³) oder der Orestias, zu der sie gehörten, zehn
Jahre nach dem ersten Auftreten des Sophokles; sie bildeten
aber bei ihrem Eintritt in den ihnen angewiesenen Raum,
der um 5—6 Fuß niedriger als die eigentliche Bühne war,
und in ihren symmetrischen, nach dem Tact vollzogenen Be=
wegungen keinen Kreis, sondern nach beiden Dimensionen
in Reihen und Rotten getheilt (ζυγά und στίχοι) ein Recht=

ben, wie sie nach Plutarch's Angaben (im Leben des Kimon) wahr=
scheinlich sich zugetragen haben mag. Auch die Arundellische Marmor=
chronik berichtet, daß der damals 28jährige Sophokles in diesem Jahre
gesiegt, und Iphyssion Archon gewesen sei.

  ⁵⁰) Denn gewiß mußte der Dichter bei seinem ersten Auftreten sich
in die bis dahin bestehende Sitte fügen.

  ⁵¹) S. o. S. S. u. O.

  ⁵²) IV, 15.

  ⁵³) Dessen grauenerregende Erscheinung nach Pollux in der ange=
führten Stelle einen allzu erschütternden Eindruck auf die Zuschauer
gemacht und dadurch eine Verringerung seiner Zahl veranlaßt ha=
ben soll.

cd. In der Mitte des erwähnten Raumes, der Tanzplatz (Orcheſtra) genannt, befand ſich ein viereckiger, dem Dionyſos geweiheter Altar Thymele. Es war aber der Wichtigkeit, die man dem Chor in der alten Tragödie beilegte, vollkommen gemäß, daß dieſer den Mittelpunct aller der concentriſchen Kreiſe bildete, in welchen ſich die Sitzreihen der Zuſchauer erhoben, ſowie desjenigen, der dem Grundriß des ganzen Theaters zu Grunde lag. Denn um dieſe Thymele fanden nicht nur bei den flötenbegleiteten Zwiſchengeſängen des Chores, deſſen kunſtreiche Bewegungen ſtatt, indem er derſelben zugekehrt und alſo gegen Bühne und Zuſchauer halbe Front machend, während der Strophe (Wendung) von der Bühnenwand nach dem Hintergrunde der Orcheſtra zuſchritt und während der Antiſtrophe (Gegenwendung) auf der entgegengeſetzten Seite dahin zurückkehrte, beim Epódos (Schlußgeſang) aber ihr und den Zuſchauern gegenüber, nun wohl nicht mehr in Rotten und Reihen, ſondern in Einer nach den Enden zu abgebogenen Linie ſich aufſtellte und zuletzt wieder ſeine anfängliche Stellung zu beiden Seiten derſelben einnahm; ſondern dieſe Thymele war auch während des Dialogs die Stelle des Chorführers. Einige Stufen führten von allen Seiten zu derſelben hinauf und geſtatteten dem Chorführer, der wiederum das halbe Geſicht den Schauſpielern und der Bühne, das halbe den Zuſchauern zuwendete, mit jenen, ſobald er mit ihnen Reden wechſelte, gleiche Höhe einzunehmen.

VI. Einer der glänzendſten Tage in der politiſchen Geſchichte Athens, ja Griechenlands, der Seeſieg der Athener über die perſiſche Flotte bei Salamis, erſcheint auch in der Geſchichte ihrer tragiſchen Poeſie merkwürdig. Schon oben [*)] erwähnten wir, daß das erſte ſteinerne Theater zu Athen

----

*) S. o. S. 10.

von der Kriegsbeute errichtet worden sein soll, und daß man dabei das Zelt des besiegten Königes zum Muster nahm. Zugleich vereinigte aber auch das durch diesen so entscheiden= den Sieg verherrlichte Eiland das Triumvirat der drei größ= ten Tragiker in sich, der einzigen, von denen wir noch so glücklich sind, eine, freilich in Bezug auf ihre Fruchtbarkeit geringe, Anzahl dramatischer Erzeugnisse zu besitzen. Äschy= los befand sich unter den Kämpfenden, Sophokles führte, ein 15jähriger Jüngling, mit der Leier den Reigen um die Siegestrophäe, und Euripides ward an dem Tage des Sieges zu Salamis geboren [86]), wohin unter andern die Athener, als sie ihre Stadt, um hinter den hölzernen Mauern ihrer Flotte ihr Heil zu suchen, dem Feinde Preis gaben, ihre Frauen und Kinder geflüchtet hatten.

Als tragischer Dichter trat Euripides dreizehn Jahre später, als Sophokles auf [87]). Zwar nennt ihn Aristoteles den tragischesten aller Dichter, fügt aber gleich hinzu, wie= wohl er das Übrige nicht gut anordnet [88]). Unser Aristophanes dagegen, in dem wir bei näherer Bekanntschaft den eifrigsten Vertreter der guten alten Zeit kennen lernen werden, der mit allen ihm so reichlich verliehenen Waffen des Witzes jedem hereinbrechenden Verderbniß, ob es nun auf Staatsverwaltung, Erziehung und Philosophie, oder auf Musik und Poesie, insbesondere die tragische, sich beziehe, sich rüstig entgegenstellt, läßt nicht blos in den Fröschen, in welchen wir den Äschylos und Euripides als tragische Dich= ter einen ähnlichen Wettkampf in der Unterwelt vor dem Dionysos selbst bestehen sehen, wie er auf der Bühne statt fand, ein strenges Gericht über die durch denselben herbeige= führte Verweichlichung und Entsittlichung der Tragödie er=

---

86) In einer wildromantischen Grotte dieser Insel soll er auch oft ge= dichtet haben. A. Gell. XV, 20.

87) Olymp. 81, 2.

88) Καὶ ὁ Εὐριπίδης, εἰ καὶ τὰ ἄλλα μὴ εὖ οἰκονομεῖ, ἀλλὰ τραγικώτατός γε τῶν ποιητῶν φαίνεται. Arist. Poёt. c. 13.

geben, auch dieses Dichters bekannter Weiberhaß wird in
den Frauen am Feste der Thesmophorien, in welchen Euripides die Hauptrolle spielt, und dessen Entwürdi-
gung edler Heroen zu bettelhaften Jammergestalten in den
Acharnern ein Gegenstand bittres und höchst ergötzliches
Spottes [*]. Und seinem Tadel stimmten ältere und neuere
Kunstrichter bei. Ohne die Vorzüge des Dichters als Ma-
lers der menschlichen Leidenschaften in ihrer Unwiderstehlich-
keit zu verkennen — diese sind bei ihm gewissermaßen an
die Stelle des Schicksals getreten, mit dem wir bei Aeschylos
und Sophokles die sittliche Kraft im Kampfe erblicken —
ohne ihm Kenntniß des menschlichen Herzens, eine vorzügliche Gabe rührend auf die Gemüther seiner Zuschauer und
Leser zu wirken, eine einschmeichelnde Leichtigkeit der Darstellung und eine siegende Beredtsamkeit abzusprechen; so ist
doch andererseits auch keineswegs zu leugnen, daß er an
Tiefe des Gemüthes seinen beiden Vorgängern weit nach-
steht, daß an die Stelle rein sittlicher Tendenzen eine Fülle
den Philosophenschulen entlehnter Sitten- und Denksprüche,
an die Stelle einer der Idee vom Sittlichschönen gemäß ge-
stalteten Wirklichkeit, wie sie beim Sophokles uns entgegen-
tritt, die oft zur Gemeinheit herabsinkende Alltäglichkeit, an
die Stelle männlich kräftiger und dem Charakter der Redenden vollkommen angepaßter Beredsamkeit endlich, eine rhe-
torisch erkünstelte Sophistik tritt. Auch die Veränderungen,
die **in der äußeren Einrichtung der Tragödie** von ihm aus-
gingen, können **wir keineswegs als Verbesserungen gelten
lassen.** Als eine Bestätigung des oben Gesagten führen wir
hier zuerst eine vom Aristoteles [**] uns aufbewahrte Äußerung

---

[*] „Man kann sich — sagt Schlegel dram. Vorl. I, 306 — immer auf den sinnigsten und treffendsten Spott Rechnung machen, sobald
Euripides in's Spiel kommt. Es ist, als ob der Geist des Aristophanes eine eigene specifische Kraft besessen habe, die Poesie dieses Tragikers komisch zu zersetzen."

[**] Poet. 13.

des Sophokles an: er habe die Menschen, wie sie sein sollten, Euripides, wie sie wirklich seien, dargestellt.

Einer andern Veränderung gedachten wir ebenfalls
schon im Vorbeigehen[21]. Euripides fand es in den bei Weitem meisten seiner Stücke angemessener, fast möchten wir
sagen bequemer, den dem Auftreten des Chors vorausgeben-
den Prolog Einer Person in den Mund zu legen, die uns
ohne alle äußere oder innere Veranlassung, gleichsam im Auf-
trage des Dichters, auf eine nicht epische, als dramatische
Weise mit ihrem Stammbaume, ihren früheren Schicksalen
und überhaupt mit Dem bekannt macht, was wir zum Verständniß des Folgenden wissen müssen. In fünf, oder wenn
die Danae, von der sich nicht viel mehr, als der vom Hermes gesprochene Prolog erhalten hat, in sechs Trauerspielen,
ist der Prolog sogar einer Gottheit in den Mund gelegt[22].

Am Tiefsten in das eigentliche Wesen der Tragödie
greift endlich eine dritte von ihm herrührende Veränderung
ein. „Den Chor, sagt Aristoteles[23], muß man, (d. h.
der Dichter) als einen der Schauspieler betrachten,
er muß einen Theil des Ganzen ausmachen und

---

[21] S. e. Anm. 96).

[22] In diesem Falle erfahren wir zugleich bei dem Beginne des
Stückes den Ausgang der ganzen Handlung. Das sucht Lessing (Ham-
burgische Dramaturgie XLVIII) scharfsinnig zu vertheidigen. Möge
aber immerhin die Spannung des Neugier, die ohnehin bei den mit
der religiösen Sage bekannten Zuschauern kaum statt haben konnte, ein
Motiv sein, dessen der tragische Dichter füglich entbehren konnte; möge
immerhin im Laufe der Handlung, vorzüglich am Schlusse derselben,
wenn sich da eine einer solchen Lösung wüchige Verwicklung zeigt —
Nirre kein Gott, wo nicht ein rettungswürdiger Knoten eintrat (Horaz
Ep. II, 3, 191) — nachdem uns bereits das Vorhergehende in andere
Sphären versetzte, das Eingreifen einer Gottheit dem Ganzen angemessen und mit den Begriffen von ihrer Würde vereinbar sein: daß sie
uns in dieselbe einführe und zum Organ des Dichters mache, das ist
weder das Eine noch das Andere, und weder Äschylos noch Sophokles
ließen einen solchen Mißgriff sich zu Schulden kommen.

[23] Poet. c. 18.

mithandeln, nicht wie beim Euripides, sondern wie beim Sophokles.

Wie wir füglich den Chor, aus dem das griechische Drama hervorging, als die Seele der griechischen Tragödie ansehen können; so ließ sich auch das relative Alter der drei Tragiker nach dem in ihren Stücken statt findenden Verhältniß des Chores zum Ganzen bestimmen. Wir haben in dem Vorhergehenden bereits angeführt, mit welcher Wichtigkeit Äschylos seine Chorgesänge behandelt, die bei ihm unstreitig die erste Stelle einnehmen, so daß in manchen seiner Stücke die Zwischenreden der Schauspieler fast nur als ein Bindungsmittel jener erscheinen. Beim Sophokles tritt zwar der Chor bedeutend zurück, er ist aber noch immer, wie in der eben angeführten Stelle Aristoteles sehr richtig bemerkt, auf das Genaueste mit dem Ganzen, der Haupthandlung verflochten, er bildet den Rahmen und die Staffage, sowie die musikalisch-lyrische Begleitung derselben. Dagegen scheint Euripides den Chor mehr der einmal bestehenden Sitte huldigend, als aus einem poetischen Bedürfniß beibehalten zu haben. Der Chor ist oft mehr mit seinen eigenen, als der Handelnden Schicksale beschäftigt, seine Gesänge werden zu einem episodischen, fremdartigen und entbehrlichen Schmuck, ja sie ließen sich in manchen Stücken des Eindruckes des Ganzen unbeschadet geradezu streichen**)

VII. Es lag keineswegs in unserm Plane und dem Zwecke dieser Einleitung, nach Schlegel, Gruppe u. A. durch eine vergleichende Analyse der vorzüglichsten Erzeugnisse des

**) In wie alltäglicher Gemeinheit Euripides selbst in dem lyrischen Theile seiner Tragödien herabsinkt, möge nur Ein Beispiel zeigen. In dem Hippolytos — auch unsern mit dem euripidischen Stück unbekannten Lesern aus der Nachbildung Racine's in dessen Phädra, die unser Schiller übersetzte auf unsere Bühne brachte, sowie aus A. W. Schlegel's in französischer Sprache abgefaßter Vergleichung beider bekannt

3*

tragiſchen Triumvirats ſie als Dichter zu charakteriſiren und
ein Urtheil über ihre abſolute und relative Trefflichkeit dadurch zu begründen; — wir wollten nur, indem wir das
griechiſche Trauerſpiel vor den Augen unſerer Leſer entſtehen,
ſich ausbilden, den höchſten Gipfel der Vollkommenheit erreichen und von dieſer Höhe wieder herabſinken ließen, dadurch
in ihnen eine deutlichere Einſicht in das Weſen dieſer Dichtungsart bei den Griechen vorbereiten. Obſchon aber die gelehrten Kunſtrichter zu Alexandria neben den erwähnten
Dreien auch die Zeitgenoſſen des Sophokles und Euripides,
den Achäos aus Eretria und den Ion aus Chios, in ihren
das Trefflichſte in jeder Art zu umfaſſen beſtimmten Kanon
aufnahmen, außer denen auch wohl noch die Athener Agathon und Iophon, ein Sohn unſeres Sophokles, genannt
zu werden verdienen; obſchon bis Alexander hunderte, zum
Theil ſehr fruchtbare tragiſche Dichter in Athen und auch in
dem Mittelpuncte gelehrter Bildung, in Alexandria am Hofe
der Ptolemäer, die tragiſche Dichtkunſt blühte und über die
griechiſchen Pflanzſtädte in Afrika und Kleinaſien ſich verbreitete [*]): ſo konnte doch keiner der ſpäteren als glücklicher

---

— erzählt der aus Trözeniſchen Frauen beſtehende Chor kurz nach ſeinem erſten Auftreten in dreiſten Sylbenmaßen, eine gute Freundin ſei,
ihre Gewänder zu waſchen und zu trocknen, am Brunnen geweſen und
habe dort die Nachricht von Phädra's Erkranken erhört. Wird man
da nicht unwillkürlich an den etymologiſchen Urſprung unſeres Ge-
wäſch erinnert?

[*]) Wir erfahren unter Anderem aus einigen vor Kurzem (1838 und
40) von dem Engländer Charles Fellows angeſtellten Reiſen durch
Kleinaſien, daß ſich dort zahlreichere und beſſer erhaltene Denkmäler
griechiſcher Cultur erhielten, als ſelbſt das Mutterland und andere von
den Griechen einſt bewohnte Gegenden, etwa mit Ausnahme Siciliens,
ſie aufzuweiſen haben. Namentlich werden von dieſem Reiſenden wenigſtens ein Dutzend, zum Theil ſehr wohl erhaltene Theater aufgezählt, deren eines aus den zerſtreut umherliegenden Trümmern ſich ganz
wieder herſtellen ließ. A journal written during an excursion through
Asia Minor by Charles Fellows, 1838. Lond. 1839. 4 und An
account of discoveries in Lycia etc. 1840. Lond. 1841. — In

Nebenbuhler der früheren angesehen werden. In dem er-
wählten Kanon wurde zwar auch ein tragisches Siebenge-
stirn alexandrinischer Dichter aufgenommen; dürfen wir aber
nach dem gelehrten Cabinetsstück, der Cassandra des Lykophron,
welches in einer dunklen Weissagung jener Seherin, die ein
Bote dem Priamos berichtet, eine Sammlung seltener und
veralteter Wörte enthält, ein Urtheil uns bilden; so haben
wir den Verlust dieser Plejas keineswegs zu beklagen.

Füglich können wir, so viel geht schon aus dem bisher
Gesagten hervor, Sophokles, den allein die Griechen ihrem
vergötterten Homer an die Seite zu setzen würdigten, als
den Vollender der tragischen Kunst [*]) ansehen. Nehmen
wir nun an, daß er in den ersten dreizehn Jahren bis zum
Auftreten seines jüngeren Nebenbuhlers Euripides die von
ihm herrührenden Verbesserungen einführte und die Tragödie
bis dahin zur höchsten Stufe der Vollendung, die sie in
Griechenland erreichte, erhob [**]); so waren von den ersten

der Versammlung des wissenschaftlichen Kunstvereins zu Berlin
27. Febr. 1842 hielt Prof. und Architekt Strack einen Vortrag über
Plan und Einrichtung des griechischen Theaters und legte nicht weniger als 14 auf Einen Maßstab reducirte Pläne alter Theaterruinen
vor. Jen. L. Z. N. 92. 1842.

[*]) Auch Cicero (Orat. 1) führt den Sophokles unter denen auf,
denen man den ersten Preis in verschiedenen Gattungen der Poesie zu-
erkannte.

[**]) Wir wollen jedoch nicht verschweigen, daß die drei Tragödien des
S., von denen wir allein mit ziemlicher Wahrscheinlichkeit das unge-
fähre Datum ihrer ersten Aufführung anzugeben wissen, Antigone, Phi-
loktetes und Oidipos auf Kolonos, insgesammt weit später fallen.
Überhaupt gehören mehrere, wie die beiden Oidipus, Antigone und
Elektra, zu den im Alterthum gefeiertesten, und Alles, was sich vom
S. erhalten hat, fällt in die reifere Lebensperiode des Dichters. Sein
frühestes unter den vorhandenen Stücken möchte wohl Antigone sein.
Sie wurde wahrscheinlich Olymp. 84, 3., als der Dichter 53 Jahre
alt war, 22 Jahre nach seinem ersten Auftreten, aufgeführt.

Versuchen des Thespis [91]) bis dahin [95]) etwas über 80 Jahre
verflossen. Kaum läßt sich aber die schönste Blüthezeit der
tragischen Kunst viel weiter, als bis zum Tode [99]) dieses
Meisters, der beinahe 50 Jahre später erfolgte [100]), ausdehnen, so daß wir in gewisser Beziehung die in demselben
Jahre aufgeführten Frösche unseres Aristophanes als eine Lei-
chenfeier der ihrer schönsten Zierden beraubten tragischen
Bühne zu Athen betrachten können.

VIII. Indem wir so die allmälige Gestaltung der
griechischen Tragödie von ihren ersten Anfängen bis zu ihrer
höchsten Vollendung, wenn auch nur in flüchtigen Umrissen,
darzustellen versuchten, ja bereits in den vom Euripides ge-
troffenen Veränderungen die Spuren dahinschwindender
poetischer Kraft und Trefflichkeit nachzuweisen vermochten:
so glauben wir dadurch die Beantwortung der oben [101]) aufgestellten und, so viel wir wissen, noch von Niemandem auf-
geworfenen, natürlich also auch noch weniger beantworteten
Frage: Wie es geschah, daß die griechische Tragödie, ja das griechische Drama überhaupt, in so
kurzer Zeit einen so hohen Grad von Vollkommenheit erreichte, hinlänglich vorbereitet.

Der rasche Entwickelungsgang der tragischen und dem-
nächst überhaupt der dramatischen Kunst bei den Griechen
dürfte aus zwei Hauptursachen herzuleiten sein:

1) Aus der früh erwachten und durch die wei-

[91]) Olymp. 60.
[95]) Olymp. 81, 2.
[99]) Olymp. 93, 3.
[100]) Euripides war das Jahr zuvor an dem Hofe des kunstliebenden macedonischen Königes Archelaos, sowie um dieselbe Zeit auch Agathon, der allein noch mit jenem wetteifern konnte, gestorben.
[101]) S. o. S. 7.

tere Entwickelung der dramatischen Kunst fortwährend gesteigerten regen Theilnahme der Griechen und insbesondere der Athener an allem
Dramatischen.

Diese Theilnahme dürfte sich hauptsächlich auf Folgendes gründen:

a) Auf den ächt nationalen Ursprung des Dramas bei
den Griechen.

Wir lassen es auf sich beruhen, ob es anderwärts, etwa
in Indien oder China, früher Schauspiele gab, als in Hellas; aber so viel glauben wir in dem Vorhergehenden nachgewiesen zu haben: die Griechen empfingen ihr Schauspiel
nicht, wie die Römer und neuere Völker, anders woher, es
war ein ächt nationales Erzeugniß.

Alles auf eigenem Grund und Boden Erwachsene ist
schon deswegen dem Volke, wo es entstand und aus dessen
innerem Leben es hervorging, werther, als Ausländisches und
von Andern Überkommenes, weil es so ganz seinem Charakter und seiner Eigenthümlichkeit entspricht. Welchen unwi-
derstehlichen Reiz haben National-Melodien, Tänze, Trach-
ten, ja selbst Gerichte für Jeden, insbesondere für den noch
unverdorbnen Natursohn, der selbst in fremdem Lande des
daheim ihm so lieb Gewordenen höchst ungern entbehrt?
Beweist's nicht etwa die Erfahrung, daß der nach dem üppigen London versetzte Lappländer oder Eskimo nach seinem
ranzigen Fischthran, seinem halbverwes'ten Seehundsfleisch,
seiner rauchigen, von einer qualmenden Ellampe dürftig erhellten und erwärmten Erdhütte sich zurücksehrt?

b) Zugleich hing dieses ächt volksthümliche Erzeugniß auf
das Innigste mit den beiden Hauptelementen des inneren
Lebens jedes Volks, des hellenischen aber ganz besonders,
zusammen, mit seiner ältesten Geschichte und seiner Religion.

c) Zuerst also mit dem von Homer und den Homeriden
so schön ausgebildeten und den chklischen, ja selbst lyrischen
Dichtern vielfach erweiterten Sagenkreis der heroischen Vorzeit Griechenlands, der in den Tragikern seine Vollender fand

und ihnen die einer dramatischen Behandlung angemessensten,
durch frühere Dichter vorbereiteten und den Zuschauern auf
dem ersten Schulunterricht, der auf des Knaben empfängliche
Seele die tiefsten Eindrücke machte, bekannten und liebge-
wordenen Stoffe lieferte.

β) Jener Sagenkreis aber, in welchem die griechische Tragödie mit seltenen Ausnahmen sich bewegte, konnte in vieler
Beziehung als eine Fortsetzung und Ergänzung des zweiten
der erwähnten Elemente der Volksreligion gelten. Wie durch
und durch poetisch war aber das Wesen der griechischen
Volksreligion? Sie verbreitete Leben über die todte Natur;
sie versinnlichte in gefälligen Bildern die Vorstellungen der
ältesten Weisen, Priester und Seher, über die Entstehung der
sichtbaren Welt und unserer Erde, über die Revolutionen
dieser und den Einfluß der Jahreszeiten und Gestirne auf
sie und ihre Bewohner. In tiefsinnigen, zugleich aber die
Sinnlichkeit ansprechenden Symbolen gab sie Bescheid auf
die wichtigsten Fragen, deren Beantwortung der zum Nachdenken erwachende Mensch nicht von sich weisen kann, über
das Verhältniß der Sinnenwelt zu einer übersinnlichen, über
des Menschen Bestimmung, Pflichten und Zustand nach dem
Tode.

Wie tief aber das religiöse Gefühl in jeder menschlichen
Brust wurzle, wie unabweislich irgend eine Beantwortung
der angedeuteten Fragen selbst für den rohesten Menschen sei,
dafür zeugt die Erfahrung, daß die Weltgänger — möge der
erlauchte Verstorbene uns gestatten, von seinem Weltgang,
womit er die deutsche Sprache bereicherte, diesen Abschößling
herzuleiten — zwar manches Volk fanden, das nicht über
fünf zählen konnte, und das mit den ersten und einfachsten
Erfindungen noch unbekannt war, aber keines, bei dem sich
durchaus keine Spur von Religion gefunden hätte.

Wir haben aber gesehen, in wie enger Verbindung das
Drama, und die Tragödie insbesondere, mit der Religion
stand. An religiösen Festen sahen wir aus religiösen Festgesängen das Drama hervorgehen. Nur zur Feier des Diony-

festeste wurden bis in die spätesten Zeiten in Athen und
wahrscheinlich auch in der übrigen Hellas Schauspiele aufgeführt; dem Dionysos und der Aphrodite geweihete Altäre
schmückten die Bühne. Eine religiöse Weihe und auf jenen
Altären dargebrachte Trankopfer eröffneten und heiligten jedes dramatische Fest. Der lyrische, anfangs, weil das übrige
daraus entsprang, vorherrschende Theil bestand hauptsächlich
theils aus religiösen, durch die Handlung des Stückes veranlaßten Reflexionen, theils aus Hymnen auf diese oder jene
Gottheit. Ja selbst unser Aristophanes, in dem, hoffen wir,
auch diejenigen unserer Leser, die gegenwärtigem Überieperver-
suche die erste Bekanntschaft mit ihm verdanken, den witzigsten und erfindungsreichsten aller vom Weibe Gebornen anerkennen sollen, durchflocht die neckischen und barocken Ge-
bilde seiner Laune mit dergleichen religiösen, sehr ernst gehaltenen Gesängen. Jedes Theater war ein Heiligthum [100])
des Dionysos, und in einem höhern Sinne, als in welchem
wohl auch heutiges Tages die Schauspieler Priester der Kunst
sich nennen, konnten sie damals Priester des Dionysos, des
Erzeugers und Beschirmers ihrer Kunst, heißen. Wie aber
überhaupt der den Göttern von den lebensfrohen Hellenen
geweihte Dienst ein heiterer war:

> Finsterer Dienst und trauriges Entsagen
> War aus eurem heitern Dienst verbannt;
> Glücklich sollten alle Herzen schlagen,
> Denn euch war der Glückliche verwandt, —

wie die ihnen dargebrachten Opfer Veranlassung zu ergötzli-
chen Festen und fröhlichen Schmäusen wurden: so galten
auch die an den Festen des Freudenspenders Dionysos aufgeführten Dramen für ein dem Sohne der Semele darge-
brachtes Opfer, und selbst der als Zuschauer Theilnehmende
genügt, indem er sich diesen Genuß gewährte, der den Ärmeren noch dazu, wenigstens von den Zeiten des Perikles

---

[100]) Es befand sich auch, wie wir oben S. 16 bemerkten, das Haupt-
theater zu Athen in der Nähe des Dionysostempels.

an, fast mehr als unentgeltlich geboten wurde [101]), einer re=
ligiösen Pflicht.

Daneben ist wohl zu beachten, daß des griechischen
Dramas erste Entstehung in eine Zeit fällt, in welcher noch
nicht die Forschungen späterer Philosophen den frommen Kin=
derglauben an die Volksreligion wankend gemacht und, in
den Augen Vieler wenigstens, in ein zweideutiges Licht ge=
stellt hatten.

c) Die Schaulust der Athener und der Eifer der drama=
tischen Dichter wurde sehr erhöht durch die Vollkommenheit
der scenischen Darstellung.

α) Werfen wir zuerst einen Blick auf das Local der Dar=
stellung, das Theater, so verschwinden die größten und präch=
tigsten neuerer Zeit gegen die Riesenbauten des griechischen

---

[101]) Anfangs war zu Athen der Zutritt in das Theater frei. Um
aber dem ungestümen Andrange, durch welchen einst das anfänglich höl=
zerne Theater bei einem Stücke des Prätinas (S. 16) zusammenbrach,
zu begegnen, setzte der Staat ein an den Theaterunternehmer (θεατρώ-
νης, ἀρχιτέκτων) zu entrichtendes Eintrittsgeld, wahrscheinlich anfäng=
lich einen Obolos (Silbergroschen) betragend, fest, welches von den
χαλκολόγοις eingenommen wurde. Perikles, den ärmeren Bürgern den
Zutritt zu erleichtern, ließ von den öffentlichen Geldern an jeden Bür=
ger zwei Obolen, einen als Eintrittsgeld, den andern zum eignen Lebens=
unterhalt — vielleicht zu dem während der Vorstellungen seit gebote=
nen Weine und Backwerk (Athen. XI, 464. F) — also panem et
circenses, verabreichen. (Ulpian. ad Dem. Olynth. I. Plut. Pericl.
9. 11. Jakobs in att. Mus. Bd. IV, H. 2, S. 16 f. Böckh Staats=
haush. I, 382 ff.) Böckh eifert sehr gegen diesen Krebsschaden
der athenischen Staatswohlfahrt, und schon Demosthenes führt
häufige Klage darüber. Wer wollte leugnen, daß im Falle bringender
Staatsausgaben es zweckmäßiger gewesen wäre, die unter das Volk
vertheilten Gelder auf Kriegs= und andere Bedürfnisse zu verwenden?
Wurden aber diese, als noch kriegerischer Muth unter dem Volke
herrschte, nicht auch neben dem Theorikon aufgebracht? Wurde nicht
durch dasselbe das Gedeihen des Theaters befördert, die Ungleichheit
zwischen Reichen und Armen verringert? Konnte durch ein Paar Obolen,
die ein armer Athener erhielt, wohl Trägheit und Luxus befördert
werden?

und römischen Alterthums, wie die Miniaturbilderchen eines Taschenkalenders gegen Prachtwerke der Kupferstecherkunst in größtem Format. Unsere Theater in Deutschland fassen höchstens 1600—2500 Zuschauer; im Theater della Scala zu Mailand finden 3600 Menschen Platz und der Logen sind 220; noch etwas größer ist das Theater San Carlo zu Neapel. Aber was ist das im Vergleich gegen die concata humanitas[101]), wie Tertullius sich ausdrückt, der alten unbedeckten Schauspielhäuser? Das Theater auf der Akropolis zu Athen, das von mehrern größeren in Griechenland und Kleinasien übertroffen wurde[102]), faßte der Zuschauer über 30,000; das nur zu dem vorübergehenden Gebrauch einmaliger Spiele bestimmte des M. Scaurus[103]) zu Rom 80,000[104]).

g) Daß der Staat nicht blos durch Aufführung eines solchen Prachtgebäudes seine Theilnahme an dem Gedeihen der dramatischen Kunst zu erkennen gab, sondern auch die übrigen mit Aufführung von Bühnenstücken verbundenen Sorgen und Kosten entweder selbst übernahm, oder reichen Bürgern übertrug, erinnern sich unsere Leser aus dem Vorhergehenden[105]).

101) Tertullius scheiden sich die terrassenartig in concentrischen Kreisen aufsteigenden Sitzreihen.

102) Das größte Theater in Griechenland war zu Megalopolis (Pausan. II, 27. VIII, 32), ein sehr vorzügliches von Polykletus erbautes zu Epidauros in Argolis (Paus. II, 27, 5). Ein Verzeichniß bei Stieglitz Archäol. der Baukunst II, S. 131.

103) Er war Ädilis 684 nach Rom Erb.

104) Plin. H. N. XXXIV, 17. XXXVII, 24, 2. Die Bühne war dreistöckig und wurde von 360 Säulen getragen, die untern 38 Fuß hoch. Das Unterstock war von Marmor, das mittlere von Glas, das obere von vergoldetem Bretterwerk. Nicht weniger denn 3000 eherne Statuen waren zwischen den Säulen aufgestellt. Die in einer von erbitterten Sclaven in Brand gesteckten Mühle angehäufte, überflüßige scenische Apparat wird von Plinius auf hundert Millionen Sestertien (fünf Millionen Thaler) geschätzt.

105) S. Einl. 75.

γ) Wie geschah es ferner, daß zu Anfange dieses Jahrhunderts das weimarische Theater, zwar nicht durch scenischen
Prunk, ja nicht einmal durch Schauspieler ersten Ranges,
wie Schröder, Iffland und Andere, wohl aber durch richtiges
Auffassen des Darzustellenden und harmonisches Ineinander-
greifen der bedeutendsten, wie der geringsten Rollen, die größten, ganz anderer Hülfsmittel sich erfreuenden Bühnen damaliger Zeit übertraf? Wie konnte selbst ein Liebhaberthea-
ter in Weißenfels einzelne Stücke in seltener Vollkommenheit
auf die Bühne bringen? Die Antwort unterliegt keinem
Zweifel. Weil dort Göthe und Schiller, dieser die eigenen,
jener die eigenen und fremden Stücke selber einübten, hier
Müllner nicht bloß dasselbe that, sondern auch selbst Rollen
in seinen Dramen übernahm. Letzteres war aber in Athen
herrschende Sitte[109]). Doctor (διδάσκαλος) und Discipul
bezeichnete das Verhältniß des Dichters und der Schauspieler. Der Dichter vertheilte die Rollen[110]). Mancher Schauspieler bedienten sich gewisse Dichter vorzüglich gern; so
Äschylos des Telestes, des Kephisophon Euripides, Aristophanes des Kallistratos und Philonides. Diese Sitte des Ein-
lernens der Rollen unter Anleitung der Dichter war um so
nöthiger, da zur Zeit der Entstehung des Dramas die Schrei-
bekunst noch nicht allgemein war[111]). Dieses Mitwirken der
Dichter mußte den Stand der Schauspieler überhaupt heben.
Die vornehmsten Athener übernahmen nicht bloß eine Choregie und stellten sich als Chorführer an die Spitze des von

109) Διδάσκοντα εἰσὶ τὴν τραγῳδίαν οἱ ποιηταὶ τὸ ἀρχαῖον.
Arist. Rh. III. 1. Daß und warum Sophokles eine Ausnahme machte,
wurde eben (S. 28) erwähnt.

110) Auf Geheiß des Dichters, sagt Lucian Necyom. c. 16,
spielt der Schauspieler bald eine Königs-, bald eine Sclaven-Rolle.

111) Mehreres hier Gesagte ist aus der Handschrift über diesen Gegenstand, C. A. Böttiger: Quid sit docere fabulam? Prol. I. 11.
entlehnt. Der letzterwähnten Veranlassung zum Einüben der Rollen
durch Vorsagen durch die Dichter erwähnt auch Schlegel dram.
Vorl. I. 96.

ihnen ausgestatteten Chors; sie tragen auch kein Bedenken
in anderen Rollen aufzutreten, während bei den Römern den
Stand der Histrionen dieselbe Geringschätzung traf, die wenigstens im vorigen Jahrhunderte noch auf ihm lastete.

d) Die Architektur, sagt Feuerbach [20]), bildet den Rahmen
und die Basis, durch welche die höhere poetische Sphäre
sichtbar gegen die Wirklichkeit abschließt. In der Scenerie
sehen wir den Maler beschäftigt und allen Reiz buntes Far-
benspieles in der Pracht des Costumes ausgebreitet. Der
Seele des Ganzen hat sich die Poesie bemächtigt und zwar
wiederum in allen ihren Formen. Episch ist die dem griechischen Drama so wesentliche facundia praecoax der Boten
und überhaupt alle erzählenden Partieen; die Lyrik finden
wir in den leidenschaftlichen Partieen und in den Chorgesängen nach allen ihren Schattirungen wieder. Flötenspiel, Gesang und Tanz — eine Kunst, die bei den Alten einen so
hohen Grad von Ausbildung erreicht hatte, daß wir sie, die
heutigen Lust- und Balletsprünge damit vergleichend, zu den
ernsteren Künsten rechnen können — erhöhen den Effect;
auch die Plastik erscheint mitwirkend. Wir können uns die
Erscheinung der Götter- und Heroengestalten auf der Bühne
nicht würdig genug denken [21]). Es waren wandelnde Statuen, die im Laufe der Handlung, auf der im Verhältniß
zu ihrer Breite nur sehr geringe Tiefe habenden Bühne, die
malerischsten Gruppen bildeten. Ja fänden nicht endlich auch
Philosophie und Beredsamkeit im Drama ihre Stelle?

Erwägen wir dabei, daß die schönen Künste, die wir
bei der scenischen Darstellung in Vereinigung zusammen wirkend erblicken, zugleich mit dem Drama durch Perikles ihre
höchste Ausbildung erreicht hatten, so vermögen wir kaum
uns einen Begriff von der Wirkung zu machen, die eine
solche Aufführung einer sophokleïschen Tragödie auf die Ge-

---

[20]) A. Feuerbach der vaticanische Apoll, eine Reihe archäologisch-
ästhetischer Betrachtungen. Nürnberg 1833. S. 325.

[21]) Schlegel dram. Vorl. I. 98.

müßte der kunſtliebenden Athener, deren ganze Erziehung
darauf berechnet war, den Sinn für Poeſie und Kunſt in
den jugendlichen Gemüthern zu wecken und für das Kunſt=
ſchöne empfänglich zu machen [110]), hervorbringen mußte.

e) Daß endlich auch durch die oben [111]) erwähnten drama=
liſchen Wettſpiele, ſowie durch die Seltenheit ſceniſcher Dar=
ſtellungen, die nur drei = bis viermal im Jahre das atheniſche
Volk erfreuten und, indem ſie nie das Gefühl der durch das
Alltägliche erregten Überſättigung eintreten ließen, die Theil=
nahme ſtets rege erhielten, die Schauluſt der Athener und
dadurch, ſowie durch jene Wettkämpfe der Eifer der drama=
tiſchen Dichter ſehr erhöhet wurde, dürfte ebenfalls keinem
Zweifel unterliegen.

IX.

2) Noch von größerer Wichtigkeit, wenn es ſich
nicht um das ſchnelle und fröhliche Gedeihen der dramati=
ſchen Kunſt überhaupt, ſondern um die Eigenthümlichkeit und
das innere Weſen, ja ſelbſt die äußere Geſtaltung des grie=
chiſchen Dramas in ſeinen beiden Hauptgattungen handelt,
iſt unſtreitig das, was wir als die zweite Haupturſache jenes
betrachten zu müſſen glauben: Die durch die Art der

110) Die Befreiung von allen auf eigentlichen Broterwerb abzwecken=
den Beſchäftigungen, die den zahlreichen Sclaven überlaſſen blieben,
trug gewiß auch viel zum Aufblühen und Gedeihen der Künſte in Grie=
chenland bei. Nach Böckh's (Staatsh. I, 39) auf eine 309 v. Chr.
von Demetrios dem Phalerer vorgenommenen Zählung ſich gründende
Berechnung zählte Attika ungefähr 84,000 Bürger (Männer, Frauen,
Kinder), 40,000 Schutzverwandte und 400,000 Sclaven. Wie ſehr
wurde dadurch die freie Entwickelung des Menſchlichen im Menſchen
befördert? Selbſt für den Gebildeten in unſerer Zeit iſt der Beruf, den
er ergreift, etwas weit Ausſchließenderes, als bei den Alten und macht
ihn der reinmenſchlichen Seiten im Ganzen in höherem Grade verluſtig,
als es im Alterthum der Fall war.

116) S. o. S. 27 f.

Entstehung des griechischen Dramas herbeige-
führte Einführung und durch die Umstände mo-
tivirte Beibehaltung des Chors sowohl fortwährend in der Tragödie, als in der ältern (aristophanischen) Komödie.

Wir können, da das Erste aus dem gegebenen Abriß
der Geschichte der tragischen Kunst zur Genüge erhellt, sogleich auf das Zweite übergehen.

Die Theater der Griechen (und Römer) waren und
blieben, wie wir oben[*]) sahen, unbedeckt; so ging also die
Handlung stets im Freien, auf einem öffentlichen Platze vor.
Alles Oeffentliche und auf ein Oeffentliches sich Beziehende
nimmt aber die Theilnahme weit mehr in Anspruch, als das
im Kreise einer Familie zwischen den vier Wänden eines
Zimmers Vorgehende.

Nun war das Leben der Griechen in doppelter Beziehung ein öffentliches.

a) Gemeinsinn war die Grundlage der griechischen Ver-
fassungen. Der Bürger suchte und fand sein höchstes Glück
in dem Gedeihen des Staates, dem er angehörte; diesem wei-
hete er sein Leben und begehrte dafür einen möglichst hohen
Grad von Theilnahme an der Gestaltung sowohl der äußeren Verhältnisse seines Vaterlandes, als der bürgerlichen
Thätigkeit seiner Mitbürger. Der Einzelne brachte dem
Staate eine Reihe von Opfern, suchte auf jede Weise sein
Vaterland zu verherrlichen und fand selber seinen höchsten
Ruhm in dieser Verherrlichung. Nun wurde der innige,
daraus hervorgehende Antheil an allem Oeffentlichen auch,
einer sehr natürlichen Täuschung zu Folge, auf die Heroenzeit, in welche die meisten tragischer Dichtungen ihre Zuschauer versetzten, übergetragen. Wir sehen die ausländi-
schen Königsfamilien, deren Schicksale in so naher Beziehung
zu dem von ihnen beherrschten Lande standen, von einem
Kreise von Aeltesten der Stadt, oder auf eine ähnliche Weise

[*]) S. o. S. 11, 16.

umgeben. Der Chor erscheint als Repräsentant dieser Theilnahme. Er steht den Handelnden nahe, ist auf die eine oder andere Weise in ihr Schicksal verflochten; seine Theilnahme reflectirt, erhöht und veredelt die des bloßen Zuschauers.

b) Aber nicht blos in Beziehung auf den Staat war das Leben der Griechen ein öffentliches, d. h. ein mit allem Öffentlichem auf das Innigste verknüpftes. Wie alle südlichen Völker es nicht lieben, sich zwischen dumpfe Mauern einzuzwängen, sondern es vorziehen, fast alle Geschäfte außer dem Hause zu betreiben, in Gärten, auf Spaziergängen, Straßen, Märkten sich zu versammeln; so war das besonders auch bei den Griechen der Fall. Das Haus war Wohnung für die Frauen, nicht viel mehr, als Schlafstätte dagegen für den Mann, deren Jedes seine von der des Andern getrennte Wohnung hatte.

Der eigentliche Mittelpunct des griechischen Lebens war die Agora, der Markt, dem im Theater die Orchestra entsprach. Nicht blos alle Staatsangelegenheiten wurden in den hier gehaltenen Volksversammlungen, es wurden hier die meisten Privatprocesse — andere an anderen öffentlichen Orten verhandelt. Hier wurde fast jeder Handel geschlossen und an den hier befindlichen Tischen der Wechsler (τραπεζῖται) jede Zahlung geleistet. Selbst die Philosophen hielten ihre Vorträge gewöhnlich in Gärten [17]), unter öffentlichen, auch den Markt umgebenden Hallen [18]). Die ersten mit unseren Wirthshäusern zu vergleichenden öffentlichen Anstalten waren die λέσχαι oder ἡμικύκλια. Plauderstätten mit Sitzen, die gewöhnlich einen Halbkreis bildeten, wo ebenfalls nicht selten die Philosophen ihre Zuhörer um sich ver-

---

[17]) So in den mit den besten großen Gymnasien (Übungsplätzen für Knaben und Jünglinge), dem Kynion und der Akademie, verbundenen Gärten Aristoteles und Plato. Überhaupt versammelt sich um die Gymnasien und Ringschulen stets eine große Menge Müßiger.

[18]) So erhielt die Schule des Zeno den Namen der Stoa von der berühmtesten alten Halle, der Stoa Poikile, weil er dort lehrte.

sammelten. In Athen gab es deren nicht weniger als 360 ¹¹⁹).

Wie sehr gewann aber durch diese Öffentlichkeit, durch dieses stete Verweilen unter freiem Himmel das Leben der Griechen an dramatischer Darstellbarkeit! Welcher großen Unwahrscheinlichkeit, über die die Macht der Gewohnheit uns hinweg sehen läßt, wurde der griechische Dramatiker dadurch überhoben! Wie geht es zu, daß Tausende von Zuschauern das mit ansehen und anhören, was in den verborgensten Zimmern eines Hauses vorgeht und besprochen wird? Wel- cher Zauber hält die Sinne der Redenden und Handelnden gefesselt, daß sie, während sie oft Geheimnisse besprechen, die sich kaum an das Licht des Tages wagen, es nicht inne werden, daß sie von einem Kranze neugieriger Lauscher und Gaffer umgeben sind? Darf man sich wundern und die Er- zählung unwahrscheinlich finden, daß es bisweilen einem un- erfahrenen, an diese seltsame Annahme noch nicht gewöhn- ten Landmann einfiel, der Verlegenheit der Handelnden durch Mittheilung dessen, was als Zuschauer ihm bekannt gewor- den war, abhelfen zu wollen? ¹²⁰)

Im griechischen Drama fielen diese Unwahrscheinlichkei- ten und Widersprüche weg. Ein freier Platz vor einem Tempel oder Pallaste, oder ein Lager vor dem Zelte eines der Führer, ein Hafenplatz, eine waldumwachsene Felsengrotte bildeten, die nicht durch Lampenschein, sondern vom Lichte der Sonne erhellte Bühne. An Orten, wo Menschen ge- wöhnlich zahlreich versammelt sind, zieht das unbedeutendste

---

¹¹⁹) Plutarch. Lycurg. 16, 24. Athen. IV, 138. Pausan. III, 11, 2. 15, 8. Proclus ad Hesiod. opp. et dies 493.

¹²⁰) Fast dieselbe Unerfahrenheit legt der witzigste Solon nach Plutarch (Solon. 29) an den Tag. Er hat den Thespis selbst in einem seiner Dramen auftreten gesehen und legt ihm nun die Frage vor: ob er sich denn nicht in Gegenwart so Vieler solche Lügen vorzu- bringen schäme? Diese Anekdote beweist zugleich, wie etwas ganz Neues und Unerhörtes das Schauspiel damals nicht bloß zu Athen, sondern überhaupt in allen von Solon durchreis'ten Ländern war.

4

Ereigniß einen Kreis Neugieriger herbei; wie viel mehr
mußte dies der Fall sein, waren in dasselbe nicht Menschen
aus dem Volke, sondern die Fürsten und Fürstinnen des
Landes, die Führer eines Heeres oder einer Flotte verwickelt,
bedrängten diese Schicksale, die ihren Ruhm, ihre Herrschaft,
ihr Leben und somit auch die Wohlfahrt der von ihnen Abhängigen, ihnen Unterworfenen gefährdeten? Wie dringend
mußten sich diese, die, bisweilen von den Gewalthabern selbst
zur Berathung herbeigerufen, den Chor bildeten, aufgefordert
fühlen, ihre Theilnahme gegen diese und in den durch Abtreten derselben entstehenden Pausen auszusprechen; warnend,
rathend, die Leidenschaften besprechend einzugreifen, zu den
Göttern um Abwendung drohender Gefahren zu flehen, für
glücklich abgewendete den Himmlischen ihren Dank darzubringen?[171]) War die Tragödie, indem sie Menschen von
ungewöhnlicher sittlicher Kraft oder Charakterstärke, begriffen

<hr>

171) So ungefähr stellt auch Horatius die Verpflichtungen des Chors
in seiner Epistel an die Pisonen (Ep. II, 3, 193 ff.) dar. Im Begriff unsern Lesern, wie wir oben (Anm. 67) thaten, dieselbe nach
Boßens vielerwärts meisterhaften Übersetzung mitzutheilen, zeigten sich
gerade hier vielfältige Mißgriffe und Abweichungen vom richtigen Sinne,
die uns zu nicht unwesentlichen Verbesserungen veranlaßten.

Was der Mithandelnde thut, und wie er genügt seiner Stellung,
Solches verfechte der Chor: Nie sing' er zwischen den Acten *),
Was nicht völlig entspreche dem Zweck und genau sich verbinde;
Sei dem Besseren hold und helfe mit freundlichem Rathe,
Lenke den Zorn und begünst'ge, wer irgend zu sünd'gen sich scheuet;
Lobe der winzigen Tafel genügsame Kost, und Verwaltung
Heilsamer Recht' und Gesetz' und die Ruhe bei offenen Thoren.
Fest bewahr' er Vertrautes und sich' anbetend den Göttern,
Daß rückkehre das Glück den Bedrängten und meide die Stolzen.

<hr>

*) Boß übersetzt: in Zwischenräumen der Handlung, weil die grie-
chische Tragödie keine Acte, d. h. kein Stillstehn der Handlung, wobei so
Bühne als Orchestra leer wurden, kannte; sondern eben die Chorgesänge
diese Zwischenräume ausfüllten. Aber Horaz ertheilt den Dichtern seiner
Zeit, bei denen die Eintheilung in Acte bereits fast stand, griechischen Mu-
stern entlehnte Vorschriften.

im Kampfe mit des Schicksals dunklen Mächten und in diesem Kampfe jene Eigenschaften entwickelnd darstellte und die
tiefsten Räthsel des menschlichen Daseins zu lösen suchte,
bestimmt, kräftigend und veredelnd auf die Zuschauer zu
wirken; wie konnte sie diesen Zweck besser, als durch Einführung und Beibehaltung eines im Chore idealisirten Zuschauers erreichen? Wenn in einem Zimmer, sagt ein Mann,
von dem man kaum ein so dichterisches Bild erwartet
hätte [171]), mehrere Saiteninstrumente sich befinden und nur
eines derselben gespielt wird; so tönen die Saiten der übrigen, die angeschlagene Melodie nach; dasselbe findet beim
Zuschauer vermittelst des Chores statt [172]).

Zugleich ist der Chor gewissermaßen die Grundirung
und Staffage des erhabenen Bildes, welches in der griechischen Tragödie an unserer Seele vorüber geführt wird; er
versetzt uns lebhafter in die Zeit und unter das Volk, wo
die eigentliche Handlung vor sich geht. Er wurde nicht als
Erinnerung an ihren Ursprung beibehalten, sondern bildete
sich immer schöner aus, und das Herabsinken der griechischen

---

[171]) Der bekannte Rector von Schulpforta C. D. Ilgen Chorus
Graecorum tragicus. Opp. I, p. 78.

[172]) Schiller dachte, als er Nachfolgendes über den eben erschienenen
W. Meister an Göthe schrieb — Jena 5. Juli 1790. — gewiß nicht
an den tragischen Chor; aber das von ihm bei dieser Gelegenheit in
anderer Beziehung Gesagte charakterisirt denselben besser, als die seiner
Braut von Messina vorausgeschickte Abhandlung. „Jetzt, da ich das
Ganze des Romans mehr im Auge habe, kann ich nicht genug sagen,
wie glücklich der Charakter des Helden von Ihnen gewählt worden ist.
— Sein Hang zum Reflectiren hält den Leser im rascheften Laufe der
Handlung still und nöthigt ihn, immer vor- und rückwärts zu sehen
und über Alles, was sich ereignet, zu denken. Er sammelt, so zu sagen, den Geist, den Sinn, den innern Gehalt von Allem ein, was um
ihn her vorgeht, verwandelt jedes dunkle Gefühl in einen Begriff und
Gedanken, spricht jedes Einzelne in einer allgemeinen Form aus, legt
uns von Allem die Bedeutung nahe und indem er es dadurch seinem eigenen Charakter erhält, erfüllt er zugleich auf das vollkommenste den
Zweck des Ganzen." (Sammlung von Döring S. 219).

4 *

Tragödie von ihrer Höhe thut sich dadurch kund, daß die Chöre immer mehr zu einem zufälligen äußeren Schmucke werden [124]).

Die von den französischen Dramatikern insbesondere so streng beobachteten Einheiten der Zeit und des Ortes verdanken auch dem Chore ihren Ursprung. Der Chor verließ, einige unbedeutende Ausnahmen, z. B. in Äschylos Eumeniden, Sophokles Ajas abgerechnet, nie die Bühne, nachdem er sie einmal betreten hatte; diese konnte also nicht wechseln, nur den Zeitraum aber, in welchem die Bühne leer verbleibt, kann die Phantasie nach Belieben ausdehnen. Das romantische Drama hat sich mit allem Fuge an diese Einheiten nicht ferner gebunden erachtet.

Aus dem bisher über den Chor Gesagten geht zugleich hervor, daß jeder Versuch einer Wiedereinführung desselben in ein Stück; das in neuerer Zeit, unter Völkern, wo jene Oeffentlichkeit des Lebens in der angedeuteten doppelten Beziehung nicht herrschte, spielt, wie ihn z. B. Schiller in seiner Braut von Messina wagte, stets mißlingen werde und müsse. Schon das Zusammenschrumpfen der Schaubühne von einem freien Platz zu einem Zimmer, sowie der an die Stelle des Sonnenlichtes tretende Lampenschein steht einer solchen Wiedereinführung entgegen [125]).

X. Indem wir also die Tragödie aus den ersten Anfängen sich entwickeln, ihren Höhepunkt erreichen und von

---

124) Wie besondere Aufmerksamkeit Äschylos nicht blos der Umarbeitung, sondern auch der scenischen Darstellung seiner Chorgesänge widmete, sahen wir oben. Sophokles schrieb, nach Suidas, gegen seine Vorgänger Thespis und Chörilos über den Chor.

125) Wir kennen kein Stück eines namhaften Dichters unserer Zeit, in welchem sich etwas dem griechischen Chor Analoges besser anbringen ließ, freilich mit einer fast durchgängigen Umgestaltung des ganzen Dramas, als Schiller's Wallenstein.

Das Lager versetzt uns als eine Art Prolog, obschon nicht im al-

demselben wieder herabsinken sahen, setzte uns Das in den
Stand, die Frage zu beantworten: wie sie in so kurzer Zeit
und ohne Einwirkung fremder Muster in Athen eine solche
Vollkommenheit erreichen konnte und gab uns zugleich Gelegenheit, die meisten Eigenthümlichkeiten, wodurch sich so
auffallend das griechische Trauerspiel und, da, wie wir in
dem Folgenden sehen werden, das Meiste auch auf die Komödie Anwendung findet, das griechische Schauspiel überhaupt, von dem modernen unterscheidet. Wir fassen zu
besserer Übersicht die auffallendsten dieser Unterschiede hier
noch einmal zusammen.

1) Zwar ist auch das neuere Schauspiel fast durchgängig religiöses Ursprungs. So wurden in Deutschland
sonst in Klöstern und Klosterschulen die sogenannten Mysterien aufgeführt, deren Stoff aus der Bibel entlehnt war.
Aber bald bildete sich hier ein entschiedener Gegensatz zwischen Theater und Kirche; jenes erschien bald als etwas
durchaus Profanes und Unchristliches, während in Athen
und Griechenland überhaupt es stets auf das Engste mit
der Religion verknüpft blieb. Nur an religiösen Festen fanden dramatische Vorstellungen, den Hauptbestandtheil der
gottesdienstlichen Feier bildend, statt.

2) Das Leben der Griechen war in mehr als einer
Beziehung ein öffentliches. Daher stellte auch die Tragödie

---

ten Sinne dieses Wortes, auf dem geistigen Grund und Boden der nachherigen Handlung. In den Piccolomini's könnte vor Octavio's Zelte
die Handlung vor sich gehen, und eine Schaar diesem treuergebener
Krieger, einen alten vielerfahrenen Kriegsmann als Koryphäen an der
Spitze, den Chor bilden. Im zweiten Stücke der Trilogie würde die
Schaubühne vor Wallenstein's Feldherrnzelt versetzt, und der Chor bestände aus den Treuesten seiner Leibwache. Im dritten Stücke wäre
der Markt zu Eger der Schauplatz, und Bürger bildeten den Chor.
Der Prolog und das erste Stück führten uns in die Handlung ein;
das zweite enthielt die Verwickelung, das dritte die Auflösung. Auch
die bei Schiller überhaupt und vor Allem im Wallenstein vorwaltende
Reflexion hätte dasselbe zu einer solchen Behandlung geeignet.

eine öffentliche, auf einem öffentlichen Platze und vor einer bestimmten Anzahl von Zuschauern (dem Chore) unter freiem Himmel vorgehende Handlung dar und führte uns weder in den engen Kreis einer Familie, noch in die engen Räume eines Zimmers ein.

3) Die Liebe gehört mehr dem häuslichen als dem öffentlichen Leben an, ihre Geheimnisse scheuen den Markt und die öffentlichen Plätze; außerdem hat erst das Christenthum das Weib dem Manne, wenigstens in jenem, einigermaßen gleichgestellt, während es in Griechenland eine durchaus untergeordnete Rolle spielt. Diese untergeordnete Rolle ward demnach auch der Liebe in der ältern griechischen Tragödie. In keiner Äschyleischen [106]) oder Sophokleischen Tragödie tritt sie in den Vordergrund — in Sophokles Philoktetes kommt nicht einmal eine weibliche Rolle vor —; erst bei dem in mancher Beziehung moderneren Euripides wird diese Leidenschaft, freilich auch nicht in der edelsten Weise, Gegenstand tragischer Darstellung. Daß die Frauenrollen durch Männer gegeben wurden, und daß höchst wahrscheinlich die Frauen ganz vom Besuch des Theaters ausgeschlossen waren, wurde schon erwähnt.

4) Der Chor, der idealisirte Zuschauer, als dessen Erweiterung wir im Trauerspiel und noch mehr, wie wir unten sehen werden, im Lustspiel uns auch den wirklichen zu denken haben, dem das Drama seine Entstehung verdankte, bildete fortwährend dessen Mittelpunct, trug sehr viel zu dessen Trefflichkeit bei und sein Verhältniß zum Ganzen kann als Höhenmesser seiner Vollendung angesehen werden [107]).

5) Die scenische Darstellung war nicht blos durch ein harmonisches Zusammenwirken aller schönen Künste, sondern auch, weil die Dichter selbst sie leiteten, eine weit vollkomm-

---

[106]) Arist. Frösche 1057.

[107]) S. o. S. 35.

, nere, als sie es auf irgend einem der neueren Theater ist;
der Stand der Schauspieler ein sehr geachteter.

6) Nicht blos durch die des Schauspielers eigene Ge=
stalt ganz verbergende Tracht [126]), auch durch die schon er=
wähnten Masken, die sein Gesicht verhüllten, trat dessen
Individualität weit mehr zurück, als im neueren Schauspiel.
„Die Formen der Masken und die ganze Erscheinung der
tragischen Figuren kann man sich nicht schön und würdig
genug denken. Man wird wohl thun, sich dabei die alte
Sculptur gegenwärtig zu erhalten, und jene als belebte, be=
wegliche Statuen in großem Style sich zu denken" [127]).
Wir werden beim Lustspiel noch einmal Veranlassung finden,
auf den Gebrauch der Masken zurückzukommen.

7) In neuerer Zeit gehören die Freuden des Theaters
in größeren Städten zu den stehenden; in Athen und der
übrigen Hellas beschränkten sie sich auf einzelne Feste. Bei
uns füllen sie wenige Stunden des Abends, in Athen meh=
rere auf einander folgende Tage mit frühem Morgen be=
ginnend und da endend, wo die unsern anfangen. Unsere
Schauspiele sind in Acte geschieden, im alten Drama füllten
die Chorgesänge die Pausen der eigentlichen Handlung.

8) Noch einer Verschiedenheit müssen wir gedenken,
deren zu erwähnen im Vorhergehenden sich keine Veranlas=
sung bot. Zwar schieden die Griechen weit strenger Tra=
gödie im spätern engern Sinne und Komödie, und Aristo=
teles verlangt von jener eine ernste (σπουδαῖαν) Handlung,
die Mitleid und Furcht in dem Zuschauer errege: aber in
neuerer Zeit fordert man daneben von einem Trauerspiel
durchaus einen traurigen, daher auch tragisch genannten
Ausgang. Daß das bei der griechischen Tragödie nicht der
Fall war, beweisen die Eumeniden und Schutzflehenden des
Äschylos, der Philoktetes, gewissermaßen auch der Aïas und

---

[126]) S. o. S. 20 f.
[127]) Schlegel dram. Vorl. 1, 20.

Oidpus auf Kolónos des Sophokles, am Entschiedensten der Jon, die Alkestis, die Iphigenia unter den Tauern [100]) des Euripides. Darum schlug, wie wir schon erwähnten, Herder für Tragödie die den griechischen Begriffen allerdings entsprechendere Uebersetzung Heroenspiel vor [101]).

XI. Ein doppelter Dienst war, wie wir oben [102]) sahen, dem dramatischen Apollo, aus dessen Festen das Drama hervorging, dem Dionysos, geweiht; als Thesmóphoros, Begründer des gebildeten Lebens — den als solchen zu seiner Ehre angestimmten dithyrambischen Festgesängen verdankt die Tragödie ihren Ursprung — und demselben als Symbol der schöpferischen Zeugekraft der Natur. Wilder noch und ausgelassener war der Festlust Taumel bei diesen, zügelloser und muthwilliger der Charakter der hier angestimmten phallischen Lieder und Umzüge (κῶμοι), denen die andere Gattung des Dramas, die Komödie erwuchs [103]), zu der wir uns jetzt wenden.

Wir hätten von ihr beginnen müssen, da sie theils unserem eigentlichen Zwecke, unsere Leser für den Genuß der ihnen hier in einer neuen Verdeutschung gebotenen Aristophanischen Lustspiele empfänglicher zu machen, näher liegt, theils aber auch entschieden älteres Ursprungs ist; wenn nicht die oben [104]) angeführten Gründe uns von der Tra-

100) So sollte auch das Meisterwerk Göthe'scher Poesie heißen. Weil Euripides eine Iphigenia in Aulis schrieb, übersetze man das ἐν Ταύροις durch den Gleichklang verleitet auf so irrige Weise.

101) S. o. S. 14.

102) S. o. S. 9.

103) Ἡ μὲν (τραγῳδία ἐγένετο) ἀπὸ τῶν ἐξαρχόντων τὸν διθύραμβον, ἡ δὲ (κωμῳδία) ἀπὸ τῶν τὰ φαλλικὰ — — προαγόντων. Arist. Poët. 4, 6.

104) S. o. S. 5 f.

gödie auszugehen bestimmt hätten. Dabei findet eine solche
Symmetrie des Gegensatzes zwischen beiden, wie
Schlegel sich ausdrückt, statt, beide haben so Vieles mit einander gemein; daß es dem mit den Eigenthümlichkeiten des
tragischen Theaters der Griechen vorher Bekannten (welches
schon vermittelst des bedeutenden Einflusses, den es auf die
classische, d. h. dem classischen Alterthum nachgebildete, Literatur der Franzosen und Italiener und dadurch selbst auf
die unsrige übte, und aller Abweichungen von neuerer Sitte
ungeachtet um Vieles näher steht) weit leichter wird, sich
nun auch einen vorläufigen Begriff von der griechischen älteren, noch weit volksthümlichern und durch sehr wenige
den griechischen Urbildern nur entfernt ähnelnde Nachbildungen [185]) Neuerer uns näher gebrachten Komödie zu entwer-
fen. Ja sehr bald nahm wenigstens die attische Komödie,
die ohnedem erst gleichzeitig mit der Tragödie von neckenden
Improvisationen zur schriftlichen Aufzeichnung überging und
an den öffentlichen Wettkämpfen Theil zu nehmen begann,
eine den Ernst der Tragödie nicht blos in einzelnen Stellen,
sondern in der ganzen Form der Darstellung parodirende
Richtung an, so daß eine Bekanntschaft mit der Tragödie

---

185) Als das Gelungenste in dieser Art möchten wir L. Tieck's ge-
stiefelten Kater nennen, einen Versuch, den dieser Dichter, doch
nicht mit gleichem Glück, in Prinz Zerbino wiederholte, wenn nicht
Göthes: Götter, Helden und Wieland ihm den Preis streitig
macht. Auch Herodes vor Bethlehem von A. Mahlmann
entbehrt nicht ganz aristophanischer Weise und attisches Salzes; so stel-
lenweis mehrere Parodien der Müllner'schen und Grillparzer'schen
Schicksalstragödien von Stahlpanzer und Fatalis. — Die am entschiedensten als Copien des Aristophanes auftretenden Lustspiele von Pla-
ten's, der romantische Ödipus und die verhängnißvolle
Gabel, sind den Übersetzungen zu vergleichen, — möge keiner unserer
Leser die hier ihm gebotene ihnen beizählen — zu deren Verständniß
eine genaue Bekanntschaft mit dem Original nöthig ist. Sie mögen
den mit dem griechischen Lustspiele schon Bekannten, vielfach daran ihn
erinnernd, ergötzen, für Andere aber haben sie zu viel Fremdartiges
und Erkünsteltes, um sie anzusprechen.

durchaus zum Verständniß der Komödie, keineswegs aber umgekehrt nöthig ist.

So wahrscheinlich es nämlich ist, daß den Athenern und namentlich dem Ikarier Thespis die Erfindung der Kunsttragödie zuzuschreiben sei [134]), und so entschieden gewiß sie die Vollender [135]) dieser Dichtungsart und des Dramas überhaupt sind: eben so wahrscheinlich ist es, nach den unzweideutigsten Gewährsmännern, unter denen Aristoteles die erste Stelle einnimmt, daß wenigstens die Kunstkomödie nicht in Attika entstand und bedeutend früheres Ursprungs sei. Wir erinnern zunächst unsere Leser an die schon oben [136]) gemachte Bemerkung, daß Tragödie anfänglich der Name für jedes Drama war; ja, wenn wir auf dieses Ausdruckes ursprüngliche Bedeutung zurückgehen, erscheint es nicht unwahrscheinlich, daß man die Festgesänge zu Ehren des Dionysos Bocksgesänge nannte, bevor noch dieselben eine dramatische Form erhielten. Daher ist die Behauptung in dem Dialog Minos erklärlich, der zwar gewiß nicht von Plato, aber doch aus jener Zeit herrührt: „Die Tragödie ist hier (zu Athen) etwas Altes, die nicht, wie sie glauben, vom Thespis begann, noch vom Phrynichos, sondern bei

___

134) Es sei uns der Kürze wegen verstattet, mit dem Namen Kunsttragödie und Kunstkomödie die vorher niedergeschriebenen Dramen beider Art im Gegensatz der improvisirten zu bezeichnen. Auch die ersten tragischen Versuche wurden, nach des Aristoteles ausdrücklichem Zeugniß, improvisirt. „Indem sowohl sie (die Tragödie), als die Komödie anfangs aus dem Stegreif (αὐτοσχεδιαστική) aufgeführt wurde", sagt derselbe (Poët. 4, 5), und das ist auch von jener um so wahrscheinlicher, je weniger es bei dieser einem Zweifel unterliegt. Bekanntlich geschieht das bei dieser von den Italienern noch jetzt, und diese nennen, nicht den Dichter, sondern den Schauspieler berücksichtigend, umgekehrt die improvisirte, nach einem Scenarium aufgeführte, commedia dell' arte.

135) Τελεσιουργοί, wie sie Themistius in einer weiter unten anzuführenden Stelle nennt.

136) S. o. S. 13 u. f.

genauerer Erwägung wirst Du finden, daß sie eine sehr
alte Erfindung dieser Stadt sei[139]). Unsere Leser erinnern
sich des oben[140]) erwähnten Schaukelfestes, welches durch
ein seltsames Zusammentreffen des Zufalls zuerst in dem
Flecken begangen ward, den man als den Geburtsort des
Thespis angiebt. So fand, als eine Vorfeier der Thesmophorien, also mit diesen in Verbindung stehend, das Fest
der Stenien (στήνια) statt, in welchen attische Frauen zur
Nachtzeit die Rückkehr Demeters aus der Unterwelt begingen und mit neckendem Spott sich ergötzten. Aehnliche
Neckereien waren üblich, indem ein Festzug über eine Brücke
(γέφυρα) von Athen nach Eleusis zog (γεφυρισμός, γε-
φυρισταί).

In der ganzen, zu heiterm Scherze so geneigten Hellas,
vornehmlich aber im dorischen Peloponnes, sowie in den
dorischen Niederlassungen in Sikelien fanden zur Weinlese,
beim Kelterfest und andern Gelegenheiten Festzüge (κῶμοι)
zu Ehren des Dionysos statt, bei welchen unter Absingung
nicht allzuzüchtiger Lieder (φαλλικα) der Phallos umherge-
tragen[141]) und die begleitende Volksschaar von verkleideten
Improvisatoren und Lustigmachern, den Führern des Reigens, geneckt wurde. Diese hießen Autokabdalen und Jam-
bisten[142]) in Sikelien, Deikelisten (Darsteller) in Lakedämon,

---

139) Plat. Min. p. 321 a.

140) S. o. S. 16.

141) Schon Herodot spricht (II. 48. 49) von der mit der Dionysos-
feier unzertrennlich verbundenen πομπη τοῦ φαλλοῦ und leitet ihr
ägyptischen Ursprung.

142) Welche Dichtart könnte zu vergleichen, nicht selten wohl derben
und herben Neckereien geeigneter sein, als der an die Sprache des gemeinen Lebens sich anschließende Jambus? Von seinem Erfinder, dem
Parier Archilochos (700 vor Chr.), der seiner Satyre vorliegende Pfeile
in bittere Galle tauchte und die Geliebte, den Vater, der ihm den Ver-
sprechen zuwider diese ihm verweigerte, ja selbst jener Schwestern durch
seinen giftigen Spott zum Selbstmord getrieben haben soll, erhält er

Phlyaken und Sophisten in Unteritalien, Ithyphallen und
Phallophoren in Sikyon, Ethelonten in Böotien [**]. Schon
diese Verschiedenartigkeit von Ausdrücken zur Bezeichnung
desselben Begriffs beweist, theils wie verbreitet diese Sitte
fast allerwärts war, wo die griechische, insbesondere dorische
Sprache herrschte, theils, daß nicht ein griechischer Volks-
stamm von dem anderen sie überkam, sondern daß sie ziemlich gleichzeitig an verschiedenen Orten sich selbstständig entwickelte. Aber freilich dürften sich die allmäligen Ueber-
gänge von den rohesten Anfängen aus dem Stegreife zur
Kunstkomödie nicht nachweisen lassen. Bereits zu Aristoteles Zeit stritten sich die Megarer, Athener, Sikeler um die
Ehre dieser Erfindung, und einige dorische Peloponnesier
suchten auf etymologischem Wege dieselbe sich anzueignen [***].

---

schon eine ähnliche Bestimmung und hieß daher auch der Verlesende
(von λέγεω).

Wuth ertheilte zur Wehr dem Archilochos seinen Jambus;
Diesen erfor auch die Socke zum Fuß und der hohe Kothurnus.
(Hor. Ep. II, 3, 79 f.).

Er blieb in der Komödie vorherrschend und ging, mit einigen Modifi-
cationen und etwas strengeren Gesetzen unterworfen, auch auf die Tragödie über. Übrigens läßt der Gegensatz mit Kothurnus auch unsere
Leserinnen errathen, daß in der Stelle bei Horaz durch der Socke bequeme Beschuhung, in welcher die Schauspieler im Lustspiel auftraten,
dieses selbst bezeichnet werde.

[**] Eine Zusammenstellung dieser alten Spaßmacher findet man bei
Athen. XXV. p. 621. D — 622. D.

[***] Ohne Zweifel ist κωμῳδία von κῶμος, ein festlicher Umzug,
und ᾠδή, das Lied, herzuleiten. Aber nach Aristoteles (Poët. 3, 3).
leiteten es jene Peloponnesier von κώμη im dorischen Dialekte das Dorf,
her, behauptend, die Komöden seien verächtlich von den Städtern auf
den Dörfern umherziehende Dorfsänger genannt worden; so bezeichne
auch bei den Doriern das Stammwort von δρᾶμα δρᾶν ein Handeln,
was die Athener durch πράττειν ausdrückten, und δρᾶμα sei also dori-
sches Ursprungs. — Zur Gemüthsergötzlichkeit unserer Leser fügen wir
noch eine vom Grammatiker Diomedes mitgetheilte, etymologische Erklärung des Wortes Comoedia bei: Sunt, qui velint, Epicharmum

Entscheidender aber als diese ziemlich zweideutige etymologische Beweisführung dürfte für den dorischen Ursprung des Dramas in Griechenland der gemischte Dorismus, d. h. die einzelnen dorischen Formen zeugen, die in dem lyrischen, also ursprünglichen Theile auch des attischen Dramas, gleichsam zur Erinnerung an seine Entstehung, sich erhielten.

In Sikyon gaben wahrscheinlich, bei Gelegenheit der dionysischen Festspiele [145]), die erwähnten Ithyphallen und Phallophoren durch Zwischenreden, die des Chores Gesänge unterbrachen, zur Erfindung des Lustspieles die Veranlassung.

Onestos [146]) singt:

Bakchos erfand die Belehrung der Scherze sich freuenden Muse,
  Denn in Sikyon führt' er der Charitinen Reihn;
Solcherlei Tadel, er ist der ergötzlichst, birgt sich der Stachel
  Unter dem Lachen, und tritt lehrend der Trunkene herauf.

Zwar sagt Suidas: Thespis werde von Einigen für den sechszehnten, nach Andern für den zweiten nach dem Tragödiendichter Epigenes aus Sikyon angenommen, während noch Andere ihn für den ersten hielten; und dieser Epigenes wird von Einigen ein Tragödien- von Andern ein Komödiendichter genannt. Aber mit Recht läßt sich wohl diese Verschiedenheit daraus herleiten, daß Tragödie ursprünglich jedes Drama bezeichnete [147]), und daß die ersten

---

in insula Co exulantem hoc carmen frequentasse, et sic a Co comoediam dici. Ein Gegenstück dazu: Die Ilias beginnt mit dem Worte μῆνιν, die ersten beiden Buchstaben dieses Wortes (μη) bedeuten als Zahlzeichen 48; so meint ein alter Grammatiker, Homer habe sinnig durch diesen Anfang seines Heldenliedes angedeutet, er gedenke in 48 Büchern den Zorn des Achilles und die Irrfahrten des Odysseus zu besingen.

145) Sikyon war, als uralter Sitz griechischer Kunst und Weisheit, durch seine Festzüge und Reigentänze berühmt. Fr. Thiersch Einl. in die pindarischen Gesänge S. 161.

146) Anthol. XI, 32.

147) S. o. S. 13 u. f.

improvisirten Versuche des Satyrspieles, zu denen wohl die
des Epigenes gehörten, mit Lust= und Trauerspiel ziemlich
gleich viel Ähnliches haben mochten.

Susarion, aus dem Flecken Tripodiskos in Megaris
(nach Clemens von Alexandrien ein Ikarier, also Attiker),
führte [118]) in Ikarion die komischen Chöre, d. h. mit iam=
bischen Spöttereien untermischte Gesänge ein. Wie bei den
erwähnten Stenien der Frauen Spott wohl auch die Män=
ner traf, so wurde das von den Männern erwiedert, wie
aus einigen Versen, die dem Susarion beigelegt werden,
erhellt:

> Vernehmt es Volk! So spricht zu euch Susarion,
> Philinos' Sohn, aus Megaris, der Tripodiskier:
> Ein Unheil sind die Frauen, doch, Zunftgenossen, mögt
> Kein Haus ihr finden, das nicht solches Unheil birgt;
> Denn Unheil bringt die Eh' und auch Ehelosigkeit.

- - - - - - - - - -

XII. Aber weder beim Sikyonier Epigenes, noch beim
Megarer Susarion ist wohl an eine eigentliche Kunstkomö=
die zu denken; ihre Scherze waren Anfänge, die mit den
Satyrspielen und Trägödien des Thespis und seiner näch=
sten Nachfolger verbunden zur Erfindung der eigentlichen
Komödie die Veranlassung gaben. Diese ist unstreitig sike=
lisches Ursprungs.

Syrakus war eine Kolonie der Korinthier, wo von al=
ten Zeiten her Dionysienfeste begangen zu werden pfleg=
ten [119]). Die Sikeler waren so tanzlustig, daß σικελλ́ζειν
tanzen hieß, dabei höchst witzig und heiter gelaunt [120]).
Nirgends scheinen sich durch muthwilligen Scherz erheiterte

- - - - -

118) Olymp. 50, 3. 578 v. Chr.

119) S. o. Anm. 31.

120) Cic. de orat. II, 54. Nusquam tam male est Siculis, quin
aliquid facete et commode dicant. Verr. III, 43.

Festzüge so lange erhalten zu haben; ja noch jetzt findet sich
Ähnliches in Sicilien. So erzählt Bartels [141]), man habe
hier an gewissen Festtagen einen Bauer auf einen Esel gesetzt, der singe von einem Haufen fröhlich Schwärmender
umgeben lustige Lieder.

Hier trat der vielseitig gebildete Epicharmos auf. Er
war auf der Insel Kos geboren [142]), da aber sein Vater
Cuthales, als Epicharmos erst drei Monate alt war, nach
Mégara in Sikelien auswanderte [143]) konnte er füglich für
einen Sikeler gelten. Ein Schüler des Pythagoras, den er
vielleicht noch persönlich kannte, und Arzt [144]), sowie Schrift-
steller in beiden Fächern, mochten seine philosophischen Vorträge am Hofe des Gelon und Hieron in Syrakus Anstoß
erregen [145]), und so kleidete er seine Weisheit in der Komödie heiteres Gewand. Gewiß fand sein Talent an dem
glänzenden Hofe jener beiden Fürsten, deren letzterer [146]) die
ausgezeichnetsten Dichter, wie Simonides, Pindaros, Äschylos [147]) um sich versammelte und für Syrakus. Das war,
was später Perikles für Athen, freundliche Aufnahme und
freigebige Unterstützung.

Epicharmos ist wohl unstreitig der eigentliche Schöpfer
der Kunstkomödie [148]) und kann mit demselben Rechte Vater

[141]) Reise durch Calabrien und Sicilien. III, 191.

[142]) Diog. Laërt. vit. Epicharmi.

[143]) Olymp. 66, 1. 540 v. Chr.

[144]) Plin. H. N. XX, 8.

[145]) Darauf deutet der Neuplatoniker Jamblichus (Leben des Pythagoras Kap. 30); ἐγένοντο δ᾽ οἱ Συρακόσιοι διὰ τὴν τοῦ Ἱέρω-
νος τυραννίδα τοῦ μὲν φανερῶς φιλοσοφεῖν ἀπεσχέθησαν, ἐν μέ-
τρῳ δ᾽ ἔγραφον τὰ διανοίας τῶν ἀνδρῶν μετὰ παιδιᾶς κρύφα φε-
ρόμενα τὰ Πυθαγόρου δόγματα.

[146]) Hieron reg. 478—467 v. Chr.

[147]) Plutarch erzählt im Leben des Kimon, Äschylos habe, verdrüßlich vom Sophokles sich besiegt zu sehen, Athen bald darauf verlassen
und nach Sikelien sich begeben.

[148]) Aristot. Poet. 3. Der Grammatiker περὶ κωμῳδίας Aristo-

dieser Dichtungsart heißen, wie sein Zeitgenosse Äschylos, der, wie wir oben erwähnten, eine Zeitlang mit ihm am Hofe des Hieron lebte, wo auch seine Perser und das Trauerspiel Ätna aufgeführt wurden, der der Tragödie hieß. Die Zahl seiner Lustspiele giebt Grysar [159]) auf 35 an. Ihr Inhalt war theils mythologisch, theils allgemeine Schilderung des Privatlebens und komischer Charaktere aus der Gegenwart. Staatsgebrechen konnten gewiß in Syrakus unter Gewaltherrschern nur auf eine sehr verdeckte Weise angegriffen werden. Als seinen Nachahmer nennt Horaz den Plautus [160]), und so können wir aus Dieses Lustspielen wohl am ersten einen Begriff von dem Inhalte der Epicharmischen und dem in ihnen herrschenden Tone uns bilden. Grysar vermuthet, sie haben des Chores entbehrt, und glaubt es dadurch beweisen zu können, daß unter den Fragmenten, deren sich gegen 200 erhalten haben, keines im lyrischen Sylbenmaße sich befindet. Doch deuten, wie Bode [161]) bemerkt, die Titel mehrerer seiner Stücke auf einen Chor hin. So möchte man aus dem bekannten homerischen Ausdrucke: im Schoofe der Götter liegen, vom Epicharmos durch: es liegt in der fünf Richter Schoofe parodirt, schließen, daß auch Wettkämpfe komischer Dichter in Syrakus statt fanden.

Neben Epicharmos werden noch Phormis oder Phormos

phan. ed. Invernix. Vol. III. p. XXVIII. sagt: Οὗτος πρῶτος τὴν κωμῳδίαν διεῤῥιμμένην ἀνεπτήσατο, πολλὰ προσφιλοτεχνήσας. (Er brachte zuerst die fragmentarische Komödie empor, indem er die Kunst viel weiter ausbildete).

159) C. I. Grysar de Doriensium comoedia Quaestiones. Colon. 1828. — Ein Verzeichniß seiner Dramen, bei welchem jedoch es unbestimmt bleibt, welcher Gattung sie angehören, Fabric. Bibl. Gr. ed. Harl. Vol. II, p. 299 ff. Wir finden ihn dort unter den Tragikern aufgezählt; es bleibe dahingestellt, mit welchem Rechte.

160) Hor. Ep. II, 1, 58. Plautus (dicitur) ad exemplar Sicull properare Epicharmi.

161) G. H. Bode dram. Dichtkunst d. Hellenen Th. II. Die Komödie S. 274.

und Deinolochos, ein Sohn oder Schüler des Epicharmos, als Verfasser von Lustspielen in dorischem Dialekte genannt.

————————

XIII. Aber so günstig die Tyrannis durch den äußern Glanz, mit dem sich die Alleinherrscher zu umgeben liebten, von jeher dem Aufblühen aller Künste und namentlich auch der dramatischen gewesen ist; so war doch der Hof eines Gelon und Hieron nicht der Boden, auf dem eine Pflanze, wie die altattische Komödie, in der wir in dem Folgenden die strengste, dabei aber auch ungebundenste und zügelloseste Richterin alles Öffentlichen kennen lernen werden, wurzeln, gedeihen und zur schönsten Blüthe sich entfalten konnte; und eben so wenig konnte sie es unter den Pisistratiden in Athen, so unbezweifelt es auch ist, daß diese viel dazu bei= trugen, den Sinn für das Schöne in der Kunst in den Athenern aufzuregen. Nur eine ziemlich unumschränkte De= mokratie vermochte sie zu erzeugen; nur indem diese Volks= herrschaft immer mehr zur Pöbelherrschaft wurde, konnte die Komik, indem sich ihr eigenthümliches Wesen immer kräftiger entwickelte, es wagen, wie z. B. unser Aristophanes in sei= nen Rittern es that, nicht blos den mächtigsten Demagogen, wie er leibte und lebte, conterfeit, sondern das allgebietende Volk selbst in der Person eines einfältigen, launenhaften, grämlichen Alten auf die Bühne zu bringen und vor ihren kein Ansehen der Person kennenden Richterstuhl zu ziehen. Was wir oben [167]) vom Leben der Griechen im Staate und für denselben bemerkten, findet offenbar seine nächste und vorzüglichste Anwendung auf demokratische Staaten. Die Demokratie entwickelte sich aber in Athen langsames, doch sicheres Schrittes. An die Stelle der Könige trat nach Kodros' Tode ein lebenslänglicher Archon aus der Familie des Kodros; dreihundert Jahre später wurde der Archonten

———————

167) S. o. S. 17.

Zahl auf sieben erhöht und die Dauer ihrer Gewalt auf
zehn Jahre beschränkt; ein halbes Jahrhundert darauf be-
kleideten neun nur auf ein Jahr diese Würde. Die beschränkte monarchische Verfassung war nach und nach in
eine aristokratische übergegangen, und Herkommen hatte bisher statt geschriebener Gesetze entschieden. Nach dem miß-
lungenen Versuche des Archonten Drakon, dessen mit Blut
geschriebene Gesetze nicht bestehen konnten, wurde der viel-
gereiste Solon mit Entwerfung neuer Gesetze beauftragt und
legte, indem er sich auf eine vortreffliche Weise dieses Auf-
trags entledigte und als einen der weisesten Gesetzgeber des
Alterthums sich bewährte, den Grund zur demokratischen
Verfassung Athens. Aber er beschränkte die Zahl der Bürger, theilte sie nach dem Vermögen in vier Classen und gestattete zwar der ärmsten und zahlreichsten noch vielfachen
Einfluß auf das Öffentliche, schloß sie aber doch von
der Wählbarkeit zu jeder öffentlichen Stelle aus und verlieh
überhaupt den Eupatriden (dem Adel) und Reicheren ein
nicht geringes Übergewicht über die niedern Volksclassen.
Weit demokratischer gestaltete sich Athens Verfassung nach
Vertreibung des Pisistratiden Hippias (die meisten Einrich-
tungen Solon's hatten auch unter dem Gewaltherrscher Pi-
sistratos, einem Verwandten Solon's, und dessen beiden
Söhnen fortbestanden) [18]) durch Kleisthenes. Er vermehrte
die Zahl der Phylen und Bürger, hob das von Solon fest-
gesetzte Verhältniß zwischen Vornehmen und Geringen auf,
verringerte dadurch den Einfluß jener und suchte durch das
Scherbengericht dem überwiegenden Ansehen Einzelner und
dem Wiederauftauchen der Tyrannis vorzubeugen.

Erst nachdem sich so die Demokratie in Athen auf eine
der freien Entwickelung jeder geistigen Kraft höchst günstige

------

18) „Im Ganzen entwickelten diese Gewaltherrscher unstreitig viel
Vorzüge und Klugheit — — es galten die früher bestehenden Einrich-
tungen, nur daß sie dafür sorgten, daß stets Einer von ihnen eine
Staatswürde bekleidete." Thukyd. VI, 54.

Weise ausgebildet, fand auch die altattische Komödie, wie wir sie aus den Lustspielen unseres Aristophanes kennen lernen, hier den ihrem Gedeihen angemessenen Boden und ihr eigenthümlichstes Element, fecken Spott über alles Öffentliche, über des Staates innere Verwaltung und äußere Verhältnisse und alles darauf sich Beziehende; ja bald gestattete ein förmliches Gesetz den Dichtern, jeden Athener in Person und mit Namen auf die Bühne zu bringen [144].

Als der älteste Dichter der eben angedeuteten Gattung wird Chiónides genannt, der wenigstens achtzig Jahre nach dem Stegreifdichter Susarion, noch während der Perserkriege, ungefähr 487 v. Chr. auftrat. Aristoteles setzt ihn und Magnes lange nach Epicharmos [145]. Suidas giebt uns die Titel dreier Lustspiele des Chiónides: die Heroen, die Bettler und die Perser.

Wir sahen oben [146], daß sich bald der Staat des Trauerspiels, es als ein Mittel zur Erziehung des Volkes betrachtend, annahm und entweder selbst die zur Aufführung der Tragödien erforderlichen Kosten hergab, oder diese Staatsleistung (Leiturgie) vermögenden Bürgern auferlegte. Daß sich auch des Lustspiels Scherz als ein solches Erziehungsmittel benutzen lasse — wie sich in dem Folgenden zeigen wird — stellte sich erst später heraus [147], und der neben

---

144) Apud quos (Athenienses) etiam lege fuit concessum, ut quod vellet comoedia, de quo vellet, nominatim diceret. Cic. de rep. IV, 10. Themistius orat. VIII. τῆς τέχνης διδούσης τοῦ σκώπτειν τὴν ἄδειαν ἐκ τῶν νόμων. — Ἄδειαν οἱ τὰς κωμῳδίας συγγράφοντες εἶχον τοῦ σκώπτειν καὶ στρατηγοὺς καὶ δικαστὰς κ. τ. λ. Platonius περὶ διαφορᾶς τῶν κωμῳδιῶν.

145) Ἐπίχαρμος πολλῷ πρότερος ἦν Χιωνίδου καὶ Μάγνητος. Nach Diogenes Laert. wurde Epicharmos 90, nach Lucian 97 Jahre alt. Nach der obigen Angabe fällt sein Geburtsjahr um 540 v. Chr.; er war also damals etwa 53 Jahre alt und konnte schon längst sich als komischer Dichter einen Namen erworben haben.

146) S. o. S. 27.

147) Die Veränderungen des Trauerspiels, und durch welche Dichter

5 *

Chionides vom Aristoteles erwähnte Magnes, ein Ikarier
wie Thespis, ist der erste, von dem wir aus einer Stelle
unseres Aristophanes [164]) mit Bestimmtheit wissen, daß er
um den Preis mit Glück rang. Seine Blüthe setzt Bode
Olymp. 80, 1. — 460 v. Chr. Wahrscheinlich hatte Perikles, dem wohl vor allen Staatsmännern des Alterthums
der Preis gebührt [165]), und der uneigennütziger denn je der
Lenker irgend eines Staates vor oder nach ihm jede Leistung der
Kunst begünstigte und beförderte, die komischen Wettkämpfe
gestiftet, theils die Heilsamkeit eines solchen öffentlichen und
über alles Öffentliche strenge Aufsicht führenden Sittenge-
richts — zu welcher Würde sich bald die Komödie erhob —
anerkennend, theils um durch Beförderung dieser Lieblings-
belustigung des Volkes sich immer mehr in dessen Gunst zu
befestigen [166]). In dieser Gunst stand der vierzwiebelköpfige
Zeus, der Köpfesammler [167]) selbst zu fest, als daß er nöthig

sie statt fanden, blieb nicht unbekannt; das Lustspiel aber, weil es anfangs keinen ernsten Zweck hatte, blieb es. Denn spät erst bewilligte
der Archon den Komödien einen Chor; es waren vielmehr (vorher)
Freiwillige (d. h. die komischen Dichter bestritten auf eigene Gefahr die
Kosten des Chors und der Aufführung). Arist. Poët. 5, 2.

[164]) Aristophanes führt in einer für die Geschichte der alten Komödie merkwürdigen Stelle in den Rittern (507—550) bittere Klage über
den Undank, den das athenische Publikum gegen die in seinem Dienste
ergrauten, früher des größten Beifalls sich erfreuenden Lustspieldichter
beweise, und führt als Beispiel unter andern auch den Magnes an, der
früher viele Siege über seine Gegenkämpfer erfocht und im Alter sich
verachtet sah. Zugleich spielt er sinnreich auf die Titel mehrerer Stücke
des Magnes an, durch die dieser einst den Sieg davon trug, welcher
ihm eilfmal zu Theil geworden sein soll.

[165]) Man vergleiche die vortreffliche Charakterschilderung des unver-
gleichlichen Mannes bei Thukydides II, 65. „Es war — heißt es
dort unter Anderem — dem Namen nach eine Volksherrschaft, in der
That aber eine dem ersten Manne untergeordnete Regierung."

[166]) Beides beabsichtigte er wohl auch durch die oben (Anm. 163) besprochene Einführung der Theatergelder.

[167]) Spitznamen, mit welchen Kratinos ihn bezeichnete, der eine auf

gehabt hätte, die über ihn und seine Aspasia ausgegossenen
Spöttereien, womit die muthwilligen Komödiendichter selbst
ihren Gönner nicht verschonten, zu fürchten.

XIV. Ohne unserer Leser Geduld durch die Aufzäh-
lung einer Menge von Dichtern, die in der alten Komödie
auftraten, zu ermüden [172]), müssen wir nun noch zweier
Vorgänger und zugleich Zeitgenossen unsres Aristophanes
gedenken, die mehrere Male in den komischen Wettkämpfen
ihn besiegten, und denen neben ihm die Ehre zu Theil ward,
in den alexandrinischen Kanon aufgenommen zu werden [173]).
Mehrere andere Zeitgenossen und Mitbewerber unseres Dichters werden wir durch ihn selbst kennen lernen und so Veranlassung finden, später einige Nachrichten über sie beizubringen.

Wir meinen Kratinos und Eupolis, den Aeschylos und
Sophokles der alten Komödie [174]).

Denn wenn wir oben den Epicharmos den Aeschylos
der Kunstkomödie nannten; so darf Kratinos mit noch
größerem Rechte der Sophokles des altattischen Lustspiels

___

seines Kopfes längliche Gestalt sich bezichend, der andere dem homerischen Wellensammer (κεφαληγερέτα und κεφαληγερέτια) nachgebildet.
Plut. Peric. 13, 21.

172) Bode bringt 41 Dichter heraus, die von Olymp. 80 — 90, also
in einem Zeitraume von 64 Jahren, Lustspiele aufführten.

173) Wir wissen jetzt aus einer von Cramer (Anecd. Par. T. I, p 8)
mitgetheilten anonymen Abhandlung περὶ κωμῳδίας, daß die Sammlung und Anordnung der dramatischen Dichter im alexandrinischen Museum von Lykophron und Alexandros Aetolos herrührte. Bode dram.
Dichtk. d. H. Th. II, S. 108. Anm. 2. Überhaupt finden wir dort
als Dichter der alten Komödie Epicharmos, Kratinos, Eupolis, Aristophanes, Pherekrates und Platon aufgeführt.

174) So sagt Anonym. de comoedia vom Kratinos: γέγονε δὲ
ποιητικώτατος, κατασκευάζων εἰς τὸν Αἰσχύλου χαρακτῆρα.

heißen, und wird mit diesem Tragiker auch von den alten
Kunstrichtern und Grammatikern in mehrfacher Beziehung
zusammengestellt. In seine Lebenszeit, — er erreichte ein
Alter von 97 Jahren [165]) — fällt das erste Aufblühen der
sikelischen Komödie, und wenige Jahre vor seinem Tode [176])
trug er noch über die Wolken unseres Aristophanes und
über den Konnos des Ameipsias durch seine Weinflasche
den Sieg davon. Doch scheint er erst in seinen spätern
Lebensjahren aufgetreten zu sein; — um 448 v. Chr. —
seinen ersten Sieg aber, deren ihm bei einundzwanzigmali-
gem Auftreten überhaupt neun zu Theil wurden, erkämpfte
er nach den Didaskalien erst acht Jahre später. Er verfuhr
planmäßiger, als seine Vorgänger bei Behandlung komischer
Stoffe [177]), wetteiferte an Glanz und Kraft der Darstellung
mit Äschylos, an Bitterkeit der Satyre mit Archilochos.
Denn daß er den persönlichen Spott auf die Spitze trieb
(schonte er doch, wie wir oben sahen, selbst des Perikles
nicht) geht unter Anderem daraus hervor, daß Galenos in
einem besonderen Werke von wenigstens drei Büchern die
Erklärung der politischen bei Kratinos vorkommenden Namen zu geben für nöthig fand. „Kratinos," sagt Platonios, „ist streng in seinen Schmähungen; er läßt nicht, wie
Aristophanes, die Anmuth seinen Neckereien zur Seite gehen,
dadurch das Drückende des Tadels mildernd, sondern un-
umwunden, und wie es im Sprüchwort heißt, barhaupt,
stellt er seine Lästerungen gegen die Fehlenden hin." Nach
demselben war er glücklicher in der Eröffnung und ersten
Anlage, als in der Hinausführung seiner Dramen.

Ein dem Dienste des Dionysos Geweihter liebte er
dessen Gaben. So heißt es in einem artigen Epigramm [178]:

165) geb. 519 gest. 422 v. Chr. — Luc. Macrob. 25.

176) 424 v. Chr.

177) Στήσας τὴν ἀταξίαν καὶ τῷ χαρίεντι τὴν πικρότης εἰ ἀγέ-
λμον προσθήκε. Cramer Anecd. Par. I, p. 5.

178) XIII, 29.

„Weines Genuß rafft traun, wie ein räßiger Klepper den Sänger,
  Nie schuf der Wassertrinker etwas Tüchtiges.
So, Dionysos, sprach Kratinos, und nicht Eines Bechers,
  Eines ganzen Ohmes Blüth' umduftet ihn dabei;
Darum strotzt die Behausung von Kränzen ihm, um seine Stirne
  Schlingt sich, wie um die deinige, des Epheus Zweig."

Und Horaz sagt [119]):

  Glaubst du dem alten Kratinos, o tiefgelehrter Maecenas,
  Nicht kann lange gefallen, noch fortblühn einige Dichtung,
  Die bei lauterem Wasser man dichtete.

In der oben [120]) erwähnten merkwürdigen Stelle aus
den Rittern unseres Aristophanes erklärt dieser den ausgezeichneten Beifall, den Kratinos früher fand, anerkennend,
den 93jährigen für invalid und rückt den undankbaren Athenern vor, sie lassen ihn, der eine Stelle im Prytaneion verdient habe, jetzt verdursten. Daß er aber noch nicht so invalid sei, bewies er das Jahr darauf durch seine Weinflasche, in welcher er auf die geistreichste Weise sich selbst
zum Besten gab. Seine Ehefrau, die Komödie, führt Klage
über ihn, daß seine Geliebte, die Weinflasche ihn ihr unge-
treu gemacht habe, sie will sich von ihm scheiden lassen.
Der aus des Dichters Freunden bestehende Chor führt seine
Vertheidigung und räth zum Frieden. Der Dichter erscheint
am Arme der geliebten Flasche und vertheidigt sich mit über-
sprudelndem Witze; eine Versöhnung macht den Beschluß.
Kratinos trug, wie wir erwähnten, durch dieses Lustspiel
den Sieg über seine Mitbewerber Aristophanes und Ameipsias davon. Aristophanes vergalt es aber noch dem
Todten, indem er in dem im Todesjahre des Kratinos [121])
aufgeführten Frieden scherzend berichtet, bei einem Einfalle
der Lakonier habe das Einschlagen eines vollen Weinfasses
ihm eine Ohnmacht und den Tod zugezogen.

119) Epist. 1, 19, 1.
120) S. o. Anm. 108.
121) 112 v. Chr.

Unter den Vorgängern und Zeitgenossen des Aristopha=
nes verdient noch der erfindungsreiche, anmuthige Eupo=
lis [177]), als einer der ausgezeichnetsten Komiker, genannt zu
werden. Geboren Olymp. 83, 3 — 446 v. Chr. erhielt er
schon als siebzehnjähriger Jüngling einen Chor und kann kein
hohes Alter erreicht haben, da nach 405 sich keine Spur
mehr von ihm findet. Aristophanes, der in seinen früheren
Stücken wiederholt seiner erwähnt, muß ihn wenigstens um
sechszehn Jahre überlebt haben, obschon Eupolis nur einige
Jahre vor ihm auftrat [178]).

Berühmt in der Geschichte der griechischen Komödie
sind seine Bapten, ein, nach einer Stelle Lucian's [179]) zu
schließen, höchst unzüchtiges Stück, auf schamlose Orgien [180])
hindeutend, die zur Zeit der Aufführung [181]) sich, von Ko=
rinth herrührend, in Athen einzuschleichen begannen. Alki=
biades, hier der Theilnahme an denselben bezüchtiget, ließ
den Dichter nach Einigen [182]) in das Meer werfen. Ging
aber auch seine Rache nicht so weit, wie schon Cicero aus
dem Alexandriner Eratosthenes — der ein großes Werk über
die Komödie schrieb — nachweist [183]); so ließ er ihn wenig=
stens, im Begriff nach Sikelien sich einzuschiffen, von seinen

----

177) Er hieß vorzugsweise ὁ χαρίεις. Platonios nennt ihn erhaben,
anmuthig, glücklich in seinen Scherzen, höchst phantasiereich in der An=
lage seiner Dramen. Die Eröffnung und Anlage derselben war treffend,
minder der Ausgang und die Entwickelung.

178) Nach Schlegel's Vermuthung sind die Vögel am meisten im
Style des Eupolis, die Ritter in dem des Kratinos gearbeitet. Dram.
Vorl. I, 314.

181) adv. Indoct. Lasest du die Bapten? das ganze Stück? Machte
hier nichts auf dich Eindruck, erröthetest du nicht bei ihrer Lesung?

182) Juvenal. II, 92 und daselbst der Scholiast.

183) Wie Meineke Quaest. scen. I, p. 43 sq. zeigt, einige Monate
vor dem Unternehmen der Athenienser gegen Sikelien — 416 v. Chr.

183) z. B. dem Schol. zu der eben angeführten Stelle des Juvenal.

184) Sed redarguit hoc Kratosthenes, asserit enim, quas illa post
hoc tempus fabulas docuit. Ad Att. VI, I.

Soldaten zu wiederhollen Malen an einem Seile ins Meer tauchen [189]).

Aristophanes gedenkt seiner mehrere Male, aber blos in den fünf frühesten seiner uns erhaltenen Komödien.

———

XV. So hatte in diesen beiden Koryphäen der komischen Bühne Athens das Lustspiel bereits ziemlich seinen Höhepunkt erreicht, als derjenige Dichter, der die Vorzüge Beider in sich vereinigte [190]), und dem auch Derjenige, dessen Stimme hier wohl die gewichtigste ist, Aristoteles, den Preis in der Komödie zuzuerkennen scheint, indem er ihn [191]) als Repräsentanten dieser Dichtungsart, wie den Sophokles als den der Tragödie aufführt; als Aristophanes, wahrscheinlich in demselben Alter, wie kurz vor ihm Eupolis und zwar mit seinen beiden ersten Stücken, den Schmausenden (δαιταλῆς) und den Babyloniern [192]), unter fremdem Namen

[189] Cramer Anecd. Gr. Par. I, p. 7. Meineke Fragm. com. gr. Vol. II, p. 2. 1210.

[190] Platonios: Ὁ δὲ Ἀρισιοφάνης τὸν μέσον ἐλήλακε τῶν ἀνδρῶν χαρακτῆρα· οὔτε γὰρ πικρὸς λίαν ἐστὶν, ὥσπερ Κρατῖνος, οὔτε χαρίεις, ὥσπερ Εὔπολις, ἀλλ' ἔχει καὶ πρὸς τοὺς ἁμαρτάνοντας τὸ σφοδρὸν τοῦ Κρατίνου καὶ τὸ ἐπιτρέχουσαν χάριτος Εὐπόλιδος: Aristophanes aber hat zwischen beiden die Mitte gehalten; denn er ist weder allzu bitter, wie Kratinos, noch (allzu) zierlich wie Eupolis, sondern zeigt gegen die Fehlenden den Nachdruck des Kratinos und die Anmuth, die bei Eupolis demselben zur Seite geht. In dieser Stelle liegt offenbar, ebensowohl in dem χαρίεις, bei welchem ebenfalls λίαν zu ergänzen ist, ein Tadel. Das Streben nach Anmuth ging beim Eupolis zu weit, so wie des Kratinos Tadel zu schroff war. Beider Klippen vermied mit Glück Aristophanes.

[191] Poët. 3, 2.

[192] Die Acharner, die sich unter den erhaltenen Lustspielen befinden, ließ er zwar nicht unter seiner eigenen Leitung, sondern durch den Kallistratos, aber nicht unter fremdem Namen aufführen (ἐδίδαξε), wie wir weiter unten zeigen werden.

auftrat ¹²²). Eine Stelle in dem Wespen ¹²³), wo er sich mit einem Bauchredner vergleicht, läßt fast schließen, er habe ebenso, bevor er noch selbständige Stücke, wenn auch unter fremdem Namen aufführen ließ, an der Ausarbeitung der Lustspiele Andrer Theil genommen, wie wir z. B. mit ziemlicher Bestimmtheit wissen, daß von Eupolis die letzte Parabase ¹²⁴) in den Rittern herrühre.

Aber nicht blos die Komödie, auch die Demokratie, die wir als ihr eigentlichstes Element anerkannten, hatte damals ihren Höhepunkt erreicht. Perikles, von seiner Überlegenheit

---

122) In den Schmausenden (aufgeführt 428 v. Chr.), deren er in den Wolken gedenkt (527 ff.) und sich einer Jungfrau vergleicht, der noch die Mutterehre versagt ist, und die deswegen ihr Kindlein, das übrigens die freundlichste Aufnahme fand (es trug den zweiten Preis davon), von einer Andern aufziehen lassen muß, traten, wie unter Anderm aus der eben angeführten Stelle hervorgeht, zwei Jünglinge, Ehrbar und Wüstling, auf; die Schmausenden aber bildeten den Chor. Wahrscheinlich hatte das Stück gleich den Wolken Beziehung auf die öffentliche Erziehung. Die im folgenden Jahr (427) aufgeführten Babylonier waren mehr politischen Inhalts.

123) Jetzt leihe, mein Volk, mir aufmerkend dein Ohr, wenn lautere Wahrheit Ihr liebet:
Zu führen Beschwer vor den Schauenden, hier fühlt jetzt sich gedrungen der Dichter,
Unrecht, so behauptet er, sei ihm geschehn, ob Gutes er ihnen erzeigte,
Zwar öffentlich erst nicht, sondern versteckt, sich andern Dichtern gesellend,
Nachahmend die Kunst, durch die prophezeit Eurykles und dessen Erfindung,
Andern in die Bäuch' er Anderer schlüpft, zu ergießen die Fülle des Scherzes.
Der Bauchredner Eurykles brauchte seine Kunst, anscheinend fremde Stimmen aus seinem Bauche prophezeien zu lassen, wie Aristophanes anfangs unter der Firma anderer Dichter, nicht aber wie Voß und Andere meinen, der Schauspieler Philonides und Kallistratos, seine Einfälle veröffentlichte.

124) Weiter unten werden wir uns ausführlicher über diesen sehr wesentlichen Theil des alten Lustspiels verbreiten.

in Krieg und Frieden nicht mit Unrecht der Olympische zu-
benannt [106]), von dessen Verdiensten um Athen wir schon
oben sprachen, von dem J. Müller [107]) sagt, sein Leben ver-
diene das Studium Derjenigen zu sein, die in einer Re-
publik dem Staatsdienste sich zu widmen gedenken; Perikles,
selbst einem der edelsten Geschlechter entstammend — sein
Vater Xanthippos erfocht den Seesieg bei Mykale, der auf
eine glänzende Weise die persischen Kriege beendigte — hatte
dies bewirkt, anfangs in Verbindung mit Ephialtes, dem
Haupte der herrschenden Partei der Alkmäoniden, indem er
die Macht des aus den Vornehmsten bestehenden Areopagos
brach und alle Gewalt der Volksversammlung zuwandte,
über die er mit nachdrucksvoller, hinreißender Beredsamkeit
und durch seine persönliche Würde vierzig Jahre hindurch
fast uneingeschränkt herrschte. Was wir oben [108]) vom Leben
der Griechen im Staate und für denselben sagten, findet
wohl auf keinen Einzelnen eine solche Anwendung, wie auf
ihn. Seine Vaterstadt in jeder Beziehung, in Wissenschaft
und Kunst, in Krieg und Frieden, zu Wasser und zu Lande
zur ersten in Griechenland zu machen und selbst in ihr der
Erste zu sein, war die'mit seltenem Glück von ihm gelöste
Aufgabe seines Lebens. Nur auf einem Wege in der
Stadt sah man ihn, wenn er nach dem Markte oder Rath-
hause wanderte; Einladungen zu Gastmälern und allen ge-
selligen Verkehr schlug er aus: nur ein Mal, bei der Hoch-
zeit eines Verwandten, machte er eine Ausnahme, verließ
aber auch hier gleich nach der Libation die Gesellschaft [109]).

Aber freilich bedurfte es einer so kräftigen und geschickten Hand, wie der seinigen, um das launenhafte, genußsüch-
tige, verweichlichte Volk zum Guten zu lenken. Perikles
rieth zu dem für Griechenland so verderblichen peloponnesi-

---

[106]) Plut. Pericl. 8.
[107]) Allgem. Gesch. I, 142. (Tübingen 1817).
[108]) S. 47.
[109]) Plut. Per. 7.

schen Kriege, weil er bei der Eifersucht zwischen Lacedämon
und Athen dessen Unvermeidlichkeit erkannte; aber schon im
dritten Jahre desselben wurde er ein Opfer der Pest. Wie
anders würde sich aber dieser Krieg gestaltet haben, wenn
ihm mit einem längeren Leben die fernere Leitung desselben
gestattet gewesen wäre? Ebenso wie das Unternehmen der
Athenienser gegen Sicilien, wenn Alkibiades, der es veranlaßte und entwarf, an der Spitze desselben blieb.

Kurz vor oder nach dem Tode dieses ausgezeichneten
Mannes, dessen Folgen sich nur zu bald offenbarten, indem
nun das übermächtige Volk durch der verderblichen, zwei
Sommer nach einander wüthenden Seuche ungeheure Noth
zu immer größerer Entsittlichung hingerissen, von schwindeln-
den, oft nichts weniger als das gemeinsame Beste berück-
sichtigenden Rednern zu den verkehrtesten Beschlüssen sich
bethören ließ, trat Aristophanes zuerst als Lustspieldichter
auf, der seines jugendlichen Alters ungeachtet sehr richtig
erkannte, wie seine Vaterstadt mit raschen Schritten immer
größerem Verderben entgegeneile, und wie nur in Beilegung
des unheilbringenden Krieges, in Rückkehr zur alten Ein-
fachheit in Staatsverwaltung, Erziehung und ganzen Lebensweise, in Wissenschaft und Kunst das Heil für sie zu suchen
sei. Ob Bescheidenheit, indem er [200]) die Schwierigkeit der
dem Lustspieldichter gestellten Aufgabe anerkannte, oder ein
bestehendes Gesetz, dessen der Scholiast zu der oben [201]) aus
den Wolken angeführten Stelle gedenkt, das vor dem dreißig-
sten oder gar vierzigsten Jahre ein Lustspiel auf die Bühne
zu bringen verbot [202]), ihn bewog, es, wie wir schon er-

---

[200]) Ritter 514.

[201]) S. Anm. 193.

[202]) Wenn wirklich ein solches Gesetz bestand, so konnte dessen Urheber von keiner anderen, als der oben (S. 67 u. f.) angedeuteten Ansicht, das
Lustspiel als ein Mittel zur Erziehung des Volkes und zur Berichti-
gung der unter demselben herrschenden Begriffe und Meinungen betrachtend, ausgehen.

wähnten, unter fremdem Namen zu thun, laſſen wir un=
entſchieden.

Die Nachrichten über das Leben unſeres Dichters ſind
ziemlich unvollſtändig und beſchränken ſich hauptſächlich auf
Einiges aus ſeiner dramatiſchen Laufbahn. Quellen dafür
ſind die zum Theil den Ariſtophaniſchen Luſtſpielen ſelbſt
entlehnten Notizen eines, zwar dem Namen nach unbekann=
ten, aber ein geſundes Urtheil und eine genaue Bekannt=
ſchaft mit dem Weſen der alten Komödie verrathenden
Grammatikers, ſowie mehrere von dieſen unbenutzte Stellen,
vornehmlich in den Parabaſen der noch vorhandenen Luſt=
ſpiele. Die von Thomas Magiſter herrührende Biographie
preiſt in ziemlich allgemeinen Ausdrücken das Lob des Ari=
ſtophanes, enthält aber nichts Neues.

Weder das Geburts=, noch das Todesjahr des Ariſto=
phanes iſt bekannt; ja nicht einmal ſein Geburtsort. Sein
Vater Philippos war ein wohlhabender Athenienſer, der
wahrſcheinlich auf Ägina und Rhodos Beſitzungen hatte.
Nach Perikles' Tode ſuchte der Gerbersſohn Kleon, ein har=
ter vor Allem zu gewaltſamen Maßregeln geneigter Mann,
der aber bald bei dem Volke bei Weitem das meiſte An=
ſehen ſich zu verſchaffen wußte [120]), ſich an deſſen Stelle zu
drängen. Ihn griff Ariſtophanes in ſeinen Babyloniern
— ſeinem erſten Luſtſpiele politiſchen Inhalts — an und
reizte dadurch den Zorn des vielvermögenden, leidenſchaft=
lichen Mannes, der bald genug den wahren Verfaſſer des,
wie wir bereits erwähnten, wahrſcheinlich namenlos auf die
Bühne gebrachten Stücks [121]) ermittelt haben mochte und

---

[120]) So urtheilt über ihn Thukydides III, 36.

[121]) Die Zeugniſſe mehrerer Grammatiker, des Verfaſſers der erwähn=
ten Biographie, des Platonios, des Scholiaſten zu den Wolken und
Wespen ſtimmen darin überein, daß Ariſtophanes ſeine drei erſten Luſt=
ſpiele, die Schmauſenden, die Babylonier und die Acharner, nicht unter
eigenem Namen auf die Bühne brachte, ſondern, wenigſtens die beiden
erſten, durch die Schauspieler Kalliſtratos und Philonides, von denen

mit einer öffentlichen Klage gegen Aristophanes auftrat,
durch die er ihn vermittelst bestochener Zeugen (Sykophanten) seines Bürgerrechts als fremden Einbringling zu berauben suchte, eine Verdächtigung, die wohl durch den häufigen Aufenthalt des Dichters in Rhodos und Ägina, wo,
wie gesagt sein Vater Besitzungen hatte, Wahrscheinlichkeit
erhalten mochte. Kleon erreichte seinen Zweck nicht, Aristophanes soll durch Anführung einiger homerischer Verse [226])
die Richter für sich gewonnen haben. Er gesteht selbst in
den das Jahr darauf aufgeführten Acharnern, wie ihn
Kleon bedrängt habe:

---

dieser die Aufführung der auf den Staat, jener der auf Privatpersonen — wie Sokrates, Euripides — bezüglichen Lustspiele leitete (*δι-
δάσκω*) und wahrscheinlich zugleich die Hauptrolle in denselben spielte.
Jene Gewährsmänner bedienten sich dabei der verschiedenen, insgesammt
aber auf die Aufführung sich beziehenden Ausdrücke: *καθιέναι*, auf die
Bühne bringen, *διδάσκειν*, einüben, *ἀναγιγνώσκειν εἰς τὸ θέατρον*,
im Theater, vor dem zur Darstellung bestimmten Thymeliktern und Choreuten vorlesen. Die genannten Leiter werden zu wiederholten Malen
Schauspieler genannt. Nur vom Philonides führt Suidas und Eude-
lia drei eigne Stücke an; Theod. Bergk — der für A. Meineke
Fragm. Comlee. Gr. Vol. II. 2. die Fragmente des Ar. sammelte
— will Beide dazu stempeln. Aber seine Beweisführung beruht hauptsächlich auf der Erklärung des Wortes: *διδάσκειν*. Allerdings war es
gewöhnlich — wie wir auch schon oben bemerkten — der Dichter, der
ein Stück einübte; aber daraus folgt nicht, daß dieses Einüben noth-
wendig den Dichter bezeichnen müsse. Dieser konnte es auch, selbst
wenn er nicht ungenannt bleiben wollte, seinem Protagonisten, d. h. dem
ersten seiner Schauspieler übertragen. Konnte nun, da das Gesetz die
komischen Dichter anfänglich so sehr begünstigte, es nicht auch gestattet
sein, daß der Protagonist, ohne dem Dichter zu nennen, von dem Archonten einen Chor sich erbat und ein Stück namenlos auf die Bühne
brachte? Konnte dieser Fall nicht bei den ersten Lustspielen des Aristophanes eingetreten sein? Auch spätere Stücke, wie die Wespen, Lysistrate, die Frösche ließ A. durch die genannten Schauspieler einüben.
Als ein dritter Schauspieler des A. wird Apollodoros genannt, der
den Trygäos in dem Frieden spielte.

226) Obvff. I, 215 f.

Ich bin mir, was vom Kleon ich erbeutete
Des Lustspiels, des vorjähr'gen wegen, wohl bewußt;
Denn mich hinschleppend vor die Rathsversammlung
Verleumdet' er mich da und sprach Erlogenes,
Und strudelt' und ergoß sich, so daß ich beinah
Erlegen wäre des Handels Unflathkrämerei[206]).

Die Babylonier wurden an den großen Dionysien im
Frühjahr, wo viele Fremde zugegen waren, aufgeführt; die
Acharner dagegen an den Lenäen im Winter, wo das nicht
der Fall war. Darum sagt der Dichter, dem Kleon dieses
Verhöhnen der Staatsverwaltung vor Fremden zum Vor-
wurfe gemacht hatte:

Denn nicht anschwärzen wird mich Kleon jetzt, daß ich
In Gegenwart von Fremden schmäh' auf unsre Stadt;
Sind wir doch unter uns: 's ist der Lenäenkampf,
Noch sind zugegen Fremde nicht, der Steuern Zoll
Entrichtend, noch aus andern Staaten Verbündete:
Nein, rein geworfelt sind anjetzt wir unter uns.

Schon als er dieses Stück auf die Bühne brachte, war
der Entwurf zu dem Hauptangriff auf Kleon, vornehmlich
als Verweser der Staatseinkünfte, den er in den Rittern
ihm zugedacht hatte, gemacht[207]). Mit der Keckheit kühnes
Jugendmuthes wagte er es hier, theils um an Dem, der
ihm das jedem Athenienser Theuerste, sein Bürgerrecht, streitig zu machen gesucht hatte, sich zu rächen, theils als Vertreter der gemäßigten oligarchischen Partei, nicht blos den
damals mächtigsten Mann im Staate, den er zwar nicht

---

206) Diese Worte spricht Dikäopolis, dem im ganzen Stücke der Dichter seine eigenen Ansichten in den Mund legt, und der also diesen gewissermaßen repräsentiert. Indem er sich aber auf einen damals allgemein bekannten Gerichtshandel bezieht, konnte es unmöglich seine Absicht sein, verborgen zu bleiben; ja es unterliegt kaum einem Zweifel,
daß er dieses Stück unter seinem Namen, aber unter Leitung des mit
dem ganzen Bühnenwesen bekannteren Kallistratos aufführen ließ
(I. 192). Das spricht für unsere oben ausgesprochene, die Bedeutung
des ὑπεύθυνος betreffende Ansicht.

207) Acharn. 300 ff.

mit Namen [**]), aber doch so sprechend conterfeit, daß keiner
der Zuschauer ihn verkennen konnte, durch den bittersten
Spott lächerlich und verächtlich zu machen, sondern sogar
das allgebietende Volk selbst, wie schon erwähnt wurde, auf
die Bühne zu bringen.

Daß, wie sein Biograph und die Didaskalien berichten,
kein Schauspieler ,in des Paphlagoniers Rolle aufzutreten
und so dem Zorne des Gefürchteten sich auszusetzen Lust
hatte, ist nicht zu verwundern; wollte doch nicht einmal,
wie der Dichter selbst erzählt [***]), ein Maskenverfertiger seine
Gesichtszüge abformen. So mußte denn Aristophanes selbst
zum ersten Male das Geschäft des Didaskalos und Protagonisten (die Aufführung leitend und die Hauptrolle über-
nehmend) versehen und durch Schminke die fehlende Maske
zu ersetzen suchen [110]).

Noch in manchem seiner späteren Stücke — den Wes-

[**]) Mit Unrecht sieht Kleon in dem Personenverzeichnisse, sein Name
wird nur ein Mal im ganzen Stücke genannt. Schon Wieland — der dem
Stücke den Namen die Demagogen gab — erkannte das und führt ihn
unter dem des Paphlagoniers auf.

[***]) Ritter. 230.

    Sei unbesorgt, denn er ist nicht abconterfeit,
    Nachbilden wollt' ihn ja aus Furcht kein Einziger
    Der Maskenmacher; doch erkennen wird man ihn
    Ganz sicherlich, denn sein sind unsre Schauenden.

[110]) Daß er Das jetzt erst thut, nachdem er früher mehrere Stücke
mit Verschweigung seines Namens auf die Bühne gebracht, oder wenigstens, wie bei den Acharnern, die Aufführung derselben Anderen übertragen, entschuldigt er in der schon einige Male angeführten Parabase
in den Rittern witzig mit einem der Schifffahrt entlehnten Bilde: es
müsse Jemand erst als Ruderer dienen, ehe er den Unter- und endlich
den Obersteuermann zu machen vermöge. Bode (S. 228) will hier
statt drei vier Stufen erkennen und meint, Aristophanes sei wahrscheinlich in den Schmausenden als Choreute, in den Babyloniern als Tri-
tagonist — in einer unbedeutenden Nebenrolle —, in den Acharnern
als Deuteragonist in einer bedeutendern Rolle und endlich in den Rittern
als Didaskalos und Protagonist aufgetreten. Das möchte aber wohl
kaum aus der Stelle hervorgehen oder sonst sich nachweisen lassen.

ken, Wachen, dem Frieden — rühmt sich der Dichter seines gegen Kleon bewiesenen Muthes, obschon der Erfolg für ihn nur in einer Hinsicht ein erfreulicher war — er trug über die Satyre des Kratinos und die Wehklagen des Aristomenes den Preis davon[211]. Dagegen vermochte er den von ihm angegriffenen Demagogen so wenig in der Meinung des Volkes herabzusetzen, daß dieses jenen bald darauf mit unumschränkter Gewalt gegen Brasidas nach Thrake sendete. Neben dem Dichterpreis trug aber der Amasté, wie Eupolis für seine Bapten ein bitteres Seebad, eine tüchtige Tracht Prügel davon, die, wahrscheinlich auf frischer That, Kleon ihm durch die Theaterpolicei verabreichen ließ, ohne daß die Zuschauer für die ihnen gewordene Ergötzung anderen Dank als schadenfrohe Neugier ihm gewährten. Bei solchen Erfahrungen mußte er dann freilich eine Zeitlang dem Gewaltigen, der übrigens die Aufführung der Ritter nur zwei Jahre überlebte, eine freundliche Miene zeigen, ohne deshalb seine Ansicht über ihn zu ändern[212]. Denn in den zwei Jahren nach den Rittern — also in demselben Jahre, in welchem Kleon bei Amphipolis fiel — aufgestellten Wespen, in welchen unser Dichter die Proceßsucht der Athener verspottet, tritt nicht bloß der Repräsentant der Proceßsüchtigen, bei welchem diese Leidenschaft zur krankhaften Idee geworden ist, unter dem Namen Philokleon (Kleonhold) — auch Kleon war den ihm sehr einträglichen Gerichten in hohem Grade hold — und sein vernünftigerer Sohn,

----

211) In dem Feste der Lenäen Olymp. 89, 4. 425 v. Chr.

212) So erzählt er in der zweiten Parabase der Wespen:
Ein'ge pflegten zu sagen: Ausgesöhnet hab' ich mich
Damals, als gar hart bedrängend Kleon mich einschüchterte
Und durch Kränkungen mich neckte: Als ich durchgegerbt dann ward,
Lachten die da draußen, Zeugen meines lauten Wehgeschreis,
Ohne sich um mich zu kümmern; ihre Neugier reizt nur Eins,
Ob so hartes Leid's Bedrängniß noch ein Späßchen mir entlockt;
Als ich die Erfahrung machte, kirrt' ich öffisch schmeichelnd ihn;
Aber jetzt hat sich der Rede solche Stütze morsch bewährt.

6

der den Vater von dieser an Wahnsinn gränzenden Krank-
heit zu heilen sucht, unter dem entgegengesetzten Bdelykleon
(Hasskleon) auf; sondern es wird auch in dem Proceß zweier
Hunde, des Labes und des Kydatheners (so hieß der Zunft-
name des Kleon) eine Klage parodirt, die kurz zuvor Kleon
gegen Laches wegen unrechtmäßiger Erpressungen dieses in
einem Feldzuge gegen Sikelien erhoben hatte. So bewährte
sich also die Stütze der Rede sehr morsch.

Die eilf Lustspiele des Aristophanes [212]) die ein günstiges Geschick uns erhalten hat, wurden in folgender Ordnung aufgeführt [213]):

Die Acharner · · · · · · · · · · · · Olymp. 88, 3 v. Chr. 426
Die Ritter · · · · · · · · · · · · · · · » 88, 4 » » 425
Die Wolken · · · · · · · · · · · · · · · » 89, 1 » » 424
Die Wespen · · · · · · · · · · · · · » 89, 2 » » 423
Der Friede · · · · · · · · · · · · · · · » 89, 3 » » 422
Die Vögel · · · · · · · · · · · · · · · » 91, 2 » » 415
Lysistrate · · · · · · · · · · · · · · · » 92, 1 » » 412
Die Frauen am Feste der Thes-
mophorien · · · · · · · · · · · · · · » 92, 2 » » 411
Die Frösche · · · · · · · · · · · · · · » 93, 3 » » 406
Der Frauen Volksversammlung » 96, 4 » » 393
Plutos (zuerst) · · · · · · · · · · · · » 92, 4 » » 408
(zum zweiten Male) · · · » 97, 4 » » 389

Unter diesen eilf fallen die neun ersten in die Zeit des
peloponnesischen Krieges [214]), und wie richtiges Blickes Aristophanes das Verderbliche dieses den Untergang der griechischen Freiheit vorbereitenden Krieges anerkannt, beweist,
daß ein Drittheil, die Acharner, der Friede und Lysistrate,
auf das Eindringlichste zum Frieden rathen. Einen ähn-

---

212) Auch Suidas kannte gegen das Ende des eilften Jahrhunderts
unserer Zeitrechnung nur diese eilf und giebt ihr Verzeichniß in alpha-
betischer Ordnung.

213) Nach Brandt.

214) 431 — 404 v. Chr.

lichen Zweck haben die Vögel, in demselben Jahre aufge=
führt, in welchem der vom Alkibiades projectirte Feldzug
gegen Sicilien, in seinen Zurüstungen und seinem Erfolge
an Napoleon's Zug gegen Rußland erinnernd, unternommen
wurde. Das ganze Thun und Treiben der Athenienser und
die Luftschlösser, welche sie zu den ausschweifendsten Hoff=
nungen leicht Erregten sich auferbauten, werden hier auf
das Ergötzlichste in einer in den Wolken von den Vögeln
gegründeten, zur Herrschaft über Götter und Menschen
bestimmten Stadt persiflirt.

Die neuere Er= oder vielmehr Verziehung der dadurch
verweichlichten und in die Trugschlüsse der Sophistik einge=
weihten Jugend im Gegensatz der alten strengen Zucht und
einfachen Sitte stellen in ihrem nachtheiligen Einflusse die
Wolken dar. Daß Aristophanes als Repräsentanten dieser
verkehrten Erziehung den Sokrates auftreten läßt, hat ihm
bei den Verehrern dieses echten Weisen lange sehr geschadet
und seine Gesinnung überhaupt sehr verdächtigt; mit welchem
Rechte, werden wir in der Einleitung zu diesem Lustspiel
sehen.

In genauem Zusammenhange mit der Erziehung, die
in den Wolken der Spott unseres Dichters trifft, stand bei
den Hellenen die Poesie. Musik, Tanz= und Dichtkunst um=
fassend, sollte den Geist, Gymnastik den Körper zu schöner
Harmonie ausbilden. Wurden aber auch die homerischen
Gesänge noch für den Schulunterricht benutzt, so brachte
doch das Zeitalter des Aristophanes keinen epischen Dichter
hervor. Aber die Lyrik [216]) und vorzüglich die in ihren bei=
den Hauptzweigen der Tragödie und Komödie stets als

---

216) Als Verderber der lyrischen, vorzüglich dithyrambischen Poesie
wird am häufigsten Kinesias, neben ihm Philoxenos, Kleomenes und
Andere, sowie in der Musik die Flöten= und Kitharspieler Dexithios,
Chairis, Trignotos, Execestides erwähnt. Auch hier und im Gesang
wurde die alte, einfache, kräftige Weise, „wie sie in der Väter Munde
tönte", durch allerhand Schnörkel und Künsteleien herabgezogen.

Bildungsmittel des Volkes betrachtete und als solches auch vom Staate unterstützte dramatische Poesie hatte ebenfalls, die Tragödie vorzüglich durch Euripides [116]), eine für die strenge Sitte nachtheilige, verweichlichende und verflachende Richtung genommen. Außer der schon gelegentlich erwähnten Scene in den Acharnern wird diesem der nicht zu beneidende Vorzug zu Theil, in den seiner Verspottung ganz eigentlich geweihten **Frauen am Feste der Thesmophorien** und den **Fröschen** eine Hauptrolle zu spielen und auch anderwärts an zahllosen Stellen einzelne seiner Verse und Ausdrücke durch lächerliche Verdrehung dem Spotte Preis gegeben zu sehen. Wir müssen es bedauern, daß nicht auch ein drittes Stück, in welchem Euripides ebenfalls die Hauptrolle spielte [117]), der Proagon, sich erhalten hat. In diesem übertraf Aristophanes sich selbst, noch in einem anderen, als dem gewöhnlichen Sinne. Sein Protagonist Phylonides brachte es nämlich unter seinem Namen oder namenlos auf die Bühne und trug damit den ersten, die unter des Dichters eigenem Namen aufgeführten Wespen aber den zweiten Preis davon.

Aus der oben [118]) mitgetheilten Chronologie der noch vorhandenen Aristophanischen Lustspiele ersehen wir, daß zwischen der Aufführung der Frösche und der Volksversammlung der Frauen eine Lücke von dreizehn Jahren statt findet [118]). Letzteres Stück in welchem der Chor ziem-

116) Außer Euripides finden wir die Tragiker Xenokles, Mörsimos, Pythangelos, Theognis, Kärkinos, Phrynichos, Hieronymos mit Tadel, Aeschylos, Sophokles und dessen Sohn Jophon, sowie Agathon auch lobend erwähnt. Daß ein Lustspieldichter über die andern insgesammt sich lustig machte, war natürlich; so trifft der Spott des Aristophanes die Komiker Phrynichos, Stratis, Magnes, Krates, Kratinos, Eupolis, Platon, Hermippos, Lysis, Ameipsias, Diphilos.
117) Nach dem Scholiasten zu den Wespen. 61.
118) S. 82.
118) Auch von den verlorenen Stücken, von denen nur die Titel und

lich zurücktritt, die der alten Komödie so eigenthümliche Parabase ganz fehlt, und daß auch der persönlichen und politischen Anspielungen im Vergleich mit anderen nur wenige
enthält, [110]), nähert sich deshalb schon der Gattung des Lustspiels, welche von den alten Grammatikern mit dem Namen
der mittleren Komödie bezeichnet wird, und hat auch in seiner Anlage nur insofern Bezug auf etwas Oeffentliches, als
in dem mit ziemlich stark aufgetragenen Farben entworfenen
Bilde eines von Frauen gegründeten und beherrschten Staates die damals von mehreren Philosophen entworfenen Ideale
eines Musterstaates in das Lächerliche gezogen werden. Bei
dem vier Jahre später zum zweiten Male aufgeführten Plutos ist jene Annäherung noch entschiedener. Lebens, durch
die Einnahme der Stadt durch Lysander [111]) und den ungün-
stigen Ausgang des peloponnesischen Krieges überhaupt, ge-
brochene Macht, die Herrschaft der Dreißig und daß nach
ihrer Vertreibung die solonische Verfassung nur mehr dem
Namen, als ihrem eigentlichen Wesen nach wieder eingeführt
ward, diese Umstände insgesammt waren dem Gedeihen des
in so naher Beziehung zu allem Öffentlichen stehenden älteren Lustspiels keineswegs förderlich und erklären die erwähnte
Lücke zur Genüge.

Schon oben [112]) wurde erwähnt, wie die Gesetze die persönlichen Angriffe der Komiker begünstigten. Zwar wird von
den Scholiasten [113]) mehrerer Volksbeschlüsse des Kallias, An-
timachos und Anderer gegen namentliche Ausfälle auf Magistratspersonen gedacht; aber dieser Gültigkeit war, wenn sie

---

einzelne Bruchstücke sich erhielten, läßt sich kein in diesem Zeitraum fal-
lendes nachweisen.

[110]) Es ist zugleich das erste Stück, in welchem kein Lebender mit
Namen auftritt. Zwar ist das auch in den Wespen der Fall, aber
wir sehen doch da einen Kleonhold und Hostleon die Bühne betreten.

[111]) 404 v. Ch.

[112]) S. 67.

[113]) Ad Arist. Nubes 31. Acharn. 67. 1161. Aves 1298.

überhaupt je beachtet wurden, von kurzer Dauer. Erst mit
dem Untergange der Demokratie starb die alte Komödie eines,
wie Schlegel sich ausdrückt, gewaltsamen Todes, mußte der
Chor nach und nach verstummen, weil weder der Staat, noch
reiche Privatpersonen Lust hatten, die Mittel zur Bestreitung
des Aufwandes herzugeben, den seine Costumirung und
Einübung erforderte[204]).

So ging das, was wir als den Charakter nicht blos
der Komödie, sondern des Dramas überhaupt erkannten, die
Öffentlichkeit, mit dem Vertreter derselben, dem Chore, all-
mälig unter. Nicht der Staat und was mit demselben in
Verbindung stand, konnte der Lage der Dinge nach fürderhin der Vorwurf des seiner und zahmer werdenden Lustspiels
sein, sondern das Familienleben und die in dem engen Kreise
desselben sich kund gebenden Lächerlichkeiten und Gebrechen[205]).
Eine Übergangsgattung, von den alten Grammatikern mit
dem Namen der mittleren Komödie[206]) bezeichnet, letzte

---

204) τῶν χορευτῶν οὐκ ἐχόντων τὰς τροφὰς ἀνῃρέθη τὰ κω-
μῳδίας τὰ χορικὰ μέλη, καὶ τῶν ἐπεισοδίων ὁ τρόπος μετεβλήθη
Platonius de discrim. com. p. XXXIV. Daneben auch aus dem von
Horaz Epist. II, 3, 284 angeführten Grunde:
Schmählich verstummte der Chor nach entzogenem Rechte zu schaden.
Böckh's Staatshaush. b. Th. 1, 343.

205) Unwillkürlich werden wir hier an eine dieser verwandte Richtung
erinnert, welche, wie wir in dem Vorigen zeigten, die Tragödie etwas
früher durch Euripides nahm.

206) Man kann die Dauer dieser Übergangsgattung ungefähr auf 50
Jahre bestimmen und die Schlacht bei Chäronea (238 v. Chr.) als den
Zeitpunct ansehen, wo auch sie, die noch immer mancherlei persönliche
Anspielungen sich gestattete, gänzlich von der Bühne verschwand.
Meineke histor. crit. Com. Gr. p. 271. In dieser Zeit schrieben 57
Komiker — von 34 derselben finden wir noch einzelne Bruchstücke in
der Sammlung von Meineke, so wie von 40 die Namen p. 303 —
617 oder 817 Dramen; denn Athenäos (VIII, 336. D.), die Himmlischen segneten seinen Appetit, rühmt sich 800, sage achthundert gelesen
zu haben. — Im alexandrinischen Kanon vertreten Alexis und Antiphanes diese Gattung, beide sehr fruchtbar, indem man die Zahl der

zu den Stoffen zurück, wie sie Epicharmos für seine Lustspiele zu wählen sich gedrungen sah, um den Hof der Gewaltherrscher Siciliens dadurch ohne Anstoß zu belustigen.

Nach der letzten Aufführung des dieser Gattung wahrscheinlich angehörigen Plutos brachte Aristophanes noch zwei
Lustspiele, Äiolosikon und Kokalos, auf die Bühne, so daß
wir annehmen dürfen, er habe gegen 40 Jahre für das
Theater gedichtet, in welchem Zeitraume er wahrscheinlich
durch 54 Dramen seine Athenienser ergötzte und belehrte.
Unter den eilf noch vorhandenen wurden fünf: die Wolken***),
der Friede, die Frauen am Feste der Thesmophorien, die
Frösche und Plutos, in zeitgemäßen Umarbeitungen ein zwei-
tes Mal aufgeführt.

Aristophanes ließ, wie seine beiden ersten, so auch seine
beiden letzten Dramen unter fremdem Namen und zwar unter dem seines Sohnes Araros, der späterhin auch selbstständig als Lustspieldichter auftrat, aufführen. Ja auch bei den
Fröschen war dies vielleicht der Fall. Das Eine, Äiolosikon,
war die Parodie des Äolos, einer der letzten Tragödien des
Euripides, deren Gegenstand die blutschänderische Liebe der
Kinder des Äolos Makareus und Kanake war. Das Andere
aber enthielt schon die Elemente der neueren Komödie, indem
in demselben eine Verführung und eine Wiedererkennungsscene
vorkam. Beide entbehrten der Parabase und des Chores.

Dramen des Cinn auf 280—360, die des Andern, des Ohelmes des
Menander, auf 243 angegeben findet. Die Zahl der Dichter der neueren Komödie wird auf 64 angegeben und diesen 500 Dramen zugeschrieben, von denen drei Fünftel dem Menander, Diphilos und Philemon
zu ziemlich gleichen Theilen beigelegt werden.

***) Wenigstens sprechen die Grammatiker von einer ersten und zwei-
ten Ausgabe, und für diese scheint die erste Anrede an die Zuschauer
bestimmt; ob sie aber wirklich zu Stande gekommen sei, ist zweifelhaft.

XVI. Verſuchen wir es jetzt, freilich nur in andeuten-
den Umriſſen, das Weſen und die Eigenthümlichkeit der alten
Komödie im Gegenſatz zur Tragödie und zu den neueren
Gattungen jener darzuſtellen: Wir werden dann, da ſich,
neben dem vierten Theile der ariſtophaniſchen Luſtſpiele, leider von den reichen Schätzen der komiſchen Bühne der Griechen, außer den freieren Nachbildungen des Plautus und den
treueren des Terentius, nur eine ziemliche Anzahl von Bruch-
ſtücken erhalten hat, und wir daher zur Löſung unſerer Aufgabe faſt allein auf den Nachlaß unfres Komikers gewieſen
ſind, nur Weniges zur Charakteriſirung deſſelben hinzuzufü-
gen haben.

1) Daß ſelbſt der Staat die ſittliche und bildende Tendenz der Komödie ſo gut wie die der Tragödie anerkannte
und deshalb auch jener ſeine Unterſtützung angedeihen ließ,
ward bereits erwähnt. Der Menſch gehört zweien Welten
an, einer ſinnlichen und einer überſinnlichen, die in dem Mi-
krokosmus ſeiner eigenen Bruſt in einem fortwährenden
Kampfe begriffen ſind. Das Drama ſoll als Volkserzie-
hungsmittel dazu dienen, den Sieg der Idee über die Sinnlichkeit, der Vernunft über die Unvernunft und Verkehrtheit
zu befördern und zu erleichtern; die Tragödie, indem ſie die
überlegene ſittliche und geiſtige Kraft in ſiegreichem Kampfe
mit dem Schickſale und äußeren Widerwärtigkeiten darſtellt;
die Komödie, das Krebsbüchlein der Volkserziehung, indem
ſie das Anſtreben oder wohl auch den Sieg des Verkehrten
und überwiegender Sinnlichkeit über das Beſſere in ſeinen
verderblichen Folgen ſchildert und dem Gelächter preisgiebt.
In der Komödie herrſchen Sinnlichkeit, Selbſtſucht, alle niedrigen, den Menſchen zum Thiere herabwürdigenden Leiden-
ſchaften vor.

2) Stimmen in dieſer Richtung die alte Komödie und
das moderne Luſtſpiel in denjenigen Erzeugniſſen, denen
überhaupt eine Idee zu Grunde liegt, überein; ſo iſt die
ſtete Beziehung jener auf den Staat und beſſen Gebrechen,
ob ſie ſich nun in deſſen Verwaltung oder ſeinen Verhält-

rüsten zu anderen Staaten, in Kunst und Wissenschaft und
der davon abhängigen Erziehung, oder in Philosophie und
Religion kund giebt, demselben eigenthümlich. Der Staat
entspricht seinem Ideal und eignet sich zur tragischen Darstellung, so lange der Einzelne nur in und für das Ganze
lebt, das Gemeinwohl das letzte Ziel aller Bestrebungen der
Einzelnen ist; er wird ein passender Vorwurf der Komödie,
sobald Selbstsucht an die Stelle des Gemeinsinns, vorherrschende Sinnlichkeit an die Stelle der sittlichen Kraft tritt.
Ihr eigentliches Element, dem sie entsprang, an welches ihr
Gedeihen geknüpft war und mit dem zugleich sie unterging,
war die immermehr in Ochlokratie (Pöbelherrschaft) ausartende Demokratie. Und doch ist sie in stetem Kampfe mit
dieser ihr Bestehen bedingenden Richtung begriffen; bedarf
doch der Gesunde des Arztes nicht. Im rauhen Winter
spricht sich am Lebhaftesten die Sehnsucht nach dem Frühling,
im Kerker die nach Freiheit aus. Am üppigen und verderb-
ten Hofe zu Syrakus entstanden Theokrit's reizende Schil-
derungen einer untergegangenen, unverdorbenen Unschulds-
welt. So waltet in der alten Komödie die Sehnsucht nach
der Sitteneinfalt und dem einfachen Gehorsam, der Kämpfer
bei Marathon und Salamis vor, und sie war, leider vergr-
bens! bemüht, auch in ihren Zuschauern dieselbe Sehnsucht
zu entzünden und dadurch jene bessere Zeit zurückzurufen.
Alles Krankhafte, Entartete, Verweichlichte, in welcher Gestalt es auch hervortreten mag, der Sophistik Täuschungen,
die von der Darstellung des sittlichen Ideals zu der Alltäglichkeit weinerliches Jammers herabsinkende Tragödie, die
von einfach kräftigen Tonweisen zu manierirter Künstelei sich
verirrende Musik, die nicht mehr den jugendlichen Körper
stärkende und veredelnde, sondern ihn verweichlichende und
entsittlichende Gymnastik, der Staatslenker Thorheit und
Selbstsucht, kurz alles dem wahren Gedeihen und Vortheile
des Staates Zuwiderlaufende ist Gegenstand ihres Spottes.

3) Können wir eine Beziehung auf die Tragödie auch
nicht als in dem ursprünglichen Wesen der Komödie begrün-

det anerkennen, deren frühere Entstehung wir in dem Vorhergehenden nachgewiesen zu haben glauben: so nahm das attische Lustspiel doch sehr bald diese Richtung und wurde zu einer Parodie der Tragödie. Verkehrte, gewöhnlich der eigenen Thorheit sich bewußte Thoren in ihren nichtigen Bestrebungen mit derselben Wichtigkeit und zum Schein angenommenen Würde, wie die durch sittliche Kraft und Charakterstärke ausgezeichneten Helden der Tragödie auf demselben, oft sehr ähnlich ausgeschmückten Schauplatze auftreten und mit demselben Pathos sich gebehrden zu sehen, bei jeder sich darbietenden Gelegenheit an die jetzt als lächerlicher Prunk erscheinenden Weisheitssprüche jener erinnert zu werden, diese fortwährende Beziehung des ausgelassensten Scherzes auf den strengsten Ernst mußte der komischen Darstellung einen unendlichen Reiz verleihen und bedingte eine durchgängige Beibehaltung der äußern Form der Tragödie und also natürlich auch des ihr so wesentlichen Chores.

Unter den eilf Lustspielen des Aristophanes führen acht von dem in ihnen auftretenden Chore den Namen. In zweien, der Lysistrate und den Fröschen, lassen sich sogar doppelte Chöre vernehmen. Die Art, wie Aristophanes den oder die Chöre in das Ganze der Handlung zu verflechten weiß, ist sehr mannichfaltig und nähert sich bald mehr, bald weniger der tragischen Weise. So ist er in einigen Komödien, wie in der Tragödie stets, der Vertreter des Rechts und der guten alten Sitte; in andern bekehrt er sich, anfänglich in den Vorurtheilen des Tages befangen, im Laufe der Handlung zum Bessern.

4) Ein sehr wesentlicher und dieser Dichtungsgattung ganz eigenthümlicher Bestandtheil der komischen Chorgesänge ist die schon mehrerwähnte Parabase. Es war dem bittern Scherze und der neckischen Laune der altattischen Komödie vollkommen angemessen, daß sie die Absicht, den Zuschauer in eine vorübergehende Täuschung zu versetzen, ihn der Gegenwart, die in einem lächerlichen Lichte darzustellen ohnehin der vornehmste Zweck ihrer Darstellung war, vergessen

zu machen, freiwillig aufgab und ihn sowohl im Laufe der Handlung, als vornehmlich in der Parabase daran ausdrück: lich erinnerte, daß hier nicht Wirkliches vor seinen Augen sich begebe, sondern daß er sich im Theater befinde[180]).

Die Parabasis (der Übertritt) bildete, gewöhnlich in des Stückes erster Hälfte, einen Ruhepunct der eigentlichen Hand: lung, in welchem sich der aus vier und zwanzig Personen bestehende Chor[181]), nachdem er zu bequemerer Aufführung seiner Tänze es sich leicht gemacht und die Obergewänder abgeworfen hatte[182]), von der leergewordenen Bühne ab und den Zuschauern zuwendete.

Sie bestand aus sechs oder sieben Theilen[183]). Im Kommation rief der Chor, ehe er noch von der Bühne sich ganz abwendete, den abgehenden Schauspielern einige Worte nach; dann folgte die Parabase im engeren Sinne, insofern den Prologen des römischen Lustspiels entsprechend, als in derselben der Chorführer im Namen des Dichters zu den Zu: schauern sprach, um das gegenwärtige Stück günstiger Auf: nahme zu empfehlen, für frühere Begünstigungen zu danken, oder über die unverdient kalte Aufnahme vorhergegangener

---

[180]) Gottfried Hermann — in einer Recension von A. Meineke's Fragmenta Comicorum Gr. — glaubt in der Parabase den ältesten Bestandtheil der griechischen Komödie zu erkennen. Wie die Tragödie von den Dithyramben, so ging die Komödie von den phallischen Ge: sängen aus, die, wie er meint, von zwei sich einander ablösenden Halb: chören gesungen wurden. Aus diesem Wechselgesange sei zunächst die Parabasis entstanden. Bode S. 274.

[181]) Weshalb bestand der komische Chor aus 24, der tragische nur aus 12 und später 15 Choreuten? Die natürlichste Antwort scheint zu sein, weil der komische Dichter mit Einem, der tragische lange Zeit mit 3 bis 4 Stücken zugleich den Wettkampf zu bestehen hatte. Es konnte also von dem Choregen auf die Aufführung und Ausrüstung des Einen Stückes mehr gewendet werden, als bei der Tragödie auf jedes einzelne der Tri= oder Tetralogie.

[182]) Acharner 624.

[183]) Pollux IV, 16.

Leistungen Klage zu führen. Diese beschloß zuweilen das
mit besonderem Nachdruck gesprochene und demnach des Koryphäen Lunge besonders in Anspruch nehmende Pnigos oder
Makron[22]), das wahrscheinlich vom Gesammtchor wiederholt wurde.

Nun wechselten die Strophe — ein vom ganzen Chor
mit Tanz begleiteter, an eine oder mehrere Gottheiten gerich-
teter Lobgesang — mit dem Epirrhema, einer auf die Ereignisse des Tages sich beziehenden, mit der Handlung des
Stückes selbst nur in loser Verbindung stehenden, meistens
tadelnden und zurechtweisenden Anrede an die Zuschauer,
und die der Strophe dem Inhalte und dem Versmaße entsprechende Antistrophe mit dem dem Epirrhema auf gleiche
Weise angepaßten Antepirrhema.

Nicht immer folgen diese sechs oder sieben Theile der
Parabase unmittelbar auf einander; sie werden zuweilen
durch die dazwischen fortschreitende Handlung unterbrochen.
Deßgleichen finden sich auch in mehreren Stücken doppelte
Parabasen; bei der letzten sind dann mehrere Theile weg-
gefallen.

5) Dienten die auch im Lustspiel beibehaltenen Masken
in der Tragödie die äußere Erscheinung des Gottes und
Heroen würdevoller zu machen; so hatten sie hier außer dem
akustischen, wie dort[23]), einen doppelten Zweck. Die ohnehin in den wunderlichsten und lächerlichsten Verkleidungen,
als Wespen, Vögel aller Art u. s. w, auftretenden Schauspieler und Choreuten wurden durch die übertrieben langen

---

[22]) Zu deutsch: der lange oder Stücksatz.

[23]) Der große Umfang der oben offenen Theater machte in den Masken zur Verstärkung der Stimme angebrachte Vorrichtungen nöthig,
damit der Schauspieler auch an den von der Bühne entferntesten Stellen verstanden werden konnte. Auch bei der Aufführung der Theater
wurde nicht bloß auf gehörige Brechung der Schallstrahlen sorgfältige
Rücksicht genommen, sondern auch der Ton der Stimme durch unter
den Sitzen angebrachte Schallgefäße (ἠχεῖα) aufgefangen und verstärkt.

Nasen und die weit aufgähnenden Mäuler noch weit mehr ein Gegenstand ergötzliches Gelächters. Zweitens aber konnten dadurch auch die auf die Bühne gebrachten lebenden Personen, wie Sokrates, Euripides und so manche Andere, nicht bloß in Tracht und Haltung, sondern auch in ihren, natürlich wieder in das Lächerliche karrikirten Gesichtszügen, gewiß wiederum zur großen Freude der Zuschauer, nachgeahmt und beim ersten Auftreten kenntlich gemacht werden.

b) In der Tragödie sollen spätere Generationen durch den Rückblick auf die Heldengestalten einer in Wollen und Vollbringen kräftigeren Vorzeit, in die sie durch ihren Zauberstab uns zu versetzen weiß, erstarken; das Lustspiel dagegen weist zwar auch auf eine bessere Vergangenheit zurück und sucht die Zuschauer, die lächerlichen Verirrungen einer immer mehr entartenden Gegenwart zum Gegenstande ihres Spottes machend, zu dem Besseren und Vernunftgemäßeren zurückzuführen. Aber jene macht uns diese trübe Gegenwart, des gewöhnlichen Treibens Alltäglichkeit vergessen, diese bleibt darin befangen und erinnert uns, ob zuweilen auch der Dichterphantasie freischaffende Kraft in andere Regionen, in eine in den Wolken erbaute Stadt oder in der Unterwelt fabelhafte Räume uns versetzt, dennoch fortwährend an die Thorheiten der Mitlebenden, an die Verkehrtheiten und Lächerlichkeiten des Tages. Ja, jeder Anwesende muß sich auf das digito monstrari et dicier hic est der Perfius[20]) gefaßt halten, ohne sich mit dem vorausgehenden pulchrum entschuldigen zu können.

7) Wir sahen die Komödie sowohl in Attika, als in der übrigen Hellas aus den Festen hervorgehen, an welchen ihr Schirmherr Dionysos als Symbol der Zeugungskraft der Natur in den phallischen, gewiß ihrer Bestimmung nach keineswegs züchtigen Liedern und diesen entsprechenden Scherzen und Orgien gefeiert wurde. Ohne nun Göthe beizustim-

20) I, 28.

men, der nach Böttiger[84]) gegen Wieland geäußert haben soll: die ursprüngliche einzige alte Komödie liege in den Obscönitäten und Anspielungen auf Geschlechtsverhältnisse und könne von der Komödie gar nicht entfernt gedacht werden; worauf denn Wieland erwidert, darum sei Aristophanes der Gott der alten Komödiendichter, und darum haben wir kein eigentliches Lustspiel mehr; ja, der strengste, ernsthafteste Mann entrunzele, sobald er es unbemerkt thun dürfe, bei einem glücklichen Einfall aus dieser Fundgrube des Witzes die Stirne; dieses Universalmittel aus Demokrit's Apothek belustige den König wie den Bettler, und kein Stoicismus könne ihm widerstehen: — ohne also die Kraft der alten Komödie allein, oder auch nur hauptsächlich in die unverschleierte Enthüllung des in Männer- und Frauenliebe sich kund gebenden thierischen Triebes zu setzen; waren doch Beziehungen auf den sinnlichen Liebesgenuß mit der Komödie, ihrer Entstehung und der Bestimmung der Feste nach, an welchen sie fortwährend aufgeführt wurde, so unzertrennlich verbunden. Es hatte die Art, wie insbesondere Aristophanes diesen Gegenstand behandelte, so wenig Verführerisches und also Unsittliches; es wurde vor einem nur aus Männern bestehenden Kreis von Zuschauern, denen also ganz unbedenklich die von Wieland als so wirksam gepriesene Panacee geboten werden durfte, weder die dem Knaben, noch die den Frauen gebührende Scham verletzt, daß deshalb weder die Dichtungsart, noch unseren Dichter der geringste Tadel treffen kann[85]).

---

84) C. T Böttiger's literarische Zustände und Zeitgenossen von C. W. Böttiger. Leipzig 1838. I. Buch. Das im Texte Angeführte ist einem Tagebuche Böttiger's entlehnt und den 21. Januar 1799 niedergeschrieben.

85) Vortrefflich ist das über diesem Gegenstand von Friedrich Jakobs Gesagte. Vermischte Schriften 2. Thl. S. 43, 44 und Anm. 48. Dieses Buch ist so verbreitet unter allen Gebildeten, als daß eine Wiederholung des vom ehrwürdigen Verf. selbst Beigebrachten, so wie aus

Verletzender für den Geschmack unserer Zeit und minder ergötzlich dürften Cynismen anderer Art, welche die alte
Komödie sich erlaubte, sein. Auch von Herzensentledigungen
und Seufzern a posteriori spricht sie, spricht Aristophanes
mit derselben Unbefangenheit, wie vom Essen und Trinken.
Naturalia non sunt turpia.

_____

XVII. Dieser flüchtige Umriß des Eigenthümlichen
der alten Komödie mußte hauptsächlich unserem Aristophanes
selbst entlehnt werden; wie er sich aber von seinen übrigen
Kunstgenossen unterschied, dürfte schwer nachzuweisen sein.
Wir haben bereits gesehen, daß er, ohne deswegen, wie ihm
Wieland Schuld giebt, ein Söldling der Aristokraten zu sein,
sondern aus Überzeugung und das Heil seiner Mitbürger
beabsichtigend, ein Vertreter der durch Perikles entkräfteten,
gemäßigten Oligarchie war. Daß der oben erwähnten Derbheiten ungeachtet der feinste Atticismus in seinen Stücken
und ein seltener Wohlklang in seinen Versen herrscht, dürfen
wir wohl nicht mit Bestimmtheit als einen, ihn vor anderen
Komikern seiner Zeit auszeichnenden Vorzug betrachten.
Wer dem für die Melodie der gebildetsten Sprache und des
feinsten Rhythmus so empfänglichen Ohre der Athenienser [22])
genügen wollte, durfte desselben durchaus nicht entbehren.
Oder war die Gewandtheit, mit der er die Biegsamkeit seiner Sprache zur Bildung neuer Wörter benutzte, um der
Tragiker, namentlich des Äschylos sesquipedalia verba zu
parodiren [23]), eine Kunst, die er mit keinem Anderen theilte?

_____

Bötticher's Aristoph. und sein Zeitalter Angeführten hier nicht überflüssig erscheinen sollte.

22) Teretes erant et religiosae aures Atheniensium, ut tota
theatra exclamarent, si fuit una syllaba brevior aut longior. Cic.
Brut. 9.

23) In den Fröschen in der Volksversammlung kommt ein Wort vor,
das mit nicht weniger als 80 Sylben über sechs Verse füllt.

Wer eines oder ein paar von den sechs Lustspielen des Terentius gelesen hat, wird dieselbe Anlage, dieselben Situationen und Charaktere in den übrigen wieder finden; welche Mannichfaltigkeit, welcher unerschöpfliche Reichthum der Erfindung herrscht dagegen in den eilf Komödien des Aristophanes?

Wie seine Zeitgenossen, wie die Alexandriner über ihn urtheilten, haben wir schon gelegentlich erwähnt. Zwar finden wir die Zahl der Siege, die er davon trug, nicht angegeben; aber sein Biograph berichtet, seine Mitbürger haben, in Anerkennung seiner redlichen Gesinnung in Bezug auf den Staat und dessen Verwaltung, mit einem Zweige des heiligen, der Athene geweihten Ölbaums ihn bekränzt.

XVIII. Das hier unseren Lesern gebotene Theorilon sollte eine mit einem Umrisse des griechischen Theaters begleitete Abhandlung, über dessen von der des unsrigen so verschiedenen Einrichtung, über die Art der scenischen Darstellung und das gesammte attische Bühnenwesen beschließen: Gegenstände, die der Verfasser zum Theil bereits in einer schon oben erwähnten Schulschrift behandelte, und die, vornehmlich seit jener Zeit, seine Aufmerksamkeit fortwährend in Anspruch nahmen und Manches darüber zusammenzutragen ihn veranlaßten: aber die auf Veranlassung eines kunstsinnigen Königes vor einem Kreise von Zuschauern, wie er sich dem Range nach höchstens während des Erfurter Congresses (October 1808), in Bezug auf die hohe Geistesbildung der Anwesenden vielleicht noch nie zusammenfand, auf die Bühne gebrachte sophokleische Antigone[200]) und die zu diesem Zwecke versuchte Nachbildung einzelner Theile des alten Theaters und der gesammten antiken Darstellungsweise hat die Aufmerksamkeit aller Gebildeten so auf diesen Gegenstand hinge-

---

200) Zuerst den 6. October 1841 im Schloßtheater zu Sanssouci.

lenkt; so manche ſtrittige Puncte ſind dadurch zur Sprache
gekommen und haben Männer, wie Böckh, Tölken, Hermann,
Hand und Andere vermocht, in für das gelehrte und ein
größeres Publicum beſtimmten Tagesblättern ihre Meinung
über dieſelben abzugeben, daß eine neue Behandlung dieſes
Gegenſtandes bei noch nicht geſchloſſenen Acten darüber entweder zu voreilig erſcheinen würde, oder ſich auf Erörterungen und Unterſuchungen gründen müßte, deren Darlegung
weder dem Zwecke dieſer Einleitung entſpräche, noch ſich auf
einen oder ein paar Bogen, die wir höchſtens ihr einräumen könnten, zuſammendrängen ließ.

So müſſen wir uns alſo begnügen, unſere für dieſen
Gegenſtand ſich intereſſirenden Leſer auf die Schriften von
Genelli, Stieglitz, Schneider, Kannegießer [**]) zu verweiſen,
und es uns vorbehalten, bei den einzelnen Luſtſpielen ſo viel
über die ſceniſche Darſtellung derſelben beizubringen, als die
uns zu Gebote ſtehenden Vorarbeiten Anderer und eigne
Nachforſchungen und Vermuthungen uns geſtatten.

[**]) Das Theater zu Athen, hinſichtlich auf Architektur, Scenerie
und Darſtellungskunſt überhaupt, erläutert durch H. Chr. Genelli,
mit 4 Kupfern. Berlin und Leipzig bei Rauck. 1818. 4, und darüber die Recenſion Gottfr. Hermann's Leipziger L. Z. N. 298 ff. 1818.
C. L. Stieglitz Archäologie der Baukunſt der Griechen und Römer.
Th. II, Abth. 1, S. 172—221, und Archäologiſche Unterhaltungen
Bd. I, S. 74—103. G. C. W. Schneider das attiſche Theater-
weſen. Weimar 1835. H. F. Kannegießer die alte komiſche Bühne
in Athen. Breslau 1817.

I.

Plutos.

Größtentheils nach der zweiten Aufführung.

Olymp. 97, 4; 389 v. Chr.

Personen.

Chremylos, ein bejahrter, athenischer Landbauer.
Karion, dessen Sclave.
Plutos, der Gott des Reichthums.
Chor bejahrter, athenischer Landbauer.
Blepsidémos, Freund des Chremylos.
Pénia, die Göttin der Armuth, Frau des Chremylos.
Ein Biedermann.
Ein Angeber.
Ein Mütterchen.
Ein Jüngling.
Hermes.
Der Priester Zeus des Erretters.

Der Schauplatz zu Athen, vor dem an die Landstraße
stoßenden Hause des Chremylos.

Einleitung.

Unser Lustspiel gehört, wie wir bereits in der allgemeinen Einleitung bemerkten, zu denjenigen, die vom Dichter selbst zweimal
zur Aufführung gebracht wurden; das erste Mal unter dem
Archon Diokles Ol. 92, 4; 409 v. Chr. und zwanzig Jahre
darauf unter Archon Antipatros Ol. 97, 4; 389 v. Chr. Es
war, wie ebenfalls schon erwähnt wurde, das letzte Lustspiel,
das er selbst oder sein Sohn Araros einübte, dem er auch wahrscheinlich die Titelrolle übertrug, und dadurch den Zuschauern
ihn gewissermaßen vorstellte[*]). Er bestand damals mit demselben, mit welchem Erfolge wissen wir nicht, einen Wettkampf
gegen die Lakoner des Nikochares, den Admetos des Aristomenes, den Adonis des Nikophon und die Pasiphaë des Alkaeos.

Doch nicht bloß Aristophanes brachte zweimal einen Plutos auf
die Bühne, wir finden außerdem nicht weniger denn 4 Lustspiele
dieses Namens von andern Dichtern erwähnt: So gedenkt Athenäus eines Plutos von den uns bereits bekannten Epicharmos
und Kratinos[**]), derselbe führt ein Stück dieses Namens von
Nikostratos, einem Sohne unsers Dichters, an, den er als der
mittlern Komödie angehörig bezeichnet; außerdem wird Archip-
pos, ein Dichter der ältern Komödie, der nach Suidas um die
Zeit, wo die Vögel aufgeführt wurden, den einzigen Sieg da-

---

[*]) *Suetonius* vit. Aristoph. p. XXXVII. ad Juvenalia.

[**]) Das Lustspiel des Epicharmos führt den Titel Ἅλος ἢ Πλοῦτος,
das des Kratinos Πλοῦτοι.

vortrug, den er erlangte, von Julius Pollur, den Scholiasten des Aristophanes und A. als Verfasser eines Plutos genannt. Ja, wir finden außerdem noch unter den Stücken des früheren Antiphanes (das griechische Drama S. 76. Anm. 4) so wie unter denen des Atheniensers Anaxilas, beide werden unter den Dichtern der mittlern Komödie aufgeführt, die Reichen, ein Titel, der auf einen ähnlichen Inhalt schließen läßt.

Wir dürfen uns um so weniger über die oft wiederholte Behandlung desselben Stoffs verwundern, da der Mythos vom Plutos mit den Überlieferungen von dem Übergange vom rohen Naturzustande zur Civilisation und Cultur, dessen Andenken an den Dionysien begangen wurde und der zur Entstehung des Dramas die Veranlassung gab, in sehr naher Verbindung stand. Plutos, von welchem unser Stück den Namen führt, war nicht bloß, wie der attische Heros Triptolemos, mit welchem (S. 30) Sophokles wahrscheinlich zuerst die Bühne betrat, ein Liebling, sondern sogar ein Sohn der Demeter.

Euch Demeter gebahr, die heilige Göttin den Plutos,
Als mit Jasos sie auf dreimalgeackertem Brachfeld
Trauliche Liebe gepflegt in Kreta's fruchtbarem Eiland,
Ihn, der ein Heilsamer geht durch Land und Meeresgewässer,
Ringsj den Begegnenden aber und wem in die Hand er gelangt ist,
Den umhäuft er mit Gut, und gewährt ihm Fülle des Reichthums.
　　　　　　　　Hesiod, Theogonie übers. von J. H. Voß 969 ff.

Die nahe liegende Deutung dieser Allegorie war schon den Scholiasten des Theokrit Id. XI, 19 klar. Ἀφνειὸς ἐξ ἀφνειοῦ πεπίανται ἢ ἐξ αὐτῆς τῆς Ἰνδίας. Der Getraidebau hilft dem Mangel ab, und Demeter ist also die Mutter des Plutos). Zeus blendet, nach der Erzählung desselben Scholiasten, den Plutos, um so begreiflich zu machen, wie dieser bei Vertheilung seiner Gaben sich blind zeigt. Der Götterknabe erscheint in Begleitung der Glücksgöttin und der Pallas Eirene); Eirene — die Friedensgöttin — trägt ihn auf den Armen. So such- ten die hellenischen Dichter auf verschiedene Weise die Entste- hung und das Wesen des Reichthums zu veranschaulichen.

---

*) Ebenso deutet die Sage auch Eustathius, zu Hom. Od. V, 125, nur daß er minder glücklich Ἰασίων von Ἰασε ableitet.

Nicht bloß blind, sondern auch hinkend wird er geschildert, weil man langsamen Schrittes zu des Reichthums Besitze gelangt, und geflügelt, weil er, so langsam er herankam, ebenso schnell wieder davonfliegt.

Demnach bot die mit dem eigentlichen Zwecke der Dionysienfeier in so enger Verbindung stehende Mythe den Lustspieldichtern mannichfachen Stoff und die Einzelnen konnten, indem sie dieselbe dramatisch behandelten, von sehr verschiedenen Gesichtspunkten ausgehen. So legte unser Aristophanes seinem Lustspiel, ohne sich weiter um die anderweitigen, mythischen Überlieferungen zu kümmern, die einfache Erfahrung zu Grunde: Reichthum und Biedersinn ist nicht das Mittel reich zu werden; der blinde Plutos sucht sehr oft die Unwürdigsten und Schlechtesten heim. Dem damals wenigstens noch herrschenden Geiste der Komödie gemäß muß die Gegenwart, müssen seine lieben Landsleute ihm die Belege für diese allgemeine Erfahrung liefern; Chremylos, ein wackrer athenischer Landwirth, hat sie auch gemacht und ist, da seine Redlichkeit ihm schlechte Früchte trug, bedenklich geworden, ob er auch den rechten Weg im Leben eingeschlagen habe. Er wendet sich an das Orakel, nicht seinetwegen, sondern um zu erkunden, ob er seinen einzigen Sohn nicht lieber zu allem Schlechten, zu Lug und Trug erziehen solle; des Gottes Bescheid läßt ihn den Dämon des Reichthums, den blinden Plutos finden. Dieser bekommt durch ihn im Tempel des Asklepios sein Gesicht wieder und entzieht nun mit einem Male den Schlechten seine Gaben und wendet sie den Guten zu; das giebt zu mehreren komischen Auftritten die Veranlassung, ohne daß jedoch der Dichter seinen reichhaltigen Stoff so ausbreitete, wie ein an neuen Erfindungen minder reicher wohl zu thun versucht gewesen wäre*). Ein Angeber, der bisher durch schlechte Künste sich bereicherte und nun verarmt ist, tritt als alleiniger Reprä-

---

*) Welche Macht auch in unsern Tagen, wie es von jeher der Fall war, das Gold auf die Gemüther der Menschen übe, und wie sich unter uns die Eigenthümlichkeit der Günstlinge des Plutos gestalte, zeigte auf eine seines attischen Vorgängers nicht unwürdige Weise Ludw. Balerode in der zweiten seiner Königsberger Vorlesungen, das goldene Zeitalter, indem er vor seinen zahlreichen Zuhörern eine nach der

festsetzt der mit Unrecht reich Gewordenen auf. Ein verschütes Mütterchen aber, das einem jungen Mann, so lange dieser noch in Dürftigkeit lebte, durch reiche Geschenke an sich zu fesseln wußte, macht an sich die von Penia, der Armuth, — auch dieß sehen wir als Vertreterin der die Menschen zur Erfindsamkeit und zu reger Thätigkeit treibenden, Kraft und Gesundheit ihnen verleihenden Dürftigkeit auftreten — herausforderte Erfahrung, daß eine weitere Verbreitung der Gaben des Reichthums dem Reichen alle Vortheile seiner Schätze entziehen werde. So willig der Dürftige den Anmuthungen ihrer Zärtlichkeit Gehör gab, so gleichgültig, ja so muthwillig höhnend zeigt sich gegen sie der ihrer Gaben nicht mehr Bedürftige. Dagegen weiß der reichgewordene Biedermann dankbar dem Plutos die Lumpen, in denen er viele Jahre fror und hungerte. Aber die zu Reichthum gelangten Bieblichen haben zugleich den Stolz und Uebermuth der Reichen angenommen, die Verehrung der Götter hat aufgehört; Hermes, der Schirmherr alles selbst auf unrechtmäßigen Gewinn berechneten Verkehrs unter den Menschen, sieht und findet endlich, aller Opfergaben jetzt entbehrend, ein nothdürftiges Unterkommen im Hause des reichen Chrimylos, er muß bei der Vorbereitung zu einem Opferfeste, wie es früher ihm selbst oft begangen wurde, die niedrigsten Dienstleistungen übernehmen; der Priester Zeus des Erretters aber weiß sich nun, im Dienste seines nicht mehr geachteten Götterkönigs nicht zu verhungern, denn bis zur Ausübung seiner Macht gelangten Plutos, dem in der Schatzkammer des Staates auf der Akropolis ein Heiligthum angewiesen und göttliche Verehrung geweiht werden soll. Mit dem Festzuge dahin schließt unser Lustspiel.

Es unterliegt nicht einem Zweifel mehr, daß wir die zweite Bearbeitung des Plutos vor uns haben, in welcher der Chor größtentheils weggefallen war. Eine Menge Anspielungen auf nach der Zeit der ersten Aufführung stattgefundene Ereignisse finden sich in unserm Plutos[*]. Aber jene Anspielungen

---

Natur mit Witz und Humor gezeichnete Bildergallerie des homo dives in seinen verschiedensten Species eröffnete.

[*] Bode führt hier an (S. 353 Anm. 5) die Erwähnung des Philonides, (179) des korinthischen Krieges, des Meiers oder Dichters Pam-

könnten ja wohl auf der zweiten in die erste Bearbeitung übergegangen sein, da das Gespräch zwischen Chremylos und Karion,
wo sie hauptsächlich vorkommen, von solcher Beschaffenheit ist,
daß es dergleichen Einschiebungen füglich gestattete, und der
Scholiast sieht an mehreren Stellen die Meinung zu erkennen,
er habe die erste Ausgabe vor sich. Noch weit entschiedener
spricht für Beide theils der Mangel alter Chorgesänge, mit Ausnahme des von Gesang begleiteten Tanzes, den die alten Landleute bei ihrem ersten Auftreten aufführen*), theils die Anlage
des ganzen Stücks, minder keck als die irgend eines andern, der
zahmer gewordene Witz des in Jahren vorgeschrittenen und durch
Gesetze und damals unabweisliche Rücksichten in seiner Freiheit
beschränkten Dichters, so wie seine mit minderer Kraft als an-
besonders hervortretende Eigenthümlichkeit.

Die Frage, ob unser Lustspiel der alten oder mittleren Komödie angehöre, dürfte weder entschieden zu bejahen, noch zu
verneinen sein. Die mittlere Komödie selbst war eine Ueber-
gangsgattung und zwischen alter und mittlerer, mittlerer und
neuer gab es wohl wieder, der Natur der Sache nach, eine
Menge Uebergangsstücke, die in mancher Beziehung noch der
Ältern, in andrer bereits die neuerstehenden beizuzählen waren
und zu diesen die Umgestaltung der Ältern in die mittlere vermittelnden zählen wir auch unsern Plutos.

Auffallend muß es beim ersten Anblick erscheinen, daß
während den Göttern zu Athen auf Veranlassung und auf Ko-

<hr/>

philos (385). Er hätte mit gleichem Rechte die Parodie auf den Kyklopen des Philoxenos (290 ff.) — der in dem parodirten Gedichte angegriffene Dionysios gelangte erst nach der ersten Aufführung zur Gewaltherrschaft —, so wie, daß oben 179 und 303 ff. Lais genannt wird,
anführen können (S. die Anm. zu 179). Auch Patrokles (84) tret
wahrscheinlich erst nach beendigtem peloponnesischen Kriege, also zwischen
der ersten und zweiten Aufführung auf und seine vom Scholiasten erwähnte
Nachäffung spartanischer Lebensweise fiel natürlich in eine Zeit, wo die
Spartaner ein entschiedenes Uebergewicht ausübten. So wird auch des
Neoklides außer unsrer Stelle (665) nur in der nach dem zweiten Plutos aufgeführten Volksversammlung der Frauen gedacht.

*) Daß und aus welchen Gründen um die Zeit der zweiten Aufführ-
rung der Chor verstummte, wurde in der Einleitung S. 65 u. f. erwähnt.

...ten des Staates glänzende Opfer dargebracht, Feste und feierliche Aufzüge sie zu ehren begangen wurden, die komischen Dichter diese Gegenstände öffentlicher Verehrung darum nicht minder zur Zielscheibe ihres Witzes machen durften. In wie lächerlicher Gestalt tritt in unserm Stücke Hermes und der Götterkönige erster Priester auf! Wie übel sehen wir in den fröhlichen dem Schutzgotte der dramatischen Dichter, dem Dionysos, sowie der Iris, dem Poseidon, dem Herakles in den Vögeln mitgespielt? Und das geschah in einer Stadt, wo Alcibiades nach Alian V, 13 der Gottlosigkeit beschuldigt, in Gefahr war gesteinigt zu werden, oder nach Clemens von Alexandrien, weil er die Geheimlehre der Mysterien auf der Schaubühne ausgesprochen hatte, vor den Areopagus gezogen wurde und nur dadurch sich zu retten vermochte, daß er nachwies, er gehöre nicht zu den Eingeweihten. In einer Stadt, in welcher selbst des allgewaltigen Perikles Ansehen seinen Freund und Lehrer, sowie den des Solvates und des Geschichtschreibers Thukydides, den Klazomenier Anaxagoras, den Urheber des philosophischen Theismus, der einen ordnenden Weltgeist (νοῦς) annahm, nicht vor der Verweisung aus Athen, die ihn als Atheist und Feind der Volksreligion traf, zu schützen vermochte. „Der alten Komödie, sagt F. Jacobs[*]), ist der alte Glaube an die Götter, und altväterliche (von den Vätern ererbte) Verehrung derselben ein heiliger Gegenstand, dessen Verletzung sie mit unerbittlicher Strenge rügt; aber wie nun einmal die mythische Gestalt dieser Götter gestaltet ist, lockt sie unausbleiblich zu kurzweiligen Scherzen, die eine Flut des Lächerlichen über den Olymp ausgießen, ohne doch seinen Glanz zu verdunkeln.“

Die Griechen hatten keine Beda's, keinen Zendavest, keinen Koran, also auch keine festen, unantastbaren Dogmen. Ihre Dichter waren die Schöpfer und Quellen der Volksreligion und schon der Kolophonier Xenophanes, der Zeitgenosse des Pythagoras (um die Mitte des sechsten Jahrhunderts v. Chr.) sagt:

Jegliches dichten Hesiodos an und Homeros den Göttern,
Was da zur Schmach und zur Schande gereicht dem irdischen Menschen,
Diebstahl üben und Ehbruch sie und betrügen einander.

*) F. Jacobs vermischte Schriften. Bd. III, S. 324.

Es waren demnach wirklich die Vorstellungen des gemeinen Volkes in Athen und Griechenland überhaupt so anthropomorphisch, so unangemessen der Idee des Göttlichen, wie wir sie beim Aristophanes und Lucian dargestellt finden. Darum glaubte auch Platon, dessen Staat, wie schon Rousseau richtig bemerkte*), fast mehr pädagogischen als politischen Inhalts ist, aus diesem Musterstaate die mimetischen, d. h. epischen und dramatischen Dichter, als nachtheilig auf die Erziehung wirkend, obgleich widerstrebenden Herzens, verweisen zu müssen. Hauptsächlich aus zwei Gründen aber konnten die komischen Dichter den religiösen Volksglauben nicht mit ihrem Spott verschonen.

Erstens gehörte auch die Volksreligion zu den öffentlichen Interessen und somit vor den Gerichtshof der komischen Bühne. Sahen wir aber in der Einleitung in Aristophanes einen Lobredner der guten alten Zeit und Zucht und einen rüstigen Kämpfer gegen verderbliche Neuerungen; so zeigen uns seine Angriffe auf die verkehrten, unter dem Volke herrschenden religiösen Vorstellungen, daß er nicht durchgängig und unbedingt jedes Neue bekämpfte, sobald es nur wirklich ein Fortschreiten zum Besseren war. Durch den schon erwähnten Anaxagoras, Archelaos und Andere fingen zuerst richtigere und vernunftgemäßere Vorstellungen von Gott und einer göttlichen Weltordnung an unter den Gebildeten in Athen herrschend zu werden, die dann Sokrates und seine Schüler auch auf den ethischen Theil der Philosophie übertrugen; den in diese Forschungen Eingeweihten und dazu gehörten in einem gewissen Grade alle Gebildeten, mußte natürlich nun die Volksreligion in einem um so lächerlicheren Lichte erscheinen.

Eine zweite Veranlassung lag für sie darin, daß in der Tragödie, zu deren Parodie, wie wir oben (S. 80, 3 u. f.) sahen, sehr bald die Komödie sich gestaltete, häufig die Bewohner des Olymp die Bühne betraten. Wie kommen also die erwähnten

---

*) Voulez-vous prendre une idée de l'éducation publique? lisez la république de Platon. Ce n'est point un ouvrage de politique, comme le pensent ceux qui ne jugent les livres que par leurs titres. C'est le plus beau traité d'éducation, qu'on ait jamais fait. Emile liv. I.

Dichter umhin, dieselben, freilich in ganz anderer Gestalt, auch auf der ihrigen erscheinen zu lassen? Wie konnte namentlich unser Aristophanes umhin, die Göttererscheinungen seines Euripides auf diese Weise lächerlich zu machen?

Dieses Verspotten des Volksglaubens auf der Bühne war aber für die Lustspieldichter um so weniger gefährlich, da die Priester weder zu Athen, noch in Griechenland, so groß auch namentlich in der Minervenstadt die Zahl der Priester und Priesterinnen war, überhaupt weder eine eigentliche Caste wie in Ägypten, bei den Juden, in der christlichen, insbesondere römischen Kirche bildeten, noch in engerer Verbindung unter einander standen, so daß derjenige, der sie angriff, den vereinten Widerstand einer zahlreichen Verbrüderung zu bestehen gehabt hätte *).

Aus einem Rechtsstreite irgend Gleichende hatte für die processliebenden Athenienser unendlichen Reiz und etwas dem Ähnliches findet sich in den meisten Lustspielen unseres Aristophanes.

*) Eine ausführliche Behandlung fand der hier besprochene Gegenstand und Manches, was hier nur angedeutet werden konnte, durch C. A. Böttiger, der als Rector in Guben 1790 ein Schulprogramm unter der Aufschrift: Aristophanes impunitus Deorum gentillum irrisor herausgab, in welchem der damals dreißigjährige junge Mann bereits großen Scharfsinn und eine seltene Belesenheit entwickelte. Was dieser seit Tieck's gestrieltem Rufer bis auf desselben Dichters Vogelschrocke, in welcher er dem ehrwürdigen Greise eine lächerliche Rolle zuzutheilen kein Bedenken trug, und die neuste Zeit vielfach angegriffene Mann als Archäolog leistete, ist keinem in diesem Fache Bewanderten unbekannt: Aber sehr gern benutzt der Uebersetzer, der in den Jahren 1802 und 3 so glücklich war, daß letzte Stadium seines Schülerlebens in Weimar unter seiner Leitung zurückzulegen, die sich ihm hier darbietende Gelegenheit zu der öffentlichen Erklärung: daß jede der 22 Unterrichtsstunden, die der treffliche Lehrer in seiner Prima wöchentlich ertheilte, höchst belehrend, zu Aufmerksamkeit und Fleiß aufregend ja begeisternd, selbst auf die von der Natur wenig Begnadigten wirkte und zweifelt nicht, daß jeder seiner damaligen noch lebenden Mitschüler in dankbarer Rückerinnerung dem beistimmen werde.

Man könnte unsre Logomachie zwischen Penia und Chrematylos, so wie den meisten der Art als Motto vorsetzen: Video meliora proboque, deteriora sequor. Das Verkehrte, Vernunftwidrige stellt sich als solches dar und wird dafür erkannt, trägt aber auf eine sehr ergötzliche Weise dennoch, wie es ja auch im Leben so oft geschieht, den Sieg davon. Dasselbe sehen wir in den Wolken beim Zungengefecht der beiden Anwalte des Rechts und Unrechts sich wiederholen.

Unter allen Schriftstellern, von denen sich aus dem classischen Alterthume mehr als unbedeutende Bruchstücke erhalten haben, dürfte sich kaum ein unserm Aristophanes geistesverwandterer finden, als der gegen 600 Jahre später lebende Lucian, der bei ähnlichen Gegenständen seiner Satyre sehr glücklich die sokratische Gesprächsweise, wie wir bei Xenophon und Plato sie finden, mit der dramatischen der attischen Komödie vereinte. In einem seiner Quasidramen, dessen Held der bekannte Menschenhasser Timon, ein Zeitgenosse unsers Dichters ist, sehen wir ebenfalls die Dämonen Plutos und Penia auftreten und das Wesen beider, vorzüglich aber jenes auf eine nicht minder geistreiche, aber noch gründlichere und umfassendere Weise entwickelt*).

Wir haben unser Lustspiel, wie irriger Weise Wieland und Wolf bei den von ihnen übersetzten, Droysen bei allen thut, in Acte geschieden, obschon wir im griechischen Drama (S. 50. 55) bemerkten, daß durch den Chor im alten Drama jede Unterbrechung der eigentlichen Handlung durch dessen Gesänge ausgefüllt worden sei. Natürlich mußten mit dem Wegfallen des Chors in der mittlern und neuern Komödie auch Pausen, zwischen dem Abtreten einzelner Schauspieler und dem Wiederauftreten der-

---

*) Seit mehr als einem halben Jahrhundert bereits ist Lucian auch der deutschen Leserwelt durch Wieland's gelungene Uebersetzung bekannt.

selben oder Anderer liegende Zeiträume, in welchem die Handlung wenigstens nicht vor den Augen der Zuschauer fortschreitet, auftreten und dadurch das Drama in Abtheilungen oder Acte zerfallen. In unserm Plutos tritt ein aus alten Landleuten bestehender Chor ganz in der Weise der alten Komödie auf und reiht sich unter Gesang und Tanz nach der Melodie eines bekannten Liedes von Philoxenus mit Karion, aber die eigentlichen Chorgesänge fehlen, wie selbst gute Handschriften angeben. Wir stimmen mit Droysen*) der Vermuthung Heinrich Vossens bei, daß der von der Kargheit der Choregen zu schwach unterstützte Dichter bei der zweiten Aufführung für den Chor, der nicht gehörig bezahlt und eingeübt werden konnte, keine Gesänge schrieb. Inzwischen trat der Chor unter die Bühne und Orchester schreibende Bühnenwand (ἡ ἐπισκήνιος) zurück und ein musikalisches Zwischenspiel füllte die Zeit aus, während welcher die Bühne entweder leer blieb, oder selbst durch einen Vorhang den Blicken der Zuschauer entzogen war.

---

*) Aristophanes Werke Th. 1, S. 179. b. Aristophanes von J. H. Voss erläutert von H. Voss. III, 363.

Erster Act.

Erste Scene.

In der Mitte der Bühnenwand das Häuschen des Chremylos. Von der einen Seite, den Zuschauern zur Rechten, die an des Chremylos Wohnung vorbeiführende Landstraße und Aussicht in das Freie, von der andern Aussicht auf Athen und die Akropolis.

Plutos (blind).

Chremylos, Karion in Reisekleidern, letzterer mit allerhand Reisegeräth beladen. Beide bekränzt.

Karion (im lauten Selbstgespräch).

Wie höchst verdrüßlich ist's, Zeus und ihr Himmlischen,
Ward man zum Sklaven eines unvernünft'gen Herrn!
Denn ob der Diener treffe das Ersprießlichste,
Beliebt es dem zu folgen, nicht dem Eigner,
Mitbulden muß der Diener alles Ungemach;   5
Denn die Gewalt nicht über seinen eignen Leib·
Verlieh das Geschick ihm, sondern dem, der ihn gekauft.
Das steht nun nicht zu ändern. Doch dem Loxias ¹),
Deß Seherspruch vom goldgetrieb'nen Dreifuß tönt,
Dem mache mit Fug und Recht den Vorwurf ich, daß er,   10
Ein hocherfahrner Arzt und Seher, wie es heißt,

---

1) Loxias, Apollon, der Schiefende von der Doppelsinnigkeit und Unverständlichkeit seiner Orakelsprüche so genannt; von dessen delphischem Geheiß Herr und Diener zurückkehren.

Verworr'nes Sinnes dem Gebieter mir entließ,
Welcher den Tritten eines blinden Mannes folgt
Und das Gegentheil von dem was sich geziemte thut.
15 Denn Führer sind den Blinden wir, die Sehenden,
Doch dieser folget ihm und zwingt auch mich dazu.
Da noch dazu kein Sylbchen Der (auf Plutos zeigend) erwidern
mag.
Ich aber, länger zu schweigen, das vermag ich nicht.
(zu Chremylos)
Thust Du mir nicht, warum doch dem wir folgen, kund,
20 Gebieter, dann siehe, wie mit mir Du fertig wirst,
Denn nicht mich schlagen wirst Du, dieweil der Kranz ') mich schützt.

Chremylos.

Nein wahrlich, doch den entreiß' ich Dir, machst Du mir Verdruß,
Daß Du so härter büßest.

Karion.

Bah, nicht lass ich ab
Bevor Du mir verkündet, wer denn Dieser sei;
25 Denn Dir vom Herzen treu ergeben frag' ich Dich.

Chremylos.

Auch will ich's Dir nicht bergen, denn ich achte Dich
Den treusten meiner Sclaven und durchtriebensten.
Mir, der die Götter fürchtet' und was recht ist, that,
Erging es schlecht, und ich blieb arm.

Karion.

Das weiß ich wohl.

Chremylos.

30 Doch Andre, Tempelräuber, Angeber, Redner,
Die ärgsten Schurken wurden reich.

Karion.

Das glaub' ich gern.

Chremylos.

So macht' ich mich, den Gott noch zu befragen, auf;
Denn für mich selbst, den Mühbeladnen, mein' ich zwar,

') Kränze trugen Herr und Diener, als vom delphischen Orakel
zurückkehrend; dadurch wurde der Sclave zum geweihten Haupte.

Sei nicht gar viel im Leben zu erzielen mehr;
Doch forschen wollt' ich, ob mein Sohn, der einzige   35
Der mir zu Theil ward, ändern solle seinen Sinn,
Und verschmitzt sich zeigen, ungerecht, durchaus verderbt,
Weil eben das mir ersprießlich für das Leben schien.

Karion.
Nun? Welchen Bescheid ließ tönen der umkränzte Gott?

Chremylos.
Vernimm; denn unzweideutig sprach der Gott zu mir: 40
Wem beim Herausgehn ich zuerst begegnete,
Von dem soll' ich hinfort nicht lassen, rieth er mir,
Und ihn bereden, mir zu folgen in mein Haus.

Karion.
Und wem begegnetest zuerst Du?

Chremylos.
Diesem da.

Karion.
Und was der Gott andeuten will, begreiffst Du nicht,   45
Der, Du Verblendeter, auf das Deutlichste Dir räth,
Zu erziehn den Sohn wie es des Landes Sitte heischet?

Chremylos.
Wie glaubst Du das?

Karion.
                 Fürwahr er meint, ein Blinder selbst
Müss es begreifen, wie es höchst ersprießlich sei,
In jetz'ger Zeit der Redlichkeit sich abzuthun.   50

Chremylos.
Unmöglich deutet dahin der Orakelspruch.
Nein, auf ein Anders, Größeres; — Thät' uns Dieser kund,
Wer denn in aller Welt er ist und wessenthalb
Und weß bedürfend hierher er mit uns Beiden kam,
Dann würd' uns wohl begreiflich des Orakels Sinn.   55

Karion (zu Plutos).
Nun wohl, so künde Du zuvörderst, wer Du selbst,
Sonst (ihn drohend fassend) wahre Dich. Sag' an, und sonder
                                        Zögerung.

I.   8

Plutos.

Dir sag' ich, Jammer treffe Dich.

Karion.

Vernahmest Du's,

Wen er sich nennt?

Chremylos.

Dir giebt er den Bescheid, nicht mir;
Denn Deine Frage war zu plump und grob gestellt.
Doch wenn Du einem Biedermann geneigt Dich fühlst,
So künde mir es.

Plutos.

Wehklagen mögst Du, wünsch' ich Dir.

Karion.

Nur halte den Mann und des Gottes Vorbedeutung fest [1]).

Chremylos.

Bei der Demeter [2]) nicht bleibst ungezüchtigt Du;
Arg will ich, Du Arger, Dich verderben, sprichst Du nicht.

Plutos.

Laßt, Freunde, mich in Frieden ziehn.

Chremylos.

Ha, nimmermehr.

Karion.

Gewiß, Gebieter, das Best' ist, was ich sagen will;
Auf das Schmählichst' verderb' ich diesen Burschen da.
An eines Abgrunds Rand ihn stellend lass' ich ihn
Dort, fürbaß ziehend, daß im Sturz den Hals er bricht.

Chremylos.

So pack' ihn rasch.

---

[1] Man glaubte sich des in Erfüllunggehns einer Vorbedeutung zu versichern, indem man das zufällig gesprochene Wort als eine solche anerkannte; δέχομαι τὸν οἰωνόν (accipio omen) war der dabei gebräuchliche Ausdruck. Karion deutet spöttisch auf die einen unglücklichen Ausgang verheißenden Worte des Plutos hin, dessen sein Herr sich zu versehen hat; des Gottes des Apollon, der Dich an diesem Unglücksvogel wird.

[2] Ceres; der natürlichste Schwur für Landleute.

Plutos.
O nicht doch!

Chremylos.
Nun, stehst Rede Du?

Plutos.
Erfahrt Ihr aber, wer ich sei, weiß ich gewiß
Thut Ihr mir Leids und laßt nicht meines Wegs mich ziehn.

Chremylos.
Das sei, bei den Göttern Dir vergönnt, so Dir's beliebt.

Plutos.
So laßt zuerst mich frei. 15

Chremylos.
Na sieh, wir lassen Dich.

Plutos.
Vernehmet also, denn, wie's scheinet muß ich wohl
Euch sagen, was zu verhehlen ich entschlossen war;
So wisset, ich bin Plutos.

Chremylos.
Ha, Nichtswürdigster
Der Menschen, wärest Plutos Du, verschwiegest Du's?

Karion.
Plutos in so bejammernswerthem Zustand Du? 20

Chremylos.
O Phöbos Apollon, ihr Götter und Dämonen all'
Und Zeus was sagst Du? Bist Du denn es wirklich?

Plutos.
Ja.

Chremylos.
Leibhaftig?

Plutos.
Der Leibhaftigste.

Chremylos.
Woher dann, sprich,
Kommst Du so schmutzig?

Plutos.
Aus Patrokles' Hause, der

8 *

¹⁵ Noch nie, seit er geboren ward, sich badete ¹).

Chremylos.

Doch dieses Unglück da (seine Augen berührend) wie trafs Dich?
Sag' es mir.

Plutos.

Den Sterblichen mißgünstig fügt' es Zeus mir zu;
Denn ich, ein junger Fant noch, drohete, wie ich
Die Redlichen und Weisen und Ehrbaren blos
²⁰ Heimsuchen würd'; Er aber schlug mit Blindheit mich;
Damit sie herauszufinden mir unmöglich sei:
So arge Mißgunst hegt den Biedermännern er.

Chremylos.

Und doch wird von den Biedern er allein geehrt,
Und den Gerechten.

Plutos.

Ja, so ist's.

Chremylos.

Wie nun, sag' an,
²⁵ Wann wiederum Du sähest, wie zuvor Du sahst,
Mied'st dann hinfort die Schlechten Du?

Plutos.

Das thät' ich traun.

---

¹) Wahrscheinlich derselbe, dessen in den Vögeln (700) unter dem
Namen Patrokleides als eines unsaubern Menschen gedacht wird. Nicht
selten wurden die Patronymiea mit ihren Stammnamen vertauscht;
So berichtet Lucian (der Hahn c. 14) den reichgewordnen Schuster
Simon nennen sie nun Simonides; Patrokles nahm also wohl auch,
nachdem er zu Reichthum und Ansehn gelangt war, den vornehmer klin-
genden Namen Patrokleides an. Als nach der Schlacht bei Aegospo-
tamos Athen von den Spartanern zu Wasser und zu Lande eingeschlos-
sen war; trug Patrokleides auf die Wiedereinsetzung der Atimen (vom
Gemeinwesen Ausgeschlossenen) in ihre vorigen Rechte an. Nach dem
Scholiasten äffte er die spartanische Lebensweise nach und machte sich
überhaupt durch einen seinem Reichthum nicht angemessenen Knickeri Lächerlich. Filziger als Patrokles wird als eine sprichwörtliche Redensart
aufgeführt. Ein Stiefbruder des Sokrates von der Mutter her führte
diesen Namen.

Chremylos.
Und suchtest die Rechtschaffnen heim?

Plutos.
          Ei sicherlich,
Denn in gar langer Zeit sah ich dergleichen nie.

Chremylos.
Kein Wunder, sah selbst ich sie nicht, der Sehende.

Plutos.
So laßt mich denn, Ihr wißt ja nun, was mich betrifft.   100

Chremylos.
Nein wahrlich, um so fester halten wir an Dir.

Plutos.
Sagt' ich es nicht voraus, ich würde meine Noth
Mit Euch bekommen?

Chremylos.
        Auch Du, gieb, bitt' ich, mir Gehör,
Und scheide nicht von mir, denn nimmer findest Du,
Soviel Du suchst einen Mann von besserer Sinnesart;   105
Beim Zeus des Sinnes ist kein And'rer außer mir.

Plutos.
Die Reden führen Alle, doch wenn in Wirklichkeit
Sie mich erlangten und nun reich geworden sind,
Dann zeigen frei sie als die ärgsten Schurken sich.

Chremylos.
Ja wohl verhält's sich so; doch sind nicht Alle schlecht.   110

Plutos.
Beim Himmel allzumal.

Karion (drehend).
        Dir soll es schlecht ergehn!

Chremylos.
Damit Du aber wissest, was, wenn Du bei uns bleibst,
Des Guten Deiner harr', hab Acht und höre mich,
Denn ich denk', ich denke, Gott laß' es in Erfüllung gehn!
Von dieser Deiner Augennoth Dich zu befrein,   115
Dich wieder sehend machend.

Plutos.

Vollführe ja das nicht,
Ich mag nicht wieder sehend werden.

Chremylos.

Hör' ich recht?
Elend zu sein ward dieser von der Natur bestimmt *).

Plutos (für sich, doch den Andern vernehmbar).

Zeus würde gewiß mich, wenn die Thorheit Dieser er
Erführe, verderben.

Chremylos.

Thut er denn das nicht bereits,
Indem er so Dich in der Irre tappen läßt?

Plutos.

Ich weiß es nicht; doch bin ich sehr vor ihm in Furcht.

Chremylos.

In Wahrheit, Du der Dämonen allerverzagtester?
Meinst Du denn wohl, es sei Zeus' Oberherrlichkeit
Zusammt den Donnerkeilen nur drei Obeln werth¹),
Wenn wieder Du sehend würdest, ob auf kurze Zeit?

Plutos.

Ha, rede nicht so, Du Frevler!

Chremylos.

Sei ganz unbesorgt,
Denn ich will Dir beweisen, daß weit mächtiger
Du seist, als Zeus.

_____   _ _ _ . . . _

*) Gewöhnlich wird dieser Vers dem Karion beigelegt. Aber es ist
kein Grund vorhanden, weshalb hier Karion das Gespräch der Beiden
durch eine Zwischenrede unterbrechen sollte, vielmehr erwarten wir, daß
Chremylos den Grund seiner Verwunderung angebe.

1) Sechs Obeln machten eine Drachme (Handvoll, Kupfergeldes nämlich), hundert Drachmen eine Mine, und deren 60 ein Talent aus.
Unsre Leser nicht mit Bruchzahlen zu belästigen, mögen sie sich unter
dem attischen Obolos einen Silbergroschen, also unter Mine 20; und
unter (dem attischen) Talent 1200 Rthlr. denken. Diese Angaben sind
nur um ein Weniges zu gering.

Plutos.
Du? Ich?
Chremylos.
                    Beim Himmel allerdings.
Denn, durch wen herrscht zum Beispiel über die Götter Zeus? 130
Karion.
Durch das Geld, denn das hat er die Fülle.
Chremylos.
                    Nun sag' an,
Wer ist es, der ihm das verschafft?
Karion.
                    Dieser da.
Chremylos.
Wer macht, daß sie ihm opfern? Nicht auch Dieser da?
Karion.
Beim Zeus, und reich zu werden wünschen sie offenbar.
Chremylos.
Ist also nicht die Ursach' Er und könnte leicht   135
Denn, wollt' er es, ein Ende machen?
Plutos.
                    Ei, wie so?
Chremylos.
Weil der Menschen nicht ein einziger mehr opferte,
Nicht Stier, noch Opferkuchen, das Geringste nicht,
So Du nicht wolltest.
Plutos.
                    Wie?
Chremylos.
                    Wie, meinst Du? Nirgendwie
Kann er es natürlich laufen, bist nicht Du zur Hand   140
Und giebst das Geld dazu; so daß die Macht des Zeus
Du allein wirst brechen können, kränket er irgend Dich.
Plutos.
Wie sagst Du, sie opfern durch mich ihm?
Chremylos.
                    Das behaupt' ich dreist.

Und, beim Zeus, giebt es etwas Glänzendes und Herrliches,
145 Etwas den Menschen Erfreuliches, durch Dich geschieht's;
Denn Alles ist der Lust nach Reichthum unterthan.

Karion.

Ich wenigstens, um ein kleines Sümmchen würb' ich traun
Zum Sclaven[1]), weil so reich ich nicht wie Andre war.

Chremylos.

Und die Buhlerinnen, sagt man, die Korinthischen[2])
150 Sie sollen, wirbt ein armer Bauch um ihre Gunst,
Ihn nicht beachten; aber wenn ein Reicher kömmt,
Empfangen sie sogleich mit offnen Armen ihn.

Karion.

Durchaus dasselbe sollen auch die Knaben thun,
Nicht weil des Freundes Liebe, weil das Geld sie lockt.

Chremylos.

155 Doch nicht die Bessern, nur die buhlerischen, denn
Es heischen nimmer Geld die Bessern.

Karion.

Was denn sonst?

Chremylos.

Der Ein' ein hübsches Pferd, Jagdhund' ein Anderer.

Karion.

Ei freilich, weil Bezahlung sie zu fordern scheu'n,
Verhüllt anständ'gre Forderung ihre Schlechtigkeit.

Chremylos.

160 Die Künst' auch insgesammt, und all' Erfindungen,
Ersonnen wurden durch Dich sie unter den Sterblichen.
Da sitzt von ihnen Einer und schneidet Leder zu.

---

1) Der Preis eines gewöhnlichen Sclaven belief sich auf 25—30 Rthlr.,
durch besondre Geschicklichkeiten und andere Vorzüge desselben konnte er
freilich sehr bedeutend gesteigert werden. Böckh. Staatsh. d. Ath. I, 73 ff.

2) Die meisten und reichsten Priesterinnen der Aphrodite, wenn auch
nicht der himmlischen, gab es natürlich in der reichen, vielbesuchten Han-
delsstadt Korinth. Korinthos, sagt der Redner Aristides, sei offenbar
die Stadt Aphrodite's. Korinth war auch der Aufenthalt der in dem
Folgenden (170. 303) erwähnten Lais.

Karion.

In Erz arbeitet der, der macht den Zimmermann.

Chremylos.

Dort gießet Einer Gold, was er von Dir empfing.

Karion.

Der stiehlt, beim Zeus.

Chremylos.

Ein Andrer bricht in Häuser ein.

Karion.

Der walkt die Wolle, Jener spült die Felle aus.

Chremylos.

Der gerbet sie und Dieser bietet Zwiebeln feil.

Karion.

Auf Ehebruch Ertappte rupft man Deinethalb*).

Plutos.

O wehe mir Armen, so lange wußte davon ich nichts!

Karion.

Der große König, prunkt er nicht durch Diesen da?

Chremylos.

Die Volksversammlung, findet nicht durch Ihn sie statt¹)?

Karion.

Wie? die Dreiruderer, bemannst nicht Du sie? Sprich.

Chremylos.

Erhält zu Korinthos Dieser nicht die Söldnerschaar²)?

---

*) Man berupfte oder versengte ihnen den Hintern, und seilte einen Rettig hinein, wenn er nämlich nicht mit den Gaben des Plutos sich abzufinden vermochte.

¹) Anfangs, ungefähr vom Anfange des peloponnesischen Krieges an, wurde jedem, der der Volksversammlung beiwohnte, ein Obolos, später sogar, kurz vor der Aufführung der Ekklesiazusen an (391 v. Chr.) drei Obolen gereicht.

²) Im Korinthischen, oder Bundesgenossenkriege hatte sich Athen, Theben, Argos, Korinthos gegen Sparta verbündet und dadurch die Zurückberufung des in Asien siegreichen Agesilaos bewirkt. Die schlaffen Athenienser führten diesen Krieg durch Miethsoldaten. Das Bündniß kam zu Stande Ol. 96, 2. Der Krieg begann das Jahr darauf

Karion.
Wird nicht durch Diesen täglich büßen Pamphilos ')?
Chremylos.
[175] Und gleich dem Pamphilos der Nadelhändler auch?
Karion.
Spreizt nicht durch ihn unflätig sich Agyrrhios ')?
Chremylos.
Erzählt nicht Geschichtchen Deinethalb Philepsios ')?
Karion.
Verbanden wir nicht durch Dich uns den Ägyptern ')?
Chremylos.
Dankt nicht der Lais ') Liebe Dir Philonides?

---

und dauerte 6 Jahre, also noch als Plutos zum zweiten Male aufgeführt wurde.

1) Nach dem Scholiasten hatte sich der Demagog Pamphilos an dem
öffentlichen Schatze vergriffen und ward deshalb, also dem Plutos nachstrebend, aus Athen verwiesen; sein Tischfreund, der den Zuschauern
besser als uns bekannte Nadelhändler, begleitete wahrscheinlich seinen
Gönner in die Verbannung.

2) Agyrrhios, ein reicher und dadurch zu vornehmen Cynismus ver-
leiteter Schlemmer, dem durch die Volksgunst einmal der Befehl über
die Flotte übertragen wurde. Auch in den Eccl. 102, 184 geschieht
seiner Erwähnung.

3) Nach dem Berichte des Suidas suchte er seine Reden in der Volksversammlung durch eingeflochtene Geschichtchen zu würzen. Der Zweck
seiner Staatsverwaltung aber war, wie ihm Aristophanes verrückt, sich
zu bereichern.

4) Die Athenienser sandten für Geld den Ägyptern ein Bundesheer,
bei welcher Gelegenheit und gegen wen ist kaum auszumitteln.

5) Lais, um die, nach Plutarch, zwei Meere sich stritten und die
nach einem Epigramme, die unbesiegliche Hellas zur Sclavin machte.
Die chronologischen Schwierigkeiten, die der Scholiast dagegen erhebt,
daß hier die unseren Lesern aus Wieland's Aristipp als Freundin dieses
Philosophen bekannte Lais gemeint sein könne, da sie zur Zeit der Aufführung des Plutos nur vierzehn Jahre gezählt habe, sind leicht zu beseitigen, sobald wir uns erinnern, daß wir die zweite Ausgabe vor uns
haben, die 20 Jahre später auf die Bühne kam, zu welcher Zeit also
Lais 34 Jahre alt war. Über sie Fr. Jacobs Verm. Schrift. Bd. III. Hft. 9.

Karion.

Und des Timotheos Thurm[1] —

Chremylos.

Er stürz' auf Dich herab.
Wird Alles, was gethan wird, nicht durch Dich gethan?
Denn alleinigster Urheber bist von Allem Du,
Des Guten, wie des Bösen, deß' sei überzeugt.

Karion.

So siegen auch im Felde jedes Mal nur Die,
Auf deren Seite Dieser da den Ausschlag giebt[2]).

Plutos.

So Vieles zu thun vermögend bin ich Einzelner?

Chremylos. -

Ja Dieses und beim Himmel noch weit Mehreres,
So daß noch niemals Jemand Dich genug bekam.
Der andern Dinge jedes erzeuget Überdruß:
Die Liebe,

Karion.

Brod,

Chremylos.

Der Musen Künste,

Eine andre Lesart nennt eine athenensische Buhlerin Nais, aber diejenigen, die diese Lesart vorzogen, berücksichtigten nicht unten V. 303, wo Laïs als Kirke aufgeführt wird, welche die Gefährten dieses Philonides in Korinthos in Schweine verwandelt. Offenbar ist an beiden Stellen von demselben Philonides, und derselben Buhlerin die Rede, die durch den Zusatz in Korinthos ganz deutlich als Laïs bezeichnet wird. Ihr hier erwähnter Liebhaber Philonides zeichnete sich durch seine Häßlichkeit nicht minder, als durch seinen Mangel an Geist und Bildung aus, und verdankte also die ihm gewordene Begünstigung nur seinem Gelde.

1) Des Timotheos, des Sohnes des Konon, der damals (als Plutos zum zweiten Male aufgeführt wurde), eine Rolle zu spielen begann Aristophanes scheint auf seinen burgähnlichen, einem Privatmann nicht angemessenen, zugleich aber von großem Reichthum zeugenden Pallast hinzudeuten.

2) Wer den letzten Thaler in der Kasse behält, ist Sieger, sagte Preußens großer Friedrich.

124   Plutos.

Karion.

Näscherei'n,

Chremylos.

Staatswürden,

Karion.

Kuchen,

Chremylos.

Ruhm,

Karion.

Der Feigen Süßigkeit,

Chremylos.

Die Ehre,

Karion.

Mehlbrei,

Chremylos.

Feldherrnrang,

Karion.

Und Linsenmus.

Chremylos.

Doch nimmerdar bekam ein Einz'ger Dich genug.
Denn wer der Talente dreizehn sich errungen hat,
195 Der wünscht begier'ger noch auf sechszehn sie vermehrt;
Und hat er Das erreicht, strebt er den vierz'gen nach,
Sonst habe das Leben, erklärt er, keinen Reiz für ihn.

Plutos.

Gar wohl läßt das sich hören, was Ihr Beide sagt,
Nur Eins macht mich bedenklich.

Chremylos.

In wie fern denn, sprich?

Plutos.

200 Wie zu der Macht, von der Ihr sagt, ich habe sie,
Zu dieser Macht Ausübung ich gelangen mag.

Chremylos.

Ja, ja, beim Zeus; Es sagen doch Alle, Plutos sei
Der größte Feigling.

Plútos.

Keineswegeg; Sondern mich

Verläumdet' ein Spitzbube; Dieser hatte sich
In das Haus geschlichen, aber zu stehlen gab es da nichts,   205
Weil Alles insgesammt er wohl verschlossen fand:
Der nannte Feigheit das, was kluge Vorsicht war.

Chremylos.

Jetzt sei ganz unbekümmert, denn, wenn Du Dich nur
Selbst eifrig zeigst in unsrer Angelegenheit,
Schaff' ich, daß Du scharfsichtiger als Lynkeus¹) wirst.   210

Plutos.

Wie magst Du das verwirklichen, ein Sterblicher?

Chremylos.

Ich hege gute Hoffnungen nach dem, was mir
Phöbos — der Lorbeer säuselte — selbst verkündete.

Plutos.

So ist auch Der Mitwisser dessen?

Chremylos.
Allerdings.

Plutos.

Bedenket — —   215

Chremylos.
Sei nur unbesorgt, Du Wackerer,
Ich selbst, des' sei gewiß, und wenn es das Leben gält,
Führ' es hinaus.

Karion.
Desgleichen ich, wenn Du's (zu Chremylos) verlangst.

Chremylos.

Viel andre Biedere werden uns noch zur Seite stehn,
Denen es bei ihrer Redlichkeit an Brod gebrach.

Plutos.
Ei, ei, das sind armsel'ge Bündner, die Du nennst.   220

Chremylos.
Nein, wenn von Neuem reich sie werden, keineswegs.

---

¹) Lynkeus wegen seines scharfen Gesichtes berühmt, vielleicht daher
der Luchs genannt, Lootse der Argonauten.

Doch auf! Du (zu Karion) spute Dich und laufe.

Karion.

Was soll ich, sprich?

Chremylos.

Ruf' unsre Feldnachbarn herbei, Du wirst sie wohl
Auf ihren Äckern finden, abarbeitend sich,
125 Damit zur Stell' erscheinend von ihnen Jeglicher
Von unsrem Plutos da die gleiche Gab' empfängt.

Karion.

Ich gehe schon. Doch dieses Stückchen Opferfleisch
Nehm' einer von denen d'rinnen und trag' es hinein.

Chremylos (es ihm abnehmend).

Dafür will ich schon sorgen; doch Du beeile Dich.

(Karion ab.)

—

Zweite Scene.

Chremylos. Plutos.

Chremylos.

130 Du aber, Plutos, aller Dämonen trefflichster,
Tritt hier herein mit mir; denn siehe dieses Haus
Ist's, das mit Schätzen an dem heut'gen Tage Du
Anfüllen mußt, ob nun mit Recht, ob wider Recht.

Plutos.

Mit großem Widerwillen tret' ich jedes Mal,
135 Die Götter sei'n mir Zeugen, in ein fremdes Haus;
Denn irgend Gutes wurde da mir nie zu Theil.
Denn führte mich der Zufall einem Knauser zu,
Verscharret ungesäumt er unter die Lade mich,
Und kömmt zu ihm ein wackrer Mann, befreundet ihm,
140 Der ein geringes Sümmchen nur von ihm erheischt,
Dann leugnet jemals mich gesehn zu haben er.

Doch kann zufällig zu einem tollen Menschen ich,
Muß ich im Nu, Buhldirnen und dem Würfelspiel
Dahin gegeben, nackt und bloß von dannen ziehn.

Chremylos.

So trafft auf Keinen der Maaß zu halten wußte Du,   245
Doch ich blieb diesem Grundsatz immerdar getreu;
Denn sparen mag ich gern, wie sonst kein Anderer,
Doch auch 'was aufgehn lassen, wenn es nöthig ist:
Doch laß herein uns treten, sehen mußt Du ja
Mein Eheweib und meinen Sohn, den einzigen,   250
Mein Allerliebstes mir — (sich verbessernd) — nach Dir.

Plutos (lächelnd).

Ich glaub' es gern.

Chremylos.

Wer möcht' auch gegen Dich nicht immer wahrhaft sein!

(Beide ab in das Haus des Chremylos.)

Dritte Scene.

Der Chor. Karion.

Der aus athenienfischen greisen Landleuten bestehende Chor, sammelt sich, von der Feldseite herkommend in der Orchestra, dem Hause des Chremylos gegenüber. Karion, anfangs an ihrer Spitze, erscheint wieder auf der Bühne.

Karion.

O Ihr, die oft mit meinem Herrn die Zwiebelschüssel theilet,
Ihr lieben Herrn und Nachbarsleut', Ihr arbeitslust'gen Männer,
Auf, schreitet zu, beeilet Euch, denn nicht ist's Zeit zu säumen, was
Der Augenblick erschien, wo's gilt, hülfreich zu sein zur Stelle.

Chorführer.

Nun siehest Du nicht längst schon uns dienstfertig in Bewegung,

So wie es sich erwarten läßt von altersschwachen Greisen?
Du sinnst wohl gleichen Schritt uns an, bevor Du uns verkündet,
₆₉₀ Weswegen Dein Gebieter uns hierher bescheiden lasse?

Karion.

Nun sag' ich Dir es nicht schon längst? Doch Du hast dumpfe Ohren,
Es verheißet mein Gebieter Euch, es soll hinfort Ihr Alle,
Der Armuth und des Mühsals quitt, ein frohes Leben führen.

Chorführer.

Was giebt's? Von wannen kommt das Glück, das er uns da
verheißet?

Karion.

₆₉₅ Mit einem alten Manne kehrt' er heim, Ihr Mühbelad'nen,
Schmutzig, gebuckt, voll Runzeln, bleich, kahlköpfig, ohne Zähne,
Beim Uranos¹) wohl auch ohne Das, was uns zu Männern
machet.

Chorführer.

Ha, goldner Zeitung Bote, was sagst Du? O wiederhol' es,
Er kehrte, sagst Du, heim mit dem, der Schätze hat die Fülle?

Karion.

₇₀₀ Altersgebrechen wenigstens hab' er, sagt' ich, die Fülle.

Chorführer.

Denkst Du, wenn Du uns äffetest, es soll so ungenossen
Das hingehn Dir, zumal da ich den Stock zur Hand hier habe?

Karion.

Ha meint Ihr denn, ich sei zu weiter nichts geschaffen
Als Schelmerei'n, und bringe nie Vernünftiges zu Markte?

Chorführer.

₇₀₅ Wie heilig sich der Schalksknecht stellt! Doch rufen Deine Waden:
Au weh, au weh! Sie sehnen sich nach Block und nach Geschmeide.

---

¹) Nicht ohne Absicht schwört Karion beim Uranos (Himmel) es
möge dem mit allen Gebrechen des Greisenalters beladenen Plutos wohl
auch an der Mannheit fehlen: da ja, den kosmogonischen Sagen der
Hellenen zufolge, Uranos von seinem Sohne Kronos entmannt ward.

Karion.

Dein Buchstab ruft' den Sarg Dir zu, um dort Gericht zu
halten ¹);
Und Du kannst säumen noch? Es reicht schon Charon Dir Dein
Täflein.

Chorführer.

Daß Du zerberstest, arger Schalt, Du eingefleischter Kobold,
Mit Deinen Rederei'n, und noch gefiel's Dir nicht, zu sagen,
Weßhalb denn Dein Gebieter uns hieher beschieden habe,
Die wir, ob's uns an Zeit gebrach, bei schwerem Mühsal, willig
Her eilten und manchen Zwiebelkopf ganz unbeachtet ließen.

Karion.

Auch berg' ich's Euch nicht länger, kam mit Plutos doch, Ihr
Herren
Heim der Gebieter, der wird Euch zu reichen Männern machen.

Chorführer.

So sollten wahrlich insgesammt wir reiche Männer werden?

Karion.

Ein Midas Jeder, wachsen ihm dazu die Eselsohren ²).

---

¹) Zehn bürgerliche Gerichtshöfe entschieden zu Athen unter dem Vor-
sitz von Magistratspersonen, anfangs nur über geringe Vergehungen
und Zwistigkeiten, nach und nach aber auch über die bedeutendsten. Zu
Beisitzern dieser Gerichtshöfe konnte jeder Bürger, der dreißig Jahre
zählte, seinen Bürgerpflichten stets genügt hatte und dem öffentlichen
Schatze nichts schuldete, gewählt werden. Es wurden zu Anfange jedes
Jahres 6000 solcher Richter bestimmt. Durch das Loos wurden aus
demselben dem jedesmaligen Bedürfniß gemäß die Richter den durch die
zehn ersten Buchstaben bezeichneten Gerichtshöfen zugetheilt. Jeder
durch das Loos bestimmte erhielt vom Herold einen Richterstab und ein
Täflein (σύμβολον), beide mit den Buchstaben seines Gerichtshofes
bezeichnet und gegen Zurückgabe dieser Zeichen von dem Proëdren
eben Richtersold von 1—3 Obolen, den ihnen zuerst Perikles gewährte
und dadurch natürlich diese Richterstellen um so wünschenswerther machte.
Auch in der Unterwelt wird Gericht gehalten, auch bei diesem gibt es
Beisitzer und zu solchen bestimmt die Choreuten ihre Gebrechlichkeit,
Charon aber versieht die Stelle des Herolds und reicht ihnen bei der
Ueberfahrt ihr Täfelchen. Vg. 971. 1168.

²) Der Phrygerkönig Midas hatte sich durch freundliche Aufnahme

I.   9

Chorführer.

Wie bin ich froh, wie freu' ich mich und will im Reigen tanzen
Vor Lust, wenn Du in Wirklichkeit die Wahrheit da verkündest!

Karion (tanzend.)

(Strophe 1.)

10 Auch ich will traun, Tralalalala, nachahmend den Kyklopen,
Die Füße schleudernd, wie Ihr seht, nach dies und jener Seite
Euch führen. Auf denn, Kinderchen! Die Stimme froh erhebend
Und blökend, wie die Schäflein,
Meckernd wie bockge Zicklein,
15 Folgt mir und geht der Lust Euch hin, Ihr alten geilen Böck'.

Gesammtchor.

(Gegenstrophe 1.)

Wir aber blökend, Tralalalala, wie wollen Dich, den Kyklopen,
Aufsuchen, ertappen wir Dich baun in diesem schmutzgen Aufzug,
Mit der Tasch' und thauigem Waldsalat, vom Rebensaft benebelt,
Als Hüter Deiner Schäflein
20 Auf's Gerathewohl eingeschlummert noch,
Soll eines spitz'gen Pfahles Glut der Sehe Dich berauben.

_____

des Eilens, der von des Bakchos Gefolge sich verirrt hatte, des Bakchos
Gunst erworben und bei der Gewährung einer Bitte von diesem versichert, Alles, was er berührt, möge zu Gold werden. Aber er hätte
dabei verhungern müssen, hätte nicht ein Bad im Paktolos von der le-
bensgefährlichen Gabe ihn befreit. Schiedsrichter in einem musikalischen
Wettstreit zwischen Pan und Apollon, erkannte er Jenem den Preis zu
und wurde dafür von Diesem mit ein paar Eselsohren beschenkt.

1) Parodie des Kyklops, eines Gedichtes des Dithyrambendichters
Philoxenos. Dieser lebte am Hofe des damals, als Plutos zum zweiten Male aufgeführt wurde, in Syrakus herrschenden ältern Dionysios
und zog sich dessen Unwillen sowohl dadurch zu, daß er dessen schlechte
Gedichte nicht seiner Überzeugung zuwider loben wollte, als auch als in
der Liebe begünstigter Nebenbuhler des Gewaltherrschers. Er sollte es
in den Steinbrüchen, dem bekannten, syrakusischen Staatsgefängnisse
büßen, entkam demselben aber glücklich und rächte sich an Dionysios
durch seinen Kyklopen, in welchem Dionysios als der plump und umsonst um Galatea's Liebe durch Citherspiel und Gesang werbende und
mit der geliebten Nymphe liebkosende Polyphem auftrat, der
Dichter selbst aber sich die Rolle des von Galatea vorgezogenen und
vom eifersüchtigen Kyklopen grausam ermordeten Akis zutheilte.

Karion.
(Strophe 1.)

So will denn ich, was Kirke thut, die Zaubertränke mische,
Und die Genossen des Philonides dereinst in Korinthos
Vermocht', als seien Schweine sie,
Das Kothgericht zu schmausen, das sie selber eingeknetet,
Nachthin in aller Weise;
Ihr aber, laut aufgrunzend, Wollustigeln voll,
Folgt, Ferkelchen, der Mutter!

Gesammtchor.
(Gegenstrophe 2.)

Wir aber wollen, Kirke, Dich, die Zaubertränke mischen,
Und ihrer Freunde schlau bethört und sie mit Koth besudelt,
Ergreifen, Wollustigeln voll,
Und wie Laärtes' Sohn einst that) aufhängen bei den Hoden,
Die Nase wie 'nem Bocke Dir
Zerfleischend; wie Aristyllos) sprichst Du näselnd dann:
Folgt, Ferkelchen, der Mutter!

_____

1) Der Chor hat den Karion mit dem bedroht, was Odysseus dem
Polyphemos zufügte: Das erinnert den Karion an des Laertiaden bald
darauf mit Kirke bestandenes Abentheuer. Eine Zauberin, wie Kirke
war, ist die oben umschaute Dele, welche wie ihr Vorbild den Philonides
und seine Genossen in Schweine verwandelte, d. h. in den Koth der
gemeinsten Sinnlichkeit zu bringen. Dasselbe wird auch Karion bei
den greisen Landleuten bewirken, indem er sie zu reichen Leuten zu machen beabsichtigt. Er denn plötzlich reich Gewordene pflegen sich gewöhnlich allen Sinnengenüssen ohne Maaß und Ziel hinzugeben.

2) Wie Odysseus natürlich nicht die Kirke, sondern den den Freiern
ergebenen Ziegenhirten Melanthios an Händen und Füßen gebunden aufhängen läßt, Od. 22, 173 ff.

3) Aristyllos nach dem Schol. und Suidas ein Wollüstling und
Dichter. Meineke (hist. crit. p. 287. 288) vermuthet unter Aristyllos sei
niemand anders als — der göttliche Plato gemeint, so wie auch Eccl.
647. Nach Diogenes Laertius habe dieser nämlich ursprünglich Tristostes
geheißen, man habe aber, wie Eustathius berichtet, wie Herakles in Ge-
rytos, Bathyllos in Sathyllos, so auch Aristostes in Aristyllos umbe-
nannt verkürzt. Allerdings führt derselbe Diogenes) was Meineke nicht
erwähnt, theils eine Menge auf Platon sich beziehende Verse komischer
Dichter an — von denen jedoch keiner auf unanständigen Lebensgenuß

Karion.
(Schlußgesang.)

Doch halt, ein Ende machet nun, mit solchen Neckereien
Und stimmet andre Weisen an.
Ich geh' indessen, ohne daß
Der Herr es merket, hol' ich mir
Ein Bröbchen und ein Stückchen Fleisch,
Um so, behaglich kauend, Hand mit an das Werk zu legen.

Zweiter Act.

Erste Scene.
Chremylos. Der Chor.

Chremylos.
Willkommen Euch zu heißen, Ihr Zunftgenossen, ist
Ein zu alltäglicher und abgetragner Gruß:
Doch grüß ich herzlich Euch, daß Ihr so völlig kamt,
So raschen Schrittes und so sonder Zögerung.
Steht aber auch im Andern so zur Seite mir
Und bewähret Euch des Gottes Retter durch die That.

Chorführer.
Getrost, den Kriegsgott selber sollst in mir Du schaun,
Denn unverzeihlich wär' es, wenn um drei Obolen¹) wir
Undrängeln in jeder Volksversammlung
Und Andern wichen, wo's dem Plutos selber gilt.

---

sich bezieht — theils erwähnt er mehrere Jünglinge, die Plato geliebt haben soll: Aus dem Allen geht jedoch nichts hervor, was die Vermu-thung rechtfertigt, unser Aristophanes, von dem wir in der Einleitung zu den Wolken sehen werden, daß er mit Plato in sehr gutem Vernehmen stand, habe den ehrwürdigen Weisen auf eine so empfindliche Weise angreifen wollen.

1) Vergl. Anm. ‡. S. 171.

Zweite Scene.

Die Vorigen. Blepsidemos.

Chremylos.

Und wahrlich auch den Blepsidemos seh ich dort
Sich nahen; daß von dem Vorgefallenen etwas ihm
Zu Ohren kam, verräth sein Gang und rascher Schritt.

Blepsidemos (im lauten Selbstgespräch).

Was mag nur vorgefallen sein? Wie und woher
Ward Chremylos so plötzlich reich? Ich glaub' es nicht,
Und doch war, beim Herakles, des Gerdes viel
unter allen bei den Bartscheererstuben [1] Sitzenden,
Daß plötzlich er zu einem reichen Manne ward.
Das eben erscheint mir aber wundersam, daß er
Indem es ihm wohl ergeht, die Freund' entbieten läßt,
Da thut er wahrlich nicht, wie's hier landüblich ist.

Chremylos (vor sich).

Bei den Göttern, sonder Hehl erzähl ich ihm was geschah.
(Zu Blepsidemos).
Freund Blepsidemos, vor Gestern blüht Heut' unser Glück,
Das sollst Du theilen, bist ja ein Befreundeter.

Blepsidemos.

So wurdest in der That Du, wie sie sagen, reich?

Chremylos.

Ich werd' es, so der Himmel will, in kurzer Frist;
Denn in Etwas, ja, in Etwas droht Gefahr uns noch.

Blepsidemos.

Worin?

Chremylos.

Worin?

---

[1] Die Sitze vor dem Hause eines Bartscheerers gehörten zu den gewöhnlichsten Plätzen, wo müßige Neuigkeitskrämer, deren es in Athen so viele gab, sich zusammenzufinden pflegten.

Blepsidemos.
Erkläre Dich deutlicher, was Du meinst.

Chremylos.
250 Wenn es gelingt, Geborgensein für immerdar,
Doch soll' es mißgelingen, verloren rettungslos.

Blepsidemos.
Eine schlimme Überfracht zeigt dieses Etwas sich,
Und will mir nicht gefallen: So mit Einem Mal
Des Reichthums Übermaas und solche Furcht dabei,
255 Das zeugt von einem Manne, der was nicht recht ist that.

Chremylos.
Wie? Was nicht recht ist?

Blepsidemos,
Wenn Du, beim Zeus, von dorther kamst
Mit Etwas, was dem Gotte Du entwendetest,
Gold oder Silber, und hernach wohl Reue fühlst — —

Chremylos.
Gnad' uns Apollon) wahrlich, nein, das that ich nicht.

Blepsidemos.
260 Laß, Guter, das eitle Reden; ich bin deß gewiß.

Chremylos.
Nicht hege Du von mir so schlimmen Argwohn.

Blepsidemos.
                                              Ach!
Wie waltet doch durchgängig nirgends Redlichkeit,
Denn der Gewinnsucht ist ein Jeder unterthan!

Chremylos.
Bei der Demeter, Du scheinst nicht recht bei Sinnen mir.

Blepsidemos.
265 Wie ändert' er so ganz die frühre Sinnesart!

Chremylos.
Du hast, beim Himmel, den Verstand verloren, Mensch!

Blepsidemos.
Sogar sein Blick weilt auf derselben Stelle nicht.
Von einem Gaunerstreiche zeugt ganz deutlich er.

Chremylos.

Weßhalb Du krächzest, weiß ich, entwendet' etwas Ich,
Willst Deinen Antheil Du.

Blepsidemos.

Meinen Antheil Ich? Wovon?

Chremylos.

Doch der Art ist es nichts, ganz anders ist's bestellt.

Blepsidemos.

Kein Diebstahl ist es, sondern Raub?

Chremylos.

Du bist nicht klug.

Blepsidemos.

Du unterschlugst doch nicht Jemandes Eigenthum?

Chremylos.

Ich wahrlich nicht.

Blepsidemos.

Beim Herakles, worauf soll man denn
Noch fallen? Denn die Wahrheit sagen willst Du nicht.

Chremylos.

Machst ja mich zum Verbrecher, bevor Du mich gehört.

Blepsidemos.

Ach, Freund, mit gar geringen Kosten will ich Dir
Das schon beseitigen, eh' es noch die Stadt erfährt,
Mit Scheidemünze stopfe den Rednern ich den Mund.

Chremylos.

Bei den Göttern sicher denkst Du ganz freundschaftlich mir
Zwölf Minen anzurechnen, wendetest drei Du auf.

Blepsidemos.

Vor des Richterstuhles Schranken seh' ich Einen schon
Schutzflehender Oligerig haltend, mit den Kinderchen
Und seinem Frauchen[1]), auf ein Haar so anzuschaun,
Wie es die Herakleiden sind des Pamphilos[2]).

---

[1]) Das Mitleid der Richter zu erregen erschienen die Beklagten mit
ihren Frauen und Kindern vor Gericht, insbesondere wenn es das Leben
galt. Platon's Apol. 23.

[2]) Siehe Anm. am Schluß.

Chremylos.

Nein, Du Bethörter, vielmehr werd' ich die Redlichen
Allein, und die Gerechten und Besonnenen
Zu ganz steinreichen Leuten machen.

Blepsidemos.

Hör' ich recht?
So viel stahlst Du zusammen?

Chremylos.

Wehe! welche Noth
Schaffst Du mir nicht!

Blepsidemos.

Das wirst Du selbst Dir, wie mich dünkt.

Chremylos.

Nein, wahrlich, da den Plutos, arger Quälgeist Du,
Ich habe.

Blepsidemos.

Du den Plutos? Welchen?

Chremylos.

Ihn, den Gott.

Blepsidemos.

Wo ist er?

Chremylos.

Drinnen.

Blepsidemos.

Wo?

Chremylos.

Bei mir.

Blepsidemos.

Bei Dir?

Chremylos.

Ja wohl.

Blepsidemos.

Zum Geier, was? Plutos bei Dir?

Chremylos.

Bei den Göttern, ja.

Blepsidemos.
Sagst Du die Wahrheit?

Chremylos.
Freilich.

Blepsidemos.
Bei der Hestia!

Chremylos.
Ja, beim Poseidon.

Blepsidemos.
Meinst des Meers Beherrscher Du?

Chremylos.
Giebt's anderen Poseidon noch, bei diesem auch.

Blepsidemos.
Und Du schickst nicht auch bei uns, den Freunden, ihn herum?

Chremylos.
So weit gedieh noch nicht die Sache.

Blepsidemos.
Wie denn so?
Nicht uns ihn mitzutheilen?

Chremylos.
Wahrlich nein, wir müssen —

Blepsidemos.
Was?

Chremylos.
Zuvörderst sehend machen — —

Blepsidemos.
Sehend? Wen denn, sprich?

Chremylos.
Den Plutos, wie er es früher gewesen, irgendwie.

Blepsidemos.
So ist er denn in Wahrheit blind?

Chremylos.
Beim Himmel, ja.

Blepsidemos.
Kein Wunder also, daß zu mir er niemals kam.

Chremylos.
Nun aber, ist's der Götter Wille, soll er es.

Blepsidemos.
Da gält es einen Arzt zu ihm zu rufen wohl?

Chremylos.
Wo findet denn ein Arzt sich jetzt in unsrer Stadt?
Es gebricht an der Bezahlung wie an ihrer Kunst.

Blepsidemos (nachsinnend).
Laß sehen.

Chremylos.
Es findet sich keiner.

Blepsidemos.
Es scheint mir selber so.

Chremylos.
Gewißlich nicht. Nein, was schon längst im Sinn' ich trug,
Zu betten ihn im Tempel des Asklepios,
Das ist das Beste.

Blepsidemos,
Bei weitem, bei den Göttern traun.
So säume nun nicht. Eins wenigstens führe rasch Du aus.

Chremylos.
Ich gehe ja.

Blepsidemos.
Beeile Dich.

Chremylos.
Das thu' ich schon.

Dritte Scene.

Die Vorigen. Penia¹).

Penia.

Die Keckes Ihr, Verruchtes, Ungesetzliches
Zu unternehmen wagt, hellose Menschelein,
Wohin? Wohin? Was flieht Ihr? Stehet.

Blepsidemos.

Herakles!

Penia.

Schmachvoll Schmachvolle werd' ich Euch verderben traun;
Wagt Ihr ein Wagniß doch, das unverzeihlich ist,
Desgleichen nimmer sich ein Andrer unterfieng,
Kein Gott, noch Sterblicher; darum selb verloren Ihr.

Chremylos.

Wer bist denn Du? Du siehst mir gar bleichsüchtig aus.

Blepsidemos.

Wohl eine der Erinnyen aus dem Trauerspiel;
Von Wahnsinn zeugend und gar tragisch ist ihr Bild.

Chremylos.

Doch fehlen die Fackeln ihr.

---

1) Wie kommt die Göttin der Armuth her? Von der Feld- oder Stadtseite? Weder das Eine noch das Andre dürfte passend erscheinen. Kein Scholiast, kein Herausgeber, keiner meiner Vorgänger läßt auf diese so nahe liegende Frage sich ein. Penia gehört den unterirdischen Dämonen an und steigt wie diese durch eine sich öffnende Fallthür (Anapiesma), angebracht zwischen dem Logeion, der Erhöhung, auf welcher die Schauspieler gewöhnlich sprachen und agirten, und der Wohnung des Chremylos, welcher dieser zweiten will, aus dem Boden herauf, wohin sie aus dem Hypokonion durch die Charonischen Stiegen gelangt war. Bei diesem unerwarteten Anblick ergreifen Chremylos und Blepsidemos die Flucht. Wie sie gekommen war, verschwindet sie wieder am Schlusse dieses Auftritts.

Blepſidemos.
          D'rum ſoll's ihr ſchlecht ergehn.

Penia.
Für wen ſeht Ihr mich an?

Chremylos.
                    Für eine Schenkwirthin
Oder eine Erbſenhökerin, ſonſt nimmerdar
Schrie'ſt Du, in Nichts von uns gekränkt, ſo barſch uns an.

Penia.
Meinſt Du? Habt Ihr das Ärgſte nicht mir angethan,
Die Ihr aus allen Landen mich zu vertreiben ſinnt?

Chremylos.
Nun bleibt Dir nicht als Zuflucht noch das Barathron[1)]?
Doch ſollteſt ſogleich Du uns verkünden, wer Du ſelſt.

Penia.
Ich bin's, die heut' Euch Beide dafür zücht'gen wird,
Daß Ihr von hinnen zu verjagen mich gedenkt.

Blepſidemos.
Iſt's etwa die Weinſchenkin aus der Nachbarſchaft,
Die mich mit ihren Mäßchen übervortheilt ſtets?

Penia.
's iſt Penia, ſeit Jahren Hausgenoſſin Euch.

Blepſidemos (die Flucht ergreifend).
Herrſcher Apollon, Ihr Götter, wohlan flüchten jetzt!

Chremylos.
Ha was beginnſt Du, Du feigherzigſtes Geſchöpf?
Willſt Du nicht bleiben?

Blepſidemos.
          Keinesworges.

Chremylos.
                    Bleibſt Du nicht?
Es ſollten wir, zwei Männer, vor Einem Weibe fliehn?

[1)] Felſenabgrund hinter der Akropolis, in welchen Verbrecher lebend,
oder auch die Leichname Hingerichteter geſtürzt wurden.

Blepsidemos.

Es ist ja Penia, Unglücksel'ger, keineswegs
Lebt etwas von Natur gleich ihr Verderbliches.

Chremylos.

Halt, steh' ich Dich, halt Stand.

Blepsidemos.

Beim Himmel nein, ich nicht.

Chremylos.

Doch sag' ich Dir, der allerärgste Frevel wär's
Von allen Freveln, wenn wir unsern Beistand jetzt
Dem Gott' entziehend irgendwohin uns flüchteten,
Aus Furcht vor dieser, und nicht den Strauß durchkämpfeten.

Blepsidemos.

In welcher Waffen oder Heeresmacht Vertrau'n?
Denn welchen Panzer, oder welchen Schild macht nicht
Zu einem Leihhauspfande die Verruchteste.)?

Chremylos.

Getrost, denn unser Gott ha, weiß ich, würd' allein
Siegreich das ihre Reich zertrümmern Dieser hier.

Penia.

Zu muchsen wagt noch vertuchte Frevler Ihr,
Bei argem Unterfangen ertappt auf frischer That?

Chremylos.

Du weib schmachvolles Untergangs, was schmähest Du,
Anredend uns, die nicht im Mindsten Dich gekränkt?

Penia.

Ha, um der Götter Willen, also meinet Ihr
Mich nicht zu kränken, wenn zu seinem Gesicht von Neu'm
Dem Plutos Ihr zu verhelfen sucht?

Chremylos.

Wie? Kränkte Dich das,
Wenn wir schaffen, was ersprießlich allen Menschen ist?

.) Verrucht insofern sie die Bürger zur Übertretung des Gesetzes ver-
leitete, welches nach dem Scholiasten das Verpfänden der Waffen verbot.

Penia.

Was vermöchtet Ersprießliches Ihr denn zu ersinnen?

Chremylos.

Was?
Zuerst, wenn Dich aus Hellas wir verjagten.

Penia.

Verjagtet mich? Wie, meint Ihr wohl, vermöchtet Ihr
Den Menschen größtes Unheil zu bereiten?

Chremylos.

Wie?
Wenn Das zu thun entschlossen wie es verstünden.

Penia.

Darüber will zuerst zur Stell' ich gegen Euch
Rechtfert'gen mich; Und führ' ich den Beweis, daß ich
Allein Urheberin alles Guten insgesammt
Euch sei, daß Ihr durch mich nur lebt: Wohl — Wo nicht
Dann könnt sodann Ihr thun, was irgend Euch beliebt.

Chremylos.

Das zu sagen unterstehst Du Dich, Verruchteste?

Penia.

Laß wenigstens Dich belehren, denn ganz leicht denk' ich
Dir nachzuweisen; daß Du ganz im Irrthum seist,
Wenn die Redlichen reich zu machen Du gesonnen bist.

Blepsidemos.

Ha selb, Halsblock und Prügel, ihr mir nicht zur Hand?

Penia.

Nicht Jammern zürne und Aufschrein, ehe Du mich vernahmst.

Blepsidemos.

Wer aber enthielt sich wohl, zu schrein: Ohe, ohe!
Wenn er dergleichen höret?

Penia.
Jeder Verständige.

Chremylos.

Doch welche Buße setz' ich bei dem Rechtsstreit fest,
Wenn Du erliegest?

Penia.
Welche Du willst.

Chremylos.
Das nehm' ich an.

Penia.
Denn Gleiches stehet, unterlieget Ihr, Euch bevor.

Chremylos.
Scheint wohl ein zwanzigfacher Tod genügend Dir?

Blepsidemos.
Für sie: doch für uns Beide g'nügt ein doppelter.

Penia.
Dann könnt Ihr nicht schnell genug Euch rüsten, denn
Was ließ mit Fug dagegen sich erwiedern auch?

Chorführer (zu Chremylos und Blepsidemos).
Jetzt ziemet es Euch, ein verständiges Wort zu reden, um Die
                        zu besiegen,
Widerlegend, was sie zu beweisen versucht: Nicht räumet klein-
                        müthig das Feld ihr.

Chremylos.
Klar lieget es, mein' ich, zu Tag' und es muß es begreiflich ein
                        Jeglicher finden,
Wie geziemend es sei, daß wohl es ergeht den Redlichen unter
                        den Menschen,
Doch Allen, die schlecht und gottlos sind, das Entgegengesetzte
                        begegnet;
Indem nun erwünscht uns Solches erschien, dünkt' endlich uns
                        so es erreichbar.
Ein trefflicher Plan, daß männliches Sinns und ersprießlich zu
                        jedem Beginnen —
Denn wenn das Gesicht jetzt Plutos erlangt, nicht blind mehr
                        tappt in der Irre,
Dann suchet allein er die Redlichen heim, um nimmer von ihnen
                        zu weichen,
Gottlose dagegen und Schlechte, sie wird stets fliehn er und so
                        es bewirken,
Daß Alle gewiß brav werden und reich und ehren der Götter
                        Gebete;

Wer aber vermag ein Besseres wohl zu ersinnen den Menschen,
als dieses?

Blepsibemos.

Niemand; Ich bin Dir Zeuge dafür; Nicht richt' an Dies eine Frage.

Chremylos.

Denn wie sich des Lebens Verhältnisse jetzt für uns Sterbliche
haben gestaltet;
Wer achtet es nicht dem Wahnsinn gleich, Ja dem Walten ver-
derbliches Dämons¹)?
Denn der Menschen gar viel, wie verworfen sie sind, sie erfreu'n
sich der Fülle des Reichthums,
Den ihnen erwarb unredliches Thun: doch viele der redlichsten
Menschen;
Sie befinden sich schlecht und verkümmern in Noth, und sind
fast immer gesellt Dir.
Darum mein' ich, es sei kein anderer Weg dem zu steuern, als
Plutos genese,
Und Diesen verfolgend gelingt es mir wohl viel Gutes zu
schaffen den Menschen.

Penia.

Die leichter Ihr Euch, denn irgend ein Mensch, überreden zu
thörigem Thun ließt,
Graubärtiges Paar, das zu Priestern sich roh das Geschwätz
und die Geistesverblendung,
Wenn was Ihr ersehnt sich begäbe, nicht würde, behaupt' ich,
es Nutzen Euch schaffen,
Denn bekäme zurück Plutos das Gesicht und vertheilte sich gleich
unter Alle,
Dann dürft' einer Kunst, eines Wissens fürwahr sich befleißi-
gen unter den Menschen
Nicht Einer: Und wenn, durch Euer Schuld dies Geldes ver-
schwände, wer würde
Arbeiten in Erz, Schiffszimmermann sein, wer schneidern und
Wagen verfertigen?

---

1) Nämlich brav zu sein und der Götter Gebote zu ehren.

Wer schaufelte, wer strich Ziegeln alsdann? Wer hütte, wer
    gerbte die Felle?
Wes Pflug durchfurchte den schollgen Grund, daß er ernte die 515
    Früchte der Deo*),
Wär' Euch es vergönnt in behaglicher Ruh um Alles das nicht
    Euch zu kümmern?

        Chremylos.
Ha, paperlapap! Denn Alles, was uns Du da so eben aufzähltest,
Das besorgen uns unsere Diener.

        Penia.
      Woher bekömmst Du denn aber die Diener?

        Chremylos.
Für Geld, das versteht sich, erhandeln wir Die.

        Penia.
          Wo finden zuerst sich Verkäufer,
Wenn diesen es auch an Gelde nicht fehlt? 520

        Chremylos.
          Wer da trachtet etwas zu gewinnen,
Ein Händler, der aus Thessalien kam, wo der Menschenverkäu-
    fer so viel sind1).

        Penia.
Vor allem zuerst, nicht giebt es fürwahr hinfort noch Menschen-
    verkäufer;
Wenn das sich erfüllt, was Du Dir ersannst. Wie möchte
    dann einer, der reich ist,
Mit des Lebens Gefahr, des eigenen, sich mit solchem Gewerbe
    befassen?
So daß man selbst zum Pflügen gedrängt, und Graben und 525
    andrer Beschwerniß
Ein Leben Du führst mühseliger um viel, als das jetzige.

---

*) Ceres.

1) In Thessalien und von Thessalern wurde ein starker Sklavenhan-
del getrieben, die Sklavenhändler raubten oft erst diejenigen, die sie hernach als Sklaven verkauften und hießen dann Andrapodisten (plagiarii),
daher war ihr Gewerbe ein lebensgefährliches. Auch in Athen war monatlich ein Sklavenmarkt.

　　　　Plutos.

Chremylos.

Treffe Dich selbst Das.

Penia.

So ist Dir hinfort auf Polstern nicht mehr zu schlummern ge-
　　　　stattet, die giebt's nicht,
Noch auf Teppichen, denn wer möchte sie wohl noch weben, be-
　　　　sitzt er des Goldes g'nug?
Nicht ist es vergönnt mit duftendem Öl Euch zu salben, noch,
　　　　führet Ihr die Braut heim,
Zu schmücken Euch mit vielfarbiger Pracht der gestickten und
　　　　bunten Gewänder.
Wie aber gewährt Reichsein Euch Gewinn, müßt deß insge-
　　　　sammt Ihr entbehren?
Dagegen ist Euch was irgend Ihr braucht bei mir zugänglich;
　　　　Ich selber
Bei dem Handwerksmann als gebietende Frau sitz' ich, ihn
　　　　nöthigend zur Arbeit,
Durch seinen Bedarf und der Armuth Drang, damit er das
　　　　Leben sich friste.

Chremylos.

Du vermöchtest es wohl zu gewähren ein Gut, Brandblasen
　　　　denn ein es vom Bade[1])
Und der Kinderchen Schwarm, die vor Hunger vergehn und der
　　　　Mütterchen kreischendes Lärmen.
Doch der Läuse wie viel und der Mücken dabei und der Flöhe,
　　　　nicht zähl' ich es Dir auf,
Denn unzählige sind's, die belästigen uns, indem sie den Kopf
　　　　uns umschwärmen,
Sie wecken uns auf und rufen uns zu: Na, erhebe Dich, willst
　　　　Du nicht hungern!
Und außerdem schmückt uns statt des Gewands ein Fetzen, Du
　　　　bietest zum Lager
Aus Binsen die Streu, mit Wanzen erfüllt, die da immer den
　　　　Schlummer verscheuchen.

---

1) In der rauheren Jahreszeit waren die Badestuben die Zuflucht der
Armen (S. 052 f.) die oft, weil sie halb nackt zu den Badöfen sich
drängten, Brandblasen davon trugen.

Statt des Teppiches dient ein Geflecht aus Rohr, ein moderus
         des, und statt des Polsters
Großmächtig ein Stein zur Raste des Haupts; statt Waizen-
         gebäckes zur Mahlzeit
Ein Malvensalat; statt Mehlbrei's und dürrmagerer Rettiche
         Blattwerk.
Zum Schemel der Rumpf eines Fasses von Thon, das zertrüm-
         mert, und statt einer Mulde
Die Daub' eines Ohms, eine Trümmer auch sie. Sind das
         nicht herrliche Güter,
Von denen ich Dir nachwies, daß Du Urheberin seiest den
         Menschen?

Penia.

Du schildertest nicht mein Leben anjetzt, das der Bettler hast
         Du geschmähet.

Chremylos.

Nun sagt man denn nicht, was man nenne mit Recht mit dem
         Betteln verschwistert die Armuth?

Penia.

So saget wohl Ihr, die zusammen Ihr stellt, Dionysos und 550
         Thrasybulos[1],
Doch Solches erfuhr mein Leben niemals, beim Zeus, und
         wird es auch nimmer;
Nur dem Bettler fiel es das Loos, das Du jetzt abschilder-
         test, nichts zu besitzen;
Doch Sparsamkeit ist der Armen Betrieb und emsiges Schaf-
         fen der Hände;
Es erübrigt zwar seine Thätigkeit nichts, doch an nichts auch
         leidet er Mangel.

Chremylos.

Wie beseligend, bei Demeter, hast Du es geschildert das Leben 555
         des Armen,

---

1) Denn das Verschiedenartigste für gleich gilt, Dionysos der Be-
glücker und Thrasybulos der Zertrümmerer einer Gewaltherrschaft
(der 30 Tyrannen).

Nachdem er gespart und ob sich gequält, bleibt nicht, was erheischt die Bestattung!

Penia.

Nachjagend dem Scherz und des Lustspiels Schwank willst
ernste Rede verschmähn Du
Und erkennest es nicht, daß zu Bessern gewiß ich die Menschen
erziehe, denn Plutos,
Den Gesinnungen nach und der äußern Gestalt, denn das Zip-
perlein plaget bei ihm sie,
Schwellbäuchige schafft, Dickwabige er und mit Fett überladene
Schwelger;
Schlank sind sie bei mir, wie die Wespen gebaut und verdrüß-
lich den Feinden im Kampfe.

Chremylos.

Durch des Hungers Gewalt bewirkest Du wohl, daß wie Wespen gebaut sie erscheinen.

Penia.

Was erheischet die Zucht, das beweis' ich Euch jetzt und will
Euch gewiß überzeugen,
Anständiges Thun sei heimisch bei mir, doch Frevel zu üben
beim Plutos.

Chremylos.

Zu stehlen ist wohl anständiges Thun, und in fremde Behausung der Einbruch?

Blepsidemos.

Beim Himmel gewiß. Wie, wär' er das nicht, wenn verborgen nur bleibet der Thäter?

Penia.

Auf die Redener auch in den Städten hab Acht, leicht wirst
Du erkennen, daß diese,
So lang sie noch arm, sich gegen das Volk und die Stadt als
Redliche zeigen;
Doch bereicherten sie vom Gemeinsamen sich, dann wurden
zu Schelmen sie plötzlich,
Sie stellen der Meng' arglistiglich nach und zeigen sich feindlich
dem Volke.

Chremylos.

Kein Tütelchen zwar ist erlogen von Dem, so verläumderisch
                    sonst Du erscheinest,
Doch nicht minder darum sollst büßen Du uns — nicht wolle
                    Dich deß überheben —
Daß Du uns sogar zu bereden versucht, daß vorzuziehen dem
                    Reichthum
Die Bedürftigkeit sei.

Penia.

Noch ist es Dir nicht, Das zu widerlegen, gelungen.
Du schwätzest ja blos und flatterst umher.   875

Chremylos.

                    Wie geschieht es, daß Alle Dich fliehen?

Penia.

Weil zu Bessern ich sie umschaffe, das magst am Deutlichsten
                    wohl Du erkennen
An den Kindern, sie fliehn ihre Väter ja auch, ob dies es mit
                    ihnen am besten
Stets meinen; so ist gar schwierig es oft, zu erkennen wohin
                    sich das Recht neigt.

Chremylos.

Dann behauptest Du auch, es vermöge nicht Zeus, was das
                    Bessere sei zu erkennen,
Denn fest hält dieser den Plutos ja auch.   880

Blepsidemos.

                    Und Diese da sendet er uns zu.

Penia.

Ha Ihr, Denen traun altväterischer Wahn die Augen des Gei-
                    stes verdunkelt,
Wahrhaftig auch Zeus ist arm, und ich will handgreiflich so-
                    gleich es Euch darthun,
Ward Reichthum ihm, da selber er doch anstellt den Olympi-
                    schen Wettkampf,
Wo im fünften der Jahr' er jegliches Mal die gesammten Hel-
                    lenen vereinet,
Wie würd' er da wohl, durch Heroldsruf die Sieger verkün-   885
                    dend, sie krönen

Mit wilder Oliv'? Er müßte vielmehr mit Gold' es, wäre so
reich er.

Chremylos.

Nun wahrlich dadurch zeigt offenbar er, daß den Reichthum in
Ehren er halte;
Weil er karget damit und die Lust ihm gebricht, was irgend
etwas zu vergraben,
Umkränzt er mit Tand der Obsiegenden Haupt und behält für
sich selber den Reichthum.

Penia.

Schmachvolleres traun! als Armuth es ist, ihm aufzubürden
versuchst Du.
Ist, ob reich, er dabei unedeles Sinns und ergeben der schnö-
den Gewinnsucht.

Chremylos.

Ha möge Dich Zeus verderben, umkränzt mit dem Zweige der
wilden Olive!

Penia.

Daß Ihr auch nur zu bestreiten es wagt, es komm' ein jegliches Gute
Von Penia'n Euch!

Chremylos.

Am sichersten wird uns Hekate dessen bescheiden,
Ob besser der Reich' oder Hungrige sich befinde, denn diese
versichert,
Von Begüterten werd' und Reichen ein Mahl ihr geweihet in
jeglichem Monat,
Das raffe hinweg der Bedürftigen Schaar noch ehe dran Jen'
es auftrugen ¹).
Du aber verdirb' und muchse mir nicht
Ein Sylbchen dabei.

---

¹) Der vielgestalteten Hekate — Luna am Himmel, Diana auf Erden, Proserpina in der Unterwelt — brachten am Geburtstage des
Mondes, um Neumond, die Reichen Abends an Drei- oder Kreuzwe-
gen allerhand Speisen zum Opfer, welche die Armen in der von keinem
Mondenschein erhellten Nacht sich zueigneten.

Überzeugest ja nie, überzeugtest Du auch.

Penia.

„Stadt Argos vernimm das kränkende Wort¹)!"

Chremylos.

Ruf Pauson an²), Deinen Tafelgenoß.

Penia.

Ich Ärmste des Leids!

Chremylos.

Zum Henker hinweg! Auf, packe Dich schnell!

Penia.

Wohin wend' ich den Schritt?

Chremylos.

In den Block mit Dir, doch sonder Verzug
　　In schleuniger Eil.

Penia (durch die Öffnung, aus der sie emporgestiegen
　　war, wieder verschwindend).

Einst werdet gewiß mich rufen zurück
　　Sehnsüchtiglich Ihr!

Chremylos (ihr nachrufend).

Dann kehre zurück; jetzt weh' über Dich!
　　Reichsein ist traun viel behaglicher mir;
　　In Jammer und Wehe verkümmere Du.

Blepsidemos.

So will ich, beim Zeus, zu Reichthum gelangt
Brav schmausen zusammt meiner Kinderchen Schaar,
Und der Frau, und, nachdem ein Bad ich nahm
Und demselben beträuft mit Salben entstieg,
　　Wird der Hände Verdienst'
Und der Armuth ein Schnippchen geschlagen.

---

1) Worte des Euripides.

2) Pauson, ein armer Mahler, in den Acharnern (854 ff.) mit einem
andern armen Schlucker Lysistratos zusammengestellt, der in jedem Monate mehr denn dreißig Tage fror und fastete.

Vierte Scene.

Chremylos, Blepsidemos, der Chor.

Chremylos.

So ist sie fort, wohl uns, die Vielverschlagene!
Ich aber und Du wir wollen ungesäumt den Gott
Hinführen und beten im Tempel des Asklepios.

Blepsidemos.

Und nicht laß uns noch zögern, daß nicht wiedrum
Jemand erschein' und hindre, was zu thun uns frommt.

Chremylos.

Bursch Karion die Decken trage schnell heraus,
Und geleite den Plutos selber, wie der Brauch es heischt,
Und was noch sonst wir drinnen vorbereiteten.

*Durch vom Flötenspiel begleitete stumme Chortänze
ausgefüllte Pause.*

Dritter Act.

Erste Scene.

Karion. Der Chor.

Karion.

Ihr alten Herren, die am Theseusfest¹) Ihr oft
Zu magrer Kost mit Brod den Mehlbrei löffeltet,

---

1) Theseus vereinte die in Dörfern zerstreut wohnenden Athener in
Einer Stadt und wurde Gründer der Athener. Athene hießen wahrscheinlich, von der Schutzgöttin Attika's, mehrere Ortschaften, und wurden nun, wie das auch jetzt bei Gruppen von Dörfern, Flecken, Städt-

Wie glücklich seyd Ihr, wie selig preis' ich Euer Loos,
Und Aller, die es redlich meinen, so wie Ihr.

Chorführer.

Was trug, o Bester, sich für Deine Freunde zu?
Der frohsten Zeitung Bot' erschienst Du offenbar.

Karion.

Des besten Erfolges erfreuet mein Gebieter sich,
Doch mehr noch Plutos selbst; Zuvor an Blindheit sich
Erlangte die Selbstkraft er, hell strahlt der Augen Stern,
Denn gnädig nahete hellend ihm Asklepios.

Gesammtchor (tanzend).

Mir tönt wonnige Lust, mir tönt Jubelruf!

Karion.

Euch freuen müßt Ihr, mögt Ihr wollen oder nicht.

Gesammtchor.

Laut aufjauchz' ich ihm, dem Sohnfrohen, ihm
Der ein Licht erglänzt Allen, Asklepios.

Zweite Scene.

Die Vorigen. Die Frau des Chremylos.

Frau.

Was ist das für ein Jubeln? Kündet es vielleicht
Erfreuliches? Denn darauf hoffend, lange schon
Erharre, drinnen sitzend, Dieses Rückkehr ich.

Karion.

Geschwind, o geschwind Wein her, Gebieterin, damit

---

chen der Fall ist, durch Beinamen, wie Alt-, Neu-, Ober-, Unter- ꝛc.
Athene unterschieden. In Einer Stadt verbunden ließ diese nun Athen
die Athener. So die Theben, die Syrakusen ꝛc. Das Gedächtniß dieser Vertreibung wurde am achten jedes Monats festlich begangen und
die Armen mit einem Brei aus Spelt- oder Waizengrützen auf
Staatskosten bewirthet.

₁₄₅ Du selbst auch trinkest, denn gar gern magst Du das thun;
Den Inbegriff von allem Guten bring' ich Dir.

Frau.

Wo ist es denn?

Karion.

Das thut gleich mein Bericht Dir kund.

Frau.

So laß denn hören, was Du kündest, end' einmal.

Karion.

Vernimm denn also; ich packe vor Dir die ganze Mähr
₁₅₀ Von der Sache Hergang aus, vom Wirbel bis zur Zeh.

Frau.

Nur mir nichts aufgepackt.

Karion.

                        Ei wie, das Gute nicht,
Das jetzt sich zugetragen?

Frau.

                        Nur kein Mährchen mir.

Karion.

Nachdem auf das Schleunigste zum Gotte wir gelangt,
Den Mann hinführend, damals noch höchst jammervoll,
₁₅₅ Doch jetzt vor allen Andern selig und beglückt;
Geleiteten wir zuerst ihn nach dem Meere hin,
Und badeten ihn [1]).

Frau.

                Beim Himmel, höchst beglückend war
Für den alten Mann ein Bad in kalter Meeres Flut!

Karion.

Dann kehreten wir nach des Gottes Weihbezirk zurück,
₁₆₀ Und als auf dem Altare Voropfer und Fladen wir
Geweihet und Hephästos' Glut das Opferbrod;
Da beteten den Plutos, wie sich's ziemte, wir
Und Jeder von uns häuft' eine Streu daneben sich.

---

1) Man schrieb dem Seewasser eine reinigende Kraft zu. „Das Meer
spült ab der Menschen Gebrechen insgesammt," sagt Euripides. Iphig.
unter den Taur. 193, 665.

Frau.

Gab's auch noch Andre der Hülfe des Gottes Bedürftige?

Larion.

Vor Allen Neoklelbes[1]) der, ob blind er ist,
Im Stuhlen überflügelte die Sehenden;
Und noch viel Andre, mit Gebrechen mancher Art
Behaftet. Als nun, nachdem die Kerzen er gelöscht,
Dem Schlaf uns hinzugeben der Tempeldiener uns
Gebot, und Schweigen anbefahl, wenn ein Geräusch
Wir höreten, lagen wir All' in schönster Ordnung da.
Doch ich vermochte nicht zu schlafen; es kitzelte
Ein Topf mit Mehlbrei mir die Nase, hingestellt
Ohnfern den Häupten eines alten Mütterchens,
Nach dem zu kriechen mich gewaltig lüstete.
So denn die Augen aufschlagend erblicke den Priester ich
Die Kuchen wegstipitzend und die Feigen auch
Von der geweihten Tafel. Als er das gethan
Macht er die Rund' um die Altär' auch insgesammt,
Ob irgendwo ein Opferbrödchen liegen blieb;
Das Alles schob er zur rechten Weih' in einen Sack:
Und da mir das als ein hochheil'ges Thun erschien,
Erhob auch ich nach jenem Mehlbreitopfe mich.

Frau.

Verworgenster der Menschen! Du scheuest nicht den Gott?

Larion.

Ei, bei den Göttern, wohl, er komme mir zuvor,
Hineilend nach dem Topf in seiner Kränze Schmuck;
Unterwies zuvor doch seines Priesters Beispiel mich.
Das Mütterchen aber, als es mein Geräusch vernahm,
Rafft mit der Hand hinweg ihn; darauf zischet' ich
Und biß nach ihr, als ob eine Baubakschlang' ich sei;
So zog sie unverzüglich ihre Hand zurück,
Verhielt sich tief einwickelnd, ganz ruhig sich,

---

1) Wahrscheinlich einer der Redner und Demagogen, wie sie Penia uns 567 ff. schildert. Er wird hyperbolisch hier blind genannt, nach der Frauen Volksversammlung 254, 398 war er nur triefäugig.

Und plänkert' ärger denn ein Wieselchen vor Angst.
So sprach ich nun dem Brei in reichem Maaße zu,
₉₅ Und legt', als ich nun satt war, mich, um auszuruhn.

Frau.
Und nahete nicht der Gott sich Euch?

Karion.
                                   Nein jetzt noch nicht.
D'rauf aber ließ etwas höchst Lächerliches ich
Ausgehn; Ich machte Luft mir, als er nahete,
Mit Nachdruck; denn sehr aufgetrieben war mein Bauch.

Frau.
₁₀₀ Da gab er wohl alsbald Dir seinen Abscheu kund?

Karion.
Nein, aber Jaso, eine Begleiterin des Gotts,
Ward roth und Panakeia¹) wendete sich weg
Und hielt die Nase zu, denn Weihrauch duft' ich nicht.

Frau.
Er selber aber?

Karion.
                Nicht beachtet irgend er's.

Frau.
₁₀₅ Du schilderst mir den Gott als bäur'scher Unart hold.

Karion.
Nicht doch, nur allem Unflat hold²).

Frau.
                                   Du Lästermaul.

Karion.
Ich aber hüllete sogleich mich bis zum Wirbel ein,
Aus Furcht: Doch Jener umwandelt d'rauf im Kreise rings,
Ihr Siechthum wohl beachtend, Alle der Reihe nach;
₁₁₀ Ein Diener setzte d'rauf ein steinernes Mörserchen
Mit einem Stampfer neben ihn und ein Schächtelchen.

Frau.
Von Stein?

---

1) Die Heilende und Allheilende, Dienerinnen des Asklepios.
2) Indem er mit den Excrementen und mancher übelriechenden Arznei zu schaffen hatte.

Karion.
Beim Himmel nein, das Schächtelchen wahrlich nicht.

Frau.
Doch Du, Du Galgenschwengel, sprich, wie fahest Du's?
Du warst ja sagst Du eingehüllt.

Karion.
                    Durch das Münzchen.
Das hatte, beim Zeus, der Löchelchen nicht wenige.   715
Zuerst vor Allen hub für Neokleides er
Eine kräft'ge Salbe zu bereiten an: Er warf
Drei Tenn'sche Knoblauchsköpf' hinein, und stieß sodann
In dem Mörser dieß, anmengend sie mit Sithpion
Und Mastix, d'rauf goß Sphett'schen Essig er hinzu   720
Und bestrich umstülpend die Augenlieder ihm, damit
So herb'ren Schmerz er dulbe: Laut aufjammernd sprang
Der auf und wollt' entfliehn, doch lachend sprach der Gott:
Zur Stelle sitz Du jetzt, ein Wohlbesalbter, hier,
Daß durch mich aus der Volksversammlung Du Meineid'ger   725
bleibst ¹).

Frau.
Welch' ein Freund der Stadt und wie verständig ist der Gott!

Karion.
Nun setzte dem Pluton ²) er zur Seite sich,
Und fing zuerst den Kopf ihm zu betasten an.
Ein reinliches Schweißtüchlein nahm er d'rauf zur Hand,
Die Augenlieder rings zu säubern; Es umhüllt   730
Mit einem Purpurtuch Panakeia ihm das Haupt
Und das ganze Gesicht: Dann hub der Gott zu schnalzen an,

---

1) Ἐν ᾧ ἐπομνύμενόν σε παύσω τῆς ἐκκλησίας. Das gesperrte Wort ist am natürlichsten als gleichbedeutend mit ἐπιορκοῦντα anzusehn, und giebt den Grund an, weßhalb Zeitleplos dem durch falsche Schwüre das Volk täuschenden Neokleides das Handwerk legen will.

2) Plutos ward auch Pluton (d. h. πλουτῶν der Reichmachende) genannt, zugleich mit der Beziehung, daß Pluton, d. h. der Erde Schooß alles Gold und Silber birgt.

Da ſtürz' ein Schlangenpaar [1]) aus des Tempels inn'rem Raum
Von ungeſchlachter Größe.

Frau.
Güt'ge Himmliſche!

Karion.
242 Gemächlich ſchlüpfeten die Beiden unter das Purpurtuch
Und beleckten, ſchien es mir, die Augenlieder ihm.
Und ehe Du des Weins zehn Becherchen gekert,
Da hatte ſich Plutos ſehend erhoben, Gebieterin.
Ich aber klatſchet' in die Hände, hocherfreut,
246 Und weckte meinen Herrn; doch unſrem Blick entzog
Der Gott ſich ſtracks und die Schlangen nach dem Heiligthum.
Die aber neben ihm ſich gebettet, wie meinſt Du wohl,
Daß den Plutos ſie beglückrwünſcht und die ganze Nacht
Wachend verbracht, bis hell der Tag aufdämmertel
252 Ich aber hielt den Gott gar hohes Preiſes werth,
Daß er ſo ſchnell dem Plutos zum Geſicht verhalf,
Und den Kroklebes mit noch ärgrer Blindheit ſchlug.

Frau.
Wie große Macht, o Herr und König, übeſt Du!
Doch ſage mir, wo weilet Plutos denn?

Karion.
Er naht;
258 Doch um ihn her war ein unſäglicher Gedräng.
Denn die zuvor rechtſchaffen waren, und dabei
Ein kärglich Leben führeten, begrüßten ihn
Und drückten die Händ' ihm insgeſammt, gar hoch erfreut.
Die Reichen aber und die Hochbegüterten,
262 Die auf unrechtem Wege ſich bereicherten,
Die runzelten die Braun und ſahen finſter b'rein.
So zogen hinterher ihm Jene, froh, bekränzt,
Unter Lachen und Beglückwünſchung, „es widerhallt

---

1) Die Schlange, das Symbol der Klugheit oder Scharfſichtigkeit
— die Griechen leiteten ihren Namen δράκων von δέρκειν ſehen —
erſcheint immer dem Asklepios geſellt.

Der alten Männer Festschuh in gemess'nem Schritt ¹)."
Wohlan denn Ihr (zum Chor sich wendend) so Einer, wie All', auf
                    Einen Ruf
Erhebet die Füße, hüpfet, führet Reigen auf,
Denn Niemand fündet jetzt Euch, wenn nach Haus' Ihr kommt,
Es finde sich kein Mehl in Eurem Schlauche mehr.

                    Frau.
Bei der Hekate, für die frohe Botschaft will auch ich
Umwinden Dich mit einer Schnur Festbrezelchen,
Da Solches Du verkündetest.

                    Karion.
                    Doch säume nicht;
Denn unsres Hauses Pforten nahet schon der Zug.

                    Frau.
So geh' ich denn hinein und hole Näscherei'n,
Wie sich's beim Eintritt neuerkaufter Augen ziemt ²).

                    Karion.
Ich aber will dem Kommenden entgegen gehn.

            (Wie am Schlusse des zweiten Acts).

---

¹) Offenbar find der Ausgang dieses und des folgenden Verses einer alten Tragödie entlehnt.

²) Das geschah von dem Herrn und der Herrin beim Eintritt eines neuerkauften Sclaven am Heerde, damit dieser Eintritt ein gesegneter und segenbringender sei. Dasselbe will jetzt die Frau bei Chremylos auf eine drollige Weise den wiedererlangten Augen des Plutos zu Ehren, von denen sie ja auch sehr wesentliche Dienste erwartet, thun.

Vierter Act.

Erste Scene.

Ein zahlreicher Zug athenischer Bürger, an seiner Spitze Plutos und
ihm zur Seite Chremylos: Unter den übrigen Blepsidemos und
Karion. Der Chor. Später die Frau des Chremylos.

Plutos.

Zuerst begrüß' den Hellas kniebeugend ich,
Darauf der hehren Pallas vielgepries'nen Grund,
Und Kekrops's ganzes Land, das freundlich mich empfing.
Doch schamerfüllt blick' ich auf meine Leidenszeit,
175 Mit welchen Menschen unwissend ich verkehrte;
Die meines nähern Umgangs Würdigen vermied
Ich aber; denn von nichts wußt' ich Unglücklicher,
So daß ich weder hier, noch dort das Rechte that.
Dagegen will, meine ganze Weis' umkehrend jetzt,
180 Hinfort ich darthun einem Jeglichen, daß ich
Nur wider Willen bisher den Schlechten hin mich gab.

Chremylos (zu einem Andrängenden).

Pack Dich zum Geier. — — Wie lästig sind die Freunde doch
Die mit Einem Mal erscheinen, wenn es uns wohl ergeht;
Sie drängen sich an, sie quetschen die Schienbein' uns wund,
185 Indem uns Jeder zeigen will, wie gut er's meint.
Wer hat nicht alles mich angeredet? Welcher Schwarm
Umzingelt' auf dem Markte mich Bejahrtere?

Frau

(aus dem Hause tretend und dem Plutos, Chremylos und Blepsidemos
die Hand reichend).

Herzliebster Du, auch Du, und Du, willkommen mir!
Wohlan, so heischt der Brauch es, diese Näscherei'n
190 Bring' ich, vor Dir sie auszuschütten.

Plutos.
                              Keineswegs,
Denn bin ich in dies Haus zu treten im Begriff,

Zu allererst und sehend, nicht geziemt es sich
Etwas heraus zu bringen, sondern hinein vielmehr.

Frau.

So nimmst Du also diese Näscherei'n nicht an?

Plutos.

Nur d'rinnen erst, am Heerde, wie es bräuchlich ist;
Auch meiden wohl wir so, was nur langweilen kann.
Denn wohlanständig ist es für den Dichter nicht,
Will durch Feigen er und Knapperwerk, das den Schauenden
Er hinwirft, sie das zu belachen nöthigen [1]).

Frau.

Du hast ganz recht; es erhob schon Dexinikos dort
Vom Sitz, um ein'ge Feigen zu erhaschen, sich. (Alle ab.)

Zweite Scene.

Karion (aus dem Hause tretend). Der Chor.

Karion.

Wie angenehm, Ihr Männer, wenn's uns wohl ergeht,
Und das indem man aus dem Hause nichts verträgt;
Denn in das Haus ist reicher Güter Füll' uns jetzt

---

1) Aristophanes thut auch hier, was er uns mit wohl auch andre
Komiker, nicht selten sich erlaubt. Er erinnert uns, die Täuschung,
auf die es überhaupt wohl kaum abgesehen war, als ob das Dargestellte sich wirklich begebe, muthwillig selbst vernichtend, daß wir im
Theater uns befinden. Seine, auf eine keinen besondern Aufwand von
Witz erheischende Weise, die Zuschauer zum Lachen reizenden Kunstgenossen, sowie ein zudringlicher und weiter nicht bekannter Bursch,
der bei solchen Gelegenheiten eine Feige, oder ein Zuckerbrödchen zu
erhaschen suchte, das nach den Zuschauersitzen rollte, werden dabei ein
bischen genedt. Wahrscheinlich blieb es in solchen Fällen dem Schauspieler anheimgestellt, den Namen irgend eines, der gerade in der
Nähe der Bühne saß und etwa zufällig sich erhob, statt des vom
Dichter angegebenen zu substituiren.

I.   11

Gedrungen, ohne daß ein Unrecht wir verübt [1]).

Voll ist der Kasten uns des schönsten Waizenmehls;
Voll sind die Henkelkrüge dunkles, duft'gen Weins;
Bis obenan mit Silber und mit Gold gefüllt
Sind Kist' und Kasten all', ein Wunder ist's zu schaun;
Von Oel quillt der Brunnen, die Salbkrügelein
Von Salben, und von Feigen strotzt der Biden Raum;
Die Essigfläschchen, jedes Schüsslein, jeder Topf,
Sie wurden kupfern; statt von schmutz'gen Tellerchen
Verspeisen unsre Fische wir von Silber jetzt;
In elfenbeinerner Falle fangen die Mäuse wir [2]);
Um gold'ne Staten [3]) spielen Paar oder Unpaar nun
Wir Diener; Nicht mit Steinen putzen wir den Steiß,
Nein übermüthig, stets mit einem Knoblauchblatt;
Und stattlich opfert d'rinnen der Gebieter jetzt
Ein Schwein, einen Bock und einen Widder, schön bekränzt,
Mich aber trieb der Rauch heraus; nicht konnt' ich es
Aushalten d'rinnen, denn es zerbiß die Augen mir [4]).

----

[1]) Nach diesem Verse folgt in den meisten Ausgaben ein den Fluß der Rede störender und ihren Anfang wiederholender, den schon der Scholiast für eingeschoben ansah: Es etwas Angenehmes ist es reich zu sein. Beck's Vermuthung: ein Leser habe sich aus der Erinnerung diesen Denkspruch (γνώμη) eines andern Dichters, der denselben Gedanken ausdrückte, welchen Kation mit solchem Wohlgefallen weiter ausführt, an den Rand geschrieben, und er sei durch einen spätern Abschreiber in den Text gekommen, ist nicht blos sehr natürlich, sondern wird sogar durch eine pariser Handschrift, wo derselbe ausdrücklich als γνώμη bezeichnet ist, bestätigt.

[2]) Die gelehrten Herausgeber haben viel gestritten, ob Ινός (der Rauchfang, die Laterne) oder Ινος (die Mausfalle) zu lesen sei. Eine Stelle aus Pollux bei elnos oder Inos, welches er durch μύαγρα (Mausfalle) erklärt, als im Plutos vorkommend, anführt, und das Unpassende eines Rauchfangs oder einer Laterne von Elfenbein, das vom Feuer angegriffen wird, entschieden für das auch von Dindorf vorgezogene Ινος.

[3]) Eine ursprünglich asiatische, aber auch in Griechenland gangbare Gold- und Silbermünze. In Athen galt der Silberstater vier, der Goldstater 20 Drachmen. (c. 4 Thlr.)

[4]) Wie empfindlich gegen jedes kleine Ungemach sind in dem mit Reichthum überfüllten Hause selbst die Sklaven geworden!

Dritte Scene.

Ein Biedermann (von der Stadtseite in Begleitung eines jungen Sclaven kommend). Chremylos (aus seinem Hause tretend). Die Vorigen.

Biedermann.

Komm, folge mir, mein Bürschchen, zu dem Gott laß uns
Wallfahrten.

Chremylos.

Ha, wer ist denn das, der dort sich naht?

Biedermann.

Ein Mann, zuvor beklagenswerth, jetzt hochbeglückt.

Chremylos.

Gewiß der Redlichen einer, wie's das Aussehn giebt.

Biedermann.

Allerdings.

Chremylos.

Und was ist Dein Begehr?

Biedermann.

Aufzusuchen kam
Den Gott ich, denn des Guten viel verdank' ich ihm.
Denn da vom Vater der Hab' ich was genügend war
Ererbt, ließ Hülf' ich dürft'gen Freunden angedeihn,
Indem für das Leben dieses mir ersprießlich schien.

Chremylos.

Gewißlich mangelt' es nun bald an Gelde Dir?

Biedermann.

Ei freilich wohl.

Chremylos.

So wurdest du ein armer Mann?

Biedermann.

Ei freilich wohl. Doch meint' ich Jene, die bisher
In der Noth Wohlthaten von mir empfangen, die würd' ich
Zu sich'ren Freunden haben, bedürft' ich ihrer je;
Doch diese mieden mich, thaten als sähen sie mich nicht.

11 *

Chremylos.

Und lachten Dich aus, das weiß ich schon.

Biebermann.

Ei freilich wohl.

Des Hausgeräth's Verlechzen ¹) ward mir zum Verderb.

Chremylos.

Doch ist's nicht mehr.

Biebermann.

D'rum bin hieher gekommen Ich

Mit Gebeten den Gott zu verehren, wie es sich gebührt.

Chremylos.

Was aber soll beim Gotte der schäb'ge Mantel Dir,

Den Dir nachträgt das Bürschchen da, das sage mir?

Biebermann.

Auch ihn dem Gotte darzubringen komm' ich her.

Chremylos.

Erhielt'st vielleicht in ihm die letzte Weihe Du ²)?

Biebermann.

Nein, sondern Frost litt ich in selb'gem dreizehn Jahr.

Chremylos.

Und die Schuhchen?

Biebermann.

Es überwinterten auch diese mit.

Chremylos.

So bringest Du auch dies' als Weihgeschenk?

Biebermann.

Beim Zeus.

Chremylos.

Gar zierliche Geschenke bringst dem Gott Du dar.

---

1) Das nicht mehr zum Bewirthen der Freunde angewendete und daher verletzende Hausgeräthe entfernte die Tischfreunde von mir.

2) Die Kleider, in welchen Jemand die Weihe zu Eleusis empfieng, mußten ganz abgetragen werden, und wurden dann einem Gotte geweiht.

Vierte Scene.

Die Vorigen. Ein Angeber, von einem Zeugen begleitet.

Angeber.

O wehe des Leid's! Wie fühl' ich Ärmster vernichtet mich;
Ha dreimal weh', und vier- und fünfmal wehe mir,
Und zehnmal und zehntausendmal! U hu hu hu!
Wie betäubender Trank des Unheils ward mir eingeführt.

Chremylos.

Apollon Leidabwender, ihr lieben Himmlischen,
Was giebt es? Welches Unglück widerfuhr dem Mann?

Angeber.

Erduldete nicht jetzt ich Unerträgliches,
Indem ich Alles, was mein Haus barg, eingebüßt,
Durch diesen Gott, der sicherlich bald wiederum
Erblinden soll, wenn irgend es noch Rechtshändel giebt?

Biedermann.

Ich meine den Hergang ziemlich deutlich einzuseh'n,
Es nahet da sich Einer, dem es schlecht ergeht,
Und nicht vom besten Schlage scheint er mir zu sein.

Chremylos.

Dann eilt, beim Zeus, mit Fug er dem Verderben zu.

Angeber.

Wo ist er denn, wo, der allein uns insgesammt
Zu reichen Leuten zu machen verhieß mit Einem Mal,
Sobald er das Gesicht zurück erlanget? Doch er
Bewies vielmehr gar Manchem höchst verderblich sich.

Chremylos.

Und wem hat er denn das gethan?

Angeber.

Mir selber da.

Chremylos.

So gehörtest wohl zu den Schlechten und Spitzbub'schen Du

Angeber.

Beim Zeus an Keinem von Euch ist traun ein gutes Haar,
Und es kann nicht anders sein, mein Geld, das habet Ihr.

Karion.

Wie trotzig, bei der Demeter, ist der Angeber da
Hier aufgetreten. Offenbar treibt Hunger ihn.

Angeber. (Zu Karion.)

₁₁₅ Du da, willst Du nicht stracks Dich nach dem Markt bemüh'n?
Dort sollst Du, ausgespannet auf dem Folterrad ¹),
Gesteh'n, was Du verübtest.

Karion.

Jammer treffe Dich.

Biedermann.

Bei dem Erretter Zeus, es macht gar hochverdient
Um die Hellenen insgesammt sich unser Gott,
₁₂₀ Da schmachvoll die schmachvollen Angeber er verdirbt.

Angeber.

Weh mir! Auch Du, der Schuld Genosse, höhnest mich?
Denn woher denn sonst bekamst Du dieses Festgewand.
In abgetrag'nem Mantel sah ich gestern Dich.

Biedermann.

Ich achte Deiner nicht; denn sieh, der Ring ²), den ich
₁₂₅ Vom Eudamos um eine Drachme kaufte, schützet mich.

Chremylos.

Doch gegen Angeberbisse schützt der Zauber nicht.

Angeber.

Ist das nicht arger Übermuth? Ihr höhnet mich,
Doch was Ihr hier beginnet, habt Ihr nicht gesagt;
Denn nicht auf Gutes sinnend seid Ihr Beide hier.

Chremylos.

₁₃₀ Für Dich, beim Himmel, wahrlich nicht, deß sei gewiß.

---

¹) Nur den Sklaven kann der Angeber dieses androhn. Nicht blos zum Geständniß eignes Frevels suchte man diese zu treiben, indem man sie auf die Speichen eines Rades gebunden peitschte; selbst wenn ihr Herr im Verdacht war, etwas begangen zu haben, suchte man, wie wir unter andern aus den Fröschen ersehen, so die Wahrheit von ihnen zu erpressen.

²) Einen gegen Schlangenbisse und Zauberei schützenden Zauberring.

Angeber.

Beim Zeus, Ihr werdet schmausen von dem Meinigen.

Chremylos.

Daß doch in Wahrheit Du mit Deinem Zeugen da
Zerbersten mög'st, auch ohne überfüllt zu sein.

Angeber.

Ihr läugnet? D'rinnen befindet sich, Ihr Verruchtesten,
Des Gesottenen reiche Füll' und des Gebratenen.
Ūhū, ūhū, ūhū, ūhū, ūhū, ūhū.

Chremylos.

Unglücklicher, willerst etwas Du?

Biedermann.

Die Kälte wohl,
Da so verschabt das Mäntelchen ist, das ihn umhüllt.

Angeber.

Ist das zu dulden wohl, Zeus und ihr Himmlischen,
Daß Diese so mich höhnen? Ach, wie kränkt es mich,
Daß mir es, dem Wackern, dem Bürgerfreund, so schlecht ergeht.

Chremylos.

Du Bürgerfreund und wacker?

Angeber.

Wie kein Anderer.

Chremylos.

So gieb mir doch Bescheid auf was ich frag'.

Angeber.

Auf was?

Chremylos.

Bist Du ein Landmann?

Angeber.

Hältst Du mich für so verrückt?

Chremylos.

Ein Kaufmann dann?

Angeber.

Vorgeblich, wann es so sich macht [1].

---

[1] Um sich vom Kriegsdienste los zu machen. Nach dem Scholiasten
waren die Handelsleute davon frei.

Chremylos.

Ei wie, so kanntest eine Kunst Du?

Angeber.

Nein, beim Zeus.

Chremylos.

Wie lebtest Du also, oder wovon, da nichts Du treibst?

Angeber.

Anwalt bin ich, so Dessen, was die Stadt betrifft,
Als aller Bürger.

Chremylos.
Du? Wes kundig?

Angeber.

Weil ich will.

Chremylos.

₈₁₀ Wie wärest Du ein Wack'rer, Du Spitzbübischer,
Wenn verhaßt Du Dich durch das, was nichts Dich angeht,
machst?

Angeber.

So ging es nichts mich an, um die eig'ne Vaterstadt
Mich verdient zu machen, so gut ich kann, Du Gimpel Du?

Chremylos.

Macht man verdient sich durch die Vielgeschäftigkeit?

Angeber.

₈₁₅ Durch Wahren der Gesetze, der bestehenden,
Und Nichtgestatten, wenn sie Jemand übertritt.

Chremylos.

Bestellet denn ausdrücklich Richter nicht die Stadt
Dem vorzustehen?

Angeber.

Doch wer klagt die Schuld'gen an?

Chremylos.

Wer irgend will ¹).

----

¹) Anspielung auf den gewöhnlichen Schluß der attischen Gesetze:
Wer gegen dieses Gesetz handelt, den klage an, wer da will; d. h.
gegen den als Ankläger aufzutreten ist Jedem gestattet.

Angeber.
Ein Solcher nun bin eben ich;
So fielen denn der Stadt Geschäfte mir anheim.

Chremylos.
Beim Zeus, dann hat traun einen schlechten Vorstand sie;
Das aber möchtest nicht Du, ruhig verhaltend Dich
In Muße leben?

Angeber.
Das hieß leben wie ein Schaaf,
Wenn unser Leben aller Regsamkeit entbehrt.

Chremylos.
Noch Anderes erlernen?

Angeber.
Nein, und gäbest Du
Den Plutos selbst zusammt Kyrene's Schätzen ¹) mir.

Chremylos.
Herunter mit dem Mantel schnell.

Karion.
Dich meint er, Freund!

Chremylos.
Dann entschuhe Dich.

Karion.
Bei diesem Allen meint er Dich.

Angeber.
Es komme von Euch Einer nur an mich heran,
Wer irgend will.

Karion.
Ein Solcher nun bin eben ich.

Angeber.
Weh' mir, bei hellem Tage plündert man mich aus!

Karion.
Willst ja Dich nähren, treibend Ungehöriges.

---

1) Im Texte des Battos Silphion. Silphion ein würziges Küchen-
und Heilkraut, das einen bedeutenden Handelsartikel, der von Battos
gegründeten Korene, und somit eine Hauptquelle ihres durch Handel
erworbenen Reichthums ausmachte.

Angeber.
Bedenkst Du was Du thust? Deß ruf' ich Zeugen auf.

Chremylos.
Doch in Eil' entflieht der Zeuge, den Du mitgebracht.

Angeber.
Weh', beistandlos bin ich umgarnet.

Karion.
                    Schreist Du nun?

Angeber.
O weh' und aber wehe!

Karion (zum Biedermann).
                Gieb Du Dein Mäntelchen mir,
Damit ich es umhänge dem Angeber da.

Biedermann.
Nicht doch, vorlängst schon ist dem Plutos es geweiht.

Karion.
Und wo giebt bess're Stell' es für Dein Weihgeschenk,
Als auf den Schultern eines schurk'schen Bösewichts?
Dem Plutos ziemen Festgewande nur zum Schmuck.

Biedermann.
Mit den Schuhchen aber was beginnen? Sage mir.

Karion.
Auch diese nagel' an die Stirn ich ungesäumt,
Wie an den Stamm des wilden Oelbaums, Diesem da ¹).

Angeber.
Ich gehe, denn weit schwächer bin ich, seh' ich wohl,
Als Ihr, doch fänd' im Kampf ich eine Stütze mir,
Ob nur von Feigenholz ²), den allgewalt'gen Gott,

---

¹) Ein heiliger Hain umgab die meisten Tempel. Auch in diesem hieng man Weihgeschenke auf und wählte dazu den lebenskräftigen wilden Oelbaum, der das Einschlagen von Nägeln vertragen konnte. Virgil. Aen. XII, 704 sqq.

²) Einen Genossen von Feigenholz (σύζυγον σύκινον) mit Anspielung auf das griechische Wort für Angeber συκοφάντης; eigentlich Feigen-angeber, der Diejenigen anzeigte, die gegen ein bestehendes, aber wenig

Noch am heut'gen Tage lade vor Gericht ich ihn,
Weil offenbar er auflös't, Er, der Einzelne,
Die Volksgewalt, ohne daß den Rath er überzeugt,
Oder in der Volksversammlung uns're Bürgerschaft.   (ab.)

Beide (ihm nachrufend).

Wohlan, da Du mit meinem ganzen Lumpenstaat
Geschmückt davon gehst, eile nach dem Bade zu ');
Dort stelle Du an des Reigens Spiß' und wärme Dich,
Denn diesen Posten hütet' ehedem auch ich.

Chremylos.

Aber vor die Thür ihn schleppen wird der Badewart,
Ihn beim Gemächte packend, denn, wie er ihn sieht,
Erkennt er, daß von schlechtem Schrot und Korn er ist;
Uns aber laß eintreten, daß Du den Gott verehrst.

Fünfte Scene.

Ein Mütterchen, von einigen Dienerinnen mit allerlei Backwerk
begleitet. Bald darauf Chremylos. Der Chor.

Mütterchen.

Gelangten denn, Ihr lieben alten Freunde, wir
Zum Hause dieses neuen Gottes wirklich hin,
Oder haben des rechten Wegs wir durchaus verfehlt?

Chorführer.

Deß sei gewiß, Du kamst vor die rechte Thür,
Holdsel'ges Mägdelein, die Du so manierlich frägst.

Mütterchen (näher zur Thüre tretend und im Begriff anzuklopfen).
Wohlan, so rufe von d'rinnen Einen ich heraus.

Chremylos (der im Heraustreten ihre letzten Worte gehört hat).
Deß braucht es nicht, ungerufen tret' ich selbst heraus;
D'rum sage schnell, was Dich zumeist hieher geführt.

---

beachtetes Verbot, Feigen aus Attika ausführten. Also: find' ich einen
meines Gelichters. Das Feigenholz bietet eine sehr zerbrechliche Stütze.

1) Die öffentlichen Bäder im Winter der gewöhnliche Aufenthalt der
Armen und der Gauner, Jener sich zu wärmen, Dieser zu stehlen.

Mütterchen.

Ein arges Unrecht widerfuhr mir, Theuerster,
  Denn seit der Zeit, daß dieser Gott zu seh'n begann,
Hat unerträglich er das Leben mir gemacht.

Chremylos.

Was ist's denn? Warst vielleicht auch Du Angeberin
Unter den Frauen?

Mütterchen.

Nein, beim Zeus, gewißlich nicht.

Chremylos.

So ward wohl, als Dein Loos fiel, Dir der Trunk versagt [1)]?

Mütterchen.

Du spottest; doch ich Arme verzehr' in Sehnsucht mich.

Chremylos.

Nun wirst Du endlich sagen, in welcher Sehnsucht denn?

Mütterchen.

So höre denn. Ich hatt' einen lieben jungen Freund,
Zwar ziemlich arm, doch von Gesicht und Ausseh'n hübsch
Und gut, denn wenn um irgend etwas ich ihn bat,
Willfahrt' er in Allem trefflich und mit Anstand mir.
So zeigt' auch ich in Allem mich gefällig ihm.

Chremylos.

Was war es denn, warum er Dich gewöhnlich bat?

Mütterchen.

Nicht viel, denn über die Maaßen trug vor mir er Scheu.
So erbat er etwa zwanzig Drachmen sich von mir
Zu einem Oberkleid, zu der Beschuhung acht;
Dann hieß er seinen Schwestern ein Leibröckchen mich
Einkaufen; auch ein Mäntelchen der Mutter wohl,
Und bat von mir sich ein vier Scheffel Waizen aus.

Chremylos.

Nicht viel ist, beim Apollon, Das, was Du mir da
Aufzähltest, zu Tage liegt es, er trug Scheu vor Dir.

---

1) Anspielung auf die zu B. 777 erläuterte Sitte, die Richterstellen
zu verloosen.

Mütterchen.

Und nicht für manchen, mir erwies'nen Liebesdienst
Erbitt' er Das, nur als ein Pfand der Liebe sich,
Damit er mein gedenke, trag' er mein Oberkleid.

Chremylos.

Über alle Maasen, hör' ich, liebt der Jüngling Dich.

Mütterchen.

Doch nicht desselben Sinnes ist der Bösewicht
Auch jetzt noch; Umgewandelt ist er ganz und gar;
Denn als ich ihm den leckern Honigkuchen da
Und was die Schale sonst an Näscherei'n enthält,
Zusandt' und ihm zugleich daher andeuten ließ,
Heut' Abend werd' ich kommen — —

Chremylos.

Nun, was that er? Sprich.

Mütterchen.

Er schickt' es zurück mir, und dies Milchgebäck dazu
Mit dem Wunsch': ich möge nicht weiter mich zu ihm bemüh'n.
Dabei ließ an das Sprüchlein er erinnern mich:
„Vor Zeiten hielten brav sich die Milesier" [1]).

Chremylos.

Es liegt zu Tag', er war nicht übler Sinnesart,
Seitdem er reich ist, schmeckt nicht mehr das Linsenmus,
Zuvor behagte Jegliches dem Dürftigen.

Mütterchen.

Zuvor, es zeugen es Deo und Persephone,
Erschien tagtäglich er vor meines Hauses Thür.

Chremylos.

Zum Leichenzuge?

Mütterchen.

Bewahre, meine Stimme blos
Zu hören freut' ihn.

---

1) Miletos, welche Herodotus (V. 28) das Bollwerk Joniens nennt, hatte durch Üppigkeit und Entweichlichung den alten Ruhm verloren. Daher die sprüchwörtliche Redensart von Solchen, die das nicht mehr sind, was sie einst waren: *fuimus Troes.*

Chremylos.
Oder etwas zu empfah'n.

Mütterchen.
Und wahrlich, merkt' er, daß ich nicht recht heiter sei,
Liebkosend hieß sein Hühnchen er, sein Täubchen mich.

Chremylos.
Dann bat er wohl sich etwas zur Beschuhung aus?

Mütterchen.
Fuhr aber bei den großen Mysterien ich daher
Auf off'nem Wagen, und es sah Jemand hin nach mir,
Mit Schlägen büßen mußt' ich es, den ganzen Tag;
So eifersüchtig hütete der Jüngling mich.

Chremylos.
Nicht wünscht' er, scheint's, Theilnehmer des Genusses sich.

Mütterchen.
Und runde hübsche Hände hab' ich, rühmet' er.

Chremylos.
Wenn sie die zwanzig Drachmen ihm darreichten.

Mütterchen.
Er betheuert' oft mir, lieblich duft' ihm meine Haut.

Chremylos.
Beim Zeus natürlich, schenktest Du ihm Thasier ein.

Mütterchen.
Und daß mein Blick gar schmachtend sei und anmuthreich.

Chremylos.
Nicht unbeholfen war der Bursch traun, er verstand,
Wie man den Seckel einer verbuhlten Alten leert.

Mütterchen.
Darin verführet, lieber Mann, der Gott nicht recht,
Der Unrecht Leidenden stets beizusteh'n verheißt.

Chremylos.
Und was soll er denn thun? Sprich nur, es soll gescheh'n.

Mütterchen.
Er sollte von Rechtswegen, beim Zeus, ihn nöthigen,

Durch Gutes empfangenes Gute zu vergelten mir, 1480
Sonst ist er nicht, daß irgend etwas ihm bleibe, werth.

Chremylos.

Erwies er denn nicht jede Nacht sich dankbar Dir?

Mütterchen.

Doch nie verlassen wollt' er so lang' ich lebe mich.

Chremylos.

Ganz recht; doch zu den Lebenden zählt er Dich nicht mehr.

Mütterchen.

Zusammengefallen bin ich, Theuerster, vor Gram. 1485

Chremylos.

Nicht doch: Zusammengerunzelt, wie es mich bedünkt.

Mütterchen.

Durch einen Fingerreif vermagst Du mich zu ziehn.

Chremylos.

Ja wenn ein Reif es wäre, der ein Sieb umschließt.

Sechste Scene.

Die Vorigen. Ein Jüngling.

Mütterchen.

Da nahet ja fürwahr der Jüngling selber sich,
Über den mich zu beschweren ich eben begriffen bin; 1490
Zu einem Nachtschmaus geht er, scheint es.

Chremylos.

Offenbar,
Mit Kränzen zieht und einer Fackel er daher.

Jüngling.

Den schönsten Gruß.

Chremylos (zur Alten, die sich schmollend abwendet).

Den beut er Dir*).

1) αἱ σ̓ . Nach der Erklärt der von Invernizzi seiner Ausgabe zu
Grunde gelegten Ravennatischen Handschrift. Aber ohnstreitig ist es

Jüngling.

Mein alter Schatz,
In kurzer Frist bist, weiß der Himmel, Du ergraut.

Mütterchen.

O rothe des Hohnes, den ich Arme erdulden muß!

Chremylos.

Seit langer Zeit hat, scheint es, er Dich nicht gseh'n.

Mütterchen.

Was lange, Du Spötter, war er doch gestern noch bei mir.

Chremylos.

So ging es ihm umgekehrt, als wie es den Meisten geht.
Scharffsicht'ger hat ihn, wie es scheint, der Rausch gemacht.

Mütterchen.

Nicht doch: Er ist von je ein erzmuthwill'ger Schalk.

Jüngling (mit der brennenden Fackel sie beleuchtend).

Ha Meerobwalter, Ihr Götter, die ihr das Alter schirmt,
Wie viel hat doch der Runzeln im Gesichte sie!

Mütterchen.

Au, au!
Nicht mit der Fackel mir zu nahe.

Chremylos.

Sie hat Recht;
Denn wenn davon ein einz'ger Funken sie ergreift,
Dann lodert sie auf, wie das Oelreis, dürr und wollumkränzt¹).

---

nicht das Mütterchen, die behauptet, nicht ihr, sondern dem Chremylos
gelte dieser Gruß; sondern Chremylos neckt die Schmollende mit diesen
Worten.

1) In dem dem Apollo zu Ehren in Athen begangenen Pyanepsienfeste, von welchem der Monat Pyanepsion seinen Namen erhielt, trugen
Knaben, deren beide Eltern noch leben mußten, im Festaufzuge einen
oben mit Wolle umwundenen Oelzweig, mit Feigen, Oelfläschchen
und dergleichen behangen, nach dem Apollotempel, wo wahrscheinlich das daran Hangende geopfert wurde, um so sich, einem Bescheide des Delphischen Orakels zufolge, gegen Pest und Hungersnoth
zu schützen. Dieser Zweig wurde dann vor der Thür aufgesteckt, wo
er blieb bis Jahres darauf ein frischer ihn ersetzte. Natürlich war er
zuletzt sehr dürr und brennbar. Süss 727.

Jüngling.
Willst wieder einmal mit mir Du spielen?

Mütterchen.
                                        Wo denn, Schelm?

Jüngling.
Zur Stelle hier; da nimm die Nüss'.

Mütterchen.
                                        Ein Kinderspiel ')?

Jüngling.
Wie viel hast Du noch Zähne?

Chremylos.
                                        Das errathe wohl
Auch ich, denn sie hat drei vielleicht, auf das Höchste vier.

Jüngling.
Bezahle nur; Einen einz'gen Backzahn führt sie noch.

Mütterchen.
Muthwilligster, nicht recht bei Sinnen scheinst Du mir,
Dass Du vor so viel Männern mich zum Spülnapf machst.

Jüngling.
Dich abzuspülen brächte keinen Schaden Dir.

Chremylos.
Doch wahrlich, denn jetzt tritt verführerisch sie auf,
Spüle aber Jemand ab, was sie an Schminke trägt,
Zu Tage liegen ihrer Reize Trümmer dann.

Mütterchen.
So alt Du bist, scheinst Du doch nicht bei Sinnen mir.

Jüngling.
Er will Dich wohl verführen, seine Hand verlor
Zu Deinem Busen sich, weil er meint, ich merk' es nicht?

Mütterchen.
Nicht doch, bei Aphrodite, unverschämter Mensch.

---

1) Wahrscheinlich Paar oder unpaar wie oben (817) die Sclaven
des Chremylos.

Chremylos.
Nein, bei der Hekate,—toll und thöricht müßt' ich seyn,
Doch, junger Mann, nicht darfst Du diesem Mägdelein
Mit gram seyn.

Jüngling.
Gram? Über alle Maaßen lieb' ich sie.

Chremylos.
Doch führt Beschwerd' über Dich sie.

Jüngling.
Weß beschwert sie sich?

Chremylos.
1015 Du rief'st ein Muthwill'ger und ließest sagen ihr:
Vor Zelten hielten brav sich die Milefier.

Jüngling.
Mit Dir um sie mich streiten mag ich nicht.

Chremylos.
Weßhalb?

Jüngling.
Aus frommer Scheu vor Deinem hohen Alter, denn
So etwas säh' ich nimmer einem Andern nach.
1020 Jetzt geh' unangefochten; Nimm das Mägdelein.

Chremylos.
Ich merk', ich merke, Dir gelüstet wohl nicht mehr
Mit ihr zu kosen.

Mütterchen.
Wer ist's, der über mich verfügt?

Jüngling.
Nicht der Rede würd'g' ich sie, die Abgegriffene,
Seit tausenden von Jahren und zehntausenden.

Chremylos.
1025 Deß ungeachtet, da der Wein Die mundete
Zum Trunke, leere Du nun auch den Hefensatz.

Jüngling.
Doch ist zu alt die Hef' und widrigen Geschmacks.

Chremylos.

Je nun, ein Schweißtüchlein hälfe dem wohl ab.

Jüngling (zu Chremylos).

Doch komm herein mit mir. Dem Gotte möcht' ich ja
Der Kränze Gabe, die ich hier ihm bringe, weih'n.

Mütterchen.

Desgleichen hab' auch ich etwas ihm zu vertrau'n.

Jüngling.

Dann geh' ich nicht hinein.

Chremylos.

                    Getrost, besorge nichts,
Nicht zwingen wird er Dich ¹).

Jüngling.

                    Du giebst mir guten Trost,
Denn lange g'nug war ich bereits zu Diensten ihr.

Mütterchen (für sich).

Geh nur; Wenn Du erst d'rinnen bist, dann komm ich nach.

Chremylos.

Wie fest doch haftet, Herrscher Zeus, das Mütterchen,
Gleich Austern an der Felsbank, an dem jungen Mann.

(Chremylos, der Jüngling in das Haus, ihnen folgt das Mütterchen.
, Tanz des Chors, wie am Schlusse des vorigen Acts.)

---

¹) Seltsam genug ergänzen, von einer Erklärung des Scholiast ver-
leitet, Boß und Droysen bei ἄνουσα (σε) ἡ γραῦς und denken an
Nothzucht, die der Jüngling von dem Mütterchen etwa besorgen kann.
Nicht ἡ γραῦς sondern ὁ θεός ist zu ergänzen. Der Gott wird Dich
nicht zwingen, den Umgang mit dem Mütterchen fortzusetzen; Er wird
Dir seine Gabe nicht entziehn, wenn Du auch diesen Umgang abbrichst.

Fünfter Act.

Erste Scene.

Hermes. Karion. Der Chor.

Hermes, von der Stadtseite kommend, hat sich während der Tänze des Chors der Thür des Chremylos genaht und angeklopft.

Karion (von innen, mit barscher Stimme).
Wer ist's, wer klopfet an die Thür?
(Heraustretend und den Hermes, der schüchtern zurücktrat, nicht
bemerkend.)
                                    Was war denn das?
Niemand, so scheint es; sicherlich das Pförtchen da
1105 Erdröhnte zufällig nur (er will in das Haus zurückgehen).
Hermes (ihm nachrufend).
               Dir gilt es traun,
He, Karion, verziehe.
Karion.
          Sage mir, guter Freund,
'Warst Du es, der so heftig an die Thüre schlug?
Hermes.
Nicht doch, ich wollt' es, doch öffnend kamst Du mir zuvor.
Lauf aber und rufe Deinen Herrn mir schnell heraus,
1110 Sodann die Hausfrau auch zusammt den Kinderchen,
Sodann die gesammte Dienerschaft, und auch den Hund,
Dich selber dann, das Schwein darauf.
Karion.
                  Ei, sage mir,
Was giebt es denn?
Hermes.
              Zeus ist, Du Bösewicht, gewillt,
Indem in einer Pfann' er Euch zusammenrührt,
1115 Euch in das Barathron¹) zu schleudern insgesammt.

1) S. zu B. 131.

Karion.

Die Zunge schneidet man solcher Botschaft Herold' aus [1]).
Aus welchem Grund ist aber er uns das zu thun
Gesonnen?

Hermes.

Dieweil der Frevel allerärgsten Ihr
Verübtet; denn seit Der von Neuem sehend ward,
Plutos, nicht bringet Weihrauch oder Lorbeerreis,
Festkuchen, Opferthier — das Geringste nicht,
Jemand uns Göttern dar.

Karion.

Und wird, beim Zeus, hinfort
Es nicht; denn schlecht habt Ihr bisher für uns gesorgt.

Hermes.

Und minder kümmert mich der andern Götter Loos;
Doch daß ich selbst darb' und verkümmere.

Karion.

Ei, wie klug!

Hermes.

Denn vordem hatte bei den Weinschenkinnen ich
Von früh an alles Gute, Weinmuß, Honig auch
Und Feigen, eine Kost, wie sie dem Hermes ziemt;
Jetzt aber hab' ich, hungrig eingekauert, Rast.

Karion.

Nicht etwa von Rechtswegen, da zu Schaden oft
Du sie hier so viel Gutes brachtest?

---

1) Mit besonderer Beziehung darauf, daß dem Hermes, dem Gott
der Rede, von den Opferthieren die Zunge geweiht war.
        Hermes Du wohlredendster Sproß des Ias,
        Der der urwelt Menschen aus rohem Anfang
        Durch des Wortes Weisheit —
                                    — gebildet.
    Horat. Od. I, 10, I.
    Wie also sonst ihm, aus Opfer der Opferthiere Zunge ausgeschnitten
wurde, so soll er jetzt ihm selbst, nicht dem Unglücklichen, wie Das
meint, sondern dem bereit solche Schmach geschehn.

Hermes.

Wehe mir!
O wehe des Kuchens, den am vierten man mir buk [1]).

Karion.

„Du erſehneſt was dahin iſt, rufſt es umſonſt zurück" [2]).

Hermes.

O wehe des Feſtbratens, den ich ſchmauſete!

Karion.

1190 Mache Deinen Feſtſprung unter freiem Himmel hier.

Hermes.

Der dampfenden Eingeweide, die ich ſchmauſete!

Karion.

In die Eingeweide ſchneidet, ſcheint es, Dir der Schmerz.

Hermes.

O wehe des Bechers, zu gleichen Theilen mir gereicht [3])!

Karion (einen Becher Weins ihm reichend).

Da nimm noch dieſen Trunk, dann mache Dich eilig fort.

Hermes.

1195 Erzeigſt wohl einen Gefallen Deinem Freunde Du?

Karion.

Wenn Du etwas wünſcheſt, worin ich kann gefällig ſein.

Hermes.

Wenn Du mir ein wohlausgeback'nes Waizenbrod
Zum Imbiß ſchaffen wollteſt, und ein tücht'ges Stück
Vom Opferfleiſche drinnen.

---

1) Der vierte jedes Monats war in dem Feſtreichen Athen dem Hermes geweiht, ſowie der achte, wie wir oben ſahen, dem Theſeus.

2) Worte, die dem Herakles, als er in Myſien auf dem Argonautenzugs ſeinen von den Nymphen entführten Liebling ſuchte, vom Himmel entgegentönten und dann zum Sprüchwort wurden, etwas unwiederbringlich Verlorenes zu bezeichnen.

3) Zu gleichen Theilen, nämlich Waſſer und Wein. Eine ſtarke Miſchung, die gewöhnliche war drei Fünftel Waſſer zu zwei Fünftel Wein. Ritter 1187.

Karion.
Da darf nichts heraus.

Hermes.
Und doch, wenn Du ein Stückchen Hausrath Deinem Herrn
Entwendetest, schaffe' ich, daß unbemerkt es blieb.

Karion.
Damit Dir selbst Dein Antheil werde, arger Schelm;
Denn stets fiel Dir ein ick'res Honigplätzchen zu.

Hermes.
Das Du hernach auch selber wohl verzehrtest.

Karion.
Hast Du doch auch die Prügel nicht mit mir getheilt,
Ward über irgend einen Schelmstreich ich ertappt.

Hermes.
Laß das Vergang'ne ruh'n, da Phyle Du gewannst¹);
Nehmet, bei den Göttern, mich zum Hausgenossen auf!

Karion.
Hier bleiben und die Götter verlassen wolltest Du?

Hermes.
Ist Alles doch bei Euch hier weit vorzüglicher.

Karion.
Den Überläufer machen dünkt anständig Dir?

Hermes.
Die Heimat ist stets da, wo es uns wohl ergeht²).

---

1) Thrasybulos flüchtete vor den 30 Tyrannen nach dem an der böotischen Grenze gelegenen attischen Castell Phyle und bewirkte von da aus seine und seiner Genossen, deren sich über 1000 zu ihm gesunden hatten, Rückkehr. Die solonische Verfassung ward wiederhergestellt und beide Parteien sicherten sich Vergessenheit des Vergangenen zu. Auf eine ähnliche Amnestie macht hier Hermes Anspruch. Das geschah 404, demnach konnte auch dieser Vers nicht in der ersten Ausgabe des Plutos stehen, die bereits 408 zur Aufführung kam.

2) Einer Tragödie entlehnte Worte. Denselben Gedanken finden wir bei Cicero (Tusc. V. 37) von einem römischen Dramatiker, dem Trucer in den Mund gelegt: Patria est ubicunque est bene.

Karion.

Was könntest Du uns nützen, wenn Du bei uns bliebst?

Hermes.

Laßt mich vor Eurer Thür als Angelhüter steh'n.

Karion.

1135 Als Angelhüter? Zu erangeln giebt's nichts mehr.

Hermes.

Als Handelsschirmherrn denn?

Karion.

Wir sind ja reich, wozu
Um zu bereichern uns des Hermes Hökenkram?

Hermes.

Als Hort des Trugs demnach.

Karion.

Des Trugs? Am wenigsten,
Nicht thut der Trug jetzt, sondern Sitteneinfalt Noth.

Hermes.

1140 Nun dann als Führer.

Karion.

Der Gott erlangte das Gesicht,
So daß hinfort des Führers er nicht mehr bedarf.

Hermes.

So werb' ich Kampfspielsordner. Was entgegnest Du?
Denn keine Feier zu begeh'n ziemt Plutos mehr,
Als Wettkampf in der Musenkunst und Körperkraft.

Karion.

1145 Wie gut, wenn man ein Vielfachzubenannter ist;
So klügelte sich dieser ein Erwerbchen aus,
Nicht ohne Grund seh'n so die Richter alle sich
Gern unter mehreren Buchstaben aufgeführt ¹).

Hermes.

Nun unter der Bedingung tret' ich ein.

---

¹) S. zu S. 277.

Karion.

      Geh' hin
Und spüle die Därme selber an dem Brunnen aus¹),   1110
Damit Du als dienstfüchtig Dich sogleich bewährst.

Zweite Scene.

Die Vorigen. Ein Priester des Zeus und gleich darauf Chremylos.
Später Plutos und Alle, die bisher auftraten, mit Ausnahme des
Angebers, nebst Anderen.

Priester.
Wer sagt mir zuverlässig, wo ist Chremylos?

Chremylos (im Herantreten).
Wie steht's, mein Bester?

Priester.
    Ach, wie soll es steh'n? Spottschlecht.
Denn seit der Zeit, daß Plutos da zu seh'n begann,
Vergehe vor Hunger ich, denn zu essen hab' ich nichts, 1115
Trotz dem, daß ich Zeus', des Erretters, Priester bin.

Chremylos.
Was, um den Götter Willen, ist davon der Grund?

Priester.
Niemand will fürder opfern.

Chremylos.
    Ei, weswegen denn?

Priester.
Weil Alle reich geworden sind; doch ehemals,
Als sie nichts hatten, da kehrt' heim ein Handelsmann 1120
Und bracht' ein Rettungsopfer dar, ein Anderer

---

¹) Jeder Schmaus war ein den Göttern bezeugtes Opferfest. Jetzt
soll derjenige selbst, dem sonst geopfert wurde, die niedrigsten Dienste
bei der Vorkehrung zu solch einem Feste verrichten. Fast derselbe
Gegensatz, wie oben bei der Wurst.

Der Klag entgangen; Mancher begieng ein Fest des Danks
Und lud auch mich, den Priester. Nicht ein Einziger
Kommt, das geringste Opfer darzubringen, jetzt.
1180 Doch and'res Drang's sich zu entled'gen Tausende.

Karion.

Davon wird Dir denn doch auch das, was Dir gebührt?

Priester.

D'rum bin ich selbst gekommen, dem Erretter Zeus
Ein Lebewohl zu sagen und hierher zu zieh'n.

Chremylos.

Getrost, so Gott will, endet Alles glücklich noch,
1190 Denn hier bei uns fand der Erretter Zeus sich ein.

Priester.

Aus eig'nem Antrieb? Alles Heil verkündest Du.

Chremylos.

So führen wir sogleich ihn ein.
(Den Priester, der, seinen Zeus zu begrüßen im Begriff ist in Chre-
mylos' Haus einzutreten, zurückhaltend.)
So warte doch —
Den Plutos, wo zuvor schon er einheimisch war,
Des Pallastempels Anbau[1]) schirmend für und für.
1195 Es bringe Jemand brennende Fackeln von drinnen uns,
Mit denen dem Gotte Du voranzieh'st.

Priester.
                                    Allerdings

Muß das geschehn.

Chremylos.
                    Es rufe den Plutos Einer heraus.

Mütterchen.

Doch was fang' ich an?

Chremylos.
                       Nimm die Töpfe Du, womit

_____

[1]) Auf der Akropolis, wo der öffentliche Schatz aufbewahrt wurde:
Hier thront am Passendsten der Gott des Reichthums.

Wir den Gott einführen wollen, auf den Kopf, und trag'
In Züchten sie; Du kannst ja schon in buntem Schmuck¹).   1490

Mütterchen.

Doch was hiether mich führte?

Chremylos.
                              Alles soll geschehn.
Besuchen wird zu Abend Dich Dein junger Freund.

Mütterchen.

Ja wenn, beim Zeus, das nur Du mir verbürgen willst,
Er werde mich besuchen, trage die Töpf' ich gern.

Chremylos.

Bei diesen Töpfen findet kaum das Gegentheil   1495
Wie bei den andern statt: Bei andern Töpfen ist
Der graue Schaum zu oberst; aber diese hier
Sieht man vom grauen Saum zu unterst rings umkränzt.

Der Gesammtchor (indem der Zug sich in Bewegung setzt).

So geziemet denn nun nicht länger Verzug auch uns, wie
                              treten zurück setzt,
Raum gebend dem Zug', ihm selber sodann mit frohem Ge-   1500
                              sange zu folgen.

---

1) So war die verbuhlte Alte erschienen, wie im Spätherbst Wald
und Flur.

Z u s a t.

Durch ein Versehen des Abschreibers fiel folgende, zu W. als gehörige An=
merkung aus:

2) Nach Herakles' Tode verfolgte Eurystheus dessen Kinder, die sich
mit ihrer Großmutter Alkmene zu Mykenä aufhielten. Diese flüchteten
zuerst nach Trachin, zu ihres Vaters Gastfreunde Keyx; Aber dieser
getrauete sich nicht gegen den mächtigen Eurystheus sie zu schützen; So
wandten sie sich also nach Athen, wo nach Apollodor und Pausanias
Theseus, nach Euripides Démophon herrschte, und suchten Zuflucht am
Altare der Barmherzigkeit, oder nach Euripides an dem des Zeus am
Markte. Mit Erfolg gewährten Ihnen, wie Isokrates im Panegyrikos
lobpreisend erwähnt, die Athener den erbetenen Schutz. Nun ist der
Schluß zu unserer Stelle ungewiß, ob hier von einem Tragiker oder
Mahler Pamphilos die Rede sei. Das Letztere ist wahrscheinlicher;
denn theils wird kein Tragödienschreiber dieses Namens sonst genannt,
theils hätte Aristophanes, da auch Euripides in den noch vorhandenen
Herakliden diesen Stoff behandelt, die Gelegenheit diesem einen freund=
schaftlichen Stich zu versetzen, schwerlich unbenutzt gelassen. Ehrenrap=
los bezieht sich also auf ein jedem Zuschauer wohlbekanntes Gemälde
des Pamphilos in der Poikile.

II.

Die Wolken.

Aufgeführt Olymp. 89, 1; 424 v. Chr.

Perſonen.

Strepſiades, ein atheniſcher Landwirth.
Pheidippides, deſſen Sohn.
Sokrates.
Schüler des Sokrates.
Der Anwalt des Rechts.
Der Anwalt des Unrechts.
Paſias } Gläubiger des Strepſiades.
Amynias }
Ein Zeuge.
Diener des Strepſiades.
Chor der Wolken.

Einleitung.

Als der Philosoph Xanthos — erzählt uns Planudes — seine Schüler einst zu einem Frühstück eingeladen hatte, befahl er seinem Sclaven, dem bekannten Fabeldichter Äsop, dazu das Beste einzukaufen und dieser setzte Zungen und nichts als Zungen auf, und wiederholte dasselbe, als sein Herr Tages drauf bei derselben Veranlassung ihm das Schlechteste aufzutragen gebot: Denn von der Zunge komme dem Menschen das größte Heil und Unheil, demnach sei sie des Körpers bester und und schlechtester Theil.

An diese Anekdote erinnern uns die Wolken des Aristophanes. Keines seiner Lustspiele hat ihm bei der Nachwelt größern Nutzen, keines größern Schaden gebracht; denn keines hat seinen Dichterruhm mehr erhöht, seinen Namen weiter verbreitet, zugleich aber auch keines bei Vielen seinen Charakter als Mensch in ein so zweideutiges, ja entschieden ungünstiges Licht gesetzt und dadurch die Tendenz seiner Lustspiele überhaupt verdächtigt, als dieses *). Erst gegen das Ende des vorigen

---

*) Bei des Dichters Zeitgenossen trat insofern gerade der umgekehrte Fall ein, als, wie wir in dem Folgenden sehen werden, die erste, zunächst dem dichterischen Werthe des Stücks geltende Aufnahme eine ungünstige war; der Angriff auf Sokrates dagegen so wenig ein nachtheiliges Licht auf den Charakter des Aristophanes zu werfen schien, daß selbst Jeder, so wie dessen Freunde mit Diesem in dem besten Vernehmen blieben.

Jahrhunderts und noch mehr in dem gegenwärtigen haben G.
Hermann, Fr. Jakobs, F. G. Welcker, Orol, der englische
Übersetzer Mitchel, v. Süvern, Rötscher u. A. unsern Dichter
auch in letzterer Hinsicht, zum Theil mit sehr gewichtigen Gründen
zu rechtfertigen gesucht*); denn es konnte schon der weitgepriesene
und allbekannte Name des Philosophen, dem eine der Haupt-
rollen in unserm Lustspiel zugetheilt ist, ja selbst der Zusammenhang, den man, größtentheils mit Unrecht, zwischen Diesem und
der ungerechten Anklage und Verurtheilung des weisen Sokrates
finden wollte, die Aufmerksamkeit späterer Jahrhunderte vorzüglich auf dieses Stück; und es fand sich da also erregte
Aufmerksamkeit nicht blos durch des Lustspiels innere Trefflichkeit befriediget — der Dichter selbst, den ja wohl nur Allen
ein Urtheil über den relativen Werth seiner Erzeugnisse zusteht,
erklärt es (423) für sein gelungenstes und gesicht, es habe ihm
die meiste Mühe gekostet*), — sondern auch durch einen Stoff
geeignet bei einer glücklichen Behandlung in jedem Volke und
zu jeder Zeit die Theilnahme zu wecken und stets rege zu
erhalten.

Denn sollten nicht, wenn nur die Aristophanesse nicht so
dünn gesät wären, die Hauptelemente unserer Wolken sich mu-
tatis mutandis mit günstigem Erfolge noch jetzt auf jede Bühne
des gebildeten Europa oder Nordamerika zurückbringen lassen?
Sollte ein schlichter, aber aller feinern Bildung ermangelnder
Landwirth, der durch eine seinem Stande nicht angemessene
Heirath und die vornehmen und kostspieligen Liebhabereien des

---

*) Wie Bode (Geschichte der dramatischen Poesie der Hellenen, Bd. II,
S. 318) sagen könne: die Vertheidigung des Aristophanes habe schon
Bitand im attischen Museum (Bd. 3, 1. 3, 87—100) mit vieler
Gewandheit geführt, ist unbegreiflich. In diesem Sinne ließ sich auch
von G. Fichte behaupten, er sei in „Fr. Nicolai's Leben und Meinungen"
als dessen Lobredner aufgetreten. Und allerdings sagt auch A. W.
Schlegel als Herausgeber dieser echt aristophanischen Production des
großen Philosophen: Herr Nicolai könne es Fichte nicht genug danken,
daß dieser auf ihn als ein wirklich existirendes Wesen reflectirt habe.

*) In den Wespen (1047) schwört er sogar bei seinem Schutzpatron
Dionysos, bessere Verse seien auf der komischen Bühne nie vernommen
worden.

vergangenen Eibachens tief in Schulden gerathen ist und per
son er nebst von seinen Manichäern sich zu retten sucht; Ein
alter Knabe, der ohne alle Vorkenntnisse und Naturanlage noch
in späten Jahren bei einem klessinigen Denkgrübler in die
Schule gehen will und nun natürlich die größte Unbeholfenheit
dabei zu Tage legt, und auf die drolligste Weise die seinen
Horizont weit überschreitende Unterweisung mißversteht; Ein
mit leichter Fassungskraft begabter und durch seine bisherige
Er- oder Betriehung darauf wohlvorbereiteter Jüngling, der
sich mit der größten Leichtigkeit in die dialektischen Spitzfindigkeiten und täuschenden Kunstgriffe seiner Lehrer zu finden weiß,
der aber, indem er die so erlangten Waffen wider Erwarten
gegen Den kehrt, der ihn damit ausrüsten ließ, das Verderbliche
der neumodischen Unterweisung begreiflich macht; Sollte der im
ganzen Stücke, vornehmlich aber in den Wechselreden der beiden
Anwälte, des Rechts und Unrechts, der guten alten und der
verdorbenen neuen Zeit hervorgehobene Contrast zwischen der
strengen, aber kräftigenden Zucht einer noch wenig gebildeten
Vorzeit und der schlaffen, verweichlichenden Afterbildung der
Gegenwart; Sollten diese Stoffe, mit aristophanischer Laune
und einer Fülle des Witzes behandelt, wie wir sie vor andern
Lustspielen unsres Dichters über dasjenige ausgegossen sehn,
dem er, wie gesagt, selbst den Preis vor seinen frühern zuer-
kannte, nicht auch noch gegenwärtig Anklang und eine günstigere
Aufnahme finden, als zufällige Nebenumstände sie den Wolken
zu Theil werden ließen? Welches andre Stück unsres Dichters
möchte sich so zu einer poetischen Wiedergeburt eignen, welches
andre so viel Ansprechendes auch für diejenigen enthalten, die
nicht so glücklich waren, Zeitgenossen und Landsleute unsres
Dichters zu sein?

Was Wunder also, wenn von der Nachwelt, in Überein-
stimmung mit dem Dichter selbst, ziemlich einstimmig seine
Wolken in dichterischer Hinsicht jedem andern seiner Lustspiele
vorgezogen wurden? Was Wunder, wenn selbst eine Dame,
Tanaquil Faber's gelehrte Tochter, Madame Anna Dacier,
sich von denselben so angezogen fühlte, daß sie, ungeachtet
manches für weibliches Zartgefühl ziemlich anstößigen Einfalle
dieses ungezogenen Lieblings der Grazien, sie nicht weniger als

200 mal vom Anfang bis zu Ende durchgelesen zu haben
versichert. Wenn vor wenig Jahren erst Forchhammer[1], den
freilich fein, wie es uns bedünkt, mißlungener Versuch, die Anklage und Verurtheilung des Sokrates zu rechtfertigen, einem
Stücke geneigt machte, in welchem diesem eine so unwürdige
verächtliche Rolle zugetheilt ist, die Wolken für Aristophanes
größtes Meisterwerk, für das tiefste Gedicht aller Völker und
Zeiten erklärt, das von einem mächtigen Geist durchdrungen
sei, der wie ein Gott über der Menge, über der Welt der
Veränderungen schwebte, von Weisheit erfüllt, als wohne der
Geist in dem Dichter, der später im Aristoteles zum Philosophen wurde?

Dagegen war die Aufnahme, welche die Wolken in Athen
fanden, eine keineswegs günstige[2]. Sie wurden im Frühlinge,
Olymp. 89, 1, 424 v. Chr., an den großen Dionysien aufgeführt und von der Weinflasche des Kratinos und dem Konnos
des Ameipsias[3] besiegt[4]. So schwierig es auch sein dürfte,
nach beinahe 2300 Jahren, und ohne die Lustspiele, die den
Wolken vorgezogen wurden, damit vergleichen zu können, nachzuweisen, warum bei allen Trefflichkeiten, deren die Wolken sich
erfreuen, diesen von den Kampfrichtern die letzte Stelle ange-

----

[1] Die Athener und Sokrates, die Gesetzlichen und die Revolutionair
von P. W. Forchhammer. Berlin, 1837. 8. 51 f.

[2] Das erhellt nicht blos aus mehrern der Inhaltsanzeigen aller
Grammatiker, deren wir wenigstens noch acht besitzen, sondern auch
aus des Dichters eignen Worten 523, 4.

[3] Unter Konnos ist — nach I. Hemsterhuys (ad Polluc. IV, 1359)
wahrscheinlicher Vermuthung — ein Musiklehrer des Sokrates dieses
Namens zu verstehen. Aus diesem Stück sind wohl die ebenfalls gegen
Sokrates gerichteten Verse entlehnt, die Diogenes Laertius (II, 28)
anführt:

Σώκρατες ἀνδρῶν βέλτιστε ὀλίγων (l. ἀλόγων).

Diese Verse und der Umstand, daß der Chor in diesem Stücke
nach Athenäus (V. 218 c.) aus Denkgrüblern (Phrontisten) bestand,
lassen es kaum bezweifeln, das dasselbe in Bezug auf Sokrates eine
den Wolken ähnliche Tendenz hatte. Auch durch seine Konnos trug
Ameipsias über des Aristophanes Vögel den Sieg davon.

[4] Das griechische Drama. S. 70.

wiesen macht, so machen doch einige Umstände es wenigstens
sehr begreiflich, wie der vielleicht 91jährige Kratinos durch seine
Weinflasche den ersten Preis davon tragen konnte.

Erstens hatte der alte Zecher, den das Jahr zuvor Aristophanes in den Rittern gewissermaßen für unwohl erklärt
hatte, indem er es den Athenienfern zum Vorwurf machte, daß
sie ihren alten Liebling, der eine Stelle im Prytaneion verdient,
verdursten ließen, auf eine so geistreiche Weise sich selbst mit
seiner Liebe zum Becher zum Besten gegeben[*] und so schlagend
wie Sophokles durch seinen Oidipus auf Kolonos, den Beweis
geführt, daß der alte Geist nicht von ihm gewichen sei, die
Erscheinung, daß ein so hochbejahrter Greis eine so glückliche
Erfindungskraft und soviel Witz und Laune entwickelte, war eine
so seltene und überraschende, daß wir es kaum mit Wieland[*]
als eine Anwandlung mitleidiger Großmuth anzusehen brauchen,
daß sie diesem Spätling der kratinischen Muse den Preis zuerkannten.

Zweitens können wir zwar nicht mit Forchhammer der
Meinung Süvern's beistimmen, der in dem Pheidippides nicht
blos den Alkibiades erblickt, sondern (S. 20) sogar behauptet;
Sokrates trete nur des in der Person des Pheidippides bezeichneten Alkibiades willen auf; denn dieser wird vom Geschicht-
schreiber des peloponnesischen Krieges, als er vier Jahre nach
Aufführung der Wolken seiner zuerst erwähnt[*], als sehr jung
bezeichnet und konnte also damals seinen Mitbürgern schwerlich
bekannt genug sein, um auf der komischen Bühne aufgeführt
und von der Mehrzahl ohne eine deutlichere auf ihn hinweisende
Bezeichnung, an der es der Dichter gewiß nicht, hätte er wirklich den Alkibiades im Sinne, fehlen ließ, erkannt zu werden[*].

[*] Das gr. Drama, S. 71.

[*] Att. Mus., Bd. II, H. 3, S. 68.

[*] Thuc. V, 43.

[*] Wir wollen keineswegs in Abrede stellen, daß manche der von
Süvern mit Scharfsinn aufgestellten Gründe sehr viel Scheinbares
haben, doch gibt es auch manche sehr schwache barunter; z. B. die
ähnliche Bildung der Namen Pheidippides und Alkibiades; daß ferner

13 *

Aber selbst der Verfasser der zweiten den Wolken vorgesetzten
Inhaltsangabe behauptet, der Anhang, den Sokrates unter der
vornehmen atheniensischen Jugend — unter dieser nennt auch
er den Alkibiades und seinen Anhang — hatte, habe dem
Dichter den Preis entzogen und der Schilderung, die in unsern
Wolken der Anwalt des Rechts von dem vorlauten und an-
maßenden Wesen der Jünglinge der damaligen Zeit entwirft,
steht mit einer solchen Angabe keineswegs in Widerspruch.

Drittens endlich enthält zwar ein ziemlich ausführlicher
Bericht, den uns der Anekdotensammler Aelian[*) über die Veranlassung und Aufführung der Wolken giebt, manches offenbar
Irrige und Verkehrte, aber eine von ihm beigebrachte Anekdote
ist so ergötzlich, hat so viel innere Wahrscheinlichkeit und macht
zugleich eine so ausreichende Erklärung für die kalte Aufnahme,
welche die Wolken fanden, abgeben, daß wir ihr nicht allen
Glauben, noch uns es versagen können, sie unsern Lesern
mitzutheilen[*).

Sokrates hatte, wie natürlich, vorher erfahren, welche Ehre
ihm vom Aristophanes, ja vielleicht auch vom Ameipsias zugedacht sei und so selten er sonst, wenn nicht etwas vom Euripides aufgeführt wurde[*), den dramatischen Vorstellungen

---

auch, nicht etwa des Alkibiades Mutter, sondern dessen Gattin Hipparete
ein Roß (Hippos) in ihrem Namen führe, wie es des Strepsiades
Frau des Sohnchens Namen beigefügt wissen will (V. 64). Wenn
aber Forchhammer durch das nicht einmal mit dem Namen κλέων bezeichnete Lager, auf welchem Strepsiades zuerst erscheint, den wahren
Namen des Strepsiades, Kleinias angedeutet glaubt, so kann man sich
nicht umhin, diese Art zu schließen lächerlich zu finden. Wie konnte
ferner Aristophanes, wenn er in Pheidippides den Alkibiades verspotten
wollte, diesen zum Sohne eines armen Landmannes machen, ihn den
Neffen des Perikles, dessen edle Herkunft Thukydides in der oben angeführten Stelle ausdrücklich rühmt?

*) Var. Hist. II, 13.

*) Eine vom Diogenes Laërtius (II, 18) angeführte Meinung be-
zeichnet ihn sogar als Mitarbeiter an mehreren Tragödien des Euripides. S. Anm. zu Woll. 104.

*) Der Übersetzer erlaubt sich um so eher, zur Gemüthergötzlichkeit
seiner Leser, eine Anekdote aus seinen Jugenderinnerungen theile hier

beizuwohnen pflegte, dieses Mal hatte er, um zu zeigen, wie
wenig er einem solchen Angriff achte und zu scheuen brauche,
eine Stelle eingenommen, wo er von einem großen Theile der
Zuschauer gesehen werden konnte. Ja, als unter den anwesenden Fremden ein Zischeln sich erhob, indem Mancher gern
wissen wollte, wer denn der in den Lüften schwebende Denkgrübler und Rechtsverdreher sei, stand er von seinem Sitze auf
und gestattete, indem er stehend der ganzen Vorstellung beiwohnte, Jedem, eine Vergleichung zwischen dem Ur- und dem
auf der Bühne agirenden Afterbilde anzustellen. Konnte nun
wohl dieses dabei gewinnen, und giebt es wohl ein sichreres
Mittel, den schärfsten Pfeilen des Witzes die Spitze abzubrechen,
als die ruhige Gleichgültigkeit dessen, auf den sie gerichtet sind?
Konnte und mußte demnach nicht auch dieses Benehmen des
Sokrates von Einfluß auf den Ausspruch der Kampfrichter
sein? Daß Aristophanes durch diese ungünstige Aufnahme sich
bewogen fand, sein Lustspiel für eine zweite Aufführung um-
zuarbeiten, geht aus mehrern Stellen der alten Grammatiker

---

aufzurischen, da die beiden Hauptpersonen, sollten sie auch für Manchen
nicht schwer zu errathen sein, längst nicht mehr unter den Lebenden
sich befinden. In den letzten Jahren des ersten Jahrzehnts unsers
Jahrhunderts hatte sich eine Gesellschaft junger Leute zu einem Lieb-
habertheater vereinigt. Unter diesen befand sich, neben manchen andern
für diesen Zweck von der Natur Begünstigten, ein junger Mann, der
in einem ausgezeichneten Grade das Talent besaß, Jeden, der ihm
irgend lächerlich erschien, Haltung, Sprache, Geberden auf das Täu-
schendste zu contrefeien. Kotzebue's armer Poet sollte aufgeführt
werden; mein mimischer Freund hatte die Rolle Lorenz Kindlein's
übernommen und bildete in derselben einen in nicht minder bedrängten
Umständen, wie Kindlein lebenden sehr excentrischen und der lächerlichsten
Eigenthümlichkeiten die Fülle bietenden Romanschreiber treulich nach.
Des Romantikers Garderobe war nicht reicher ausgestattet, als wahrscheinlich die des Sokrates. Man konnte also im Voraus wissen, wie
gekleidet er, zur Vorstellung eingeladen, erscheinen werde. In der Zuschauer erster Reihe ward ihm die mittelste Stelle angewiesen und nun
hatten wir, wie einst die Athenienser, wenn die Anekdote Älian's wahr
ist, die Freude, das Original und die ihm auf der Bühne gegenüber-
agirende in der Kleidung und allem Übrigen zum Sprechen treue Copie
miteinander fortwährend vergleichen zu können, ohne daß des Scherzes
Gegenstand es inne geworden wäre, daß er hier tragirt werde.

und Scholiasten hervor, am Deutlichsten und Zuverlässigsten aber aus der offenbar für eine zweite Aufführung bestimmten Anrede der Chorführerin an die Zuschauer (117 — 66). Ob sowohl Jene, als spätere Erklärer und Übersetzer sind darüber, ob diese Aufführung wirklich stattgefunden habe, geteilter Meinung. Ohne uns nun in eine hier zu weit führende und unserm Zwecke wenig entsprechende Erörterung dieser Streitfrage einzulassen, stimmen wir der Ansicht Derjenigen bei, die die Wolken, wie wir sie gegenwärtig besitzen, als von einem spätern, verständigen Anordner aus der ersten und zweiten Bearbeitung zusammengefügt, ansehen. Denn wer da meinen wollte, wir besäßen die zweite Ausgabe, dem würde schon B. 542 unter legen; da wird das mit Fackeln Herumlaufen und der Komos Ju, in, als in unserm, nämlich in der Bearbeitung für die jene Anrede an die Zuschauer bestimmt war, nicht vorkommend angeführt, während jedoch das Eine unser Stück eröffnet, das Andre es beschließt.

Aber wie? Dürfte hier mancher unsrer Leser einwerfen, Unter den Gründen, die den Wolken den ersten und zweiten Preis entzogen und ihnen, wie vor Allem die mehrerwähnte für eine zweite Aufführung bestimmte Anrede der Chorführerin an die Zuschauer besagt, eine unverdient ungünstige Aufnahme bereiteten, wird das nicht mit angeführt, was später dem Dichter so herben Tadel zuzog und selbst seinen Charakter bei Seite in ein so ungünstiges Licht stellte? Daß er nämlich seine Angriffe gegen einen Mann richtete, der zuerst die Philosophie vom Himmel auf die Erde herabrief und sie in die Wohnungen der Menschen einführte*), d. h. von der Betrachtung der Gestirne und der Joniker und Sophisten metaphysischen und dialektischen Spitzfindigkeiten, die Aufmerksamkeit der Denker auf erfreulichere und fruchtbarere Gegenstände hinlenkte, auf das Reinmenschliche, das Gute und Sittlichschöne, unsre Bestimmung und Pflichten, unser Verhältniß zu Gott und den Zustand der Seele nach dem Tode; Gegen einen Mann, den nicht blos die Alten als den Erhalter und Begründer desjenigen Theils der Philosophie ansahen, den sie mit dem Namen der Ethik be-

_____
*) Cic. Tusc. V. 4.

zeichneten ᵇ), den nicht bloß Apollon durch den Mund der
Pythia für den weisesten der Menschen erklärte ᶜ), sondern der
auch zugleich sein in jeder Hinsicht untadeliges Leben zum
Zeugen der von ihm vorgetragenen Wahrheiten machte und
später selbst durch seinen Tod, wie sehr er von ihnen durchdrungen sei, beurkundete.

Aus doppelten Gründen glauben wir behaupten zu dürfen,
daß das eben Angeführte auf die ungünstige Aufnahme der
Wolken einen sehr geringen oder gar keinen Einfluß hätte.

1) Als unser Lustspiel, etwa 24 Jahre vor Sokrates' Tode,
auf die Bühne kam, stand dieser, gegen den nicht, wie wir in
dem Folgenden ausführlicher nachweisen werden, der Hauptan-

ᵇ) Diog. Laërt. III, 56. In dieser Stelle, die wir bereits in der
allgemeinen Einleitung (S. 12. Note 78) zum Theil anführten, vergleicht
Diogenes die Fortschritte der Philosophie mit denen der Tragödie: der
Vortrag in der Philosophie war anfangs auf Einen Gegenstand beschränkt (ἁπλοειδής), das Physische (wie in der Tragödie anfangs nur
Ein Schauspieler, der Protagonist, mit dem Chore Reden wechselte);
einen zweiten fügte Sokrates hinzu, das Ethische (so Äschylus den
Deuteragonisten); einen dritten Platon, das Dialektische (Sophokles
den dritten Zwischenredner), der so der Philosophie die Vollendung gab.

Nach Hegel (Vorles. über die Geschichte und Phil. II, 46) erhob
Sokrates die Sittlichkeit, indem er sie mit der Reflexion verband, zur
Moral, die er zuerst begründete. Er leitete zuerst aus sich selbst, aus
dem eigenen Bewußtsein, die Bestimmungen des Guten, Sittlichen,
Rechtlichen her, indem er zugleich dieselben als ewig und an und für
sich geltend betrachtete.

ᶜ) Daß das nicht sowohl in dem Sinne geschehen sei, in welchem
Sokrates selbst in der Apologie des Plato es erklärt, — weil er nämlich in Bezug auf die für den Menschen wichtigsten Fragen zwar ebensowenig wisse, als die übrigen Menschen, aber doch wenigstens das
wisse, daß er nichts wisse — sondern in Anerkenntniß seiner auf das
Praktische gerichteten und im Leben geübten Weisheit, geht aus den
beiden Dichtern hervor, mit denen ihn Pythia zusammenstellt. Sie
erwiderte nämlich auf Chärephon's Frage, ob es einen Weisern gebe
denn Sokrates (Plat. Apol. 5):

      Sophokles ist weise, weiser noch Euripides,
      Doch aller Menschen weisester ist Sokrates.

Gewiß pries sie beide Dichter und vorzüglich den Euripides wegen der
in ihren Tragödien sich kundgebenden Lebensweisheit weise.

griff in den Wolken, wie etwa gegen Kleon in den Rittern oder
gegen Euripides in den Thesmophoriazusen, gerichtet war, ja
der nicht einmal in derselben die erste, dem Strepsiades zuge-
theilte, sondern nur die zweite Hauptrolle spielt, in der Mitte
der vierziger Jahre. Nicht gegen einen ehrwürdigen Greis, noch
weniger gegen den durch den Tod, den wir dem eines Märty-
rers vergleichen können, verherrlichten, ja verklärten Waffen war
des Komikers Spott gerichtet, sondern gegen einen in der
Blüthe der Mannskraft stehenden Philosophen, der höchstens
seinen Vertrautesten, nicht aber der Mehrzahl seiner Mitbürger,
in einem günstigern Lichte erscheinen mochte, als in dem wir
ihn hier auftreten sehen.

So genau wir über den letzten Lebensabschnitt des Sokrates vornehmlich durch Xenophon und Platon unterrichtet sind,
so unvollständig sind die Nachrichten über seine Jugend. Er
war geboren 469 v. Chr., der Sohn des Bildhauers Sophroniskos und der Hebamme Phänarete und widmete sich anfangs
dem Geschäfte seines Vaters*). Erst später, also vielleicht
12—15 Jahre vor Aufführung der Wolken, setzte ihn der reiche
Athenienser Kriton, mit dem er hernach bis an seinen Tod in
der freundschaftlichsten Verbindung blieb, in den Stand sich einem mehr speculativen Leben zu widmen und sich des Unter-
richts des Anaxagoras und nach dessen Verbannung, Sokrates
war damals 37 Jahr alt, des Archelaos, Prodikos und Anderer
in der Philosophie, sowie des Damon, Konnos ꝛc. in der Musik zu bedienen. Aber von welchem Philosophen alter oder neuer
Zeit läßt sich überhaupt wohl annehmen, daß er sich von Vorn
herein selbstständig ein eignes System bildete, ohne sich vorher
mit den Systemen seiner Vorgänger bekannt zu machen, ja so
lange dem einen oder andern anzuhängen, bis sein durch dieses
Studium weiter ausgebildetes Nachdenken das Mangelhafte desselben ihn erkennen ließ? So mußte also auch Sokrates alle
Speculationen der ionischen Philosophie*) durchmachen, ehe er

---

*) Diog. Laert. II, 19. Er erwähnt der von ihm gefertigten be-
lleibten Charitinnen, die, wie auch Pausanias (IX. 35) berichtet,
am Eingange der Akropolis aufgestellt waren.

*) Den Vorwurf, den ihm bei Platon (Apol. 14) sein Ankläger Me-

das Unzureichende derselben für die Beantwortung der wichtigsten Lebensfragen anerkannte und die Erkenntniß des Guten besonders in Beziehung auf ein Handeln zu seinem Hauptzweck machte. Sollte wohl das, was Platon den Sokrates von dem Einfluß erzählen läßt, den der Ausspruch der Pythia auf die Richtung seines Nachdenkens gehabt, reine Fiction des Sokrates oder Platon sein? Was bewog Pythia zu diesem Bescheide? War es vielleicht die Erkenntniß, daß Sokrates wirklich den richtigsten Weg einschlug, indem er die Moral zum Hauptgegenstande seines Nachdenkens machte? Nun mußte das zwar zu einer Zeit geschehen sein, wo diese Richtung schon einigermaßen bemerkbar war. Noch deutlicher aber trat sein Streben, auch das Nachdenken Andrer auf diesen Gegenstand zu lenken, erst nach jenem Ausspruche hervor. Sollte aber wohl, wenn Pythia vor Aufführung der Wolken jenen Ausspruch that, Aristophanes ihn unberücksichtigt gelassen und mit Stillschweigen übergangen haben?

Wenige Anekdoten, deren so zahlreiche wir bei so vielen Schriftstellern des Alterthums über Sokrates finden, stellt seinen sittlichen Charakter in ein vortheilhafteres Licht, als die vom Cicero[*] erzählte: Wie der Physiognom Zopyrus dadurch, daß er in den Gesichtszügen des Sokrates den lasterhaftesten Menschen erkannte, das Gelächter seiner Schüler erregte, Sokrates selbst aber den verlachten Physiognomen durch das Geständniß in Schutz nahm, er habe allerdings die Neigung und Anlage zu den ihm Schuld gegebenen Lastern in sich gefühlt, aber durch einen festen Willen sie glücklich überwunden.

Durch sich selbst also, durch sein mit unerschütterlicher Willenskraft auf das, was er für gut und recht erkannt hatte,

---

ihm macht, er halte die Sonne für eine Steinmasse, den Mond für eine Erde, weist er nun insofern zurück, als er ohne diese Ansichten des Anaxagoras geradezu zu verwerfen nur in Abrede stelle, sie als seine eignen jungen Leuten mitgetheilt zu haben. Er würde, fährt er fort, um so weniger die Erfindung sich haben anmaßen können, da sie so auffallend bekannt sei. (So daß also seine Anmaßung, dabei er sich mit fremden Federn schmücken wollen, Jedem sogleich kund geworden wäre.)

[*] Tusc. Qu. IV, 37 de Fato 5.

gerichtetes Streben wurde Sokrates das Muster praktischer Lebensweisheit, das wir in ihm bewundern, und aus sich selbst heraus bildete er sich seine, mit seiner Eigenthümlichkeit auf das Innigste verbundene Weise Andere demselben Ziele entgegenzuführen und sie von der Wahrheit dessen, was er selbst für wahr erkannt hatte, zu überzeugen.

Finden wir aber etwa in dem, was in den Wolken Chärephon von seinem Meister erzählt, in den Lehrstunden, die Sokrates seinem alten Schüler giebt, in den Gegenreden der beiden Anwalte des Rechts und des Unrechts, in der Beweisführung des Pheidippides, daß es recht sei, daß der Sohn den Vater schlage, auch nur eine Spur von der dem Sokrates eigenthümlichen Lehrweise, wie wir sie aus Xenophon und Platon kennen lernen?

Zu dem Eigenthümlichen seiner Methode rechnen wir: a) die feine mit dem erwähnten Ausspruch der Pythia in Verbindung stehende Ironie, wodurch er seine oft auf ihr Wissen eingebildeten Gegner, indem er sie zu Erklärungen veranlaßt, die von dem, wovon sie ausgegangen waren, das Gegentheil enthalten, in Widersprüche verwickelt und ihnen so nachzuweisen versteht, daß sie von dem, was sie recht gut zu wissen glauben, nichts wissen.

b) Die zum eignen Nachdenken anregende, das in uns selbst liegende zu deutlichem Bewußtsein hervorrufende heuristisch-mäeutische (erfinderisch-entbinderische) Lehrweise, die Sokrates scherzend seiner Mutter, der Hebamme Phänarete abgelernt zu haben versicherte und die man noch jetzt mit dem Namen der sokratischen zu bezeichnen pflegt*).

c) Die stete Beziehung auf das Praktische, auf Lebensweisheit.

d) Auch daß er, wahrscheinlich ebenfalls erst in seinen spä-

---

*) Im besten lernen wir sie aus Platons Menon kennen. Berd 138: So ward ein Gedanke, erst eben erzeugt, zur Fehlgeburt, der darauf hinzudeuten scheint, läßt sich eben so gut bloß darauf beziehn, daß Sokrates der Sohn einer Hebamme war; so wie unser Dichter dem Euripides mehrere Male (z. B. Acharner 478) seine Abstammung von einer Gemüshändlerin vorrückt.

tern Jahren, behauptete, eine göttliche Warnungsstimme (Dä-
monion) laffe sich in ihm vernehmen, sobald er selbst oder seiner
Freunde einer etwas, was einen unglücklichen Ausgang haben
werde, unternehmen wolle, können wir zu demjenigen Eigenthümlichkeiten rechnen, die Aristophanes nicht erwähnte.

e) Am treusten finden wir noch eine fünfte Eigenthümlichkeit des Sokrates, seine Beispiele dem gewöhnlichen Leben, dem
Gesichtskreise deffen, mit dem er oben spricht zu entlehnen, in
der Beweisführung wiedergegeben, daß die Wolken die einzigen
Gottheiten seien.

Nehmen wir aber wohl mit Unrecht an, daß Aristophanes,
als er beschloß, den Sokrates in seinen Wolken als Repräfen-
tanten der neumodischen Erziehungsweise auftreten zu lassen,
diefen, was ihm bei der Lebensweise deffelben gar nicht schwer
fallen konnte, vorher zum Gegenstande eines möglichst gründli-
chen Studiums machte? Und sollten dann dem feinen Menschen-
kenner so in die Augen fallende Eigenthümlichkeiten des Denk-
grüblers, den er nach dem Leben abzuconterfeien beschlossen hatte,
wenn sie wirklich bei demfelben damals schon sich entwickelt hatten, entgangen sein?

Nein. Der Schüler des Anaxagoras und Archelaos, stand
damals entweder wirklich noch in dem Stadium seiner philofo-
phischen Bildung, wo er sich hauptfächlich mit Beobachtung des
Himmels und Erklärung der verschiedenen Erscheinungen der
Natur beschäftigte, wo er den Gesetzen des Baues und der
Grammatik nachforschte — ein Gegenstand, der auch später, wie
am deutlichsten aus Platons Kratylos erhellt, seine Aufmerksamkeit erregte —; Oder wenn er wirklich bereits, nach dem
Vorgange des Pythagoras, sein Nachdenken auf den von ihm
vorzüglich ausgebildeten ethischen Theil der Philosophie gerichtet
hatte, waren die Ergebnisse deffelben noch nicht zu einer folchen
Reife gediehen, um sie seinen Schülern, d. h. den ältern und
jüngern Freunden, die sich an ihn anschloffen, mitzutheilen.

Aristophanes stellte also, natürlich mit etwas stark aufgetragenen Farben, den Sokrates so dar, wie dieser nicht blos
ihm selbst, sondern auch den meisten seiner mit ihm in keinem
nähern Verkehr stehenden Mitbürger erschien.

2) Weder Sokrates selbst, noch seine Freunde, sondern sich

durch den Angriff des Anaxagoras auf jenen besonders verletzt und blieben mit dem Dichter, ohne deßhalb einen Haß auf ihn zu werfen, in gutem Vernehmen.

So soll Sokrates geäußert haben[*]: Mit Absicht müsse man sich dem Spotte der komischen Dichter preisgeben; bemerkten sie etwas uns wirklich Anhaftendes, so würden sie uns bessern, wo nicht, so treffe es uns nicht. „Sokrates," sagt ferner Seneca [*], „nahm die zur öffentlichen Kenntniß und auf die Bühne gebrachten Scherze der Lustspieldichter wohl auf und belachte sie." Auf die Frage eines Freundes aber, ob er des Anaxagoras Schmähungen in den Wolken nicht übel nehme, erwiderte er: Ebenso wenig wie die Neckereien bei einem großen Gastmahle[*]. Damit stimmt auch die oben (S. 196) aus Aelian mitgetheilte Erzählung überein.

Aber von größerem Gewichte, als dergleichen wenig verbürgte Äußerungen des Sokrates, erscheint es uns, daß Platon in seinem Gastmahle (einem seiner gelungensten Werke, das wir versucht sind eines der vollendetsten überhaupt aus dem griechischen Alterthum auf uns gekommenen Kunstwerke zu nennen), in welchem bei der Nachfeier eines Siegs, den der tragische Dichter Agathon, sieben Jahre nach der Aufführung der Wolken, (Ol. 90, 4. 417 v. Chr.) davontrug, mehrere Freunde des Dichters unter ihnen auch Sokrates und Aristophanes den Gott der Liebe in Lobreden verherrlichen: daß also Platon in diesem schönen Gedichte, wie wir es füglich auch nennen dürfen, in welchem wir ausdrücklich (36, 6) durch einen aus demselben angeführten Vers (361) an die Wolken erinnert werden, nicht bloß, ohne daß er dadurch die Wahrscheinlichkeit zu verletzen glaubte, den Spötter und den Verspotteten, an Einer Tafel und als von Einem Wirthe geladen zusammenbringt, sondern daß er sogar erzählt (39, 2. 3) zuletzt seien eine Menge Nachtschwärmer hereingedrungen, man habe wacker zu zechen begonnen, mehrere Gäste haben sich entfernt, Aristodemos selbst aber —

---

[*] Diog. Laert. II, 36.

[*] Senec. de constantia 18.

[*] Plutarch, oder wer sonst der Verfasser der Schrift von der Kinderziehung ist 5, 14.

den er uns das bei jenem Gastmahle Vorgefallene berichten läßt — sei eingeschlafen und habe, nach einer langen Weile gegen Morgen erwacht, die noch Zurückgebliebenen entschlummert gefunden; nur Sokrates, Agathon und Aristophanes haben zusammen aus Einer großen Schale getrunken und der Erste habe die beiden Dichter zu dem Geständnisse genöthigt, die Kunst des tragischen und komischen Dichters sei Eine und dieselbe.

Nimmt aber Platon durch irgend etwas die ungetheilte Bewunderung selbst derjenigen in Anspruch, die noch nicht in die Tiefen seiner Philosophie eingedrungen sind, so ist es durch die dichterische Einkleidung seiner Dialogen, durch die der Natur gemäß gezeichneten und mit der größten Folgerechtigkeit durchgeführten Charaktere der in ihnen auftretenden Personen.*) Und ein solcher Meister sollte in einem Werke, dem unter dem vielen Trefflichen, was er uns hinterließ, eine der ersten **Stellen** gebührt, so grobe Verstöße gegen die Wahrscheinlichkeit sich haben zu Schulden kommen lassen; Er sollte, wenn die Wolken in der Seele des Sokrates einen Stachel des Widerwillens gegen Aristophanes zurückließen, den Agathon Beide, nicht zur rauschenden Siegesfeier, sondern zu einer im Kreise vertrauterer, auch unter sich befreundeter Freunde zu begehenden Feier einladen, beide zuletzt zu vertraulichem Gespräche sich zusammensetzen lassen? Oder dürfen wir etwa, um das Letzte zu rechtfertigen, annehmen, daß der reichlich genossene Wein seine versöhnende Kraft bereits auf die Gemüther Beider geäußert hatte? Bei Sokrates wenigstens war das nicht der Fall. Nachdem auch Aristophanes und Agathon eingenickt sind, steht er auf, nimmt ein Bad und wandert wie gewöhnlich nach dem Lyceum, wo er den ganzen Tag zubringt.

Ja hätte derselbe Platon, wenn er die Wolken nicht einen ihm ziemlich unschuldig erscheinenden Scherz, sondern eine

---

*) Nach Olympiodor war es Aristophanes selbst, dem er diese Kunst abgelernt hatte. „Er liebte," sagt derselbe, „vorzüglich den Komiker Aristophanes und den (Mimographen) Sophron, von denen er auch bei der Nachbildung der Personen in seinen Dialogen Typen zog. Seine Liebe zu ihnen soll so groß gewesen sein, daß man bei seinem Tode auf seinem Lager den Aristophanes und Sophron fand."

feindselige Gesinnung gegen seinen hochverehrten Lehrer erkannt,
wenn er diesen dadurch empfindlich verletzt geglaubt hätte, sich
nicht dadurch die Lustspiele des Aristophanes überhaupt verleidet
gefühlt? Hätte er wohl dann den Dichter der Wolken durch
das vom Olympiodor angeführte und demselben ziemlich einstim=
mig zugeschriebene Epigramm:

> Daß die Charitinnen sich ein Heiligthum nimmer vergänglich
> Gründeten, wählten sie des Aristophanes Geist.

verherrlicht? Hätte er wohl, wie uns der ungenannte Biograph
des Aristophanes berichtet, dem ältern Dionysios, der die Staats=
verfassung der Athenienser kennen zu lernen wünschte, zu diesem
Behuf die Lustspiele des Aristophanes und unter diesen nament=
lich die Wolken gesendet?

So glaubte also bereits wohl Platon schon, der Hauptan=
griff in den Wolken sei nicht gegen Sokrates gerichtet. Ja
wenn unser Dichter selbst über den Zweck, den er bei den Wol=
ken verfolgte, sich ausspricht, so ist seine Stimme doch wohl ent=
scheidend? Das geschieht aber in der schon in der Einleitung[*])
erwähnten Parabase der ein Jahr später aufgeführten Wespen,
in welcher er, einen Rückblick auf seine bisherige dramatische
Laufbahn und seine Verdienste um seine Mitbürger werfend,
Klage über die ungünstige Aufnahme der Wolken führt. Dort
gedenkt er zwar seines Angriffes auf Kleon, des Sokrates aber
mit keinem Worte, sondern nur wie er im vorigen Jahre die
Väter und Großväter gegen die Ungebührlichkeiten und die Pro=
ceßsucht einer verzogenen Jugend in Schutz genommen habe,
giebt also deutlich zu verstehen nicht Sokrates, sondern die ver=
kehrte Jugenderziehung sei die Zielscheibe seines Angriffs in den
Wolken gewesen. Unter den Neuern sprach zuerst der englische
Übersetzer Mitchel[**]) diese Ansicht bestimmt aus, und unter den

---

*) Das griechische Drama S. 74.
**) Mitchel The comedies of Aristophanes Vol. I. Lond. 1820 8.
Es war mir nicht verstattet selbst einen Blick in diese Uebersetzung und

zahlreichen über die Tendenz der Wolken gefaßten Meinungen[*]) müssen wir der von ihm aufgestellten unbedingt den Vorzug geben.

Er betrachtet mit Recht die Reden der beiden Anwälte des Rechts und des Unrechts als den Brennpunct des ganzen Stücks, wie es mit den den Gerichtsverhandlungen nachgebildeten Reden und Gegenreden in dem Plutos, den Fröschen und andern Lustspielen des Aristophanes ebenfalls der Fall ist. Gegen die verderbte, verweichlichende, zu verlauter Keckheit und dialektischer Zungenfertigkeit herunbildende Erziehung der Jugend, die an die Stelle alter, strenger Zucht und einfacher Sitte zu treten begann, gegen die durch die so eingeübten Rednerkniffe genährte und beförderte Proceßsucht der Athenienser sind die Wolken gerichtet.

Auch Süvern stimmt der Behauptung, daß die Wolken nicht gegen Sokrates gerichtet seien, bei. „Es sind nicht sowohl Personen, als Principe, welche Aristophanes in den Wolken und ihren Hauptcharacteren, namentlich in dem des Sokrates angreift[*]).

Wie Aristophanes den in seinem ersten Lustspiel politischen Inhalts[*]) den Babyloniern auf Kleon gewagten Angriff in den Rittern erneute, so führte er in den Wolken das Thema, welches den Inhalt des ersten Lustspieles ausmachte, das er überhaupt noch unter fremdem Namen auf die Bühne brachte[*]), der Schmausenden weiter aus und kömmt noch einmal in den in diesem Bande ebenfalls unsern Lesern vorliegenden Fröschen auf dasselbe zurück. Schon in der allgemeinen Einleitung[*])

---

die ihr beigegebenen Einleitungen zu werfen, sondern ich **mußte mich** mit dem begnügen, was Kötscher darüber berichtet.

[*]) Wo diese zu lesen sein finden unsre Leser bei Bode (Gesch. d. dram. Dicht. bei den Hellenen II, S. 318 Anm. 1). Eine Beurtheilung der vorzüglichsten bei Kötscher (Aristophanes u. s. Zeitalter S. 294 ff.)

[*]) Süvern über Aristophanes' Wolken, S. 71.

[*]) Das gr. Drama S. 70.

[*]) Ebendas. S. 71. Auch in den Wolken (V. 525) geschieht desselben Erwähnung.

[*]) Ebd. S. 17. ff.

sprachen wir die Meinung aus, daß der Staat die dramatischen
Vorstellungen deshalb unterstütze, weil er in ihnen ein Erziehungsmittel des Volks erkannte. In demselben Sinne hebt
nun auch Aristophanes, der überhaupt bei dem dortigen Wettkampf zwischen Äschylos und Euripides hauptsächlich die praktische oder pädagogische Seite der dramatischen Poesie hervor-
hebt, den nachtheiligen Einfluß der durch Euripides verkünstelten
und herabgezogenen Tragödie auf die Jugend der[*], Sowie
er auch dort (1491 — 9) der nachtheiligen Wirkungen gedenkt,
welche das Geplauder des Euripides mit Sokrates und die
Zergliederung eitler Possen auf jenes tragische Kunst geübt
habe[*].

Das zuletzt Angeführte bahnt uns den Übergang zur Beantwortung einer sehr nahe liegenden Frage: Wie geschah es,
daß Aristophanes, indem er in den Wolken die Verkehrtheit der
neumodischen Jugenderziehung anzugreifen und in ihren nachtheiligen Wirkungen darzustellen beabsichtigte, nicht einen Hippias oder Gorgias, Männer, die entschieden den dem Sokrates
schuldgegebenen Weg eingeschlagen hatten und die sich zu der
Zeit wohl noch eines ausgebreiteteren Rufes als der Sohn des
Bildhauers Sophroniskos erfreuen mochten, sondern gerade diesen
zum Vertreter der, nach unsers Dichters wohl nicht zu miß-
billigenden Ansichten, die Jugend auf verderbliche Irrwege leitenden Erzieher aufstellte? Wir müssen uns zu der Beantwortung derselben mit einigen Vermuthungen begnügen, hoffen

---

[*] Beide Dichter finden wir auch in den Wolken 1367 rc. in ähn-
lichem Sinne zusammengestellt und auf die Wirkung der euripideischen
Poesie auf die Jugenderziehung hingedeutet. Auch Süvern (S. 57)
erkennt die nahe zwischen den Wolken und Fröschen stattfindende Beziehung.

[*] Auch in den 9 Jahre vor den Fröschen und ebenso lange nach
den Wolken aufgeführten Vögeln wird des Sokrates noch einige Male
gedacht (1282, 1554) und in beiden Stellen die Vernachlässigung seines
Äußern ihm vorgerückt.

aber, daß sie durch innere Wahrscheinlichkeit sich unserm Leser empfehlen werden.

1) Aristophanes dachte sich in Sokrates einen geistes- und sinnesverwandten Freund des von ihm so oft und bitter angegriffenen Euripides.

Wir führten schon oben (S. 194, Anm. *) die Meinung an, die dem Sokrates Theilnahme an den euripideischen Tragödien zuschrieb [). Ferner berichtet Älian [): „Sokrates besuchte selten die Theater, wenn aber einmal der Trauerspieldichter Euripides mit neuen Stücken den Wettkampf bestand, dann kam er.“ So mag also Aristophanes beim Sokrates dieselbe Richtung bei, die ihm an Euripides so tadelnswürdig erschien. Er sah in Beiden eitle, durch künstliche Trugschlüsse täuschende Schwätzer, in Beiden spitzfindige Grübler, die mit Anaxagoras u. A. das durch künstliche Hypothesen zu erklären suchten, was den von ihnen verachtete Volksglauben den Göttern zuschrieb, in Beiden endlich Beförderer der verderblichen Proceßsucht der Athenienser.

2) Daß Sokrates, nach dem oben angeführten Zeugniß des Älian, selten das Theater besuchte, daß er sich wohl auch, wie schon Wieland [) vermuthet, ungünstig über das was die komischen Dichter den schau- und lachlustigen Atheniensern auftischten, aussprach, konnte ihm unmöglich die Gunst Jener erwerben. Daher war nach unserer bereits oben (S. 194, Anm.) geäußerten Vermuthung auch dasjenige Stück des Ameipsiasdem vor den Wolken der zweite Preis zuerkannt wurde, gegen Sokrates gerichtet; daher griff auch Eupolis den Sokrates in einigen Versen an, die der Scholiast uns erhalten hat.

3) Nicht zum Lesen schrieb Aristophanes seine Lustspiele, sondern für die Bühne. Es mußte ihm daher darum zu thun

---

[) Nach Fiebr. Jakobs zu Wollen 194 erwähnter Conjectur spricht Aristophanes selbst an den Versen beim Diogenes Laërtius diese Vermuthung aus. Jene Verse würden dann lauten:

Ἐγένδαμι δ᾽ τὰς τραγῳδίας τοῖον
Τοι ναρειλεσίοις οὔτε ἐστι τὰς σόφας.

[) In dem ebenfalls bereits angezogenen Capitel II, 13.

[) xx. Wiel. II, 2, S. 60.

sein, daß sein dem Leben treu nachgebildetes Repräsentant der Modeerzieher auch auf der Bühne schon durch seine äußere Erscheinung das Lachen der Zuschauer errege. Eigneten sich dazu nun wohl so die gewiß durch ihr manisches Äußere mehr imponirenden, als lächerlich erscheinenden Sophisten, wie Sokrates mit seiner, wahrscheinlich bereits damals in der Mitte der Übriger sich ankündigenden Glatze, seiner eingedrückten Stülpnase[1], seinem ungepflegten Ziegenbart und einem aus Grundsatz und Dürftigkeit auffallend vernachlässigten Äußern, den Alkibiades in einer berühmten Stelle beim Platon[2], mit den Silenen, Satyrn und dem Marsyas vergleicht[3]. Mußte eine solche Figur, über die ihr Inhaber selbst nicht selten scherzt, die kaum, um jedes Zuschauers Lachen zu erregen, der übertreibenden Nachhülfe der Maskenverfertiger bedurfte, nicht durch ihre bloße Erscheinung die Lust jedes Komikers erregen, dieselbe in irgend einem seiner Stücke auftreten zu lassen?

Dieselbe Rücksicht auf den komischen Effect beseitigt zugleich einen Tadel G. Hermann's[4], den auch Süvern bei figurt, daß nämlich Strepsiades dadurch an Sokrates Rache nimmt, daß er ihm sein Häuschen über dem Kopfe anzündet und in Brand steckt. Zwar hatte sich Sokrates dem Strepsiades nicht aufgedrungen und dieser war daher nicht zu einer solchen Rache berechtigt, aber, und das genügte bei seinem Mangel an Bildung, er konnte sich doch für berechtigt halten, da er die von seinem Sohne empfangenen Prügel dem Unterrichte, den dieser vom Sokrates empfing, verdankt. Schlagen doch Kinder sogar den Tisch, an den sie sich gestoßen, als Urheber des ihnen dadurch verursachten Schmerzes. Flüche und Verwünschungen, meint Süvern, hätten ausgereicht; welchen scenischen Effect hätten diese gemacht! Wie besser stellte sich das brennende Häuschen, die in Rauch aufgehende Denkwert-

---

[1] Schol. ad Nub. 224. Xenoph. Symp. IV. 19.

[2] Gastmahl 32.

[3] Von diesem entwirft uns Apuleius (Flor. 1, 3) ein Bild: Marsyas — vultu ferino, trux, hispidus, illutibarbus, spinis et pilis obsitus.

[4] Praef. ad Nub. p. XLV, Süvern S. 78.

ſtätte und Lehre des Sokrates dar? Man frage einen Theater-
direktor, der, wie die Antigone, die Wolken nach einigen tauſend
Jahren wieder auf die Bretter bringen ſoll, ob er den Schluß
ſich wolle nehmen laſſen.

So wenig Tadel aber Ariſtophanes wegen dieſes Schluſſes
in äſthetiſcher, ebenſo wenig verdient er ihn in moraliſcher Hin-
ſicht. Dieſes Autodafé war ein Bühnenſcherz, der in der
Wirklichkeit weder den Sokrates noch ſein Hüttchen gefährdete.

Wir knüpfen hieran die Beantwortung einer zweiten
Frage: Warum ließ Ariſtophanes in ſeiner Komödie den
Chor aus Wolken beſtehn?

Die nicht lange vor Aufführung der Wolken auftauchende
Philoſophie des Anaxagoras, Archelaos u. A. ſuchte das aus
natürlichen Gründen zu erklären, was die Volksreligion ihrem
Zeus und Helios, ihrer Here und Selene zuſchrieb. Auf eine
höchſt drollige und witzige Weiſe parodirt das der Dichter, indem er alle Veränderungen der Witterung, überhaupt alle
Naturerſcheinungen von den Wolken herleitet. Dem Repräſen-
tanten der neuen Lehre ſind die Wolken an die Stelle der
bisher verehrten Götter getreten. Sie, vermögend jede Geſtalt
anzunehmen und uns in das Reich der Dünſte und des Nebels
verſetzend, geben zugleich ein höchſt paſſendes Bild der ſeltſam
ſich geſtaltenden, aller objectiven Wahrheit entbehrenden Einfälle der Denkgrübler. Sie ſind die Beſchirmerinnen aller
gleich ihren Nebelgebilden mehr auf den täuſchenden Schein,
als auf wirklichen Nutzen berechneten Künſte und Erwerbzweige,
als Quackſalberei, Wahrſagerei, mehr künſtelndes, als wahren
Kunſtgenuß gewährendes Virtuoſenthum u. ſ. f. Natürlich
auch der nicht um Erforſchung der Wahrheit und heilſamen
Belehrung der Jugend, ſondern durch allerhand Gaukeleien und
Trugſchlüſſe zu täuſchen und zu blenden bemühten Sophiſten.
„Aber zugleich umſchließt der Chor, ſagt vortrefflich Süvern[*],
einen edlen unſterblichen Kern. — Gleich beim Eintritt kün-
digt er ſeine höhere ätheriſche **Natur** durch Geſänge an, die zu

---

[*] S. 82.

den schönsten der aristophanischen Muse gehören und wie er von
den Höhen, aus denen er sich herabsenkt, das attische Land über-
schaut, so auch des Staates und seiner Bürger Heil klar über-
schauend; so zeigt er sich allen in der Handlung sich regenden
Principien überlegen."

Daß an eine Verbindung der 24 Jahre später als Ankläger des Sokrates auftretenden Anytos und Melitos mit
Aristophanes nicht zu denken sei, bedarf wohl keiner Beweisführung, ohngeachtet Älian und die meisten Inhaltsanzeigen
der Wolken es bestimmt behaupten. Schon der lange Zwischenraum läßt an so etwas nicht denken. Eher aber dürfte ein-
zuräumen sein, daß diese Ankläger, indem sie den Sokrates als
Gottesläugner und Jugendverführer, wie er auch in den Wolken
dargestellt wird, belangten, die durch die Wolken über ihn im
Volke verbreitete Ansicht zur Begründung ihrer Anklage benutzten.

Der Verfasser dieser Einleitung schließt mit der Versiche-
rung, daß er, ehe er sie niederschrieb, die von den seinigen abweichenden Ansichten Hegel's, Rötscher's, Forchhammer's über
Sokrates als Staatsbürger und Revolutionär und Süvern's
über ihn als Erzieher einer sorgfältigen Prüfung unterwarf
und aus guten Gründen ihnen nicht beistimmen konnte. Aber
diese Ansichten hier bar- und ausführlich zu widerlegen, würde
diese Einleitung zu einem Buche anschwellen und ihrem Zwecke
keineswegs angemessen sein. Zum Schlusse nur noch die aus
Forchhammer entlehnte Notiz: daß vor Kurzem Ölenschläger den
Sokrates wieder auf die Bühne brachte. Sein Sokrates
wurde zuerst im Winter 1835—36 in Kopenhagen aufgeführt.
Dort hat Sokrates eine Tochter Daphne, deren Liebhaber ist
Aristophanes und der zärtlichen Tochter Liebe bringt eine Versöhnung zwischen Vater und Liebhaber zu Stande.

Die Wolken.

Erste Scene.

Straße einer Vorstadt von Athen. Auf der einen Seite die Wohnung
des Strepsiades mit einer von oben bedeckten nach der Straße zu offenen Halle umgeben, auf der andern das Häuschen des Sokrates. Im
Vordergrunde Strepsiades auf seinem Lager, in einiger Entfernung
von ihm ebenso Pheidippides. Im Hintergrunde mehrere Sclaven
schlafend. Zeit früher Morgen. Den Zuschauern zur Linken Aussicht
auf die Stadt, zur Rechten in das Freie.

Strepsiades (sich dehnend).

J·u, i·u!
O Herrscher Zeus, was das für lange *) Nächte sind,
Unendliche!. Wird denn nimmermehr es wieder Tag?
Und wahrlich längst schon hört' ich doch den Haushahn krähn;
Die Sclaven aber schnarchen. So war's vordem nicht.   5
Verwünscht seist du, o Krieg, als vieles Unheils Quell,
Und daß sogar die Sclaven ich nicht zücht'gen darf ¹).
Auch dieser selbst (auf Pheidippides hinweisend) mein hoffnungsvoller
                                                       Bursche da,
Erwacht die ganze Nacht durch nicht, und pfleget sich
In fünf dichtzott'ger Ziegenfell' Umwindelung. —   10

---

*) Die Wolken wurden an den großen Dionysien im März aufge-
führt, wo also die Nächte noch länger als die Tage sind.

¹) Weil die unzufriedenen sonst zu den Feinden überliefen. Der für
ganz Griechenland so verderbliche peloponnesische Krieg hatte bereits
über sieben Jahre gewährt.

So will' ich mich denn auch, nach Eins zu schnarchen ein —
(Nach kurzer Pause sich wieder aufrichtend.) Doch zu schlafen ver-
mag ich Unglückſel'ger nicht, gezwickt
Von gefräſſ'ger Krippt', und dem Aufwand und der Schulden Laſt
Durch meinen Sohn da; Dieſer, in ſtattlich langem Haar,
15 Stolzirt zu Roſſ' und lenkt geſchickt ſein Zwiegeſpann,
Und verkehrt im Traum mit Pferden; doch ich zergräme mich
Sehe von dem Monde die Zwanziger¹) ich herangefühut,
Denn näher rückt die Zinsfriſt. — Bunb', ein Licht an, Burſch,
Und bringe das Schuldbuch 'raue, um darin nachzuſehn,
20 Wie Vielen ich ſchuld', und wie der Zins ſich aufgeſummt.
Laß ſeh'n, was ſchuld' ich denn? Zwölf Minen²) dem Paſias.
Weßhalb zwölf Minen drum? Wozu denn lieh ich ſie?
Als ich den Apfelſchimmel kauft' O weiche des Leibe,
Hätt' ich des Auges Apfel lieber eingebüßt!

Pheidippides (träumend).
25 Philon, Du thuſt mir Unrecht, bleib' in Deiner Bahn.

Strepſiades.
Das eben iſt das Unheil, welches mich verbarb,
Im Traume ſelbſt übt' ſeine Reiterkunſt er noch.

Pheidippides (wie zuvor).
Wie viele Fahrten machet denn das Kriegsgeſpann?

Strepſiades.
Zu manchen Fahrten treibſt mich, Deinen Vater, Du,
30 Doch „welcher Schuld erlag ich"³) nach dem Paſias!
(Leſend.) Zwei Räder und Sitzchen, drei Minen dem Amynias.

Pheidippides (wie zuvor).
Erſt nach dem Wälzplatz⁴) bringſt Du, dann zum Stall den Gaul.

---

1) Die Zinſen wurden monatlich entrichtet. In den Zwanzigern des
Monats war auch der gefürchtete Zin' und Reum (Erſte und Letzte),
der eigentliche Zinstag, nicht mehr fern (1137).

2) Deren 60 ein Talent betragen. Böckh berechnet die Mine zu
27¹/₂ Thlr., alſo 275 Thlr.

3) Worte des Euripides.

4) Ein mit Sande beſtreuter Platz, wo ſich die mit Staub und
Schweiß bedeckten Renner zur Reinigung und Abkühlung wälzten.

Strepsiades.

Du Taugenichts haft mich um Hab' und Gut gebracht,
Denn manchen Proceß verlor ich, und Zinfen halber droh'n
Mich auszupfänden. Andre.

Pheidippides (erwachend).

Vater, fage mir,
Was wirfft mißmuthig die ganze Nacht Du Dich herum?

Strepsiades.

Von meinem Lager beißet ein Auspfänder mich.

Pheidippides.

Laß, Wunderlicher, mich ein bischen schlafen noch.

Strepsiades.

So schlafe denn; doch wiffe, diefe Schuldenlaft
Sie bricht einft insgefammt nach über Dich herein.
Weh mir!
Daß doch zuvor Verderben die Brautwerb'rin traf,
Die Deine Mutter heimzuführen mich vermocht!
Denn ein bäurisch Leben war mir das gemüthlichfte,
Voll Schmutzes, ungeleckt, mich lagernd wo fich's traf,
Die Füll' und Fül' an Bienen, Schafen, Oladfäll;
Da führte vom Megakles, Sohn des Megakles,
Die Nichte' ich heim, ich Bauersmann die Städterin,
Vornehm, verzärtelt, durch und durch verköfyra't [1]).
Als dief' ich ehlichte, legt' ich mich mit ihr zu Bett
Nach Trefter riechend, Käfchorb' und Wollabfall,
Dagegen nach Safran, Salban, Zungenküßchen fie,
Nach Schlemmerei und Schleckerei und Liebrei [2]).
Nicht daß fie faul war fag' ich juft, fie zettelte [3]).

___

[1]) Megakles aus der Alkmaniben eblem Geschlechte. Der erfte die-
fes Namens war ein Sohn der reichen und vornehmen Köfyra aus
Eretrien, wo Köfyriten foviel als ftolz fich gebehrden hieß. So alfa
verköfyra's zur andern Köfyra werden.

[2]) Für das letzte Wort ftehen im Original grofe Beinamen der
Aphrodite, die fie als Schirmerin der finnlichen Liebe bezeichnen.

[3]) Wob: der griechischen Frauen gewöhnliche Beschäftigung.

Da nahm ich diesen Mantel da wir zum Erwerb,
„Frau", sagt' auf diesen zeigend ich, „Du vergeudest viel."

Diener.

Kein Tropfen Öel ist in unsrer Lampe da.

Strepsiades.

O weh, was zündest die versoffne Lampe Du?
Komm 'her und laß Dich zücht'gen.

Diener.

Zücht'gen? Ach, wofür?

Strepsiades.

Daß stets so dicken Docht Du in die Lampe steckst. —
Darauf, als dieses Söhnlein da geboren ward,
Uns Beiden, mir und meiner Frau, der trefflichen,
Da erhob ein Zwist uns über seinen Namen sich;
Denn sie begehrt' ein Roß dem Namen beigefügt:
Xanthippos oder Charippos oder Kallippides,
Ich aber drang auf Sparmann, wie mein Vater hieß [1].
So stritten eine Weile wir, doch mit der Zeit
Verglichen wir uns und nannten Pheidippides ihn.
Den Sohn nun nahm auf den Arm sie und liebkoset' ihn.
„Bist Du erst groß und jagst zu Wagen nach der Stadt,
Wie Megakles im Siegerschmuck" [2]. — Ich aber sprach:
„Wenn Deine Ziegenheerde Du vom Phelleusberg,
Wie ich, Dein Vater, mit dem Schafpelz angethan" — —

---

[1] Zwar waren bei den Griechen gewisse Namen in gewissen Familien vorherrschend, so ging, wie hier Strepsiades begehrt, oft der des Großvaters auf den Enkel über, aber eigentliche Familiennamen gab es nicht. Herr und Frau Strepsiades wollen ihrem Neugebornen Namen soll auf seinen künft'gen Beruf hindeuten (nomen et omen) und wählten nun einen Mischling, den, zum großen Ergötzen der Zuschauer, einen Zwitter von Ritters- und Bauersmann bezeichnet. Natürlich mußte hier eine Verdeutschung der griechischen Namen versucht werden. Übrigens kommen sie in einem Namen überein, der nach Herodot (V. 105) und Cornelius Nepos (Miltiad. 4) einen Eilboten — der durch seine Füße Schnelligkeit ein Pferd erspart — bezeichnet.

[2] Es versteht sich, hier ist nicht von Siegen auf dem Schlachtfelde, sondern in der Rennbahn die Rede.

Allein Dem, was ich sagte, gab er kein Gehör,
Und brachte die Pferdesucht mir über Hab' und Gut.   15
So sann ich jetzt die ganze Nacht herum, und fand
Vor allen Einen Ausweg, wundersam erdacht,
Bewege dazu ich Den, bin ich aus aller Noth.
Doch will vom Schlafe zuvörderst ich ermuntern ihn.
Wie aber ermuntr' ich wohl ihn auf das Sanfteste [1]? Wie!   20
Pheidippides, liebes Pheidippidchen!

          Pheidippides (erwachend).
                    Vater, was?

          Strepsiades.
Gieb einen Kuß und reiche Deine Rechte mir.

          Pheidippides.
Da! Nun was giebt es?

          Strepsiades.
          Sage mir, hast Du mich lieb?

          Pheidippides.
Ei bei Poseidon traun, den roßgewalt'gen dort [2]).

          Strepsiades.
Sei stille mir mit Deinem Roßgewaltigen,   25
Denn dieser Gott ist mir an allem Unheil schuld.
Doch wenn Du wirklich und von Herzen lieb mich hast,
Sei mir zu Willen, Sohn.

---

1) Ein vielsagendes Pröbchen, wie der schwachherzige Strepsiades seinen halbabeligen Jungen erzog. Wieland.

2) Wir lassen es dahin gestellt sein, ob ein Poseidontempel, an dessen Fries etwa der Schöpfer des Pferdes mit seinem Dreizack ein Zwei- oder Viergespann lenkend, abgebildet war, zu den Verzierungen der Bühne gehörte, um des Pheidippides Pferdesucht zu versinnlichen; oder ob dieser auf einen wirklichen in der Nähe des Theaters, welches an die mit Tempeln und Bildwerken reich verzierte Tripodenstraße, sowie an die Akropolis grenzte, befindlichen Tempel dieses Gottes hinwies. Nicht selten diente in Griechenland die Wirklichkeit zur Ergänzung der Theaterverzierung. Daß Pheidippides aber wirklich auf etwas hinweist, geht aus dem τουτοχί unzweifelhaft hervor. Schon des Strepsiades so oft wiederkehrende Betheuerung beim Poseidon läßt sich am besten durch ein Hinweisen desselben auf ein den Zuschauern auf die eine oder die andere Weise sichtbares Bild des Gottes erklären.

Pheidippides.
Worin denn soll ich's seyn?

Strepsiades.
Sobald wie möglich lehre mir um Dein ganzes Thun
Und schicke zu lernen Dich an, was ich Dir rathen will.

Pheidippides.
Sprich, was begehrst Du?

Strepsiades.
Wirst Du folgen?

Pheidippides.
Ich folge Dir,
Beim Dionysos.

Strepsiades.
Na, so blick einmal hierher;
Siehst wohl Du dieses Pförtchen und das Häuschen da?

Pheidippides.
Ich seh' es. Nun, was ist denn eigentlich, Vater, das?

Strepsiades.
Die Denkwerkstätte hochgelehrter Geister ist's;
Da wohnen Männer d'rinnen, die vom Himmel Dich
Belehrend überzeugen, ein Kohlendämpfer [1]) sei's
Rings um uns her, wir aber sei'n die Kohlen d'rinn.
Die lehren, wenn dafür Bezahlung ihnen wird,
Im Reden siegen, ob man Recht hab' oder nicht.

Pheidippides.
Wer sind denn Die?

Strepsiades.
Den rechten Namen weiß ich nicht,
Denkgrübeler; Gar hübsche wack're Leutchen sind's.

Pheidippides.
Au weh! Erzschelm', ich weiß es, die Auffchnreider, die

---

[1]) Ein halbeiförmiges Geräth von Thon oder Kupfer, das man auf das Feuer stürzte, es auszulöschen oder auf die Kohlen, die Wärme zusammenzuhalten.

Bleichsüchtelei, die Unbeschuhten meinest Du,
Unter denen Sokrates, der Wicht, und Chärephon *).
135

Strepsiades.

Bst, bst! O schweige; rede mir nicht so unbedacht.
Nein, wenn des Vaters Wohlstand Dir am Herzen liegt,
Zu Diesen halte Dich und laß die Reiterei.

Pheidippides.

Beim Dionysos wahrlich nein, und gäbst Du mir
Die Phasisrosse, die Leogoras sich hält ¹).
140

Strepsiades.

O laß Dich erbitten, geliebtester der Menschen Du,
Geh' in die Lehre mir.

Pheidippides.
             Was denn zu lernen, sprich?

Strepsiades.

Bei ihnen sollen die beiden Künste heimisch sein,
Die Kunst der bessern Sach' und die der schlechtern;
Die eine nun der beiden, die der schlechtern
145
— Beim größten Unrecht, sagst man, obsiege sie —
Wenn Du mir nur diese Kunst des Unrechtes lerntest,
Da bezahlte von den Schulden allen, die durch Dich
Ich macht', ich auch nicht Einem einen Obolos.

---

*) Ein Jugendfreund des Sokrates und einer seiner wärmsten Verehrer; Er legte dem delphischen Orakel die Frage vor: Ob es einen Weisern gäbe, als Sokrates (Platon's Apolog. 5). Auf sein Äußeres, welches treu auf der Bühne abconterfeit, ihm, nach Welcker's Vermuthung, die Ehre verschafft haben mochte, in den Wolken aufzutreten, läßt sein in den Vögeln zweimal erwähnter Spitzname, die Fledermaus, schließen, sowie des Schol. Bemerkung zu V. 146, daß er sehr buschige Augenbrauen gehabt habe.

¹) Ob unter den γαυιένους des reichen Schlemmers Leogoras, dessen Sohn der Redner Andokides war, Vögel oder Rosse zu verstehen seien, darüber sind die Meinungen getheilt; Jebindos entscheidet sich für Phasane und ihm sind Wolf und Voß gefolgt. Das Richtigere trafen Wieland und Welcker. Ersterer nennt die Auslegung „Pferde vom Flusse Phasis", wo es deren vorzügliche gegeben haben soll, mit Recht aristophanischer, als wenn Pheidippides sagte: Für das schönste Stück: faß Schweines möcht' ich dem Sohne nicht entsagen.

Pheidippides.

Nicht werd' ich Dir willfahren; denn nicht reuig' ich es,
Erschien vor den Reitgenossen ich so abgezehrt.

Strepsiades.

Dann, bei der Demeter, is auch anderswo Dich satt,
Du selbst sammt Deiner Bläss' und Deinem Sattelgaul,
Zum Geier jag' ich aus dem Hause Dich hinaus.

Pheidippides (im Abgehen).

Doch ohne Pferde wird mich Oheim Megakles
Nicht lassen; Zu ihm geh' ich und kümmer' um Dich mich nicht.

Zweite Scene.

Strepsiades.

(Nachdem er einige Augenblicke sinnend stand, sich emporrichtend.)
Doch richt' auch ich von solchem Sturz mich wieder auf,
Und will, zu den Göttern flehend, in die Lehre geh'n,
Indem ich selbst nach der Denkwerkstätt' hinwandere.
Doch wie mag wohl ich alter Kerl, vergesslich, stumpf,
Begreifen so spitzfindige Wortklauberei'n!
Ich muss schon gehen. Was zög'r in meiner Lag' ich noch!
Warum nicht lieber angeklopft? Bursch, Bürschchen, he!

Dritte Scene.

Vor dem Häuschen des Sokrates.

Strepsiades. Ein Schüler des Sokrates.

Schüler (heraustretend).

Zo klopfe zum Geier! Wer schlug an die Pforte hier?

Strepsiades.

Strepsiades, Sohn des Pheidon, aus Kikynna's Stamm*).   15

Schüler.

Gewiß ein Unstudirter, der so heftig Du,
So ganz ungrüblerisch gegen die Thür anstampfest;
So ward ein Gedank', erst eben erzeugt, zur Fehlgeburt').

Strepsiades.

Verzeih dem Landmann, der hier abgelegen wohnt'),
Doch sage mir, was wurde denn zur Fehlgeburt?   10

Schüler.

Das darf ich Keinem sagen, der nicht Schüler ist.

Strepsiades.

Dann sag' es mir getrost; denn wie Du hier mich siehst,
Kam ich als Schüler zu der Denkwerkstätte her.

Schüler.

So höre; doch als ein Geheimniß sieh es an.

---

*) Kikynna ein attischer Demos. Attika war damals in 10 Phylen und 174 Demoi getheilt. Unten (V.) nennt Strepsiades die Kikynnier seine Stammgenossen.

1) Bekanntlich verglich Sokrates, der Sohn der Hebamme Phänarete, seine katechetische Methode, das in der Seele seiner Schüler Schlummernde zum klaren Bewußtsein zu erheben, mit der Entbindungskunst seiner Mutter.

2) Meine Vorgänger insgesammt lassen den Strepsiades eine Unwahrheit sagen, als ob er vom Dorfe kommt. Er wohnte nicht auf dem Lande, so wenig wie Sokrates, wohl aber in einem abgelegenen Theile der Vorstädte, die hier, wie bei größern Städten oft der Fall ist, in das Dorfähnliche übergehen mochten. Bei ἐνταῦθα haben wir πόρρω zu ergänzen, fern der Stadt, worunter Strepsiades den Markt und die City versteht, wo städtisches Wesen, urbanitas, herrschte, dessen er selbst, nach seinem eigenen Geständniß, entbehrt. Der Gewitze ist ἀγρῶν, ist nicht von ἐνταῦθα, sondern von der Frage nach dem Orte abhängig. Wolf, dessen mangelhafte Vorstellung von der Einrichtung des griechischen Theaters schon daraus hervorgeht, daß er dem stets in dem Orchester weilenden Chore einen Platz auf der Bühne anweist, sucht sich dadurch aus der Bedrängniß zu helfen, daß er den Strepsiades eine Wohnung in der Stadt und eine auf dem Lande haben läßt.

115 So eben fragte Sokrates den Chärephon,
Der Floh, wie viel der eignen Füße wohl er hüpft;
Denn einer stach den Chärephon in die Augenbrau'n
Und war dann auf dem Kopf des Sokrates gehüpft.

Strepsiades.

Wie maß er das denn aus?

Schüler.

Auf das Geschickteste,
120 Erst ließ er Wachs zerschmelzen, dann nahm er den Floh
Und taucht' ihm zwei Füßchen in das Geschmolzene,
So trugen, als es erkaltet, die Pantöffelchen,
Die löst' er ab und maß damit den Zwischenraum *).

Strepsiades.

Ha König Zeus, das heiß' ich mir spißfind'gen Sinn!

Schüler.

125 Wie, wenn einen andern Einfall Du des Sokrates
Vernähmest?

Strepsiades.

Welchen? O, ich bitte, sag' ihn mir.

Schüler.

Es legte die Frag' ihm Chärephon, der Sphettier, vor,
Für welche Meinung er sich denn entscheid', ob wohl
Die Schnake durch den Mund, ob durch den Bürzel summt?

Strepsiades.

130 Und wie hat Er denn über die Schnake sich erklärt?

Schüler.

Es sei, so behauptet' Er, sehr eng der Darmkanal
Der Schnaken, und da der so dünn sei, dränge sich
Mit Gewalt die Luft geradhin nach dem Bürzel zu,
Da nun eine Wölbung stoß' an die Vereng'rung,
135 So widerhalle von der Luft Gewalt der Steiß.

Strepsiades.

Demnach wär' ein Trompetchen ja der Schnaken Steiß.

---

*) Auch in Xenophon's Gastmahl geschieht der Geometrie des So-
krates nach Flohfüßen Erwähnung. Wahrscheinlich hatte also Aristophanes hier eine in Athen damals bekannte Anekdote vor Augen.

Du dreimal Seliger, ob der Darmsüchtigkeit!
Traun, leicht entkäm' als Angeklagter vor Gericht,
Wer einer Schnake Darmkanal durchspähete.   170

Schüler.
Doch neulich kam um einen großen Gedanken er
Durch ein Eidechschen.

Strepsiades.
Ei, wie so? Das sage mir.

Schüler.
Indem des Mondes Bahnen er nachforschete
Und dessen Größ', und offnes Mund's nach oben schaut,
Bekackt von des Daches Zinnen ein Eidechschen ihn.   175

Strepsiades.
Das macht mir Spaß, daß Sokrates etwas abgekriegt.

Schüler.
So hatten gestern Abends nichts zu essen wir.

Strepsiades.
Wohl, und wie half sein Scharfsinn diesem Mangel ab?

Schüler.
Er überstreute mit seiner Asche seinen Tisch,
Bog ein Bratspießchen krumm, nahm dieses Cirkel dann   180
Und hieß aus der Ringschul' einen Mantel mit sich gehn ¹).

---

¹) Eine der schwierigsten Stellen in unserm Lustspiel; was Reisig in der Vorrede zu seiner Ausgabe der Wolken (p. XXIV—XXVI) darüber sagt, ist ohne allen Halt. Wolf trägt etwas in seine Übersetzung, was in der Urschrift nicht zu finden ist. Voß übersetzt ziemlich übereinstimmend mit der hier gegebenen Übertragung, aber der Erklärer (Heinrich Voß) giebt kein erläuterndes Wort dazu. Wieland scheint den Sinn am richtigsten getroffen zu haben; der Hauptsache nach läuft seine Erklärung auf Folgendes hinaus: Die Stelle ist absichtlich dunkel gehalten; der Schüler ist ins Schwatzen gerathen und hat eine Erzählung begonnen, von der er, als er schon im Erzählen ist, wohl einsieht, daß sie nicht zu seines Meisters Ruhm gereichen werde. Nun poltert er stockend Einzelnes heraus und läßt das Geschehene mehr errathen, als daß er es ausführlich berichtet. Sokrates bestreut seinen Mehltisch, als gält es einen mathematischen Satz zu erweisen, zu welchem Behuf die alten Meßkünstler ihre Figuren in Sand oder Asche

Strepsiades.
Was sollen wir jenem Thales ¹) noch Bewunderung?
Oeffn', o eröffne schnell die Denkwerkstätte mir,
Und zeige mir auf das Schleunigste den Sokrates;
Denn es schürt mich; Auf, öffne die Pforte mir.

Vierte Scene.

Durch die geöffnete Thür ²) wird das Innere des Häuschens des Sokrates sichtbar, wo man Schüler in den seltsamsten Stellungen und
allerhand wissenschaftliche Geräthe erblickt.

Strepsiades.
Ach Herakles, was sind das für Geschöpfe da?

Schüler.
Was nimmt Dich Wunder? Wie kommen Dir denn Diese vor?

---

zeichneten, mit Asche, nimmt ein Brettspielchen, an das er Thales
noch nichts zu stecken hat, biegt es zu einem Zirkel um und während
der Anwesenden Aufmerksamkeit auf diese Vorrichtungen und eine
vielleicht bereits flüchtig hingeworfene Figur gerichtet ist, hat er mit
des neuen Zirkels Haken aus der nahen Ringschule von dem Hausin ab-
gelegter Mantel einen wegstipzt und ihn verschwert. Eupolis macht
ihm, in einigen von dem Schol. angeführten Versen, denselben Vorwurf, ein Weinfelle entwendet zu haben. Bezogen sich — nach
Süvern's Vermuthung — vielleicht beide Komiker auf eine wirkliche Anekdote, daß Sokrates in der Zerstreutheit etwas ihm nicht Gehöriges ein-
gesteckt?

¹) Thales aus Miletos in Jonien, gewöhnlich den sieben Weisen
beigezählt, um 600 v. Chr. Da der Schüler soeben der astronomischen
Beobachtungen des Sokrates gedachte, Thales aber der der Erste gewesen
sein soll, der eine Sonnenfinsterniß voraussagte, so ist die Vergleichung
des Sokrates mit ihm selbst im Munde des ungelehrten Strepsiades
sehr natürlich.

²) Oder sonstlich durch eine auf Walzen und Rädern ruhende Vorrichtung, Ekkyklema, wodurch das Innere jedes Hauses hervorgerollt
und den Zuschauern sichtbar gemacht werden konnte.

Strepsiades.

Wie aus Pylos die Gefangnen, die lakonischen [1]).

Warum denn schauen Diese (auf eine Gruppe hinzeigend) nach der
Erde hin?

Schüler.

Die suchen was unter der Erd' ist.   180

Strepsiades.

Also Zwiebeln wohl
Sucht Ihr? Nicht das laßt fürder Eure Sorge sein,
Ich weiß recht gut, wo's große giebt und treffliche.
Was aber schaffen Die, die sich so vorgebückt?

Schüler.

Sie durchspähn des Nachtgrauns Tiefen in dem Tartaros [2]).

Strepsiades.

Und weßhalb blickt zum Himmel auf der Hintere?   185

Schüler.

Auf eigne Faust betreibt die Himmelskunde Der.
(Zu ein'gen Schülern, die neugierig, heraus getreten sind.)
Doch gehet hinein, daß Er Euch nicht hier überrascht.

---

1) Dreihundert Lakedämonier wurden, ein oder einige Jahre vor Aufführung der Wolken, auf der Insel Sphakteria, Pylos gegenüber, vom
Kleon nach einer 72tägigen Einschließung zu Gefangnen gemacht und
ziemlich verhungert nach Athen gebracht.

2) Diogenes von Laërte führte zwei Verse als in den Wolken des
Aristophanes vorkommend an, die wir vergeblich in unserm Lustspiel
suchen. Reisig hat ihnen in seiner Ausgabe auf eine ziemlich kecke
Weise eine Stelle hinter V. 104 angewiesen. Sie lauten:

Den Euripides aber, der die Trauerspiele macht,
Die vielgeschwätz'gen, kunstgerechten, siehst Du da.

F. Jakobs (Charaktere der vorm. Dichter V. 340) will im Griechischen
statt Εὐριπίδης lesen Εὐριπίδου; dann gingen jene Verse auf Sokrates, und wären zu übersetzen:

Wer aber des Euripides Trauerspiele macht,
Die kunstgerechten, vielgeschwätz'gen, sieh' Er ist's.

Der Laërtier erwähnt nemlich einer Sage, Sokrates habe dem Euripides bei
der Verfertigung seiner Trauerspiele beigestanden. Dieser Vermuthung
widerspricht mit Recht Süvern S. 58.

Strepsiades.

Noch nicht, o noch nicht; Sie mögen noch verweilen, daß
Ein kleines Anliegen ihnen ich eröffnen kann.

Schüler.

Doch ist es ihnen nicht verstattet, an der Luft
Hier außerhalb zu verweilen allzulange Zeit[1]).

Strepsiades (auf eine Himmelskugel hindeutend).

Um aller Götter willen, sprich, was ist denn das?

Schüler.

Die Himmelskunde suchst Du hier.

Strepsiades (auf einen Meßtisch hinzeigend).
Und Dieses da?

Schüler.

Die Meßkunst.

Strepsiades.
Und wozu denn ist ersprießlich Die?

Schüler.

Die Länder auszumessen.

Strepsiades.
Zu verloosende[2])?

Schüler.

Nein die der ganzen Erde.

Strepsiades.
Das ist hübsch erdacht,
Die Erfindung ist für den Bürgersmann und von Gewinn.

Schüler (auf eine Karte zeigend).
Hier ist der Umriß der ganzen Erde: Siehst Du wohl?
Da liegt Athen.

---

1) Damit sie nicht das bleichgelehrte Zusehn der Stubenhocker ver-
lieren.

2) Von jeher wurde es von den Griechen als Eroberungsrecht betrachtet, der Bezwungenen Ländereien in Loose (κλῆροι) oder erbliche
Grundstücke zu vertheilen. Strepsiades meint hier offenbar Sokrates
gedenke die ganze Erde zur Verloosung, natürlich für Athen, zu bringen.

Strepsiades.

Ei, was Du sagst! Das glaub' ich nicht;
Ich sehe ja nirgends zum Gericht Versammelte [1]).   210

Schüler.

Deß sei gewiß, das ist das attische Gebiet.

Strepsiades.

Wo sind denn meine Nachbarn die Kikynnier?

Schüler.

D'rin mitbegriffen. Und Euböa, wie Du siehst,
Liegt hier, in weiter Ferne schmal dahingestreckt.

Strepsiades.

Ich weiß; denn zu strecken sich [2]) zwangen sie wir und Perikles.   215
Doch Lakedämon, wo ist das?

Schüler.

                    Wo das ist? Hier.

Strepsiades.

Wie nahe bei uns! Darauf seid ernstiglich bedacht,
Daß Ihr so weit wie möglich Das von uns entfernt.

Schüler.

Das ist, beim Zeus, unmöglich.

Strepsiades.

                    Dann ergeht's Euch schlimm.

(Über dem platten Dache des Häuschens des Sokrates kömmt dieser
in einem Hängekorbe, einer zur besserern Beobachtung des Himmels ge-
troffenen Vorrichtung, stehend, zum Vorschein [3]).

Ha, sage, wer ist der Mann, in dem Hängekorbe da?   220

---

1) Anspielung auf der Richter zahllose Menge; Es gab zu Athen
zehn Gerichtshöfe und seitdem der nach Volksgunst strebende Perikles
das Richteramt, zu welchem jeder unbescholtene Bürger vom 30sten
Jahre an befähigt war, zu einem Erwerbszweig für Ärmere gemacht,
war der Andrang dazu sehr groß, so daß fast der vierte Theil der Be-
völkerung Athens aus Richtern bestand. Die Wespen werden uns noch
näher mit der Proceß- und Richtersucht der Athener bekannt machen.

2) Sich zu strecken, sich zu unterwerfen, wozu Perikles zu Anfang
des peloponnesischen Krieges das von Athen abgefallene Euböa (Re-
gxroponte) nöthigte.

3) Über die semische Vorrichtung, so wie überhaupt über mehreres

15 *

		Schüler.

Er selbst.

			Strepsiades.

		Wer selbst denn?

			Schüler.
			Sokrates.

			Strepsiades.
					O Sokrates!
O rufe, Freund, mit lauter Stimme zu ihm hinauf.

			Schüler (geschäftig).
Rufe Du ihn selber, denn ich habe keine Zeit *).
			(ab).

		Fünfte Scene.

	Strepsiades. Sokrates (anfangs in der Schwebe)

			Strepsiades.

Ha Sokrates!
Mein Sokrateschen!

			Sokrates.
		Was rufst Du mich, Eintagsgewürm?

			Strepsiades.
Zuerst, ich bitte Dich, sage mir, was schaffest Du?

			Sokrates.
In den Lüften schwebend betracht' ich hier den Helios.

			Strepsiades.
So verachtest in Deinem Käfeterbe die Götter Du,
Und nicht auf platter Erde? Wenn ---

Vernimm in unsern Wolken verbreitet sich C. A. Böttiger in dem Programm Deus ex machina; Opuscul. ed. Sillig p. 300 f.

*) Gebt doch auch ihm, was er (200 f.) von seinen Mitschülern sagt.

Sokrates.

Nie hätt' ich je
Die Erscheinungen des Himmels richtig ausgespäht,
Bracht' ich den Geist nicht in die Schweb' und einte
Des Forschens feinen Sinn der ihm verwandten Luft.
Wollt' ich von unten Das erspähn, was droben ist,
Nie hätt' ich es erforscht. Die Erde zieht vielmehr
Mit Gewalt an sich den feinen Duft des Forschergeists,
So daß dasselbe hier, wie bei der Kreß erfolgt¹).

Strepsiades.

Wie? was?
In die Kresse zieht der Forschergeist den feinen Duft?
Auf, liebes Sokrateschen, steig' herab zu mir,
Mich gründlich Das zu lehren, was ich zu lernen kam.

Sokrates (aus seinem Korbe herabsteigend).

Und weßhalb kamest Du?

Strepsiades.

Zu lernen der Rede Kunst;
Denn die Zinsen und die unbarmherz'gen Gläubiger
Sie verfolgen mich, sie berauben mich, sie pfänden mich aus.

Sokrates.

Und wie geriethst so unvermerkt in Schulden Du?

Strepsiades.

Die Pferdesucht verdarb mich, die gefräßige.
Doch lehre die Eine von Deinen beiden Künsten mich,
Die nichts zurückzahlt; Und das Lehrgeld, welches Du
Von mir bedingst, bei den Göttern schwör' ich's, zahl' ich Dir.

Sokrates.

Bei welchen Göttern! Denn zuvörderst haben bei uns
Die Götter keine Geltung.

---

1) Die Kresse, eine bei den Persern vorzüglich beliebte Gemüspflanze, hatte nach dem Scholiasten, die Eigenschaft allen um sie stehenden Pflanzen die Feuchtigkeit zu entziehn.

Strepsiades.
    Was gilt denn sonst bei Euch?
Prägt Ihr von Eisen sie, wie die Byzantier[1]?

Sokrates.
Begehrst von göttlichen Dingen genaue Kunde Du,
Wie's wirklich sich verhält?

Strepsiades.
    Beim Zeus, gilt dieser Schwur.

Sokrates.
Und die Unterredung mit den Wolken Dir vergönnt,
Die unsere Gottheiten sind?

Strepsiades.
    Ei, allerdings.

Sokrates.
So setze denn auf diesen heil'gen Schemel Dich.

Strepsiades.
Nun siehe, da sitz' ich.

Sokrates.
    So empfange ferner hier
Den Kranz.

Strepsiades.
    Den Kranz, wozu? O wehe mir, Sokrates,
Daß Ihr mich nur nicht opfert, wie den Athamas[2]).

---

1) Die handeltreibenden Byzantier bedurften kleiner Scheidemünzen und hatten sie daher, wie aus andern Gründen die Lakedämonier, aus Eisen; wie auf den athenischen Münzen das Bild der Schutzgöttin Athene, so waren häufig Götterbilder auf die Münzen geprägt.

2) Unter den Tragödien des Sophokles befand sich auch ein Athamas; In diesem sollten wahrscheinlich des Athamas und der Nephele Kinder, Phrixus und Helle, durch die Ränke der Stiefmutter Ino geopfert werden; oder auch, nach des Scholiasten Bericht, Athamas selbst. Über des Stückes wahrscheinlichen Gang stellen Vermuthungen auf Lessing (Leben des Sophokles S. 141) und Welcker (die griechischen Tragödien mit Rücksicht auf den epischen Cyklus I. 323 ff.). Die zu Opfernden erschienen auf der Bühne, gleich andern Opferthieren bekränzt.

Sokrates.

Nein; Sondern dieses Alles ist stets unser Brauch
Bei den Einzuweihenden ¹).

Strepsiades.

Und was bringt mir's für Gewinn?

Sokrates.

Du wirst im Reden gewandt, ein Geläute, wie Mehlstaub fein;
Doch halte Dich ruhig.

Strepsiades.

Beim Zeus Du hintergehst mich nicht,
Durch Dein Bestäuben machst Du noch zu Mehlstaub mich.

Sokrates (feierlich).

Andächtig zu sein, das geziemet dem Greis und still dem Ge-
bete zu lauschen.
Allherrschende Kraft, unermeßliche Luft, die die Erde Du hältst
in der Schwebe ²),
Lichtäther und Ihr Göttinnen so hehr, Ihr donneraufblitzenden
Wolken,
Auf steiget empor, o Gebieterinnen, zeigt Euch hochaufschwebend
dem Grübler.

Strepsiades.

Noch nicht, o noch nicht, bis ich ein mich hülle, um nicht
durchnässet zu werden!

---

1) Sokrates parodirt auf eine lächerlich ärmliche Weise die bei der
Einweihung zu den Mysterien stattfindenden Bräuche. Nach dem Scholiasten bediente er sich statt des geschrotenen, mit Salz untermischten
Mehles, mit dem man die Stirn der Opferthiere und wahrscheinlich
auch der Einzuweihenden bestreute, kleiner geriebener Steine.

2) Euripides sagt in einer auch vom Cicero (de Natur. Deor. 11. 25)
übersetzten, wahrscheinlich dem Kritensternen entlehnten Stelle:

Erblickst dort oben Du die unbegränzte Luft,
Die mit feuchten Armen die Erde rings umfangen hält?
Sie achte Du für Zeus, sie gelt' als Gottheit Dir.

So Frösche 892.

₇₇₀ Daß den Pudel¹) ich heut', ich Unglücklicher, nicht mitnahm, weg-
gehend vom Hause.

Sokrates.

So ziehe, preiswürdige Wolken, heran, auf daß Ihr Diesem
Euch zeiget,

Ob dort Ihr nun auf des Olympos' Höhn, auf den heil'gen,
umschneieten lagert,

Mit den Nymphen zu heil'gen Reigen Euch eint, in des Vater
Okeanos' Gärten,

Ob die Krüg' Ihr jetzt, die goldenen füllt, an des Nilstroms
fluthender Mündung,

Oder ob Ihr am See, dem mäotischen, weilt, auf dem schnei-
gen Gipfel des Mimas;

₇₇₅ O gebt mir Gehör und lasset voll Huld Euch des Opferns
Gabe gefallen!

Sechste Scene.

Die Vorigen. Chor der Wolken (anfangs unsichtbar).

Den Zuschauern zur Rechten, welche die von Berg und Wald begränzte
Fernsicht in das Freie hat, zeigt sich ein anfangs formloses Gewölk,
aus welchem unter Donner und Blitz der folgende Gesang erschallt.

Strophe des noch unsichtbaren Gesammtchors.

Nimmer versiegliche laßt,
Wolken, aufsteigen im thauigen Zug' uns jetzt,
Leichthin schwimmend,.

₂₇₀ Von des Erzeugers Okeanos brausender
Flut nach dem waldesumlockten Haupt
Ragender Berge, von
Wannen die fernher schimmernden Warten wir
Schaun und den fruchtaufsäugenden, heil'gen Grund,

---

¹) Die Pudelmütze, dem griechischen κυνῆ, welches der Etymologie
nach eine Mütze aus Hundefell bezeichnet, entsprechend.

Schauen die göttlichen Ströme, die rauschenden,
So wie des dumpfaufbrausenden Meeres Flut;
Strahlt doch das nimmer ermüdende Auge des Äthers
    Leuchtend in funkelndem Glanze.
Laßt denn abschütteln den regnichten Schleier uns
    Unserer Göttergestalt und betrachten wir
    Weitbringendes Blickes die Erde.

Sokrates.

Ihr Wollen vernahmt, hochherrliche, traun sichtbarlich des Ru-
    fenden Flehen!
        (Zu Strepsiades)..
Du hörtest doch wohl ihre Stimm' und dabei das verehrliche
    Rollen des Donners?

Strepsiades.

Und verehre gar sehr, Ehrwürdige, Euch und erwidr' in ähn-
    lichen Tönen
Jenes Donners Geroll; So mächtige Scheu, so gewaltiges Za-
    gen ergreift mich.
Und ob es vergönnt, ob nicht es vergönnt, ich fühl' einen mäch-
    tigen Nothdrang.

Sokrates.

Nicht schäkere Du, noch erlaube Dir jetzt die Possen der He-
    rengesichter[1]).
Schweig' andachtsvoll, eine göttliche Schaar sie ziehet heran in
    Gesängen.

Gegenstrophe des noch unsichtbaren Gesammtchors.
Jungfraun im Regenguß

Nahen den fetten Gefilden der Pallas wir,
    Tapfrer Heimath,
Suchen des Kekrops liebliche Fluren heim;
Bei unaussprechlicher Feier geheimen Graun
    Thut da das Heiligthum

---

1) Schauspieler in andern Lustspielen. Daß sich die Schauspieler
überhaupt die Gesichter mit rothen Weinhefen bestrichen, ist unserm Leser aus Einleitung S. 13 und der S. 24 Anm. aus Horaz angeführten Stelle erinnerlich.

Einzuweih'nden zu heiligen Weih'n sich auf[1]);
Reichliche Gaben empfahen die Himmlischen,
Hochaufstrebende Tempel und Bildnisse;
Festlich begehn Prunkzüge die Seligen[2]);
Fröhlich bekränzet zu Opfern und Schmäusen der Götter
Stets, zu jeglicher Jahreszeit,
Doch mit dem Lenze zugleich naht Bromios'[3])
Feier, der rauschenden Reigen Wetteifer, und
Tiefhallender Flöten Gesangslust.

Strepsiades.

Ich beschwöre beim Zeus, o Sokrates, Dich, wer sind denn,
sage mir, Diese,
Die den hehren Gesang anstimmeten jetzt? Sind denn Heroinen
es etwa?

Sokrates.

O bewahre, die Wolken, die Himmlischen, sind's, großmächtige
Göttinnen Müßger,
Die Einsicht uns und hellen Verstand und künstliche Schlüsse
verleihen.

Strepsiades.

So geschah es denn wohl, daß vernehmend ihr Lied mein Geist
sich befittigt aufschwang,
Und daß er bereits Spitzfind'ges erstrebt und das Wesen des
Rauchs zu erörtern,
Und Gedanken durch and'rer Gedänkelchen Streich zu schlagen
und gegenzureden;

---

1) Anspielung auf die eleusinischen Mysterien. Zu Eleusis, nach
Athen der ansehnlichsten Stadt in Attika, befand sich der berühmte
Tempel der Demeter und Persephone (Ceres und Proserpina). In den
großen alle 5 Jahre durch ein neuntägiges Fest begangnen Mysterien,
fanden Feierlichkeiten der verschiedensten Art, Opfer, Fackeltänze, Festzüge, Einweihungen statt.

2) Die Eingeweihten und durch die Einweihung in einen seligen
Zustand Versetzten und zu einem seligeren Zustand nach dem Tode Berechtigten.

3) Bromios, d. i. Bakchos. Wir bemerkten schon zu B. 1, daß die
Wolken an den großen Dionysien im März aufgeführt wurden.

D'rum heg' ich den Wunsch, ist es irgend vergönnt, sie selber
mit Augen zu schauen.

Sokrates.

So blicke hieher nach dem Parnes[1] da, schon seh ich hernieder
sie steigen
In gemessenem Schritt.

Strepsiades.

Ei, zeige doch, wo?

Sokrates.

Gar zahlreich schreiten daher sie,
Durch Hohlweg' und durch dichtes Gesträpp, querüber dort.

Strepsiades.

Ei, wie geschieht es,
Daß ich sie nicht seh'?

Sokrates.

Am Eingange da[2].

Strepsiades.

Kaum endlich gewahr' ich nun auch sie.

Sokrates.

Jetzt mußt doch auch Du sie gewahren, hast Du nicht Klunkern
wie Kürbiss' im Auge.

Strepsiades.

Beim Himmel, ha seid, Preiswürd'ge gegrüßt! Sie erfüllen bereits ja schon Alles.

Sokrates.

Und doch hast Du, daß sie Göttinnen sein, nicht gewußt und
nimmer geglaubt es?

Strepsiades.

Nein wahrlich ich hielt für Thau sie vielmehr und Nebel, dem
Rauche vergleichbar.

---

1) Parnes, ein Gebirgskamm der Attika von Böotien schied.

2) Der Orchestra nemlich, durch welchen der Chor von der Feldseite
in dieselbe eintrat.

Sokrates.

O nimmer, beim Zeus; Du mußt wissen, daß sie auffüttern
die meisten Sophisten *).
Wahrsagergenies, Quacksalbergesipp, ringprunkend gelockte
Flötner '),
Die trillernde Schaar ²) festfeierndes Chors und lustige Wetter-
propheten,
Nichtsthu'risches Volk, es gedeihet durch sie, weil den Ruhm es
verherrlichet Dieser.

Strepsiades.

D'rum sangen sie von „trübfeuchtes Gewölk aufsoligend ver-
derblichem Andrang",
Von des „Typhon ³), des hundertköpf'gen Gelock" und „wild-
aufflammenden Stürmen",
Von der „feuchten und krallengekrümmeten Schaar lustraum-
durchschwimmender Vögel"
„Thauschwangerer Wolken Gewittereguß" ⁴); Und dafür ward
ihnen beim Schmause

---

*) Hier in des Wortes umfassendster Bedeutung, wer im Besitz ir-
gend einer (hier ältern und niedrigen) Wissenschaft, Kunst oder Geschich-
lichkeit ist, oder zu sein wähnt.

¹) Schon Lessing Antiq. Br. 23 erklärte das aristophanische αργυ-
γιδονυχαργικενηνεν nach einer Stelle des Plinius (H. N. XXXVII. 3)
der berichtet, der bekannte Flötenspieler Ismenias habe die Sitte mit
vielem glänzenden Steinen sich zu schmücken bei seinen Kunstgenossen
eingeführet, richtig von lokeltirenden Flötenspielern.

²) Die einfach-kräftigen Tonweisen aller Zeit wurden später durch
Künsteleien und Triller entstellt.

³) Nach Hesiod der personificirte Sturmwind, von dem alle den
Menschen verderblichen Stürme stammen. Homer (Ilias II, 782. 3)
zählt ihn unter die himmelstürmenden Giganten.

⁴) Der Dichter giebt uns einige lächerlich schwülstige, hochtrabende
Ausdrücke der Dithyrambendichter damaliger Zeit Kinesias, Philoxenos,
Kleomenis zum Besten. Auch ihre Gesänge wurden tanzend und von
Musik begleitet bei festlichen Gelegenheiten aufgeführt und die diese
Aufführung besorgenden Chorzen gaben dann Festschmause, zu denen
vor Allen die Dichter geladen wurden, und dabei die hier erwähnten
Leckereien zu kosten bekamen.

Das fetteste Stück großmächtiger Kal' und lecker gebratener
    Drosseln.

Sokrates.
Und verdieneten nicht an Diesen sie Das?

Strepsiades.
Doch erkläre Du mir, wie geschieht es,
Wenn Wolken, leibhaftige, Diese da sind, wie sehn sie wie zu
    sterbliche Frauen aus?
Denn solche Gestalt ward Jenen doch nicht.

Sokrates.
Wie sind, sprich, jene gestaltet?

Strepsiades.
Nicht weiß ich so recht es; Ich möchte sie wohl der zerflockten
    Wolle vergleichen;
Doch Frauen? Beim Zeus, im Entferntesten nicht. Und Diese
    da haben ja Nasen[1]).

Sokrates.
Gieb jetzt mir auf Das, was ich frage Bescheid.

Strepsiades.
So sprich, was begehrst Du zu wissen?

Sokrates.
Wann nach oben den Blick Du wendetest, sahst Du schon Wol-
    ken Centauren vergleichbar,
Einem Panther wohl auch, einem Wolf oder Stier?

Strepsiades.
Beim Himmel ja wohl; Und was weiter?

Sokrates.
Wie es ihnen gefällt, so gestalten sie sich; So, erblicken sie solch
    einen Haarbusch,
Deß Ansehn struppicht, bärbeißiges Blick, wie den da, den
    Sohn Timophantos[2]);

---

[1] Die Masken, in welchen die Wolken auftraten, möchten, um ein
so lächerliches Ansehn ihnen zu geben, mit Nasen ausgestattet sein,
die bei von Haus bekragenen Wolken vom nicht viel nachstanden.

[2] Anspielung auf einen der eben erwähnten Dithyrambendichter Phi-

Dann verhöhnen sie deß wahnsinniges Thun und nehmen Cen-
taurengestalt an.

Strepsiades.

₅₅ Wie aber, wenn nun sie den Simon [1]) erschaun, des Gemein-
guts Plünd'rer, was thun sie?

Sokrates.

Dann zeiget ihr Bild ihm seine Natur, sie werden urplötzlich
zu Wölfen.

Strepsiades.

D'rum also, darum, als den Schildlos [2]) sie, den Kleonymos
gestern erblickten,
Weil den feigsten Wicht in ihm sie erkannt, b'rum sind sie zu
Hirschen geworden.

Sokrates.

Jetzt aber, indem sie den Kleisthenes [3]) sahn, da, siehst Du
wohl, wurden zu Fraun sie.

Strepsiades.

₂₆₅ So begrüß' ich Euch denn, Ihr gebietenden Fraun, o laßt,
wenn Ihr Einem gewährt es,
Die himmelanstrebende Stimm' auch mir, Allherrschende, laßt
sie ertönen [4]).

---

ronymos, dessen auch in den Acharnern (369) in ähnlicher Beziehung
gedacht wird. Ein berüchtigter Knabenliebhaber suchte er durch ein
kentaurenhaftes Aeußere die Herzen zu gewinnen.

[1]) Simon, ein auch als Demagog damals eine Rolle spielender Sophist, den in einer vom Scholiasten angeführten Stelle auch Eupolis der
Veruntreuung bezüchtiget. Weiter unten wird er auch neben Kleonymos und Theoros als meineidig aufgeführt.

[2]) Das von sich Werfen des die Flucht hindernden Schildes galt natürlich für höchst schmachvoll und wurde in Athen selbst hart bestraft.
Des Kleonymos werden wir von unsrem Dichter noch mehrere Male
als eines Feiglings erwähnt finden.

[3]) Auch des Kleisthenes wird vom Aristophanes wiederholt als eines
weiblichen, wollüst'gen Bröstlings gedacht.

[4]) Der Chor hat sich indessen in der Orchestra so aufgestellt, daß er
gegen die Zuschauer und gegen die Schauspieler auf der Bühne halbe

Chorführerin (zu Strepsiades).

Ich erwidre den Gruß, hochaltriger Greis, der Du nachstrebst
weiser Belehrung.
(Zu Sokrates.)

Und Du Priester, des tiefspitzfindigen Tands, auf, sag' uns,
was Du begehrest.

Nicht würden Gehör einem andern wir leihn von den jetzigen
Himmelsergrüblern,

Nur dem Prodikos¹) auch; Weil er Weisheit besitzt und Einsicht Diesem, Dir aber,

Weil die Straßen Du stolz durchschreitest und keck umher läß'st
schweifen die Blicke²);

Unbeschuhet erträgst gar manche Beschwer, und Dich unseret-
halb in die Brust wirfst.

Strepsiades.

Hilf Himmel, wie schallt hochheilig und hehr ihre Stimm' und
staunenerregend.

Sokrates.

Sind doch die alleinigen Göttinnen sie, mit den andern ist's
eitel Gewäsch nur.

Strepsiades.

Zeus aber, o sprich bei der Erd', ist Er, der olympische, selber
kein Gott uns?

Front macht. Die Chorführerin hat auf der Erhöhung, Thymele, die
sich in der Mitte der Orchestra, gleich weit von der Wohnung des Strepsiades und des Sokrates erhebt, Platz genommen, so daß sie mit den
Schauspielern sich in gleicher Höhe befindet.

1) Prodikos, ein Sophist, Zeitgenosse unsers Sokrates, bekannt durch
seine in Xenophon's Denkwürdigkeiten mitgetheilte Erzählung Herakles am Scheidewege. Minder ehrenvolle Erwähnung geschieht
seiner in den Vögeln (692). In einem aus einem verloren gegangenen
Stück unsers Dichters vom Scholiasten angeführten Verse wird er ein
Schwätzer genannt. Ein Sprichwort nannte einen ausgezeichnet Weisen weiser als Prodikos.

2) Auf diese Stelle bezieht sich Alkibiades in der begeisterten Lobrede,
die er seinem Lehrer Sokrates in Platon's Gastmahl hält (36, 6).

Sokrates.

Was denn für ein Zeus? O fasele nicht; Nicht giebt einen
Zeus es.

Strepsiades.

Was sagst Du?
Wer regnet denn? Wie erklärst Du das? Das laß vor Allem
mich wissen.

Sokrates.

Nun Diese fürwahr; das will ich Dir bald mit den schlagend-
sten Gründen beweisen.
Denn sage mir doch, hast je Du gesehn, daß er ohne die Wolken geregnet?
370 Bei heiterem Himmel auch müßt' er ja dann noch regnen, ob
sie entfernt sei'n.

Strepsiades.

Beim Apollon, das paßtest vortrefflich Du an Dem, was Du
so eben behauptet;
Doch früher vermeint' ich in vollestem Ernst, Zeus piss' in ein
Sieb, um zu regnen.
Aber sage mir auch, wer der Donnerer sei; das machet mich
zittern und beben.

Sokrates.

Sie donnern dahin sich wälzend.

Strepsiades.

O wie? Das erkläre, verwegener Zweifler.

Sokrates.

375 Wenn Wasser in reichlichem Maaße sie füllt und sich fort zu
bewegen sie nöthigt,
Stürzt eine dann über die andre, so daß sie mit lautem Ge-
polter zerplatzen.

Strepsiades.

Doch sage, wer ist es, wenn Zeus es nicht ist, der sich fort zu
bewegen sie nöthigt?

Sokrates.

Nicht er, der ätherische Wirbel vielmehr.

Strepsiades.

Ein Wirbel? Das wußt' ich fürwahr nicht,
Nicht geb' einen Zeus es, es herrsch' anjetzt statt seiner der thie-
rische Wirbel*).
Doch wie das Gekrach und der Donner entsteht, Das hast Du
noch nicht mir erläutert.

Sokrates.

Ei hörteft Du nicht, ich behauptete ja, daß die Wolken mit
Waffer erfüllet,
Die gespanneten, über einander daher sich stürzend das Poltern
erzeugen?

Strepsiades.

Nu sage, wie soll ich Das glauben?

Sokrates.

Das mag was Du selber erfuhreft Dich lehren.
Überfülltest Du schon an den Panathena'n**) Dich mit Suppe?
Getümmel erhob dann
In dem Bauche sich Dir, und mit einem Mal fuhr durch ihn
ein Kollergeknurr hin.

Strepsiades.

Beim Apollon so ist's und es schaffet mir Noth und Alles geräth in Bewegung;
Wie der Donner so lärmet das Süppchen in mir und erhebet
gar laut seine Stimme,
Ganz leif' im Beginn: Bumbum, Bumbum; dann vernehmli-
cher: Bubububumbum.

---

*) Noch einige Male (922, 1470) erwähnt unser Strepsiades dieses
Wirbels, dessen einige Philosophen damaliger Zeit sich bedienten, die
Entstehung der Welt zu erklären. Der Begriff, den er damit verbindet, ist natürlich eben so klar, als er in der Seele eines schlichten Komb-
manns unserer Tage sich gestalten würde, dem man die Construction
der Welt ..., für und durch das Ich, oder die Wirklichkeit des Ver-
nünftigen und die Vernünftigkeit des Wirklichen vordemonstriren wollte.
S. Anm. zu 1470.

**) Alle attischen Colonien und die sonst dem Tempel der Athene
Poliae pflichtigen Städte schickten zu diesem Feste Abgeordnete, die
stattliche Opfer darbrachten, daher gab es des Fleisches die Fülle.

Geht aber es los, dann donnert es laut: Bububüm Bububüm-
bum, wie jene.

Sokrates.

Nun erwäge Du, wenn, ob winzig und klein, Dein Bäuchelein
also rumoret,
Nimmt's Wunder Dich bröhnt im unendlichen Raum dumpfgrol-
lend fortrollend der Donner?[1]
D'rum ob es im Bauch', ob am Himmel rumort, man saget
von drüben es donnre.

Strepsiades.

Von wannen jedoch fährt ferner der Blitz glutleuchtendes
Strahles, das sage,
Der, wenn er uns trifft, uns flammend verzehrt, oder leben wir
rings uns versenget.
Handgreiflich doch ist's von diesem, daß Zeus ihn auf Meinei-
dige schleudert.

Sokrates.

Wie das? Altfränkischer Simpel, der Du noch hegst urweltliche
Grillen,
Wenn des Zeus Blitzstrahl Meineidige trifft, wie brannt' er
nicht Simon zur Asche,
Den Kleonymos und den Theoros nicht, sind erzmeineidig doch
alle?
Doch den eigenen Tempel und Sunion auch, „Athens vorra-
gende Spitze[2]"
Und gewaltige Eichen; Was wandelt ihn an? Nie schwur' eine
Eich' einen Meineid.

Strepsiades.

Ich weiß es nicht; doch scheint richtig Dein Schluß. Was ist
denn nur aber der Blitzstrahl?

---

1) Ζευ βασιλευ τουδ ου απεραντον. Wer sollte in diesen Tönen
nicht eine Nachahmung des Donners erkennen? Und doch ist diese Ono-
matopöie keinem meiner Vorgänger, keinem der ältern oder neuern
Erklärer aufgefallen. Die Übersetzung giebt sie freilich nur unvollkommen
wieder.
2) Odyssee 3. 278.

Sokrates.

Hat ein trockener Wind in der höheren Luft sich irgend in Die-
sen verfangen,
Schwellt gleich einer Blas' er von innen sie auf; nun kann es
nicht anders geschehen,
Er fährt mit Gewalt und Sausen heraus sie zerreißend, weil
Diese so dicht sind,
Indem er sich so in zischender Hast, er selbst sich selber, entzündet.

Strepsiades.

Beim Zeus auf ein Haar Dasselbe geschah mir einmal am
Diasienfeste *)
Eine tüchtige Wurst, den Verwandten zum Schmaus, briet ich
und vergaß sie zu stechen,
Da schwillt sie mir auf und mit einem Mal fährt auseinander
sie zischend und sprützet
In die Augen, in beide, des Unraths Schwall und verbrannte
das ganze Gesicht mir.

Chorführerin (zu Strepsiades).

O Wackerer, der Du von uns das Geschenk der erhabenen Weisheit erstrebest,
Wie glückliches Loos harrt Deiner hinfort in Athen und vor
allen Hellenen,
Wenn ein treues Gedächtniß, des Grüblers Sinn und beharr-
lich anhaltender Eifer
Inwohnt Deinem Geist' und Du müde nicht wirst, ob zu ste-
hen es gilt, ob zu laufen;
Wenn zu sehr es Dich nicht zu frieren verdreußt, noch begehr-
lich Du harrest der Frühkost;
Wenn des Weines Du Dich, der Gymnasien enthältst und ei-
nes andres verderbliches Treibens;
Das aber Dir stets das Ersprießlichste scheint, was anständigen
Männern geziemet,

---

*) Dem Feste des Zeus. Nach Thukydides (I. 126) wurde es au-
ßerhalb der Stadt begangen, also vorzüglich wohl von den Vorstädtern,
zu denen Strepsiades gehörte.

16 *

Siegreich vor Gericht und im Rathe zu sein und ein Zungengefecht zu bestehen [1]).

Strepsiades.

Im Betreff eines Sinns ausdauernd und starr und schlummer-
verschmähendes Grübeln,

Eines Magens, der knapp sich und kärglich behilft mit dem
spärlich gesetztem Mahle,

am Sei ruhig, um Das zu erreichen getrost laß' auf mir hämmern
den Schmidt ich.

Chorführerin.

So wirst Du hinfort keinen anderen Gott anbeten, als der es
auch uns ist,

Das Chaos[2]) hier und die Wolken dazu und die Zunge, nichts
außer den Dreien?

Strepsiades.

Nicht wechselt' ich traun mit den Andern ein Wort, käm' einer
auch g'rab in den Wurf mir,

Nicht opfert' ich ihm, noch spendet' ich ihm, noch weiht' ihm
ein Körnchen des Weihrauchs.

---

1) (410—17). Schon Wieland erkannte, daß Aristophanes in dieser
Anrede der Chorführerin an Strepsiades ein, was das Aeußere betrifft,
ziemlich treues und für Jeden seiner Bekannten sprechendes Bild von
Sokrates entwirft, der, nachdem er seinen Beruf an der sittlichen Bes-
serung seiner Mitbürger zu arbeiten erkannt hatte, gern an öffentlichen
Plätzen weilte, sein Ungemach der Witterung schroff und theils aus
Grundsatz, theils von einer selbstgewählten Armuth dazu genöthigt,
auf seine Kleidung so wenig als auf eine, wir wollen nicht sagen bessere,
sondern nur stets zur Genüge besetzte Tafel achtete. Daß die in den
Grundsätzen und dem ganzen Wesen echter Weisen begründete äußere
Erscheinung desselben, von Afterweisen, die so wohlfeilen Kaufs der
Weisheit Nutzen erstrebten, nachgeahmt wurde und daß unser Dichter,
im Sokrates den Repräsentanten verderblicher Sophistik den Schein-
weisen vorzustellen bemüht, dieses von der lächerlichen Seite auffaßte,
lag in der Natur der Sache.

2) Den alles tragenden Luftraum, auf den die Chorführerin hinweist.
So erklärt es auch der Scholiast.

Chorführerin.

So sag' uns denn an, was sollen wir thun, o getrost, nicht er-
blickest umsonst Du,
Du Ehre Du uns und Bewunderung zollst und ein Tücht'ger
zu werden bemüht bist.

Strepsiades.

Ihr gebietenden Fraun, dann ersuch' ich Euch blos um winzi-
ger Bitte Gewährung,
Den Hellenen, o laßt als Redner zuvor mich eilen der Stadien
hundert.

Chorführerin.

Dir sei denn von uns was Du bittest gewährt; So daß von
dem heutigen Tag' an
Rathschlagend im Volk kein Andrer als Du sich öfter des Sieges erfreun soll.

Strepsiades.

Bei gewichtiger Dinge Breuthung des Sieges? O mit Nichten,
das ist mein Begier nicht;
Nein, sondern das Recht, mir selbst zum Gedeihn, zu verdreh'n,
zu entschlüpfen den Gläub'gern.

Chorführerin.

So werde Dir Das, was Du wünschest, zu Theil, denn nicht
gar Großes begehrst Du,
D'rum hege Vertraun, überlasse getrost Dich unserem Dienste
Geweihten.

Strepsiades.

Das will ich thun, im Vertrauen auf Euch, (für sich) mich trei-
bet dazu ja der Nothdrang,
Das erheischt das Gespann wettrennender Gäul' und die Hei-
rath, welche mich aufrieb.
So mögen sie denn nun beginnen mit mir,
Was ihnen beliebt:
Meinen Leib da den geb' ihnen willig ich preis,
Daß Prügel er duld' und Hunger und Durst,
Frost, starrenden Schmutz, sie ihn gerben zum Schlauch;
Wenn den Schulden mir nur zu entrinnen gelingt,
Und Jeglichem dann ich erscheine hinfort

Reck, jungengewandt, ein frecher Gesell,
Schamlos und verschmitzt, wenn zu lügen es gilt,
Trugschmiedender Schalk und Verdreher des Rechts,
Ein lebend Gesetz, eine Klapper, ein Fuchs,
Ein durchtriebener Schelm, stolzprahlender Schuft,
Strick, Gauner, Erzdieb, ein scheußlicher Wicht
    Und Schmarotzergesicht;
Wenn so mich begrüßt wer begegnet mir, dann
Mag immerhin mir, was sie wollen geschehn,
    Wenn es ihnen beliebt,
Bei Demeter, ich laß' als Füllsel mich selbst
    Von ihnen auftischen den Grüblern.

Chorführerin (zu Sokrates).

Guten Willen zeiget Dieser,
    Nicht verzagend,
Alles wagend.

(Zu Strepsiades.)

Sei gewiß
Erntest Du Das von mir Himmelanstrebender Ruhm wird
    Dir zu Theil auf Erden.

Strepsiades.

Was harret mein?

Chorführerin.

Preiswürdiges Loos mir gefällt
Für immer erwartet es Dich,
    Vor allen Menschen.

Strepsiades.

Werd' ich Das wohl,
Werd' ich Solches erleben je?

Chorführerin.

Sicherlich; Viele
Werden hinfort sich vor Deiner Schwelle lagern,
    Dich zu befragen begierig,
Hoffend Gehör zu erlangen;
Über hochwichtige Klag' und Gegenreden,
Dein, des Erfahrenen würdig,
Sich zu berathen mit Dir.

(Zu Sokrates.)

Doch leg' an den Alten nun Hand, lehr' ihn was voraus Du ihm
    zu schicken gedenkest,
Zu erwecken in ihm nachgrübelnden Sinn und erprobe die Kraft
    seines Geistes.

Sokrates (zu Strepsiades).

Wohlan, so gieb Du selber mir Dein Wesen kund,
Damit ich, nachdem ich es durchschauete, darnach
Auf neuen Wegen anzugreifen es vermag.

Strepsiades.

Was, Himmel, angreifen willst Du wie ein Bollwerk mich?

Sokrates.

Nein; Ein Paar kurze Fragen nur leg' ich Dir vor.
Hast Du Gedächtniß[1]?

Strepsiades.

    Ja, beim Zeus, ein doppeltes,
Ist Jemand etwas schuldig mir, dann merk' ich's leicht,
Doch bin ich Armer der Schuldner, dann vergeß' ich's leicht.

Sokrates.

Ward von Natur der Rede Gabe Dir verliehn?

Strepsiades.

Nicht mit dem Geben halt' ich's, mit dem Nehmen nur.

Sokrates.

Wie taugst Du dann zum Lernen?

Strepsiades.

    Sorge nicht, recht gut.

Sokrates.

Wohlan, werf' ich einen klugen Einfall Dir jetzt hin,
Aus höhrer Wissens Kreise, schnappe sogleich ihn auf.

Strepsiades.

Was, wie 'nem Hunde wirfst Du mir die Weisheit vor?

---

[1] Welchen Werth der wirkliche Sokrates auf ein gutes Gedächtniß legte, berichtet Xenophon Denkwürdigkeiten IV, 1. 2. „Er (Sokrates) schloß auf gute Anlagen vom schnellen Erlernen dessen, worauf Einer seinen Sinn richtete, und dem Behalten des Erlernten.“

Sokrates (für sich).

Unwissend ist der Bursche da, höchst ungeschlacht.

(Zu Strepsiades.)

Nicht geht es, fürcht' ich, Alter, ohne Prügel ab.

Was thust Du wohl, wenn's Prügel setzt?

Strepsiades.

Dann krieg' ich sie,

Besinn' ein Weilchen mich und rufe Zeugen auf;

545 Dann, wiederum nach kurzer Frist, zum Richter hin.

Sokrates.

Jetzt hurtig lege den Mantel ab [1]).

Strepsiades.

Verging ich mich?

Sokrates.

Nein; unbemäntelt einzutreten ist hier Brauch.

Strepsiades.

Gestohlnem nachzuspüren tret' ich ja nicht ein [2]).

Sokrates.

Leg' ab, was faselst Du?

Strepsiades.

Das Eine sage mir,

550 Wenn ich hübsch fleißig bin und lerne was ich kann,

Der Schüler welchem werd' ich dann wohl gleich es thun?

Sokrates.

Dann zeigst nicht mindre Gaben Du als Chärephon.

Strepsiades.

O wehe des Leibs, zur halben Leiche werd' ich dann!

Sokrates.

O still mit dem Geplauder, unverzüglich jetzt

545 Und sonder Säumen folge.

Strepsiades.

Gieb mir wenigstens

---

1) Auch das geschah von dem Einzuweihenden, zugleich aber auch von den Sclaven oder Schulknaben, die gezüchtigt werden sollten.

2) Wer kam um Haussuchung zu thun, durfte keinen Mantel tragen, damit er nicht mißgünstig das Gesuchte selber einschwärze.

Einen Honigkuchen in die Hand erſt. Furchterfüllt
Wag' Ich, wie in Trophonios' Höhle ¹), mich hinein.

Sokrates.

Was haſt Du noch herumzubucken vor der Thür?
(Beide hinein.)

Geſammtchor.

Tritt Dir zum Heil ein, weil ſo mannhaft Du bewährteſt   510
                    Dich;
    Frohes Gedeihn dem Wackern, daß er,
    Ob er in Jahren gar weit
    Andern bereits eilte voraus,
    Erſtrebend was Jünglingeskraft
    Heiſcht, ſeinen Geiſt auffriſchen will,   515
    Und ſich der Weisheit widmet.

Siebente Scene.

Der Chor.

Parabaſis ²).

Chorführerin (im Namen des Dichters ſich an die Zuſchauer
                    wendend).

Ihr Zuſchauer laſſet mich Euch ſonder Heßl verkünden jetzt
Laut're Wahrheit, beim Dionyſos, deß Huld mich ließ gedeih'n.

---

¹) Trophonios im Leben ein berühmter Baumeiſter, legte ſich im
Alter eine unterirdiſche Wohnung an und machte den Wahrſager. Nach
ſeinem Tode ward ihm göttliche Verehrung und ſeine ehemalige Wohnung, eine grauenvolle Höhle bei Lebadia in Böotien, galt für ein
Orakel. Die in dieſelbe Hinabſteigenden verfahren ſich mit Honigkuchen, die ihnen aufſtoßenden Schlangen und anderes Gethier damit
zu beſchwichtigen. Im Traume ward ihnen dort die Zukunft enthüllt.
So ſteigt in Euripides' Jon Xuthos in dieſe Höhle, ehe er das del-
phiſche Orakel befragt.

²) Das gr. Dr. S. 90 f. Die erſte Tarode der Chorführerin war offenbar für eine zweite Aufführung der Wolken beſtimmt, nachdem dieſe bier-

Wäre mir so sicher der Sieg und des echten Dichters Ruhm,
520 Als, Ihr Schau'nden, ich, im Vertrau'n, daß Ihr deß wohl
kundig seid,
Und weil, dünkt mir, nimmer ein Lustspiel wie dieses mir
gelang,
Solches Euch vor Allen zuerst aufzutischen wünscht', ein Stück,
Das die meiste Mühe mir schuf; dennoch mußt ich unverdient
Plumpen Burschen weichen im Kampf, darum trifft mein
Tadel Euch,
525 Die Verständ'gen, die zu erfreun ich mir solche Mühe gab.
Aber dennoch geb' ich von selbst nimmerdar die Kund'gen auf,
Denn seitdem von Männern bereinst, die man gern begrüßen mag,
Freundlich sich mein Wüstling und Ehrbar hier aufge-
nommen sah'n,
Die ich — Jungfrau war ich ja noch, Mutterehre mir versagt —
530 Ausgesetzt, und deren sodann eine Andre sich erbarmt,
Und die Ihr so edles Sinnes aufgezogt und unterwiest,
Seitdem hab' ich sich're Gewähr, daß Ihr freundlich mir
gesinnt [1]).
So erscheint nun jener Elektra vergleichbar Diese da,
Nachzuspäh'n, ob unter den Zuschauern so verständ'ge sein;
535 Denn erblickt sie solch', es erkennt gleich des Bruders Locke sie [2]).

---

bei der ersten, wie wir in der Einleitung sahn, eine ungünstige Aufnahme gefunden hatten. Ob diese zweite Aufführung wirklich stattfand,
unterliegt manchem Zweifel. Das Versmaaß, in welchem diese Anrede
abgefaßt ist, führte von seinem Erfinder, dem unsern Lesern aus der
Einleitung bekannten Komiker Eupolis, den Namen des Eupolideischen;
sein Schema ist:

$$ \cdot \; \cdot \; | \; -\cup \; | \; -\cup \cup \; \cdot \; \cdot \; -\cup \; -\cup \; . $$

[1]) Aristophanes spricht hier von seinem ersten Lustspiel, den Schmausenden. Das oben (griech. Drama S. 74, Anm. 114) darüber Gesagte erläutert diese, dort erwähnte Stelle.

[2]) Als der von Troia rückkehrende Agamemnon von Klytämnestra
und ihrem Buhlen Ägisthos ermordet wird, rettet Elektra den Knaben
Orestes zu ihrem Oheim Strophios. Der dort zum Jüngling heran-
gereifte kehrt mit seinem Pylades zurück, um, auf des Orakels Geheiß,
Rache an seines Vaters Mörder zu nehmen. Er opfert in den Choëphoren des Äschylos eine seiner Locken auf des Vaters Grabe. Diese

Seht nur, wie sie züchtiglich auftritt, indem zuerst sie nicht
Hier erscheint mit Lederanhang, den vorn angenäht sie trägt,
Dick, die Kuppe röthlich, daß sich lachend freut der Knaben
                              Schaar;
Auch verhöhnt Kahlköpf'ge sie nicht, zieht den Korbax [1]) nicht
                              herbei;
Nicht auf die Umstehenden schwingt hier der Alte seinen Stab 540
Beim Erzählen, frostigen Scherz durchzupaschen so bemüht;
Noch stürzt sie mit Fackeln herein, schreit auch nicht i·u, u·i!
Sondern ihren Versen vertrau'nd und sich selber tritt sie auf.
Und obschon mir Solches gelingt, prunk' ich doch als Dichter nicht,
Sondern zeig' erfinderisch stets mich in Neuersonnenem,   545
Kein Einfall dem anderen gleich, alle sinnig ausgedacht.
So versetz' ich Kleon, dem großmächt'gen, einen tücht'gen Streich,
Aber als zu Boden er lag, trat ich nicht auf ihm herum;
Doch seit eine Blöße zuerst Diesen gab Hyperbolos [2]),
Drillen sie den Ärmsten zusammt seiner Mutter für und für. 550

───────

erkennet Elektra für ein Todtenopfer ihres Bruders und ahnet so seine
Rückkehr. So werd' ich, meint der Dichter, an dem kleinsten Zeichen
leicht die feinfühlenden Zuschauer herausfinden, die meines ersten Lustspiels so freundlich sich annahmen.

1) Ein dem Lustspiel eigenthümlicher, ziemlich unzüchtiger Tanz.

2) Hyperbolos, eine häufige Zielscheibe des Witzes der Komiker, war
anfänglich ein λυχνόπωλος, d. h. er trieb einen Handel mit Lichtern,
Lampen dergl. (s. v. 1063). Dann fing er in Athen die Rolle eines
Schreiers, Syklophanten, zu spielen an. Ein Mensch, sagt Plutarch
(Niklas 11), ohne alles Ansehn keck, aber durch seine Keckheit zu Ansehen gelangend, der durch den Ruf, den er im Staate erlangte, den
Staat in Verruf brachte. Sich zu heben bemüht, suchte er durch das
Scherbengericht einen der damaligen Staatshäupter, Niklas oder Alci-
biades, aus Athen zu entfernen. Diese aber, ihres bisherigen Zwistes
vergessend, vereinigten sich gegen ihn und er fiel selbst in die ihnen
gegrabene Grube. Der nur gegen angesehene Männer gerichtete Ostra-
cismos hatte nun seine Bedeutung verloren. Nach Hyperbolos ward
Niemand wieder durch ihn verwiesen. Daher sagt der Lustspieldichter
Platon von ihm:

    War schön, was er erduldet, seinem Thun gemäß,
    War doch ihm selbst und seiner Schmach es nicht gemäß;
    Für solche Bursch' ersann man traun die Scherbe nicht.

Eupolis eröffnet den Reihn hier zuerst mit Marikas,
Wo die Ritter kläglich er ummodelte der Klägliche,
Eine Alt' einfügend, die dort wohlbezahlt den Kordax tanzt,
Abgeborgt dem Phrynichos, wo sie des Unthiers Beute wird.
Wieder trat Hermippos dann auf, reizend den Hyperbolos;
So daß All' und Jeglicher nun losschlägt auf Hyperbolos,
Und wie zu entlehnen das Bild sich nicht scheut vom Aalenfang [1])
Wer die Witze dieser belacht, um deß Beifall buhl' ich nicht;
Aber zeigt beifällig Ihr Euch mir und Dem was ich ersann,
Dann entbehret nimmer des Ruhmes Kunstverständ'ger Ihr
hinfort [2]).

1) Das Bild vom Aalenfang .... Andeutung unsres: Im
Trüben ist gut fischen. In den Rittern (864) heißt es vom Kleon:
Denn Ähnliches erfuhrest Du wie die nach Aalen fischen.
Wann ungetrübt das Wasser ist, dann weißt kein Fang gelungen;
Doch wann hinauf sie und hinab den Schlamm des Bodens rühren,
Dann gibt es Fische: So fischt Du, wenn Du den Staat verwirrst.

2) 530—560. Aristophanes läßt hier, in dieser für die Geschichte
des alten Lustspiels merkwürdigen Stelle, ein strenges Gericht über
mehrere seiner Mitbewerber auf der komischen Bühne ergehen und
wirft ihnen vor, zu Mitteln, Lachen zu erregen, ihre Zuflucht genommen zu haben, die er selbst zwar auch nicht verschmähte, bei deren
Anwendung er aber doch wohl mehr Maaß zu halten wußte, und denen
er bezweckte, die komische Darstellung zu beleben, nicht aber den Mangel
an komischer Kraft und witzigen Einfällen dadurch zu verdecken, wie
bei manchem seiner Collegen der Fall sein möchte.

Mit einem verzeihlichen Selbstgefühl gedenkt er seines wiederholten
kühnen Angriffs auf den gewalt'gen Kleon (Vgl. gr. Dr. S. 75 f.) Anderes
verfichte gegen den minder furchtbaren, satirigwerdenden Schreier und
Sykophanten Hyperbolos Eupolis in seinem Marikas.

Phrynichos, dessen hier gedacht wird (eines Tragikers dieses Namens
erwähnten wir gr. Dr. S. 17) trat 8—10 Jahr vor Aristophanes
auf, und wird den namhaftesten (älteren?) Lustspieldichtern beigezählt. Er brachte 10 Lustspiele auf die Bühne. Auch Hermippos,
ein eifriger Gegner des Perikles, der 40 Lustspiele schrieb, gehörte zu
den Vorgängern unseres Dichters. Phrynichos parodirte wahrscheinlich
die von Euripides und Sophokles auf die Bühne gebrachte Andromeda.
Der Euripideischen gedenkt unser Dichter in den Fröschen (53) und den
Frauen am Feste der Thesmophorien (1098 ff.) Die ihm von Eupolis entlehnte Alte war wohl die Mutter des Hyperbolos.

Gesammtchor (Strophe).

Zeus, den erhabenen, zuerst
Lad' ich, der Götter Fürsten, ein,
  Unserem Chor zu nahen;
Diesem zunächst der den Dreizack kräftiglich führt,
  Welchem die Erd' erbebet und   305
    Salzige Meeres Gewässer;
Unsern Erzeuger dazu, des gepriesenen
Äthers erhabene Kraft, der da Alles ernähret;
  Auch ihn, deß Arm lenkt das Gespann,
  Deß lichter Glanz über das All   310
    Sich ergießt, ein gewaltiger
    Dämon Göttern und Menschen.

Chorführerin (im Namen der Wolken).

Die Ihr höchst verständig unser Spiel schaut, achtet auf mein Wort;
Ob erlitt'nes Unrechts klagen unverhohlen wir Euch an;
Möchten wir zumeist vor allen Göttern nützen dieser Stadt,   315
Wissen unter den Dämonen Spend' und Opfer wir allein:
Wir, die für Euch Sorge tragen; denn gedenkt unüberlegt
Auszuzieh'n Ihr, dann erheben donnernd wir und regnend uns.
Ferner, als den gutverhaßten, paphlagon'schen Gerber Ihr
Euch zum Feldherrn auserkohren, runzelten wir baß die Brau'n   320
Und gebehrdeten wie arg uns, unter Donner, unter Blitz
Auch Selene wich aus ihrem alten Gleis' und Helios,
In sich selber unverträglich ziehend seiner Leuchte Docht,
Sagt': Er werd' Euch nicht mehr scheinen, solle Kleon Feld-
          herr sein [1]).
Dennoch traf ihn Eure Wahl; denn große Unberathenheit   325
Soll an dieser Stadt ja haften, doch die Götter immerdar
Es zu Eurem Besten wenden, thatet einen Fehlgriff Ihr [2]).

---

1) Wir erwähnten bereits in der Einleitung (S. 81), daß unsers Dichters Angriffe auf Kleon Diesem so wenig zu schaden vermochten, daß er einige Jahre nach Aufführung der Ritter (422) mit unumschränkter Vollmacht gegen Brasidas nach Thrake gesendet wurde (Thuc. IV, 117, V, 2). Dieser Feldzug kostete beiden Feldherrn das Leben.

2) Dasselbe wiederholt der Dichter Eccles. 473.

Wie auch Das zum Heil gedeih'n mag, weisen wir gar leicht
Euch nach;
Wenn den Hals Ihr dieses Habichts, Kleon's, der Bestechlichkeit
Und des Diebstahls überwiesen, in des Holzes Klammer zwängt,
Kehret, ob Ihr fehlgegriffen, Alles in das alte Gleis,
Und es wird das Unternehmen Eurer Stadt zum Heil gedeih'n.

         Gesammtchor (Gegenstrophe).

Neige Dich, Herrscher Apollon,
Wieder mir zu, hochthronend auf
     Kynthischem Felsenhorne;
Göttin auch Du, der golden zu Ephesos sich
     Wölbet ein Bau, wo Lydiens
     Töchter Dich hoch verehren;
Unseres heimischen Landes Obwalt'rin auch
Lenk'rin der Ägis Athene, die schirmend die Stadt schützt;
Und Du auf parnassischen Höh'n
Beim Fackeltanz strahlend hervor,
Unter delph'scher Mänaden Schwarm,
     Im Nachtreihn, Dionysos!

         Chorführerin [1] (wie zuvor).

Als wir eben Anstalt machten, unsers Wegs hierher zu ziehn,
Traf Selen' auf uns und trug an Euch uns diese Botschaft auf:
Grüßen läßt erst die Athener sie und die Verbündeten,

---

[1] Im vierten Jahre der 86sten Olympiade, also 9 Jahre vor der
ersten Aufführung der Wolken, wurde nach Diodor (XII, 36) die von
Meton herrührende Kalenderverbesserung eingeführt. Dieser Astronom
hatte gefunden, daß 235 Mondmonate ziemlich 19 tropische Jahre
geben, und gründete darauf seinen 19jähr'gen Cyklus. Bei dieser Annahme beging er in 19 Jahren einen Irrthum von etwa 7½ Stunden,
um welche er jene 19 Jahr zu groß annahm. Daß die Einführung
eines neuen Kalenders zu manchen, zum Theil drolligen Verwirrungen
die Veranlassung geben mußte, lag in der Natur der Sache. Sehr
passend legt der Dichter hier Selenen eine Klage darüber in den Mund,
da mehrere Feste an die Phasen des Mondes geknüpft waren. Wieland nimmt die Sache viel zu ernst, wenn er in diesem so nahe liegenden Scherze des Dichters eine Mißbilligung der höchst zweckmäßigen
Verbesserung zu erkennen glaubt. Meton selbst wird uns in den Vögeln begegnen. (992 ff.)

Dann erkläret sie, sie zürn' Euch, weil ihr Arges wiederfuhr,
Ob sie schon Euch Allen nütze, nicht mit Worten, offenbar:
Erstens an' der Fackel eine Drachme Monats wenigstens,
So daß jeder Bürger spreche, wenn er Abends ausgehn will:
„Bursch, nicht kauf' heut' eine Fackel, 's ist ja schöner Mondenschein."
And'res Guten zu geschweigen; Doch begeht die Tag' Ihr nicht
Nach Gebühr und menget Alles durcheinander kunterbunt.
So daß jedes Mal die Götter, wie sie saget, sie bedroh'n,
Wenn, um einen Schmaus betrogen, hungrig sie nach Hause geh'n,
Weil das Fest nicht ihnen wurde, das der Monatstag verhieß;
Ihr, dieweil Ihr opfern solltet, foltert, sitzet zu Gericht;
Umgekehrt oft, wenn im Himmel einen Festtag wir begehn,
Weil den Memnon wir betrauern, oder des Sarpedon Tod,
Bringt Trankopfer Ihr und schäkert; Darum, als Hyperbolos
Heuer sich zum Hieromnemon ¹) loosete, ward ihm der Kranz
Von uns Göttern abgerissen; denn so wird's begreiflich ihm,
Daß die Tage man im Leben nach Selenen feiern muß.

Achte Scene.

Sokrates. Strepsiades. Der Chor.

Sokrates (aus seinem Häuschen tretend).
Beim Athemzug, beim Chaos, bei des Äthers Raum,
Nie sah ich einen so bäurisch tölpelhaften Mann,
So linkisch unbeholf'nen, so vergeßlichen,

---

¹) Zweimal im Jahre, im Frühjahr zu Delphi, im Herbste zu
Thermopylä, versammelte sich das Amphiktyonengericht, zu welchem
jeder der dazu berechtigten 12 Staaten zwei Abgeordnete, Hieromnemon
und Pylagoras schickte. Hyperbolos, der Hieromnemon dieses Jahres,
hatte in einem Ungewitter den Lorbeerkranz verloren, der ihn, als von
einer zu religiösen Zwecken unternommenen Reise (θεωρία) kehrend,
schmückte.

Der, ob es Kinderpossen zu begreifen gilt,
Sie vergessen hat, eh' er sie begriff; Jedennoch will
Hier heraus ihn vor die Thür' ich rufen, an das Licht.
(Zu der noch geöffneten Thür hineinrufend)
Wo steckt Strepsiades? Komm und bringe Dein Polster mit.

Strepsiades (von drinnen).
Das fortzutragen gestatten mir die Wanzen nicht.

Sokrates.
Geschwind, da leg' es nieder und hab' Acht.

Strepsiades (auf das Polster gestürzt in aufmerksamer Stellung).
Da sieh!

Sokrates.
Wohlan, was begehrest jetzt zuerst zu lernen Du,
Davon, wovon noch gar nichts Du vernahmest? Sprich.
Von Rhythmos, von Gedichten, von der Verse Maaß?

Strepsiades.
Vom Maaße sprich vor Allem mir; denn neulich erst
Betrog ein Mehlverkäufer um zwei Viertel mich.

Sokrates.
Nicht darnach frag' ich; Welcher Vers füllt mehr Dein Ohr,
Der nach dem Dreitact oder der im Vierteltact?

Strepsiades.
Mehr füllt das Viertel, als drei Metzen mir den Sack.

Sokrates.
Das sind verkehrte Metzen, Mensch.

Strepsiades.
Ha, wetten wir,
Daß auf das Viertel accurat vier Metzen geh'n!

Sokrates.
Wie plump, zum Geier, bist, wie ungelehrig Du!
Das wird vortrefflich, kömmt es an die Rhythmen geh'n.

Strepsiades.
Was helfen denn die Rhythmen mir zum lieben Brod?

Sokrates.
Zuerst verleiht im Umgang das den feinen Ton,

Dann gleich zu hören, welcher Art der Rhythmos sei
Beim Tanz der Waffen, oder im daktyl'schen Maaß [1]).

Strepsiades.

Das Alles mag ich ja nicht lernen!

Sokrates.

Was denn sonst?

Strepsiades.

Das nur, nur Das, des allergrößten Unrechts Kunst.

Sokrates.

Doch zuvor liegt manches Andre Dir zu lernen ob;
So, was da von den Vierfüßlern wirklich männlich sei.

Strepsiades.

Was männlich ist das weiß ich, bin bei Sinnen ich;
Der Bock, der Widder, der Stier, der Hund, der Puter auch.

Sokrates.

Sieh'st Du, wie Dir's ergeht? Du nennest Puter ja
Die Sie und Puter heißt nicht minder Dir der Hahn.

Strepsiades.

Wie so denn? Sprich?

Sokrates.

Wie? Puter sagst und Puter Du.

Strepsiades.

Ja, beim Poseidon. Und wie heißt es eigentlich?

Sokrates.

Die Puterin. Der andre der Putermann.

Strepsiades.

Die Puterin? Vortrefflich, bei des Äthers Raum.
Schon für die einzige Belehrung füll' ich Dir
Bis an den Rand mit Weizenmehl die Karbopos [2]).

---

1) Ein plumper Matrosenscherz, ohnehin nur für den Zuschauer,
nicht für den Leser genießbar, blieb hier unübersetzt.

2) Unsere Leser müssen sich schon einmal die griechische Benennung
für Backtrog gefallen lassen, wie wir ja häufig die griechischen Namen
für der Griechen Feste, Ämter, Münzen, Maaße u. dergl. beibehalten.

Sokrates.

Schon wieder fehlgegriffen. Siehe, die Kardopos
⸺ Beugst männlich Du, ein Weibliches.

Strepsiades.

                              In welcher Art
Beug' ich denn männlich die Kardopos?

Sokrates.

                              Ei, allerdings,
So wie Du sagst Kleonymos ¹).

Strepsiades.

                    Wie so denn?   Sprich.

Sokrates.

Du stellst zusammen Kardopos und Kleonymos.

Strepsiades.

Doch halte, Freund, keine Kardopos Kleonymos,
⸺ In einem runden Mörser menget' er sein Mehl.
Wie aber soll ich denn hinfort nun sprechen?

Sokrates.

                              Wie?
Die Kardope, so wie Du sagst die Sostrate ²).

Strepsiades.

  Die Kardope?

Sokrates.

          Mit Recht benennst Du weiblich sie.

Nur so konnten die grammatischen Spitzfindigkeiten, die der Dichter
dem Sokrates in den Mund legt, und die Spöttereien über einige allen
Zuschauern wohlbekannte Athener wiedergegeben werden, die selbst für
uns, obschon wir von den Angegriffenen nicht viel mehr wissen, als
was sich eben aus dem Zusammenhang dieser und anderer Stellen entnehmen läßt, nicht alles Satzes ermangeln. Wieland läßt die Stelle
unübersetzt, Voß und Boß machten Versuche, die man wohl mißlungen
nennen darf. So auch Schütz und Welcker.

  ¹) B. 352, Anm.

  ²) Als wenn ein Sprachverbesserer vorschlagen wollte: die Gänsin,
weil Gans und Hans zusammenstimmt.

Strepsiades.
So hieß es also: Karbope, Kleonyme.

Sokrates.
Auch von den Eigennamen hast zu lernen Du
Was davon eigentlich männlich und was weiblich ist.

Strepsiades.
Die weiblichen, die kenn' ich wohl.

Sokrates.
So nenne sie.

Strepsiades.
Lysilla, Philinna, Kleitagora, Demetria.

Sokrates.
Und welche Namen sind denn männlich?

Strepsiades.
Tausende,
Philoxenos, Melesias, Amynias.

Sokrates.
Unwissender, das sind ja keine männlichen.

Strepsiades.
Sie sind bei Euch nicht männlich?

Sokrates.
Keineswegs; denn
Wie rufst Du, auf Amynias treffend, ihn wohl an?

Strepsiades.
Wie an? Nun so, komm her, komm her, Amynia ¹).

Sokrates.
Siehst Du? Als ob ein Weib er, rufst Amynia Du.

---

¹) Griechische Vocativform, die hier festgehalten werden mußte. Des Amynias wird gedacht Wespen 1267. Daß übrigens Sokrates wirklich, wie ihm hier vorgerückt wird, an grammatischen oft in das Spitzfindige ausartenden Untersuchungen Geschmack fand, geht schon aus dem Kratylos des Platon hervor. Man erzählt von ihm die Anekdote: Drei Uebel seien ihm zu Theil geworden, die Grammatik, die Armuth und ein böses Weib.

Strepsiades.

Mit Recht doch wohl, da er ja nicht zu Felde zieht?
Doch wozu lern' ich Das, was Jeglicher schon weiß?

Sokrates.

Zu nichts fürwahr. Nein lege Dich nieder hier (auf das
Polster zeigend).

Strepsiades.

Und dann?

Sokrates.

Sinn' über die eig'nen Angelegenheiten etwas aus.

Strepsiades.

Nur hieher nicht, ich flehe Dich; Muß es gescheh'n,
Gestatt' auf platter Erd' es auszusinnen mir.

Sokrates.

Hier gilt kein Widerstreben.

Strepsiades.

Ich Unglücklicher,
Wie arg trifft heute mich der Wanzen Strafgericht!

Gesammtchor (Strophe [1]).

Nun denke nach, grübele brav,
    Zieh' in Dich selbst zurück Dich
    Auf jede Weise.
Und regsames Geistes, wenn irgend Du
    Auf Schwier'ges stößest,
    Zu And'rem Dich gewendet, sehn
        Halte den süßen Schlummer Dir.

Strepsiades.

O weh', o weh', o wehe mir!

Sokrates.

Was hast Du? Was klagst Du?

---

[1] Da weiter unten (798 ff.) der Gesammtchor die dieser Strophe
entsprechende Gegenstrophe singt, so müssen wir, wie schon Reisig that,
auch sie, nicht dem Sokrates, wie die meisten Herausgeber, sondern
dem Chore beilegen.

Strepsiades.

Vergehen muß ich Ärmster, aus dem Polster kriecht
Die Schaar der Wanzenhelmer und zerfrißt mich schier.
(Singend.)
Nicht länger vermag's zu ertragen ich,   105
Wie am Leibe sie weidlich zernagen mich,
Und nach jeglicher Stelle sie wagen sich,
Und vom After nicht lassen verjagen sich,
Zu zerplagen mich.

Sokrates.

O gebehrde doch nicht so jämmerlich Dich.   110

Strepsiades (singend).

Wie ertrüg' ich's? Da mir
Das Vermögen dahin, meine Farbe dahin,
Die Gedanken dahin, meine Schuhe dahin,
Und daneben auch ich, zu dem Leid das mich traf,
Wach singend mich hier [1]),   115
Fast selber nicht minder dahin bin.

Sokrates (nach einer Pause).

Na, Freund, wie geht es? Sinnest denn nicht nach Du?

Strepsiades.

Ich?
Ja, beim Poseidon.

Sokrates.

Und worüber sannst Du nach?

Strepsiades.

Ob der Wanzen Schaar von mir 'was übrig lassen wird.

Sokrates.

Verderben treffe Dich.   120

Strepsiades.

Das, Guter, traf mich schon.

---

1) Die zu Nacht Wachthaltenden suchten durch Singen den Schlaf
zu verscheuchen. So sagt der Wächter, der den Agamemnon des Äschylos eröffnet (B. 10, 17, nach H. Voß' Übersetzung):
Wenn dann ich sing' ein wenig, oder trällern,
Den Schlaf durch Gegenzauber so wegbannend mir.

Sokrates.

Nicht weichlich sich zu gebehrden, sich einzuhüllen gilt's,
Denn es gilt ein betrügelsch Stückchen zu erfinnen jetzt,
Einen Gaunerstreich.

Strepsiades.

O wehe mir, wer schaffet wohl
In dem Schaafpelz eingehüllet was da Rettung schafft?

Sokrates (nach einer Pause).

125 Ich muß doch wieder nachseh'n, was der Freund da macht.
He, schläfst Du, Alter?

Strepsiades.

Beim Apollon nein, ich nicht.

Sokrates.

Hast etwas Du gefunden?

Strepsiades.

Nein, beim Zeus.

Sokrates.

Gar nichts?

Strepsiades.

Nein, weiter nichts, als diese Hand voll Wanzen da ¹).

Sokrates.

Sinnst Du mir nicht, Dich wohl einhüllend, bald 'was aus?

Strepsiades.

130 Worüber denn? Das sage Du mir, Sokrates.

Sokrates.

Sprich selber, was zuerst zu erforschen Du begehrst.

Strepsiades.

Was ich begehre, hörtest Du zehntausendmal;
Betreffs der Zinsen, wie man an Niemand sie bezahlt.

Sokrates.

Auf, hülle Dich ein und gieb dem Grübeln freien Lauf,

---

¹) Der Übersetzer gab ein züchtiges Quid pro quo, das er seinem
Vorgänger Schütz verdankt. Wer gern wissen will, was Aristophanes
dem Strepsiades in die Hand giebt, vergleiche oben 537. S.

Spitzfind'gem, denk' im Einzelnen Deine Lage durch,
Wohl Alles scheidend und erwägend.

   Strepsiades (sich juckend).
    Wehe mir!

    Sokrates.
Bleib ruhig. Und wenn ein Gedanke Schwierigkeiten schafft,
Laß fahren ihn. Dann setze Dein Nachsinnen Du
Von Neuem in Bewegung, wäge genau es ab.

   Strepsiades.
Ach liebstes Sokrateschen!

    Sokrates.
    Nun, mein greiser Freund?

   Strepsiades.
Ich hab' einen Einfall, der von den Zinsen mich befreit.

    Sokrates.
So laß doch hören.

   Strepsiades.
  Sage mir, was meinst Du wohl,
Kauft' ich mir eine Zauberin aus Thessalien
Und nähme zu Nacht den Mond herunter, den sodann
Im runden Futteral ich wohl verschlossen hielt,
Gleich einem Spiegel und ihn so bewahrete ¹). —

   Sokrates.
Was könnte das denn irgend wohl Dir frommen?

   Strepsiades.
    Was!
Wenn nirgendwo der Mond dann aufgieng fürderhin,
Dann zahlt' ich keine Zinsen.

   Sokrates.
    Ei, weshalb denn nicht?

---

1) Die Spiegel der Alten waren größtentheils von Metall und rund. Eine runde Kapsel schätzte sie vor Rost. Was hier, dem Volksglauben gemäß, den thessalischen Zauberinnen nachgerühmt wird, dessen rühmt sich bei Horaz (Epod. 17, 77, 8) Canidia:
   Ich, die vom Pol
  Herunter reißen kann den Mond durch Banngesein.
So Virgil Ecl. VIII, 69.

Strepsiades.

Weil monatsweise man das Geld verzinsen muß [1]).

Sokrates (ironisch lächelnd).

Schön. Doch noch Eines leg' ich Deinem Scharffinn vor,
Wenn man um fünf Talente Dich verklagete,
Wie machteſt die Klage zu Nichte Du, das sage mir?

Strepsiades.

Wie? Wie? Das weiß ich nicht. Dem nachſinnen muß ich erſt.

Sokrates.

Nicht drehe Dich im Nachdenken ſtets um Dich herum,
Laß frei Dein Grübeln ſchweifen durch der Lüfte Raum,
Wie den Faden am Fuße man Goldkäfer flattern läßt [2]).

Strepsiades.

Die ſchlauſte Vereitlung ſolcher Klage fand ich aus,
Wie Du ſelbſt mir einräumen wirſt.

Sokrates.

Nun, welche denn?

Strepsiades.

Haſt bei den Apothekern Du denn ſchon den Stein
Einmal geſeh'n, den ſchönen, den durchſichtigen,
Mit dem ſie Feuer zünden?

Sokrates.

Du meineſt den Kryſtall?

Strepsiades.

Ja freilich. Wie nun, nähm' ich ſolchen Stein zur Hand
Und ſchmölz', in ein'g' Entfernung nach der Sonne zu
Mich ſtellend, weg [3]) die Schrift der Klage gegen mich?

Sokrates.

Schlau, bei den Charitinnen!

---

[1]) S. 17, Anm.

[2]) Daß die griechiſchen Knaben daſſelbe Spiel mit Goldkäfern trieben,
wie die unſrigen mit Maikäfern, berichtet Pollux (IX, 7) und beruft
ſich dabei auf unſere Stelle.

[3]) Von der mit Wachs überzogenen Tafel.

Strepsiades:
                    Ha, wie freu' ich mich,
Daß die fünstalent'ge Klageschrift beseitigt ist!

Sokrates.
Wohlan, in aller' Eil' erfasse das mir.

Strepsiades.
                              Was?

Sokrates.
Wie die Klage Du abwendest Deiner Gegner,
Im Begriff zu unterliegen, Du der Zeugen bar?   770

Strepsiades.
Wohlfeiles Kaufs, sehr leicht.

Sokrates.
                    Sag' an.

Strepsiades.
                         So höre denn.

Ich liesse, indeß noch Eine Sache schwebete
Bevor zum Spruch die mein'ge käm', und hieng mich auf.

Sokrates.
Unsinn'ges Zeug.

Strepsiades.
              Ha, bei den Göttern, wahrlich nicht;
Niemand erhebt, bin todt ich, Klage gegen mich.   775

Sokrates.
Du faselst.. Fort! Nicht weiter belehren mag ich Dich.

Strepsiades.
Warum denn, sprich, um der Götter Willen, Sokrates?

Sokrates.
Sogleich vergißest Du ja, was irgend Du gelernt.
Was lehrt' ich denn so eben zuerst Dich? Gieb Bescheid.

Strepsiades (ängstlich).
Laß seh'n. Was war das Erste denn? Was war es doch?   780
Wie hieß das Ding, in dem das Mehl geknetet wird?
Weh mir, wie hieß es?

Sokrates.

Packst Du nicht zum Geier Dich,
Du höchst vergeßlicher, unbeholf'nes Alterchen?

Strepsiades.

Weh' mir! Ach wie ergeht's mir Gottverlaß'nen nun?
745 Aus ist's mit mir, erlern' ich das Jungenbrechen nicht.
So rathet denn Ihr, Ihr Wolken, mir Ersprießliches.

Chorführer.

Der Rath, den wir, o Alter, Dir ertheilen, ist:
Wenn Dir ein Sohn zu Theil ward, ein erwachsener,
So send' an Deiner Statt zur Unterweisung Den.

Strepsiades.

750 Wohl hab' einen Sohn ich, der gar fein und wacker ist;
Nur mag er in die Lehre nicht. Was fang' ich an?

Chorführer.

Das gestattest Du?

Strepsiades.

Ei, er ist stark und strotzt von Kraft,
Entflammt der Kösyras hochaufstrebendem Gesipp.
Doch werd' ich ihn aufsuchen; Will er aber nicht,
755 Dann hält mich nichts, zum Hause werf' ich ihn hinaus.
(Zum Sokrates.)
Du aber harre drinnen indeß ein wenig mein (ab).

Gesammtchor.   Gegenstrophe.

(Zu Sokrates.)
Wirst innen Du's? Reichen Gewinn
Bringen Dir wir, die allein
760 Als Götter Du ehrst.
Wie willig ist Dieser zu thun, was Du
Ihm irgend heißest?
Des Mannes Mark, der sinnenbethört
Sichtlich Dich jetzt so hoch verehret.
(Schlußgesang)
765 Sonder Verzug saug' es ihm aus, wie Du vermagst,
Es erkennend wie dergleichen wohl
Anders sich oft gestalte.

———— ————

Neunte Scene.

Vor dem Hause des Strepsiades. Strepsiades und Pheidippides (aus
dem Hause kommend). Chor.

Strepsiades.

Beim Nebel wahrlich länger duld' ich hier Dich nicht,
Geh' hin und iß Dich an Megakles' Säulen satt [1)]

Pheidippides.

Du Wunderlicher! Was ficht Dich denn, mein Vater, an?
Du bist nicht recht bei Sinnen, bei Zeus, dem olympischen!

Strepsiades.

Seht, seht! Bei Zeus dem olympischen, des Unverstands!
An einen Zeus zu glauben, ein so großer Mensch!

Pheidippides.

Wie findest Du das lächerlich?

Strepsiades.

Erkenn' ich doch
In Dir das Knäbelein, altväterisches Sinns.
Jedennoch tritt nur näher, daß Du Beßres lernst,
Da sollst Du hören, was Dich erst zum Mann' erhebt.
Doch daß Du ja Das mit an Niemand sonst verräthst [2)].

Pheidippides.

Nun sprich, was ist es denn?

Strepsiades.

Du schwurst doch jetzt beim Zeus?

Pheidippides.

Ja wohl.

Strepsiades.

Nun siehe, wie gut es ist, wenn man was lernt:
Einen Zeus, Pheidippides, giebt es nicht.

---

1) Schon der Scholiast deutet richtig diese Aeußerung des schmollen-
den Vaters darauf, daß bei dem vornehmen Schwager ein unangenehmer
Widerspruch zwischen dem säulengetragenen Dach und der unter demselben
herrschenden Armuth stattfinden mochte.

2) V. 141. 144.

Pheidippides.

Ei was denn sonst?

Strepsiades.

Statt seiner herrscht der Wirbel, der den Zeus vertrieb [1]).

Pheidippides.

Pah, welch' Gefasel.

Strepsiades.

Allerdings, deß sei gewiß.

Pheidippides.

Und wer behauptet Das?

Strepsiades.

Sokrates, der Melier [2])
Und Chärephon, der der Flöhe Spur erforschete.

Pheidippides.

Und Du verirretest zu solcher Tollheit Dich,
Verrückten Männern Glauben beizumessen?

---

1) 378.

2) Diagoras ursprünglich ein zu frommen Aberglauben oder Allen geneigter
Mann (εἰ τις καὶ ἄλλος δεισιδαίμων Sextus Emp.) ließ sich, wahrscheinlich
der Wahrheit nachstrebend, in alle Mysterien oder Geheimlehren einweihen. Aber entweder die hier erlangten Aufschlüsse und die daraus
hervorgehenden Widersprüche, oder ein gegen ihn geleisteter und von
den Göttern ungestraft gebliebener Meineid führten ihn zu dem andern
Extrem und machten ihn zum entschiedenen Gottesläugner. Ja er trug,
und das galt für das strafwürdigste Vergehen (Einleitung zum Plutos),
kein Bedenken, die ihm anvertrauten Geheimnisse auszuplaudern. Darum mußte er später, wie unser Dichter in dem neun Jahre nach
der ersten Aufführung der Wolken auf die Bühne gebrachtem Vögeln
selbst berichtet, und der Scholiast bestätigt, nicht bloß aus Athen flüchten,
sondern es wurde sogar dem, der ihn tödten würde, ein Talent zur
Belohnung verheißen. Melier galt also in des Strepsiades Munde
soviel als Gottesläugner. Ob Wieland, der diesem Beinamen des Sokrates eine fast einen Bogen füllende Erläuterung gewidmet hat, mit
Recht den Aristophanes beschuldige, er habe dadurch zugleich die athenische
Herkunft, ja selbst die politische Gesinnung des Sokrates — die eykla-
bische Insel Melos war eine den Spartanern im peloponneßischen Kriege
ergebene Kolonie derselben und erfuhr im 16ten Jahre desselben deshalb ein sehr grausames Schicksal — verdächtigen wollen, dürfte füglich zu bezweifeln sein, da schwerlich des Aristophanes Angriff auf Sokrates so arg und böse gemeint war, wie man glaubt.

Strepsiades.

Still,
Nichts Ungehöriges sprich von Männern, die gewandt
Und verständig sind, von denen Keiner je den Bart
Aus Sparsamkeit sich scheeren ließ, noch sich salbete,
Noch sich zu baden in ein Bad je kam; doch Du
Verbadest meine Hab', als sei 'ne Leich' ich schon [1]).
Nein mache stracks Dich auf und lern' an meiner Statt.

Pheidippides.

Was lernete man von Jenen wohl Ersprießliches?

Strepsiades.

Meinst Du? Was irgend es Weises unter den Menschen giebt, an
Dich erkennen wirst Du [2]), wie plump Du, wie unwissend bist.
Doch harre Du hier meiner nur ein Weniges (ab in sein Haus).

Pheidippides (allein).

Weh, was beginn' ich, da der Vater von Sinnen kam?
Überführen seiner Verrücktheit vor Gericht ich ihn,
Oder denk' ich, weil den Verstand er verlor, auf einen Sarg?

Strepsiades.

(Mit einem Puterhahn und einer Puterhenne zurückkehrend.)
Laß seh'n, was meinst Du ist denn Das? Das sage mir.

Pheidippides.

Ein Puter.

Strepsiades.

Schön. Ganz richtig; Aber diese da? (Auf die
Henne zeigend.)

Pheidippides.

Ein Puter.

---

[1]) Verbaden soviel als vergraben, insbesondere verschmausen. Vor jedem Schmause nahm man ein Bad, daher die römischen Ausbrüche laute vivere, lautitia etc. Der letzte Ausdruck bezieht sich theils auf die vom Scholiast erwähnte Sitte, nach Bestattung eines Todten durch ein Bad sich zu reinigen, theils auf das Verschweigen der Hinterlassenschaft.

[2]) Vielleicht Anspielung auf den hohen Werth, den Sokrates auf die Selbsterkenntniß legte. Xen. Denkw. IV. 2. 24. 34.

Strepfiades.

Alle beide? Ha, wie lächerlich!
Nicht sprich hinfort so, sondern nenne diese da
Die Puterin, und diesen hier den Putermann.

Pheidippides.

Die Puterin? Den schönen Ausdruck lerntest Du,
Als des Himmelsstürmers [1]) Schule kürzlich Du besucht?

Strepfiades.

Und Manches noch; Doch was ich lernte, jedesmal
War's gleich vergessen wieder, weil zu alt ich bin.

Pheidippides.

Und darum hast Du auch den Mantel eingebüßt?

Strepfiades.

Ei, nicht doch eingebüßt, den hab' ich verstudirt.

Pheidippides.

Und Deine Schuhe, wo blieben die, Du Thörichter?

Strepfiades.

Zu Röthigem verwandt' ich sie, wie Perikles [2]).
Doch auf, komm, laß uns geh'n, hör' auf des Vaters Wort;
Ob es Dir thöricht scheine; weiß ich doch, auch ich
Hört' meist auf Dich, als Du Sechsjähr'ger papeltest,
Und für den ersten Heliastenobolos
Kauft' am Dionysienfest' ich Dir ein Wägelchen.

Pheidippides (sich den Vater zu begleiten anschickend).
Gewiß, mit der Zeit wirst Du es selber noch bereu'n.

Strepfiades.

Brav, daß Du folgest.

---

1) Des Gottesläugners.

2) Zehn oder nach Andern zwanzig Talente verwandte Perikles
wahrscheinlich zu Bestechungen der spartanischen Feldherren oder Ephoren,
also zu geheimen Ausgaben. In der öffentlichen Rechnung konnte
das nicht aufgeführt werden: So sagte er, er habe sie zu Röthigem
verwendet und das Volk beruhigte sich dabei (Plutarch Peric. 21. 23).

Zehnte Scene.

Vor dem Häuschen des Sokrates. Die Vorigen. Sokrates.

Strepsiades.
Heda, lieber Sokrates,
O komm heraus, ich bringe meinen Sohn Dir da,
Den ich mit Noth vermocht.

Sokrates (heraustretend).
Auch ist er kindisch noch,
Mit uns hier aufzuschweben keineswegs gemacht.

Pheidippides.
Am Galgen kämst Du selber in die Schwebe wohl.

Strepsiades.
Daß Dich der Geier! Deinem Lehrer fluchest Du?

Sokrates.
Sieh, wie so stockgemein er das vom Galgen sprach,
Und wie er, breit es dehnend, nicht die Lippen schloß.
Wie begriffe der wohl einer Klag' Erledigung,
Eine Vorladung, ein schmeichelndes Besänftigen?
Doch zahlt' Hyperbolos für den Unterricht ein Talent.

Strepsiades.
Lehr' ihn getrost, er ist gelehriger Natur.
So als, zum Beispiel, er noch so ein Bübchen war,
Da zimmert' er Häuser daheim, erbaute Schiffe sich,
Aus Lederstreifen fertigt' er sich Wägelchen,
Und Frösch' aus Apfelschalen, hä, wie meinst Du wohl!
Daß er mir jene beiden Künste nur begreift,
Die Kunst der besser'n Sach' und die der schlechteren,
Die sich auf Unrecht steifend schlägt die bessere;
Wo nicht, erlerne nur die der schlechtern gründlich er.

Sokrates.
Ihn unterweisen sollen beide Künste selbst.

Strepsiades.
Ich brauche nicht dabei zu sein. Du (zu Sokrates) denk d'rauf,
Daß er was recht ist stets zu widerlegen weiß (ab).

Elfte Scene.

Sokrates. Pheidippides. Der Anwalt des Rechts. Der Anwalt des Unrechts ¹). Chor.

Anwalt des Rechts.

(Aus seinem Käfig nach dem Vordergrund der Bühne tretend.)

Hierher, tritt vor, komm, zeige Dich da
Vor der Schauenden Reih'n, Du kecker Gesell.

Anwalt des Unrechts.

Wohin Dir beliebt, ich folge, Dich schlägt
Vor Vielen weit eh'r meiner Rede Gewalt.

Anwalt des Rechts.

Du mich schlagen? Wer bist Du?

Anwalt des Unrechts.

Vertreter — —.

---

1) Nach dem Scholiasten (mit Unrecht nennt es Süvern [über A. B. 12] einen seltsamen Gedanken Wielands) erscheinen die beiden allegorischen Personen, die beiden Künste, von denen Strepsiades gehört hat, 113 ff., 245 f., in geflochtenen Käfigen auf der Bühne, ὑπόκεινται δε ἐπὶ τῆς σκηνῆς ἐν πλεκταῖς οἰκίσκοις οἱ λόγοι, δίκην ὀρνέων διαμαχόμενοι. Doch hat, wie uns bedünkt, mit Unrecht, das entscheidende Komma nach λόγοι um zwei Wörter weiter gerückt und verbindet δίκην ὀρνέων mit λόγοι, sie erscheinen als Vögel. Wir verbinden nach der Interpunktion Hermann's diese beiden Wörter mit διαμαχόμενοι, sie erscheinen in Käfigen, um eine Art Hahnenkampf zu bestehen; wie also beim Hahnenkampf die Kampfhähne wohl auch in Käfigen auf den Kampfplatz gebracht wurden, so wurden die beiden Anwälte in großen, wahrscheinlich auf Walzen stehenden Käfigen vorgerollt. Weshalb hätten sie aber in Vogelmasken erscheinen sollen? Gewiß hätte dann der Dichter das näher angedeutet, wie schon Welcker ganz richtig bemerkt. Unsre Vermuthung ist: der Vertreter der guten, alten Zeit und Erziehung erschien in altmodischer Tracht, etwa wie sie von den Kämpfern bei Marathon getragen wurde — darauf weist sein Gegner häufig hin — der Sprecher neumodischer Verkehrtheit dagegen höchst modern, beide natürlich sehr überladen. Nur vorgerollt werden sie, zum Ergötzen der Zuschauer, in Käfigen; bald verlassen sie diese, um einander näher auf den Leib zu rücken.

Anwalt des Rechts.

Der Schwach.

Anwalt des Unrechts.

Und dennoch erliegst Du, ob stärker denn ich
Du Dich rühmtest zu sein.

Anwalt des Rechts.

Durch welcherlei Kunst?

Anwalt des Unrechts.

Durch erfindrisches Sinn's neumodischen Spruch.

Anwalt des Rechts.

Ja, Solches gedeiht durch Dieser Geschwäck, der Bethörten
da (auf die Zuschauer zeigend).

Anwalt des Unrechts.

Der Verständigen sprich.

Anwalt des Rechts.

Dich vernicht' ich mit Schmach.

Anwalt des Unrechts.

Er sage, wodurch?

Anwalt des Rechts.

Als Vertreter des Rechts.

Anwalt des Unrechts.

Widersprechend entkräft' ich jeglichen Grund,
Ich behaupte sogar, es bestehe kein Recht.

Anwalt des Rechts.

Es bestehe aber kein Recht?

Anwalt des Unrechts.

Wo findest Du es?

Anwalt des Rechts.

Bei den Himmlischen doch.

Anwalt des Unrechts.

Wenn bestände das Recht, wie konnte denn Zeus
Dem Verbrechen entschlüpfen, der in Banden ja schlug
Den Erzeuger!

Anwalt des Rechts.

O weh, des verderblichen Stiches!
Wie verwundend er trifft! Ein Becken mir her!)

1) Des Gegners Rückzahl erregen ihm Uebelkeit.

k.   15

Anwalt des Unrechts.
Großsprech'rischer Greis, altmodiger Tropf!
Anwalt des Rechts.
Unzüchtiger Bursch, schamloses Gesäß!
Anwalt des Unrechts.
Einkäuftender Preis!
Anwalt des Rechts.
Schmarotzerstirn!
Anwalt des Unrechts.
Ein Lilienkranz.
Anwalt des Rechts.
Der den Vater Du würgst!
Anwalt des Unrechts.
Du fassest in Gold dich, und merkest es nicht.
Anwalt des Rechts.
Sonst galt es für Schmach, jetzt bringend wie Viel.
Anwalt des Unrechts.
Jetzt aber gereicht mir Solches zur Zier.
Anwalt des Rechts.
Wie verwegen Du bist!
Anwalt des Unrechts.
Altväterisch Du!
Anwalt des Rechts.
Du trägst die Schuld,
Wenn der Jüngling verschmäht in die Schule zu geh'n,
Und dereinstens erkennt das athenische Volk,
Wie Verderbliches Du die Bethörung lehrst.
Anwalt des Unrechts.
Du starrest von Schmutz.
Anwalt des Rechts.
Du aber gedeihst,
Obwohl Du vordem ein Bettler warst;
Für Telephos Dich, den Mysier gabst,
Und kauest dabei
Pandeletos' Sprüch' aus dem Ranzen wie Brod[1].

_____

[1] Aristoph. kent die Sophisten ..., in Bettlerschuh und ...

Anwalt des Unrechts.
O der Weisheit, die Du in Erinnerung bringst!

Anwalt des Rechts.
O der Thorheit, die Dir inwohnt, o der Stadt,
Die geduldig Dich trägt,
Ob den Jünglingen Du Dich verderblich bewährst!

Anwalt des Unrechts.
Unterweisen nicht darfst, Altersschwätzer, Du Den (auf Chorführerin zeigend).

Anwalt des Rechts.
Er sicherlich, wenn es zu retten ihn gilt.
Nicht eitles Geschwätz er zu üben begehrt.

Anwalt des Unrechts (zu Chorführerin).
Komm her, überlaß seiner Thorheit Du ihn.

Anwalt des Rechts.
Ha wehe Dir, legst Du an diesen die Hand!

Chorführerin.
O setzet dem Streit und dem Schmähen ein Ziel.
Du (zum Anwalt des Rechts) erzähle vielmehr
Was dem frühern Geschlecht Du lehrest bereinst;
Du (zum Anwalt des Unrechts) der neuern Zeit
Unterweisung damit, wenn Dieser vernahm
Widerstreitender Red', er zu wählen vermag.

Anwalt des Rechts.
Du siehst mich bereit.

Anwalt des Unrechts.
Nicht minder auch mich.

Chorführerin.
Wohlan denn, wer spricht von Euch Beiden zuerst?

_____

auf und ruft mir Betteugen an sich, die sie gleichsam wie der Bettler
sein Brod aus dem Rachen herverlangt. „Von der Erniedrigung
seiner Heroen zu Jammergestalten, die sich Euripides zu Schulden kommen
ließ, s. Gr. Drama 31. Zu bitten gebietet vor Allen der Mysterien
könig Jacchos, der in dem Christlichen Betgewande auf der Bühne
erscheint. (Chœr. 479 ff.) Pamphilos, ein Schleppsaal, der sich
zum Volkoredner durch nichtswürdige Künste emporschwang.
18*

Anwalt des Unrechts.

Nach Allem sodann, was irgend er sagt,
Durchbohret der Pfeil meiner Wörterlein bald,
Meiner Einfäll' ihn, allerneuestes Gepräge,
Und wenn er zuletzt nur zu mucksen noch wagt,
Mit geblendeten Augen, zerstoch'nem Gesicht,
Als ob es zerfleischt Waldbienen, erreicht
Durch meine Sophismen Verderb ihn.

Gesammtchor (Strophe).

Es werdet Ihr, Beide vertrau'ah
Eueres aildgewandten
Wohlredenheit, geheimeter und
Weiser erschauder Denkkraft,
Uns zeigen jetzt, wem von Euch
Im Wettkampf der Preis gebühret,
Welcheu Grundsäzen der Sieg
Zieme, das bringt mächtiger Streit
Her zur Entscheidung, welcher sich
Unter den Freunden rüstet.

Chorführerin (zu dem Anwalt des Rechts.)

Der die frühere Zeit durch löblichet Thuns ausfüüligen Brauch
Du umtranztest,
Laut tünthe Dein Mund, was Freude Dir schafft, auf, mache
Dein Wesen uns rund jetzt!

Anwalt des Rechts.

So will ich denn Euch es verkünden sofort, wie beschaffen die
ältere Zucht war,
Als lehrend was recht ist ich blühet und als vorherrschte be-
scheidene Sitte,
Da durfte zuerst kein Mucksen, kein Wort sich irgend erlauben
der Knabe;
Fein sittsamlich zog in den Straßen dahin ein Hülfstein zum
Citharisten
Aus jeder Gemeind' in luftiger Tracht, es zu dutterm Flocken
der Schnee helz

Dieser lehrte zuerst sie manchen Gesang, indem sie die zugleich
mit Anstand,

Elfer „Pallas, städtezerstörender Herr" oder „Ferneher über die am
Rufen"),

Festhaltend die Weise, die immerdar galt; wie sie tönet' im
Munde der Väter,

Doch wie früh nun einer zu schätern erlaubt, oder Schnörkel
anschnörkelt der Weise,

Wie jetzt es die Schule des Phrynis) erfrischt, mit verkün-
stelndem, schwer'gem Getriller,

Dem reimt' an Schläg' in reichlicherm Maas, daß seien die
Musen gefährdet.

Aber saßen die Knaben im Ringschulhof, ward ihnen aufsitzend an
die Schenkel

Zu sitzen gelehrt, kein Aergerniß dort Umsitzender Blicken zu
geben;

Wenn einer sodann seine Stelle verließ fürsorglich vermischte
die Spur er,

Daß der Abdruck nicht aufblühender Kraft Liebhabern im Sande
verriethe;

Auch salbete sich vom Nabel hinab damals kein Knabe, damit ihn

Zart wolliger Flaum umblühte die Scham, zu vergleichen der na-
röthlichen Pfirsich;

Kein einziger ließ in näselndem Ton sein Stimmchen ertönen
und eilte

Zu dem Liebenden hin, an diesen sich selbst zu verkuppeln
durch schmachtende Blicke.

Nicht war bei dem Mahl es dem Jüngern vergönnt nach dem
Kopfe zu greifen des Rettigs,

---

1) Anfangs ohne „den Zuschauern aus ihrer Schulzeit bekannte
Gesänge.

2) Sowohl in Sparta, als in Athen gelten strenge Gesetze die Erhaltung
der alten Musik. Die ältere Musik war ganz der Dichtkunst dienstbar,
ernst und einfach, die Neuerungen des Mythenderts Phrynis u. A.
verkünstelten und entnerveten sie und wirkten dadurch auch nachtheilig
auf die Erziehung der Jugend.

Nach machts zum Stiers den Disk er sechzeg, noch die Thymian
des Eppiches raffen,
um Nach Vögel nachzuhaschen und des eas Gemäsch, noch behaglich
die Füße verschränken.

Anwalt des Unrechts.

Uberrantischer Daten, bepastenhaft, aus der Zeit die Eikaden als
Schmuck trug,
Wo Kekrsos fang, und den Mord eines Stiers noch fühntern
Fest[*]).

Anwalt des Rechts.

Wie sonnach

War ich es, der so Kraftmänner erzog, wie sie einst bei Marathon fochten.

Dagegen lehrst Du das jeh'ge Geschlecht sich sogleich einwindeln
in Mäntel,
— So daß es die Brust mir beengt[**]), ihren Tanz zu seh'n an
den Panathenäen,

---

[*] Dem Tischtelschirmer Baus (lie malroi) wurde von den ältesten
Zeiten her in Athen ein Fest, die Dipolien, begangen, das auch Bu-
phonia (das Fest des Stiermordes) hieß. Dieses Festes gedenken Pausanias (I, 24, 4; 28, 11) und Älian (V, H, 8, 3). Aus ihnen und
des Scholiasten Berichten läßt sich folgende Erzählung zusammensetzen:
In den ältesten Zeiten war die Ermordung eines Stiers, nicht weil
dieser ein zum Ackerbau höchst nützliches Thier war, wie Wieland und
Vülcker meinen, sondern weil Kekrops den Episdienst aus Aegypten
nach Attika gebracht hatte, ein tadelswürdiges Vergehen. Bei einem
dem Zeus auf der Akropolis darzubringenden Opfer gerieth ein Stier
über die Opferkuchen, diese Entweihung zu rächen, tödtete ihn ein gewisser
Thaulon den sacrilegischen Ochsen und konnte nur durch die Flucht sich
vom dem Tode retten. Zur Erinnerung an dieses Ereigniß trieb man
später, am Dipolien- und Buphonienfeste, einige Stiere an den Opfer-
tisch. Derjenige, der von den Opferkuchen kostete, wurde von einem
der Priester getödtet, der aber sogleich mit erkünsteltem Entsetzen das
Opferbeil fallen ließ und sich flüchtete. Nun wurde, da der Thäter
entflohen war, das Werkzeug verurtheilt und in das Barathron geworfen.
Tekeides, ein alter Dithyrambendichter. Der Stier, gewohnt Eikaden
im Haar zu tragen, gebeukt, als seines Geraltern, Thukydides I, 6.
Meier 1331.

[**] Sobaß es die Brust mir beengt. Eidervermken wird diese

Wo thaten den Bauch mit den Schätze. Da heißt zum Hallter
             der Tiitagebestimm ').

So müßig bemüht, o Jüngling, getrost mich jetzt, den Ber-
              treter des Bessern,

So wie Du gewöhnt zu hassen den Marsk und Dich zu ent-
            halten des Warmbads,

Zu meiden was irgend zur Schande gereicht, zu erglühen, wenn
            einer Dich hohnneckt;

Dein Sitz und Dich, wenn Bejahrtere nah'n, vor ihnen vom
            Sitz zu erheben;

Ungziemliches gegen die Eltern Dir nie zu erlauben, noch
            And'res zu üben,

Was schicket, und Pflicht, daß ein Abbild Du darstellest in Dir
            der Verschämtheit,

Nicht stürmst mit Gewalt zu der Tänzerin hin, daß nicht Du,
            nach solcherlei trachtend,

Von dem Dirnchen gneckt, das mit Äpfeln Dich wirft, Du
            einbüßest die Ehre des Leumunds.

Nie magst widersprechen dem Vater Du, nie ihn einen Japetos ²) ₌
            scheltend,

Jenes Streiche mit Groll ihm gedenken, die Du, als im Nest
            Du noch hocktest, erdulbet,

Stelle von Welcker's Will, Voß, der überzeugt, daß ich mich hätte ...
möcht . Der Vertreter der alten, bessern Sitte verliert sich an die
Stelle der Tänzerin. Er fühlt, wie sehr ihnen ihm, ganze eine so
unsittliche Vermummung die Brust bewegt, daß Athnien erglüheten
... und so gebt ihn selbst bei Allem Guten aus ein ... (Völcker
1808 ...)

*) Der am Eur Irlan in Afrika geborenen Alpen. Die weichlichsten
Jünglinge bekleiten bei einem ... fest entweder, dessen
... sich allerdings zu schämen hatten, ... es von ihrem unpflichtigen
Leben gezeigt ... Kürzens wird dem Vertreter der neumodischen Erziehung das beigemessen, was die Jünglinge zufolge derselben thäten, und
so ist das προτχεiν vollkommen gerechtfertigt.

²) Nicht einen Dummkopf bezeichnet, nach H. Böhme Erklärung,
der Titane Japetos, sowie Kronos, sondern einen aus der Rode gekommenen Gotte aus längstvergangener Zeit.

Anwalt des Unrechts.

Folg' ich, Jüngling, darin Du diesem Gebot, dann wirst, Du
ruhig bezeug' es,

Des Hippokrates Fröhchen [1]) Du gleichen und wirst Schwä-
ting des Mammaham geheißen.

Anwalt des Rechts.

Doch herrlich erblüht und strotzend von Kraft biſt in den Gymnasien Du herrlich;

... ſtreitſt nicht auf dem Markt ſpitzhäkelnden Scherz, wie die
heutige Jugend zu thun pflegt,

Noch ſchleppſt Du Dich mit Bagatellengezänk ...
durchtriebener Kniffs;

... vielmehr in der Akademie unter heiligen Ölbaums
Schatten,

Dem beſcheidenen Jugendgenoſſen geſellt und ... mit der
Rohret Geſträuch [2]),

... Eib' ... behaglicher Ruh' und der üppig ...
... Peppel

... Dich erfreu'nd in den lieblichen Tagen des Mais, bei der Ulm
und Platane Geflüſter.

Wenn Solches Du übſt nach meinem Gebot,
Und zu Herzen Dir nimmſt, was ich Dich gelehrt,
Dann wird Dir zu Theil eine kräftige Bruſt,
Friſchfarb'nes Gedeih'n, beträchtlicher Wuchs,
Ein ſchweigſamer Mund, ein breiter Gefäß,
Deine Wade — ſie kreiſt ...

Wenn aber Du jetzt nach heutigem Brauch,
Dann ſieget zuerſt Deine Farbe ſich bleich,
Schmalſchultrig Dein Wuchs, ohnmächtig die Bruſt,
Überſchießend der Mund und mächtig der Steiß
Dein Wad' iſt dünn, Dein Vortrag breit,
Und von Dieſen belehrt
Scheint Schmähliches Dir preiswürdig und ſchön,

---

1) Der Schollaſt führt ihren Namen in einer Stelle ... Hypsis
an, wo ſie Wachſchäfchen (δλ γχρη ἀ αγεια) nennt.

2) Dem einfachen Schmucke der Rüſtkern.

Abscheuliger Schmuch,
.... wie Kallimachos [?] Du
In den Staub muthwillger Trethens.

Gerechtigkeit (Gegenwort.)
O Du, der hochragender Zucht;
Leßtren Du ließ, gepriesner,
Wie süßen Duft lieberer Sinne
Hauchet der Rebe Blüthe;
Höchst neidenswerth scheinet mir
Die Barzeit, da Führer Du
Jenen noch warst. Küsse Dieß denn, zum Pfand, d. Hand
Zierlicher Prunkliebner, Du,
Bringe zu Markt Neues, denn
Allen gefiel was Dieser sprach.

Chorführerin.
Gemiß, der Gegengründe braucht's, scheint mir es, gegen Diesen,
Wenn Du, ihn überbieten willst, nicht zum Gelächter werden.

Anwalt des Unrechts.
Gewiß schon längst wollt' es das Herz abdrücken mir, und
sehnlich
Wünsch' ich im Reches durch Widerspruch ihm Alles zu ver-
kehren.
Denn eben darum werd ich ja Unrechtsanwalt geheißen,
Von den Denkgrüblern, weil ich es zu allererst erfunden,
In Widerspruch mit dem Gesetz und mit dem Recht zu treten.
Und das ist mehr als Tausende von Statern werth, zu achten,
Indem die schlechtre Sache man erkiest, doch obzusiegen.
(Zu Pheidippides.)
Gieb Acht, wie ich ihm seine Zucht, der er vertraut, vernichte.
Zuvörderst will er Dir es nicht gestatten warm zu baden;
Aus welchem Grunde, sprich, (zu dem Anwalt des Rechts) verwillst
Du denn die warmen Bäder?

Anwalt des Rechts.
Weil, als der Übel ärgstes, sie des Mannes Kraft erschlaffen.

---

1) Nach dem Schottliaßer ein durch körperliche Schönheit ausgezeichneter
Wettkämpfer.

Anwalt des Unrechts.

— — — gleich habe ich Dich gefaßt, um ordentlich zur entscheidung —

Und sage mir: Von den Söhnen des Zeus, wen hältst Du für
den braußten

Dem Werthe nach, und wer bestand der meisten Abenteuer?

Anwalt des Rechts.

— Ich meine, daß den Herakles kein Andrer übertreffe.

Anwalt des Unrechts.

Sahst denn ein kaltes Bad Du je dem Herakles geweiht?
— — — braußer, wer war tüchtiger denn er?

Anwalt des Rechts.

Das eben ist es,
Indem dergleichen Reden stets die jungen Leute führen,
Sieht man die warmen Bäder voll, und leer die Ringerschulen.

Anwalt des Unrechts.

Auf dem Markte einheimisch sein erscheint Dir tadelnswerth,
mir löblich.

Wenn Tadel es verdiente, nicht priest und pries Homeros —
Den Nestor als Volksredner, nicht die weisen Helden sämmtlich —
Die Zungenfertigkeit, gesteht ich ferne, welche Reden,
Tüch zu erwerben widerräth dem Jüngling, ich empfehle;
Auch Sittsamkeit empfiehlt er ihm und der in voller Sitt —
Denn, sage wer, ertheilt Dir je, daß Ehrenhaft Irgendwem
Irgends Gutes verhalf? Geh, widerlegen

Anwalt des Rechts.

Bei Gott: So wird durch sie ein Schwur zu Theil
dem Peleus [1].

_____

[a] Die warmen aus der Erde hervorquellenden Bäder, „welche
Gott für den Herakles gewollt." Athen. XII, p. 512. Den warm-
ütteln Mägden wurden gewöhnlich warme Bäder bereitet. Auch Herodotos (7, 176) sagt bei der Beschreibung von Thermopylä: „Bei
dem Eingange befinden sich warme Bäder, welche die Eingebornen
Kochtöpfe nennen, und neben ihnen ist dem Herakles ein Altar errichtet.

[b] Peleus, der Vater des Achilleus, hat bei Pindar in Isthm. gast-
frei Aufnahme gefunden. Thetis' Gemahlin verhielt sich zu ihm und

Anwalt des Unrechts.

Ein Schurke? Ein herrlicher Genius ward so dem armen
                          Schurken,
Da zollten seine Lampen dem Hyperbolos[?] nur viele
Talente, weil ein Schelm er war, doch nicht ein Schwert, beim
                          Zeus, nein!

Anwalt des Rechts.

Auch Thersites, der Theile wird durch Erbarkeit einst Perikles[?]...

Anwalt des Unrechts.

Die fortzieng und im Stich ihn ließ, weil er nicht lesen
                          Scherz trieb,
Auf weichem Polster ruht mit ihr verliebten die Köche,
So mögen es die Frauen doch Du bist ein alter Dugmohut.
Erwäge, lieber Jüngling, was die Erbarkeit für Früchte
Dir tragen wird und welcher Lust Du mußt entbehren müssen, wie
Der Knaben, Frau'n, des heitern Spiels, des Weines, der
                          lockern Schüsseln,
Und was ist Dir das Leben werth, mußt Du das Alles missen?
Genug. Ich führe weiter an, was dringend die Natur heischt,
Du fehltest, liebtest, brachst die Eh' und wardst dabei ergriffen,
Du bist verloren mächtig nicht des Worts, doch als mein Schüler im
Folge Deinem Triebe, hol' er, lach' und sehe nichts für
                          schimpflich,
Ertappt man Dich beim Ehebruch, magst Du nur frei entgegnen,
Kein Unrecht habest Du gethan und Dich bei Zeus berufen,
Zu widersteh'n vermög' auch er der Eh' mit schönen Frauen nicht,
Sei Dir, dem Sterblichen, mehr Kraft, als ihm, dem Gott, verliehen!

Anwalt des Rechts.

Und wird ihm dann durch Dich der Steiß verliert und ab-
                          gesenget[?],
Vermag er dann wohl darzuthun, er sei nicht ein Gesäßiger?

---

versäumet ihn, da ihre Rechnung kein Erwiderung findet, raubsüchtig
bei ihrem Gewinst. Opster scheut sich des Gastrecht zu verletzen und
ließ ihn schlafend und verletztes auf dem Platze, wo sie gesaet haben,
zurück, damit es das Gratis der selben Opfer werde. Aber die Götter
sandten beim Schultheißen ein Schwert zu seiner Vertheidigung.

1) S. Anm. zu V. 7[??].

1) Glucks 108, Anfang.

Anwalt des Unrechts.
Und wir, so weit, nach Unglück umherzieht, sind das?

Anwalt des Rechts.
Wie willst du, hat irgend noch ein Anwalt?

Anwalt des Unrechts.
Was bleibt Dir noch, wenn Du darin mir unterliegst?

Anwalt des Rechts.
Zu verstummen; was denn sonst?

Anwalt des Unrechts.
                    Nun wohl, so sage mir,
Wer führt Prozesse vor Gericht.

Anwalt des Rechts.
Die Weltgeschlechter.

Anwalt des Unrechts.
                    Wohl bemerkt.
Und wer hält Reden an das Volk?

Anwalt des Rechts.
Die Weltgeschlechter.

Anwalt des Unrechts.
                    Ja, ganz recht.
Und wie? Wer führt Tragödien auf?

Anwalt des Rechts.
Die Weltgeschlechter.

Anwalt des Unrechts.
                    Nun, nicht wahr,
Du siehst Dein Wort in Nichts verkehrt?
Woraus besteht der Schauenden Mehrzahl? Siehe Dich um.

Anwalt des Rechts.
        Ich späh' umher.

Anwalt des Unrechts.
                    Was siehst Du denn?

Anwalt des Rechts.
Bei den Göttern, weit zahlreicher sind
Die Weltgeschlechter; wenigstens
Von dem weiß ich's und Jenem dort,
So wie von diesem Langhaar da.

Anwalt des Unrechts.
Was meinst Du nun?

Anwalt des Rechts.
Wir sind besiegt, Ihr Rätscher; fange
Bei den Göttern mir
Da meinen Mantel auf, damit
Zu Euret Fahn' ich schwöre.

(Der Anwalt des Rechts wirft seinen Mantel unter die Zuschauer und
springt ihm nach, der Anwalt des Unrechts geht nach der andern
Seite ab.)

Zwölfte Scene.

Sokrates, Pheidippides, Strepsiades (von seinem Hause
herkommend), Chor.

Sokrates (zu Strepsiades).
Wie steht es? Willst Du Deinen Sohn da wieder jetzt
Mitnehmen, oder lehr' ich ihn Dir die Redekunst?

Strepsiades.
Lehre Du und meistr' ihn, und vergiß mir nicht, daß Du
Ihm tücht'ges Mundwerk schaffst; die eine Backe sei
Für Lapperein gefüg, der andern verleih
Du Tüchtigkeit für Händel, die gewicht'ger sind.

Sokrates.
Getrost, er kehrt ein wackrer Sophist Dir heim.

Pheidippides (für sich).
Bleichsüchtig, denk' ich, und ein armer Schlucker wohl.

Chorführerin (zu Sokrates und Pheidippides).
So geht denn nun. Doch denk' ich Du (zu Strepsiades)
Wirst es einst bereuen.

Dreizehnte Scene.

Chor.

Die Chorführerin (an die Zuschauer sich wendend).

Wie ersprießlich es den Richtern sein wird, wann sie unsern Chor,
Wie es sich geziemen, begünstigen, wollen Euch eröffnen wir:
Denn zuvörderst, wenn im Frühling Euer Feld Ihr pflügen wollt,
Graben Euch zuerst wir Regen und den Andern hinterher;
Ferner schirmen Eure Reben wir, wann sich die Traub' erzeugt,
Daß nicht Trockenheit ihr schade, noch zu heft'ger Regenguß,
Doch wenn Jemand Schmach uns anthut, Göttinnen der
                           Sterblichen,
Merk' er auf, wie arges Unheil ihm durch uns dann widerfährt.
Nicht wird Wein von seinem Grundstück ernten er, noch Anderes;
Denn treibt Knospen ihm der Ölbaum, setzt die Reb' ihm
                           Augen an,
Werden sie herabgeschlagen, so trifft unser Hagel sie.
Sehn Backstein' ihn wir streichen, regnen wir, und seines Daches
Ziegeln — unsre Schloßeneier werden sie zertrümmern ihm.
Und begeht sein Hochzeitfest einst er, sein Vetter oder Freund,
Regnen wir die ganze Nacht durch[1]), daß er wohl sich
                           wünschen wird:
„Wär' ich lieber in Ägypten[2]), als ich so verrechnet mich.“

Vierzehnte Scene.

Strepsiades (mit einem Sacke Mehl). Chor.

Strepsiades.

Jetzt fünf, dann vier, dann drei, dann nur zwei Tage noch,
Dann, der zu allermeist vor jedem andern,

---

[1]) Zu Nachtzeit und bei Fackelschein wurde die Braut in des Bräutigams Haus geführt.

[2]) Weit entfernt, wie unser: Wo der Pfeffer wächst.

Mit Furcht und Grausen und mit Köldern mich gesüllt,
Ist unvergänglich noch bei Dir und Ihnen auch.
Denn Zeter, dem ich irgend schuldig schwöre nicht zu!
Die Sporteln hinterleg' er*) und richte zu Grunde gleich,   1435
Obschon ganz recht und billig mein Begehren ist:
„Du Wucherischer, nimm für jetzt das Sümmchen da²),
Das stiste, das erlaß mir." „Nimmer, sprechen sie,
Erlangen so das Ihre wir" und schmähen auf mich,
Wie unrecht ich verfahr' und droh'n mit Klagen mir.   1440
So mögen sie denn klagen, wenig kümmert's mich.
Wenn tüchtig eben lernte Phidippides
Das hör' ich bald, klopf' an der Denkwerkstätt' ich an.

(Anklopfend und rufend)

Bursch, heda, Bursch!   1445

Fünfzehnte Scene.

Die Vorigen, Sokrates.

Sokrates (aus seinem Häuschen tretend).
Sei mir gegrüßt, Strepsiades.

Strepsiades
So Du auch mir. (Einen Sack spendend.) Nimm da zuerst
Das in Empfang.
Denn gegen den Lehrer ziemet sich Erkenntlichkeit.

---

*) B. 17, Kom.

²) Nach Potter (VIII, 6) zahlten beim Beginn jedes Processes beide
Parteien eine bestimmte Geldsumme zur Bestreitung der Proceßkosten
an, welche dann dem Unterliegenden zur Last fielen.

³) Τὸ μέν τι τοῦτ' αἰ λάβε, ist die gewöhnliche Lesart; die Gläubiger des Strepsiades sollen Einiges nicht begehren, Anderes ihm früher
wieder Anderes erlassen. Kömmt das nicht alles auf Eins hinaus und
ist ein solcher Vorschlag recht und billig zu nennen? Ein einziger
Buchstabe bringt Sinn in die Stelle. Aristophanes schrieb und so übersetzten wir es auch τὸ μέν τι τουτὶ καὶ τὸ λάβε.

Und sage mir, mein Sohn, hat er begriffen denn
Die Kunst, die Der verstehn und Hier verschwatzest?

Sokrates.

Er hat es.

Strepsiades.

Herrlich, o Allherrsch'rin Gaunerei!

Sokrates.

So, daß zu entrinnen jeder Klage Du vermagst.

Strepsiades.

Auch wenn vor Zeugen ich das Geld entlehnen?

Sokrates.

Um desto besser, waren Käufer dabei.

Strepsiades (frohen).

So laß ich denn laut den frohen Jubelruf
Ertönen. Weh, weh, ihr Obolenwäger euch,
Euch, samt Capitalien und dem Zins vom Zins;
Denn nicht ein Härchen sollt hinfort ihr krümmen mir.
Solch einem trefflichen Sohn
Seh' ich daheim mir gedeih'n,
Doppelt geschliffen und scharf
Sieget die Zung', ein Hort
Und Heil meinem Haus,
Ein Schrecken der Feind' ist,
Retter in großen Drangsalen dem Vater er.
(Zu Sokrates.)
Rufe von drinnen Du eilig heraus ihn mir.
Mein Kind, mein Sohn, komm aus dem Haus, o komm!
Höre, Geliebtester, höre des Vaters Ruf.
Triumph, Triumph, mein Sohn!

Sokrates.

Da ist er selbst; So gehe denn nun und nimm ihn mit.
(Sokrates kehrt in sein Häuschen zurück.)

Sechszehnte Scene.

_____

Strepsiades. Pheidippides, Chor.

Strepsiades.

Juchhe, juchhe!   1170
Wie freut' es zuerst mich, sehe Deine Farb' ich an;
Jetzt bist so recht absäugnerisch Du anzuschaun,
Und widersprech'risch, und das landesübliche
„Wie meinst Du?" strahlet mir entgegen und der Schein,
Als ob, thatst Andern Unrecht Du, Du selbst es littst.   1175
In Deinen Mienen herrschet der echt att'sche Blick.
So rette nun Du mich, da Du ja mich verdarbst.

Pheidippides.

Was schafft Besorgniß Dir?

Strepsiades.
              Der alt' und neue Tag.

Pheidippides.

So giebt es einen Tag, der alt und neu auch ist?

Strepsiades.

Auf den mit der Sportein Hinterlegung sie mir drohn.   1180

Pheidippides.

Dann büßen die Hinterlegenden sie ein; es kann
Der Eine Tag zu zwein doch werden nimmerdar.

Strepsiades.

Das kann er nicht?

Pheidippides.
              Wie sollt' er wohl, wenn nicht zugleich
Dieselb' ein alt' und junges Weib zu sein vermag.

Strepsiades.

Doch ist es so gesetzlich.   1185

Pheidippides.
              Des Gesetzes Sinn
Verstehn sie, denk' ich, nicht zu deuten.

Strepsiades.

Und der ist?

Pheidippides.

Der alte Solon war volksfreundlicher Natur.

Strepsiades.

Das hat doch nichts zu schaffen mit dem Alt' und Neu'n.

Pheidippides.

Der Tage zween hat also Dieser anberaumt
1135 Zur Vorladung, den alten nemlich und den neu'n,
Damit die Hinterlegung auf den Neumond fiel.

Strepsiades.

Und weßhalb fügte den alten er hinzu?

Pheidippides.

Damit,
Du Thörichter, die Angeklagten, Tags zuvor
Erscheinend, sich verglichen; Oder, falls sie nicht,
1140 Den Morgen d'rauf — des Neumonds — schwer es büßeten.

Strepsiades.

Weßhalb nimmt dann zum Neumond nicht die Obrigkeit
Das Hinterlegte, sondern schon am Alt' und Neu'n?

Pheidippides.

Es scheint wie den Vorkostern[1]) ihnen zu ergehn
Damit baldmöglichst sie der Sportein sich erfreun,
1145 Deßwegen langen schon des Tags zuvor sie zu.

Strepsiades.

Schön! (zu den Zuschauern) Nun, Ihr armen Schelme, was sitzt
Ihr verblüfft,
Uns Einsichtsvollen Preis gegeben, Klöße Ihr,
Nach Köpfen zählbar, Schöpse, leerer Krüge Reihn?
So daß zu meinem und zu dieses Sohnes Preis,
1150 Glückwünschend uns, ein Lied ich jetzt anstimmen muß:

---

1) So nannte man diejenigen, welche die auf den Markt zu bringen-
den Lebensmittel vorher kosteten und aufkauften, um sie dann mit Vortheil wieder zu verkaufen.

(singend.)

„O Du Glückseliger, wie
Verständig bist selber Du,
Und welch' ein Sohn wurde Dir,"
So rufen mir meine Freund'
Und Nachbarn zu,
Mich neidend, wenn Rechtshändel Du
Vor Gericht mir gewinnst.
Doch tritt herein, daß ich zuerst
Dir ein Schmäuschen gebe.
(Beide ab nach dem Hause des Strepsiades.)

Siebenzehnte Scene.

(Vor dem Hause des Strepsiades.)

Pasias mit einem Zeugen, bald darauf Strepsiades. Chor.

Pasias.

Soll von dem Seinen hinfort man einen Deut verleihn?
Nein, nimmermehr; Weit besser war es, damals gleich
Der Scheu zu entsagen, als sich zu schaffen solche Noth.
Nun muß, mein eignes Geld nicht einzubüßen, ich
Als Zeugen Dich mitschleppen meiner Vorladung,
Und mache zudem einen Nachbar so zum Feinde mir.
Doch weil ich lebe, werd' ich nie der Vaterstadt
Unwürd'ges dulden, und (mit erhobner Stimme) lade Strep-
siades — —

Strepsiades (heraustretend).

Wer ruft?

Pasias.

Auf den Alten und den Neu'n.

10 *

Strepfiades (zum Chor).

Seid Ihr deß Zeugen mir,

Daß er auf zwei Tage sagte.

(Zum Paßas).

Nun, weswegen denn?

Paßas.

Um der zwölf Minen willen, die zum Ankauf Du

Des Apfelschimmels liehst[1]).

Strepfiades.

Eines Pferdes? Hört Ihr? Ich

Der, wie Ihr Alle wißt, das Pferdewesen haßt.

Paßas.

Und wahrlich, bei den Göttern schwurst Rückzahlung Du

Des Anlehns mir.

Strepfiades.

Wohl; denn damals verstand noch nicht

Pheidippides die Kunst, die unbezwingliche.

Paßas.

Und deßhalb willst Du nun die Schuld abläugnen mir?

Strepfiades.

Was brächte denn sein Lernen sonst mir für Gewinn?

Paßas.

Und mir abschwören willst Du bei den Göttern sie,

Wenn ich zum Eid Dich treibe?

Strepfiades.

Bei welchen Göttern denn?

Paßas.

Dem Zeus, dem Hermes, dem Poseidon.

Strepfiades.

Ha, beim Zeus,

Drei Oboln geb' ich, um zu schwören, noch in Kauf.

---

1) Wir erinnern uns dieses oben (S. 23) erwähnten Handels. Im
Original ist an der obigen und der gegenwärtigen Stelle das Pferd mit
verschiedenen Namen bezeichnet, wir haben den oben eines Wortspiels
wegen gewählten beibehalten.

Pasias.
So treffe Verderben Deiner Frechheit wegen Dich.

Strepsiades
(auf den Bauch seines wohlbeleibten Gläubigers zeigend).
Wohl eingesalzen brächte Nutzen noch der Schlauch.

Pasias.
Weh, Du verhöhnst mich!

Strepsiades.
Manchem Eimer faßt er wohl.

Pasias.
Nicht sollst, bei dem hohen Zeus und allen Göttern, Du
Mich höhnen ungestraft.

Strepsiades.
Bei den Göttern, o wie schön!
Auch der Schwur: Beim Zeus ist lächerlich den Wissenden.

Pasias.
Gewiß, die Zeit kömmt noch, wo Du Das büßen wirst.
Doch ob das Geld Du zahlen wolltest, oder nicht,
Deß mich bescheidend laß mich ziehen.

Strepsiades.
Warte hier,
So geb ich Dir zur Stelle deutlichen Bescheid.
(Strepsiades ab in sein Haus).

Pasias (zum Zeugen).
Was denkst Du wird er thun?

Zeuge.
Ich denke, zahlen wohl.

Strepsiades (mit einer Mulde).
Wo ist Der, der das Geld von mir begehrt? Sprich,.
Was ist denn das!

Pasias.
Was das ist? Eine Kardopos.

Strepsiades.
Und so unwissend forderst Du das Geld mir ab!

Dem zahl' ich nimmer einen Obolos zurück,
Wer Karbopos noch nennet eine Karbope ¹).

Pasias.
So willst Du nicht bezahlen?

Strepsiades.
Nein, soviel ich weiß.

Nun? Wirst Du nicht auf das Schleunigste von meiner Thür
Dich packen?

Pasias.
Wohl, ich gehe; doch deß sei gewiß,
So wahr ich lebe, die Sporteln hinterleg' ich Dir.

Strepsiades.
So büßest Du sie noch zu den zwölf Minen ein.
Doch möcht' ich nicht, daß noch den Schaden Du erlittst,
Weil unverständig Du die Karbopos gesagt.

Achtzehnte Scene.

Amynias, Strepsiades, Chor.

Amynias.
O wehe mir!

Strepsiades ²).
Ei, ei!
Wer ist es denn, der da so jammert? Erhob etwa
Der Dämonen des Karkinos einer seine Stimme hier ³)?

---

1) S. 603 und die Anm.

2) Sollten diese Verse nicht der Chorführerin zuzuschreiben sein? Wie kommt sonst Amynias dazu den Strepsiades in der Mehrzahl anzureden? Wie, demjenigen, von dem er doch voraussetzen muß, daß er ihn kenne, Bescheid zu geben, wer er sei?

3) Suidas erwähnt mehrer Tragödiendichter dieses Namens. Der eine derselben hatte 3 Söhne, unter denen einer Xenokles, auch des Ba-

Amynias.

Wie, wer ich sei, begehrt von mir zu wissen Ihr?
„Ein geschlagner Mann." 1263

Strepsiades.

„Dann suche Hülfe bei Dir selbst."

Amynias.

„Grausamer Dämon, radzertrümmerndes Geschick
Meines Gespanns, ha, Pallas, wie verdarbst Du mich!"

Strepsiades.

Was hat denn Leibes Dir Tlepolemos gethan?

Amynias.

Nicht spotte meiner, Freund, heiß lieber Deinem Sohn
Das Geld zurück mir zahlen, das er von mir empfing; 1270
Da zudem es wahrlich höchst trübselig mir jetzt geht.

Strepsiades.

Ei was für Geld denn?

Amynias.

Welches er von mir geliehn.

Strepsiades.

Dann steht es wirklich schlecht um Dich, wie mich bedünkt.

Amynias.

Bei den Göttern ja, vom Wagen fiel ich auf den Kopf.

Strepsiades.

Was faselst Du, als ob den Kopf Du ganz verlorst? 1275

Amynias.

Nennst Du das faseln, fordr' ich jetzt mein Geld zurück?

Strepsiades.

Unmöglich bist Du recht bei Sinnen.

Amynias.

Wie denn so?

---

tere Kunst übte und unter andern einen Tlepolemos schrieb, aus dem
B. 1205—7 entlehnt sind. Richtig erklärt Küster die Dämonen des
Karkinos durch die Vermuthung, Karkinos möge wohl sogar Götter
(oder Dämonen) in dieser Weise jammernd aufgeführt haben. B. 1265
wird auch in den Achärnern 1018 parodirt.

Strepsiades.

Angegriffen ist, bedünket mich, Dir das Gehirn.

Amynias.

Angegriffen siehst, beim Hermes, vor Gericht Du Dich,
Wenn nicht das Geld zurück Du zahlst.

Strepsiades.

                                   Nun sage mir,
Bist Du der Meinung, daß Zeus frisches Wasser stets
Herab uns send' im Regen, oder daß der Strahl
Der Sonn' hinauf von unten dasselbe Wasser zieht?

Amynias.

Wie dem sei, weiß ich nicht; auch liegt mir nichts daran.

Strepsiades.

Wie verdienest nun Dein Geld zurück zu empfangen Du,
Bist mit den himmlischen Dingen Du so unbekannt!

Amynias.

Fehlet es an Baarem Dir, bezahle wenigstens
Den Zins mir.

Strepsiades.

              Was für ein Geschöpf ist denn der Zins?

Amynias.

Was soll's es sein, als jeden Monat, jeden Tag
Vermehret fort und fort des Geldes Summe sich,
So mit der Zeit Entschwinden?

Strepsiades.

                        Das erklärst Du schön.
Wie aber? Meinst Du, größer geworden sei das Meer
Jetzt, als zuvor?

Amynias.

               Nicht doch, beim Zeus, das bleibt sich gleich;
Nicht ziemet es, daß es wachse, sich.

Strepsiades.

                          Wie aber nun,
Das nimmt, Du Gottverlassener, durchaus nicht zu,
Obschon die Flüsse stets zuströmen, aber Du

Begehrst, daß immerdar sich mehren soll Dein Geld?
Wirst Du Dich nicht fortpacken hier vom Hause weg?
(Zu einem Diener).
Her mit dem Stachel [1]).

Amynias (zum Chor).
Dessen seid Ihr Zeugen mir.

Strepsiades.
Fort, fort, was säumst Du? Willst Du trotten, Sattelgaul? uso

Amynias.
Ist das nicht ärger Frevel?

Strepsiades.
Gehst Du? Wart', ich will
Mit dem Stachel, Handgaul, kitzeln Dir den Hinteren.
(Amynias entfernt sich).
Fliehst endlich Du? Ich hätte schon Dich fortgebracht,
Mit Deinem Rädern da, und Deinem Zwiegespann.
(Strepsiades ab).

—————

Neunzehnte Scene.

—————

Chor.

Gesammtchor. Strophe.
Nach Schlechtem strebe nicht Gewinn bringt's traun;   uso
Der Alte da, dadurch verlockt,
Zu unterschlagen sinnet er
Die Gelder, welch' er einst geliehn,
Und unvermeidlich ist es, daß
Heute noch etwas geschieht,   uso
Was dem Schalk,
Weil auf solche Ränk' er sann,
Ein unerhofftes Leid bringt.

————

1) Eines Stachelstabes bedienten sich die Wagenlenker.

Gegenstrophe.

1345 Erkennen, denk' ich, wird er bald nun selbst,
Was er erstrebt seit lange schon,
. Daß seinem Sohn' es an Geschick
Nicht mangelt, vorzubringen was
Dem Recht entgegen, so daß er
Jeden Gegner leicht besiegt,
1350 Ob die schlechteste
Sach' er führe; doch vielleicht,
Vielleicht wünscht er noch stumm ihn.

———— -

Zwanzigste Scene.

Strepsiades, Pheidippides, Chor.

Strepsiades (aus seinem Hause herausstürzend).
O weh, o weh!
Ihr Nachbarn, ihr Verwandte, Stammgenossen ihr,
1355 Zu Hülfe mir, der gründlich durchgeprügelt wird!
Ich Unglückjel'ger, wie mir Kopf und Backe brennt!
Verruchter, den Vater schlägst Du?

Pheidippides.
Ja, mein Vater, ja.

Strepsiades.
Seht, er gesteht es ein, er schlage mich.

Pheidippides.
Allerdings.

Strepsiades.
Verruchter, Vatermörder, Du Spitzbübischer!

Pheidippides.
1360 Das wiederhol' und füge deß noch mehr hinzu;
Du glaubst nicht, wie es mich erfreut, wenn man mich schilt. -

Strepsiades.
Du feiler Wüstling!

Phtibippibes.
Immer wirf mir Rosen zu*).

Strepsiades.
Deinen Vater schlägst Du?

Phtibippibes.
                    Und beweise Dir, beim Zeus,
Daß ich mit Recht es that.

Strepsiades.
                    Ha, Du Verruchtester,
Wie könnte Der wohl recht thun, wer den Vater schlägt?   1405

Phtibippibes.
Das zeig' ich und besiege Dich durch der Rede Kraft.

Strepsiades.
Darin Du siegen?

Phtibippibes.
                Ganz entschieden und gar leicht;
Mit welches der beiden Anwalt' Hülfe wähle selbst.

Strepsiades.
Mit welches? Wie?

Phtibippibes.
                Des Bessern oder Schlechteren.

Strepsiades.
Deswegen ließ, beim Himmel, wohl ich Dich, Du Wicht,   1410
Was Recht zu widerlegen lehren, damit Du nun
Den Beweis zu führen sinnst, wie's recht und löblich sei,
Daß der Vater von den Söhnen durchgeprügelt wird.

Phtibippibes.
So gründlich mein' ich den Beweis zu führen, daß
Du selbst, nachdem Du mich vernahmst, nicht widersprichst.   1415

Strepsiades.
Wohl hören möcht' ich, wie Du Das nachweisen wirst.

Gesammtchor. Strophe.
Nimm Alter, die Gedanken Du zusammen, wie
    Du Diesem obsiegst;

*) B. 907. N.

Denn wäre seiner Sache so gewiß er nicht,
Nicht spräche so keck er.
Wohl giebt ihm etwas Zuversicht, daher entspringt
Sein trotziges Wesen.

Chorführerin.

Doch was zuerst Veranlassung zu Eurem Streit gegeben,
Das ziemt dem Chor zu wissen, Du (zu Strepsiades) thust sicherlich uns kund es.

Strepsiades.

So will ich denn weshalb zuerst in Hader wir geriethen
Erzählen; Als wir, wie Ihr wißt, bei unsrem Schmäuschen
saßen,
Sollt' er zuerst, auf mein Geheiß, zur Hand die Leier nehmen
Und singen des Simonides: „Der Widder ward geschoren"
Doch er erklärte mir sogleich, altfränkisch sei's zu leiern
Und bei dem Becher zu singen, wie die Frau'n beim Gerste-
mahlen.

Pheidippides.

Und warest Du nicht damals schon der Prügel werth und Tritte,
Da ich Dir singen sollt', als hab'st Cicaden Du zu Gästen?

Strepsiades.

Dergleichen Reden führte traun, wie eben, er auch drinnen;
Und den Simonides, den nannt' er einen schlechten Dichter.
Obwohl mit Mühe, doch verbiß ich anfangs meinen Ärger.
So mög' er denn, befahl ich ihm, ein Myrtenreis[1]) ergreifen
Und etwas aus dem Äschylos hersagen; d'rauf begann er:
„Ei freilich acht' ich Äschylos den ersten aller Dichter,
Den Lärmhans, den Verworrenen, das Großmaul, diesen
Schwindler."

---

1) Es war, nach dem Scholiasten zu Wespen 1222, eine alte Sitte,
bei Gastmahlen ein Lied des Simonides oder Stesichoros anzustimmen,
wobei der Sänger ein Myrten- oder Lorbeerreis in der Hand hielt;
das gab er dann an irgend einen der Gäste und forderte diesen dadurch zur Fortsetzung des Gesanges auf. Eine ähnliche Aufforderung
kam in einem Verse der der Tendenz nach mit unsern Wolken verwandten Schmausreden vor, den Athenäos (XV. c. 14) uns erhalten hat:
Auf, nimm und sing ein Scholion mir vom Knäkeon oder Kildes.

Wie meinet Ihr, daß da das Herz im Busen sich mir regte? 1370
Dennoch verbiß ich meinen Groll und bat ihn: Nun so sage
Mir von den Neuern etwas her, den kunstgerechten Dichtern.
Da sang aus Euripides sogleich eine Stell' er, wie der Bruder,
Barmherz'ge Götter fleht und bei! die eigne Schwester schän-
bet [1]).
Nun hielt ich denn nicht länger mich, und züchtigt unverzüglich ihn 1375
Durch manche bittre Schmähung ihn; Es traf nun, wie na-
türlich,
Ein Schmähwort auf das andere: Mit einem Mal springt
auf er
Und packt und wirft zu Boden mich, und würget und zer-
bläut mich.

Pheidippides.

Etwa mit Unrecht, da Du nicht den Euripides willst loben,
Den Trefflichsten? 1380

Strepsiades.

Er der Trefflichste, Du — wie soll Ich Dich nennen?
Doch schon giebts wieder Prügel.

Pheidippides.

Ja, beim Zeus, und von Rechtswegen.

Strepsiades.

Wie so mit Recht? Mir, der ich Dich, Du Frecher, aufgezogen,
Indem ich Jegliches verstand, was lallend Du begehrtest.
Dein Bebe war verständlich mir, ich reichte Dir zu trinken;
Und wenn Meme Du fordertest, kam ich und bracht' ein 1385
Brödchen;
Kaum hattest Kaka Du gesagt, so nahm ich Dich und trug Dich
Vor die Thür hinaus und hielt Dich hin: Du aber, jetzt mich
würgend,
Indem ich rief und laut aufschrie,
Mir thu' es Noth, verweigertest,

---

1) Die Liebe der Geschwister Makareus und Kanake, Kinder des
Äolos, machte den Hauptinhalt der euripideischen Tragödie Äolos. Ihr
entlehnte wahrscheinlich Ovid die eilfte seiner Heroiden.

1370
Du Schändlicher, vor die Thüre mich
Zu tragen und ich dem Ersticken nah
Begabt mich zur Stelle.

Gesammtchor.   Gegenstrophe.
Es klopfet, denk' ich, ihr das Herz der Jüngern, wie
Euch Dieser vertheidigt:

1385
Denn wenn, nachdem so Arges er verübete,
Er zungengewandt siegt;
Dann, Ihr Bejahrtern, biet' ich keine taube Nuß
Für Euere Haut Euch.

Chorführerin (zu Pheidippides).
Die Zimm'rer und Baumeister neuer Reden ziemt's
1390 Auf Überzeugendes bedacht des Rechtes Schein zu wahren.

Pheidippides.
Wie angenehm, mit neuem Thun, kunstreichem, zu verkehren,
Daß die Gesetze, die bestehn, man nicht zu achten brauchet.
So, als auf das Pferderennen blos mein Sinn noch war gerichtet,
Vermocht' ich sonder Anstoß nicht drei Worte vorzubringen;
1395 Jetzt aber, da von solchem Thun Der selbst mich abgezogen,
Und mit Spitzfindigkeiten ich verkehr' und Grübeleien,
Denk' ich zu zeigen, es sei recht, den Vater abzustrafen.

Strepsiades.
So reit' und fahre Du, beim Zeus, denn traun für mich ist's
besser,
Ein Viergespann zu futtern, als halbtodt mich haun zu lassen.

Pheidippides.
1400 Ich nehme da den Faden auf, wo Du mich unterbrachest,
Und thue zuerst die Frag' an Dich, schlugst Du mich, als ich
Kind war?

Strepsiades.
Das that ich, gut es meinend und für Dich besorgt.

Pheidippides.
So sage,
Hab' ich nicht auch das Recht mit Dir es gut zu meinen, und
Dich
Zu schlagen, da im Schlagen ja sich das Gutmeinen kund giebt?

Wie ziemt es sich, daß Dritte Haut gesichert sei vor Schlägen, und
Die meine nicht? Ward ich doch frei, so gut wie Du, geboren.
Man zücht'ge Kinder, meinest Du, den Vater nicht. Weßhalb
denn[1]?

Sprichst Du: Es sei Gesetz und Brauch, daß Kinder Solches
dulden,

Dann werd' ich: Zwiefach Kinder sind die Greise, Die erwidern,

Und um so bill'ger trifft den Greis die Zücht'gung vor den
Jüngern,

Je unverzeihlicher es ist, wenn Jener sich vergehet.

Strepsiades.

Doch nirgends will das Gesetz es, daß dem Vater Das geschehe.

Pheidippides.

Nicht wahr, es gab zuerst ein Mann wie Du und ich einst
dieses

Gesetz, durch seiner Rede Kraft vermögend unsre Väter?
Darf denn nicht minder nun auch ich, durch ein neues Gesetz
den Söhnen

Gestatten, daß in Zukunft sie der Väter Schläg' erwidern?
Was wir an Schlägen duldeten bevor es ward gegeben,
Erlassen sei's, wir sehn es nach, daß sie umsonst uns gerbten.
Sieh nur einmal die Hähn' und was an Thieren sonst der Hof
nährt,

Wie wehren sie gegen die Väter sich; Und doch, wie unterscheiden
Von uns sich Jen', als daß sie nicht, wie wir, Beschlüss' ab-
fassen?

Strepsiades.

Warum, wenn Du zum Vorbild Dir in Allem nimmst die
Hähne,

Scharrst nicht, wie sie, im Mist Du, schläfst mit ihnen auf
der Stange?

---

[1] Gewiß verdient die Lesart ... den Vorzug; Nur müssen diese
Worte nicht dem Strepsiades, sondern dem Pheidippides zugeschrieben
werden.

Pheidippides.
Das ist ein Andres, Freund, Das würd' auch Sokrates nicht
meinen.

Strepsiades.
1408 Auch sonst laß nur das Prügeln, sonst wirst Du es einst bereuen.

Pheidippides.
Wie so?

Strepsiades.
Als Vater steht das Recht mir zu, Dich abzustrafen,
So Dir den Sohn, wenn einen Du bekömmst.

Pheidippides.
Und bekomm' ich keinen?
Umsonst litt ich dann Streich' und Du lachst sterbend mir in's
Fäustchen.

Strepsiades (zu den Zuschauern).
Ihr Freunde gleiches Alters, er scheint mir ganz recht zu haben;
1412 Wir müssen ihnen denk' ich wohl was billig ist gestatten,
Denn Züchtigung verdienen wir, thun wir was sich nicht ziemet.

Pheidippides.
Erwäg' einen andern Vorschlag noch.

Strepsiades.
So bin ich ganz verloren.

Pheidippides.
Nein, Du trägst dann wohl leichtres Muths, was eben Du er-
duldet.

Strepsiades.
Wie so? Laß hören, ob dadurch Du mir Erleicht'rung schaffest.

Pheidippides.
1416 Die Mutter will, so gut wie Dich, ich prügeln.

Strepsiades.
Was? Was sagst Du?
Das wär' ein ärg'rer Frevel noch.

Pheidippides.
Wie, wenn des Schlechten Anwalt,
Ich zu geslehn Dich nöthige,
Es sei die Mutter schlagen Pflicht?

Strepsiades.

Was bleibet Dir, als daß, that'st Du Das,
Du selber ungehindert dann
Dich stürzest in das Barathron,   1460
Sammt Sokrates
Und Deiner schlechten Sache.
Das Alles ist, Ihr Wolken, mir durch Euch geschehn,
Mein ganzes Thun und Treiben stell' ich Euch anheim.   1463

Chorführerin.

Nein zeihe Du vielmehr Dich selber dieser Schuld,
Da Du zu argem Treiben Dich hinwendetest.

Strepsiades.

Warum denn sagtet Ihr nicht Das gleich damals mir,
Und triebet nur noch mehr mich alten Tölpel an?

Chorführer.

So halten wir es jedes Mal, erkennen wir,   1460
Daß Eines Sinn auf arges Thun gerichtet sei,
Bis daß wir in das Unheil ihn verwickelten,
Damit er fürchten lerne die Unsterblichen*).

Strepsiades.

O weh, Ihr Wolken, das ist schlimm zwar, doch gerecht;
Denn nicht das Geld zu unterschlagen ziemte mir   1465
Das ich geliehen.   Darum (zu Pheidippides) komm, Geliebtester,
Diesen Chärephon, den verruchten, und dem Sokrates
Mit mir zu verderben, welche Dich und mich berückt.

Pheidippides.

An meinen Lehrern würd' ich nimmer mich vergehn.

Strepsiades.

Ja, ja, o scheue Zeus, den vaterländischen.   1470

Pheidippides.

Da siehe den vaterländ'schen Zeus! Altfränk'scher Du!
Giebt's einen Zeus denn?

Strepsiades.
        Ja, den giebt's.

---

*) Böttig. opp. p. 72. Not. ***)

I.   20

Pheidippides.

Nein, sintemal
Statt seiner herrscht der Wirbel, der den Zeus vertrieb.

Strepsiades.

Er hat ihn nicht vertrieben, ich nur glaubte Das
Wegen des Thurwirbels der ... nun Verbleibten,
Daß in Dir, Du Stückchen Eisen, einen Gott ich sah*).

Pheidippides.

Schwatz' Unsinn Du und schlie hier für Dich allein (ab).

Ein und zwanzigste Scene.

Strepsiades. Chor.

Strepsiades.

O der Verkehrtheit, welch' ein Rasender war ich,
Daß selbst die Götter des Sokrates wegen ich verwarf!

---

*) Nach der Lehre des Sophisten Protagoras aus Abdera, entstand
die Welt aus Atomen, die der ätherische Wirbel in Bewegung setzt.
Δῖνος, erinnernd an Δῖος, womit der alte, ungebildete Schüler des
Sokrates gar wunderbar verworrene Begriffe verbinden mochte, bezeichnet aber im Griechischen nicht blos den Wirbel als des Protagoras
causa matrix der sich gestaltenden Welt, sondern auch ein rundbäuchi-
ges, irdenes Gefäß, das, wahrscheinlich zum Opfer bestimmt, auf der
Bühne stand. Der Zuschauer hat sich durch ein quid pro quo getäuscht
und an dessen Stelle Thürwirbel, mit dem thörichten Wiebel B. 379
zusammentreffend, sehen müssen. Mit welchem Rechte konnte Aristophanes aber dem Sokrates diese kosmogonischen Ansichten zuschreiben? Auch
Anaxagoras, des Sokrates Lehrer, zu dessen Vorstellungen von den Welt-
körpern Sokrates in der Apologie Platon's sich bekennt [14) sprach (nach
Clemens von Alexandrien), ob er gleich, wie wir schon in der Einleitung
zum Plutos erwähnten, einen ordnenden Weltgeist annahm, vom νοῦς
διακρίνων. Unserem Dichter war es aber mehr um komischen Effect,
als um strenge Scheidung der philosophischen Schulsysteme zu thun.

(Zu einer vor seinem Hause stehenden Herme sich wendend).
Geliebter Hermes, hege Du mir keinen Groll,   1480
Laß es mich nicht entgelten, nein, verzeihe mir,
Daß ich durch das Geschwätz da mich bethören ließ;
Und werde mir Berather, ob ich vor Gericht
Anklag' erhebe gegen sie, oder was Du meinst.
(Er hat die Hermessäule umfaßt und sein Ohr zu ihr hingeneigt).
Du hast ganz recht: „Nicht processire" räthst Du mir,   1485
Nein auf das Schleunigste das Haus in Brand gesteckt
Der argen Schwätzer. Heda, heda, mein Xanthias,
Eine Leiter bring heraus und einen Karst daran,
Und dann, indem die Denkwerkstätte Du ersteigst,
Haue mit das Dach in Trümmern, siehst Du Deinen Herrn.   1490
Mir aber bring' eine brennende Fackel einer her,
Und sorgen will ich, daß mir Mancher büßen soll
Am heut'gen Tag, obschon sie arge Prahler sind.

Zwei und zwanzigste Scene.

Sokrates, mehrere Schüler desselben. Strepsiades. Chor.

Strepsiades.
Deine Pflicht gethan, o Fackel, ströme mächt'gen Brand.

1. Schüler.
Was schaffst Du, Mensch?   1495

Strepsiades.
          Was ich schaffe? Was denn sonst, als daß
Ich das Gebälk des Hauses da zergliedere.

2. Schüler.
O wehe, wer steckt' denn über uns das Haus in Brand?

Strepsiades.
Derselbe, den um seinen Mantel Ihr gebracht.

2. Schüler.
Du verdirbst uns, Du verdirbst uns!

20 *

Strepsiades.
                                   Ei, das will ich ja,
1500 Wenn meiner Erwartung irgend dieser Karst entspricht,
Oder nicht zuvor im Sturz' ich breche das Genick.

Sokrates.
He, Freund, was schaffst denn eigentlich auf dem Dache Du?

Strepsiades.
In den Lüften schwebend beacht' ich hier den Helios.

Sokrates.
O wehe mir, ersticken muß ich Unglücklicher[1])!

Chärephon.
1504 Und in den Flammen komm' ich Jammervoller um.

Strepsiades.
Was focht Euch denn die Götter zu verhöhnen an,
Und weßhalb forschtet Ihr Selene's Wandel nach?
(Zu Xanthios.)
D'rauf los, hau zu, triff sie, die vielverschuldeten,
Vor Allen weil sie an den Göttern frevelten.

Chorführerin zum Gesammtchor.
Jetzt ziehet hinaus; denn wir haben uns heut im Reigen zur
                                   G'nüge gedreht schon[2]).

_____

1) Weßhalb Meißg diesen Vers lieber einem der Schüler in den
Mund gelegt wissen will, siehe dessen Vorrede p. XXII. und Süvern's
Widerlegung. S. 79. 1.

2) Das in Rauch und Flammen aufgehende und zusammenstürzende
Häuschen des Sokrates entrückt die Schauspieler den Augen der Zu-
schauer; der Chor zieht unter dem Vortritt seiner Führerin nach dem
Hyposkenion ab.

III.

Die Frösche.

Aufgeführt Olymp. 93, 3; 406 v. Chr.

Personen.

Dionysos.
Xanthias, dessen Diener.
Herakles.
Ein Todter.
Charon.
Chor der Frösche (größtentheils unsichtbar).
Chor der Eingeweihten.
Aiakos, Diener des Pluton.
Eine Dienerin der Persephone.
Pläthane, eine Schenkwirthin.
Eine dergleichen.
Euripides.
Äschylos.
Pluton.

Einleitung.

Die Frösche, ziemlich einstimmig für eine der geist- und sinn-
reichsten Dichtungen des Aristophanes anerkannt, wurden im
dritten Jahre der drei und neunzigsten Olympiade, dem vorletzten des peloponnesischen Kriegs, 406 v. Chr., an den Lenäen,
unter dem Archon Kallias aufgeführt.

Die tragische Bühne war wenige Monate zuvor ihrer vorzüglichsten Zierden und Stützen beraubt worden: Verwais't
trauerte sie um Euripides, der gegen funfzig, um Sophokles,
der über sechzig Jahre für dieselbe dichtete, ja selbst um denjenigen Dichter, der allein noch mit genannten beiden einigermaßen
in die Schranken treten konnte, um Agathon.

Euripides war zu Pella, am Hofe des kunstliebenden ma-
kedonischen Königs Archelaos, wo er die letzten Jahre seines
Lebens zubrachte, in seinem 75. Jahre, nach der Parischen Mar-
morchronik im zweiten, nach Apollodor im dritten Jahre der
drei und neunzigsten Olympiade gestorben; und nach Thomas
Magister erfüllte die Nachricht von seinem Tode ganz Athen
mit Trauer. Ja selbst Sophokles, sein um funfzehn Jahr
älterer, mehr als neunzigjähriger Nebenbuhler, der aus begreif-
lichen Gründen nicht zu den Bewundern des Lebenden gehört
haben mochte, erschien in Trauerkleidern und ließ seinen Chor
unbekränzt auftreten[*]). Aber auch dieser Liebling der Götter

***

[*]) So sprach Gottfried Hermann im Philologenverein zu Gotha
einige, die Verdienste des kurz zuvor verstorbenen Gottfried Müller an-
erkennende Worte, mit dem er früher so manche Lanze gebrochen hatte.

und Menschen sollte diese Todtenfeier nicht lange überleben, Von ihm steht es fest, daß er in demselben Jahre gestorben sei. an dessen Schlusse die Frösche zur Aufführung kamen. Aga- thon endlich, an dessen erster, fünfzehn Jahre vor Aufführung der Frösche stattgefundener Siegesfeier, oder Nachfeier vielmehr, uns Platon in seinem Gastmahle Theil nehmen läßt, und von dem in unserm Lustspiele Dionysos sagt (83 ff.) er habe, ein wackrer Dichter, schreibend ihn verlassen, zum Schmaus der Se- ligen zu gehen, war nach des Scholiasten Erklärung der ange- führten Stelle, entweder ebenfalls gestorben, oder hatte wenig- stens, um nie wieder nach Athen zurückzukehren oder überhaupt da etwas von sich hören zu lassen, wie Euripides das Wohlle- ben am Hofe des Archelaos dem Aufenthalte in seiner Vater- stadt vorgezogen und war also für die tragische Bühne ebenfalls so gut wie todt.

Nun werden zwar noch von unserm Dichter selbst als da- malige Inhaber der tragischen Bühne zu Athen genannt: Jo- phon, ein Sohn des Sophokles, der noch bei Lebzeiten des Va- ters siegreich um den Preis rang, ja mit diesem selbst in die Schranken trat, von dem Suidas berichtet, er habe fünfzig Tra- gödien geschrieben, und über den Aristophanes sich ganz gün- stig äußert, nur auf den Verdacht hindeutend, der Vater möge ihm bisher bei Ausarbeitung seiner Trauerspiele behülflich gewesen sein, und es müsse sich nun erst zeigen, was er auf eignen Füßen stehend zu leisten vermöge; und, neben dem ziem- lich namenlosen Pythangelos, Fenokles, des Karkinos Sohn, von dem wir wenigstens wissen, daß er einmal über Euripides den Sieg davontrug[*]) der zahlreichen Nachschößlinge und Verhunzer edler Kunst[*]) nicht zu gedenken: Aber wie kamen diese insge- sammt neben den vor Kurzem verstorbenen Veteranen in Be- tracht[*])?

---

[*]) Aelian V. H. II. 8.

[*]) Frösche 93. 4.

[*]) Welcker, der die Spuren der griechischen Tragödie noch fast 1000 Jahre, von dem Tode des Sophokles an gerechnet, verfolgt, schließt seine

Wie nahe lag also für die komischen Dichter damaliger
Zeit die Aufgabe, ein für alle Theaterfreunde so wichtiges Ereigniß, wie der schnell sich folgende Verlust der drei vorzüglichsten Trauerspieldichter war, in ihrer Weise zu feiern! Wie
konnte namentlich Aristophanes, dessen Geschick und Neigung
den Euripides zur Zielscheibe seines Witzes zu machen wir schon
in der Einleitung (S. 73) erwähnten, es sich versagen, diesem
dahingeschiedenen Lieblinge seiner Rechenäer *), ein zwar Jahrtausende überdauerndes, aber sonst nicht sehr beneidenswerthes
Denkmal in seiner Weise zu errichten?

Ja, wir fühlen uns versucht, noch einen Schritt weiter zu
gehen. Mit Aristophanes oder Philonides vielmehr — denn
unter dessen Namen ließ Aristophanes die Frösche aufführen **),
vielleicht bedenklich über die Aufnahme, die ein Angriff auf
einen, vor Kurzem verstorbenen, ziemlich allgemein beliebten

Uebersicht mit dem Ergebniß: „Dies also scheint fest zu stehen: So groß
auch die Zahl der neuen Tragödien in der langen Periode der nicht
mehr attischen, sondern allgemein hellenischen Tragödie gewesen sein
muß, so kamen sie doch mit Ausnahme der Werke des Euripgestirns"
(welche Ausnahme doch noch gar manchen Zweifeln unterworfen sein
dürfte) „weder durch Originalität, noch durch Kunst und hervorstechen-
den Stil je in Vergleichung mit den ältern". Die griechischen Tragödien Abth. III, S. 1341. Dadurch erscheint die oben (des griechische
Drama S. 38) aufgestellte Bemerkung; die Frösche seien als eine Leb-
henfeier der tragischen Bühne zu Athen anzusehn, vollkommen gerechtfertigt, ja sogar auf die tragische Kunst der Griechen überhaupt aus-
dehnbar.

*) So bezeichnet zuweilen Aristophanes seine Athener.. Der Aus-
druck ist von einem Zeitwort abgeleitet, das unter Anderem ein maul-
aufsperrendes Gaffen bedeutet.

**) Ueber den Dichter und Schauspieler Philonides s. das gr. Dr.
S. 77. Anm. 204. In der einen, der Inhaltsanzeige der Frösche beigefügten Didaskalie heißt es ἐδιδάχθη διὰ Φιλωνίδου, was allerdings
wie wir in der eben angeführten Stelle nachzuweisen suchten, auch heißen könnte: das Stück wurde durch Philonides eingeübt und zur Aufführung gebracht; Unzweideutiger aber drückt eine zweite Didaskalie
sich aus, welche sagt: der Name des Philonides ward eingetragen und
er trug den Sieg davon. (Φιλωνίδης ἐπιγράφη καὶ ἐνίκα)

Dichter finden werde, der gewiß in Manchem die Sehnsucht
Stachel zurückgelassen hatte, — kämpften die Musen ·des Phrynichos und der Kleophon des Platon um den Preis. Nun haben sich aber aus dem erstgenannten Stücke vier Verse auf
den oben verstorbenen Sophokles und ein andres Bruchstück erhalten, in welchem ein Richter zum Abstimmen aufgefordert
wird. Sollte das nicht zu dem Schlusse berechtigen, dasselbe
Ereigniß, welches die Frösche veranlaßte, habe auch den Musen
zu Grunde gelegen, zumal' da auch der Titel auf einen die
Poesie betreffenden Inhalt schließen läßt; wenn diese wenigen
Bruchstücke auch keinen Schluß auf des Stückes Ausgang gestatten sollten[*)]?

Was ferner das zweite Stück, den Kleophon des Platon,
anbetrifft, so unterschreiben zwar Manche den Tragiker und den
Demagogen Kleophon und beziehen Platon's Komödie auf diesen,
aber Welcker[b)] sagt: Aristophanes scheine in unserm Fröschen
(in der Strophe 657—668) auch auf dramatischen Dilettantis-
mus anzuspielen, indem er die auf Kleophon's geschwätzigen Lippen lärmende Theatische Schwalbe mit dem ironischen Lobe der
Kennerschaft seines Publicums und seinem eignen Chorgesang
in Verbindung bringe. Ferner sei es ein eigner Umstand, daß
während von den Komödien, die nach dem kurz hintereinander
erfolgten Tode des Euripides und Sophokles, nur wenige Monate nach dem des letzteren, gegeben wurden, zwei, die Frösche
des Aristophanes und die Musen des Phrynichos, die tragische
Kunst angingen, die dritte von Platon ein Kleophon gewesen
sei, so daß man vermuthen möchte, auch Platon sei durch ein
die Theaterfreunde so außerordentlich in Bewegung setzendes Zeit-
ereigniß veranlaßt worden, dem Sophokles zu Ehren einen andern Tragiker des Tages zu schildern. Nehmen wir dazu, daß
das Meiste, was Aristoteles, in dem von Welcker angeführten
Stellen (Rhet. III, 7, 2. Poët. 2, 22) über die herabziehende
und die Menschen in ihrer Alltäglichkeit schildernde Darstellungsweise des Kleophon sagt, mit dem von Äschylos in unserm Lust-

---

[*)] Bode S 215.

[b)] Die griechischen Tragödien III, 1010 ff.

spiel gegen Euripides erhobenen Tadel zusammentrifft, so möchten wir fast glauben, der lebende, auch wegen seiner politischen
Rolle, wie in unsern Fröschen (1486, 1515) angegriffene Kleophon habe in einem ähnlichen Wettstreit mit Aeschylos oder Sophokles seinen von Kurzem verstorbenen Geistesverwandten Euripides repräsentiret, und mancher über ihn ausgesprochene Tadel
habe nicht minder dem Euripides, als ihm selber gegolten.

Trafen aber wirklich die drei wettkämpfenden Lustspiele
in ihrer Beziehung auf die seit Kurzem verwaiste tragische Bühne
zusammen, dann möchte dies Zusammentreffen kaum ein zufälli-
ges gewesen sein. Trotz aller gegenseitigen Neckereien und einiger unter Nebenbuhlern kaum zu vermeidenden Mißgunst, konnte
doch unter den Dichtern, die sich die Belustigung und Belehrung ihrer Mitbürger zum Ziel gesetzt hatten, ein recht freund-
liches Verhältniß bestehen, ja es konnten bisweilen diejenigen,
welche bei der nächsten Dionysien- oder Lenäenfeier neue Stücke
auf die Bühne zu bringen beabsichtigten sich im Voraus über
die Wahl ihrer Stoffe verständigen, um durch die verschiedenartige Lösung ähnlicher Aufgaben den Kampfrichtern die Entscheidung zu erleichtern und dadurch zugleich zur Ergötzung
ihres Publicums beizutragen [1].

Jedes Falls würde es von großem Interesse sein, wie z. B.
zwischen den Choephoren des Aeschylos, der Elektra des Sophokles und Euripides Schlegel es thut [2], diese drei Lustspiele ähnliches Inhalts mit einander zu vergleichen, da Phrynichos und
Platon zu den bedeutendsten Dichtern der alten Komödie gezählt wurden. Aber nicht einmal wie die alten Kampfrichter
über ihren relativen Werth entschieden, können wir mit Bestimmtheit angeben. Nach der Didaskalie wie sie z. B. in der
Brunckschen Ausgabe sich befindet, trug Aristophanes den ersten,
Phrynichos den zweiten Preis davon; dagegen in der, welche
die von Invernizzi benutzte Ravennatische Handschrift giebt, um-

---

[1] So waren, wie wir in der Einleitung zu den Wolken sahen, nicht
blos Diese, sondern auch der Konnos des Ameipsias gegen Sokrates gerichtet.

[2] Dramaturg. Vorlesungen I, 221 ff.

gelehrt dem Phrynichos die erste und unserm Freunde die zweite
Stelle angewiesen wird: darin aber stimmen beide überein, daß
dem Platon nur der dritte Preis zuerkannt wird.

Doch freuen wir uns der meisterhaft gelungenen Lösung
der Aufgabe, die in unsern Fröschen uns geblieben ist, vielleicht
wird es wenigstens unsern Epigonen so gut, durch einen zweiten
Angelo Malo, den selbst der Cardinalsthut dem classischen Alterthum nicht entfremdete, auch das Eine oder Andere Dramatische aus der Erde Schooß, oder aus dem Staube einer constan-
tinopolitanischen oder Klosterbücherei an das Licht geförbert
zu sehn.

Wer konnte das durch den Verlust seiner Koryphäen in der
tragischen Kunst betrübte Athenische Publicum zweckmäßiger repräsentiren, als der Schutzgott dieser Kunst, Dionysos? Er hat
die Langeweile, welche mit einer Seefahrt verbunden zu sein
pflegt — der Dichter erinnert dabei zugleich an das denkwür-
digste politische Tagesereigniß, den Seesieg der Athenienser bei
den Arginusen *) — durch Lesung der Andromeda des Euripides zu bekämpfen gesucht, und dadurch ist mit einem Male ein
solcher Sehnsuchtsdrang nach einem guten Tragödienbichter, die,
wie wir sehen, auf Erden so gut wie ausgestorben sind, in ihm
erwacht, daß er in die Unterwelt hinabzusteigen und den Euripides, den Liebling der großen, von ihm vertretenen Mehrzahl
wieder heraufzuholen beschlossen hat.

Nun konnte zwar der Weg nach der Schattenwelt und
das dortige Leben dem Dionysos nicht unbekannt sein, denn .
als Symbol der schöpferischen Zeugkraft der Natur, wie wir
ihn bereits kennen lernten, Zagreus war sein mystischer Name,
zeugte ihn Zeus mit seiner Tochter Persephone, die nach Nonnus
(Dionysiac. VI, 157) ihre Mutter Demeter in einer von Dra-
chen bewachten Höhle verborgen hatte, und er wurde bei seiner
Mutter in der Unterwelt erzogen. Nach andern Überlieferungen,
deren Pausanias, Apollodor, Diodor von Sicilien gedenken, stieg
er als Sohn der Semele in die Unterwelt hinab, um seine
Mutter heraufzuholen, die er unter dem Namen Thyone im

---

*) Anm. zu B. 33.

Olympos einführte. So sagt Horaz am Schluß der an Bacchos gerichteten 19. Ode des 2. Buchs (nach Voß):

> Dich schaute hornlos Cerberus, als Gehörn
> Von Gold Dir blinkte, sanft mit geringem Schweif
> Anschmeichelnd; und dreizüngig leckend
> Küßt er des Scheidenden Fuß und Schenkel.

Aber mit Recht nimmt Aristophanes von diesen in seinen Plan nicht passenden Sagen keine Kenntniß. Sein Gönner und Schirmherr, der aber dieser Gönnerschaft ungeachtet, sich's gefallen lassen muß, in ziemlich lächerlicher Gestalt auf den ihm geweihten Bretern aufzutreten, hat sich entschlossen in Incognito als Herakles, der bereinst auch in die Unterwelt hinabstieg, seine abenteuerliche Fahrt anzutreten. Doch ist sein Incognito nicht das strengste, sondern auf lächerliche Weise aus der weibischen Tracht, in welcher er nach dem Volksglauben an der Bakchantinnen nächtlichen Tänzen und Orgien Theil nahm, und den gewöhnlichen Attributen des Herakles, der Keule und der Löwenhaut zusammengesetzt (46. 47). So tritt er mit einem in Athen, von wannen er kommt, gedungenen Sclaven, Xanthias, aus einem in einer Seitenwand der Orchestra angebrachten Eingang. Letzterer reitet auf einem Esel und trägt drolliger Weise zu seiner großen Beschwer das Reisegepäck seines Herrn, statt es seinem Grauchen aufgepackt zu haben, auf einem Tragbalken über den Schultern. Werden wir dadurch unwillkührlich an den sinnreichen Junker Don Quijote von der Mancha und seinen Sancho Pansa erinnert, so dachte der athenische Zuschauer dabei an eine Pilgerfahrt nach Eleusis, die man ebenfalls, von einem mit dem Weihgeräthe beladenen Esel begleitet, anzutreten pflegte (V. 159 und dazu der Scholiast) und die letzte Erinnerung war um so passender, da in unserm Fröschen (154 — 163) wirklich die Eingeweihten, sie bilden den zweiten Chor, in Myrtenhainen, von hellem Licht umstrahlt und unter Gesängen fröhliche Reigen aufführend, in Elysion vor den Pforten Pluton's ihren Aufenthalt haben; Eine um so wahrscheinlichere Fiction, da die eleusinischen Mysterien Aufschlüsse über das Leben nach dem Tode gaben, auch wohl in nachahmenden Bildern den Eingeweihten, das sie, als solche, nach dem Tode erwartende selige Loos darstellten.

Unter allerhand Bühnenscherzen ziehen Herr und Diener
über die Orchestra; der Gott, dessen grenzenlose Zaghaftigkeit
einen lächerlichen Contrast mit seiner Heraklestracht bildet, um
zuerst bei seinem Vorbilde, Bruder Herakles vorzusprechen und
nach diesem und jenem, seine abenteuerliche Fahrt Betreffenden,
sich zu erkundigen. Diese Wohnung befindet sich an der, dem
Eingang, durch welchen sie eingetreten sind, entgegengesetzten
Seite der Orchestra. Nachdem er den Herakles und dadurch
zugleich die Zuschauer von dem Zwecke seiner Fahrt unterrichtet
und die gewünschte Auskunft erhalten hat, das Weitere wird
er vom Chore der Eingeweihten vernehmen, läßt er sich vom
Charon über den acherontischen See setzen *).

Wie wir gewohnt sind, in den Lustspielen des Terentius
einem Syrus oder Davus mit weit größerer Schlauheit und
Geistesgewandtheit ausgestattet zu erblicken, als ihre verliebten
jungen Herren, so zeigt sich auch in unsern Fröschen Xanthias,
obgleich selbst nicht der Beherztsten *), doch seinem verzagten und
ziemlich unbeholfenem Gebieter an Muth und Verschmitztheit
weit überlegen und wir sind fast versucht, die Schreckgestalt
Empusa, die dem Dionysos solche Angst erregt, als eine von
dem durchtriebenen Sclaven zu diesem Behuf ersonnene Erfindung anzusehen. Mit dem Eintritt des schon erwähnten
Chores der Eingeweihten in die Orchestra weicht vor dem
Schreine der Jackus, mit denen sie auftreten, das über die
Bühne verbreitete Dunkel. In Halbchören vertheilt preisen sie

---

*) Wir haben uns diesen See zwischen der Thymele und der vordern
Bühnenwand zu denken. Ein einen Kahn vorstellendes Gerüst wird
aus dem Hyposkenion, eben jene 10—12 Fuß (um soviel erhob sich
die eigentliche Bühne, Logeion, über die Orchestra) hohen Bühnenwand
hervorgeschoben und seine schaukelnde Bewegung mit das Koaxen der
unsichtbaren, nur bisweilen mit ihren grünen Froschmasken auftauchenden Frösche versinnlicht den Zuschauern die Überfahrt, die ohnehin den
durch die Thymele verdeckten Raum nicht genau sehen konnten. Nach
vollbrachter Fahrt verschwindet Charon mit seinem Kahne wieder, durch
eine Orchestra und Logeion verbindende Stiege aber erscheinen Dionysos und Xanthias auf der anfangs verdunkelten Bühne.

*) Denn er hat nicht bei den Argivern mitgekämpft, und schützt
gegen Charon böse Tugen vor, die ihn abhielten (197).

des Jakchos und der Demeter Lob, entfernen von ihren heiligen
Reigen alle Profanen und mit irgend einer Schuld Beladenen,
wecken durch höhnenden Scherz, nach hergebrachter Weise,
Manchen, der vielleicht selbst auf der vordersten Sitzreihe sein
Plätzchen gefunden hatte und berichten unserm Pilgern, daß sie
bereits an Pluton's Pforte angelangt sein.

Doch bevor diese sich ihnen öffnet, haben sie noch manches
für Zuschauer und Leser höchst ergögliche Abenteuer zu bestehen, endlich führt des Pluton Diener Aakos Beide in dessen
Pallast.

Unser Drama zerfällt in zwei Theile, die wir mit den
Überschriften die Hadesfahrt und der Wettkampf bezeichnen
könnten. Beide, an Umfang einander ziemlich gleich, sind durch
die Parabase geschieden. Der Didaskalie zufolge hatten die in
dieser ausgesprochenen frieblichen und versöhnlichen Gesinnungen
des besondern Beifalls der edlen Rechenäer sich zu erfreuen und
verschafften den Fröschen die nicht gewöhnliche Ehre einer zweiten Aufführung.

Was in der Expositionsscene, mit der unsres Lustspiels
zweiter Theil beginnt, Aakos, der während der Parabase mit
seinem Prügelgenossen Xanthias die innigste Kameradschaft geschlossen hat, diesem mittheilt, brauchen wir ebenso wenig hier
im Voraus dem Leser zu verrathen, als den ganzen Gang des
nun sich zwischen Äschylos und Euripides eröffnenden Wett-
kampfes zu verfolgen. Da wir jedoch bei der Mehrzahl unserer Leser keine genauere Bekanntschaft mit den zu diesem
Wettkampf auftretenden briden Dichtern und der dramatischen
Literatur der Griechen überhaupt voraussetzen dürfen, so werden
einige vorläufige Andeutungen nicht überflüssig erscheinen.

Die Charakteristik der beiden um die Meisterschaft in ihrer
Kunst und den Ehrenplatz an Pluton's Tafel ringenden Dichter
ist höchst treffend und gelungen. Vorzüglich gegen Euripides
sind die Frösche gerichtet und seine Dramen sind daher auch
einer besonders strengen Kritik unterworfen.

Dem Sinne damaliger Zeit gemäß, welche, wie schon
anderwärts erwähnt wurde, das Drama als wesentlichen Bestandtheil der Volkserziehung ansah, ist die sittlich-praktische
Tendenz der beiderseitigen Dramen vorzüglich hervorgehoben

und gewissermaßen in den Vordergrund gestellt. Euripides
schien dem Aristophanes durch seine schlaffe, oft mit sophistischer
Dialektik die größten Bergehen beschön'gende Moral, durch die
von ihm aufgestellten Beispiele großer Sittenlosigkeit, höchst
verderblich auf die Sitten seiner Zeitgenossen zu wirken, während
Äschylos mit Kriegsmuth sie erfüllt und zu edeln Thaten begeistert hatte. So contrastiren in Äschylos und Euripides,
wie in den Reden der beiden Anwalte in den Wolken, zugleich
die strenge alte Zucht der Kämpfer bei Marathon und Salamis,
zu denen auch Äschylos gehörte, mit der Verweichlichung der
in sittlicher Hinsicht tief gesunkenen Gegenwart. Auf Euripides läßt sich das anwenden, was A. W. Schlegel in einem
Erzeugniß jugendlich-keckes Übermuths, das eine den Fröschen
ähnliche Tendenz hat, in Kotzebue's Ehrenpforte und Triumph-
bogen, von diesem damaligen Lieblinge des größern Theater-
publikums sagt:

> Der Muse Spiel soll nicht die Pflichten lehren,
> Der Tugend Ernst verschmäht entlehnte Flügel.
> Ist nur ein reiner Sinn des Lebens Spiegel,
> So wird von selbst die Dichtung Gutes nähren.
> Du aber strebst die Meinung zu verkehren,
> Du brichst mit schlaffem, schmeichelndem Gekügel
> Durch strenger Zucht und Sitt' und Wahrheit Rügel
> Und Weib und Mädchen kuppelst Du mit Ehren.

So wird ihm auch vorgerückt, daß er Dinge in seinen Tragödien vorbringe, Personen in ihnen auftreten lasse, die der
Würde derselben keineswegs angemessen sein. Man erzählt
ferner von einem Mahler, er habe mit wenigen Pinselstrichen
ein weinendes Kind in ein lachendes umgewandelt. Ebenso
wird die Scheinwürde der euripidischen Prologen, in denen er
sich noch am meisten, selbst mehr als in dem lyrischen Theile
seiner Tragödien, über des Alltagslebens Gewöhnlichkeit zu erheben scheint, durch das böse Salbbüchschen, das Äschylos wie
eine Narrenschelle ihnen anhängt, zu Nichte gemacht. Endlich
erfährt das Weichliche, Unzusammenhängende und' oft an das
Alltägliche Anstreifende seiner Lyrik, sowie das Gesuchte, räth.'el-
hafte Geschraubte mancher seiner Ausdrücke den gebührenden
Tadel. Natürlich kömmt auch Manches, seine Persönlichkeit,
seine niedere Herkunft, seine ehlichen Verhältnisse, der fremde

weßhalb das er bei seinen poetischen Hervorbringungen benützt haben sollte, zur Sprache.

Mit großer Weisheit verfuhr unser Dichter, daß er nicht, was so nahe zu liegen schien, den kurz nach Euripides verstorbenen Sophokles, im Wettkampfe mit jenem auftreten ließ. Nicht blos repräsentiren zugleich, wie wir schon bemerkten, Aeschylos und Euripides, was bei diesem und Sophokles wohl der Fall gewesen wäre, die gute alte Zeit und die sittlich gesunkene Gegenwart.* Es bildete ferner Aeschylos in der Erhabenheit[1], die er in der Anlage seiner Tragödien, in seinen Charakterschilderungen, in seiner Sprache und gesammten Darstellungsweise entfaltet, einen weit schärfer hervortretenden Gegensatz, mit dem in jeder dieser Beziehungen die Würde des Heroenfreits herabziehenden Euripides; die oft diametrale Verschiedenheit beider Dichter ließ sich selbst einem größern Publicum weit eher veranschaulichen, als dieses bei dem zwischen jenen Beiden gewissermaßen in der Mitte stehenden und die beiden Extreme in schönster Vollendung vermittelnden Sophokles der Fall gewesen wäre. Endlich war es natürlich, daß in einem von einem Aristophanes dargestellten Wettkampfe, neben dem Besiegten auch der Sieger nicht ohne manche ziemlich empfindliche Wunde und Narbe davon kommen konnte. Aber Aristophanes achtete wahrscheinlich den Sophokles zu hoch, um ihn irgend zum Gegenstande seines Spottes zu machen.

Wer überhaupt den Sophokles näher kennen und füglich bis zur Vergötterung lieben und allen Dichtern, denen es je in ihrer bösen Welt uns zu entlocken gelang, vorziehen lernt, der möchte, wie in unsern Fröschen dieser Liebling der Musen bei seiner Ankunft in der Unterwelt dem Aeschylos thut, dem Aristophanes trotz seiner Schalkheit die Hand drücken und ihn, ungeachtet manches Unfugens, das selbst selten aus seinem ungewaschenen Munde geht, küssen, wegen der von der innigsten

---

* Wenn an irgend einem Dichter alter oder neuerer Zeit der Begriff des Erhabenen in der Poesie sich entwickeln läßt, so ist es Aeschylos.

Vorstellungen damaliger Zeit sehr angemessene Weise, seinen Aufenthalt vor dem Pallaste des Pluton hat, beliebt anfangs dem Wettkampf durch Aufmunterung beider Dichter, neigt sich aber, der eignen Meinung des Dichters gemäß, im Verlauf desselben immer mehr auf des Äschylos Seite hin.

Daß Dionysos selbst zu Anfange des Stücks als entschiedner Bewunderer des Euripides auftritt, zuletzt aber zu der richtigern Ansicht bekehrt wird, ist eine Erscheinung, die uns schon in den Wolken begegnete. Wir werden sie auch hier sich wiederholen sehn.

An politischen Beziehungen, unter Namhaftmachung der Heroen des Tages wie Kleisthenes, Kleokritos, Kleigenes, Erasinides, Kleophon, Theramenes, Alkibiades u. A. fehlt es in unserm Lustspiel so wenig, wie in irgend einem andern unseres Dichters; da sie aber mit dem Hauptinhalte desselben in entfernterer Beziehung stehen, so dürfen wir hier wohl auf das in den Anmerkungen darüber Beigebrachte verweisen.

So wenig hätte sich von unsrer Komödie nur der Titel erhalten, dieser uns einen Schluß auf ihren Inhalt gestattet haben würde; ebensowenig läßt sich darauf, daß wir wissen, daß der ältesten Lustspieldichter Magnes, und der Zeitgenosse des Aristophanes, Kallias haben auch Frösche auf die Bühne gebracht, der Schluß gründen, jene Lustspiele seien auch ihrem Inhalte nach mit dem unsrigen verwandt gewesen.

Wohl aber beklagen wir den Verlust eines aristophanischen Stückes ähnliches Inhalts, das den räthselhaften Titel Geryades führte. „Von dem Inhalte dieser Komödie", sagt Bode *), „ergiebt sich soviel, daß die Scene in der Unterwelt war, wohin drei ausgehungerte Poeten, Sannyrion, Meletos, und Kinesias, als Repräsentanten einer dreifachen Kunstübung, der Komik, Tragik und Dithyrambik, von ihren lebenden Mitbrüdern gesandt wurden, um dort die abgemagerte Poesie mit den Phrasen der verstorbenen Dichter wieder zu stärken und zu kräftigen. Charon hatte seine Noth, die drei winzigen Gestalten ohne Ballast über den Fluß zu schiffen. Sie waren so hungrig,

*) Gesch. der dram. Dichtkunst der Hellenen III, 2. 371.

" daß sie das Wachs von ihren Beglaubigungstäfelchen unterwegs
verzehrt hatten."

Zum Schlusse dieser Einleitung noch eine Anekdote, die
beweisen möge, daß unser Aristophanes und namentlich seine
Frösche auch auf der Toilette der gebildetsten Frauen zuweilen
ein Plätzchen fänden.

Unsers großen Friedrich erlauchte Nichte, Amalia, die edle
Beförderin der Künste und Wissenschaften, die während ihrer
16jährigen Regentschaft ihr Weimar zuerst berechtigte, eine
lange Reihe von Jahren hindurch auf den Ruhm des deutschen
Athen. Ansprüche machen zu dürfen, war unter Andern des
Lateinischen sehr mächtig und erlernte noch in späten Jahren
von Wieland auch das Griechische.

„Mein Fleiß im Griechischen", schreibt sie den 4. Januar
1784 an Knebel, „geht mit großen Schritten vorwärts, diesen
Winter studire ich den Aristophanes, welchen ich zuweilen mit
Wieland lese. Ich finde an ihm sehr viel Vergnügen; sein
beißender Witz ist unerschöpflich und mit allem dem hat er so
viel Grazie, daß man ihm Alles gern vergiebt, auch selbst seine
schmutzigen Sachen. Ich habe mit den Fröschen den Anfang
gemacht, die so gut auf unsre Zeiten passen, daß, wenn Aristophanes noch lebte, er nicht besser über unsre μουσικὸν χαλι-
δόνων und Λωβηται τέχνης sprechen könnte").

) Nach 40 Jahren noch gedenkt der Übersetzer mit Vergnügen der
huldreichen Güte und Freundlichkeit, mit der die hohe Frau persönlich
die Einladung zu einer Schulfeierlichkeit entgegen nahm, die er nebst
einigen seiner Mitschüler im Namen seines verehrten Lehrers G. J.
Böttiger ausgerichtet hatte.

Die Frösche.

Erste Scene.

Die Mitte der eigentlichen Bühne nimmt der Pallast des Pluton ein,
dessen Haupteingang, von welchem Stufen auf das Proskenion herab-
führen, mit einer Säulenhalle verziert ist, anfangs durch einen, ein
paar Flügelthüren darstellenden Vorhang verdeckt. Zu jeder Seite
des Portals ein Nebeneingang ohne Stufen. In der Orchestra ein
See, der acherontische und in geringer Entfernung davon die Wohnung
des Herakles. Athen bildet, den Zuschauern zur Linken, den natürlichen Hintergrund der Bühne und Orchestra. Am äußersten Ende
dieser treten, von Athen kommend, auf:

Xanthias auf einem Esel reitend, einen mit allerhand Gepäck beladenen Tragebalken über dem Nacken,

Dionysos in einem safrangelben Frauenmantel, darüber eine Löwenhaut und Pantoffeln, in der Rechten eine Keule.

Xanthias.
Befiehlst, o Herr, ein Alltagsspäschen Du vielleicht,
Der Art, wie's stets zum Lachen reizt die Schauenden?

Dionysos.
Beim Zeus was Dir beliebt, nur nicht: „wie drückt es mich!"
Das Eine laß, arg schwillt schon drob die Galle mir.

Xanthias.
Auch sonst nichts Drolliges?

Dionysos.
Nur nicht: „der schweren Last!"

Xanthias.

Wie? Sag' ich was ganz Lächerliches?

Dionysos.

                  Thu's, beim Zeus,

Getrosten Muths; nur davon schweige.

Xanthias.

                        Was denn sonst?

Dionysos.

Die Bürd' umlegend klage, wie Dich sonst was drückt.

Xanthias.

Auch nicht, daß ich, da solche Bürde mich beschwert,
Nothschüsse thun muß, wenn man sie nicht von mir nimmt?

Dionysos.

Um Alles bitt' ich, nein, bis ich vomieren will.

Xanthias.

Warum denn ward mir aufgebürdet dies Gepäck,
Wenn ich von dem nichts thun soll, was sonst Phrynichos ')
Im Lustspiel, so wie Lykis und Ameipsias,
Den Schwerbepackten in den Mund zu legen pflegt?

Dionysos.

Laß das jetzt bleiben: denn, wenn als Zuschauer ich
Etwas mit anseh'n muß von solchen Witzelei'n,
Dann geh' ich um ein Jahr und drüber älter heim.

Xanthias.

Au weh mein Nacken, du dreifach zu bejammernder,
Er wird gedrückt, und doch ist ihm der Schwank versagt.

Dionysos.

Ist das nicht Übermuth und arge Weichlichkeit,

') Nicht blos in der Parabase, auch sonst erlaubt sich wie hier die alte Komödie nicht selten, die Zuschauer daran zu erinnern, daß sie nicht wirkliche Personen, sondern Schauspieler vor sich sehen; Daß Aristophanes hier die faden und zum Überdruß sich wiederholenden Späße einiger Kunstgenossen verlacht, liegt zu Tage. Lykis wird von dem Scholiasten als ein frostiger Lustspieldichter bezeichnet; Phrynichos war mit seinen Musen gegen die Frösche in die Schranken getreten, Ameipsias trug, wie anderwärts erwähnt wurde, durch seinen Konnos gegen die Wolken den zweiten Preis davon.

Daß ich Gott Dionysos, ich, der Sohn, — des Schlauchs
Zu Fuße pilge' und schwitz', und reiten lasse **Den**, (auf den
Xanthias zeigend)
Daß er sich nicht abmüht, noch schwere Bürde trägt.

Xanthias.

Trag ich denn keine Bürde?

Dionysos.

Wie! Du reitest ja.

Xanthias.

Und trage dieses.

Dionysos.

Wie denn so?

Xanthias.

Bei schwerem Druck.

Dionysos.

Trägt denn die Bürde, die Du trägst, der Esel nicht?

Xanthias.

Das was ich hab' und selber trage, wahrlich nicht.

Dionysos.

Wie kannst Du tragen, da Dich selbst ein Andrer trägt?

Xanthias.

Ich weiß es nicht, doch meine Schulter fühlt den Druck.

Dionysos.

Nun, da Du meinst, der Esel fromme Dir zu nichts,
Vertritt Du seine Stell' einmal, und pack' ihn auf.

Xanthias (thut laut vor sich; doch so, daß Dionysos hört)
Ich armer Schelm, warum stritt ich zur See nicht mit[1]!
Dann sieh ich Dich gewiß schon längst zum Henker gehn.

---

[1] Zu bedrängten Zeiten wurden in Athen auch Sclaven für das Landheer und die Flotte ausgehoben; die dann gewöhnlich zum Lohn geleisteter Kriegsdienste die Freiheit, ja das Bürgerrecht, vielleicht mit gewissen Beschränkungen erhielten. Das war auch in dem Jahre der Aufführung unseres Lustspiels geschehn (Xen. Hellen. 1. 6. 17), in welchem die Athenienser den dem Lacedämonierfeldherrn zu Mitylene,

Zweite Scene.

Die Vorigen, die während des ersten Auftritts bis zur Wohnung
des Herakles [1]) gelangt sind; Herakles.

Dionysos.

Steig' ab, Durchtrieb'ner. Denn es trug mich schon mein Fuß
Hin zu der Pforte da, wohin zuerst den Schritt
Ich lenken sollte.

(An der Pforte klopfend.)

Bursch, Burschchen, Bursch, he holla, Bursch!

---

auf Lesbos, eingeschlossenen Konon eine Flotte von 110 Schiffen zu
Hülfe sandten. Diese Flotte erfocht bei den Arginusen (im Ägäermeer,
zwischen Lesbos und Lotis) einen glänzenden Sieg, der den Feinden
gegen 70 Schiffe und ihren Feldherrn selbst, der in der Schlacht er-
trank, (Xen. I. 6, 29.) kostet. Weil aber ein dazu abgesendeter Theil
der athenienfischen Flotte, durch Sturm verhindert, die Leichname und
Schifftrümmer der Ihrigen nicht aufzufischen vermochte, wurden, auf
eine höchst temperamentvolle Weise, die siegreichen Feldherren zum Tode verurtheilt und sechs derselben, unter ihnen Perikles, ein Sohn des großen
Staatsmannes, wirklich hingerichtet. Hätte unser Xanthias bei den
Arginusen mitgefochten, dann brauchte er jetzt nicht den Lastträger zu
machen.

1) Die Geheimlehre der eleufinischen Mysterien gab den Eingeweihten
Aufschlüsse über ihren Zustand nach dem Tode. Ja es wurde wahrscheinlich den Epopten, d. h. denen, die die letzte Weihe empfingen, ein
sinnlicher Vorschmack der ihrer nach dem Tode wartenden Seligkeit
gegeben. So sah man natürlich die Einweihung in die Mysterien als
das beste Mittel an, aller Furcht vor dem Tode zu begegnen und er
zählte: Auch Herakles, als er sich, um den Kerberos auf Eurystheus'
Befehl aus der Unterwelt heraufzuholen, zu einem Zuge dahin rüstete,
habe sich zuvor einweihen zu lassen gewünscht. Da aber nur Atheniensern die Einweihung in die großen Mysterien gestattet war, stiftete
die attische Ortschaft Melite für ihn die kleinen. Hier hatte Herakles
einen Tempel mit einer Bildsäule von Eleades, dem Lehrer des Phei-
bias (541). H. Voß meint, dieser Tempel sei unter der Wohnung
des Herakles hier zu verstehn. Da aber in unserm Lustspiel an keinen
eigentlichen Scenenwechsel zu denken ist, so haben wir uns hier vielmehr ein Häuschen an dem diesseitigen Ufer des acherontischen Sees
zu denken, das der Dichter dem Herakles zur Wohnung in der Unter-

Herakles (in der Thür, die er eben geöffnet hat).
Wer lärmt denn an der Pforte? Wie kentaurenhaft
That, wer es war, dagegen! Sprich, was war denn das?

Dionysos (auf Xanthias zeigend).
Der Bursch.

Xanthias (der indessen, ohne Sack vom Tragebalken abzulegen, vom
Tier gestiegen ist, zu Dionysos sich wendend).
Was giebt's?

Dionysos (leise zu Xanthias).
Daß Du es nicht bemerkt?

Xanthias.
Was denn?

Dionysos.
Wie er vor mir zusammenschrak!

Xanthias.
Ich sei kein Narr.

Herakles (indem er, noch immer in der Thür stehend, auf Dio-
nysos blickt).
Nein, bei Demetern, mich bezwingt die Lachbegier,
Ob ich es auch verbeiße, lachen muß ich doch.

Dionysos.
Tritt näher, Du Wunderlicher, ich bedarf jetzt Dein.

Herakles (nach dem Vordergrund vor Dionysos hintretend).
Das Lachen zu ersticken, ich vermag es nicht;
Der Safranmantel, drüber her die Löwenhaut.
Was soll das? Wie paßt Keule sich und Frauenschuh?
Wohin des Weges?

Dionysos.
Ich bestieg den Kleisthenes [1]).

────

weit entstellt. Auch Homer läßt das Schattenbild (Wewlor) des
Herakles in der Unterwelt weilen, während er selbst, der Held ver-
möhlt, mit den Göttern im Olympos schmaust. Da er also, gleich
den Diosturen, weder ganz der Unterwelt noch dem Himmel angehört,
erschien es nicht unpassend, sich ihn am Eingange der Unterwelt hau-
send vorzustellen.

1) Wir würden ihn schon aus den Wolken (353) längen und würden

Herakles.

Und fochtest mit zur See?

Dionysos.

Und wir versenkten
Der Feinde Schiff ein Dutzend, oder dreizehn gar.

Herakles.

Ihr beide?

Dionysos.

Beim Apollon.

Xanthias.

Und — da wacht' ich auf ').

Dionysos.

Und wie ich auf dem Schiffe dann Andromeda ²)
Für mich zu lesen anhub, traf verplötzlich traun
Ein Sehnsuchtsdrang mein Herz, wie heftig meinst Du wohl?

Herakles.

Ein Sehnsuchtsdrang! Wie groß denn?

Dionysos.

Stark, wie Milon's Kraft.

---

noch einige Male ihm begegnen. „Eine der vielen weiblichen Hetären zu Athen", sagt Conz. Daß ein obscöner Doppelsinn hier stattfinde, ist offenbar; indem Kleisthenes sowohl den Kinäben, als ein Schiff dieses Namens bezeichnen und bestiegen ebenfalls in doppelter Beziehung genommen werden kann.

1) Diese Worte werden von einigen Herausgebern dem Dionysos, von andern dem Herakles beigelegt. Wir finden sie am passendsten im dem Munde des Xanthias und mehrere gute Handschriften unterstützen diese Meinung. Xanthias kennt den Löwenmuth seines Herrn und giebt, indem er mit komischer Gebehrde, den Zuschauern zugewendet, dieser sprüchwörtlichen Redensart sich bedient, zu erkennen, wie viel Glauben der Erzählung beizumessen sei. Schon Agricola ersieht, wie Conz und nach ihm H. Bos anführt, in seinen Sprüchwörtern (Nr. 1624) diesen Ausbruck: „und mit dem erwacht' ich" wir brauchen dieses Wort, wenn wir jemand höflich Lügen strafen.

2) Verloren gegangenes Trauerspiel des Euripides, das wir aus einer größtentheils daraus entlehnten Scene der Thesmophoriazusen näher kennen lernen werden.

Herakles.
Nach einem Weibe?

Dionysos.
Nein.

Herakles.
Einem Knaben?

Dionysos.
Keineswegs.

Herakles.
Einem Manne denn?

Dionysos.
Ha, pah!

Herakles.
Dich lockte Kleisthenes?

Dionysos.
Laß, Bruder, Deinen Spott. Denn ich bin schlecht gelaunt,
So groß ist die Begier, die mich zu Nichts macht.

Herakles.
Und welcher Art, mein Brüderchen?

Dionysos.
Sagen läßt sich's nicht;
Und doch thu' ich verblümt es Dir und bildlich kund.
Gelüstet' einmal schon plötzlich Dich nach Erbsenbrei?

Herakles.
Nach Erbsenbrei? Daß Dich, im Leben tausendmal.

Dionysos.
Nun, bin ich deutlich, oder braucht's des Weiteren?

Herakles.
Nicht doch, vollkommen klar macht mir's der Erbsenbrei.

Dionysos.
Nun sieh, derlei Gelüsten nagt am Herzen mir
Nach dem Euripides.

Herakles.
Ihm, der nicht einmal mehr lebt*)?

*) Ihm ꝛc. Die Unterredung gewinnt gewiß an Lebendigkeit, wenn

Dionysos.
Und nicht anderen wird's der Menschen einer wie
Ihn aufzusuchen.

Herakles.
Drunten, in des Hades Reich?

Dionysos.
Gewiß, beim Zeus! Und wenn's noch tiefer unten wär'.

Herakles.
Was willst mit ihm Du?

Dionysos.
Es fehlt ein tücht'ger Dichter mir,
Die einen starben, und die leben taugen nichts[1]).

Herakles.
Wie? Lebt nicht Jophon[2])?

Dionysos.
Das ist denn auch fürwahr
Das einz'ge Gute, was uns blieb, wenn's das noch ist.
Denn sicher weiß ich nicht einmal wie's damit steht.

Herakles.
Und willst Du Sophokles, tücht'ger als Euripides,
Herauf nicht holen, soll's von dorther einer sein?

Dionysos.
Nein, bis Jophon's Klang, nachdem allein ich ihn
Abfieng, erprobt, was ohne Sophokles er vermag.
Und außerdem, Euripides, der Durchtriebene,
Er unternimmt's wohl und entwischt blecher mit mir.
Doch Jener, ein Zufried'ner hier, ist es auch dort[3]).

---

wir, wie schon Ludolph Küster wollte, diese Worte, als einen Einwand dem Herakles zuschreiben.

1) Nach dem Schol. aus dem Hause des Euripides.

2) Jophon. Wir erwähnten dieses Trauerspieldichters; eines Sohnes des Sophokles. Einl. S. 312.

3) Von ihm sagt Athenäos (I, 13): In Staatsgeschäften war er weder erfahren noch thätig, sondern vor Allem einer der redlichsten Athenienser.

Herakles.

Wo aber ist Agathon[1])?

Dionysos.

          Der entzog sich scheidend mir;
Ein wackrer Dichter, dem der Freunde Sehnsucht folgt.

Herakles.

Wo gieng der Traue hin?

Dionysos.

          Zum Schmaus der Seligen.

Herakles.

Irwolles aber?

Dionysos.

          Hole der Henker den, beim Zeus.

Herakles.

Pythangelos denn?

Xanthias.

          Und an mich wird nicht gedacht,
Obschon die Schulter solche Bürde mir zerreibt.

Herakles.

Doch finden sich ja hier noch andre Männerchen,
Die Trauerspiele fertigen zu Tausenden,
Noch meilenwegs geschwätz'ger als Euripides.

Dionysos.

Nachschößlinge sind das; Erzplaudertaschen sind's,
Schwalbengezwabel und Verhunzer edler Kunst,
Die außer sich gleich sind, wenn sie 'nen Chor erhascht,
Der einmal schon nothzürcht'gete Frau Tragödia[2]).
Doch findest Du nimmer einen echten Dichter mehr,
Suche wie Du willst, der tönen läßt ein edles Wort.

Herakles.

Was nennst Du echt?

---

¹) Das gr. Dr. S. 3?. Als heitern Gastgeber lernen wir ihn aus
Platon's Gastmahle kennen. Er schmauste gern hier auf Erden, und
schmaust nun auch dort.

²) In den Rittern (511) vergleicht er sie mit einer Sprödern, um
deren Gunst Viele werben, die aber nur Wenigen zu Theil wird.

Dionysos.

Nun so 'nen echten, der einmal
In solches Ausdrucks kühneren Schwunge sich erhebt,
wie die! „Aether, Jovis Kämmerlein", oder: „Fuß der Zeit",
Oder: „Herz, das sich beim Heiligen zu schwören scheut,
Indeß die Zung' ihm unbewußt meineidig wird" [1]).

Herakles.
Und das gefällt Dir?

Dionysos.
Ich bin toller d'rauf als toll.

Herakles.
Das sind traun Albernheiten, wie Du selber fühlst.

Dionysos.
„Nicht schalt' in meiner Seele, eigner Wohnung Herr" [2]).

Herakles.
Ich sag' es sonder Hehl, Erbärmlichkeiten sind's.

Dionysos.
Im Essen meistre mich [3]).

Xanthias.
Und mein wird nicht gedacht.

Dionysos.
Was aber mich bewog, daß in dem Aufzug ich
hieher kam, als Dein Conterfei, Du sollst mir
Die Freunde nennen, braucht' ich ihrer, welche Dich
Aufnahmen, als Du auszogst nach dem Kerberos.

---

[1] 100—102. Ausdrücke aus theils verlorenen, theils noch erhaltenen Trauerspielen des Euripides. Aus der Melanippe, den Bacchantinnen und dem Hippolytos. In letzterem (611) befindet sich der bei dem Euripides von unserm Dichter oft vorgerückte Vers:
  Es schwur die Zunge nur, unvereidigt blieb das Herz.

[2] Sprüchwörtliche Redensart, für das Gewöhnliche: finde Behagen an was Du willst, maße Dir aber nicht an, meinen Geschmack zu meistern. Auch hier hatte Aristophanes ähnliche Ausdrücke des Euripides vor Augen.

[3] Im Essen ist Herakles, wie wir gesehen haben und im Folgenden sehen werden, Meister.

Die weite mit, und Häfen, Semmelbäckerei'n,
Bordelle, Ruheplätzchen, Straßen, Quellpartie'n,
Und Städte, Lebensweise, Schenkwirthinnen, wo
Es mir'ger Wanzen giebt.

Xanthias.

Und mein wird nicht gedacht.

Herakles.

Verwegener, des Wegs zu gehen wagst auch Du?

Dionysos.

Vergebens ist hier jedes Wort, die Wege nur
Verkünd' hinab zu Hades Reich, die kürzesten;
Und welche zu schwül sei, den Du angibst, noch zu kalt.

Herakles.

Laß sehen, welchen künd' ich zuerst Dir? Welchen denn?
Den einen führt ein Strick Dich und ein Kröpfstuhl,
Indem Du Dich erhängst.

Dionysos.

Schweig, der ist stickerlich.

Herakles.

Auch giebt es einen kurzen Pfad, wo's ziemlich stäubt,
Den durch den Reibasch [1].

Dionysos.

Meinest Du durch Schierlingstrank?

Herakles.

Wohl, allerdings.

Dionysos.

Ein kalter und unfreundlicher;
Denn alsobald bringt Starrkrampf in die Waden er.

Herakles.

Soll ich Dir einen sagen, schnell und rasch hinab?

---

[1] Der Same des Schierlings wurde, den Saft auszupressen, im
Reibasch zerrieben Plin. 12. B., 13. Platon's Phädon 65. Aus dem
folgenden Kapitel dieses Dialogs erfahren wir, daß der Schierlingstrank
zuerst die Extremitäten erstarren machte, bis endlich die Todeskälte bis
zum Herzen drang.

Dionysos.

Ei ja, beim Zeus, denn mir ist's nicht fortgehetzlich.

Herakles.

Ein schlanker legt zum Keramikos [1]) hin.

Dionysos.

Und dann?

Herakles.

Besteige dort den hohen Thurm —

Dionysos.

Was da zu thun?

Herakles.

Von dort aus siehe Die mit an den Fackellauf,
Und dann, sobald der Ruf ertönt der Schauenden:
„Springt zu", dann spring' auch Du alsbald.

Dionysos.

Wohin?

Herakles.

Hinab.

Dionysos.

Nein dabei büßt' ich ein'ge Schalen Hirnes ein;
um Des Weges möcht' ich nimmer gehn.

Herakles.

Und welches denn?

Dionysos.

Den damals Du hinabzogst.

Herakles.

Doch die Fahrt ist weit,
Denn alsobald gelangst Du zu 'nem großen See,
Einem bodenlosen.

Dionysos.

Und wie komm' ich über den?

---

1) Im Keramikos in der Stadt wurden jährlich 3 Fackelrennen
gegeben, zu Ehren der Athene, des Hephästos und des Prometheus.
Der Laufende mußte während des Laufes eine brennende Fackel tragen
und sie brennend dem Folgenden übergeben.

Herakles.

In einem Nächelchen so groß (mit ausgebreiteten Armen es zeigend)
        setzt über Dich
Ein greiser Fährmann, der dafür zwei Obolen kriegt [1]).

Dionysos.

Ha! Was überall doch ein Zweiobolnstück vermag!
Wie kam auch dort das auf?

Herakles.

                Das führte Theseus ein.
Dann wirst Du Schlangen sehn und Bestien sonder Zahl,
Die gräulichsten.

Dionysos.

                Nicht droh' mit Furcht und Schrecknis mir,
Denn nicht abbringen wirst Du mich.

Herakles.

                Dann weiter Schlamm
Und Unflath, stets im Flusse, und darein versenkt
Wer irgend jemals an dem Gastfreund sich verging,
Wer einen Knaben herzt' und um den Lohn betrog,
Wer seine Mutter durchbrasch, einen Backenstreich
Dem eignen Vater gab, wer einen Meineid schwur,
Oder wer 'ne Floskel ausschrieb aus dem Morsimos [2]).

Dionysos.

Beim Himmel neben diesen von Rechtswegen auch
Wer eingelernet des Kinesias [3]) Waffentanz.

Herakles.

Von da aus wird ein Hauch der Flöten Dich umwehn,

---

[1]) Aristophanes hat aus eigner Machtvollkommenheit das Fährgeld des Charon auf das Doppelte erhöht: Ob er bei dem vielvermögenden Zweiobolnstück an das Theorikon (gr. Dr. 43), wie H. Voß es erklärt, oder an den Richtersold (Plutos 277 und Ann. Wolken 857) dachte, bleibe dahingestellt.

[2]) Ein schlechter Tragödiendichter. Er soll keinen Chor bekommen, d. h. seine Tragödien sollen nicht zur Aufführung gelangen Fried. 803.

[3]) Eines neumodischen Dithyrambendichters, den wir in eigner Person in den Vögeln werden auftreten sehn.

L   22

155 Den hellsten Lichtglanz wirst Du, wie hier oben, schaun
Und Myrtenhain' und Feiertänze frohgemuth
Von Männern, Frauen und vielhänd'ges Klatschens Hall.

Dionysos.

Wer aber sind denn die?

Herakles.
Die Eingeweihten.

Xanthias.

Und ich, beim Zeus, der Esel mit dem Weihgeräth ¹);
160 Doch wahrlich länger trag' ich diese Bürde nicht.
(Er fängt an das Gepäck, was er auf einem Trageballen auf dem
Nacken trägt, abzupacken.)

Herakles.

Sie künden All' und Jegliches, was Noth Dir thut;
Denn Dieser Wohnung ist gerad' am Wege Dir,
Zunächst den Pforten Pluton's ist ihr Aufenthalt.
Und herzlich Gott befohlen Bruder (ab und in seine Wohnung zurück).

Dionysos.
Traun auch Dir
165 Wünsch' ich Gedeih'n.

Dritte Scene.

Dionysos. Xanthias.

Dionysos.
Du aber (zu Xanthias) packe das wieder auf.

Xanthias.

Eh ich's noch abgelegt?

Dionysos.
Und das in aller Eil.

---

1) Nach dem Schol. trugen Esel das zur Feier der Mysterien Nöthige von Athen nach Eleusis. Sprüchwörtlich verglich man einen
Schwerbedrängten dem Esel mit dem Weihgeräthe.

Xanthias.
Nicht doch, laß Dich erbitten, dinge Du einen mit
Der Abgeschiedenen, der bessern Weges zieht.
Dionysos.
Doch find' ich keinen?
Xanthias.
Dann bin ich da.
Dionysos.
So ist's recht;
Denn eben bringen sie den Todten da heraus.   110

Vierte Scene.

Die Vorigen. Ein Todter (auf einer Bahre getragen und von
einem Leichenzuge begleitet).

Dionysos.
He da, Dich mein' ich, Dich den Hingeschiedenen,
Willst, Bursch, Du mir zum Hades tragen dies Gepäck?
Der Todte (auf der Bahre sich emporrichtend).
Wie viel denn?
Dionysos (darauf hinweisend).
Das da.
Der Todte.
Zahlest Du zwei Drachmen mir ')?
Dionysos.
Das ist beim Zeus, zu viel.
Der Todte.
Zieht fürbaß Eures Wegs.
Dionysos.
Du Wunderlicher, verzieh', ob wir uns einigen.   115

---

1) Zwei Drachmen = 11 gGr. Das Gebot des Dionysos verhält
sich zu des Todten Forderung wie 3 : 4.

22.*

Der Todte.

Zahlst Du nicht baar zwei Drachmen, stelle das Reden ein.

Dionysos.

Hier sind neun Obolu.

Der Todte.

Lieber lebt' ich wieder auf.

Xanthias.

Wie vornehm thut der Schurke! Soll' er's nicht bereun?
Ich gehe selbst.

Dionysos.

Du bist ein Ehrenmann und brav.

(Der Leichenzug ist nach der Stadt zurückgekehrt; der Todte, der indessen die Bahre verlassen hat, steigt nach dem Nachen Charon's, der
schon im Hintergrund der Bühne, tiefer als das Proskenion, sichtbar
ist, hinab.

Fünfte Scene.

Dionysos, Xanthias, Charon (der mit seinem Nachen unterhalb
des Proskenions sichtbar wird).

Dionysos.

140 So geh'n wir nach dem Nachen hin.

Charon.

O - op, leg' an.

Xanthias.

Was ist denn das da?

Dionysos.

Das? beim Zeus, das ist der See,
Derselbe von dem er sagt' und auch 'nen Kahn seh' ich.

Xanthias.

Ja beim Poseidon, und gewiß ist Charon das.

Dionysos.

Heil, Charon, Dir! Heil, Charon, Dir! Heil, Charon, Dir!

Charon.

Wer ist es, der des Mühsals quitt, nach Ruhheim will?　185
Wer nach dem Gefilde Lethe's, wer zur Eselsschur¹),
Zum Geier, zu den Kerberiern? Wer nach Tänaros²)?

Dionysos.

Ich.

Charon.

Steige flugs ein.

Dionysos..
　　　　Wo denkst Du anzulegen, sprich?
Im Ernst beim Geier?

Charon.
　　　　Dir zu Liebe ja, beim Zeus³).
Na steige nur ein.　190

Dionysos (zum Xanthias).
Komm Bursch.

Charon (abwehrend).
　　　　'Nen Sclaven fahr' ich nicht,
Hat er um seine Haut nicht mit zur See⁴) gekämpft.

Xanthias.
Ich nicht, beim Zeus, weil g'rab' ich an den Augen litt.

Charon.
Nun wohl, so läufst zu Fuß Du um den See herum.

Xanthias.
Wo aber soll ich warten?　195

---

¹) D. h. nach Nirgendheim. Wie die Römer von einem Streit um nichts sagen: Sich über die Wolle des Bocks streiten.

²) Südwestliches Vorgebirge von Lakonika. Eine dort befindliche Erdkluft gab zu der Sage Veranlassung, dort sei ein Eingang zur Unterwelt. Virg. Georg. IV. 467.

³) Nicht, wie H. Voß will, Sprache der Willfährigkeit, sondern ironischer Hohnruf. Weil du mir so lieb bist, meint der mürrische Fährmann, will ich mit Dir meinen Weg nach dem Galgen nehmen.

⁴) Zur See bei den Arginusen Kom. zu 33.

Charon.
Bei dem Bleichenstein

Nicht weit von Kastheim.

Dionysos.
Hörst Du wohl?

Xanthias.

Wohl hört' ich es
Ich Ärmster, welchem Herren fiel ich heut' anheim[1])!

Charon (zu Dionysos).
Du setze Dich ans Ruder. Wer mit will spute sich.
Heda, was soll das?

Dionysos.
Was es soll? Je nun, was sonst,
Ich sitze da am Ruder, wie Du mir befahlst.

Charon.
Willst Du nicht gleich hierher Dich setzen, Dickbauch?

Dionysos.
Wohl

Charon.
Willst Du nicht die Hände regen und zugreifen?

Dionysos.
Wohl.

Charon.
Treib' hier am Ruder keine Possen, stemme Dich
Dagegen, eifrig rudernd.

---

1) Ganz und nach ihm Voß nehmen das τῷ ξυντυχον ἰξιόν von einer Vorbedeutung, davon hergeleitet, auf was man beim ersten Ausgehn zuerst stieß: besser scheinen hernach das τῷ für das Neutrum anzusehen. Der gegenwärtige Übersetzer nimmt es für das Masculinum. Xanthias steht nicht eigentlich im Dienste des Dionysos; der Sclave eines andern Herrn hat er sich nur dem Gotte für den heutigen Tag verdingt, wie an Sclaven reiche Athenienser diese zu diesem oder jenem Geschäft zu vermiethen pflegten. In der Nähe des Marktes befand sich ein Platz Κολόνος, wo man sie vom Morgen bis zum Abend fand und miethete. Daher sie den Namen κολωνίται führten (Suid. sub h. v.). Er war von seinem Herrn ausgeschickt, sich für den heutigen Tag zu verdingen und der Zufall ließ ihn zuerst mit Dionysos, der für sein Jahrt einen Packträger suchte, zusammentreffen.

Dionysos.

Wie vermag denn ich
Unerfahrner, Unseemänn'scher, Unsalaminischer
Zu rudern?

Charon.

O sehr leicht; die schönsten Töne wirst
Du hören, wie Du nur Hand anlegest.

Dionysos.

Wessen denn?

Charon.

Der Frösche, Schwäne; Wundervoll!

Dionysos.

So gieb den Tact.

Charon.

O-op op, O-op op!

Sechste Scene.

Dionysos, Charon, das Chor der Frösche (unsichtbar).

Chor der Frösche.

Brekekex koax koax,
Brekekex koax koax.
Entsprossen sumpfreichem Quell
Erheben, zum Hymnos jetzt
Mißtönend, mit unsres Gesanges Wohllaut:
Koax, koax.
Wie wir, den Nysä'schen Sohn des Zeus
Dionysos in den Sümpfen *) preisend, ihn anstimmen,

*) Wir haben schon in der allgemeinen Einleitung gesehen, daß Dionysos in verschiedenen Beziehungen in Hellas verehrt wurde. Als der am heiligsten Gedachte und Ehrwürdigste galt der Nysäische. Von Nysa, einem Berge in Arabien (Diod. III, 63, f. 15), den man als

Wann zu dem heiligen Topffest
Fröhlich auftummelnd im Festzug
Nach meinem geweihten Bezirk die Menge strömt;
Brekekekex koax koax.

Dionysos.

Mir aber fängt das Sitzfleisch schon
Zu schmerzen an, ach koax koax.

Chor.

Brekekekex koax koax.

Dionysos.

Das kümmert wohl Euch weiter nicht ¹)?

---

den Erziehungsort des Bakchos angiebt, der aber später in alle Gegen=
den, wo man den Sitz des Gottes suchte, verlegt wurde, erhielt er
seinen Namen (ὁ Λιός ἐν τῆς Νύσης) und dazu den erwähnten Bei=
namen. Ihm war zu Athen in den Sümpfen (Λίμνω) südlich von
der Burg ein Tempel geweiht und hier wurden die ältesten Schau=
spiele aufgeführt (Thucyd. II, 15). Nur einmal im Jahre, dem
zwölften des Monats Anthesterion, wurde sein Tempel geöffnet, aber
auch der Tag zuvor und der Tag nachher feierlich begangen. Der
Tag der Vorfeier hieß Pithoigia (die Faßöffnung) — der junge
Wein wurde angezapft — der Haupttag Choës (das Kannenfest), der
dritte Chytroi (das Topffest). Man schmückte sich, indem man das Fest
der wiedererwachenden Natur, das Blumenfest, beging, Blumen in
Töpfen, oder weihte, nach den Berichten Anderer, bei einer Art
Todtenfeier, dem in einer gewissen Verbindung mit Dionysos gedachten
Hermes in Töpfen gekochte Hülsenfrüchte. Unsere Frösche wurden nicht
zur Feier des Blumen=, sondern an dem zehn Monate später began=
genen Kelterfeste, den Lenäen, aufgeführt.

1) Die Klagen über das Gequake der größtentheils unsichtbaren und
nur hin und wieder mit Froschköpfen, die die Zuschauer zum Lachen
reizen, aus dem Acheron auftauchenden Frösche, erhebt Dionysos, der
wohlbeleibte, weichliche Gott; theils muß, auf der Fahrt nach der
Unterwelt begriffen, und vom Charon nach dem von den Fröschen an=
gegebenen Tact das Ruder zu führen genöthigt, je öfter sie ihr Koax
ertönen lassen, um so fleißiger der Bequeme zum Ruder greifen;
theils als Kunstkenner und als solcher den Geschmack des athenienischen
Publicums repräsentirend, welches sich nicht einem der durch das Ge=
qual und Gebrüll zahlloser dithyrambischer und dramatischer Dichter
lange belästigt fühlt, und durch kein: Doch ihr gesanglustige
Schaar schweigt sie zum Schweigen zu bringen vermochte.

Chor.

Brekekex koax koax.

Dionysos:

Zum Henker Ihr und Eu'r koax koax.
Man hört ja nichts, als nur koax koax.

Chor.

Wunder droß Dich nicht, Du Abenteurer,
Waren mir ja hold die leierkund'gen Musen
Und Booksfüßler Pan,
Welcher dem Rohr Tön' entlocket;
So auch erfreut sich mein beim Citherspiel Apollon,
Des Rohrflegs froh, den ich zur Phorminx ihm
In dem Gewässer der Sümpfe gehegt.
Brekekex koax koax.

Dionysos.

Ich aber hole Schwielen mir
Und längst schon schwitzt mir das Gefäß,
Von wannen bald es wiederhallt:
Brekekex koax koax.
Doch Ihr gesanglustige Schaar schweiget.

Chor.

Kein lauter soll unser Gequak tönen, sprangen
Ja wir einst an sonnigen Tagen
In dem Riedgras fröhlich hüpfend,
Und im Schilfrohr, des Gesangs froh
Leichthin schwimmender Lieder,
Oder vorm Gußregen flüchtend
Des Zeus den feuchten Rundgesang
Wechselnd in der Tief' anstimmten
Springblasenklangsgesprudel.
Brekekex koax koax.

Dionysos.

Mir g'nügt was ich von Euch vernahm.

Chor.

Übel wärn wir berathen,
Müßten schweigen wir.

Dionysos.

Noch übeler ich, selbst, soll ich
Bis zum Bersten mich zerrudern.

Chor.

Brekekekex koax koax.

Dionysos.

Daß ihr verderbt! Mich kümmert's nicht.

Chor.

Unsre Stimme soll erschallen;
Was vermag die Kraft der Kehle,
Dring' hervor, den ganzen Tag.
Brekekekex koax koax.

Dionysos.

Dadurch besiegt Ihr traun mich nicht.

Chor.

Du gewißlich uns noch minder.

Dionysos.

Nimmermehr gelingt es Euch
    Obzusiegen.
Denn kreischen will ich, sollt' ich auch — den ganzen Tag,
Bis ich Euch überschrie'n mit Eurem Koax.

Chor.

Brekekekex koax koax.

Dionysos.

Ich werde doch endlich Euch vertreiben das Koax.

Charon.

O stille, stille; Land' an mit dem Ruderchen,
Steig' aus, bezahle.

Dionysos.

Hier nimm Dein Zweiobolnstück.

Siebente Scene.

Ein finsterer Raum, zwischen dem Acherontischen See und dem Pallast des Pluton auf der eigentlichen Bühne. Xanthias, Dionysos.

Dionysos (im Dunkeln tappend).

He Xanthias! Wo ist Xanthias! Ist das Xanthias?

Xanthias.

Jau!

Dionysos.

Komm hieher.

Xanthias.

Heil, o mein Gebieter, Dir.

Dionysos.

Was giebt's denn hier zu schaun?   275

Xanthias.

Unflat und Finsterniß.

Dionysos.

Erblicktest etwa Du die Vatermörder hier,
Und die Meineid'gen, von denen Er uns sprach?

Xanthias.

Du nicht?

Dionysos.

Ei freilich, beim Poseidon, und (nach den Zuschauern blickend)
ich seh' sie noch.
Doch sage, was beginnen?

Xanthias.

Das Best' ist, fürbaß ziehn;
Denn wir sind jetzt zur Stelle, die den Aufenthalt   280
Der gräul'chen Thier' er nannte.

Dionysos.

Büßen soll er's mir.
Er flunkerte, damit er mich einschüchtere,
Es wüßt' er mir, er kennet meinen Muth, zu vorzuthun;
Denn keinen ärgern Prahlhans giebt's, als Herakles.

Mir wär' es sehr willkommen, träf' ich hier auf ein's,
Und böte sich ein Kampf mir, würdig dieser Fahrt.

Xanthias.
Und traun beim Zeus, ich höre wirklich ein Geräusch.

Dionysos.
Wo ist's? wo?

Xanthias.
Hinter uns.

Dionysos.
Tritt jetzt 'mal hinter mich.

Xanthias.
Nein, nein, 's ist vor uns.

Dionysos.
Jetzt marschiere Du voraus.

Xanthias.
Beim Himmel, da erblick' ich ein gewalt'ges Thier.

Dionysos.
Wie sieht es aus?

Xanthias.
Graunvoll. Es wechselt die Gestalt,
Bald ist's ein Stier, ein Maulthier dann, und bald ein Weib
In Jugendblüthe.

Dionysos.
Wo? Auf diese geh' ich los.

Xanthias.
Schon wieder ist's kein Weib mehr, einem Hunde gleicht's.

Dionysos.
Dann ist's fürwahr Empusa[1]).

Xanthias.
Wenigstens erglänzt
Gluthvoll ihr Antlitz.

---

1) (Ekklesiaz. 1056.) Nach dem Volksglauben ein verschiedene Gestalten annehmendes Nachtgespenst, welches Hekate den Wanderern, sie
zu schrecken, in den Weg sandte.

Dionysos.

Und ein Schenkel ist von Erz?

Xanthias.

Ja, beim Poseidon, und der andere von Mist,
Deß sei gewiß.

Dionysos.

Wohin entflieh'n?

Xanthias.

Und wohin ich!

Dionysos (nach dem Vordergrund der Bühne zueilend, wo ein
Dionysospriester seinen Sitz hatte).
Beschirme', o Priester, mich, mit Dir zu zechen dann.

Xanthias.

Wir sind verloren, Herrscher Herakles.

Dionysos.

                                   Rufe mich nicht,
Noch laß, um Alles, meinen Namen hören, Mensch.

Xanthias.

Dionysos dann.

Dionysos.

Noch minder, als den andern, den.

Xanthias.

Nur immer vorwärts, hierher, mein Gebieter, komm.

Dionysos.

Was ist's?

Xanthias.

Getrost. Vorüber ist nun alle Noth;
Wir dürfen auch jetzt sagen mit Hegelochos:
Nach Sturm und Ungewittern lache die Ruhe mir¹)
Verschwunden ist Empusa.

---

¹) Nach Sturm und Ungewitter lacht die Ruhe mir, sagt der von
den Furien geängstigte und zur Besinnung wieder erwachende Orestes
beim Euripides. Statt γαλην' hatte der Schauspieler Hegelochos
γαλῆν (die Wiesel) gesagt und dadurch bei den feinhörigen Athenensern
ein allgemeines Gelächter erregt. Für jeden deutschen Vorleser möchte

Dionysos.
Schwöre.

Xanthias.
Zeug' es Zeus.

Dionysos.
Noch einmal schwöre.

Xanthias.
Beim Zeus.

Dionysos.
Noch einmal.

Xanthias.
Na, beim Zeus.

Dionysos.
O wehe, wie erblich bei ihrem Anblick ich,
110 Der aber ward, aus Furcht, statt meiner feuerroth.
O wehe, von wannen kam wohl die Bedrängniß mir,
Und welchen Gott beschuld'g' ich der Beängstigung?
(Aus der Ferne läßt sich in der Orchestra Flötenspiel vernehmen, unter
welchem der Chor der Eingeweihten einherzieht.)

Xanthias.
Heda!

Dionysos.
Was giebt es?

Xanthias.
Wie, vernahmst Du nicht ——

Dionysos.
Was denn?

Xanthias.
115 Der Flöten Klang.

Dionysos.
Wohl hör' ich's. Auch umwehet mich

die Aufgabe, den Unterschied zwischen γρίζε und γρῦ mit Berück-
sichtigung des Versmaßes hörbar zu machen, eine höchst schwierige
sein. Wie vermöchte aber ein Nordländer, wie überhaupt ein Text-
lesender sich nur einen annähernden Begriff von der attischen Sprache
unnachlichem Wohllaut zu machen?

Eines Fackelzuges tief geheimnißvoller Hauch.
Doch spitzen, still hier niederkauernd, wir das Ohr.

Chor der Eingeweihten (aus der Ferne).

Jakchos, o Jakchos ¹)!
Jakchos, o Jakchos!

Xanthias.

Das ist's, Gebieter, traun; die Eingeweihten
Sie feiern hier, von welchen Jener uns erzählt.
Sie preisen den Jakchos wie Diagoras ²).

Dionysos.

So glaub' auch Ich; d'rum scheint es das Ersprießlichste,
Wir harren ruhig, so erkunden's sich'rer wir.

Achte Scene.

Die Vorigen. Der Chor der Eingeweihten aus 24 Personen in zwei
Halbchöre getheilt, bestehend, tritt aus dem einen Hain vorstellenden
Hyposkenion hervor.

Der Chor. Strophe.

O Jakchos, einheimisch Du
Auf hochheiligem Au'n hier,

---

¹) Nicht an den Blumen, sondern an dem ebenfalls drei Tage
dauernden Kellerfeste, bei den ländlichen Dionysien (*τὰ ἀγροῖς*) wurden
die Frösche — wie wir eben bemerkten — aufgeführt. Außerhalb
Athen, an einem kaum zu bestimmenden Orte, vielleicht in der Nähe
von Ikaria (gr. Dr.) hatte Dionysos, mit dem Beinamen Lenäos oder
Jakchos, Tempel und Weihbezirk, Lenäon. Bei diesem Volksfeste waren,
der stürmischen Jahreszeit wegen, die Athenienser unter sich und konnten, von keinem Fremden beobachtet, um so ungeschmuter Spott und
Neckereien sich erlauben. Natürlich finden sich in den folgenden Gesängen der Eingeweihten häufige Beziehungen auf die Feier des großen
eleusinischen Festes.

²) Ein Dithyrambendichter.

Jakchos, o Jakchos!
Komm, auf grünendem Plan feire den Reihntanz,
Eine Dich dem frommen Schwarme,
Schüttele den früchteschweren
Myrtenkranz, deß licht Gezweige
Die die Schläf' umgrünt;
Leit' aufstampfendes Fußes
Die entfesselte Festlust,
Unsrer fröhlichen Feier,
Der anmuthreichen, gesellet,
Den unsträflichen, heil'gen
Reihntanz frommer Eingeweihten.

Xanthias.
Demeters hehre, vielgepriesne Tochter Du),
Wie lieblich dampft entgegen mir das Schweinefleisch!

Dionysos.
Wirst Du nicht still sein, fällt auch Dir ein Würstchen zu?

Der Chor. Gegenstrophe.
Der hellleuchtenden Fackel Glut
Laß auflodern, es schwinget
Sie Deine Hand, Jakchos,
Nächt'ger Weihungen lichtstrahlender Stern Du.
Es erglänzt der Plan in Helle,
In den Knien zuckt's den Greisen,
Von sich schütteln sie das Mühsal
Und der Bürde Druck
Träg' hinschleichender Jahre,
Bei dem heiligen Festreihn.
Du, o Sel'ger geleite
Von der Fackel umglänzet,

---

1) Persephone. Dem Dionysos und der Demeter wurden beim eleusinischen Feste Schweine geopfert. So nennt in den Acharnern (764) der Megarer seine vorgeblichen Schweine mystische. Und Trygäos bittet (Frieden 374) den Hermes:
Leih jetzt zu einem Ferkelchen drei Drachmen mir,
Denn eh' ich sterbe muß ich noch die Weih' empfah'n.

Achte Scene.

Nach der blühenden Au'n Grund
Hin die reigenfrohe Jugend.

Der Chorführer (Anapästen).

Andächtig verstummet, es weiche zurück von den Reigen, die
hier wir begehen,

Wem Kunde nicht ward so heiliges Wort's und wer unlauteres
Sinn's ist;

Wer den Orgien edeler Musen noch nie beiwohnt' und festlichen Tänzen;

Wen nimmer geweiht zu Bacchischem Dienst Stierschmausers
Kratinos[1] Belehrung;

Wer läppischem Witz gern leihet sein Ohr, der vertautet wo es
nicht es geziemet;

Nicht verderblichen Zwist zu verbannen sich müht, unverträglich
sich weisend den Bürgern,

Ihn erreget vielmehr und die Flamm' anfacht, nachstrebend dem
eigenen Vortheil,

Wer Lenker des stürmisch bewegten Staats zugänglich erscheint
der Bestechung;

Eine Feste verrieth oder Schiff und wer ausführte verbotene
Waaren

Aus Ägina[2], wie jüngst Thorykion that, der unselige Zoll-
unternehmer,

So den Lederbedarf, als Linnen und Pech hinsendet nach
Epidauros;

---

[1] Wahrscheinlich bezeichnet Aristophanes durch diesen Beinamen nicht
seinen Collegen, den komischen, sondern den Dithyrambendichter Kratinos. Da bei ihnen ein Stier, der dann zum frohen Schmause geopfert wurde, der Preis war, so bezeichnet Stierschmauser einen, der
oft in den Dithyrambischen Wettkämpfen siegte.

[2] Eine Insel im saronischen Meerbusen, die bedeutenden Handel
trieb und schon vor den Perserkriegen in häufige Fehde mit Athen
begriffen war. Zu Anfange des peloponnesischen Kriegs (431 v. Chr.)
wurde sie von den Athenern erobert und der größte Theil ihrer Ein-
wohner daraus vertrieben. Wahrscheinlich trieb der hier erwähnte
Thorykion einen einträglichen Schmuggelhandel mit Kriegsbedürfnissen
nach der gegenüberliegenden, peloponnesischen Epidauros.

Oder wer da bewirkt, daß Einer durch Gold unterstützte die
    Flotte der Feinde;
Wer Hekate's Bild[1] unstätig beschmutzt, nachbrummend die Lie-
    der beim Mundtanz[2];
Wer das Ehrengeschenk für den Dichter beschimpft, als Redner
    auftretend, benagte,
370 Auf der Bühne geneckt am festlichen Tag, herkömmlich gewei-
    het dem Bakchos:
Diesen Allen gebiet' ich, gebiet' es von Neu'm, gebiet' es zum
    dritten vernehmlich,
Zu entweichen dem Chor der geweiheten Schaar: Ihr aber er-
    hebt den Gesang ihr,
Unsre Feier beginnet, die nächtliche, wie sie dem heutigen Feste
    geziemet.

Erster Halbchor. Anapästen.

Auf jetzt! All' eilt furchtlos vorwärts
376 Auf blumigem Grund grünrasiger Au'n,
Aufhüpfend im Reihn, keck höhnisches Muths;
Dein Lob es erscholl zur Genüge ja schon.

Zweiter Halbchor.

Auf, eilt vorwärts! Laut tön' Eu'r Lied
Altretterin[3] Dir, lobpreisend den Schutz,
380 Den verheißen der Stadt Du zu jeglicher Zeit,
Ob Thorykion sich dagegen erhebt.

Der Chorführer.

Laßt tönen in anderer Weis' ein Lied ihr der Fruchtausspenden-
    den Herrin,
Der Demeter, o preis't sie verherrlichend, preist in begeisterten
    Klängen die Göttin.

Erster Chor. Strophe. (Jamben)

Demeter, reiner Weihungen

---

1) Vergl. Plutos 594.
2) Das that, nach dem Scholiasten zu Novias 102, der mit Plutos
(178) uns schon bekannte Agyrrhios.
3) Athene.

Obherrscherin, sei Helfrin mir
Und Deinen Chor beschirme Du,
Laß Du mich heut' antadelich
　　Durch Scherz erfreun und Reihntanz.

Zweiter Chor. (Gegenstrophe.)

Laß manches lächerliche Wort
Und manches ernste, wie es sich
Zur Feier Deines Festes ziemt,
Bei Scherz und loser Neckerei,
　　Erringen mir den Siegeskranz.

Erster Chor.

Wohlan, so laßt denn auch den jugendlichen Gott
Jetzt hieher erflehn uns
In Liedern, daß er sich geselle
　Diesem Reigentanze.

Zweiter Chor.

Jakchos, vielgepriesener, des Festsangs
Erfinder, Du, des lieblichen, o folg' uns
Hin zu der Göttin und zeige wie Du sonder Müh'
　　Die weite Bahn durchschrittest.

Erster Chor.

Jakchos, reigenfroher, auf geleite mich!
Denn Lachen zu erregen, dem Prunk abhold,
Trat'st nieder Du zum Lätschgen
Des Töffelchens, erschienst ein Lump,
Und lehrtest sonder Aufwand uns
　　So Scherz, als frohe Tänze.

Zweiter Chor.

Jakchos, reigenfroher, auf, geleite mich!
Indem zur Seit' ich schiele nach dm Mägdlein,
Dem reizgeschmückten, meiner Scherzgenossin,
　　Seh' ich wie aus dem Leibchen traun —
Es riß entzwei — ein Knöspchen sich hervordrängt.

Der Gesammtchor.

Jakchos, reigenfroher, auf, geleite mich!

23 *

Xanthias.

Stets williger Nachtreter bin ich, will mit ihr
115 Im Reihn des Scherzes mich erfreun.

Dionysos.

Und ich dazu.

Der Chor.

Wollt ihr, daß wir zusammen
Des Archedémos spotten ¹),
Der ob ein siebenjähr'ger kaum gar oft die Scene wechselte,
Und jetzt dem Volk gebietet,
120 Bei jenem Todten oben,
Und dem der Preis gebühret dort'ger Schlechtigkeit ²)?

¹) Es bedarf nach dem in der allgemeinen Einleitung Gesagten kaum der Bemerkung, daß des Chores Wechselgesänge an die zu Ehren des Dionysos und der Demeter, die beide den Beinamen Thesmophoros führten, insbesonder bei den eleusinischen Mysterien begangenen Festzüge und die bei dieser Gelegenheit auf dem Wege von Athen nach Eleusis stattfindenden Neckereien erinnern. Da aus diesem Festen das Drama hervorging, so steht die Erinnerung daran mit dem Hauptzwecke der Frösche in sehr naher Verbindung.

²) Archedémos damals (nach Xenoph. gr. Gesch. I, 7, ¹) in hohem Ansehn beim Volke und mit der Sorge für Delphia beauftragt, war als Kläger des Erasinides, eines der Feldherren in der Schlacht bei den Arginusen, der später deshalb zum Tode verurtheilt und wirklich hingerichtet wurde, aufgetreten. Archedémos war, ein schwerer Vorwurf, kein athenensischer Bürger, obschon er bereits gegen sieben Jahre in Athen sich aufhielt. Im siebenten Jahre wechseln bekanntlich die Kinder die Zähne und die dahin wurden auch, am Apaturienfeste, die Bürgersöhne in die Bürgerverzeichnisse eingetragen. Darauf bezieht sich das Wortspiel des Wechselns der Zähne oder Scene des Aufenthalts. Die Lebenden da oben werden Todte genannt, im Sinne der eleusin'schen Geheimlehre, die den Tod als den Eintritt zum wahren Leben darstellte.

Es folgen hier im Original noch neun Verse, sehr derbe und unzüchtige Scherze und Wortspiele enthaltend. Sie hätten nur durch einen weitläuftigen Commentar für neuere Leser genießbar gemacht werden können; da sie dem Übersetzer dessen kaum werth erschienen, ließ er sie, was unbeschadet des Zusammenhanges geschehen konnte, ausfallen.

Dionysos (nach der Orchestra vortretend).

Wißt ihr uns denn zu sagen,
Wo ist hier Pluton's Wohnung?
Denn wir sind beide fremd und eben angelangt.

Der Chorführer.

Nicht weit zu gehen brauchst Du,
Noch weiter mich zu fragen,
Wiß', an der Pforte bist bereits Du angelangt.

Dionysos (zu Xanthias).

So lade, Bursch, Du wieder das Gepäck hier auf!

Xanthias
(der zuletzt ohne sichtbare Theilnahme da gestanden hat).

Was war das für ein Zuruf?
Was, als das alte Lied ¹): Nur wieder aufgepackt?

Der Chorführer.

Zur Göttin heil'gem Rundtanz zieht jetzt nach dem Blüthenhaine,
Froh scherzend, wem Theilnahm' erlaubt am gottgefäll'gem Feste.

Dionysos.

Ich aber will zu den Mägdlein mich gesellen und den
                                        Frauen,
Erhöhn die Göttin sie bei Nacht, die heil'ge Fackel
                                        schwingend.

Der Chor.

Wir ziehen nach den rosigen, den blumenreichen Auen,
Nach unsrer Weise scherzend und die schönsten Reigentänze

---

¹) Zur Rechtfertigung dieser Übersetzung folgendes: Megara, eine
Kolonie der Korinthier, war von ihrer Mutterstadt abgefallen. Ein
Abgeordneter Korinths hielt den Tochterstadt ihr Unrecht vor, und in
seiner Rede wiederhielten sich die Worte Korinthos, der Sohn des Zeus
(als wahrscheinlich der Gründer von Korinthos, von dem die Stadt
den Namen erheilt) unendlich oft. Endlich war die Geduld der Me-
garenser erschöpft und mit einem: „Schlagt los auf Korinthos den
Sohn des Zeus" jagten sie den Redner zum Thor hinaus. Daher
entstand die sprichwörtliche Redensart „Korinthos der Sohn des Zeus"
von etwas zur Ungebühr sich Wiederholenden, deren sich Aristophanes
hier in der Unschrift und Excl. 828 bedient.

Froh feiernd, die schlingen
Heilbringende Mören;
Denn uns erglänzt die Sonn' allein
Und heitret Lichtes Helle;
Uns, die wir eingeweiht
Den frommen Sinn bewiesen,
So gegen die Fremden
Als die Einheimischen.

Neunte Scene.

Der Pallast des Pluton; Der Haupteingang ist noch durch einen Vorhang verhüllt. Dionysos, Xanthias (mit seinem Gepäck) vor dem
zur linken Hand des Zuschauers sich befindenden Seiteneingang, bald
darauf Aiakos. Der Chor.

Dionysos.

Nun sag' einmal, wie klopf' an die Thür' ich hier wohl? Wie?
Wie mögen hier wohl klopfen die Einheimischen?

Xanthias.

Nicht lange Dich besonnen, sprich der Thüre zu
Gerüstet und entrüstet gleich dem Herakles.

Dionysos (anklopfend).

Bursch, he da Bursch!

Aiakos (von innen).

Wer da?

Dionysos.

Der tapfre Herakles.

Aiakos (heraustretend).

Nichtswürdiger, Unverschämter, Du Verwegener!
Verruchter, Erzverruchter, ha Verruchtester!
Der Du den Hund uns stahlest, unsern Kerberos,
Den würgend Du entführtest, mit dem Du uns entwischt,
Zur Hut mir anvertraut: Jetzt bist Du ringe umgarnt,

So unerbittlich strenger Felsenbord der Styx   445
Und acherontisches, bluttriäuffendes Geklipp
Umhegt Dich; des Kokytos Hund' umkreisen Dich,
Die hundertköpfg' Echidna, die Dir das Gedärm
Zerreißen wird und der die Lunge Dir zerfleischt
Tartessischer Muräne ¹) Zahn: Der Nieren Paar   450
Und alles Eingeweide, dem das Blut entquillt,
Zernagen die Gorgonen ²) die Tithrasischen:
Nach ihnen lenk' ich jetzt den vielbehenden Fuß (ab).

Xanthias

(zu Dionysos, der während dieser Drohrede zu Boden gesunken ist).
He, was begannst Du?

Dionysos.

Was mir Noth that. Sprich: Helf Gott.

Xanthias.

Du lächerlicher Kauz! Raffst Du nicht flugs Dich auf,   455
Bevor ein Fremder Dich erblickt?

Dionysos.

Ohnmächtig wird
Mir's; fahre mit einem Schwamme nach dem Herzen mir.

Xanthias

(ihm einen Schwamm, den er aus dem Raferpack nimmt, reichend).
Da.

Dionysos (ihm die Hand leihend).

Sei behülflich mir.

Xanthias.

Wo? Goldne Himmlische,
Hast Du das Herz denn da?

---

¹) Soviel als Karten, da beide sich mit einander begatten sollen; die tartessischen Muränen galten für die schmackhaftesten.

²) Den Sitz der Gorgonen, deren eine Medusa Perseus erlegte, verlegen einige Dichter nach Libyen; tithrasisch soll aber nach dem Scholiasten soviel als libysch bezeichnen. And're, wie Voß, leiten dies Beiwort von einem Ort in Attika Tithras ab, dessen Bewohner Aristophanes dadurch als wild und boshaft bezeichnet. Daß Aristophanes in dieser Rede des Aeakos der Tragiker Schwulst parodirte, bedarf kaum der Erwähnung.

Dionysos.

    Von banger Furcht bewegt
470 Ist's mir herunter nach dem Unterleib gerutscht.

Xanthias.

Zaghaft'ster Du der Götter und der Menschen!

Dionysos.

         Ich?
Wie zaghaft, da ich einen Schwamm von Dir begehrt?
Nicht hätte das ein Anderer gethan.

Xanthias.

      Was denn?

Dionysos.

Hinbrütend blieb er liegen, wenn er zaghaft war;
475 Doch ich stand auf und ließ dazu mich reinigen.

Xanthias.

Sehr mannhaft, beim Poseidon.

Dionysos.

      Ei, ja wohl, beim Zeus;
Du aber zagtest nicht bei solcher Rede Sturm,
Und seinem Drohn?

Xanthias.

    Beim Zeus, kaum hatt' ich Acht darauf.

Dionysos.

Wohlan, da Du so hochgemuth und wacker bist,
480 So werde Du mein Ich und nimm die Keule da
Und diese Löwenhaut, Du Nimmerzagender,
Ich aber will Packträger sein an Deiner Statt.

Xanthias

(indem er sein Gepäck ablegt und Löwenhaut und Keule nimmt).

Wohlan, flugs her damit: Dir gehorchen muß ich wohl.
Und schau mich an, den Herakleioxanthias,
485 Ob ich mich furchtsam zeig', und so verzagt, wie Du.

Dionysos.

Beim Zeus, der Melitenser Galgenstrick [1] auf's Haar!
Wohlan, so lad' ich selber das Gepäck denn auf.

— — —

Zehnte Scene.

Die Vorigen. Eine Dienerin der Persephone.

Dienerin (aus der andern Seitenthüre dem Zuschauer zur Rechten
tretend zu Xanthias).

Kamst Du, geliebtester Herakles? Tritt hier herein;
Denn wie die Göttin, Du seist hier, erfuhr, sogleich
Buk Waizenbrod sie; setze zwei, drei Töpfe an
Mit Erbsenbrei; Am Spieße brät ein ganzer Stier,
Sie mengte Kuchen ein, und Plätzchen: Tritt herein.

Xanthias.

Sehr schön; das lob' ich.

Dienerin.

Beim Apollon, nimmermehr
Laß ich Dich fürder ziehn; da sie Geflügel auch
Für Dich aufwallen ließ und manche Näscherein
Zurichtete und Wein Dir mischte, wundersüß!
Komm nur herein mit mir.

Xanthias.

Sehr schön.

---

1) Des dem Herakles in der attischen Ortschaft Melite geweihten
Tempels gedachten wir zu V. 35. Außer des dort erwähnten Bildes
desselben von Strabos befand sich in demselben vielleicht ein älteres und
deshalb ziemlich unförmiges, auf welches sich hier wohl Aristophanes,
indem er den Pseudoherakles damit vergleicht, beziehen mag.

Dionysos.

(Den Xanthias, der im Begriff ist mit der Dienerin in den Pallast
des Pluton zu gehn, zurückhaltend.)

Du bist nicht klug

Nicht lass ich Dich.

Dienerin.

Denn eine Flötenspielerin,
Die schönste, harret Deiner, Tänzerinnen auch
540 Daneben, zwei bis drei.

Xanthias.

Was?

Dienerin.

Tänzerinnen frisch
In Jugendblüth' aufknospend, kaum dem Bad' enttaucht.
Doch tritt herein, denn eben war der Koch dabei
Den Salzhecht anzurichten, man trug den Tisch hinein.

Xanthias (von Dionysos festgehalten).

Geh nur und sage den Tänzerinnen vor Allen mit
545 Die drinnen sind, ich komme selber gleich herein.
He, Bursche, folge hierher mir nach mit dem Gepäck.

Dionysos.

Halt, guter Freund! Du machst doch wohl nicht Ernst daraus,
Daß ich im Scherz zum Herakles Dich aufgestutzt?
Laß Dir das Possenspiel vergehn, Freund Xanthias,
550 Und packe die Tepp'che wieder auf und fort damit.

Xanthias.

Du bist doch nicht gesonnen, was Du selbst mir gabst,
Mir wieder zu nehmen?

Dionysos.

Gesonnen nicht, ich thu' es schon.
(Die Löwenhaut fassend.)
Herunter mit dem Balg'.

Xanthias.

Ich rufe Zeugen auf,
Und leg' es in der Götter Hand.

Dionysos.

In welcher denn?

Ist's Thorheit nicht und eitler Wahn, erwartest Du
Admete's Sohn zu sein, ein Sclav' und Sterblicher?

    Xanthias (den Schmuck des Herakles zurückgebend).

Na immerhin, nimm's nur zurück; erleb' ich's doch,
Daß meiner wieder Du bedarfst, so's Gott gefällt.

    Chor der Eingeweihten (zum Dionysos).

    Strophe.

Also ziemt es einem Manne, der verständig ist und klug,
   Und viel zur See herum sich trieb,
   Sich immer lieber nach dem Winde,
Setzt er um, zu drehen, als ein steifer Ölgötz da zu stehn,
Nimmer seine Stellung ändernd: Sich zu kehren, viel gewandt,
   Dahin wo's ersprießlich ist,
Das ziemt dem gefügen Manne, also macht's Theramenes [1]).

    Dionysos.
    Gegenstrophe.

Wär' es nicht etwa zum Lachen, wenn der Sclave Xanthias
   Auf Polstern aus Miletos sich
   Behaglich blähend, und im Arme
Seine Tänzrin: „Mir den Nachttopf!" herrscht', und mir, dem
      Lüsternen
So den Mund mit Wasser füllt' und er es merkte, bei
      Schall [2]),

---

1) Mit vollem Rechte wird Theramenes hier als ein zweideutiger
Achselträger bezeichnet. Einer der Feldherren in der (O. 23) zuerst erwähnten Seeschlacht bei den Arginusen, ja selbst zur Aufhebung der
Leichname und Schiffstrümmer abgesendet, wußte er sich, als jene Feldherren in Anklagestand versetzt wurden, dadurch zu retten, daß er sich
auf die Seite des Anklägers Archedimos schlug und gegen seine Mitfeldherren auftrat. Er erhielt daher den Beinamen Kothurnos, weil er,
so erklärt es Kritias selbst (Xenoph. gr. Gesch. II, 3, 17) wie dieser
Schuh an beide Füße paßte, sich jeder Partei anzuschmiegen wußte.
Späterhin einer der Dreißig büßte er die Zweideutigkeit seines Charakters, indem es Kritias dahin brachte, daß er, der sich den häufigen
Hinrichtungen widersetzte, selbst zum Tode verurtheilt wurde.

*) Mildernd für einen Cynismus, den selbst Voß nicht wiederzugeben
wagte.

　Und mit einem tücht'gen Schlag
Seiner Faust den Vorderreihen meiner Zähne mir zer-
schlug?

Elfte Scene.

Zwei Schenkwirthinnen (aus einem Nebengebäude, zur Rechten der Zuschauer, kommend) Dionysos (als Herakles) Xanthias (als Sclave),
Chor der Eingeweihten.

1. Schenkwirthin.

Pläthäne, Plathane, komm her, da ist der arge Schelm
Der, als bereinst in unsrer Schenk' er eingekehrt,
Uns an die sechszehn Waizenbrod' auffraß.

2. Schenkwirthin.

Beim Zeus.
Fürwahr derselb' ist's.

Xanthias.

Es wird einem schlimm ergehn.

2. Schenkwirthin.

Daneben auch zwanzig Schnittchen aufgewalltes Fleisch
Zum halben Obol.

Xanthias.

Da wird's einem eingebrockt.

1. Schenkwirthin.

Und dann, den vielen Knoblauch.

Dionysos.

Weib, Du bist nicht klug,
Und weißt nicht, was Du redest.

1. Schenkwirthin.

Ei, Du meintest wohl,
Nicht werd' ich Dich erkennen, weil Du Stelzschuh trugst?

2. Schenkwirthin.

Und wie? Noch blieb der viele Salzfisch unerwähnt,

Es blieb's, beim Zeus, der frische Käse, den, o weh!
Der da, zusammt den Käsekörben aufgespeist.
Doch hinterher, als ich Bezahlung heischte,
Da schaut' er grimmig b'rein und hub zu brüllen an.

Xanthias.

Das sieht durchaus ihm gleich; so treibt er's überall.

2. Schenkwirthin.

Und auch vom Leder zog er, wie ein Rasender.

Xanthias.

Ja, ja, Du Arme!

2. Schenkwirthin.

       Aber wir, von banger Furcht
Erfüllt, erklimmten beid' alsbald das Dachgeschoß:
Er stürzt in Hast davon und nimmt die Matten mit.

Xanthias.

Auch das sieht gleich ihm. Doch Ihr solltet etwas thun.

2. Schenkwirthin (zur andern).

Auf, geh' und rufe mir unsern Schutzherrn Kleon¹) her.

1. Schenkwirthin.

Du mir, wenn Du ihn antriffst, den Hyperbolos²),
Damit wir den verderben.

2. Schenkwirthin (mit der Faust drohend).

       Du nichtswürd'ger Schlund,
Wie gern möcht' ich mit einem Steine das Gebiß
Zerschellen Dir, das mir den Vorrath aufgezehrt.

1. Schenkwirthin (mit ähnlicher Geberde).

Und ich wie gern Dich stürzen in die tiefste Gruft,

2. Schenkwirthin.

Und ich die Gurgel mit dem Küchenmesser Dir
Abschneiden, die die Brätchen mir hinunterschlang.

---

1) Kleon. Das gr. Dr. S. 71, Wolken 585.
2) Wolken 549 und 621.

Doch jetzt will ich zu Kleon, meinem Beistand, gehn,
Der heut' ihm Alles aus dem Leibe winden soll.

(Beide nach der rechten Seite ab.)

Zwölfte Scene.

Dionysos, Xanthias (wie zuvor) Chor.

Dionysos.
Verderb' ich schmachvoll, lieb' ich nicht den Xanthias.

Xanthias.
Ich weiß, ich weiß, worauf Du sinnst; doch still nur, still.
Nicht werd' ich zum Herakles je.

Dionysos.
     O sage das nicht
Mein Xanthiaschen.

Xanthias.
    Denn wie könnt' ich irgend wohl
Der Sohn Alkmene's sein, ein Sklav' und Sterblicher?

Dionysos.
Ich weiß, ich weiß Du zürnst, und hast ein Recht dazu;
Und wolltest Du mich schlagen, nicht beklagt' ich mich.
Doch will ich jemals wieder tauschen fürderhin,
Mit Rumpf und Stiel mag schmachvoll ich mit Weib und Kind
Verderben und Trlefaug' Archedēmos[1]) noch dazu.

Xanthias.
Der Schwur genügt: Auf die Bedingung nehm' ich's an.

Chorführer zum Xanthias.
(Strophe.)

Deine Sach' ist nun, nachdem Du angethan die Tracht, die Du
  Schon einmal trugest, wiederum
  Dich fortwährend zu verjüngen,

---

1) 417.

Und von Neuem grimmig b'rein zu schaun, des Gottes einge-
denk,
Den Du Dir zum Ebenbild nahmst: Zeigst Du aber läppisch
Dich
Und verräthst Verzagtheit Du;
Mußt Du wieder zum Packträger nothgedrungen Dich verstehn. ⁵⁸⁰

Xanthias.
(Gegenstrophe.)
Was Ihr, Männer, rathet ist nicht übel; eben hab' ich selbst
Dasselbe schon erwogen mir;
Daß, wenn's sich ersprießlich zeiget,
Er versuchen wird, mir wieder Das zu nehmen, weiß ich wohl:
Dennoch will ich mich bewahren keckes, unverzagtes Muths ⁵⁸⁵
Essigsauer sei mein Blick,
Und deß, scheint es mir, bedarf es, knarren höre die Thür ich
schon.

Dreizehnte Scene.

Dionysos (als Xanthias) Xanthias (als Herakles) Aakos in
Begleitung mehrerer Sclaven.

Aakos. (zu den ihn begleitenden Sclaven).
Legt eilig mir in Fesseln diesen Hundedieb,
Damit er büße. Rasch.

Dionysos.
'S wird einem schlimm ergehn.

Xanthias (die Sclaven abwehrend).
Wollt Ihr zum Henker? Naht mir nicht. ⁵⁹⁰

Aakos.
Wie? sträubst Dich noch?
He Ditylas und Sceblias und Pardokas
Herbei! Kommt her und bändiget mir Diesen da.

Dionysos.
Ist das abscheulich nicht, daß er noch um sich schlägt,
Nachdem die fremde Hab' er stahl?

Xanthias.
Ei freilich wohl.

Aiakos.
'ß Keck ist's traun und abscheulich.

Xanthias (zu Aiakos).
Doch fürwahr, beim Zeus,
Ich will des Todes sein, kam jemals ich hieher,
Oder stahl ich von dem Deinigen eines Haares Werth,
Und sieh' einen Vorschlag thu', höchst ehrenwerth, ich Dir,
Nimm diesen Burschen da (auf Dionysos zeigend) bring auf die
Folter ihn '),
Und überführst Du mich des Unrechts, tödte mich.

Aiakos.
Auf welche Folter denn?

Xanthias.
Auf jede: spanne Du
Auf eine Leiter, hänge, peitsch' ihn, prügl' ihn durch,
Knebl' ihn und gieß in die Nas' ihm Essig noch dazu,
Leg' Ziegelstein' ihm auf, thu' Alles, nur mit Lauch ')
Und jungen Porrestengeln grüsse mir ihn nicht.

Aiakos.
Den Antrag find' ich billig und Dein Geld soll Dir
Schon werden, falls den Burschen ich zum Krüppel schlag.

Xanthias.
Das verlang' ich nicht: Führe Du ihn nur zur Folter ab.

---

1) Die Griechen sahen die Sclaven durchaus als eine Waare und unbeschränktes Eigenthum ihrer Herren an. Der freie Athenienser durfte nicht gefoltert werden, wohl aber bediente man sich dieses grausamen Mittels, um den unschuldigen Sclaven zum Geständniß des von seinem Herrn begangenen Verbrechens zu bringen.

2) Xanthias will sagen: Nur verfahre mir nicht zu mild mit ihm; denn der hier erwähnten, keine Striemen zurücklassenden Waffe bedienten sich die athenensischen Knaben bei ihren Spielen.

Kakos.

Ich sollt' ihn hier, damit vor Dir er Kunde giebt.

(Zum Dionysos.)

Schnell lege Dein Gepäck Du ab: Und daß Du hier
Mir keine Lüge sagst.

Dionysos.

Man hüte, warn' ich, sich
Mich, der ich unsterblich bin, zu foltern; Magst Du sonst
Dich selbst des Schadens zeihen.

Kakos.

Wie? Was sagest Du?

Dionysos.

Unsterblich rühm' ich mich, Dionysos, Sohn des Zeus,
Der aber ist ein Sclave.

Kakos (zum Xanthias).

Hörst Du's?

Xanthias.

Allerdings;
Und um so eh'r gilt's, ihn zu geißeln, den Versuch;
Denn ist ein Gott er, nichts empfinden wird er dann.

Dionysos.

Wie nun, da Du ja selber einen Gott Dich rühmst,
Geziemt sich's nicht, daß Du die gleichen Streich' empfahst?

Xanthias.

Den Antrag find' ich billig: Wen von uns Du dann
Zuerst wehklagen siehest, wer die Streiche sich
Zu Herzen nimmt, von diesem glaub', er sei kein Gott.

Kakos.

Du bist, das muß ich zugestehn, ein Ehrenmann;
Du gehst auf bill'ge Vorschläg' ein. Entkleidet Euch.

Xanthias (sich entkleidend).

Und wie erprobst uns beide geziemend Du?

Kakos.

Sehr leicht;
Abwechselnd krieget Streich um Streich ein Jeder.

I.   24

Xanthias.

            Wohl.

Nun sieh', hab' Acht, ob irgend Du mich zucken siehst.

Aakos.

Schon schlug ich Dich.

Xanthias.

Beim Zeus, mich nicht.

Aakos.

            So scheint's mir selbst.

D'rum wend' ich mich zu Diesem, ihn zu schlagen.

Dionysos.

            Nun?

Aakos.

Schon schlug ich traun.

Dionysos.

Wie kam's, daß ich nicht muchsete?

Aakos.

Ich weiß nicht. (Zum Xanthias sich wendend.) Wiederum bei Diesem sel's versucht.

Xanthias.

Nun, wird es bald? (in die Zähne murmelnd, indem er den Schmerz zu verbeißen sucht) talah, talah, tatătah, tütŭtah!

Aakos.

Wie? schmerzt' es Dich?

Xanthias.

       Nicht doch, beim Zeus, mir fiel nur ein, Wann die Diomeier das Herakleesfest begehn.

Aakos.

Ein frommer Mensch! Ich muß zu Dem da wieder hin.

Dionysos (nachdem er einen Streich empfing).

Ju, ju!

Aakos.

Was giebt's?

Dionysos.

Ich sehe Ritter dort [1]).

_____

1) Dionysos erklärt sein Ihm durch den Schmerz ausgepreßtes iu als

Äakos.
Was weinst Du aber?

Dionysos.
Weil es mir nach Zwiebeln riecht.

Äakos.
Sonst aber machst Du nichts Dir b'raus?

Dionysos.
Mich kümmert's nicht.

Äakos.
So muß ich freilich wiederum zu Dem da (auf Xanthias zeigend) zu
gehn.

Xanthias.
Au weh!

Äakos.
Was ist's?

Xanthias (ihm den Fuß hinhaltend).
Da ziehe mir den Dorn heraus.

Äakos.
Was soll Das heißen? Wieder wend' ich mich zu Dem.

Dionysos.
Apollon, der zu Delos Du und Python thronst!

Xanthias.
Er jammerte (zu Äakos) vernahmst Du's nicht?

Dionysos.
Ich wahrlich nicht;
Ein Verslein des Hippónax wiederholt' ich mir.

Xanthias (zum Äakos, nachdem er wieder einen Schlag auf den
Rücken bekommen hat).
Du schaffst ja nichts; die Weichen tüchtig durchgegerbt.

Ausruf der Verwunderung. Keller, wie von meinen Vorgängern *landes*
übersetzt wird, konnte er nicht wohl sehn — wie wären die in das
Theater gekommen? — wohl aber Ritter, die wahrscheinlich, als die
zweite Classe athenienfischer Bürger, von der Bühne nicht weit entfernte
Eigerihn einnahmen.

24*

Xathias.

Haft Recht, beim Zeus! (zum Dionysos) Jetzt halt einmal den
Bauch mir her.

Dionysos (indem er einen Schlag auf den Bauch erhält).
Poseidon!

Xanthias.
Einer jammerte.

Dionysos.
Der auf Ägäer Felshöhn,
In graulicher Meerfluth
Tiefen Du waltest¹).

Xathias.
Bei der Demeter, nimmerdar erkund' ich es,
Wer von Euch Beiden der Gott ist. Lieber kommt herein,
Denn mein Gebieter selber wird erkennen Euch,
Und Persephassa, da ja Beid' auch Götter sind.

Dionysos.
Da haft Du Recht: doch wünsch' ich, es wäre früher das
Dir eingefallen, bevor ich noch die Streich' empfieng.

(Alle durch die linke Seitenthür ab in den Pallast des Pluton.)

Vierzehnte Scene.

Parabase. Der Chor.

Der bisher der Bühne zugewandte Chor, kehrt sich jetzt, einen Halbkreis um die Thymele bildend, den Zuschauern zu und hebt folgenden
Gesang an.

Strophe.
Muse, dem heiligen Reigen geselle Dich, komm, daß Du meines
Gesanges Dich erfreust;

¹) Etwas veränderte Verse aus dem Laokoon des Sophokles.

Daß die gedrängten Reihn Du schauest, wo
Kenner, an zehntausend, Platz gefunden,
Ehrgeiziger denn selbst Kleophon *), Er,
Auf dessen geschwätzigen
Lippen in widrigem Ton
    Thrak'scher Schwalben Zwitschern,
Anstimmend ihr Lied auf Barbaregezweig,
Aufjammernd erschallt, nachahmend das Ach
    Philomele's *); Verderb
Drohn selbst gleiche Stimmen ihm *).

---

1) Ein tragischer Dichter, von dem Suidas zehn Tragödien namentlich anführt, und den auch der Lustspieldichter Platon in einem nach ihm benannten Stücke, das mit den Fröschen um den Preis warb, (S. Einl.) als den Sohn einer Thrakerin, die dort mit ihm in ihrem barbarischem Dialekte sich unterhielt, verspottete: Ja, nach dem Scholiasten, deuten selbst einige Verse im Orestes des Euripides auf ihn hin, wo einer ein Argeier, der kein Argeier sei, genannt wird. Nach Äschines (περὶ παραπρεσβείας.) wurde eine Anklage gegen ihn als Ausländer (ξενίας) erhoben. Wahrscheinlich war es einer der durch sein Ansehn die Anklage der Feldherren, die bei den Arginusen fochten, unterstützte. Das Verderben, welches Aristophanes ihm hier prophezeit, brach bald wirklich über ihn herein. Die Athenäuser bereueten die ungerechte Verurtheilung und Hinrichtung; Kallixenos und vier andre, die dazu mitgewirkt hatten, wurden, angeklagt, verhaftet und entkamen zwar, bei einem deshalb entstandenen Aufstande, unser Kleophon aber kam in demselben um.

2) Bezieht sich auf einen bekannten athenischen von den Tragikern vielfach bearbeiteten Mythos. Prokne und Philomele waren die Töchter des athenensischen Königs Pandion. In einem Kriege gegen Theben unterstützt der Thraker König Tereus den Pandion und erhält dafür seiner Tochter Prokne Hand. Nach einiger Zeit empfindet diese Sehnsucht nach der Schwester, Tereus erbietet sich, sie zu holen, schändet sie unterwegs und sperrt sie nicht bloß, damit sie es nicht verrathe, ein, sondern schneidet ihr sogar die Zunge heraus, deß ungeachtet weiß sie die Schwester von ihrem Schicksale in Kenntniß zu setzen. Beide rächen sich nun an Tereus, indem sie dessen und der Prokne Sohn Itys ermorden und dem eignen Vater vorsetzen. Nach der Entdeckung wird Tereus in einen Wiedehopf, Prokne in eine Schwalbe, Philomele in die klagende Nachtigall verwandelt. Sophokles und Euripides brachten einen Tereus auf die Bühne.

3) Die sonst den Angeklagten frei sprachen.

Der Chorführer.

(Wendet an die Zuschauer.)

Für den heil'gen Chor geziemt sich, was der Stadt ersprießlich ist
Ihr zu rathen und zu künden. Nun bedünkt's zuerst uns gut,
Daß ihr gleichstellt alle Bürger ¹) und entfernt die Schrecknisse.
Und ward vom ehrgeiz'gen Ringen wer verlockt des Phrynichos²),
Muß es, mein' ich, ihm vergönnt sein, ob er einen Fehltritt
that,
Wie's geschah darlegend auszutilgen früh'res Irrthums Schuld.
Dann behaupt' ich, soll auch keiner ehrlos heißen in der Stadt;
Denn, dann wär' es schimpflich, daß wer Eine Seeschlacht
mitgekämpft,
Stracks Platäer³) werd' und eben Sclave noch als Herr begrüßt.

---

1) Also die über viele, namentlich Anhänger des Phrynichos und der von dem Redner Antiphon mit ihm eingesetzten Vierhundert ausgesprochene Atimie — Ehrlosigkeit — aufhebt. Eine der empfindlichsten Strafen für den auf seine Bürgerrechte, auf sein Leben im Staate und für denselben so hohen Werth legenden Athenienser, war die Atimie. Sie hatte sehr verschiedene Grade, von einer geringen Beschränkung einiger bürgerlichen Rechte bis zur Infamie und Gütereinziehung. Ja sie erstreckte sich dann sogar auf des Atimos Kinder und Nachkommen.

2) Phrynichos, ein hartnäckiger Gegner des Alkibiades, trug, als von dessen Zurückberufung aus der Verbannung die Rede war, kein Bedenken, um dieselbe zu hintertreiben, mit dem Anführer der spartanischen Flotte Astyochos in verrätherische Unterhandlungen zu treten (Thuk. VIII, 50) und bald darauf vorzüglich dasselbe bezweckend, zum Sturze der Volksherrschaft und zur Einsetzung der Vierhundert in Verein mit Antiphon und dem oben (zu B. 525) erwähnten Theramenes die Hand zu bieten (Thuk. VIII, 68). Diese Vierhundert walteten ziemlich willkührlich im Staate, ließen Einige hinrichten, verhafteten und verbannten Andre und traten mit den Lakedämoniern in Friedensunterhandlungen (Thuk. VIII, 70). Aber ihre Herrschaft war von kurzer Dauer. Theramenes bewies sich auch hier als Kothornos; Er hatte die Wenigherrschaft einführen helfen und wirkte mit zu ihrer Auflösung, nachdem unser Phrynichos von einer Gesandtschaft von Lacedämon zurückkehrend, auf offnem Markte von einem jungen Athenienser ermordet worden war (Thuk. VIII, 92).

3) Auch die Platäer hatten, wie die bei den Arginusen mitfechtenden

Doch mag nimmer ich behaupten, daß ihr hier nicht recht ge-
than,
Nein, ich lob' es, dieses Eine Mal wies't Ihr verständig Euch;
Aber billig ist's auch, daß Ihr jenen, die so oft zur See
Sammt den Vätern Euch zur Seite kämpften, die verwandt
Euch sind,
Nachseht diesen einz'gen Unfall und — sie bitten d'rum —
verzeiht.
Lasset, allem Zorn entsagend, Ihr, die Klügsten von Natur,
Alle Menschen zu Verwandten uns gewinnen, freud'ges Sinns,
Und als Ehrenwerth' und Bürger, wer zur See uns beistehn
will.
Doch sind wir zu aufgeblasen. Allzuvornehmthuende
Auf die Stadt, die Ungewitters Arme noch dazu umfahn,
Läßt von Neu'm als schlechtberathen uns erscheinen, was erfolgt.

          Der ganze Chor.
            (Gegenstrophe.)
Bin ich vermögend, den Sinn und das Treiben des Manns
            zu ergründen,
      Der noch büßen wird,
    Lange nicht möchte hinfort der Affe, jetzt
   Unser Verdruß, Kleigenes, der winz'ge ¹), —
 Der verworfenste traun aller Bader, die je
      Gesellschaft mit Aschengemisch,
       Trüg'rischem Laugenabguß
      Und Kimol'schem Thone,

_____

Sclaven (Anm. zu B. 33), als treue Verbündete der Athenienser in den
ersten Jahren des peloponnesischen Kriegs, das athenienfische Bürgerrecht erhalten. Demosthenes c. Neaeram. V. 185. ed. Tauchnitz 1813.

  ¹) Wir vermögen über diesen Kleigenes nicht viel mehr Auskunft
zu geben, als die sich aus unserer Rolle entnehmen läßt. Seines
Glaubens früher ein Bader, dabei nach dem Scholiasten reich und
ein Ausländer, hatte er sich durch niedrige Künste zu einigem Ansehn
in der Volksversammlung emporgeschwungen. Dieses Ansehn ist aber
bereits so gesunken, daß er — nur im Trüben ist für dergleichen
Menschen gut fischen — den Frieden zu hintertreiben sucht und nie
unbewaffnet auszugehn wagt.

Noch weilen bei uns; das wissend ist b'rum
Er dem Frieden nicht hold, und fürchtend Gefahr
Wenn betrunken er wankt,
Tritt nie unbefleckt er auf.

Der zweite Chorführer.

(Gegenrede.)

Oftmals wollt' es uns bedünken, daß ein Gleiches widerfuhr
Unsrer Stadt, mit ihren Bürgern, welche wacker sind und brav,
Wie mit unsern alten Münzen und dem neugeprägten Gold ¹),
Denn wir mögen jener nimmer — obschon nicht versetzt sie sind,
Sondern unter allem Gelde, dünkt es mich, das trefflichste,
Und allein von echtem Korne, probehaltig anerkannt
Allerwärts, bei den Hellenen und bei Barbarvölkern auch —
Uns bedienen, sondern dieser schlechten und verkupferten,
Die man gestern oder neulich nach der schlechtsten Währung
							schlug.
Von den Bürgern aber, die als edele, verständ'ge wir,
Als gerechte Männer kennen, und als Brav' und Wackere,
In Ringschulen auferzogen, Festreihn und der Musen Kunst,
Die verschmähen wir: Das Kupfer, Fremde und Rothköpfige,
Schlechte Bursche schlechter Herkunft, brauchen wir zu Jeglichem,
Die zuletzt sich angesiedelt, früher mochten kaum der Stadt
Sie zu Sündenböcken ²) taugen, um zu sühnen schwere Schuld.
Aber jetzt auch noch, Ihr Thoren, ändernd den verkehrten Sinn,
Wählt, zum Besten Euch, die Besten, die schon früher sich
							bewährt:

---

1) Ein nicht selten angewendetes freilich nur für den Augenblick Hülfe schaffendes Mittel öffentlichen Geldverlegenheiten zu begegnen, war das Prägen schlechter Geldsorten. Das geschah unter Andern das Jahr vor Aufführung der Frösche unter dem Archon Antigenes. Man prägte aus umgeschmolzenen Siegsgöttinnen kupfrige Geldstücke; Victorias utebantur, wie Quinctilian mit einem artigen Calembour sich ausdrückt.

2) Auch noch zur Zeit der Aufführung der Frösche wurden zu Athen einige, ohnehin des Todes würdige Menschen unterhalten, um bei einer eintretenden, vom Zorn der Götter zeugenden Landplage, als Hungersnoth, Pest und dergleichen als Sühnopfer den zürnenden Göttern geopfert zu werden. Darauf bezieht Aristophanes selbst Ritter 1135 ff. und dazu der Scholiast.

Also ist's vernünftig, trifft Euch auch ein Unglück, meinen doch,
Ihr empfingt empfah'ne Streich' aus würd'ger Hand, Der
füntbige.

Fünfzehnte Scene.

Der Pallast des Pluton, mit einem Haupteingange, noch verhüllt durch einen zwei Flügelthüren darstellenden Vorhang, zu beiden Seiten Nebeneingänge.

Xanthias, Äakos (aus der Nebenpforte zur Linken des Zuschauers tretend). Chor der Eingeweihten.

Äakos.
Ja, beim Erretter Zeus, fürwahr, ein Ehrenmann
Ist Dein Gebieter.

Xanthias.
Ei warum kein Ehrenmann?
Steht doch sein Sinn auf nichts als Dirn' und Zitnewein.

Äakos.
Und daß er nicht Dich schlug, deß überführet, daß Du,
Der Sclave, vor ihm der Herr zu sein behauptetest!

Xanthias.
Das wär' ihm schlecht bekommen.

Äakos.
            Darin spieltest Du
Ein ächtes Sclavenstückchen, wie's auch mich erfreut.

Xanthias.
Was freut Dich, sprich?

Äakos.
            Der letzten Weih'n Verzückungen ¹)
Fühl' ich, wenn insgeheim dem Herrn ich fluchen kann.

¹) Im Griechischen *Ἐποπτεύειν δοκῶ* wörtlich: ich dünke mich einen Epopten, so hießen die in dem zweiten Grad der eleusinischen Mysterien

Xanthias.

Nicht wahr, und wenn Dir tücht'ge Prügel wurden, dann
Zu brummen im Hinausgehn?

Xalos.

Auch das mag' ich gern.

Xanthias.

Wie, Dich in Vieles mischen?

Xalos.

Lieb'res kenn' ich nicht.

Xanthias.

Verbrüderter Schirmherr Zeus! Und zu belauschen, was
Die Herren plaudern?

Xalos.

Ich bin toller d'rauf als toll.

Xanthias.

Wie, und es auszuplaudern gegen Fremde?

Xalos.

Wohl,
Vom Wirbel bis zur Zehe kitzelt's, thu' ich's, mich [1]).

Xanthias.

Ha Phöbos Apollon! Reiche Deine Rechte mir,
Und laß Dich küssen und küsse mich und sage mir,
Beim Zeus, dem Schirmer unsrer Prügelgenossenschaft [2]),
Was ist das für ein Lärmen d'rinnen, welch Geschrei
Und welch Gezänk?

Xalos.

Des Äschylos und Euripides.

Xanthias.

Ah ha!

Eingeweihten, denen entzückende Gesichter, den Zustand der Seligen nach
dem Tode vorbildend, bei dieser Einweihung zu Theil wurden.

1) Minder züchtig ist der Ausdruck im Griechischen.

2) Etwas unverständlich übersetzt Conz: Bei Zeus unsrem Prü-
gelsippgott, Voß aber: bei Zeus unsrem trautesten Mit-

Äakos.

Es erhob ein Rechtsstreit, ein gewicht'ger Rechtsstreit sich
Den Todten und gewaltige Entzweiungen.

Xanthias.

Weshalb?　　　　　　　　　　　　　　　· 115 ·

Äakos.

Es giebt ein hier bestehendes Gesetz ¹),
Bei solchen Künsten, die geschätzt und schwierig sind,
Wer da der Beste seiner Kunstgenossen ist,
Dem solle Speisung werden im Prytanensaal
Und ein Ehrenplatz neben Pluton.

Xanthias.

Ich verstehe schon.

Äakos.

Bis daß erscheint ein And'rer, in derselben Kunst
Erfahrener denn Er, dem er dann weichen muß.　　　120

Xanthias.

Und welche Besorgniß schuf denn das dem Äschylos?

Äakos.

Er war es, der den trag'schen Ehrenplatz besaß,
Als Meister dieser Kunst.

Xanthias.

Und wer besitzt ihn jetzt?

Äakos.

Als nun Euripides herabkam, ließ er sich　　　125

---

geprügelten. Die Erklärung, die der Scholiast, die Bergler; ja
selbst Passow von dem aristophanischen, d. h. von dem von Aristophanes
nicht vorgefundenen, sondern von ihm selbst gebildeten Beiwort des
Zeus ὁμομαστιγία; geben, rechtfertigt allerdings Bossens Übersetzung.
Aber welche Sage berichtet uns von Prügeln, welche Zeus empfing?
So wenig wie (V. 733) ὁμόγνιος (γνήσιος) mit Gonz durch Vetter
Zeus zu übersetzen ist, sondern den Beschützer τῶν ὁμογνίων der
Verbrüderten bezeichnet, ebenso wenig ist unter dem jenem nachgebil-
deten ὁμομαστίγιας ein Mitgeprügelter, sondern ein Hort der durch
der Geißelhiebe gemeinsames Loos Verbundenen zu verstehn.

1) Nach einem in Athen bestehenden Gesetz erhielt der Beste seiner
Kunstgenossen Speisung und einen Ehrenplatz im Prytaneon.

Vor den Kleiberdieben und den Beutelschneidern sehn,
Vor den Vatermördern und des Diebsgesindels Schaar,
Dergleichen es viel im Hades giebt: Als diese nun
Die Gegenreden, Drehungen und Wendungen
750 Vernahmen, hielten entzückt sie für den Meister ihn,
Und trunken ihres Lobes begehrt den Ehrenplatz
Des Äschylos er.

                        Xanthias.
                Und ward nicht gesteiniget?

                         Äakos.
Laut schrie vielmehr die Menge, zu entscheiden gält's,
Wer von den Beiden in der Kunst erfahr'ner sei.

                        Xanthias.
755 Der Schelmen Menge?

                         Äakos.
                   Wohl, auftosend mächtiglich.

                        Xanthias.
Doch stritten nicht auch Andere für Äschylos?

                         Äakos.
Der Bessern Zahl ist klein, wie Du auch hier (auf die Zuschauer
                                zeigend) es siehst.

                        Xanthias.
Und was gedenkt denn Pluton jetzt dabei zu thun?

                         Äakos.
Einen Wettkampf und Vergleichung Beider alsobald
760 Zu verfügen, und ihrer Kunst Erört'rung.

                        Xanthias.
                                Doch warum
Bewarb sich nicht auch Sophokles um den Ehrenplatz?

                         Äakos.
Der wahrlich nicht; er küßte vielmehr den Äschylos
Als er herabkam und bot ihm die Rechte dar,
Und dieser wollt' ihm räumen seinen Ehrenplatz.
765 Jetzt aber will er, wie Kleidemides ¹) erzählt,

---

1) Kleidemides wahrscheinlich ein Schauspieler, dessen sich Sophokles

Als dritter Kämpfer ¹) lauern und, sagt Äschylos,
Auf seiner Stelle bleiben; sonst vermißt er sich,
Den Kunstkampf durchzukämpfen mit Euripides ²).

Xanthias.

Was wird's denn also geben?

Aakos.

Traun nicht lange währt's,
So erhebt sich hier der Wettkampf, der gewaltige;
Man prüft der Musen Kunst nach Wagschaal und Gewicht.

Xanthias.

Was, die Tragödie inzern wie ein Opferlamm ³)?

Aakos.

Richtmaaß und Zollstab bringen heraus sie für den Vers,
Vierecke fügen sie, wie in der Ziegelei,
Und Kell' und Lineale. Denn Euripides
Will Vers um Vers durchmustern die Tragödien.

Xanthias.

Das kränket, glaub' ich, höchlich wohl den Äschylos.

Aakos.

Vorwärts gebeuget starrt' zur Erd' er, stieres Blicks.

---

zur Aufführung seiner Tragödien bediente. Auch das ist ganz im
Charakter des Sophokles, daß er nur gegen einen Vertrauten äußert,
was er, falls Euripides siegen sollte, zu thun gesonnen sei.

1) Bei den gymnischen Wettkämpfen harrte des Siegers ein Opferbrod, tertiarius bei den Römern, mit dem er zur Vervollständigung
seines Sieges den Kampf noch bestehen mußte.

2) Sophokles verfährt hier ganz dem liebenswürdigen Charakter gemäß, den selbst der Spötter Aristophanes nicht umhin kann gleich zu
Anfang unsres Stücks (82) diesem von den Göttern vor allen Andern
begünstigten Dichter zu leihn.

3) Ließ der Athenenser am Apaturienfeste seinen Sohn in seine
Phratria eintragen, dann mußte er den derselben Phratria Angehörigen
ein Lamm zu einem Opferschmause geben, das ein bestimmtes Gewicht
haben mußte, aber gewöhnlich im Scherz von den Schmausslustigen mit
dem Zuruf: μεῖον, μεῖον, zu leicht, zu leicht! empfangen und dann
wohl auch nachgewogen wurde.

Xanthias.

Doch wer wird hier entscheiden?

Xalos.

Das war das Schwierige;
770 Denn großen Mangel Kunstverständ'ger trefft Ihr hier.
Den Athenären selbst mißtraut' Äschylos.

Xanthias.

Vielleicht weil hier zu viel des Diebsgesindels sei?

Xalos.

Und sonst auch nur Geplapper, komm' es darauf an
Der Dichter Geist zu würdigen. Sie vertrauten dann
775 Es Deinem Gebieter, als einem Kunstverständigen.
Doch treten wir herein; denn da so Ernstes jetzt
Beschäftigt unsre Herrn, kömmt' es uns schlecht ergehn.

(Beide ab in den Pallast Pluton's.)

Sechszehnte Scene.

Der Chor.

Wahrlich es dürfte der laut Aufstürmend' im Herzen ergrimmen,
Sieht den geschwätzigen Zahn den Gegenbewerber er wetzen,
780 Rüstend zum Kampf sich: Gewißlich in tobendem Wüthen
Wird die Augen er verdrehn.
Hochaufstrebender Reden Getöse, buntflatternd, erhebt sich,
Und das Geroll spitzfindiger Schlüss' und des Schaffens Bekritt'lung,
Wenn da bekämpfet der Gegner des schöpfrischen Mannes
785 Roßhochdroh'nden Wörterbau.
Sträubend empor die natürliche Mähn' ihm umflatternd den
Nacken,
Runzelnd die schrecklichen Brau'n, läßt dieser aufbrüllend ertönen
Kräftig gezimmerte Worte, die, gleich einer Planke,
Losreißt seine Riesenbrust.
790 Hier wird dann die geschwätz'ge Durchforsch'rin der Verse,
die glatte,

leicht dahin rollende Zung', anziehend mißgünstige Zügel,
Worte zerspaltend, in winzige Theilchen zerlegen,
Was der Lunge Kraft gebahr.

Siebenzehnte Scene.

Der den Haupteingang zum Pallast des Pluton verdeckende Vorhang ist niedergelassen und dadurch eine auf schwarzen Marmorsäulen ruhende Vorhalle sichtbar geworden. Breite Stufen führen von der Bühne zu ihr. Pluton (auf einem reich verzierten Throne) vor ihm, aber der Orchestra und den Zuschauern zugewendet: Dionysos, Äschylos, Euripides, der Chor.

Euripides (zu Dionysos, indem alle drei die Stufen herabsteigen).
Nicht geb' ich auf den Ehrenplatz, rede mir nicht zu,
Denn in der Kunst Dem (auf Äschylos zeigend) überlegen rühm' es
  ich mich.

Dionysos.
Äschylos, Du schweigst? Vernimmst Du Dieses Rede nicht?

Euripides.
Er gebehrdet erst sich vornehm, wie er immer sonst
Durch Gaukelwerk im Trauerspiele blendete.

Dionysos (zu Euripides).
Verwegener, nicht allzustolze Worte sprich.

Euripides.
Ich kenne Den da, längst schon hab' ich ihn durchschaut,
Einen Menschen wild aufregend und hoffärt'ges Mundes,
Deß Zung' unbändig, zügellos, unverschlossen ist,
Den unüberschreibar Prunkwortschwallaufhäufenden

Äschylos.
Meinst Du, o Sohn der Göttin, die die Gärten schirmt ')?

---

1) Doppelte Beziehung auf einen Vers in dem Telephos des Euripides: Meinst Du o Sohn der Göttin, die das Meer gebar, und auf dieses Dichters Mutter, die mit Küchenkräutern gehandelt haben soll.

— Das sagst Du mir, Du Plauderei'nauffammelnder,
Du Bettlerdichter, Lumpenkramauffliesender [1]?
Nicht ungezüchtigt sagst Du's mir.

Dionysos.

Still, Äschylos,
Erhitze grollend nicht Dein Herz zu Zornes Glut.

Äschylos.

Nein wahrlich, bis ich deutlich Dem es dargethan,
— Dem Lahmendichter [2], welch ein Wicht so keck er ist.

Dionysos.

Ein Lamm, Ihr Bursche (zur Dienerschaft des Pluton) bringt ein
schwarzes Lamm heraus [3]);
Denn aus der Tiefe loszubrechen droht der Sturm.

Äschylos.

Du, der gesammelt Kret'sche Liebesliederchen [4]),
Und auf der Bühne dargestellt die verrucht'sten Eh'n [5]) —

---

1) Die beste Erläuterung zu diesem Verse dürfen wir unsern Lesern
in den für den dritten Band bestimmten Acharnern verheißen. Dort
werden eine Reihe Heroen, als, der Würde des Heroenspiels zuwider,
in Lappen und Lumpen auftretend aufgeführt. Darauf und den der
Umgangssprache sich nähernden Ausdruck euripideischer Heroen bezieht
sich auch Horaz (Epist. II, 3, 95).
   Auch der Tragiker klagt manchmal in der Rede des Umgangs;
Telephus traun und Peleus, in Armuth jetzt und Verbannung,
Wirft die Blasen hinweg und achthalbzollige Worte. (Voß.)

2) In dem eben erwähnten Lustspiel verspottet Aristophanes den
Euripides, daß er den Bellerophon und Telephos als Lahme aufführte.

3) Fast alle Erklärer und Übersetzer führen, um zu beweisen, daß
man bei drohendem Sturme ein schwarzes Lamm opferte, den Virgi-
lischen Vers an (Aeneas opferte):
   Nigram Hiemi pecudem, Zephyris felicibus albam.

4) In den Kretern des Euripides kam die Liebe der Kreterin Pa-
siphae, die von einem Stiere den Minotauros gebar, zur Sprache
(Welcker, die griech. Tragödien Abschn. 9, S. 812). So giebt uns
der noch erhaltene Hyppolytos die Liebesphantasien der Kreterin Phädra.

5) Auf ein dergleichen blutschänderisches, also verruchtes Liebesverhält-
niß bezieht sich die Stelle, die in den Wolken (1373 ff.) Pheidippides
seinem Vater aus dem Euripides recitirt.

Dionysos.

Irrenb, trifft er Dich, mein vielgeehrter Äschylos?   635
Du aber such', unglücklicher Euripides,
Dem Hagelschlag zu entrinnen, wenn Du verständig bist;
Damit Dir nicht, trifft mit gewalt'gem Kernwort Er
Die Schläfe Dir, den Telephos Dich verschütten macht [1].
Du aber, Äschylos, nicht im Zorn, sanftmüthiglich   640
Gieb Gründ' und widerlege sie.   Sich zu schimpfen ziemt
Geschätzten Dichtern nicht, wie Semmelbäckerfraun,
Du kreischest gleich, wie Stechpalmholz im Feuer, auf.

Euripides.

Was mich betrifft, ich bin bereit, und scheu' es nicht,
Zu picken, und picken zu lassen zuvor, wenn's Dem gefällt,   645
Die Reden als Gesänge, den Nerv des Trauerspiels [2];
Ja auch, beim Zeus, den Peleus und den Äolos,
Den Meleagros und — wie gern! den Telephos [3].

Dionysos.

Doch was bist Du zu thun gewillt?   Sprich Äschylos.

Äschylos.

Nicht war gesonnen ich, den Streit hier zu besteh'n;   650
Denn nicht mit gleichen Waffen kämpfen wir.

_____

[1] Macht, daß Telephos — schon mehr erwähnte Trägödie des Euripides — zur Schlagaderz werde.   So Wolten 188.   Was dort ἀνα-
στησειν heißt hier ἐχχεῖν nicht, was es auch bedeuten könnte, eine Schlagaderz thun, abortiren, sondern verursachen.   Wir müssen diesen tragischen Wettstreit als eine Wiedergeburt des von beiden Dichtern auf Erden Erzeugten ansehn, bei welcher also auch ein Chortanz stattfinden kann.

[2] Da vom Chor (Eu. Dc.) das Drama ausging, so würden die Chorgesänge, von denen hier Euripides spricht, als dessen Hauptbestandtheil angesehn.

[3] Insgesammt verloren gegangene Stücke des Euripides.   Wer über ihren Inhalt, insofern die noch vorhandenen Bruchstücke einen Schluß darauf gestatten, Näheres zu wissen begehrt, der lesa in dem scharfsinnigen Buche: Die griechischen Tragödien mit Rücksicht auf den epischen Cyclus geordnet von F. G. Welcker, dessen zweite Abth. Bonn 1839 dem Euripides gewidmet ist, sein Genüge schöpfigen.

Dionysos.

Wie so?

Äschylos.

Weil meine Dichtung nicht mit mir verschieden ist [1],
Mit Dem verschied sie aber, d'rum kann Red' er steh'n.
Deß ungeachtet muß ich wohl, da Dir's beliebt.

Dionysos (zu dem Dienergefolg des Pluton).

Wohlan, man bringe Weihrauch mir und Kohlen her,
Daß ich bete, bevor laut wird das weis' Ersonnene,
Den Wettkampf zu entscheiden recht kunstkennerlich;
Ihr aber (zum Chor) stimmt ein Lied zum Preis der Musen an.

Chor.

Töchter des Zeus, jungfräuliche Neunzahl,
Musen ihr, die ihr erschauet den Geist, spitzfindig und sinnreich,
Denkspruchprägender Männer, wenn Dies' anjetzt in den
          Streit ziehn,
Mit tiefsinnig geführeten Finten einander bekämpfend;
Kommt, was der beiden Beredtesten Mund,
Was er vermöge zu schauen, verleiht
Wörter die Füll' und der Verselein Tand.
Denn der gewichtige Kampf,
Wer in der Kunst obsiegt', ist im Beginn schon.

Dionysos (zu Äschylos und Euripides).

Auch Ihr sprecht ein Gebet, bevor die Vers' Ihr sagt.

Äschylos.

Demeter [2], die du meinem Geiste Nahrung gabst,
Laß würdig mich erscheinen Deiner Weihungen.

---

1) Den rechten Dichter übersetzt seine Poesie, dem Afterdichter folgt
sie ins Schattenreich. Sonz erklärt das mit Recht für einen der bei-
ßendsten Einfälle, die Aristophanes dem Äschylos gegen Euripides in
den Mund legt. Er war um so treffender, da des Äschylos Tragödien,
einem Volksbeschlusse zufolge, auch nach seinem Tode aufgeführt wurden.

2) Der dem eleusinischen Demos angehörige Äschylos sieht zu d r in
Eleusis vorzüglich verehrten Demeter. In wie naher Verbindung
Demeter, die Gründerin gesetzlicher Ordnung (Θεσμοφόρος), mit der
Dionysienfeier und also auch mit jedem dramatischen Wettstreit stand,

Dionysos (zu Euripides).
Nun nimm auch Du des Weihrauchs, ihn zu opfern.

Euripides.

Wohl:
Doch sind es andre Götter, die mein Flehen nennt.

Dionysos.
Besondere, von eig'nem Schlage ¹)?

Euripides.

Allerdings.

Dionysos.
Wohlan, so flehe zu Deinen eignen Göttern Du.

Euripides.
Luftraum, mein Element, Du glattes Zungenband
Und Einsicht und Ihr Nüstern, ihr feinschnüffelnden,
Laßt mich die Reden schlagen, die mein Angriff trifft.

Der Chor.
Das Verlangen bewegt auch unsere Brust,
Von dem Meisterpaar zu hören wohllautvoller Reden Klang.
Auf, die Kampfbahn nun betreten!
Denn entrüstet ist die Zunge,
Und nicht sind verzagtes Muthes sie, Beide reizbarliches Sinns;
Darum läßt sich wohl erwarten,
Manches Witzge wird der Eine, manches Wohldurchfeilte sagen,
Doch mit Worten aus der Tiefe
Losgerissen stürmt der Andre
Und vereitelt ritzt Dereklopffechterei.

Dionysos.
Anheben müßt Ihr ungesäumt, es seien Eure Wörte
Manierlich, Eure Bilder nicht, noch Anderes alltäglich.

Euripides.
Mein eignes Wesen denn, und wie mein Dichten ist beschaffen, wo

---

haben wir in der allg. Einl. gesehn. Vielleicht bezieht sich auch Aristophanes auf ein Ergebniß aus dem Leben des Äschylos, dessen wir in
der Einleitung zum Plutos gedachten.
¹) Wolfen 245 f. 889 u. 625.

25 *

Das stell' am Schluß ich dar, vorjetzt will Den ich überführen,
Wie prahl'risch, welch' ein Gaukler Er, durch welche Kniff' Er
täuschte
Die Schauenden, ihm vom Phrynichos [1]) in Thorheit unterwiesen.

Zu allererst setzt einen, traun, Er hin, wohl eingemummelt,
Achilleus oder Niobe [2]), deß Antlitz Er nicht zeigte,
Statisten in dem Trauerspiel [3]), die nicht ein Sylbchen muckſten.

Dionysos.

Nein wahrlich nicht.

Euripides.

Dagegen ließ der Thor dann vier Geschwader
Gesäng' ununterbrochnes Zugs aufrücken: Jene — schwiegen.

Dionysos.

Doch dieses Schweigen freute mich, und konnte mich nicht minder
Ergötzen, als die Schwätzer jetzt.

---

[1]) Über ihn, einen der ältesten Tragödienbichter, Gr. Dr. S. 13.
Des gleichnamigen Lustspieldichters geschah B. 13 Erwähnung.

[2]) Euripides bezieht sich auf zwei nicht mehr vorhandene Trauerspiele des Äschylos. In dem einen, den Phrygern oder der Los-
kaufung Hektor's wechselte Achilleus — nach einer von einem alten
Biographen des Äschylos aufbewahrten Notiz — nur zu Anfange des
Stücks, dessen Stoff wahrscheinlich dem letzten Buche der Ilias entlehnt
war, einige Worte mit Hermes, und verharrte dann lange schweigend,
ohne etwas auf die Bitten des Priamos, der, um den Leichnam seines
Sohnes loszukaufen, in das argivische Lager sich gewagt hat, zu erwiedern. So saß auch Niobe, der angeführten Quelle zufolge, verhüllt
auf dem Grabe ihrer Kinder und sprach im ersten Drittheile des
Trauerspiels kein Wort. Natürlich mußte dieses, die Erwartung der
Zuschauer im höchsten Grade spannende Schweigen von großem Effect
sein und des Helden Worten, wenn es endlich gebrochen wurde, den
größten Nachdruck verleihn.

[3]) Das gr. Wort πρόςωπον bezeichnet unter Andern auch etwas Ge-
haltloses, bloß zu figurirtes Bestimmtes. Nach Böttiger's Vermuthung
(Kl. Schriften archäol. und antiquar. Inhalts herausgegeben von Sillig
1, 264) bediente man sich statt der lebenden Statisten (auch δορυφο-
ρήματα Gefolge geheißen), zuweilen auch angepunzte Puppen, die
noch πρόςωπα (hohlköpfige Masken) hießen. Nun wurden zwar weder
Achilleus noch Niobe durch solche Puppen dargestellt, sie hatten aber
doch lange das Ansehn derselben.

Euripides.
　　　　Du warst ein Einfaltspinsel,
Des sei gewiß.

Dionysos.
　　Mich selbst berdünkt's. Doch warum that's der Herr da?

Euripides.
Aus Übermuth, damit gespannt dasitzend man erwarte,
Wann sprechen werde Niobe, so gieng das Stück vorüber.

Dionysos.
Der arge Schalk! Wie ließ ich doch von Diesem mich bethören!
　　　　(Zu Äschylos.)
Was reckst Du Dich und zeigst Verdruß?　　　　　　　105

Euripides.
　　　　　　Weil ich zu Nicht' ihn mache.
Und dann, wenn er uns so gefoppt und wenn schon die Tragödie
Zur Hälfte war, da hub es an und sprach zwölf Riesenworte,
Voll Stirngerunzel und behelmt, graunvoll, gespensterhaftig,
Den Schau'nden unverständliche.

Äschylos.
　　　　　　O wehe mir!　　　　　　110

Dionysos (zu Äschylos).
　　　　　　Jetzt schweige.

Euripides.
Und keins das zu begreifen war.

Dionysos (zu Äschylos).
　　　　　Nicht knirsche mit den Zähnen.

Euripides.
Skamander und Wallgräben blos, und auf das Schild gemahlte
Greifadler, erzgetriebene, und roßhochbräu'nde Worte,
So leicht nicht zu enträthseln.

Dionysos.
　　　　Ha, beim Himmel, hab' ich selbst doch
Dereinst einmal die lange Zeit der Nacht nicht schlafen können, 115
Nachgrübelnd welch ein Vogel sei der bräunlichgelbe Roßhahn [1]).

1) Nach dem Scholiasten zu Arist. 1177 kam dieser Ausdruck in den

Äschylos.

Unkundiger, ein Abzeichen war's, das auf der Flagge prangte.

Dionysos.

Vom Sohne des Philoxenos verstand ich's, vom Eryxis.

Euripides.

Und ziemt' es sich im Trauerspiel von einem Hahn zu sprechen?

Äschylos.

— Wovon, Du Feind der Götter, hast nicht Du darin gesprochen?

Euripides.

Beim Himmel von Roßhähnen nicht, wie Du, noch von
Bockhirschen,
Dergleichen Wunderthiere man auf med'sche Tepp'che mahlet.
Nein, unverzüglich, als die Kunst von Dir ich überkommen,
Geschwollen von Großsprechereien und ungeschlachten Wörtern [1]),
... ließ ich sie zuerst abmagern und benahm ihr das Gewicht'ge
Durch Verselein, Gesprächelchen und weißes Mangoldsälbchen [2]),
Mit Nahrungssaft von Plauderei, und Büchlein abgezogen;
Zog sie herauf mit Liederchen, Kephisophon einmischend [3]);

Thesmophonen des Äschylos vor. Dort und Vögel 800 wird er wieder
vom Triflopthanes ihm vorgerückt.

1) Wolken 1369.

2) Der Gesponiker Sotion empfiehlt Mangoldsalbe gegen Verhärtung
und Geschwulst.

3) Kephisophon. Sclav, Schauspieler und Freund des Euripides. Neben dem Sokrates, nannte man auch ihn und des Dichters Schwiegervater Mnesilochos, den wir in den Thesmern auftreten sehn, als solche, die dem Euripides bei Verfertigung seiner
Trauerspiele beistanden. Sowohl dieser Vers als weiter unten V. 1477.
3 deuten darauf hin. Auf ihn wird auch V. 971. 2 bezogen. Nicht
blos bei seinen geistigen, auch bei andern Erzeugnissen soll Kephisophon
den Euripides unterstützt haben. Nach Thomas Magister soll Euripides den Kephisophon bei seiner Frau, der Tochter des eben erwähnten
Mnesilochos, Chärile, in flagranti und vermochte den Spott der Lustspieldichter über diese unangenehme Entdeckung nicht zu ertragen, sondern verließ Athen, um sein Leben am Hofe des Kunst und Wissenschaft
liebenden Makedonerkönigs Archelaos zu beschließen. Nach einer in
einer koprohagne Handschrift befindlichen Biographie des Dichters
(mitgetheilt in Friedemann et Seebode miscell. crit. Vol. I, 394 etc.)
trat er seine schöne Ungetreue sogar dem Freunde ab.

Dann schwatz' ich nicht wie's eben kam und mengte täppisch Alles,
Nein, der zuerst Auftretende that kund stracks seine Herkunft —
Im Schauspiel ¹).

Dionysos.

Besser, traun, für Dich, als kündet er die Deine.

Euripides.

Dann, von den ersten Versen an ließ nichts ich müßig stehen;
Es redete bei mir das Weib, nicht minder auch der Sclave,
So wie der Herr, die Jungfrau sprach, die Alte —

Aeschylos.

Und Du hättest
D'rum nicht den Tod verdient, daß Du das wagtest ²)?

Euripides.

Beim Apollon,
Hier zeig' ich mich volksfreundlich.

---

¹) Für Diejenigen, welche unsre Übertragung mit der Urschrift vergleichen, müssen wir ein paar Worte zur Rechtfertigung jener uns erlauben. Der griechische Text heißt: 'ΑΛΛ' οὐδὲν πρώτοιστα μὲν καὶ τὸ γένος εἶπεν εὐθὺς τοῦ δράματος. Meine Vorgänger ganz und gar verbinden, wie es auf der Hand zu liegen scheint, τὸ γένος τοῦ δράματος, des Stückes Abstamm, das Geschlecht des Stückes. Dann paßte das Gesagte wohl in einen Prolog des Plautus oder Terentius, in welchem diese gewöhnlich über ihre Quellen Rechenschaft geben, war dieses aber beim Euripides der Fall? εἰκ εἰμός κτλ. verkünden die zuerst auftretenden Personen in den meisten uns erhaltenen Tragödien dieses Dichters, dem diese unkünstlerische Exposition häufigen Tadel zugezogen hat. Demnach glauben wir verbinden zu müssen ὁ τοῦ δράματος πρώτιστα δεῖν εἰθὺς εἶπεν τὸ γένος κτλ. ἑαυτοῦ. Ein allerdings etwas hartes Hyperbaton, was sich aber durch die nachlässige Sprachweise des Dialogs, in welchem der Sprechende etwas früher zu Sagendes ergänzend und gleichsam sich besinnend später hinzufügt, einigermaßen rechtfertigen läßt. Eine ähnliche Stelle Vögel 13. 16. Zuweilen dient auch der gewissermaßen absolut zu nehmende Genitiv zur Erläuterung einzelner Worte oder ganzer Sätze. Matthiä Schulgr. §. 343 3.

²) Nämlich dadurch das Trauerspiel herabzuziehen, daß Du der Würde des Kothurnes nicht angemessene Personen in demselben auftreten ließest. Der beim Euripides immer mehr zurücktretende Chor wurde durch Vertraute, größtentheils den niedern Ständen angehörend, wie wir beim Aeschylos nie sie finden, ersetzt.

Dionysos.
Laß das immerhin nur ruhn, Freund;
Denn nicht gar rühmlich ist es Dir, das weiter zu erörtern.

Euripides.
Dann lehrt' ich auch redselig sein die da (auf die Zuschauer zeigend).

Äschylos.
Das räum' auch ich ein;
Doch hättest verdient, bevor Du sie das lehrtest, zu bersten.

Euripides.
Spitzfind'ge Regeln führet ich ein, Abzirkelung der Verse;
Zu wittern, sehn, verstehn, sich drehn, und lieben, Ränke
    schmieden,
Das Schlimmst' argwöhnen, Jegliches bedenken.

Äschylos.
Das räum' auch ich ein.

Euripides.
Ich stellte dar die Häuslichkeit, das was wir thun und treiben,
Und gab mich so dem Tadel preis, denn diese (auf die Zuschauer
    zeigend) Deß gleich kundig.
Bewältelten nun meine Kunst. Doch Prunkwortrednereien
Bethörten die Verständ'gen nicht; Noch sucht' ich sie zu blenden
Durch Memnons oder Kyknosse[1] mit Schellenzeugsgeklingel.
Auch unsre Schüler wirst Du leicht erkennen, sein' und meine.
Die seinen sind Phormisios, Meganetes[2], der Magnesier,

---

1) Beide vor Troja fechtende Göttersöhne; doch nur den ersten, den Sohn der Aurora, kennt Homer; Ihn erlegt nicht, wie H. Voß berichtet, Achilleus, sondern Antilochos (Od. IV, 187,8). Beide Namen führten uns verloren gegangene Tragödien des Äschylos.

2) Phormisios wird uns vom Scholiasten als ein hochfahrendes Mensch geschildert, der dadurch, daß er Haupt- und Barthaar wachsen ließ, sich ein wildes Aussehn gab, wie man es an den in Äschylos' Trauerspielen auftretenden Personen gewohnt war. So auch der Magnesier Meganetes, der sich, ein Ausländer, damals um die Feldherrnwürde bewarb. Ohnstreitig ist nach dem Obbemerkten der Vorwurf der Ausländerei, der beim Aristophanes so häufig wiederkehrt, einem Schüler des Äschylos angemessener, als der des Sclaventhums, der in der andern Lesart ὁ ἀλαζών liegt.

Drommetenlanzenbärteler, Bramarbasfichtenbruger;
Die meinigen aber Kleitophon [1]) und Theramenes, der schmucke.

Dionysos.

Theramenes? Ein kluger Mann, in Allem wohl erfahren,
Der, wenn in's Unglück er geräth und nah es ihn bedrohet,
Sich aus der Schlinge weiß zu zieh'n, Gewinner statt Ver-
lierers [2]).

Euripides.

So bracht' ich denn verständ'gen Sinn
Bei Diesen da (auf die Zuschauer zeigend), traun, auf die Bahn;
Berechnung zeigt' ich in der Kunst
Und Überlegung, so daß jetzt
Sie Alles fassen und durchschaun,
So Andres, als im Hause nun
Weit besser schalten, als zuvor,
Und forschen; „Wie steht's damit, he?
Wo kam das hin? Wer nahm das weg?"

Dionysos.

Ja, bei den Göttern, jeglicher
Athener, der sein Haus betritt,
Fähret jetzt sein Hausgesinde an,
Und forschet: „Ei, wo steckt der Topf?
Wer hat mir abgebissen, sagt,
Den Heringskopf? Mein Trinkgeschirr
Vom vor'gen Jahr lebt auch nicht mehr.
Wo blieb von Gestern der Knoblauch mir?
Wer hat Oliven mir genascht?"
Doch vorher saßen sie verblüfft,
Die Muttersöhnchen, offnes Mauls,
Und echte Dummlane.

---

[1]) Schon diese Zusammenstellung läßt vermuthen, daß Kleitophon,
von dem wir sonst nicht viel zu berichten wissen, zu den athenischen
Wetterfahnen gehörte.

[2]) Wir folgen der Erklärung des Eustathios, der mit ausdrücklicher
Erwähnung unserer Stelle berichtet, der höchste Wurf im Würfelspiel
habe der Kos, der niedrigste der Chier geheißen. Offenbar deutet das
griechische πεπτωκέναι auf das Fallen der Würfel im Spiel.

Chor.

„Du siehest die Noth, ruhmreicher Achill!" ¹)
Du aber (zu Äschylos) sprich, was wirst Du entgegnen ihm!
Daß nur
Nicht vom Zorne Du ergriffen
Alle Schranken überschreitest;
Arg sind die Beschuldigungen.
Aber nicht, Du Ehrenwerther,
Ihm voll Ingrimms widersprochen,
Sondern, eingerefft die Segel,
Laß allein die Enden flattern;
Langsam, langsam fortbugsiret
Und lavieret, bis der Sturm sich
Leget, und den hellen Spiegel zeigt die Flut.
Auf Du, der zuerst in der Hellas gethürmt hehrfeierlich tönende Worte,
Und zierlich gefügt hochtragischen Schwall, auf, lecklich gezogen die Schleusen!

Äschylos.

Mißmuthiglich tret' ich entgegen zwar Ihm und es schwellet das Herz in der Brust mir,
Soll Red' anjetzt ich Diesem da steh'n, doch, daß er nicht prahl', ich verstumme,
So sage Du (zu Euripides) mir weßhalb denn geziemts, daß Bewunderung man zolle dem Dichter?

Euripides.

Ob seines Geschicks und belehrenden Worts, und daß wir zu Bessern veredeln
Die Städte bewohnenden Menschen.

Äschylos.

Jedoch, wenn Du das nimmer gethan hast,
Aus Wackern vielmehr und Edelen sie umschuffst zu den ärgesten Wichten,
Was hast Du dann, sprich, als Strafe verwirkt?

---

1) Anfang der Myrmidonen des Äschylos.

Dionysos.

O das Leben. Nicht frage mir Den da.

Aischylos.

So bedenke Du (zu Dion.) nun, weß Sinnes zuerst Er diese (auf die
     Zuschauer zeigend) von mir überkam einst,

Ob edeles Muthes, achtschuhig gestreckt, und nicht Staatsdienstes-
     ausreißer,

Noch Gaffer am Markte, Erzschälke dabei, wie jetzt, und ver-
     schlagene Schelme,

Nein schnaubend nach Schwerd- und Lanzengeklirr, nach leuch-
     tend hinwehendem Helmbusch,

Sturmhauben und wohl umschienetem Fuß, und siebenumhäu-
     tetem Kriegsmuth.

Euripides (für sich).

Ha, wahrlich das wächst mir über den Kopf!

Dionysos (für sich).

     Er betäubet mit seinem Geklirr mich.

Euripides (zu Aischylos).

Du aber, wie ist es gelungen denn Dir, sie zu tapfern
     Männern zu bilden?

Dionysos (zu Aischylos, der sich vom Euripides abwendend schweigt).

Sprich, Aischylos, sprich und zürn' mir nicht, starrsinnig vor-
     nehm ihn verachtend.

Aischylos.

Ich dichtet' ein Stück von Ares erfüllt.

Euripides.

     Und welches?

Aischylos.

     Die Sieben vor Theben.

Und jeglichen Mann der dieses geschaut es ergriff die Begierde
     des Kampfs ihn.

Dionysos.

Da schaffest fürwahr Du Verderbliches uns; denn siehe Du
     hast die Thebäer,

Wann Krieg sich erhebt, streitlust'ger gemacht, und Streiche
     verdienest deßhalb Du.

Äschylos.
Dasselbe war euch zu üben vergönnt, doch dahin nicht lehrt'
euer Sinn sich.
1010 Und ich führte darauf meine Perser euch vor und entzündet'
in euch die Begierde,
Stets Sieger den Kampf mit dem Feind zu bestehn, lobpreisend
die herrlichste Kriegsthat.

Dionysos.
Es erfreute mich selbst, als da ich vernahm, daß todt sei König
Darios 1)
Und wie dann alsbald aufjammernd der Chor in die Hände so
(es nachmachend) schlagend: „O weh!" rief.

Äschylos.
Zu solcherlei Sinn aufrege den Mann der Poet: Denn erwäge
von Anfang,
1015 Wie ersprießlich von je sich erwiesen das Lied der Edelsten unter
den Dichtern.
Orpheus unterwies in den Weihungen uns und lehrte des
Mords sich enthalten;
Musäos enthüllte, wie Seuche man heilt, und Orakel; He-
siodos aber
Das Bebauen der Flur, wann zeit'ge die Frucht und das
Pflügen; der edle Homeros,
Was war es, das Ruhm und Ehr' ihm erwarb, als daß er
das Würdigste lehrte,
1020 Schlachtreihn, Kriegsmuth, die Bewaffnung des Manns?

---

1) Ein günstiges Geschick erhielt uns beide Stücke, auf die hier Äschylos sich beruft. Des ersten Inhalt bezeichnet sein Titel. In dem zweiten wird uns die Strafe thörichtes Übermuths in der Niederlage des Xerxes geschildert. Das Stück spielt nicht in Hellas, wo dieselbe erfolgte, sondern vor dem Pallast der persischen Könige und läßt uns in wundervoller Steigerung die Wirkung dieser Niederlage auf das persische Volk und Königshaus sehn. Unter andern tritt der aus der Unterwelt hervorgerufene Schatten des Königs Darios, des Unheils Quelle und das noch Bevorstehende verkündend auf. Wie unendlich komisch es sei, daß Gott Dionysos im Theater zuerst erfährt, des Xerxes Vater sei nicht mehr unter den Lebenden, liegt zu Tage.

Dionysos.

Und dennoch vermochte Pantakles [1]).
Den tölpschen, er zu belehren nichts Jüngst, zum Geleiter bestimmt einem Festzug.
Band dieser zuerst den Helm sich fest, dann wollt' er aufbinden
den Helmbusch.

Äschylos.

Bei Vielen jedoch und Wackern gelang's, bei Lamachos ihm,
dem gewaltgen;
Dem strebt mein Geist als Vorbild nach; So schilderte häufig
den Kriegsmuth
Leutherziger Teukros und Patrokleß ich, auf daß mir der
Bürger begeistert
Solchem Mustergebild nachringe mit Kraft, wenn ihn die
Drommet' in den Kampf ruft.
Nicht stellt', beim Zeus, Buhldirnen ich dar, wie die Phädren
und die Sthenebören [2]).
Und nimmer erblickt man ein liebendes Weib auftretend in
meinen Tragödien.

Euripides.

Kein Wunder, es wies Aphrodite sich nie Dir hold.

Äschylos.

Das möge sie nimmer;
Sie walt' über Dir und Deinem Gebild, da zeige die Mächt'ge
sich mächtig,
Wie Dich selber dereinst sie demüthigte [3]).

Dionysos.

Ja, beim Zeus, das ist wahrlich geschehen.

_____

1) Auch vom Eupolis wird dieser Pantakles als der Ungeschickte bezeichnet.
2) Beide — Phädra in dem noch vorhandenen Hippolytos, Sthenebören (bei Homer [Il. 6, 155 f.] Antia) in einem nach ihr benannten, aber unseren gegenwärtig gegangenen Trauerspiele des Euripides die Hauptrolle spielend — entbrannten in unkeuscher Liebe, beide verleumdeten, von den Gegenstande ihrer Liebe hier Bellerophontes, dort Hippotyros zurückgewiesen, diese als Verführer bei ihren Männern.
3) Anm. zu 828.

Denn was Du erkennst von andern Fraun, das hat Dich
    selber betroffen.

Euripides.

Und was schaden denn, sprich Du erbärmlicher Wicht, meine
    Sthenebören dem Staate?

Äschylos.

Daß edle Fraun und Edlen vermählt dahin Du zu bringen
    vermochtest,
Durch Schierlingstrank zu sühnen die Scham, die erzeugt Deine
    Bellerophonten.

Euripides.

Und bestand denn etwa die Sage noch nicht von Phädra, hab'
    ich sie ersonnen?

Äschylos.

Sie bestand, beim Zeus, doch Verworfenes ziemt sorgsam zu
    verhüllen dem Dichter;
Er führ' es nicht vor, er sprech' es nicht aus: Denn es ist
    unmündigen Knäblein
Ihr Lehrer, sie zu unterweisen, bestellt; Den Erwachsenen aber
    die Dichter.
Und Belehrendes müssen wir künden durchaus.

Euripides.

Wenn aber Du uns Lykabéten [1],
Berghöh'n des Parnaß vortönest, ist das zu belehren die Hörer
    geeignet,
Wo geziemender war ein menschliches Wort?

Äschylos.

Unglücklicher, wiß, es erheischet
Der erhabene Spruch und Gedanke, daß auch ihm entsprechende
    Wörter man bilde,
Und gewalt'geres Worts, so ist es gemäß, muß traun sich be-
    dienen der Halbgott;

---

1) Lykabetos Berg in Attika; Tadel der schon eben vom Euripides
gerügten kühnen Wortbildungen des Äschylos.

Denn weit ehrwürdiger tritt er auch auf als wir in seiner
        Bekleidung.
Indem ich sie so verführte mit Fug, hast Alles verkümmt Du.

Euripides.

            Wodurch denn?

Äschylos.

Zuvörderst indem Du in Lumpen gehüllt die Gebietenden, daß
        sie das Mitleid
Aufregeten so den Menschen.

Euripides.

        Das ist so verderblich geworden? Wodurch denn?

Äschylos.

Deßwegen verweigert der Reich' es anjetzt Dreirud'rer dem
        Staate zu rüsten,
Nein, lumpenumhüllt wehklagt er und weint und nennt sich
        einen Bedürft'gen.

Dionysos.

Und drunter, betrug es Drunter, ein Wamms von feinester
        Wolle gewoben,
Und täuschet' er nun durch solcherlei Trug, dann schleicht zu
        den Fischern der Lecker[1].

Äschylos.

Auch lehretest Du die Geschwätzigkeit sie und Zungengeläufig-
        keit üben,
Sie veröbete die Ringschulen; es lernt, wollüstig erschlaffend,
        der Jüngling
Die täuschende Kunst der Rede; den Sinn zu bethören gelang
        ihm des Seemanns,
Der keck widerspricht den Befehlenden; traun, damals, als ich
        selber noch lebte,
Da vernahm man von Keinem ein Anderes, als daß sein Brod
        er begehrt und Oh! rief.

---

[1] Auf den Fischmarkt, um dort seltene und theure Fische einzukaufen.
Was von den athenienischen Wüstlingen selbst geschah. Frieden
1000 ff.

Dionysos [1].

Doch jetzt wiberbellt er und rudert nicht mehr,
Und hierhin treibt und dorthin das Schiff.

Äschylos.

Wie großes Verderbs trägt Dieser die Schuld?
Hat Kuppler Er nicht auf die Bühne gebracht,
Und an heiliger Stätte gebährende Fraun,
Und wie mit dem Bruder das Schwesterchen buhlt [2],
Und Sprüchelchen wie: „Nicht lebe wer lebt" [3]?
Und also geschah's, daß unsere Stadt
Überfüllt bald ward mit der Schreiber-Gesipp,
Der schmarotzenden Schaar vollbäffender Wicht',
Allstets das Volk zu berücken bemüht;
Doch Keiner besteht mit der Fackel den Lauf
Kraftübung ermangelnder Jugend.

Dionysos.

Nein Keiner, beim Zeus, so daß ich mich schier
An den Panathenä'n krank lachte, als da
Ein langsamer Bursch, vorduckend sich, kam,
Dickbäuchig, und bleich, stets raslendes Laufs,
Sich gebehrdend wie arg: Die Töpfer darauf
Durchbläueten ihm an den Schranken der Bahn
So Weichen als Hüft', und Schultern und Bauch,
Er aber, bedrängt von den Streichen der Hand,
Löscht, schnappend nach Luft,
Die Fackel und wendet zur Flucht sich [4].

---

1) Zwei ihrer feemännischen Unsauberkeit wegen unübersetzbare Verse
sind hier ausgefallen.

2) Wolken 1373. 4.

3) So sagte Euripides im Polyidos:
     Wer weiß denn ob das Leben nicht ein Sterben ist,
     Und ob das Sterben drunten nicht für Leben gilt?
Ein Bruchstück des Phryros spricht demselben Gedanken aus, den wir
im Hippolytos B. 197. ff. weiter ausgeführt finden. Unten (1447)
wird er dem Euripides noch einmal vorgerückt.

4) Dieses Fackellaufs ward schon B. 129 gedacht. Der dort erwähnte Kreameikos führte von den Töpfern (κεραμεύς) den Namen.

Der Chor Strophe.

Wicht'ger Handel, mächt'ger Zwiespalt, Kampf in vollem
        Zuge naht.
    Drum ist's zu entscheiden schwierig,
    Wenn gewaltig ringt der Eine,
Und der Andre sich zu drehn weiß, zu parieren mit Geschick.
    Doch nicht an dem Einen haftet,   1095
Denn es giebt bei Feindes Angriff noch der Finten mancherlei.
    Was zu Eurem Streite frommet
    Sprechet es aus, schlaget los, enthüllt
    So das Alte, wie das Neue;
Mit tiefsinn'ger, kunstverständ'ger Rede wagt Euch auf die Bahn. 1100

Gegenstrophe.

Hegt Ihr aber die Besorgniß, daß nicht unterrichtet g'nug
    Die Zuschauer sein, so daß sie
    Was Ihr Feines sagt nicht fassen;
Laßt sie schwinden, denn nicht fürder ist's bei ihnen so bestellt.
    Denn es sind geblendte Leute,   1105
Und ein Jeder hat sein Büchlein, das zu witz'gen ihn vermag,
    Und des Mutterwitzes Fülle,
    Der noch mehr jetzt zugespitzt ward.
    D'rum seid unbekümmert: Alles
Könnt vor Diesen Ihr erörtern, da sie kunstverständig sind. 1110

Euripides.

Wohlan, so wende zu seinen Prologen selbst ich mich,
Damit den ersten Theil ich der Tragödie
Zu allererst durchprüfe dieses Meisters da (auf Äschylos zeigend).
Denn unverständlich that er das Gescheh'ne kund.

Dionysos.

Und welchen willst durchprüfen Du?   1115

Euripides.

                              Gar manche wohl.
              (Zu Äschylos.)
Zuerst laß den mich hören der Orestias[1]).

_____

1) Der einzigen Trilogie (Gr. Or.), die uns erhalten ist, bestehend
aus den Trauerspielen Agamemnon (dessen Rückkehr von Ilion und
    I.   26

Dionysos.
Wohlan, so schweig' ein Jeglicher; sprich Äschylos.

Äschylos.
„Hermes der Schatten, Hort des väterlichen Throns,
Sei Retter und Mitstreiter mir, dem Flehenden,
1135 Denn in dies Land kam ich und kehre jetzt zurück."

Dionysos.
Hast Du 'nen Tadel hier?

Euripides.
Ein Dutzend und noch mehr.

Dionysos.
Und sammt und sonders sind es doch drei Verse nur.

Euripides.
Doch jeder bietet mind'stens zwanzig Fehler dar.

Dionysos.
Äschylos, zu schweigen rath' ich Dir; thust Du es nicht,
1140 Geräthst durch die drei Jamben Du in schwere Schuld.

Äschylos.
Vor dem ich schweigen?

Dionysos.
Giebst Du meinem Rath Gehör.

Euripides.
Denn gleich begieng einen Fehler er der zum Himmel reicht.

Äschylos (zu Dionysos).
Siehst Du? Wie könnt' ich?

Dionysos.
Nun, 's ist meine Sorge nicht.

Äschylos (zu Euripides).
Wie meinst Du, daß ich fehlte?

Ermordung durch Ägisthos und Klytämnestra), das Todtenopfer (χοηφόροι wie Orestes des Vaters Tod an dessen Mördern rächt) und die Eumeniden (der von den Furien verfolgte Muttermörder vor dem Areopagos zu Athen freigesprochen). Die hier angeführten Verse eröffnen das Todtenopfer, in welchem zuerst Orestes auftritt.

Euripides.

Wiederhol' es mir.

Äschylos.

Hermes der Schatten, Hort des väterlichen Throns — und

Euripides.

Nicht wahr, es sagt Orestes auf dem Grabe das
Des Vaters, der dahinschied?

Äschylos.

Anders mein' ich's nicht.

Euripides (zu Dionysos).

Und meint er nun, daß Hermes, als der Vater fiel
Anbort, gewaltsam, hingestreckt durch Weibes Hand
Und hinterlist'gen Trug, mit angesehn die That?   1148

Äschylos.

Nicht jener traun, er begrüßte den heilbringenden
Hermes [1]) als Hort der Schatten und sein Gruß besagt,
Daß ihm vom Vater ward verliehn dies Ehrenamt.

Euripides.

Dann fehltest Du (zu Äschylos) noch ärger, als ich es gemeint;
Denn, ward vom Vater ihm der Schatten Ehrenamt — — 1150

Dionysos (ihm in die Rede fallend).

Dann wär' ein Grabaufwühler durch den Vater er.

Äschylos (die Achseln zuckend).

Dionysos, Deinem Weine fehlt's an Wohlgeruch.

Dionysos (zu Äschylos).

Sag' weiter her es, Du (zu Euripides) merk' auf, wo er's versah.

Äschylos.

Sei Retter und Mitstreiter mir, dem Flehenden,
Denn in dies Land kam ich und kehre jetzt zurück. 1155

---

1) Wie viel und wie verschiedenartige Ehrenämter dem Hermes zu-
getheilt waren, erinnern sich unsre Leser aus der vorletzten Scene des
Plutos, sowie aus Horat. Od. I, 10. Dort wird er auch als Hort
des Truges aufgeführt. Äschylos meint also, Euripides legt den
Worten des Orestes den Sinn unter: Hermes, Hort des Truges, der
Du den Mord meines Vaters leitetest, und vertheidigt sich dagegen.

Euripides.

Da sagt uns Einer zweimal Meister Äschylos.

Dionysos.

Wie so?

Euripides.

Erwäge die Wort', und ich erläutr' es Dir.
„Ich kam in's Land, sagt er, und kehre jetzt zurück",
Ich kam ist ja dasselb', als das: „ich kehre zurück."

Dionysos.

1178 Ganz recht, beim Zeus, als wenn zum Nachbar Jemand spräch':
Den Backtrog leih', oder, wenn Du willst, die Mulde mir.

Äschylos.

Das ist doch wahrlich nicht, Du vielgeschwätziger
Gesell, dasselbe, nein, vortrefflich ist's gesagt.

Dionysos.

Wie so? Belehre mich, wie Du das behaupten magst.

Äschylos.

1183 In das Land kann kommen, wem die Heimat offen steht;
Er kam dann sonder andre Widerwärtigkeit.
Doch ein Verwiesener, der kommt und kehrt zurück.

Dionysos.

Schön, beim Apollon! Was meinst Du, Euripides?

Euripides,

1159 Ich behaupt', es sei Orestes nicht zurückgekehret,
Denn heimlich kam er, erlangte' es von dem Herrscher nicht.

Dionysos.

Beim Hermes, schön! Doch, was Du meinst, versteh' ich nicht.

Euripides (zu Äschylos).

Nun fahre Du weiter fort.

Dionysos.

Wohlan, fahr' ungesäumt,
Äschylos, Du fort; und Du (zu Euripides) hab' auf die Fehler Acht.

Äschylos.

Auf des Grabes Hügel ertönet, Vater, Dir mein Ruf,
1163 Zu hören, zu vernehmen.

Euripides.

Wieder einerlei;
Denn hören und vernehmen ist dasselbe doch.

Dionysos.

Er sprach ja zu Verstorbenen, Du arger Wicht,
Zu deren Ohr nicht dreimal Wiederholtes bringt [1]).

Äschylos.

Und Du, wie machst Du Deine Prologen?

Euripides.

Höre zu;
Und wiederhol' ich mich, bemerkst ein Flickwort Du,   1160
Das sich unnöthig einschlich, spei mir in's Gesicht.

Dionysos.

So beginne; denn nicht mir ziemt das, doch hören muß
In den Prologen ich Deines Ausdrucks Richtigkeit.

Euripides.

Anfangs war Ödipus ein hochbeglückter Mann — [2])

Äschylos.

Nicht doch, beim Zeus, ein Hochbedrängter von Beginn,   1165
Von dem Apollon sagt', eh' er geboren ward,
Den Vater tödt' er, der noch nicht ihn zeugete,
Wie war denn anfangs der ein hochbeglückter Mann?

Euripides.

Dann wurd' er zum Klagwürdigsten der Sterblichen —

Äschylos.

Beim Zeus, nicht wurd' er's, es zu sein hört' er nie auf;   1170
Denn wie? Kaum war geboren er, da setzten
In irdner Scherbe sie zur Winterzeit ihn aus,
Damit er den Vater nicht, wüchs' er heran, erschlüg:
Mit geschwoll'nen Füßen kam er d'rauf zum Polybos,
Und ehl'chet, selbst ein Jüngling, eine Greisin dann,   1175

---

[1]) Anspielung auf die Sitte, den Manen der Abgeschiedenen mit lauter Stimme ein dreimaliges Lebewohl zuzurufen. Vrg. Aen. VI, 505.

[2]) Anfang der Antigone des Euripides.

Die seine leibliche Mutter überdies noch war.
Dann blendet' er sich selbst.

Dionysos.
         Doch war er hochbeglückt
Und war er Feldherr selbst mit Erasinides ¹).

Euripides.
Des Gefasels! Trefflich dichte meine Prologen ich.

Äschylos.
1190 Und, beim Zeus, betrittein will die einzelnen Wort' ich nicht
Jegliches Ausdrucks, nein, steh'n mir die Götter bei,
Vernichte Deine Prologen mit einem Salbbüchschen ich.

Euripides.
Mit einem Salbbüchschen Du meine Prologen?

Äschylos.
         Mit weiter nichts.
Denn also ist Dein Dichten, daß ein Jegliches,
1195 Ein Pfühlchen, ein Salbbüchschen, ein Schnappsäckchen selbst
Zu Deinen Jamben paßt, das zeig' ich alsobald.

Euripides.
Was? Du das zeigen?

Äschylos.
Allerdings.

Dionysos (zu Euripides).
         Nun aufgesagt.

Euripides.
Ägyptos, wie die Sage, weit verbreitet, tönt,
Mit seinen fünfzig Söhnen unter Ruderschlag
1200 In Argos landend ²) —

---

1) Und wurde also wie Dieser ungerechter Weise zum Tode verurtheilt und hingerichtet. S. zu B. 33, 528.

2) Anfang des Archelaos. Dieser Stifter der macedonischen Dynastie und Gründer der Residenz Ägä war der Held der Tragödie, deren Inhalt Hygin (219) uns aufbewahrt hat. Wahrscheinlich schrieb sie Euripides am Hofe des gleichnamigen Nachkommen und Nachfolgers des Archelaos, wo er eine sehr ehrenvolle Aufnahme fand und die letzten Jahre seines Lebens zubrachte.

Äschylos.

Büßte sein Salbbüchschen ein.

Euripides.

Wo kam mir das Salbbüchschen her? Recht er ungestraft?

Dionysos (zu Euripides).

Sag' ihm noch einen Prolog, gern hör' ich's noch einmal.

Euripides.

Dionysos, der mit Rehfell und mit Thyrsosstab
Geschmückt, im Fichtenhain', auf des Parnassos
     Höh'n,
Im Reihntanz springet¹) — —   1120

Äschylos.

   Büßte sein Salbbüchschen ein.

Dionysos.

O weh! Geschlagen sind vom Salbkrug wir von Neu'm.

Euripides.

Doch soll es nichts verschlagen. Nicht gelingen wird's,
Daß er an den Prolog mit seinem Salbkrug flickt.
Nicht giebt es Einen, der beglückt in Allem ist:
Der, edlem Stamm entsprossen, lebt in Dürftigkeit; 1130
Ein Andrer niedrem²) — —

Äschylos.

   Büßte sein Salbbüchschen ein.

Dionysos.

Euripides.

Euripides.

  Was giebt's?

Dionysos.

    Du streichst die Segel, scheint's;
Denn argen Stank verbreiten wird das Salbbüchslein.

---

1) Anfang der verloren gegangenen Hypsipyle. Ihren Inhalt läßt Apollodor (III, 6, 4) errathen. Noch einige Male wird in dem Folgenden, nach dem Schol. auf dieses Stück angespielt. Jo W. Dindorf vermuthet, Aristophanes habe die Lemnierinnen geschrieben, die Hypsipyle dem Gelächter preis zu geben.

2) Anfang des schon im Vorigen erwähnten Sthenebod.

Euripides.

Doch, zeug' es mir Demeter, kümmert mich es nicht,
1470 Denn aus der Hand schlag ich ihm jetzt die Neckerei.

Dionysos.

Nun sag' 'nen andern, doch hüte vor dem Salbkrug Dich.

Euripides.

Kadmos die Stadt verlassend der Sidonier,
Der Sohn Agenor's[1] — —

Äschylos.

Büßte sein Salbbüchschen ein.

Dionysos.

Du Göttlicher kaufe Diesem seinen Salbkrug ab,
1477 Daß er nicht die Prologen uns verhunze.

Euripides.

                             Wie?
Von Dem da ich ihn kaufen?

Dionysos.

                    Giebst Du mir Gehör.

Euripides.

Nicht doch; hersagen kann noch viele Prologen ich,
An die mir Der nicht seinen Salbkrug flicken soll.
Pelops, der Sohn des Tantalos, der nach Pisa kam,
1485 Mit raschen Gäulen[2].

Äschylos.

              Büßte sein Salbbüchschen ein.

Dionysos (zu Euripides).

Du siehst, er flickte wieder sein Salbkrüglein an.
(Zu Äschylos.)
Verkauf' es jetzt noch, Lieber, ihm, so gut Du kannst;
Um einen Obolos feilschest Du ein treffliches.

Euripides (zu Dionysos).

Noch nicht, beim Zeus; denn reichen Vorrath hab' ich noch.
1490 Oeneus, der einstmals — —

---

[1] Anfang des zweiten Phryxos, sodaß also Euripides zwei Tragödien dieses Namens schrieb.

[2] Anfang der noch vorhandenen Iphigenie unter den Tauren.

Äschylos.
Büßte sein Salbbüchschen ein.

Euripides.
So laß mich doch hersagen erst den ganzen Vers.
Oneus, der einstmals, erntend vollgerüttelt Maas,
Die Erstling' opfert' [1] — —

Äschylos.
Büßte sein Salbbüchschen ein.

Dionysos.
In vollem Opfern? Und wer hatt' es ihm wegstibizt?

Euripides.
Laß ihn gewähren, Bester: denn paßt er es an.   1190
Zeus, wie es uns verkündiget der Wahrheit Mund [2] —

Dionysos.
Er schlägt Dich, denn er spricht: Büßte sein Salbbüchschen ein.
Denn das Salbbüchschen ist für Deine Prologen traun,
Wie für das Augenlied das Gerstenkorn gemacht.
Drum bei den Göttern, wende zu seinen Liedern Dich.   1195

Euripides.
Wohl hab' ich in Bereitschaft was ihn überführt,
Als schlechten Liederdichter, der stets sich wiederholt.

Der Chor.
Wie der Streit sich gestalten wird?
Viel Nachsinnen erweckt es mir,
Was wohl tadelnd er rügt   1205
Diesem, welcher die meisten traun
Und die herrlichsten Lieder sang,
Unter Allen, die leben jetzt.
Wundern soll es fürwahr mich, wie
Irgend Diesen er table,   1210
Ihn, dem Bakchischen Herrscher [3],
Und kaum, fürcht' ich, gelingt's ihm.

_____

1) Anfang des Meleagros.
2) Anfang der Melanippe, der Philosophin. Ein anderes Stück hieß
M. die Gefangene.
3) So wird Äschylos genannt, der in der Bakchischen, d. h. tragischen

Euripides.

Der wundervollen Lieder! gleich bewährt es sich,
In Eines hack' ich seine Lieder allzumal.

Dionysos.

1245 Ich rechne Diesem nach, mit diesen Steinchen da.

Euripides.

Phthiot' Achileus, o warum, das Gemetzel vernehmend ¹),
Wehvollem Geschrei Deine Hülfe versagen?
Hermes verehren, den ähnlichen, wie Anwohner des Sumpfes,
Wehvollem Geschrei Deine Hülfe versagen.

Dionysos.

1250 Ein boppeltes Weh tönt, Äschylos, Dir.

Euripides.

Ruhmreichster der Achäer, Sohn
Großmächt'ger des Atreus, vernimm.
Wehvollem Geschrei Deine Hülfe versagen.

Dionysos.

Zum dritten ertönt Weh, Äschylos, Dir.

Euripides.

1255 Andächtiglich schweiget, Erzpriest'rinnen nah'n
Zu eröffnen uns Artemis' Tempel.
Wehvollem Geschrei Deine Hülfe versagen.
Lobzupreisen vermag ich dahnebnende Stärke der Männer. ²)
Wehvollem Geschrei Deine Hülfe versagen.

Dionysos.

1260 O König Zeus, wie sich das Weh gewaltig häuft!
Nach einem Bade regt in mir die Sehnsucht sich,
Denn in den Leib gefahren sind die Wehe mir.

Kunst vor der Hand den Ehrenplatz einnimmt, als erster Meister in derselben anerkannt ist.

1) Dieser Flickmantel ist aus einzelnen Versen zusammengesetzt, den Myrmidonen, Psychagogen und andern Stücken des Äschylos entlehnt. Der Refrain ist eine Erwiederung des Salbbüchchens, das Äschylos über die Prologen des Euripides ausgießt.

2) Dieser Vers sowie mehrere in der Rede des Euripides 1264—1278 sind einem Chorgesange des äschylischen Agamemnon entlehnt.

Euripides.

Bezeug bist Du 'nen andern Chorgesang vernahmst,
Gezimmert aus den Citherspielermelodien.

Dionysos.

Na, mach' ein End', und füge nicht ein Weh hinzu.

Euripides.

Wie der Schäer
Zweithronigen Sproß, die hellenische Kraft,
Taramtetâm, Taramtetâm [1).
Schilds sturmbräuende Sphinx, die gebietende Hündin.
Taramtetam, Taramtetam.
Speer und vergeltender Arm anstürmendes Flügel,
Taramtetam, Taramtetam,
Verleihend zu nah'n
Den verworgenen, luftdurchschneidenden Hunden
Taramtetam, Taramtetam.
Hinneigend zum Aas sich,
Taramtetam, Taramtetam.

Dionysos.

Taramtetam? Stammt das von Marathon? Oder wo
Entlehntest Du die Bratenwendermelodie?

Aischylos.

Von etwas Schönem trug auf etwas Schönes ich
Das über, damit man nicht zugleich mit Phrynichos [3)
Mich weiden säh' auf gleicher, den Musen heil'ger Trift.

---

1) Taramtetam im Gr. Tophlattethrat. Nicht unwahrscheinlich ist die Vermuthung: Euripides habe auf die häufigen unartikulirten Ausdrücke der Leidenschaft, die wir bei Aischylos finden, als: Aai! Oa! Eei! Otototoi! angespielt und zugleich mit Mund und Füßen den Takt der Aischylischen, von ihm rüttlichen Chortänze angegeben.

2) Die Aischylos mitfocht.

3) Phrynichos zu 893. Zwar will Com hier nicht den Vorgänger des Aischylos, sondern den lyrischen Dichter dieses Namens, dessen (Vögel 748 ff.) ehrenvoll und mit einem süßlichen, dem hier gedachten lyrischen Ausdruck gedacht wird, verstanden wissen; aber natürlich behält vom Übersetzer die Beziehung auf den Tragiker.

Doch der entlehnt von jeglichem Buhldirnelein
Trinksprüche des Melitos, kar'sche Dudelei'n,
1300 Tanzlieder, Klaggesänge, wie sich's zeigen wird.
Bring' einer mir das Leierchen — Jedoch was braucht's
Bei dem der Leier? Wo sind die Scherben, die klappernd uns
Die Weise künden[1]? Komm, Muse des Euripides,
Der anzustimmen solcher Lieder Weise ziemt.

Dionysos.

1305 Und diese Muse selbst, war nicht verbuhlt sie? Nicht?

Äschylos.

Eisvögel, die ihr an des Meeres Wogen,
Stetsbewegten, kosend zirpt,
Netzend mit feuchtem Getropf
Die Fittige, gebadet in Thau.
1310 Und ihr, unter des Giebels Versteck
El·ti·el·ei·einend mit spinnenfert'gen Fingern
Ausgespanntes Zettels Fäden,
Tönender Spul' Erzeugniß.
Wo der flötenfrohe Delphin tanzt, um
1320 Bläulich geschnäbelten Bug
Vorbedeutung und Fahrt.
Augen, der Rebe Stolz,
Sorgeneinschläfernder Traube Ranke.
Mich umschling', o Kind, Dein Arm[2]).

---

1) Irdener Scherben oder Muscheln bedienten sich in ältern Zeiten
die Ärmern zu rechter Angabe des Tactes.

2) 1201—1704. Ein ähnlicher Cannevas aus euripidischen Versen,
wie ihn im Vorhergehenden Euripides aus äschylischen gab, das Un-
zusammenhangende, Weichlichempfindsame euripideischer Poesie hervor-
zuheben. Doch scheint sich dieses Mal das ganze Führei in bunter
Aufeinanderfolge auf einen und denselben Mythos zu beziehen. Als
Muster eines zärtlichen Ehepaars in der griechischen Heroenzeit wird
uns Ceyx, König von Trachin, Freund des Herakles und des Kolos
Tochter Alkyone geschildert. Ceyx muß eine Seereise unternehmen.
Täglich sieht Alkyone um des geliebten Gatten Rückkehr, bis ein Traum
sie nach der Meeresküste treibt, wo sie den Leichnam des theuren Gatten
an das Land getrieben sieht. Im Begriff, sich verzweifelnd selbst in
das Meer zu stürzen, werden beide in Eisvögel (ἀλκυόνε.) verwandelt.

(Zu Dionysos, indem er den Rhythmos eines eben erklärten Verses klappernd nachahmt.)
Bemerkst hast Du den Fuß doch?   1325

Dionysos.
Gewiß.

Äschylos.
Wie, nicht minder auch, den?

Dionysos.
Gewiß.

Äschylos (zu Euripides).
Und solcherlei dichtend erkühnst Du
Meine Lieder zu tadeln Dich,
Nachahmend die zwölf Wendungen
Der Schmiegsamkeit Kyrene's[1]?   1330
So tönen Deine Lieder: Nun will fürder ich
Durchmustern noch die Weise Deines Einzelsangs[2].

Ha ihr dunkelleuchtender Nacht
Schatten, welch' unselges Traumgesicht
Entsendet ihr unsichtbarem Reich mir, Vorboten des Hades,   1335

Wie sehen die Eisvögel an der Küste losgelassen zirpen, werden an die in
des Gatten Abwesenheit mit der Spinne Kunst webende Hausfrau,
durch das des Fürst Schiff umtanzenden Delphin an dessen ungückliche
Reise erinnert und rebliden erblick, ein echtes Hysteronproteron, das
zärtliche Ehepärchen Arm in Arm in einer Weinlaube. Auch in dem
Folgenden scheint B. 1313—1324 sich auf den Traum der Alkyone
zu beziehen.

1) Einer berüchtigten Dichterin, die sich auf zwölffache Weise den
Unmännern preisgab.

2) Der in turbschen Sylbenmaaßen seinen Personen in den Mund
gelegten Selbstgespräche. In dieser karikirten Parodie der euripidischen Monologia sind mehrere Eigenthümlichkeiten desselben auf eine
lächerliche Weise hervorgehoben, als: übertriebene Empfindsamkeit, Verbindung eines dem Hauptwort widersprechenden Beiworts, Wiederholung
desselben Adverbs, insbesondere aber die mit tragischem Pomp aufge-
bauste Erzählung der alltäglichsten Vorfälle, wie hier eines gestohlenen
Hahns. Ähnliches erwähnten wir Gr. Dr. S. 30. Wer diese Gipfe
vor, die dieser solchen Kammer erregenden Hahn flaß? darüber geben
uns unser gewöhnlichen Gleichsterstatter, die Schollasten, keine Auskunft:
Nur einzelner Verse Ursprung wird uns nachgewiesen.

Mit lebenlofem Leben ausgeftattet, das Kind
Düfterer Nacht, graunvolles, fchrecklidjes,
Todtennächtig bekleidetes, blutiges, blutiges Blicks,
Dräuend mit gewalt'gen Krallen?
1320 Aber ihr Dien'rinnen zündet die Leudjte mir;
Schöpfet das Naß aus dem Fluffe mit Krügen und laßt es
erwarmen,
Daß ich abfpüle den göttlidjen Traum.
Ha, Gott des Meeres, das war's! Ha, Mitwohnende,
Schauet des Wundergefidjtes Erfüllung!
1325 Meinen Hahn mir wegftibitjend
Ift Glyke fort. Bergen entfproffene Nymphen,
Manla hilf mir.
Ich Unglücklich' ich halte den Sinn geridjtet
Auf mein Treiben, voller Spindel linnnen Faden
1330 Ei-ei-ei-ei-ei-einend mit beiden Händen
Zu dichtem Knäuel beim Aufdämmern der Frühe,
Nach dem Markt ihn zum Verlauf zu tragen;
Da flatterte, flattert' er auf,
Kräftige Fittige fchwingend:
1335 Mir aber blieb Jammer, ach Jammer
Und Thränen, Thränen den Augen
Entlockt', entlockt' er der Armen.
Dodj ihr Kreter, Ida's Söhne,
Greift zu den Bogen, ftehet mir bei.
1340 Reget die Füß', umzingelt die Wohnung,
Und Diktynna zugleidj, die hehre Jungfrau,
Mit ihren Hündelein durchftreife das Haus fie allerwärts;
Du aber, Tochter des Zeus, doppelleudjtende Fackeln
Emporhaltend mit gewandter Hand, leudjt', Hekate,
1345 Daß ich einbringend entdeck' ihn in Glyke's Haus.

Dionyfos.

Mit Euren Liedern ende nun.

Äfchylos.

Auch mir genügt's;
Denn auf die Wage ¹) Den zu bringen hab' ich Luft,

¹) Den Homer, der in der Ilias den Zeus zweimal IX, 69 ff. die Schick-

Die über unsre Kunst allein entscheiden wird,
Weil sie von Isbes Worten nachwelsst das Gewicht.

Dionysos.

So kommt denn her; muß ich auch dazu mich versehn,
Wie Käsegram zu wägen geschätzter Dichter Kunst?

Chor.

Wie regsam die Gewandten sind!
Des neuen Wunders, das sich zeigt
Gar seltsamlich und unerhört!
Wer sonst kann je so etwas aus?
Nein so wahr ich — — nimmer hätte,
Wenn es einer mir erzählte,
Ich's geglaubt, als Lug und Trug
Wär' es mir erschienen.

Dionysos.

Wohlan, heran denn an die Wagebalken.

Äschylos und Euripides.

Hier.

Dionysos.

Und Beide sie fassend sage Jeder seinen Spruch
Und lasset los nicht bis ihr mich kukuen hört.

Äschylos und Euripides.

Wir halten sie.

Dionysos.

Sprechet in die Schale jetzt Euern Vers.

---

sale der Troer und Achäer und XXII, 209 ff die des Achilleus und
Hektor abwägen läßt, entlehnte, wahrscheinlich Äschylos den in seiner
ψυχοστασία (Lebenswage) ausgeführten Gedanken. Nach einer Stelle
des Pollux erschien hier Zeus auf dem Göttergerüst (θεολογείον) der
Bühne die Todesloose des Memnon und Achilleus abzuwägen. So
schlägt nun hier dieser Dichter auf eine drollige Weise vor, ebenso einzelne Verse aus seinen und des Euripides Tragödien auf die Wagschale
zu bringen. Über den Inhalt der äschyleischen Lebenswage finden wiß-
begierige Leser Auskunft in Welcker's Trilogie, Hermann de psycho-
stasia 1838 und Welcker die griechischen Tragödien Abth. I. 35 ff.

Euripides.

Es durfte nimmerdar durchsliegen Argo's Kahn ¹).

Äschylos.

Spercheios Strom und rinderweidendes Geheg ²).

Dionysos.

Kukuk; laßt fahren. Bei weitem tiefer sank hinab
Die Schale Dieses (auf Äschylos zeigend).

Euripides.

Und was ist der Grund davon?

Dionysos.

Einen Strom legt' er hinein ja, wollverkäuferisch
Den Vers anfeuchtend, wie man's mit der Wolle thut;
Du legtest einen leichtbeschwingten Vers hinein.

Euripides.

Er sag' einen andern denn und tret' entgegen mir.

Dionysos.

So greifet denn nun wieder zu.

Äschylos und Euripides.

Sieh da.

Dionysos (zu Euripides).

Heb' an.

Euripides.

Der Überredung einz'ger Tempel ist das Wort ³).

Äschylos.

Von allen Göttern reizt den Tod nur kein Geschenk ⁴).

---

1) Anfang der Medea.

2) Aus Äschylos Philoktetes. Die drei Philoktete des tragischen
Triumvirats, unter denen sich nur der des Sophokles erhalten hat,
vergleicht Dio Chrisostomos (Rede 52) und giebt eine Paraphrase des
euripideischen bis zum Auftreten des Chors (Rede 50).

3) Aus Euripides' Antigone.

4) Aus Äschylos' Niobe. Die folgenden Verse lauten:
Von ihm erlangest Nichts durch Opfer und Spende Du,
Nicht hat einen Altar er, noch tönt ihm Lobgesang.
Der einz'ge Gott, dem nimmer Überredung naht.

Dionysos.

Laßt los, laßt los! Die sein'ge senkt sich wiederum,   1395
Denn den Tod legt' er hinein, das schwerste Mißgeschick.

Euripides.

Die Überredung ich, in wohlgelungnem Vers.

Dionysos.

Leicht ist die Überredung und des Sinnes bar.
Denk' auf ein anderes der vielgewichtigen,
Was Deine Schaal' hinabzieht, kräftiglich und groß.   1400

Euripides (zögernd).

Na, wo ist denn von mir so 'was? Wo nehm' ich's her?

Dionysos (einhelfend).

Achilleus warf der Augen zween und vier dazu [1].
Nun, aufgesagt! Nur das Ein' Abwägen bleibt Euch noch.

Euripides.

Den eisenschweren Schaft faßt mit der Rechten er [2].

Aeschylos.

Streitwagen drängt an Wagen, Leich' an Leiche   1405
      sich [3].

Dionysos.

Auch jetzt hat er von Neuem Dich berückt.

Euripides.

                                        Wodurch?

Dionysos.

Zwei Wagen legt hinein er und zwei Leichname.
Und hundert Ägyptier [4] heben kaum wohl solche Last.

---

1) Woher dieser Vers entlehnt, oder ob er vom Dionysos der an
das Alltägliche streifenden Redeweise des Euripides nachgebildet sei,
darüber sind die Meinungen unsrer gewöhnlichen Gewährsmänner, der
Scholiasten, verschieden.

2) Aus Euripides' Meleagros.

3) Aus Äschylos' peinischem Glaukos.

4) Lastträger. Wir erinnern uns der Pyramiden und anderer Rie-
senbauwerke der Pharaonen, zu welchen die Ägyptier Steine und andern Baustoffe herbeischleppen mußten, um diese Bezeichnung passend
zu finden. Vögel 1134.

1.   28

Äschylos.

Und nicht mit Versen kämpf' er fürder, möge nur
Er selbst und Frau und Kinderchen sammt Kephisophon
Sich in die Schale setzen, auch die Büchlein will,
Ich aber sage blos zwei meiner Verse her.

Dionysos.

Ihr lieben Freund' und ich — mag nicht den Ausspruch thun;
Denn keinen von Beiden mach' ich gern zum Feinde mir;
Den da (auf Äschylos zeigend) halt' ich für weise, für ergötzlich
        Den (auf Euripides zeigend).

Pluton (der bei den letzten Worten des Dionysos seinem Thron ent-
stiegen und nach dem Logeion herabgekommen ist).
So lässest Du das unausgeführt, weshalb Du kamst?

Dionysos.

Und thu' ich ihn?

Pluton.

Dann nimmst mit Dir den Einen Du,
Für den Du Dich entschied'st, daß nicht umsonst Du kamst.

Dionysos.

Ha Segen über Dich. Na (zu Äschylos und Euripides), hört einmal mich an:
Ich kam herab nach einem Dichter — —

Euripides.

        Und weshalb?

Dionysos.

Damit die Stadt, gerettet, seine Chör' aufführt.
Wer von Euch Beiden nun der Stadt den besten Rath
Zu geben weiß, den, so beschloß ich, nehm' ich mit ¹).

---

¹) Ganz im Sinne der athenischen Staatsverwaltung, welche,
wie wir in gr. Dram. nachgewiesen zu haben glauben, das Drama,
als zur Volkserziehung gehörig ansah und unterstützte und also vom
dramatischen Dichter, dem tragischen wie dem komischen, eine richtige
Ansicht von der jedesmaligen Lage des Staats verlangte, damit er verständig auf die öffentliche Meinung einwirken könne, werden hier den
beiden Rebenbuhlern noch ein paar den athenischen Staat betreffende
Lebensfragen vorgelegt, eine besondere und eine allgemeine.

D'rum sagt zuerst, was über Alkibiades
Ein Jeder meint, denn in Geburtswehen kreißt die Stadt ¹).

Euripides.

Und was ist über ihn denn ihre Meinung?

Dionysos.

Was?

Sie sehnt sich nach ihm, haßt ihn und behielt ihn gern.
Wie aber über ihn Ihr denkt, das saget mir.

'Euripides.

Den Bürger haß' ich, der sich säumig zeigt, wenn's gilt
Der Vaterstadt zu helfen, ihr zu schaden rasch;
Für sich erfind'risch, rathlos für der Heimath Wohl.

1410

---

1) Alkibiades, von der Natur und seinen äußern Verhältnissen zum
Volks- und Heerführer ausgestattet, wie vielleicht keiner seiner Zeitgenossen, aber freilich oft mehr den eignen Vortheil, als das Gemeinwohl berücksichtigend, hatte, durch eine Gegenpartei aus Sparta vertrieben, den Atheniensern zu ein'gen glänzenden Siegen verholfen,
in Folge derselben die Küstenländer des Hellesponts wieder der atheniensischen Herrschaft unterworfen und den vollen Glanz des athenienfischen Namens wiederhergestellt. So war er, das Jahr vor Aufführung
der Frösche mit Jubel in Athen empfangen worden. Aber um die
schnell erworbene Volksgunst brachte ihn noch schneller eine von seinen
Unterfeldherrn, der sich in seiner Abwesenheit, seinem ausdrücklichen
Verbote zuwider, in eine Schlacht eingelassen hatte, erlittene Niederlage. Er wurde nun durch einen Volksbeschluß seiner Feldherrnwürde
entsetzt, und hatte sich zunächst nach der thracischen Halbinsel, wo er
Besitzungen hatte, begeben.
Jetzt entstand die für Athen offenbar höchst entscheidende Frage,
und diese ist es, welche der Stadt Geburtswehn verursachte, da es natürlich eine Partei für und eine andre gegen Alkibiades gab, sollte
man ihn zum zweiten Male zurückberufen und an des Heeres Spitze
stellen, oder ihn seinem Schicksal überlassen.
Euripides giebt, allerdings den Alkibiades höchst treffend schildernd,
eine verneinende, Aeschylos eine bejahende Antwort; den ersten Theil
dieser betreffend stimmt mit ihm Lysias in seiner ersten Anklagerede
gegen Alkibiades überein. Er kann nicht geradezu läugnen, daß Athen
dem Alkibiades manches Gute danke, aber, fügt er hinzu, hätten ihr
beim ersten Vergehen gegen Euch ihn hingerichtet, so wäre der Staat
von so vielen Unfällen verschont geblieben. Das Bild, dessen Aeschylos
von Alkibiades sich bedient, ist um so passender gewählt, da ein ähnliches in seinem Agamemnon vorkommt.

28 *

Dionysos.

Schön, beim Poseidon! Aber was meinst Du (zu Äschylos)
dazu?

Äschylos.

Nicht aufzuziehn ziemt's in der Stadt den jungen Leu'n,
Doch ward er's, sich zu fügen seinem wilden Sinn.

Dionysos.

1445 Bei dem Erretter Zeus, es schwankt mein Urtheilsspruch,
Der sprach verständig, und verständlich Dieser da.
Noch einen Rathschlag sage mir ein Jeglicher
Die Stadt betreffend, was Ihr da für Rettung wißt.

Euripides.

Beschwingte man Kleokritos [1]) durch Kinesias,
1450 Erhöb' ein Lufthauch über des Meeres Fluten sie.

Dionysos.

Das möchte drollig aussehn; doch hat's einen Sinn?

Euripides.

Bei Seegefechten nähmen Essigkrüge sie
Und in die Augen sprizten sie den Feinden ihn.
Doch weiß ich Andres noch und will es sagen.

Dionysos.

Sprich.

Euripides.

1455 Wenn zu Vertrau'n Mißtrau'n, das jetzt wir hegen, wird,
Und zu Mißtrau'n Vertrau'n.

---

1) Wenn der in den Vögeln (87M) wegen seiner großen Fäße, als
einer Straußin Sohn bezeichnete Kleokritos, also der schwerwandelnde,
durch den spindeldürren und dazu, als Dithyrambendichter, in den
Wolken schwebenden Kinesias, mit in die Lüfte emporgehoben wurde,
dann u. s. f. Der hier angebrachte Scherz ist ziemlich gesucht und daher frostig, deshalb wurden die Verse 1419—23 von namhaften alten
Grammatikern, von dem Einen als des Aristophanes unwürdig, von
dem Andern, als den Zusammenhang störend, für unächt erklärt. Natürlich müßten dann auch die gewiß höchst wizigen 1434, 5 gestrichen
werden.

Dionysos.

Wie! Ich versteh' es nicht.
Sprich etwas ungelehrter und verständlicher.

Euripides.

Wenn wir denselben Bürgern, denen jetzt wir trauu,
Mißtrauen wollten, Deren, deren Dienste wir
Verschmähen, uns bedienen; würd' uns Rettung wohl.
Wenn Unglück uns bei unserer jetz'gen Weise trifft,
Schafft nicht es Rettung uns das Gegentheil zu thun?

Dionysos (in die Hände klatschend).

Bravo mein Palamedes [1]) Du hochweises Haupt!
Ersannst Du selbst das, oder Dein Kephisophon?

Euripides.

Ich ganz allein; die Essigkrüge Kephisophon.

Dionysos.

Doch was meinst Du (zu Äschylos)?

Äschylos.

Zuvörderst, welcher Männer, sprich,
Bedient sich denn die Stadt? Der Besten wohl?

Dionysos.

Ei was?
Die sind ihr sehr verhaßt.

Äschylos.

So liebt die Schlechtesten sie?

Dionysos.

Auch das ist nicht der Fall, gezwungen braucht sie die.

Äschylos.

Wie wäre denn zu retten eine solche Stadt,
Der weder Pelzwams, noch ein Mantel frommen mag?

Dionysos.

Das sinne nur aus, willst in das Leben Du zurück.

---

[1]) Nachhomerischen Erzählungen zufolge klüger genug, den listigen Odysseus zu überlisten. Neun Jahre vor Aufführung der Frösche hatte Euripides ein Stück dieses Namens auf die Bühne gebracht. Um so passender erscheint diese Begrüßung.

Äschylos.

Dort oben sagt' ich's wohl, hier unten mag ich nicht.

Dionysos.

Nicht also, Freund, nein, hier gieb Deinen Rath uns kund.

Äschylos.

1446 Wenn ihnen als das ihrige des Feindes Land
Erscheinet, als in Feindes Hand das ihrige,
Gewinn die Schiff' und andrer Gewinn Verlust¹).

Dionysos.

Schön! Aber endlich schluckt ihn doch der Richter nur.

Pluton.

Du magst entscheiden.

Dionysos.

      Das soll die Entscheidung seyn,
1450 Ich werde Den erkiesen, den mein Herz erkohr.

Euripides.

Der Götter eingedenk, bei denen Du mir schwurst²),
Mich traun mit heimzuführen, wähle jetzt den Freund.

---

1) Schon Themistokles erkannte, daß seine Mitbürger in ihrer Flotte Rettung und Überlegenheit suchen müßten und deutete so den vielleicht von ihm selbst herrührenden Rath der Pythia hinter hölzernen Mauern Schutz zu suchen. Auch Perikles gab, in Athens Seeherrschaft des Staates Heil erkennend, Attika den Einfällen der Peloponnesier preis, stand ihm ja auch der Peloponnes offen, und vermochte doch Athens Flotte die auswärtigen Besitzungen zu behaupten (Thuc. I, 134).
Den als Verlust anzusehenden Gewinn erklärt der Scholiast ganz richtig von dem die Staatskassen erschöpfenden Theoriken, Ekklesiasten- und Richtersold (Anm. zu B. 140). Drollig und in der Voraussetzung, daß des Äschylos Rath befolgt werde, erwiebert Dionysos: zuletzt kämen doch alle Ersparnisse nicht der Flotte, sondern den Richtern zu Gute.

2) Dionysos hat, seinem früheren Plane (90, 1) zufolge, dem Euripides, bevor er mit ihm die Bühne betrat, Rückkehr nach der Oberwelt zugesichert, und mit ihm heimliche Flucht verabredet. Pluton's dem Dionysos ertheilte Erlaubniß ändert die Lage der Dinge.

Dionysos.
Die Zunge schwur, doch ich erkiese den Äschylos ¹).

Euripides.
Was thatest Du Verruchtester der Menschen?

Dionysos.
Ich?
Für Äschylos entschied ich mich. Wie? Sollt' ich nicht?

Euripides.
Du thatest mir das Schimpflichste und blickst mich an?

Dionysos.
Was schimpflich, wenn es nicht den Schauenden so erscheint ²)?

Euripides.
Grausamer, nicht erbarmest Du des Todten Dich?

Dionysos.
Je nun, wer weiß denn, ob das Leben Tod nicht ist ³),
Der Odem Brodem und der Schlaf ein weiches Bließ?

Pluton.
So tretet, o Dionysos, denn herein.

Dionysos.
Weshalb?

Pluton.
Damit ich, eh' Ihr abschifft, Euch bewirthe.

Dionysos.
Schön.
Beim Zeus, nicht ungelegen kommt die Einladung.

(Alle durch den Haupteingang nach der Wohnung Pluton's ab.)

---

1) V. 102.

2) Aus Euripides' Aeolos mit ein'ger Veränderung.

3) V. 1064.

Achtzehnte Scene.

***

Der Chor.

O wie glücklich, zieret den Mann
Ein durchdringender Verstand!
Das bewährt in Vielen sich.
Denn weil der als klug erschienen,
Kehrt er wiederum zur Heimath,
Zu der Bürger Nutz' und Frommen,
Und zu Aller Nutz und Frommen,
Blutsverwandt ihm und befreundet.
    Weil Verstand ihn zieret.
Besser d'rum, zu schwatzen nicht
Sitzend bei dem Sokrates,
Nicht der Musen eingedenk,
Und des Wichtigsten vergessend,
Was die trag'sche Kunst erheischt.
Doch mit hohlem Wortgeklingel
Und Zergliederung eitler Pöschen
Nutzlos seine Zeit vergeuden,
    Das fürwahr ist Thorheit.

***

Neunzehnte Scene.

Pluton mit Gefolge, Dionysos, Xanthias, Äschylos,
Chor.

Pluton.

Auf, fröhliches Muths zieh', Äschylos, hin!
Und Rettung und Heil bring' unserer Stadt
Durch verständigen Rath: Es belehre Dein Wort
Die Bethörten: Es ist nicht klein ihre Zahl.

Und Das (indem er ihm mehrere Striche nacheinander überreicht)
   da nimm mir für Kleophon ¹) mit,
  Und das für die Steuerverwalter ²),
Für Myrmer und Nikomachos auch
  Für Archenomos Das ¹).
Und vermelde den Herren sich baldigst zu mir   1390
Und sonder Verzug herab zu bemühn;
Und erscheinen sie nicht auf das Baldigste, dann,
Beim Apollon, will ich, brandmarkend und fest
  Von Banden umstrickt
Mit Lenkolophos Sohn Adeimantos ¹) zugleich   1400
  Schnell unter die Erde sie bringen.

    Äschylos.
Ich sorge dafür; doch Du übergieb
Diesem ehrenden Platz an Sophokles jetzt;
Er bewahre mir ihn, lehr' einstens hierher
Ich wieder zurück: denn diesen erkenn'   1500
In der tragischen Kunst als den zweiten ich an.
Sorg' aber, daß nie der verschlagene Mensch,
Dies Lügengespinnst, der erbärmliche Wicht,
Einnehm', und geschäh's widerstrebendes Sinns,
  Den Platz, den ich selber behauptet.   1505

    Pluton (zum Chor).
Ihr lasset ihm jetzt vorleuchten den Strahl
Eurer heiligen Fackeln, geleitet ihn, laut
Anstimmend das Lied und den Weihegesang
Dieses Dichters zum Preise des Gottes.

_____

1) B. 681.

2) Die Steuerverwalter mochten wohl ähnliche Geschäfte machen, wie
wir oben (364) vom Thorytion berichteten.

2) Unbekannte Namen. Nur vom Nikomachos wissen wir, daß er,
der Sohn eines öffentlichen Sclaven, (δημόσιο.) Unterschreiber war,
und daß Lysias eine noch vorhandene Anklageschrift gegen ihn verfaßt.

1) Nicht lange vor Aufführung der Frösche Mitfeldherr des Alkibiades. Xenoph. gr. Gesch. I, 4, 9.

Chor.

1530 Eine gedeihliche Fahrt zuvörderst dem scheidenden Dichter,
  Welcher aufstrebet zum Lichte, verleiht ihr Dämonen des Nacht-
                    graums;
  Dann auch der Stadt zu ersehnetem Heil heilvolle Beschlüsse:
  Also geling' es uns wohl zu genesen vom schrecklichen Drangsal
  Und der verderblichen Waffen Geklirr; doch es büße die Kampflust
1535 Kleophon und wem sonst es gelüstet auf heim'schen Gefilden [1]).

---

[1]) Nach dem Scholiasten ist Einiges in den Schlußversen des Chors
einem Chor im poetischen Glaukos des Äschylos nachgebildet. Demselben Gewährsmanne zufolge thaten die Lakedämonier nach der Schlacht
bei den Arginusen Friedensanträge, die der Ausländer Kleophon die
Athenienser zu verwerfen bestimmte. Mögen, mit diesem Wunsche beschließt unser Dichter, die Eindringlinge in ihrer Heimath kämpfen,
wenn sie solche Kampflust treibt.

Druck von F. A. Brockhaus in Leipzig.

Druckfehler.

Nachträglich im ersten Bande bemerkte Druckfehler.

S. 14 Anm. 33 Z. 1 nach Real streiche v.

NB. » 34 Z. 14 nach erhalten hat sind die Worte: mitge-
zählt wird ausgefallen.

» 16 Anm. 143 Z. 2 st. XXV. l. XIV.

» 81 Z. 18 st. herauf l. auf

NB. In dem Personenverzeichniß des Plutos (S. 100) st.
Penia, die Göttin der Armuth, Frau des Chremylos l.
Penia, die Göttin der Armuth,
Frau des Chremylos.

NB. S. 146 Z. 535 st. denn ein l. denn sein

» 152 » 643 st. wiedrum l. wiederum

» 157 Anm. 1 Z. 1 st. *lauerwärts* l. *lagerwärts*

NB. » 161 » 1 » 1 nach mit fiel aus ihm

NB. » 214 Z. 23 st. tauet l. tauft

» 217 » 81 st. den l. dem

» — Anm. 2 Z. 4 v. u. st. raucqt l. raucwt

» 218 Z. 117 st. lerneß l. lerneßt

» 300 Anm. letzte Z. st. Scholion l. Stolion

www.ingramcontent.com/pod-product-compliance
Lightning Source LLC
Chambersburg PA
CBHW020859130726
47900CB00014B/1143